DELIUS KLASING

ERNST-JÜRGEN KOCH

PARADIES IM STUNDENGLAS

KAIROS-TRILOGIE
DRITTES BUCH

UNSERE LETZTE REISE
MIT DER KAIROS

DELIUS KLASING VERLAG

1 Virginia
2 North Carolina
3 South Carolina
4 Chesapeake Bay
5 Norfolk
6 Elizabeth City am Pasquotank River
7 Roanoke Island
8 Cape Hatteras
9 Pamlico Sound
10 Morehead City
11 Intra Coastal Waterway
12 Charleston
13 St. Augustine
14 Fort Lauderdale
15 Florida
16 Bahama Islands
17 Grand Turk
18 Havanna auf Cuba
19 Jamaica
20 Haïti/Hispaniola
21 Santo Domingo
22 Puerto Rico
GOLF VON MEXICO
KARIB
46 Trinidad (Port of Spain)
47 Orinoco-Delta
48 Guayana
49 Venezuela
50 Rio Magdalena
51 Cartagena
52 Nombre de Dios
53 Panama (Stadt)
54 Panama Canal
55 Campeche Bay
56 Veracruz/ San Juan de Ulua
57 Mississippi
58 New Orleans

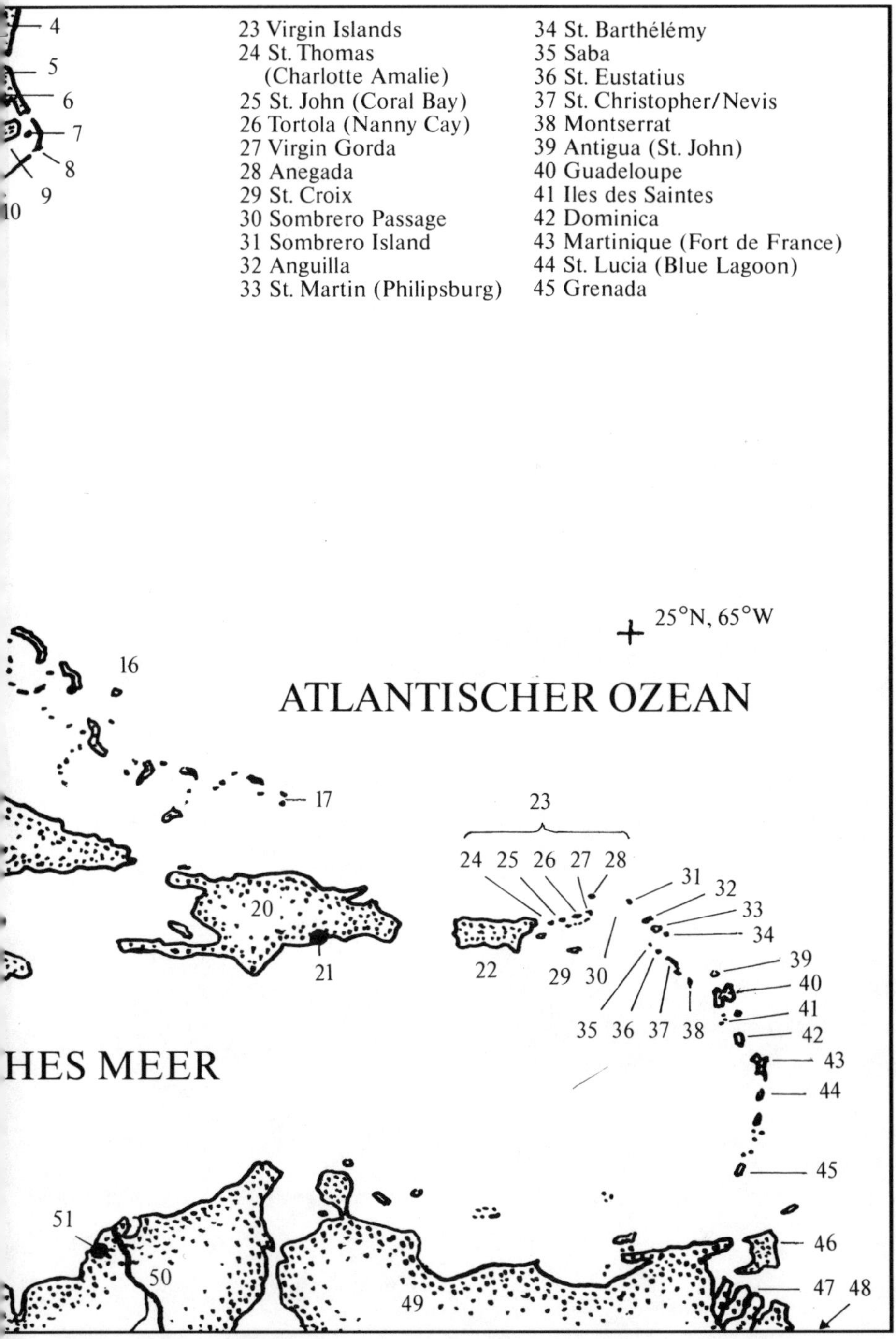
23 Virgin Islands
24 St. Thomas (Charlotte Amalie)
25 St. John (Coral Bay)
26 Tortola (Nanny Cay)
27 Virgin Gorda
28 Anegada
29 St. Croix
30 Sombrero Passage
31 Sombrero Island
32 Anguilla
33 St. Martin (Philipsburg)
34 St. Barthélémy
35 Saba
36 St. Eustatius
37 St. Christopher/Nevis
38 Montserrat
39 Antigua (St. John)
40 Guadeloupe
41 Iles des Saintes
42 Dominica
43 Martinique (Fort de France)
44 St. Lucia (Blue Lagoon)
45 Grenada
25°N, 65°W
ATLANTISCHER OZEAN
HES MEER

Wer vieles bringt,
wird manchem etwas bringen.

Goethe

Inhalt

Den Geschehnissen, Handlungen, Gesprächen in diesem Buch liegen unsere Eintragungen in Logbuch und Tagebüchern zugrunde. Um Persönlichkeitsrechte zu wahren, habe ich, wenn erforderlich, Personennamen, Schiffsnamen, den Ort der Handlung geändert. Bei oftmaligen Ähnlichkeiten von menschlichen Charakteren und Schicksalen – besonders im engen Raum der karibischen Inseln – kann eine solche mit anderen Personen und anderen Geschehnissen nicht ausgeschlossen werden. Sie wäre rein zufällig und ist nicht beabsichtigt.

Dies ist ein persönlicher Bericht. Er enthält Aussagen über meine Person, bei deren Niederschrift ich oft gezögert habe. Ehrlichkeit, heißt es, währt am längsten. So konnte ich auf das Persönlichkeitsrecht mir selbst gegenüber leider keine Rücksicht nehmen.

Ernst-Jürgen Koch

Das Ende

Prolog

Mein Spaten sticht tief in die Erde. Elga und ich haben die Erde gerodet, gejätet, gewässert. Feucht und dunkel bringt das Eisen sie hoch, schwer fällt sie zurück. Hier soll ein Obstbaum stehen, dort eine Bougainvillea, dahinter an der Mauer wird ein Rankgewächs gesetzt. Fruchtbar ist die Vulkanerde dieser Ziegeninsel unter warmer Sonne.

Ich lehne mich auf den Spaten, blicke über die Inselberge.

Wolkenschatten ziehen über die Schroffen. Die alten Nebenkrater an den Bergflanken sind wie aufgerissene Drohungen aus der Tiefe. Sie beulen sich über erstarrten Lavabahnen auf. Dazwischen dehnen sich lange Hänge mit Kakteen und Büschen. Unter den Kiefernwäldern der Berghöhen stehen weiße Häuser in Gärten. Hier und dort verdichten sich die Häuser zu Dörfern. An Wegrändern blühen Blumen zu jeder Jahreszeit. Alle Wege führen bergab zu den Bananenpflanzungen.

Dahinter liegt der Atlantik.

Vor fünf Monaten sind wir mit zwei Koffern auf die Insel gekommen. Wir wohnten zur Miete. Wir gingen zu dem Grundstück, das wir vor Jahren gekauft hatten – sprachen über das Haus, das wir bauen wollten.

»Warum?« fragten Freunde. »Bauen kostet Zeit auf einer Insel, die abseits vieler Beschaffungsmöglichkeiten liegt. Es gibt Häuser, die verlassen worden sind und zum Verkauf stehen. Da wurden Besitzer krank. Anderen fehlte es am Pioniergeist, den man hier haben muß. Kommt, wir zeigen euch solche Häuser, wenn ihr hier leben und arbeiten wollt.«

Wir fanden ein Haus: voll eingerichtet, seit drei Jahren unbewohnt, in einer umzäunten Gartenwildnis. Alles zum Leben Notwendige war vorhanden, aber verstaubt, verdreckt, teilweise unfertig, mit blätternder Farbe, von Ungeziefer belebt. Es lag hoch auf einer Lavaklippe. Der Blick ging über Pflanzungen und Ödland zum Atlantik im Westen, zu den Bergen im Osten und Norden. Der Traum einer österreichischen Geschäftsfrau war von einer schnell wuchernden Krankheit zerstört worden. Der Erbe in Österreich unternahm lahme Verkaufsversuche. Wie das Haus verfiel der Preis.

Die Aussicht auf ein eigenes Haus mit Garten – verbunden mit wieviel Arbeit auch immer – beflügelte Elgas Geist. Vorm Notar führte sie die Verhandlungen mit dem Bevollmächtigten des Erben. Ich sprach die Inselsprache noch nicht. Unsere Freunde halfen und gaben Rat.

Ich hegte Zweifel – Schluß mit dem Reisen, KAIROS verkauft. Und der Erlös aus dem Verkauf war plötzlich ungewiß geworden. Die Käufer, ein junges Ehepaar, hatten von der anderen Seite des Atlantik über unerwartete Sorge um die Gesundheit der Frau, von möglichem Krankenhausaufenthalt geschrieben. Dafür brauchten sie Geld. Das alles las sich ungenau und unbestimmt. Klar war nur, daß sie uns das Schiff zur Verfügung stellten.

Was immer Schlimmes dort geschah, wir konnten nicht zurück, wie sie es erwarteten.

Ich rechnete die finanzielle Belastung durch, die wir jetzt bestehen mußten. Sie ging an den Grundstock unserer Ersparnisse. Seit wir unter Segeln reisten, war eine Heimat mit Haus und Garten in sonnigem Klima beschlossene Sache gewesen: finanziert aus dem Verkauf unseres Schiffes.

Elga verhandelte. Ich rechnete. Ich hörte Gesprächsfetzen der Verhandlung, blickte durchs Fenster des Notariats auf die herbe Schönheit unserer Ziegeninsel, rechnete wiederum. Wir mußten es schaffen, konnten sparsam leben.

Elga strahlte, als die Verhandlungen abgeschlossen waren. Mitte August 1985 setzten wir unsere Unterschriften unter den Vertrag. Drei Tage später sollte der Besitz zwangsversteigert werden. Der Erbe im fernen Österreich war seine Grundstückssteuer schuldig geblieben. Sie wurde ihm nun amtlicherseits vom Verkaufserlös abgezogen. Mit Haus und Garten hatten wir uns Arbeit für ein ganzes Leben eingekauft.

Ich nehme den Spaten und grabe.

Sparsam – sparsam leben. Schluß – Schluß mit dem Reisen.

Hier hat verdorrtes Buschwerk gestanden. Ich habe es niedergebrannt. Ich habe Steine gesammelt, sie über den Hang gekippt. Terrassen für Bäume will ich dort anlegen. Holztüren und Fensterläden des Hauses habe ich abgeschliffen, habe geölt und gefirnißt. Grün und steinhart haben Algen und Kalk auf den Kacheln eines überdachten Schwimmbads gehaftet. Kein herkömmliches Mittel war wirksam. Mit Rasierklingen habe ich die Kacheln abgezogen, Reihe für Reihe, wochenlang.

Elga kämpfte im Haus mit Staub, Schmutz und Ungeziefer, hängenden Tapeten. Hilferufe erreichten mich. Leckende Waschbecken erforderten Reparatur; ebenso Türen, die aus den Angeln fielen; Fenster, die klemmten; Schubladen, die sich nicht öffnen ließen. Oft plagen mich Gesichtsschmerzen, Zerreiß-reiß-proben, die ich nicht bestehen kann.

Aber wir kommen weiter, erwerben durch Arbeit, was wir mit Geld gekauft haben. In Elgas Gemüsegarten reifen erste Ernten heran. Es ist gut, wenn wir uns selbst versorgen können. Die nächste Siedlung liegt kilometerweit entfernt. In Abständen über Weg und Tal haben wir drei Nachbarn.

Vorm Gartentor hupt der Postbote in seinem Landrover. Elga kommt aus ihrem Gemüsegarten. Unser schwarzer Kater folgt neugierig, aber gelassen. Ich höre Elga mit dem Postboten sprechen. Sie lachen. Jeder hat Zeit, viel Zeit. Elga kommt mit einem Brief. »Von Fritz aus Hamburg«, sagt sie. »Komm' rein, ich bring' das Mittagsbrot auf den Tisch.«

Am Abend auf der Terrasse lesen wir den Brief. Unser Freund antwortet in Sachen Schiffsverkauf. Wir haben ihm geschrieben, daß die Käufer nach Zahlung der ersten Hälfte der Kaufsumme die zweite nicht zahlen. Sie wollen aus dem Vertrag heraus, haben uns das Schiff zur Verfügung gestellt. Sie fordern ihre Zahlung zurück. Das ist ein bitteres Ende.

Besorgt in Freundschaft schreibt unser Freund:

Unter keinen Umständen könnt Ihr Euch darauf einlassen. Die Käufer haben von der Krankheit der Frau vor dem Kauf gewußt. Sie hätten diese Krankheit nicht als geheilt hinstellen dürfen. Ihr Vorschlag ist unannehmbar. Sie haben den Vertrag zu erfüllen. Wenn sie krankheitshalber das Schiff nicht nutzen können, dann sollen sie es verkaufen und Euch den schuldigen Betrag zahlen, das ist also die zweite Hälfte des Kaufpreises. Sie besitzen außerdem ihr altes Schiff, das ebenfalls verkauft werden kann, um ihre Schuld abzudecken. Ihr könnt nicht auf die karibische Insel fliegen, um das verkaufte Schiff zu übernehmen. Das ist mit Ernst-Jürgens Gesichtsneuralgie völlig ausgeschlossen. Ihr müßt sofort rechtliche Schritte einleiten. Als Anlage schicke ich Euch die Adresse eines Rechtsanwalts, wie Ihr erbeten habt. Er ist spezialisiert auf dem Gebiet internationalen Rechts. Schreibt ihm mit Euren Unterlagen. Ich habe mit dem Mann bereits telefoniert.

Dreihundert Meter tiefer und zwei Kilometer entfernt liegt der Atlantik, leuchtend in den Abendfarben des Himmels. Hinter uns stehen die Inselberge im letzten Tageslicht. Wolken über ihnen lösen sich ab und wehen übers Meer. Man meint, diese Wolken am Himmel ziehen zu hören, so groß ist die Ruhe ringsum. Aquí encontrarás paz – so steht es auf einem Schild unten am Hafen: hier wirst du Frieden finden.

Wirklich?

Ich denke an die Käufer der KAIROS, die unsere Freunde waren. Wir trafen sie in den USA vor unserer Reise nach Martinique.

Land

Das erste Kapitel ist den psychologisch Interessierten empfohlen, weil es späteres Geschehen und menschliches Verhalten leicht verständlich macht.

Es ist für jene geschrieben, die in Seglergeschichten auch Menschengeschichten zu erkennen vermögen und wissen, wie beschwerlich es ist, sich in fremden Ländern mit eigenen profunden Erfahrungen durchzusetzen.

Es erzählt von einer Segeltörnplanung in reiferem Alter – von der zweifelhaften Rolle des Käpt'n an Bord einer Yacht, von einer Marina mit niedrigem Preis – von einem jungen Paar, das den Atlantik überqueren will – von einem Manager in Schwierigkeiten; vom Tod in Chicago; von einem Reporter, der alles weiß – von altmodischer Navigation und von Seglern, die sich kennen, aber nur ungern darüber sprechen wollen – von einem Haus mit alten Geschichten: Sir Walter Raleigh will eine Kolonie gründen – vom Besuch junger Menschen mit Kleinkind und Vergangenheit – von Sir Walter Raleigh: die Tragödie einer verlorenen Kolonie – von verschiedenen Menschen in der Marina – von guten Freunden und bösen Rassenproblemen in einer Kleinstadt, vom letzten Mut eines alten Mannes, von Schmerzen und Ärzten – von der Unlust an Großstadt, Arbeit und Gesellschaft, vom Aussteigen – von Tagebuchauszügen zur gefälligen Beurteilung – von gewissen Schwie-

rigkeiten auf der Werft – von weiteren Tagebuchauszügen: eine mißlungene Grillparty – von zunehmenden Schwierigkeiten auf der Werft und ehelichem Trost – von einer erfreulichen Wende in absichtlich verwirrten Beziehungen – von noch mehr Tagebuchauszügen: Unbesonnenheiten – vom Schweigen, das belohnt wird, und einem großen Triumph, der im Schacher um zwei Dollar endet – von einem Straßenfest, fröhlich zu Beginn, traurig zum Ende – von abschließenden Tagebuchauszügen: eheliche Scheidung und das letzte Wort des Schwiegervaters – von Seenotausrüstung in Kanistern, damit der segelnde Leser etwas zum Nachdenken hat; von Seglern mit Familienzuwachs und vom Abschied – von sehr grundsätzlichen Meinungen über Geschäftsfinanzierung, Ehe und Partnerschaft, – von der nunmehr unumstößlichen Tatsache, daß KAIROS trotz alledem ausläuft – davon, das KAIROS Mitte Fahrwasser aufbrummt – davon, daß Anker im Mudd nicht halten, im Sturm dann aber doch; von einem Gespräch über eine interessante Reise – von einem Ankerplatz wie im Traum – von einem Gespräch über Tabletten und die Grenze der menschlichen Würde – schließlich davon, daß ein ehrlich gemeintes Freundesangebot in den Wind geschlagen wird – von KAIROS, wie sie vor Anker liegt: seeklar.

März 1982. Nach einem ersten warmen Frühlingstag sank die Nacht kühl auf das Städtchen Elizabeth City in North Carolina, fiel mit lang anhaltender Dämmerung über den Pasquotank River, über Wälder und Sümpfe, über die wenigen Schiffe in der Marina.

In der Kajüte unserer KAIROS verbreiteten Petroleumlampen warmes Licht. Mahagoni und Messing glänzten. Handbücher und Seekarten lagen auf dem Tisch. Der Ofen summte. Hin und wieder knarrte draußen eine Leine. Oder ein Fender scheuerte am Steg.

Elga und ich planten die Reise nach Martinique im Karibischen Meer. Hier von der Ostküste der USA war der Aufbruch erst im Herbst möglich. Wir mußten die Hurrikanzeit abwarten. Die Orkane gefährden von Mai bis November den südlichen Nordatlantik, das östliche Karibische Meer, ebenso die US-Ostküste.

»Während der zweiten Hälfte Oktober motoren wir im Intra Coastal Waterway 370 Seemeilen südwärts nach Charleston in South Carolina«, sagte Elga. »Das sind geschützte Gewässer – Lagunen und Wasserläufe, Inseln, Buchten und Flüsse, Kanäle dazwischen.«

Wir sahen unsere Wetteraufzeichnungen des vergangenen Jahres durch. Mitte Oktober war der erste Herbststurm durchgezogen.

Anfang November hatte der letzte Hurrikan die Küste gestreift.

Ich sagte: »Das Kunststück ist, den letzten Hurrikan abzuwarten und die ersten Herbststürme zu vermeiden. Es ist Glücksache – aber wohl vertretbar im Intra Coastal Waterway.«

Elga fuhr fort: »Haben wir Mitte November eine gute Wettervorhersage in Charleston, müssen wir sofort auslaufen. Ab nach Südost, weg von der Küste, Luv für den Passat im Süden.«

»Und wenn wir im Waterway weiterfahren bis Florida? Sehr bequem.«

»Dann müssen wir durch die Bahamas ins Karibische Meer.«

»Von allen Seglern wärmstens empfohlen.«

Elga atmete hörbar ein. »Laß uns konsequent bleiben, bitte. Das Risiko mit schmuggelnden Piraten gehen wir nicht ein, auch wenn es gering sein soll.«

Entsprechende Nachrichten über die Bahamas hatten wir gerade im Radio gehört. Mehrere Polizisten waren verhaftet worden. Sie hatten mit den Drogenschmugglern zusammengearbeitet. Bald darauf folgte die Festnahme von acht Ministern wegen Bestechlichkeit im Amt. Die Schmuggler hatten große Summen gezahlt. Der Premierminister beteuerte seine Unschuld. Er versprach, neue Kabinettsmitglieder zu berufen, sollte den Angeklagten eine Schuld nachgewiesen werden. Das mußte natürlich in Ruhe abgewartet werden. Man verstand auf den Bahamas, unbeschwert zu leben. Das war es, was uns stets einen großen Bogen um die Inseln segeln ließ. Yachten waren von Motorbooten aus beschossen worden. Hinter den Kursen Hunderter von Yachten blieb auf den Stränden manchmal eine Seglerleiche, manchmal ein Wrack ohne menschliche Spuren zurück. Mehr nicht.

Ich nahm den Zirkel. »Also von Charleston mit Südostkurs bis 25° N, 65° W. Das sind 920 Seemeilen. Dort oder weiter südlich finden wir den Passat.«

Elga holte mir Karte und Zirkel weg. »Dann weiter Kurs Süd, hier: Sombrero Island mit dem Leuchtturm. Bis dahin sind es weitere 400 Seemeilen. Dann an den karibischen Inseln entlang bis Martinique – rutsch, weißer Strand, klares Wasser, warmer Wind, Mann, ich freu' mich!«

»Das sind zusammen rund 1600 Seemeilen direkter Weg – und mehr, wenn wir kreuzen müssen.« Ich blickte über die Seekarte.

Sie trug die Positionskreuze Tag für Tag unserer vorigen Reise. Was erwartete uns Tag für Tag auf dieser Reise? Wir sannen unseren Erfahrungen nach. Daß wir unsere letzte Reise planten, wußten wir nicht.

Auch eine Landkarte lag auf dem Tisch. Ich holte sie mir heran. Unseren Weg durch Nordamerika im Campingwagen hatte ich eingezeichnet: durch Wälder, über Prärie und Berge, durch die Wüste. Das waren Erfahrungen ganz anderer Art gewesen. Sie hatten nichts mit dem »Weltumsegler«-Image, nichts mit dem »Aussteiger«-Klischee gemein, die uns anhafteten – jenen Kochs, die immer fröhlich, immer gesund, immer planend und sparend, immer segelnd, immer vom Glück begleitet, begeistert taten, »wovon andere nur träumen«. Zum Teufel – daß wir Schwierigkeiten überwinden mußten, wurde meist übersehen, paßte nicht ins Bild. Wir waren jung und sprangen über unsere Schatten.

Jetzt waren wir alt. Die Reise, die wir planten, brachte uns nicht zu neuen Ufern wie vor zwanzig Jahren. Sie führte in unser Paradies. Wir waren gut trainiert. Aber Schmerzen im Rücken bei Elga und Schmerzen bei mir im Gesicht ließen sich nicht verleugnen. »Hört auf, davon zu sprechen, in eurem Alter fängt das Leben erst an!« So das Klischee – zum Teufel.

Elga sagte schließlich: »Das wär's also.« Sie räumte Karten und Handbücher in die Fächer.

Ich hielt das Segelhandbuch zurück und las wiederum:

Zu Beginn einer Reise im Oktober/November von der Ostküste zu den Virgin Islands und weiter ins Karibische Meer ist die Beurteilung der Wetterlage ebenso schwierig wie wichtig. Die letzten Hurrikane des Saison sollen vermieden werden, ohne in die oft schweren Herbststürme zu kommen.

Dann dies:

Der 20-Meter-Kutter DJINN verließ Morehead City (nördlich von Charleston, nahe Cape Hatteras) *Mitte November. Ein kräftiges Tief stand im Raum der Chesapeake Bay mit lang ausgeprägter Kaltfront über North und South Carolina. Frische Süd- und Südwestwinde waren vor der Front angesagt. Der Skipper beschloß, mit diesen Winden Südost zu laufen. In mäßigem Seegang* (Golfstrom mit Wind) *durchsegelte DJINN den Golfstrom. Für eine Nacht mußte gerefft werden. Der Südostkurs wurde bis 65° W beibehalten. Von dort mit Südkurs vor handigem Nordwind – die Front war weit im Norden durchgezogen – fand der Skipper den Passat auf 22,5° N. St. Thomas wurde am siebten Tag dieser ungewöhnlich schnellen Reise erreicht.*

Und schließlich:

In der ersten Hälfte November lief der 15-Meter-Schoner INTEGRITY bei günstigem Wetterbericht von Morehead City mit Ziel St. Thomas aus. Das Schiff geriet südöstlich von Cape Hatteras in das stürmische Wettergeschehen einer sich schnell bildenden Kaltfront. Bei Sturm aus Nord in schwerem Seegang (Golfstrom gegen Wind) *wurde es von einer Monstersee überrollt und kenterte durch. Beide Maste gingen verloren. Die Besatzung überlebte verletzt. Sie gab die angeschlagene Yacht auf, als ein Motorschiff Hilfe anbot. Das treibende Wrack der INTEGRITY wurde später nordöstlich der Insel Grand Turk von einer Yacht gesichtet und zu dieser Insel geschleppt.*

Ich schloß das Buch und stellte es an seinen Platz.

Jetzt lag ein Sommer an Land voraus. Wir freuten uns auf die Zeit in der Marina, auf unsere Fahrradtouren, auf die gemeinsamen Stunden mit unseren Freunden. Wir hatten die vielen Eindrücke unserer Reisen durch Nordamerika zu verarbeiten. Es gab zu schreiben. Instandhaltungs-Arbeiten am Schiff waren zu tun.

Wir saßen im Cockpit.

Helen und Patrick ankerten mit ihrem Kutter KEEP GOING draußen im Fluß. Sie bereiteten ihre erste Ozeanüberquerung vor. In ein paar Tagen wollten sie nach Irland auslaufen.

Steve war mit dem Auto von Norfolk gekommen. Er wollte sich ein Stahlschiff bauen lassen. Patrick hatte ihm von der stählernen KAIROS erzählt.

Helen sagte: »Patrick und ich, wir meinen, daß auf See jeweils einer von uns für acht Tage, oder so, Käpt'n sein soll.«

Sie war etwa zwanzig Jahre alt, zierlich von Wuchs. Zu blauen, engen Hosen trug sie eine grüne Bluse. Die Farben paßten nicht zueinander. Ihr dunkles Haar fiel lang um ein glattes Gesicht mit braunen Augen. Sie fuhr fort: »Der sagt an, was gemacht wird – versteht ihr? Dann bevormundet keiner den anderen mehr als nötig.

Jeder hat Verantwortung. Nicht wahr, Patrick?« Forsch sah sie ihren Partner an.

Patrick nickte. Er war älter als Helen. Sein blonder Bart kräuselte sich struppig, fiel würdevoll auf das schwarze Hemd. Das Haupthaar war dünner als der Bart, sein Kopf wirkte schief. Er war Maurer, handwerklich vielseitig begabt. Das kam der KEEP GOING zunutze.

Helen fragte Elga: »Wer sagt bei euch, was gemacht werden soll?«

»Der Rudergänger. Er weiß am besten, was los ist.«

Steve sah mich grübelnd an. »Keine Frage für mich. Ich werde einhand segeln müssen.« Er war Mitte dreißig. Seine teure Sportkleidung hatte er mit Bedacht ausgesucht – Manager am Wochenende. Sein Haar war blond, stand kurzgeschnitten um eine Kopfglatze. Er sprach laut und stoßweise. »Zeigen Sie uns das Schiff, bitte.«

Elga stieg mit unseren Gästen in die Kajüte hinunter.

Ich lehnte mich zurück. Frühsommerlich warm schien die Sonne. Leichte Wolken zogen über die Wälder an den Flußufern. Fern im Osten stand eine Bank geballter Haufenwolken. Dort lag der Atlantik.

Hinter dem Holzhaus mit Büro und Lagerräumen rief Mary Hadley einem schwarzen Arbeiter etwas zu. Ihren Dialekt zu verstehen, war für uns Glückssache geblieben. Kurz vor unserer Ankunft vor einem Jahr hatte sie die bankrotte Marina gekauft. Es war ihr zweiter Marina-Erwerb. Mit ihrem Partner »Doc« Griffin wollte sie die Wasserfront des Städtchens beherrschen: US-Traum in Kleinformat. Bis jetzt lagen die beiden Marinas mit morschen Pfählen fast leer.

Wir hatten KAIROS an diesen morschen Pfählen festgemacht. Der Liegepreis war niedrig. Die Erklärung dafür fanden wir, als Doc Griffin KAIROS im Portalkran hochnahm und zur Überholung aufs Werftgelände setzte. Er verstand nichts davon. Er war Zahnarzt im Hauptberuf. Wir ließen es an Ratschlägen und Zurufen nicht fehlen. Das war ein Fehler in diesem Land.

»Mind yah awn bus'ness!« Wir sollten uns um unseren eigenen Kram kümmern. Seitdem würdigten Mary Hadley und Doc Griffin uns keines Wortes. Wir durften bleiben, weil wir zuverlässig zahlten.

Und wir blieben. Die Marina lag ruhig und geschützt. Wir hatten Elizabeth City liebgewonnen, diese Kleinstadt in ihrer hingestreckten Häßlichkeit. Aber die Villensiedlung am Flußufer neben der Marina war von großer Schönheit.

Mit uns in der Marina lebte Mason Peters auf der Motoryacht RAGNAR, er war Journalist: »Dieser Beruf bricht dir das Herz« – lebten Sue und Mike Carr, Angehörige der Coast Guard, mit ihrer fidelen Katze Jollie auf der Sloop SOMEDAY: »Wir sind stolz auf unseren Dienst« – lebten während der Wochenenden Glenna und Bruce Terrence mit ihren vier Jungs auf der Sloop OZ, Bruce war Hubschrauber-Pilot: »Ich fliege für die Coast Guard ebenso gern wie damals für die Army.«

Elga kam mit Patrick ins Cockpit zurück. Helen und Steve folgten. Sie setzten sich.

Ich fragte Patrick: »Ihr wollt die nördliche Route nehmen? Harter Törn. Warum gerade Irland?«

»Meine Urgroßeltern sind dort 1848 während der großen Hungersnot ausgewandert. Teile von der Familie leben noch da. Die wollen wir besuchen. Helen will's auf dem direkten Kurs machen – ich natürlich auch. Wir werden mehr als 3200 Seemeilen zu segeln haben.«

»Wir rechnen fünfunddreißig bis vierzig Tage. Naja, vielleicht mehr«, sagte Helen. »Nordatlantik, das ist doch mal was.«

Ich war anderer Meinung. Aber die beiden würden es schon schaffen, jung wie sie waren.

Elga sagte: »Ihr werdet oft ruppiges Wetter haben.«

Patrick schnaufte durch seinen Kräuselbart. »Du würdest die südliche Route nehmen, die Barfußroute.« Er sagte es abwertend.

Elga antwortete: »Ja – mit Bermuda und den Azoren als Zwischenaufenthalt.«

Patrick blickte Helen an, sagte dann schnell: »Die südliche Route ist über 500 Seemeilen länger – wißt ihr das? Ihr denkt nur an das windige Wetter im Norden. Und was ist mit den Flauten im Süden? Die können ebenso nervend sein wie Sturm.«

Steve stand ungeduldig auf.

»Wir wollen es nun mal so machen«, sagte Helen trotzig.

Steve stieg aufs Deck und ging zum Vorschiff.

Patrick nickte. »Wollen wir! Morgen fahren wir unter Maschine nach Norfolk für letzte Ausrüstungsarbeiten.«

»Den Rückweg segeln wir im November mit dem Passat zum Karibischen Meer«, sagte Helen schwärmerisch.

»Ihr wart mal in Irland?« fragte Patrick. »Wie war's dort?«

Elga berichtete über Irland. Das Gespräch schleppte sich dahin.

Steve saß auf dem vorderen Kajütsrand.

»Wann wollen Sie mit dem Bau Ihrer Yacht beginnen?« Ich setzte mich neben ihn.

»Weiß es nicht«, stieß er hervor. »Da sind Dinge, die – nun, die zuvor geklärt werden müssen.«

»Gut«, sagte ich in gelernter US-Zurückhaltung.

Er schwieg. Er stützte die Ellenbogen auf seine Knie, faltete die Hände und legte das Kinn darauf. Er starrte auf die Ankerwinsch am Bug, ohne sie zu sehen.

Der Wind hatte leicht zugenommen. Er rippelte das Flußwasser zu dunklen Flächen zwischen glatten Himmelsspiegelungen. Die Sonne stieg in den Zenit.

Schließlich fragte Steve: »Wie lange leben Sie schon an Bord?«

»Vier Jahre.«

»Und hat sich das gelohnt? Ich meine – nun, solch Leben ist doch nicht normal.«

»Das ist Sache des Standpunkts. Ist das Sitzen im Büro normal?«

Er hob den Kopf von den gefalteten Fingern, ließ die Hände zwischen die Knie fallen. Seine Backenmuskeln spielten. »Würden Sie Ihr Schiff jetzt verkaufen?«

»Nein.«

»Sie wollen zu den karibischen Inseln – oder?«

Ich blickte zu der Bank geballter Haufenwolken überm Atlantik.

Steves Blick folgte. »Golfstromwetter da draußen. Wechselnde Winde, Regenböen, Flauten, oft hohe See, manchmal Wasserhosen. Haben Sie eine starke Maschine?«

»Ja.«

»Und hinter Wind und Flauten das Karibische Meer«, fuhr er fort, »Paradies, Palmenstrände, Ruhe – oder was? Träume sind das doch wohl. Wenn die große Langeweile kommt oder der Überdruß, rinnt es aus, das Paradies, wie ein Stundenglas. Entschuldigen Sie, ich bin in keiner guten Verfassung heute.«

Um weiterzusprechen mußte er sich überwinden. »Nun – sagen wir's so: ich bin allein, ich lass' mich von meiner Frau scheiden. Sie ist die Tochter meines Seniorpartners in der Firma. Ich habe Schwierigkeiten in der Firma. Kennen Sie das?«

Seine Offenheit war ungewöhnlich für einen Nordamerikaner. In den USA umfaßt Offenheit meist nur Äußerlichkeiten. Ich war erstaunt. Aber eine Antwort wollte er nicht.

Er starrte auf die Ankerwinsch, den Kopf geneigt, das Gesicht angespannt. »Vor drei Monaten – nun, sie haben meinen Bruder erschossen. In Chicago. Er war Zeitungsmann.«

Elga und ich waren in Chicago gewesen. Straßenschluchten, Abgase der Autos, Menschen in Hetze, bleiche Gesichter, Lärm, Gerangel – sein Bruder erschossen, es paßte dazu. Das Verbrechen war so gut organisiert wie die Müllabfuhr.

»Nein, nein – nicht wie Sie denken. Gregory war kein Polizeireporter, der zuviel wußte. Er machte nur den Fehler, einen Jugendlichen auf der Straße zur Seite zu stoßen – versehentlich. Das kann doch schon mal passieren – nicht wahr? Der Jugendliche schrie wie wild. Ein anderer kam. Immer mehr kamen. ›Hier, dieses Schwein hat mich gerempelt! Pop him up, pop him up!‹ Im johlenden Haufen zog einer die Pistole, rief: ›Hey, Mister!‹ und schoß Gregory durch Brust und Kopf. Sie liefen weg. Das Hospital telefonierte mich in Norfolk an. Ich flog nach Chicago. Gregory konnte kaum noch sprechen – nun, er starb am nächsten Tag.«

Auf der RAGNAR schräg gegenüber am Steg kam Mason mit einem Mann aus dem Deckshaus.

Steve sagte: »Die Polizei – nichts. Die Polizei ist machtlos. Die Polizei – nun, die Jugendbanden nehmen überhand.«

Mason verabschiedete den Mann. Der Mann ging den Steg entlang.

Steve: »Hundert Todesopfer dieser Art in drei Monaten, oh Gott! In diesem Land herrscht ein mörderischer Drang zu Schußwaffen und

Todesmythos – von Wyatt Earp bis Hemingway.«

Mason rief mir zu: »Erinnerst du Mark Glannon? Er hat eine Berichtserie über die karibischen Inseln in Auftrag bekommen. Große Sache!« Er lachte müde. »Nehmt ihn mit, wenn ihr nach Süden segelt.«

»Hey«, grüßte Mark Glannon. Wie sein alter Freund Mason trug er Khaki. Sein glattes Gesicht unter schwarzem Haar in Bürstenschnitt zeigte blaue Bartschatten. Die dunklen, kleinen Augen blickten hart. Seine Nase war aufgewölbt, häßlich. Aber Mark fand sich schön. Das verriet jede Bewegung. Sein Alter war schwer zu schätzen, vierzig vielleicht.

Er kam ungefragt an Bord. »Wir haben uns schon auf der RAGNAR gesehen. Wie geht's?«

Ich stellte Steve vor.

Elga rief vom Cockpit her: »Kommt! Lunch ist fertig.«

Wir gingen nach achtern.

»Hier ist ein neuer Gast«, erklärte ich, »Mark Glannon, Reporter bei –«

»Nein«, unterbrach er mich, »nein, ich bin kein Reporter bei einer Zeitung, arbeite freiberuflich, bringt mehr Geld. Hey, ihr alle, nett euch zu sehen. Wie Mason sagt, hab' ich einen Bombenauftrag bekommen. Daß ich mit euch segeln soll –« lässige Handbewegung »– war'n Spaß, das, von Mason. Aber möglicherweise treffen wir uns auf den Inseln, werde von November bis Mai da sein.«

Wir rückten im Cockpit zusammen. Elga brachte, was sie an Salat und Aufschnitt vorbereitet hatte. Mark aß kräftig. Er beherrschte das Gespräch. Er wußte alles über den Atlantik und über Irland, über das Karibische Meer und seine Inseln.

»Warum fliegst du für deinen Bericht dann noch hin?« fragte ich.

Er sah mich mit seinen kleinen, harten Augen an, ging aber auf die Frage nicht ein. Mir schien, daß er sich beleidigt fühlte. Er erzählte uns nun alles über das Hochseesegeln.

»Fein, ihr Leute«, sagte er zum Schluß, lehnte Elgas Kaffee höflich ab. »Muß jetzt los, war nett mit euch, bis bald.« Sprach's mit lässiger Handbewegung, trat ab, ohne sich umzusehen.

Steve brach wenig später auf.

Die Sonne neigte sich zum Nachmittag. Die Wolken über den Wäldern waren abgezogen. Nur fern im Osten stand die Bank geballter Haufenwolken über dem Golfstrom.

Helen und Patrick stritten über ein Gerät für Satellitennavigation, wie es Steve bei sich an Bord haben wollte. Unsere Gegenwart störte sie nicht dabei.

Ich unterbrach sie. »Warum segelt ihr? Wegen der Natur oder der Instrumente? Zum Meer gehört der Lauf von Sonne, Mond und Sternen, zum Segeln die Bestimmung des Standortes durch die Gestirne. Es ist altmodisch. Ist es darum schlecht? Elga rechnet meine Sextantmessungen aus, weil ich beim Rechnen zu viele Fehler mache.«

Helens Blick ließ von Patrick. »Elga – jeden Tag? Die ganze Reise? Das ist doch mal was, das werd' ich auch machen.«

»Und ich komm' aus der Übung, wenn du –« Patrick brach ab.

Auf dem Steg standen Hans und Annegret mit ihrem Töchterchen Mary. Am Vortag waren sie mit ihrer Sloop DWARSWIND von der Chesapeake Bay gekommen, wollten weiter nach Florida. Wir hatten sie oft auf den karibischen Inseln getroffen. Hilfsbereit war Hans mir bei mancher Schiffsarbeit zur Hand gegangen. Damals waren sie kinderlos. Nun war Mary da, geboren vor zwei Jahren im Staat Maryland.

Hans stand auf unserer Gangway. Er sah Patrick und stutzte. »Hallo, Patrick, ihr also – ihr seid das da draußen vor Anker. Das Schiff kam mir irgendwie bekannt vor.« Er wandte sich Elga und mir zu. »Wir kommen wieder, wollen nicht stören.« Er sprang auf den Steg zurück.

Annegret sagte leise: »Grüß euch.« Mit ihrer Tochter an der Hand folgte sie Hans zur DWARSWIND am übernächsten Steg.

»Wir haben die im Norden der Chesapeake getroffen«, sagte Helen schnell.

»Er hat dort gearbeitet – schwarz natürlich. Das hatten die Leute nicht so gern. Es geht mich nichts an«, fügte Patrick hinzu.

Helen sprach leise auf Elga ein. Patrick wollte seinen unterbrochenen Satz aufnehmen. Doch der Gesprächsfluß war zerstört. Sie nahmen bald Abschied, kletterten in ihr Beiboot, das längsseits lag. Patrick ruderte auf dem Fluß zur KEEP GOING hinaus.

Ich ging zur DWARSWIND. Das Schiff lag wie verlassen. Ich rief.

Hans' Kopf tauchte aus der Luke.

»Kommt doch noch einen Augenblick rüber.«

»Hm – Mary soll jetzt zu Bett. Annegret wird sie nicht allein lassen wollen. Wir kommen morgen.«

»Geht nicht. Ab morgen hüten wir das Haus von Freunden, die verreisen. Aber wenn wir uns eingelebt haben, besucht ihr uns. Ich hol' euch mit dem Wagen.«

»Vornehm, vornehm werdet ihr!« Hans lachte. Seine hellen Augen waren wie Eis.

An Bord fragte ich Elga: »Was war zwischen denen?«

»Unwichtig. Helen erzählte, daß Hans irgendwo sehr rücksichtslos mit seinem Arbeitsboot gefahren sein soll. Es gab Auseinandersetzungen mit den Ankerliegern, weil Hans völlig uneinsichtig war.«

Wir setzten uns aufs Achterdeck. Über Elizabeth City ging die Sonne unter. Ihr letztes Licht zeichnete die vertrauten Schattenlinien gegen den Abendhimmel. Frieden und Ruhe herrschten.

Im Osten stand die Bank geballter Haufenwolken rot über dem fernen Atlantik.

Es war vollkommen still. Am Himmel kreiste ein Raubvogel. Scharf zeichnete sich die Silhouette gegen das Abendlicht ab.

Ich saß an der Vorderseite des Hauses. Bill und Katherine waren verreist. Wir sollten das Haus hüten und die Hunde versorgen.

Das Haus war von englischen Siedlern 1746 gebaut worden – die Mauern aus Backsteinen errichtet, das Dach mit Schieferplatten gedeckt. Je ein Schornstein stand über den Giebeln. Im Erdgeschoß gab es einen großen Raum mit Balkendecke. Der Herd lag an der einen, der Kamin an der anderen Schmalseite. Im Stockwerk darüber waren vier kleine Zimmer durch eine Bohlentreppe erreichbar.

Zwei hölzerne Schuppen standen hinten zum Gemüsegarten hin. Im Vorgarten überspannten die Äste einer Esche die Rasenfläche. Ein Schotterweg führte von der Landstraße zwischen Garten und Wald hindurch zum Fluß.

In zwei Jahrhunderten war am Haus umgebaut und angebaut worden. Das hatte seinen Charakter nicht zerstört. Das Haus hatte die Geschichten bewahrt, die vor seinem Kamin erzählt worden waren – Geschichten von Mut, Verzweiflung, Tod, auch wie Ideen überleben für eine späte Sinngebung. In diesem Küstenland begann der Aufstieg Englands zur Seemacht.

Männer wie Walter Raleigh und Francis Drake sind die Akteure des abenteuerlichen Beginns. Das kleine England bringt erstaunliche

Charaktere hervor: Kaufmann und Schmuggler, Seefahrer und Pirat, Soldat und Verwalter in einem. Elizabeth die Erste, Englands »jungfräuliche« Königin, fördert diese Männer, hebt sie zu Ehren.

Die Königin verfolgt ihre Ziele abwartend, zögernd, aber auch plötzlich schnell. Sie ist selbstsüchtig, scheinheilig, prüde und eitel, auch selbstlos, ehrlich und treu. Sie ist abscheulich also und bewundernswert zugleich. Sie will trotz aller Gegensätze in Politik und Religion den Frieden mit Spanien erhalten. Aber sie will Spanien auch schwächen. Unter ihrem Einfluß geraten die Seefahrten der Abenteurer zu einer einmaligen Mischung aus Handel und Piraterie. Die Träume Raleighs, die Taten Drakes führen ohne Plan in seltsamer Folgerichtigkeit zu den Anfängen eines Weltreichs.

Zwei Schiffe erreichen im Juli 1584 die nordamerikanische Ostküste. Sir Walter Raleigh hat sie ausrüsten lassen. Die Engländer erkunden die Lagunen und das waldige Festland. Sie nehmen von der Insel Roanoke im Pamlico Sound Besitz. Die Roanoke-Indianer verhalten sich freundlich. John White – Zeichner und Maler der Expedition – hält die Begegnungen im Bild fest, ebenso die Schönheit der Landschaft. Mit Berichten voller Zuversicht kehrt die Expedition zurück.

Raleigh in London denkt an eine erste Kolonie. Er schmeichelt der Königin, nennt das entdeckte Land Virginia. Er wird es niemals betreten. Die Gunst der Königin fesselt ihn an ihren Thron wie an ihr Bett.

Raleigh ist Sprößling einer begüterten Familie in Devon. Er hat Rechtswissenschaft studiert, zumindest läßt er das seine Mitmenschen glauben. Er ist dichterisch veranlagt, schreibt Verse und Prosa. In Frankreich und Irland zieht er gegen Papisten und Rebellen in den Krieg. Alles tut er mit der verspielten Lässigkeit des damaligen Edelmanns.

Er kleidet sich reich, fällt auf, ist prahlerisch, großherzig, leichtgläubig – ein ehrgeiziger Mann, zum Höfling geboren. Er wird Kommandant der königlichen Leibwache, Vertrauter der Königin. Rivalen und Würdenträger am Hof erbleichen vor Neid und Haß –

Elga kam aus dem Haus. Sie stellte die Gläser mit unseren Getränken auf den Gartentisch.

Gelb hing die Sonne über dem westlichen Waldrand. Blaue Schatten fielen auf die Lichtung. Als die Mosquitos lästig wurden, gingen wir ins Haus. Ich zündete den Kamin an. Elga trug unser Abendbrot auf den Tisch am Fenster. Draußen dunkelte es. Erste Sterne erschienen am Himmel.

Später saßen wir vorm Feuer. Das Flammenlicht zuckte durch den Raum. Es geisterte über das Steinschloß einer Muskete über der Eingangstür. Bill hatte sie dort gehaltert, wie es einst die Siedler in diesem Land taten. Gewehr nehmen, Tür öffnen: mißtrauisch, vorsichtig, aufmerksam.

1585 rüstet Raleigh eine zweite Expedition aus. Eroberung lautet nun der Auftrag. Dreihundert Mann werden eingeschifft. Es sind Soldaten, ein paar Bauern und Handwerker. Der Maler John White ist wieder dabei.

Auf dem Nordteil der Insel Roanoke werden Gerät, Ausrüstung und Proviant angelandet. Ein Fort wird gebaut. Häuptling Wingina von den Roanoke-Indianern ist den Weißen freundlich gesinnt. Aber die ausgeladenen Geräte machen ihm mißtrauisch.

Wingina erzählt den Weißen von einer Bucht mit Namen Chesopik. Nicht weit, er zeigt nach Norden, viele Fische, viele Muscheln und Perlen, geht hin, großer Reichtum.

Die Weißen bleiben.

Die Indianer helfen ihnen, Hütten zu bauen. Sie zeigen den bärtigen Grobianen das Aufspüren jagdbaren Wildes. Die Musketen knallen. Am Lagerfeuer lernen die Weißen, wie Tabak geraucht wird.

Im Herbst sind die Wälder leergejagt. Die Gewässer sind ausgefischt. Die Ernte der wenigen Bauern ist mager. Die Soldaten werden unruhig. Nachschub muß kommen. Die Schiffe werden nach England geschickt, um Munition und Proviant zu holen.

Der Winter beginnt mit Frost. Schnee fällt. Hunger droht. John White versucht, die Männer aufzuheitern. Als Paradies ist ihm dieses Land erschienen. Jetzt wird es zur Gefahr. Krankheiten fordern Todesopfer. Über dem Nachlaß der Toten bricht Streit aus, den John White nicht mehr schlichten kann.

Die Unruhe und Gereiztheit der Weißen macht die Indianer scheu. Sie versagen ihre Hilfe. Die Weißen werden furchtsam. Bei jedem unerwarteten Geräusch reißen sie die Muskete hoch.

So kommt es aus nichtigem Anlaß zur Schießerei. Wingina wird getötet – versehentlich, das kann doch schon mal passieren. John White beschwichtigt die Parteien. Es gibt keinen Krieg, auch keinen Frieden. Waffenstillstand: das ist der Zustand unbegrenzten Mißtrauens.

Die Weißen warten, kränkeln, sterben.

Erst im Juni 1586 kommen Segel in Sicht. Es sind nicht die Versorgungsschiffe. Es ist ein Geschwader unter Francis Drake. Aus dem Karibischen Meer kommen die Schiffe, beladen mit spanischer Beute.

Die Siedler auf Roanoke verlangen den Rücktransport. Von dreihundert, die ausgezogen sind, nimmt Drake einhundertdrei Überlebende an Bord und segelt nach England.

Wenig später treffen die Versorgungsschiffe ein. Fort und Hütten stehen verlassen. Der Befehlshaber entscheidet sich schnell. Er läßt fünfzehn Soldaten ins Fort einrücken. Er gibt ihnen Proviant für ein Jahr und den Befehl zum Ausharren. Verstärkung wird kommen. Die Segel verschwinden hinter dem Horizont. Die Handknöchel der Zurückgebliebenen auf den Wällen des Forts werden weiß im Griff um die Musketen. Allein in der unbekannten Wildnis, Tag für Tag: was sind sie wert, diese Musketen – für die Jagd, gegen die Indianer?

Ich legte Holz im Kamin nach. Das Feuer lohte auf. »Ich seh' mal nach dem Wetter.«

»Ich komm' mit.«

Draußen war Wind aufgesprungen. Er rauschte in den Baumkronen. Ich starrte in die dunkle Masse des Waldes vor uns, sah dann die Sterne über uns. Mich fröstelte.

An einem sonnigen Nachmittag holte ich mit Bills Zweitauto Annegret, Mary und Hans von der Marina ab.

»Weißt du einen Eisenhändler?« fragte Hans.

Mary schrie und weigerte sich, ins Auto zu klettern. Annegret zog sie herein. Ich fuhr Hans zu einem Eisengeschäft in der Hauptstraße. Gegenüber lag ein Supermarkt. Mary verlangte Eis. Annegret erklärte mir, daß Mary – kluges Kind – den Supermarkt von Einkaufsgängen erinnerte. Sie stieg aus, nahm Mary auf die Hüfte, verschwand mit wallendem Kleid hinter den Schildern der Sonderangebote.

Hans kam nach zehn Minuten, Annegret nach dreißig Minuten zurück. Sie war eine schlanke Frau von Anfang dreißig. Ihr Gesicht war zart und blaß. Das volle, kastanienbraune Haar trug sie zu einem Seitenzopf geflochten, der bis zur Brust niederhing. Sie bevorzugte lange Kleider einfachen Schnitts.

Mary wurde mit Eisbecher und Plastiklöffel, mit einigen Einkaufstüten auf dem Hintersitz verstaut. Annegret setzte sich daneben. Ich lenkte in den Verkehr ein.

»Herrensitz«, stellte Hans fest, als wir eine halbe Stunde später in den Schotterweg zum Haus einbogen.

Elga wartete vor dem hölzernen Schuppen, der als Garage diente. »Kommt rein.«

Wir setzten uns in die Sessel der Sitzecke. Mary begann, das Zimmer zu erkunden. Sie kroch in den Kamin. Annegret holte sie heraus. Mary sah etwas überstaubt aus.

Hans erzählte von seiner Kunst als Möbeltischler.

Annegret fragte nach einer Weile: »Wo ist Mary?«

Im Nebenraum polterte etwas zu Boden. Mary kam hereingelaufen, strahlend in jeder Hand ein Buch. Sie konnte sie kaum tragen. Annegret entzog ihr die Bücher. Mary schrie wie am Spieß. Annegret legte die Bücher zu Boden und nahm das Kind auf die Hüfte.

Elga ging in die Küche.

»Da man heute wenig Leute meines Berufes findet, hab' ich gut zu tun«, erzählte Hans. Er rief Mary zu: »Sei ruhig, Kind!«

»Wir können das Kind nicht bestimmen«, sagte Annegret und liebkoste Mary, die noch lauter schrie.

»Aber es muß auch –«

Elga kam mit Thermosflasche und Picknickkorb aus der Küche. Ich staunte. Sie warf mir den Halt-deinen-Mund-Blick zu. Ich hielt in Erwartung weiterer Entwicklungen den Mund, klaubte die Bücher vom Boden.

»Das Wetter ist schön«, sagte Elga. »Am Fluß gibt es eine kleine Bucht mit Strand, wo Mary spielen kann. Ich habe Kaffee, Kuchen, Saft, fürs Abendbrot kaltes Fleisch und Käse und Brot. Wir machen ein Picknick. Einverstanden?«

Bis auf Mary waren alle einverstanden. Ich verließ als letzter den Raum. Unberührt stand der Tisch für die Kaffeemahlzeit.

Sonnenlicht und Schattendunkel lagen auf dem Weg zum Fluß. Es roch nach Erde und frischem Laub.

Elga und Annegret gingen voraus. Mary hatte ihre Liebe zu Elga entdeckt. Sie hüpfte vor ihren Knien und wollte aufgenommen werden.

Ich fragte Hans, wohin sie nach ihrem Aufenthalt in Florida segeln wollten.

Seine kalten, hellen Augen verfolgten jede Bewegung seiner Tochter. Er trug das dunkelblonde Haar kurz, ebenso den Bart, der sein kantiges Gesicht rahmte. Die aufgeworfenen Lippen paßten nicht in dieses Gesicht. Seine Kleidung bestand aus einer geflickten Cordhose und einem verwaschenen Hemd. Er antwortete: »Wenn Mary etwas größer ist, wollen wir durch die Magellan-Straße in den Pazifik, vielleicht in einem größeren Schiff. Vorher will ich Geld verdienen – klar. Solange Mary nicht zur Schule geht, können wir segeln und an Bord leben.«

»Wollt ihr nach Deutschland, wenn Mary zur Schule muß?«

»Nein. Seit der Pleite mit der Apo haben wir dort nichts mehr im Sinn.«

»Du kannst als Handwerker ja überall Arbeit finden.«

»Da oben in Maryland hab' ich gut zu tun gehabt. Ohne Arbeitsgenehmigung mußt du vorsichtig sein, darfst nicht auffallen – klar. Deswegen wollen wir jetzt nach Florida. Da haben wir Leute mit Bootssteg vorm Garten. Gerade das richtige für uns.«

Nach einer Biegung des Wegs lag der Fluß vor uns. Sonnenlicht glitzerte auf dem ziehenden Wasser.

Wir setzten uns unter die Bäume. Mary sprang quietschend in den Sand. Elga packte den Korb aus und stellte den Inhalt auf ein ausgebreitetes Tuch.

Hans machte sich über Kuchen und Keks her. »Hast du Kaffee, Elga? Schenk' mal ein.«

Annegret aß nichts.

Mary kam mit Steinen und Muscheln, die sie liebevoll an uns verteilte. Annegret gab ihr Keks, nachdem sie ihr das sandige Kleidchen ausgezogen hatte.

»Mary hat euer Leben völlig verändert«, sagte Elga.

Annegret nickte. »Gut so – wir waren viel zu sehr auf uns selbst fixiert.« Sie schlang den langen Zopf um die Hand. »Mir ist, als ob ich erst seit Mary mit all dem endgültig fertig werde.«

Sie saß mit gekreuzten Beinen, das lange Kleid theatralisch um Knie und Schenkel gerafft. Ihre braunen Augen blickten über den Fluß. Sie sagte leise: »Es war so furchtbar, weg von Ibiza, raus aus der Szene, zum Arzt – Ersatzmittel, um von der künstlichen Hochstimmung wegzukommen, zurück zu eigenem Empfinden ohne Rausch, normal sein. Ich wollt' ja, war guter Absicht. Die Entzugserscheinungen waren furchtbar. Wohin, wo sollte ich hin? Italien – ich bin dann auf die Albaner Berge gestiegen, weiß nicht wie lange, weiß nicht wie hoch. Eines Morgens sah ich die Sonne aufgehen, die mich von der Kälte befreite – aber was soll's, darüber zu sprechen, was soll's –« Sie zerrte an ihrem Zopf. »Ich will eine gesunde Familie.«

Elga fragte: »Kanntet ihr euch da schon?«

»Nein«, sagte Hans, »meinst du, ich hänge mich an eine Fixerin? Scheißdrogen! Gesetze machen Süchtige wegen Rauschmittelbesitz zu Verbrechern. Statt durch Ärzte behandelt, wird die Sucht mit der Polizei bekämpft.«

»Was soll's –« wiederholte Annegret. Sie glättete ihr Haar und fragte mich: »Und deine Neuralgieschmerzen?«

»Schubweise«, gab ich zur Antwort, »und immer stärker.«

»Die wirst du nie los. Meine Großmutter hatte sie auch«, sagte Annegret, »fürchterlich.«

Hans reckte sich. Er griff nach Fleisch und Käse. »Elga, was haben wir für Lebenspartner, ha-ha! So zappeln wir am Rande der Wohlstandsgesellschaft und freuen uns über die Krümel, die für uns abfallen.« Er kaute mit vollen Backen. »Ich nehm' gern vom Überfluß, wenn's mich bei Kräften hält – ihr auch?«

Die Sonne sank. Der Fluß lag im Schatten des Uferwaldes.

»Warum bleibt ihr nicht in den USA?« fragte ich. »Mary ist hier Bürgerin von Geburt.«

Annegret sagte: »Hans war mal in der kommunistischen Partei.«

»Jugendfehler wie Annegrets Demonstrationen«, sagte Hans. »Aber wir bekommen nie mehr als ein halbes Jahr Aufenthaltsgenehmigung – trotz amerikanischer Tochter.«

Annegret stand auf. »So ist das. Einmal gesündigt, immer gesündigt – jedenfalls im Computer der anderen.« Sie rief Mary und zog ihr das sandige Kleidchen an, ohne es auszuschütteln. Mary schrie.

Wir brachen auf. Hans trug Mary auf den Schultern. Annegret hatte sich bei ihm eingehakt. Sie gingen vor uns durch den dunkelnden Wald. In den Kronen der Bäume lag das Licht des Sonnenunterganges, in dessen Widerschein sie seltsam verloren wirkten.

Was hat diese jungen Menschen zu Kritik, Protest, Demonstrationen getrieben? Was treibt sie zu Gurus, Sekten, Drogen? Unser Fortschritt bedingt ihr Fortschreiten. Wohin? Sie sind ohne geistige Hilfe, ohne Vorbild. Sie steigen in Qual auf Berge und kehren im Sonnenaufgang aus der Kälte zurück – aber: einmal gesündigt, immer gesündigt.

Ihre Sünde ist, daß sie die Formen ablehnen, die leer geworden sind; daß sie suchen, was wir beim Tanz ums Goldene Kalb verloren haben und ihnen nicht geben können. Sie finden nichts. Keiner gibt ihnen außerdem eine Chance.

Annegret und Hans sagten, daß sie zum Schiff wollten. Mary war müde. Ich fuhr sie in die Marina. Annegret schenkte mir zum Abschied einige Bücher philosophischen Inhalts.

Fröhlich stellte ich nach dem Frühstück meine Schreibmaschine auf den Tisch neben dem Fenster. Ich spannte Papier ein, blickte gebannt auf den weißen Bogen. Reise durch die USA war heute das Thema.

Nach zehn Minuten war noch nichts geschrieben. Ich holte mir einen Becher Kaffee aus der Küche. Sein Aroma mußte mich beflügeln. Es geschah nichts. Ich zündete mir eine Zigarette an. Jetzt – mein Blick folgte dem Rauch. Er stieg zu der verdammten Muskete über der Eingangstür, wo er in Schwaden hängenblieb. Raleighs Kapitäne haben den Tabak nach Europa gebracht –

Raleigh in London ruft eine dritte Expedition ins Leben. John White, der Maler, wird zum Gouverneur der Kolonie ernannt. Einhundertfünfzig Männer, Frauen und Kinder brechen nach Virginia auf. Whites Tochter mit Ehemann begleitet ihren Vater. Sie ist schwanger.

Raleigh hat verfügt, daß Gouverneur White die fünfzehn Soldaten von Roanoke holt, dann zur reichen Chesopik oder Chesapeake Bay segelt, dort eine neue Siedlung gründet.

Mit drei Schiffen erreicht White im Juli 1587 Roanoke. Das Fort und die Hütten stehen verwahrlost. Elf Bleichgesichter sind getötet worden, so berichten Indianer. Sie zeigen zum Festland. Vier Bleichgesichter sind in einem Boot entkommen. Sie zeigen nach Norden.

Es ist August. Die Hurrikangefahr wächst. Die Schiffskapitäne weigern sich, nordwärts in unbekannte Gewässer zu segeln. White beschließt, während des Winters auf Roanoke zu bleiben. Er entläßt die Kapitäne mit Heimatkurs. Einige kleine Segelschiffe behält er zurück.

Die Siedler richten sich in den Hütten ein. Die späte Jahreszeit läßt eine Bestellung der Felder kaum zu. Whites Tochter wird von einer Tochter entbunden. Glücklich hält John White seine Enkelin im Arm.

Das Glück ist kurz. Es wird ein Mann vermißt. Man findet ihn erschlagen im Schilf. Die Roanoke-Indianer beteuern, Jäger vom Festland seien die Täter. Mit vierundzwanzig Männern setzt der Gouverneur über. Im Morgengrauen stoßen sie auf eine Jagdgruppe. Die Weißen feuern ihre Musketen ab. Ein Indianer wird verwundet. Er flieht mit den anderen.

Zurück auf Roanoke erfährt Gouverneur White, daß er Roanoke-Indianer angegriffen hat. Der Verwundete klagt ihn an.

Feindschaft auf der Insel, Mißtrauen in den Wäldern, Mißernte auf den Feldern, der Winter vor der Tür, die Muskete über der Tür. Es gelingt nicht, zur Ruhe zu kommen, den Reichtum des Landes sinnvoll zu nutzen. Die Siedler überreden ihren Gouverneur, für Nachschub nach England zu segeln. Nur ihm vertrauen sie.

White gibt nach. »Schickt einen Erkundungstrupp zu den Ufern der Chesapeake. Findet ihr dort einen Platz für unseren Zweck, zieht hin in Frieden. Schnitzt mir Namen und Lage des Platzes in diese Palisade. Ich werde folgen.«

Sturm weht Whites kleines Schiff über den herbstlichen Atlantik nach England. England fiebert in den Vorbereitungen zum Krieg mit Spanien. Die Armada kommt. Alles Pulver und Blei, aller Proviant werden für Kriegsschiffe gebraucht. Gouverneur White muß warten. Raleigh kann nicht helfen.

John White wartet vom Herbst 1587 bis zum Sommer 1590. Darüber wird sein Haar weiß. Mit Raleighs Hilfe kann er endlich drei Schiffe ausrüsten. Er erreicht Roanoke und findet – nichts. Keine Siedler, keine Indianer, keine Spur. »Croatoan« ist in den Palisadenpfahl geschnitten. Das ist der Name einer Insel nicht weit entfernt. Er wird dorthin segeln. Er wird sie alle finden. Er wird seine Enkelin, jetzt drei Jahre alt, in die Arme schließen.

Schnell wird der Wind zum Sturm über dem warmen Wasser des Golfstroms südlich von Cape Hatteras. In heulender Hölle unter der Bank geballter Haufenwolken werden Whites Schiffe abgetrieben. White läßt aufkreuzen. Neues Unwetter verschlägt ihn ostwärts, immer wieder. Der Sturm nimmt zu, nimmt rasend zu. Da verweigert die Mannschaft weiteres Aufkreuzen.

Als gebrochener Mann geht John White in England an Land. Seine letzte Hoffnung ist Sir Walter Raleigh. Aber Raleigh hat die Gunst der Königin verloren. Er ist Gefangener im Tower.

An den Ufern der Chesapeake Bay fassen siebzehn Jahre später neue Siedler Fuß. Sie überleben. Anfänglich verhalten sich die Indianer freundlich. Sie erzählen Geschichten, die wie Legenden klingen: von Mut, Verzweiflung, Tod, von weißen Indianern, unsterblich, deren Medizinmänner Weisheit besitzen. Die neuen Siedler greifen nach der Muskete. »Wo?« fragen sie. Das müssen die Überlebenden von Roanoke sein.

Die Indianer schweigen. Ihr Wissen geht mit ihnen unter. Die neue Kolonie Virginia blüht auf, Raleighs Idee –

Ich erzählte Elga beim Mittagsbrot darüber.

»Was wurde aus John White?« fragte Elga.

»Sein Schicksal war, der Maler eines gewonnenen, der Gouverneur eines verlorenen Paradieses zu sein. Wenn er westwärts über den Atlantik blickte, blieb ihm nur die hoffnungslose Rechnung, wie alt seine Enkelin jetzt wäre – wie alt jetzt, lebte sie noch. Er weinte.«

Aus Bills Zweitauto brachte ich unsere Siebensachen an Bord. Elga fuhr mit dem Fahrrad zum Einkaufen. Bill und Katherine wollten das Auto am Nachmittag abholen. Mit Genuß gab ich mich dem gewohnten Leben in der Marina hin.

DWARSWIND und KEEP GOING waren ausgelaufen.

Mary Hadley ging grußlos vorbei. Wie immer trug sie Männerkleidung. Wie immer war ihr Zeug farbbekleckst. Bald tönte ihre rauhe Stimme über das Werftgelände.

Mason Peters verließ die RAGNAR. Er ging zu seinem Auto auf dem Parkplatz. »Hey, George.« Mein Name ist für die amerikanische Zunge nicht gemacht: aus Ernst-Jürgen wird Öhrnest-Dschurdschen, dann Dschordsch. Mason sagte: »Gut, euch wieder hier zu haben.«

»Wie geht's, Mason? Viel Arbeit?«

Er blieb stehen, als überlegte er eine Antwort.

Seine Tochter aus dritter Ehe hatte eine Wochenzeitung gegründet. Mason finanzierte das Unternehmen. Er war nicht reich. Anfangs war er beratend tätig gewesen. Das hatte seinem Gesundheitszustand und seinem Alter von bald siebzig entsprochen. Der Erfolg der Zeitung blieb aus. Nun arbeitete Mason täglich bis zur Erschöpfung. Seitdem schien er jeder Begegnung mit Menschen auszuweichen.

Er sagte schließlich: »Gut in Schuß hast du die KAIROS.« Er lächelte mutig, keep smiling, und ging weiter.

Sue und Mike von der SOMEDAY kamen. In ihren Coast-Guard-Uniformen sahen sie wie ein Traumbild von Unverwüstlichkeit und Hoffnung aus.

»Hey!« rief ich. »All America wartet auf euch. Smart seht ihr aus.«

»Danke«, sagten beide stolz. Sie waren Mitte zwanzig, jung verheiratet. Sue erklärte: »Wir sind in Uniform, weil'n hohes Tier aus Washington zur Besichtigung der Flugbasis kommt.« Sonst radelten sie in Zivil zum Dienst. Heute stiegen sie in ihr Auto.

Die Sloop OZ lag verlassen. Somit waren die morgendlichen Begrüßungen abgeschlossen. Es kam noch die fidele Katze Jollie von der SOMEDAY. Ich sprach sie an. Sie bedeutete mir, daß sie sich heute leider nicht mit meinen Lächerlichkeiten befassen könnte.

Ich stellte eine Liste der Schiffsarbeiten für die nächsten Wochen auf. Elga kam vom Einkauf zurück. Ein weiterer Tag in der Marina hatte begonnen.

Am späten Nachmittag kamen Katherine und Bill.

»Alles gut vorgefunden im Haus!« rief Katherine. »Wie ist euch Seefahrern das Landleben bekommen?«

»Gut«, sagte ich. »Euer Haus ist voller Geschichten. Man muß nur hinhorchen.«

Wir setzten uns auf die Deckstühle unter der Achterpersenning.

Bill zündete seine Pfeife an. Sein Schnauzbart zuckte. Seine Brille leuchtete fröhlich. »Indianergeschichten natürlich. Du hast sie als Junge gelesen – ich auch in Holland. Aber verstanden habe ich sie erst, als ich als Schiffsarzt hierher kam. Da begriff ich den großen Schwung der nordamerikanischen Geschichte und ihre tiefgründige Tragik – nicht nur für die Indianer und Neger, vielmehr für die Weißen. Sie haben sich so sehr mit der Eroberung ihres Halbkontinents beschäftigt, daß sie den Forderungen der Weltpolitik noch gar nicht gewachsen sind. Weshalb ecken sie überall an?«

Ursula bremste ihr Fahrrad scharf neben KAIROS. Ihr Gesicht war erhitzt. Ihre Augen unter dem blonden Haar leuchteten. Neben Reiten, Langlauf und Gymnastik betrachtete sie ihre nachmittägliche Radtour als gutes Zusatztraining. Sie half ihrem Mann Roger in der ärztlichen Praxis, versorgte vier Kinder im Alter zwischen zehn und achtzehn Jahren im Haus, liebte Besuch, Musik und Bücher, war immer fröhlich und lebhaft, eine gute Gastgeberin.

»Hab's mir gedacht«, rief sie, »da hockt ihr alle!« Sie stellte das Fahrrad ab und kam an Bord. »Ich bleib' nicht lang', will nur hören, ob's euch paßt, morgen abend mit uns zu essen, kommt um sieben zum Cocktail, irgendwann hab' ich's Essen dann fertig, einverstanden?« Sie blickte zur RAGNAR hinüber. »Ich will auch Mason Peters einladen. Ist er an Bord?«

»Nein«, sagte Elga. »Du kannst ihn anrufen. Er hat Telefonanschluß. Wir machen uns Sorgen um ihn.« Sie erzählte.

»Er braucht Abwechslung«, sagte Ursula, »wir heitern ihn auf.« Sie sprang auf den Steg, stieg aufs Rad und fuhr winkend davon.

Wir begleiteten Katherine und Bill zum Parkplatz.

»Noch einen Spaziergang zu den Magnolien?« fragte Elga, nachdem die beiden mit ihren Wagen fortgefahren waren.

Ich spürte plötzlichen Druck hinter dem linken Auge. Meine Nase begann zu schleimen. Aber es folgte kein Schmerz wie sonst.

Elga sah mich an. »Willst du dich hinlegen?«
»Nein, es zieht hoffentlich ab.«
»Dann mach' ich Abendessen.«
Wir gingen an Bord. Rot sank die Sonne auf die vertraute Schattenlinie der Stadt. Die Wolken darüber färbten sich violett und blau.

Zur Abenddämmerung des nächsten Tages gingen wir durch die Gartenstraßen. Zwielicht lag auf Büschen und Blumen, auf geschnittenen Rasenflächen. Zwischen den Stämmen der schon dunklen Waldstücke tanzten Glühwürmchen.
Ursula begrüßte uns am Eingang des Hauses. »Habt ihr Mason mitgebracht? Ich hab' ihm die Einladung auf seinen Anrufbeantworter gesprochen, nichts gehört seitdem – naja, kommt rein, Bill und Katherine sind schon da.«
Roger saß mit ihnen an der Eckbar des Wohnzimmers. Er war blond, groß und schlank, trug eine Goldbrille und sah jünger aus, als er war. Er sprach bedachtsam, was seine lebhafte, menschliche Wärme oft verbarg.
Elga und ich freuten uns immer wieder an der weltoffenen Art dieses Freundeskreises, an der Atmosphäre des Hauses mit seinen vielen Bücherregalen und Bildern.
Roger erzählte von einem jungen Arzt am Krankenhaus. Er war Neger. Es gab weiße Patienten, die sich nicht von ihm untersuchen lassen wollten.
»Was soll er machen?« fragte Elga.
»Später in einer eigenen Praxis wird er ausreichend schwarze Patienten haben. Dreiundvierzig Prozent der Bevölkerung von Elizabeth City sind schwarz.«
Ursula kam herein. »Etwas zu trinken brauch' ich, dann gibt's Essen. Hab' ich's euch schon gesagt, wir wollen einen street dance nächsten Monat geben, wir laden alle Bekannten und Freunde ein, achtzig Leute fast, und lassen von der Polizei die Straße sperren, das tun sie bei Nebenstraßen, wir bestellen zwei Kapellen, wir bauen

Tische mit kalten Speisen und Eisbehälter mit Getränken auf.«

»Ladet doch auch den schwarzen Doktor ein«, sagte ich.

Ursula lachte. »Schön wär's, aber es geht nicht, er wird unsere Einladung nicht annehmen, weil er fürchtet, provoziert zu werden. Käme er, nehmen wir das nur mal an, über die Hälfte unserer Gäste würde weglaufen, der Rest wäre peinlich berührt.«

Roger schob mit dem Zeigefinger seine Brille hoch. »Meine Patienten würden wegbleiben. Ich habe nur weiße. Unser guter Wille scheitert am Selbstschutz. Ich habe ihm die Stellung am Krankenhaus beschafft. Er weiß es nicht. Kein Mensch weiß es außer dem Chef. Mehr kann ich nicht tun.«

»Meine Praxis geht schlecht«, sagte Bill, »weil ich weiße und schwarze Patienten habe. Dies sind die Südstaaten der USA.«

Roger wollte etwas sagen, schwieg aber.

Bill fuhr fort: »Vor zwanzig Jahren gab es keinen schwarzen Sprecher im Fernsehen, keine schwarzen Bürgermeister in Städten oder schwarze Ärzte an Gemeindekrankenhäusern. Eine Lockerung der Rassenfrage steht außer Zweifel.« Er klopfte seine Pfeife aus. »Die Toleranz zu fördern, das ist eine Aufgabe, die in den Schulen beginnen muß. Aber noch haben wir Analphabeten – schwarze.«

»Analphabeten im fortschrittlichsten Land der Erde?«

Bill nickte. »Schwarze Eltern melden ihre Kinder in der Schule an. Die schwarzen Kinder kommen. Die weißen Kinder belästigen sie anhaltend – angestachelt von ihren rassistischen Eltern. Die schwarzen Kinder beginnen, in Angst die Schule zu schwänzen. ›Seht doch‹, sagen die weißen Rassisten, ›diese niggers woll'n nix lernen!‹ Schwarze Rassisten sind in nichts besser, ihre Methoden ebenso primitiv.«

»Kommt zum Essen!« rief Ursula aus dem Eßzimmer. Sie zeigte uns unsere Plätze. Sie nahm Masons Gedeck fort. »Setz' seinen Stuhl zur Seite, er hätt' doch wenigstens absagen können.«

Schüsseln und Platten begannen zu kreisen. Roger schenkte Wein ein.

»Mason hat es schwer«, sagte Elga. »Er ist ein sensibler Mensch. Seine Tochter hat ihn in dieses Abenteuer reingerissen. Die Zeitung rutscht in die roten Zahlen.«

Bevor Mason sich gegen alle Menschen verschloß, hatte er mir gesagt – er konnte dabei noch lächeln: »Ich war ein Narr mein Leben lang. Ich habe Nachrichten gesammelt und verkauft, habe eine Zeitung besessen, Frauen gehabt, Kinder gezeugt, Macht ausgeübt, Mitarbeiter begeistert, Mitarbeiter gefeuert, Sensationen gezaubert, Geld verdient und verloren – zuviel, zuviel der Götzen! Du sollst keine anderen Götter neben mir haben. Gesoffen habe ich und der Weisheit des Westens gespottet. Ich bin um die Erde gesegelt. Opium habe ich geraucht und die Weisheit des Ostens mißverstanden. Alles verloren habe ich – fast mich selbst. Jetzt sitze ich auf meiner jämmerlichen Motoryacht. Nur eines, George, nur eines habe ich nie getan: über meine Sorgen geklagt. Ein Mann hält durch, he fights his last stand, er kämpft bis zum Letzten, wenn es denn sein muß.«

Ich hatte geschwiegen, war nicht vertraut mit der Denkweise in diesem Land – von Wyatt Earp bis Hemingway.

Spät in der Nacht gingen Elga und ich am Fluß entlang zur Marina. Regenlose Wolken zogen von Westen her.

Ich spürte plötzlichen Druck hinter dem linken Auge. Meine Nase begann zu schleimen. Elga griff unter meinen Arm. Alle Empfindungen verglühten im Schmerz hinter dem Auge ins linke Gesicht hinab. Wie ein Zahnbohrer drang er in den Oberkiefer ein, geräuschlos und ohne Spritze.

Cockpit. Koje. Ich konnte die Zerreiß-reiß-probe nicht bestehen, nicht still liegen oder sitzen. Ich wimmerte, stöhnte, rotzte.

Als die Attacke abklang, hockte ich schweißnaß am Schott. Ich fühlte mich alt und wie ausgekocht. Ich wusch mich und ging zur Koje. Keine Stunde war vergangen. Entspannt dachte ich, daß dies die letzte Schmerzattacke gewesen sein mußte.

Bill und Roger – beide Ärzte hatten mich untersucht. Der eine meinte, es wäre eine Trigeminus-Neuralgie. Der andere nannte es eine schwere Migräne. Was immer, so die beiden Ärzte: es geschah nicht durch unmittelbare Umwelteinflüsse, war nicht durch mein bewußtes Verhalten zu beeinflussen. Beide hatten mir die Behandlung durch einen Spezialisten angeraten.

Diese Behandlung wollte ich nicht – noch nicht. In den Familien meiner Eltern hatte es nervöse Veranlagungen und Krankheiten gegeben – damals und dort. Jetzt und hier: mein Leben ging weiter. Meine Lebensbejahung war ebenso Teil davon wie diese verdammten Nerven. »Elga – morgen geht's weiter wie immer.«

»Ja.« Sie legte sich auf ihre Koje.

Draußen heulte ein Bö. Es begann zu regnen. Die Bö verstummte.

Ich lag und dachte an Mason.

Steve besuchte uns an einem Sonntag nach dem Mittagessen. Er trug seine teure Sportkleidung. Einen Aktenkoffer brachte er mit. Das Ding erschien mir wie aus einer anderen Welt.

»Hey«, grüßte er. Im Cockpit stellte er das Ding zwischen seine Füße.

Elga kam aus der Achterkajüte, fiel fast darüber. »Hallo, Steve – gute Fahrt gehabt?«

»Viel Verkehr bei dem schönen Wetter – nun, alle Straßen sind verstopft. Kennen Sie Norfolk?« Er lachte freudlos. »Die Stadt wird unorganisierbar – Überbevölkerung, Rabaukentum, Kriminalität, korrupte Polizei.«

Elga fiel ihm ins Wort. »Ich mach' Kaffee, Steve. Mögen Sie ein belegtes Brot nach der Fahrt?« Sie stieg zur Pantry hinunter.

»Danke, nein«, sagte er höflich – dann heftig zu mir: »Wollen Sie so etwas überhaupt hören? In Ihrer Ruhe hier?« Er zögerte, blickte mich forschend an. »Nun, well – die Preise steigen, die Qualität fällt. Die Theater zeigen geistlosen Schund. Das Fernsehen verwechselt Realismus mit Brutalität. Aus Walt Disneys Märchenprinz ist der Macho ohne Hemmung geworden. Und Schneewittchen verläßt die sieben Zwerge, weil Nacktfotos mehr Geld einbringen. Wollen Sie noch mehr hören?«

»Erzählen Sie.«

»Das Geschäftsleben wird immer rücksichtsloser. Es war immer schon hart – gut, aber nun ist es brutal. Das Leitbild ist Erfolg, egal wie er erreicht wird. Genug jetzt?«

»Was wollen Sie tun?« Mein Sinn war friedlich. Ähnliches lag Jahre hinter mir.

Die Sonne schien. Über den Platz vorm Bürohaus hüpften Sperlinge. Mit seinem Kran gab sich Doc Griffin auf der Werft seiner Wochenendarbeit hin. Wenn der Kran in Vollast aufbrummte, flogen die Sperlinge zur Zeder am Eingangstor. Doc Griffin zog verrottete Pfähle aus einer morschen Slipanlage.

»Einundfünfzig Prozent hält mein Schwiegervater, dreißig seine Frau als stille Teilhaberin, neunzehn halte ich. Das sind die Kapitalanteile in der Firma«, erklärte Steve. »Mein Schwiegervater ist entschlußlos und unbeweglich – jedenfalls ist das meine Meinung. Sein Sohn, mein Schwager Ted, intrigiert auf meinen Rausschmiß hin. Meine Frau stellt überhöhte Ansprüche zur Abfindung bei der Scheidung. Mein Bruder ist tot – nun, das hab' ich erzählt. Ich bin reif, hier alles hinzuschmeißen.«

»Sie wollen Ihre Yacht bauen und –«

»Abhauen! Sie haben's doch auch so gemacht.«

»Es war anders.«

Er sah mich erstaunt an. Seine Backenmuskeln arbeiteten.

»Wir haben nichts hingeschmissen. Ich habe meinen Arbeitsvertrag beendet. Daß ich mit den Zielen der Firma nicht übereinstimmte, kam hinzu.«

»Nun gut«, unterbrach er mich, »dann war es der geordnete Abgang eines – nun, ich-weiß-nicht-was. Aber im Effekt war es dasselbe. Man hat Ihnen sicherlich vorgeworfen, daß Sie schnöde im Stich lassen und kritisieren, was Ihnen Ihr derzeitiges Leben finanziell erst möglich macht.«

»Das wird mir vorgeworfen.«

»Meine Schwiegerfamilie tut es schon jetzt, ohne daß ich meine Mitarbeit aufgekündigt habe.«

»Arbeitskraft gegen Bezahlung, Ideen gegen Tantiemen: der Saldo gleicht sich aus, Steve. Aber die Unternehmer geben der Arbeit einen ethischen Sinn.«

»Ora et labora«, sagte Steve mit den R's ganz hinten in der Kehle. Er lächelte, was sein Gesicht plötzlich weich machte. »Meine Schwiegerfamilie kommt aus Neu-England. Reine Puritaner. Sie brauchen die religiöse Absegnung ihres Erwerbs. Gott im Himmel, wir glauben an Dich, laß uns in Deinem Namen reich werden, was sind wir doch für feine Kerle!«

»Steve –«

Er sagte ernst: »Du sollst dir kein Bildnis noch irgend ein Gleichnis machen – oha!« Höhnisch fuhr er fort: »Das Bildnis dieser feinen Kerle ist die wachsende Zahlenreihe ihres Kontoauszuges, das Gleichnis ist der Öffentlichkeitsbericht des PR-Managers. Was für eine Verblendung. In einem einzigen Jahrhundert wirtschaftlichen Aufschwungs, einseitigen Industriewachstums, steigenden Handelsvolumens, eingefangen in ihrem spießigen Krämertum, meinen die feinen Kerle, den Gipfel menschlichen Strebens und Wirkens erreicht zu haben – der Welt ein Vorbild. Wo sind Kennedys New Frontiers geblieben, die neuen geistigen Grenzen, die er gemeint hat? Gutes tun per Scheck – das ist's, das zählt. Gott helfe den Yankees!« Er nahm den Aktenkoffer und öffnete ihn.

Elga brachte Kaffee, Kekse und Geschirr. »Sie sind aus dem Süden, Steve?«

»Ich bin aus Richmond, Virginia. Ich fühle mich nicht als Südstaatler, wenn Sie das meinen. Meine Großmutter kam aus Deutschland, aus – Stuttgart.« Wieder rollte er das R des fremden Wortes und mußte lächeln. Er holte einen Stoß Schreibmaschinenseiten aus dem Koffer, ferner Segelrisse, Zeichnungen und Einrichtungspläne für seine Yacht. »Ich möchte, daß Sie beide dies lesen, ich will – nun, ich möchte Ihre Meinung hören.« Er gab mir die Schreibmaschinenseiten.

Ich blätterte sie durch. Es schienen Tagebuchnotizen zu sein.

»Nicht jetzt«, sagte er heftig. »Jetzt will ich meine Fragen zum Bau einer Stahlyacht stellen.«

Wir tranken Elgas Kaffee und sprachen über Steves Fragen. Yachten aus Stahl waren in den USA nicht verbreitet. Steve hatte auf der Chesapeake Bay, vor allem auf dem Atlantik in unzuverlässigem Golfstromwetter gesegelt. Da war ihm der Gedanke an ein starkes Schiff gekommen. Er war ein guter Seemann. Er zeigte uns seine Zeichnungen und Pläne.

Steve lebte auf, war ganz bei der Sache.

Die Sonne fiel ins sanfte Licht des späten Nachmittags. Doc Griffin schwenkte den Kran ein und stellte den Motor ab. Ruhe. Es war schwül geworden.

»Bevor das losgeht, will ich in Norfolk sein.« Steve zeigte nach Westen. »Ich rufe an, bevor ich wiederkomme. Und – nun also, vielen Dank – so long!« Er hatte seine Unterlagen ohne den Stoß Schreibmaschinenseiten eingepackt und ging von Bord.

Im Westen hoben sich Gewitterwolken. Ihre Oberränder standen gelb über dunklem Dunst, darin ihre Regenbäuche zu ahnen waren.

Steves Sportwagen fuhr auf der Uferstraße davon. Doc Griffin ging schweigend vorbei und schloß das Eingangstor.

Ich begann, Steves Niederschrift zu lesen. Es waren Tagebuchauszüge. Der erste lag um sechs Monate zurück, war geschrieben worden, bevor wir Steve kennengelernt hatten. Eine Namensliste war handschriftlich der ersten Eintragung vorangestellt.

Norman, 66, mein Schwiegervater – Ted, 28, Sohn von Norman – Sheila, 31, Tochter von Norman, meine Frau.

1. Januar

Nachdem ich wegen Überbelastung vor einigen Monaten nervlich zusammengeklappt bin, hoffe ich, dieses Jahr durchzuhalten. Soll ich überhaupt weitermachen? Norman beschränkt sich auf die geringste Kommunikation. Ted verhält sich undurchsichtig. Als Personalchef stellt er Mitarbeiter ein, die er aus seinem Verwaltungsbereich in meinen Vertrieb schleust – die reine Spionage mit »Sonderaufgaben«. Er sucht Informationsvorsprung.

8. März

Ted hat seinen Urlaub in California abgebrochen und sitzt zu meiner Überraschung heute morgen bei Norman im Büro. Ein dortiger Produzent hat ihm ein Sortiment zum Verkauf hier an der Ostküste angeboten. Ich denke, Ted hat es gesucht, um damit in meinen Vertriebsbereich einzubrechen. Ich äußere heftige Bedenken.

Später spreche ich mit Ted in seinem Büro. Ich teile ihm mit, daß ich den Verkaufsleiter fürs A-Sortiment entlassen habe, den er mir im Vorjahr ohne Absprache engagiert hat. Damals lag ich krank. Der Mann hat nichts getaugt.

Ted sagt: »Nichts getaugt? Der Mann konnte urteilen. Er hat zunehmend das Gefühl gehabt, kein Mitarbeiter könne sich bei dir frei entfalten.«

»Es war ein Gefühl, das du sicherlich mit ihm geteilt hast. Darum habe ich ihn entlassen.«

Vor Wochen kam ich in Teds Büro, als er eine Besprechung mit seinen Mitarbeitern beendete. Sie gingen und er sagte zu mir: »Fabelhafte Kerle! Meine Mafia!«

11. März

Gespräch mit Norman wegen Einstellung eines neuen Verkaufsleiters.

Er sagt: »Ted stellt Leute ein, du schmeißt sie raus. Was soll ich davon halten?«

Ich schildere Teds Einschieben ihm ergebener Leute in meine Abteilungen unter dem Vorwand irgendeiner Umorganisation. Meine abschließende Feststellung ist, daß ich Ted untragbar für die Firma halte.

Nach einer Pause antwortet Norman: »Ted ist mein Sohn und Erbe. Du bist mein Juniorpartner. Eure Arbeitsbereiche sind vertraglich festgelegt. Du mußt dich schon mit ihm direkt auseinandersetzen.«

»Du bist der Senior, ich erwarte Objektivität, wenn erforderlich deine Hilfe.«

Er geht darauf nicht ein. »Du hast dich zum Wohle der Firma einzusetzen. Sheila hat mir mitgeteilt, daß du dich mit Plänen für eine Hochseeyacht beschäftigst. Natürlich ist das ganz deine Sache. Aber ich möchte darauf hinweisen, daß du Verpflichtungen gegenüber der Firma und Sheila hast. Deine Veranlagung kann dich zu Unbesonnenheiten führen. Was immer für sportliche Ablenkungen dich beschäftigen, was immer du gegen Ted empfindest, du hast unsere Firma zu Gewinn und Wachstum zu bringen. Wir haben unsere Steuern zu zahlen. Wir unterstützen unzählige kirchliche und caritative Einrichtungen. Das alles weißt du. Vergiß es bitte keinen Augenblick.«

Old Big Man – starr. Meine Schwierigkeiten werden wachsen.

Der Frühsommer mit blühenden Sträuchern und Blumen wechselte zur feuchten Hitze des Hochsommers. Wir badeten täglich im Fluß. Unsere Radtouren führten weit ins Land. Kiefern im Sand, Laubbäume auf Lehm, sumpfige Ebenen neben bestellten Feldern säumten die vielen Wasserläufe. Es war ein herrliches Land.

Oft beschäftigte uns die Frage, ob wir bleiben sollten. Aber hinter der Freundlichkeit und Hilfsbereitschaft der Menschen dieses Landes stand ihre Selbstbezogenheit. Wir mußten Außenseiter bleiben – fremd in der Cowboy-Herrlichkeit des Westens, unglücklich vor der Rassenfrage des Südens, unbeteiligt am frömmelnden Erfolgsstreben des Ostens. Und der Norden war uns zu kalt.

»Wir segeln nach Martinique«, sagte Elga.

KAIROS lag bereit. Das Unterwasserschiff mußte neue Farbe erhalten.

Elga kam vom Marinabüro. »Es wird Schwierigkeiten geben. Mary Hadley hat die Benutzung des Portalkrans verschoben – durch Lizzy. Sie weicht mir aus.«

Lizzy war die neue Bürohilfe. Nach ihrer Einstellung hatte sie versucht, das Büro von Staub, Ersatzteilen, Bruchstücken, Farbtöpfen, Aktenfledder, deformierten Rechenmaschinen, nicht angeschlossenen Telefonapparaten, wackeligen Stühlen zu befreien. Sie war gescheitert.

Am nächsten Morgen ging Mary Hadley schweigend vorbei. Ich ging hinter ihr her. Sie genoß das. Schließlich drehte sie sich um. Ihre harten Augen musterten mich.

»Elga hat versucht, Sie zu sprechen. Wir –«

»Ihr Leute wollt 'n Termin, hatma Lizzy gesagt. Ham Schwierigkeiten mit 'm Platz. Da lieg'n Pfähle für 'n neu'n Slip. Sieht doch jeder, he?«

»Daneben ist noch Platz.« Das war verkehrt.

»Könn' Se das beurteil'n, Mister? Für 'n Platz is hier immer noch mein Mann zuständig.«

Sie ging weg. Ich überlegte und rief: »Mary Hadley, stop! Now let's talk business!« Das war ihr ständiges Wort zu Kunden und Lieferanten: jetzt sprechen wir übers Geschäft. »Es geht um Dollar! Wie ist der Preis?«

Sie konnte nicht widerstehen, blieb stehen, überlegte. »Ihr zahlt zehn P'zent mehr als beim letzten Pull – was denn sonst, he? Was denn sonst?« Sie merkte, daß sie ihre Position aufgab. Fast höhnisch: »Aber für 'n Platz müss'n Se mein' Mann fragen.« Sie schritt davon.

Ich nahm das für eine Zusage – was denn sonst, he? Während der Mittagspause ging ich zu Doc Griffin am Kran. Er schrie durch das Bullergetöse: »Was? Preis von Mary Hadley? Mich sprechen ? – Morgen mittag! Büro!«

Steves Tagebuch:

18. April

Ted hat die leitenden Angestellten mit ihren Frauen zu einem Gartengrill am Abend eingeladen. Außer nach Bratfeuern stinkt es nach Langeweile.

Erst gegen Morgen wird das anders. Wir sitzen mit Getränken im Wohnzimmer. Bis auf Teds Mafia sind alle gegangen. Sheila will ebenfalls gehen. Ted steht mit einer Gruppe am Kamin.

»Selbstverständlich!« höre ich einen seiner Mitarbeiter sagen. »Ich glaube wie Sie, daß wir das erreichen können. Ich stimme mit Ihnen

vollkommen überein. Ich bin wirklich überzeugt, daß –«

Ich unterbreche: »Sie glauben? Sie sind wirklich überzeugt? Ich will Ihnen sagen, was Sie, was wir alle hier wirklich glauben und wovon wir überzeugt sind.«

Damen und Herren – erst erschrocken, dann im schönen Grusel der Neugier – verstummen und rücken näher.

Da ich nicht mit Fäusten dreinschlagen kann, tue ich es mit Worten. »Wir alle glauben an die Höhe unserer Gehälter. Wir sind vollkommen überzeugt, daß unsere Einnahmen immer höher steigen müssen, weil wir doch so verdammt feine Kerle sind. Wir verkaufen uns. Jedes höhere Gehalt treibt uns zur nächsten Firma. Ich nehme mich als Teilhaber in dieser Firma nicht aus. Zum Teufel – wenn wir von Arbeitsmoral und Berufsethik sprechen – zum Teufel!«

Die erregte Diskussion führt zu keinem Ergebnis – wie auch sollte sie? Ted, schneeweiß im Gesicht, bittet schließlich um Ruhe. Ich gehe. Als ich den Wagen starte, kommt Sheila. Sie steigt ein. Wir fahren nach Hause.

Sheila: »Weißt du überhaupt, was du gesagt hast? Was ist in dich gefahren? Bist du betrunken? Oh, mein Gott, das ist morgen Stadtgespräch!«

Wir streiten im Auto, in der Garage. Wir streiten im Flur, im Schlafzimmer. Es ist ja nicht das erste Mal. Ich verlasse das Haus und fahre zum Wochenendbungalow am Atlantik. Die Ruhe tut gut.

Meine Gedanken gehen einen langen Weg zurück. Mutter stirbt. Gregory geht nach Chicago. Norman sucht Kapital zur Geschäftsausweitung. Ich lese die Anzeige. Mit dem Geld der Erbschaft steige ich bei Norman ein. Arbeit, Erfolg. Sheila tritt auf. Sheila und ich sind ein elegantes Paar. Erfolg und Sex verbinden sich. Wir heiraten. Die neuenglische Familie nimmt mich, den deutschstämmigen Südstaatler, wie die Firma meinen Kapitalanteil: neunzehn Prozent. Ted haßt mich als Hindernis seiner künftigen Alleinherrschaft.

Und Sheila?

⚓

Ich wartete im Büro auf Doc Griffin.

Bürohilfe Lizzy war eine Kleinstadtschönheit. Sie hatte rotgefärbtes

Haar. Sie hegte die Hoffnung, die Üppigkeit ihrer Figur durch enge Mieder und stramme Büstenhalter aufzuformen. Das gelang ihr in einer Art, die jeglicher Anatomie hohnlächelte. »Ich sag' Ihnen Bescheid, wenn Doc Griffin kommt«, schlug sie nach zwanzig Minuten Wartezeit vor.

»Nein, nein, Lizzy. Während Sie mich von Bord holen, läuft er inzwischen wieder weg.«

Wir saßen schweigsam. Draußen begann es zu regnen.

Doc Griffin kam. Er war ein vorgeneigt gehender, schmaler Mann mit wenig Haar auf dem Kopf. Seine Nase war zu kurz, sein Mund zu klein. Die blassen Augen schweiften unstet. Ihr Blick wischte über mich hin.

»Ich komme wegen eines Termins für den Portalkran.«

»Yeah, ich fürcht', da is' kein Platz uff 'm Gelände für Ihr großes Schiff. Da lieg'n Pfähle.« Seine Stimme wurde in unbeweisbarer Boshaftigkeit heiser. »Se ham so 'n herrliches Schiff, wirklich, Mister. Wär' schade, wenn's inner Enge beschädigt würd'.«

Vorm Fenster schilpten die Spatzen in der Zeder. Ein Auto fuhr vorbei, seine Reifen klatschten durch die Regenpfützen.

»Und wenn Sie uns auf den Schienenslip nehmen, Doc – den am Ostende, auf dem der Coast-Guard-Kutter stand?«

Seine Augen gingen ruhelos hin und her. »Ho-ho! Das kost't Piepen, Se wer'n sich wunnern.« Er besann sich. »No, Mister, der Slip is' zu groß füra kleines Schiff.«

Großes Schiff, kleines Schiff – ich beherrschte mich. »Was soll's denn kosten? Sagen Sie mal 'nen Preis.«

Jetzt war er ganz Pokergesicht. Nach einer Weile gab er zur Antwort: »Da müss'n Se Mary Hadley frag'n. Die is' für 'n Preis zuständig.«

»Hab' ich, hab' ich! Die brummt uns zehn Prozent auf den letzten Preis drauf, Doc, und – das zahlen wir!«

Seine Augen flatterten nicht mehr. Er sah mich mit diesen Augen in der Farbe Schellfisch an. Dann, verdammt, verließ er wortlos das Büro.

Am Abend zog der Regen ab. Wir saßen auf dem Achterdeck unter der Persenning. Die Luft war kühl und rein. Doc Griffin ging schweigend vorbei und schloß das Eingangstor.

Elga nippte an ihrem Rum. »Als KAIROS schief in den Gurten hing, da mögen wir ja allerhand gesagt haben. Aber seitdem haben wir versucht, versöhnlich zu sein. Über ein Jahr lang haben sie unser Geld genommen. Und nun?«

»Vielleicht kriege ich Doc Griffin übers Geld – Mary Hadley bestimmt.«

»Teuer«, sagte Elga unglücklich. Sie nahm einen großen Schluck Rum.

Ich fühlte mich zu ehelichem Trost berechtigt. »Sieh mal, Schatz, vor zwanzig Jahren, da segelten wenige Yachten übers Meer und die Leute an Land boten den Seglern Freundschaft an. Heute segeln viele Yachten übers Meer und die Leute an Land nehmen den Seglern das Geld ab. KAIROS muß trotzdem überholt werden.«

Elga sagte nichts, trank einen sehr großen Schluck Rum.

Ich sah es beunruhigt, fuhr beruhigend fort: »Marinas, Bunkerstationen, Werften, Charterfirmen; Geschäfte für Motoren, Elektronik, nautisches Zubehör, Farben; Geschäfte für seetüchtige Modekleidung, Fachbücher, Seekarten; Berufe wie Charterskipper, Segelmacher, Kompaßjustierer; Sepzialisten für Navigationscomputer, Steuerautomaten, Radar und Bootsheizungen. Elga, ein ganzer Erwerbszweig hat sich entwickelt – und nicht zum Spaß! Er muß ernährt werden. Ganz zu schweigen von den Boutiquen für Nautiquitäten.«

»Prost darauf!« Elga trank einen Riesenschluck Rum und stellte das geleerte Glas mit schweifender Bewegung auf den Tisch.

»Elga, du mußt dein Herz den Errungenschaften unseres edlen Sports öffnen. Es kann nur besser werden. Leider werden wir den Neubau einer Full-Service-Marina gleich hinter Kap Hoorn nicht mehr erleben.«

»Ja«, sagte Elga sanft. »Ich geh' jetzt zu Bett.«

Bevor ich ihr folgte, trank ich noch einen Rum: auf die Errungenschaften im edlen Yachtsport.

Elga telefonierte mit Werften in der Umgebung. Sie ließen unsere Eigenarbeit am Schiff nicht zu, wollten ihre Leute dafür einsetzen. Das war hier in der Marina anders. Also: weitermachen. Die Angelegenheit entbehrte nicht eines boshaften Witzes.

Mary Hadley konnte dem Wort »Dollar« nicht widerstehen. Ich bot für das Slippen auf dem Ostslip eine Vorauszahlung an. Mary Hadley begann zu rechnen. Dann ärgerte sie sich über – mein Gesicht konnte es nicht sein. Ich hielt es so still wie die Dollarscheine in meiner Hand. Sie sagte barsch, ich sollte zu Doc Griffin wegen eines Termins gehen.

Ich ging zu Doc Griffin, sprach mit ihm über den Ostslip. Er schickte mich wegen des Preises zu Mary Hadley.

Nach einer Woche gingen mir die Argumente aus. Ruhig und eiskalt – zwei Eigenschaften, die ich hervorragend spiele, weil ich sie nicht besitze – erklärte ich Mary Hadley, daß Doc Griffin »irgendwann nächste Woche« KAIROS hochnehmen wollte. Sie starrte mich an. Sie gebot mir, ihr ins Büro zu folgen. Dort rechnete sie. Schließlich erhielt ich die Andeutung eines Preises.

Ich erzählte Doc Griffin von den Preisvorstellungen Mary Hadleys. Seine unsteten Augen radierten über mein Gesicht. Er sagte brummig: »Na, meinetwegen – irgendwann nächste Woche.« Ich rannte ins Büro. Mary Hadley war fort. Ich zählte Lizzy eine Vorauszahlung auf den Schreibtisch, Staub wirbelte. Die Quittung als Zeugnis aufopfernder Arbeit überreichte ich Elga.

Alles wurde geändert. Der Preis ging rauf, der Termin wurde hinausgeschoben – heh, Mister! Es gab zwischen Mary Hadley und ihrem Doc Griffin keine Zusammenarbeit. Sie schrieben sich nichts auf. Ich setzte also den Preis wieder herunter und zog den Termin wieder vor. Keiner wußte schließlich, was wann wie vereinbart worden war. Aber das Aufslippen unseres Schiffes war keine Frage mehr.

Inzwischen riß Doc Griffin mit seinem rostigen Kran morsche Pfähle aus dem Westslip. Als sie alle gezogen waren, bedurfte der Slip eines neuen Fundaments. Ich stand vor den Trümmern, die wie Zahnstummel aus dem Flußwasser ragten. Doc Griffin schlurfte heran. Er sagte nichts. Ich sagte nichts. Wir bedauerten uns schweigend. Das war die Wende. Sie führte nicht zum sofortigen Aufslippen – no, Mister. Doc Griffin hatte sich gewisse Arbeiten vorgenommen, die vorher erledigt werden mußten. Ich hielt meinen Mund.

Er ließ von Mary Hadleys Arbeitsriege einen Kasten aus alten, verbogenen Eisenplatten um die Reste des Fundaments ins Wasser hineinbauen – riesig das Ding. Eines Abends brachte er eine Pumpe heran. Er legte Schläuche aus dem Kasten über die Pumpe in den Fluß. Die Pumpe ratterte los. Es geschah nichts. Der Wasserspiegel fiel nicht.

Am späten Abend auf dem Achterdeck erklärte ich Elga den Bau eines Caissons und das Trockenpumpen einer Arbeitsstelle unterhalb des Wasserspiegels. Doc Griffin ging vorbei, grüßte »good evening« – ich traute meinen Ohren nicht – und schloß das Eingangstor.

Steves Tagebuch:

23. April

Ich warte, daß Norman auf die Vorgänge beim Gartenfest reagiert. Nichts. Ich warte, daß Teds Zorn zu Fehlern führt. Nichts. Oder zeigen beide eine kaum merkbare Nervosität?

Ich muß Ted stoppen. Ein neues Sortiment braucht Startkapital. Wir brauchen jedoch Reserven für die Rezession, die sich ankündigt.

Ich wohne immer noch im Bungalow am Atlantik. Die Einsamkeit tut mir gut.

5. Mai

Norman führt ein Gespräch mit Ted und mir. Was ist da inzwischen vorgegangen, von dem ich nichts weiß? Immerhin versucht Norman, Ted zu einer exakten Planung seines neuen Sortiments zu veranlassen. Ted bemängelt unsere hohen Vertriebskosten und meine unübersichtliche Preispolitik. Norman wird unruhig. Zunächst bittet er Ted um die Vorlage eines Finanzierungsplans und dann – ich traue meinen Ohren nicht – um Einkaufsvorschläge im Wert einer halben Million für Teds neues Sortiment. Übereinstimmung habe mit mir zu erfolgen. Übereinstimmung! Die Zahlen sollen baldigst vorgelegt werden.

Ich verlasse das Büro abrupt. Wie soll ich unsere Verkaufsorganisation in diesem überfüllten Markt vor der Belastung durch ein neues Sortiment schützen? Wie sollen die Kosten der Einführung getragen werden? Ich kann kündigen – meine Stellung, auch meinen Kapitalanteil. Der Gedanke läßt mich nicht los.

Später ruft Norman an. »Du hast uns sehr plötzlich verlassen. Ich muß annehmen, du bist nicht einverstanden.«

»Nein. Ich werde alles versuchen, um die Aufnahme des Sortiments zu verhindern.«

Norman sagt: »Steve, überlege, was du tust. Verschone uns mit Unbesonnenheiten.«

14. Mai

In der Sitzung muß Ted Haare lassen. Er hat mich nicht konsultiert. Ich zerrupfe seine Planungszahlen, die unvollständig sind. Zum erstenmal erlebe ich, daß Norman seinen Sohn zurechtweist und Ted aufsässig antwortet. Beide sind nervös. Es wird ein Termin zur berichtigten Vorlage festgesetzt.

Mit der Abweisung des neuen Sortiments komme ich nicht durch. Doch wird die Höhe der Einkaufsplanung um die Hälfte reduziert. Das reicht nicht aus. Das Sortiment muß weg!

Auf der Werft wurden Sandsäcke gefüllt. Es erschien Mary Hadleys Sohn mit Tauchflasche und Maske. Er brachte die Sandsäcke tauchend vor die undichten Stellen zwischen den beuligen Stahlplatten. Es war eine Hundearbeit. Ich schaute zu und schwieg. Zu Mittag kam Doc Griffin mit einer großen Rolle Plastikfolie auf dem Lieferwagen. Er entrollte sie so, daß der Sohn die Folie unter die Sandsäcke schieben konnte – eine See-Hundearbeit. Ich schwieg ergriffen.

»Wie 'ne wasserdichte Haut«, erklärte Doc Griffin. Ich nickte.

Zum Abend brachte er zwei Pumpen mit atemberaubendem Lärm zum Einsatz. Der Wasserspiegel fiel langsam.

»Mor'n nachmittag«, sagte Doc Griffin, »drei Pumpen.« Der Sohn nickte begeistert.

»Und mor'n Mittag«, sagte Doc Griffin, »slippen wir's Schiff.« Nun war es an mir, begeistert zu nicken.

Am nächsten Morgen verholten Elga und ich KAIROS vor den Ostslip. Lizzy kam. Mary Hadley wünschte mich zu sprechen. Ich rannte ins Büro, die pummelige Lizzy hinterher.

Mary Hadley saß am Schreibtisch, ganz Chefin. »Se ham schon vorn Slip vaholt. Woll'n klarstell'n, Mister, daß Eigenarbeit dort nich' zulässig is', he? Wir hier in North Carolina könn'n nämlich ebenso gut mal'n wie ihr – auch wenn ihr das nich' wahrhab'n wollt und umme Welt gesailt seid!«

Das war er, Mary Hadleys großer Triumph. Dafür posierte sie hinter dem Schreibtisch. Es war aber auch ihr letzter Trumpf. Die Karten lagen auf dem Tisch – ausgereizt.

»Klar«, sagte ich erleichtert, »mit Doc Griffin hab' ich's schon besprochen. Klar, die Werft stellt zwei Mann fürs Malen des Unterwasserschiffs – zwei Mann, nicht mehr. Alle anderen Arbeiten mach' ich selbst. Klar, heh-heh? Was, Mary Hadley, rechnen Sie für die Arbeitsstunde?«

»Zwanzig!« schrie sie.

»Fuffzehn!« schrie ich. Nichts hatte ich mit Doc Griffin besprochen – egal, schnell mußte es jetzt gehen. »Fuffzehn, cash auf den Tisch, come on!«

»Na gut«, rief sie, »achtzehn, keinen cent weniger!«

Ich angelte mir einen Notizblock und schrieb alles auf. »So – das unterschreiben wir beide, Mary Hadley.«

Sie las, griff tatsächlich zum Kugelschreiber.

»Nein«, sagte Lizzy entschieden.

Ich sah sie verzweifelt an.

»Ich schreib' das ordentlich mitta Maschine, dann könn'n Sie beide nachher unterzeichnen. Eine gute Sekretärin muß auch was zu tun hab'n.«

Ich riß Mary Hadley den Zettel weg und hielt ihn Lizzy unter die Nase. »Sie schreiben das – so!«

»Soh«, echote Lizzy erschrocken.

Doc Griffin und Mary Hadleys Arbeitskumpel brachten KAIROS ohne Schwierigkeit auf den Slip. Der Wetterbericht versprach trockene Tage.

Ich prüfte die Bordwände. Der Farbanstrich schien im Frost des letzten Winters nicht gelitten zu haben. Das sparte Zeit.

Am Abend des Tages, da KAIROS instandgesetzt ins Wasser glitt, gaben Ursula und Roger ihren street dance.

Elga freute sich aufs Tanzen.

Girlanden von Lampions hingen über der Straße. Ein polizeiliches Verkehrsschild sollte den Verkehr umlenken. Es gab keinen. Zwei Kapellen spielten – diesseits und jenseits der Straßenbiegung.

Tische am Straßenrand trugen Platten mit Hamburgern, Cheeseburgern, Mixburgern, Saladburgern, Giantburgern und was sonst die gehobene nordamerikanische Küche an Burgern zu bieten hatte. Wannen mit Bierdosen auf Eis standen daneben.

Plopp-swing-bluh-blues – die eine Kapelle. Tschipp-penk-rocknroll – die andere.

»Elga, komm', hier sind wir im Bereich beider Kapellen.«

Wir entschieden uns für Plopp-swing-bluh-blues-und-so-weiter und schoben uns in den Kreis der Tanzenden. Deren Stimmung war großartig.

Später fanden wir Ursula fröhlich inmitten Fröhlicher. Ich ließ sie hochleben. Alle stimmten zu und tranken auf ihr Wohl.

»Wo ist Roger?« Ich wollte auch ihn hochleben lassen.

»Weiß nicht – sucht ihn!«

Bruce von der Sloop OZ stieß wie ein Kampfhubschrauber herzu und nahm Elga zum Tanz. Ich ging durch die Menge, sprach mit

Bekannten und Unbekannten. Ihre Ausgelassenheit war ansteckend.

Ich spürte plötzlichen Druck hinter dem linken Auge, als ich ins Haus trat. Roger saß mit Gästen im Wohnzimmer. Meine Nase begann zu schleimen. Der Schmerz bohrte sich vom Auge ins Gesicht hinab. Ich trat den Rückweg an, stolperte in den Hintergarten. Dort war es dunkel und einsam für die Zerreiß-reiß-probe.

Als die Schmerzen abklangen, fand ich mich schweißnaß am Gartenzaun hocken. Keine Stunde war vergangen. Ich fühlte mich alt und wie ausgekocht, doch angenehm schlapp. Das Fest jenseits der Büsche schien mir wie auf einem anderen Stern. Ich raffte mich auf, um Elga zu suchen.

»Hey, George – feines Fest, was?« Es war Tim.

»Hey, Mann – freu' dich dran!« Es war Dick.

»Laß uns tanzen!« Das war Elga.

Ich wollte sie nicht enttäuschen, aber sie merkte es sofort. Schweigend gingen wir zum Schiff. Ich wusch mich. Wir saßen noch eine Weile im Cockpit.

»Morgen male ich das Deckshausdach«, sagte ich. Wir waren gut vorangekommen mit unseren Vorbereitungsarbeiten. »Nächste Woche will ich das Rigg durchsehen.«

Elga schwieg.

Steves Tagebuch:

28. Mai

Ich habe Sheila aufgesucht. Wir kommen zu keiner Versöhnung. Sie verhält sich widerspenstig, kalt.

»Dann werde ich mit meinem Anwalt wegen der Scheidung sprechen«, erkläre ich. »Ist es das, was du willst?«

Sie antwortet nicht.

Norman im Büro scheint unsicher und vorsichtig. Ted zeigt unerwartet Blößen, wohl weil er sich von Norman beobachtet fühlt. Ein Teilerfolg also? Zu welchem Preis! Ich bin verzweifelt.

30. Juni

Erneute Sitzung. Die Finanzplanung wird von Ted wieder nicht vorgelegt. Er überspielt die Unterlassung mit der Erklärung, daß meine Preispolitik zu Verlusten führen wird, die nur mit seinem neuen Sortiment aufgefangen werden können. Er schlägt vor, einen Mitarbeiter einzusetzen, der meine Preisgestaltung und Verkaufskonditionen durchleuchten soll. Fällt ihm denn nichts Neues ein? Ich lehne seinen Vorschlag scharf ab.

Norman versucht, Ted zur Rücknahme seines Vorschlags zu bringen. Sie streiten. Ted argumentiert hart. Jetzt bringt er sich in Gegensatz zu seinem Vater.

Mein Gegenvorschlag ist, unsere Firma einer Organisationsprüfung durch ein neutrales Fachunternehmen zu unterziehen. Das wird eine Klärung des Streits und eine Reorganisation herbeiführen.

Norman äußert sich nicht. Ted verliert fast die Beherrschung.

Auch ich bin am Ende. Ich muß mein Zittern verbergen. »Diese Prüfung wird alle Abteilungen und besonders die Geschäftsführung umfassen – uns drei, die hier sitzen. Damit wird auch das geplante Sortiment in die Prüfung einbezogen. Ohne diese Prüfung bin ich nicht bereit, meine Arbeit fortzusetzen. Ich werde meine Stellung und meinen Kapitalanteil gemäß den vertraglichen Vereinbarungen zum nächstmöglichen Termin kündigen, wenn ich bis morgen keine Zustimmung erhalte.«

Ted springt auf. »Das ist Erpressung!« Norman hält ihn zurück und schließt die Sitzung.

1. Juli

Norman erwartet mich in meinem Büro.

Er sagt: »Wir haben eine Familienbesprechung gestern abend einberufen. Dein Verhalten verstößt gegen alle gute Sitten. Aber ich habe dir die geforderte Antwort zu geben. Ich werde eine Organisationsfirma beauftragen. Über den Prüfungsumfang werde ich dich als Juniorpartner konsultieren. Alle schwebenden Dinge bleiben bis zum Prüfungsergebnis offen. Entspricht das deinen Vorstellungen?«

»Ja, wenn dem Ergebnis Maßnahmen folgen.«

»Ich habe ein langes Gespräch mit Ted geführt. Ich muß zugeben, daß ihm Erfahrung mangelt.« Norman atmet schwer und nimmt die randlose Brille ab, um sie zu putzen. Das weiche Gesicht mit den Druckstellen des Brillengestells auf der Nase ist mir fremd. Norman sieht krank aus. Er tut mir plötzlich leid.

Er fährt fort: »Die Firma kann eine Kapitalschwächung zur Zeit nicht hinnehmen. Das weißt du nur zu genau.« Er setzt die Brille auf, ist wieder ganz Big Old Man. »Ich will weder von ungerechtfertigtem Druck, den du mir gegenüber ausübst, noch von der maßlosen Gefühlslosigkeit gegenüber meiner Tochter sprechen – beides mußt du mit deinem Gewissen vor Gott abmachen. Aber ich habe dir zu sagen, daß du deine Lebensauffassung überdenken solltest. Du bist ohne jegliche Anpassungsfähigkeit. Es ist schlechthin dumm, die Unternehmer als Egoisten hinzustellen und ihre Mitarbeiter als bedenkenlose Gehaltsjäger. Was wäre dieses Land ohne unser aller Steuerzahlungen? Was wären Kunst, Wissenschaft und Forschung ohne die Stiftungen der Unternehmer? Da liegt eine Entwicklung, die du nicht begreifen willst, an der du wie blind vorbeigehst – einsam, unangepaßt, verbittert. Nimm daran teil, Steve! Was suchst du anderes in diesem unseren Amerika?«

Er steht auf und geht zögernd zur Tür. Er verhält dort und sagt vorsichtig: »Ich habe dir für deine bisherige Arbeit zu danken, das sei gesagt. Ich muß aber gleichzeitig zum Ausdruck bringen, daß mein Vertrauen –« er sucht nach Worten – »daß ich es verloren habe.« Er geht ab.

Ich blicke aus dem Fenster. Dort diese geschäftige, wachsende, aufstrebende Stadt – hier unsere bedeutende, erfolgreiche, gewinnbringende Firma, ihre Schwächen werden beseitigt, ich hab's erreicht. Warum fühle ich keine Freude?

Der Oktober begann mit Nebeltagen. Die Abende wurden feucht und kühl. Oft wehte der Wind stürmisch.

In zwei Wochen wollten wir auslaufen. Ich legte die Seekarten auf den Kartentisch, stand oftmals über ihnen. Elga stellte Proviantlisten auf und kaufte ein. Wir schlugen Segel und Schoten an. Ich überprüfte Sextant und Chronometer, Aggregat und Maschine, hydraulische Steuerung, die Positionslampen, die Winschen.

Wir ergänzten den Inhalt der fünf wasserdichten Kanister unserer Seenot-Ausrüstung. Signalmunition, Handfackeln, Taschenlampenbatterien wurden erneuert. Frische Notverpflegung packten wir in

Plastikbeutel ab: Haferflocken, Trockenobst, Schokolade, Nüsse, Traubenzucker, Milchpulver, Vitamintabletten. Leberwurst in Kleindosen fügten wir hinzu. Das alles verstauten wir sorgfältig in den Behältern. Sie enthielten außerdem: Angelschnur mit diversen Haken, Leuchtpistole, Messer, Signalspiegel, faltbares Sonnen-Destilliergerät für Seewasser, Becher, Wärmedecken, Nähzeug, Bleistift und Papier, Medizin, Hautöl, einige alte Hemden und zwei Sonnenhüte gegen Sonnenbrand. Eine Harpune mit schraubbaren Griffstücken laschten wir an den leichtesten Behälter. Zwei Kanister Trinkwasser fügten wir hinzu. Wir prüften alle Behälter auf Schwimmfähigkeit und Dichtigkeit.

Auf See fuhren wir sie zusammen mit der Rettungsinsel im Beiboot auf dem Achterdeck. Alles lag griffbereit durch Fangleinen verbunden, von der Bootspersenning gegen die Witterung geschützt.

Elga sah unser Medizinfach durch. »Roger muß dir Tabletten gegen deine Schmerzen geben. Starke Mittel hab' ich nicht im Bestand.«

»Es kommen keine Attacken mehr. Aber ich frag' ihn trotzdem.«

KAIROS lag seeklar.

Heiner und Katinka machten mit ihrer Sloop SÜNNSCHIEN für einen Tag in der Marina fest. Wir hatten uns oft gesehen, seit wir vor Jahren die kanarischen Inseln verlassen hatten.

»Wir kommen nicht allein!« rief Heiner.

Katinka hob ihr Töchterchen an Land. »Das ist Anna, seht sie euch an! Nun wißt ihr den Grund, warum wir damals nicht mit euch nach Venezuela segeln wollten.«

Am Abend saßen wir in ihrer Kajüte. Katinka hatte uns zum Essen eingeladen. Ich schätzte ihre Schrotpfannkuchen über alles, konnte Unmengen davon essen.

»Hier nimm, noch sind sie heiß.« Sie schob mir die Schüssel zu.

»Hm – danke. Und ihr wollt nun nach Florida?« fragte ich mit vollem Mund.

Katinka sagte: »Ja, von da weiter zu den Bahamas. Da gibt's Strände für Anna zum Spielen.«

»Vielleicht finde ich Arbeit dort«, meinte Heiner. Er war Bootsbauer. »Und wenn wir die SÜNNSCHIEN verkaufen können, baue ich uns einen Katamaran mit viel Platz. Wir sind jetzt drei.«

Katinkas helle Augen schweiften über uns hinweg. Sie strich sich nachdenklich über das blonde Haar, das geflochten um ihren Kopf

1

2

Hauptkajüte der *Kairos* – links im Bild die zugezogene Pantry, rechts der Kartentisch

2 Achterkajüte – rechts der Eingang zum Waschraum

3 Waschraum in der Achterkajüte

4 Sitzecke – am Schott die Zeichnungen der Segelboote, die wir gesegelt haben

3

4

5

6

5 Maschinenraum mit 115-PS-Perkinsdiesel – links hinten Generator, rechts Warmluftheizung, vorn links und rechts die Ecken der Batteriekästen mit kentersicheren Batterien

8

6 Frühling in Elizabeth City, North Carolina, USA

7

7 Durchsicht der Takelage vorm Auslaufen

8 Vor Anker im Intra Coastal Waterway

9

11

10

9 Letztes Sonnenlicht und zunehmender Wind

10 Wetterverschlechterung

11 Ruppige See

12

12, 14 Anhaltende Flauten quälten uns –
mit heraufziehender Bö –
mit hoher Dünung

13 Der Passat ließ auf sich warten

13

14

15

16

17

18

19

20

15 Endlich der Passat

16 Charlotte Amalie in den Virgin Islands

17 Yachtreede vor Charlotte Amalie, US-Virgin Islands

18 Der noch unentdeckte Strand auf Nevis

19 Südwärts ins Paradies

20 Vorbereitung zum Ankermanöver vor Fort de France

21 Anse Deshayes, Guadeloupe, bevor die Chartersegelei Mode wurde

22 Die Reede von Fort de France – zwei Jahre später war kaum noch ein Ankerplatz zu finden

23 Ein Frieden, wie er immer seltener wird

21

22

23

gelegt war. »Wißt ihr was? Kommt mit zu den Bahamas.«

»Wir kennen da alles!« rief Heiner. Aufgeregt faßte er sich an die Stahlbrille und rückte sie zurecht. »Wir zeigen es euch! Es ist herrlich dort.«

»Wir haben uns für Martinique entschieden«, sagte ich.

»Immer dasselbe. Martinique kennt ihr, die Bahamas nicht.«

»Alte Leute zieht es an altbekannte Plätze.« Ich sah die beiden an. Sie waren jung und unternehmungslustig, er Mitte dreißig, sie einige Jahre jünger, Eltern einer fast zweijährigen Tochter. Ich strich Anna über den Kopf. »Eure Zuneigung schätzen wir – Anna, wir könnten deine Großeltern sein.«

»Opa«, sagte Katinka zu Anna. War es Spott? Sie hielt ihren Kopf über das Kind gebeugt.

»Ohpah!« krähte Anna. Wir lachten.

Am nächsten Morgen nahmen wir Abschied. Sie liefen winkend aus.

In den Gärten leuchteten Herbstfarben. Mit schwachem Schein wanderte die Sonne durch den Dunst der Tage, sank als roter Ball in die Abendnebel. Enten fielen an den Ufern zum Rasten ein. Keile von Wildgänsen flogen südwärts. Ihr Ruf klang grell. Er weckte Unruhe in uns.

Bei den Freunden weckte unser Abschied Sehnsucht.

Mason: »Ich werde euch nachschauen, wenn ihr auslauft. Nutzt eure Freiheit besser als ich.« Ich nahm ihn in die Arme und hoffte, daß diese Geste durchdrang, womit er sich gegen Worte verschloß.

Mike und Sue: »Wir werden euch nicht vergessen. Eines Tages wird die SOMEDAY euch nachkommen.«

Bruce und Glenna – ihre Jungs lärmten auf Deck: »Wenn die groß sind, haben wir die beste Besatzung, die wir uns denken können.«

Ursula gab uns ein Abschiedsessen. Katherine und Bill waren dabei. »Ihr kommt wieder hierher.« – »Wir besuchen euch unter Palmen.« – »Bleib' zuversichtlich«, sagte Roger und legte mir die Hand auf die Schulter.

Elga legte die letzte Seite von Steves Niederschrift zu den anderen. »Was für eine Sammlung von Rücksichtslosigkeit. Als ob es nichts zu lieben und zu achten gäbe.«

Es war ein grauer Nachmittag mit hoher Wolkendecke. Wir saßen im Deckshaus. Steve kam in seinem eleganten Sportzeug. Wir tranken Kaffee. Er wußte, daß wir bald auslaufen wollten.

Er setzte die Tasse ab, stützte die Ellbogen auf seine Knie und legte das Kinn auf die Oberseite der gefalteten Hände. Nach einer Weile sagte er: »George, was hältst du – nun, von der Situation in der Firma?«

»Ted wird weiter versuchen, deine Stellung zu untergraben. Auch nach der Organisationsprüfung. Norman kann sich anderweitig Kapital beschaffen. Du wirst mit den Nerven nicht durchhalten. Ich sag's, wie ich es sehe, du hast mich gefragt. Ich könnt' das auch nicht durchhalten.«

»Weiter«, sagte Steve. Er saß unbeweglich.

»Du hast mit der Kündigung gedroht. Hättest du gekündigt?«

»Zum Teufel, ja!«

»Dann tu' es und fang' was Neues an.« Ich erschrak. Ratschläge gab ich spontan wie Steve.

Schweigen. Über dem Hochnebel schrien Wildgänse in ziehender Unruhe.

Steve richtete sich auf. Er ließ die Hände zwischen seine Knie fallen. »Elga?«

»Habt ihr euch nicht versöhnt?«

Sein Gesicht wurde hart. Er stand auf, setzte sich wieder. »Du hast doch meine Aufzeichnungen gelesen – oder?«

Elga: »Du gibst deine Ehe wie einen Firmenjob auf. Macht man das heute so? Man wählt den nächstmöglichen Termin, überläßt die Einzelheiten den Anwälten und – auf zum nächsten Versuch. Ich kann über eure Ehe nicht urteilen. Ich kann nur sagen, was mir Ehe bedeutet.« Jetzt erschrak auch sie.

Wie sich selbst und viele andere hatte Steve uns in die Einbahnstraße gelenkt, aus der es ein Zurück nicht gibt. Elga mußte fortfahren.

Sie tat es zögernd. »Wenn's im Bett gut geht – wunderbar. Außerdem sehe ich in der Ehe Bemühung um Verträglichkeit, Gedankenaustausch in Verstehen, Erfüllung durch Vertrauen und schließlich geistige Sicherheit im gemeinsamen Alter. Es geht gewiß nicht ohne Schrammen, aber doch mit gutem Willen.«

Er schrie fast: »Alles, was du sagst, Elga, ist mit Sheila unmöglich!« Er beherrschte sich und zuckte mit den Schultern. »Vielleicht – nun, mit einer anderen Frau – später.«

Selten hatte ich Elga erregt gesehen. Sie betonte jedes Wort heftig. »Vielleicht – andere Frau – später. Du weichst deinen Schwierigkeiten aus, häufst ihre Probleme auf kommende. – Vielleicht? Das bedeutet eine unbestimmte Zukunft. Worauf wartest du? – Andere Frau? Kennst du sie schon? Wenn nicht: was für ein unrealistischer Traum, wenn ja: eine andere mit ihren Fehlern wird dich mit deinen Fehlern nicht ändern. Dich nicht. Das mußt du selbst tun. – Später? Das ist doch Zeitverschwendung. Es gibt ein paar Lebensregeln, Steve, deren Wert uns prägt und hält. Nicht später: jetzt. Deine Partnerschaft mit Sheila gehört zu diesen Regeln. Denk' an die Frage zum Schluß deiner Aufzeichnungen.«

Schweigen. Über den Wolken die Wildgänse in ihrer Unruhe.

Elga schenkte Kaffee nach. Ihre Hände zitterten. »Und noch eins möchte ich sagen. Ich meine, daß Sheila die Schlüsselfigur zu deinen Schwierigkeiten in der Firma ist. Wenn du dich um Sheila bemühst, sie überzeugst – sie kann mit dir zusammen einen ausschlaggebenden Einfluß auf ihren Bruder, auch ihren Vater ausüben.«

Steve sagte: »Unmöglich. Das geht nicht.«

Elga fragte: »Hast du es versucht?« Nach einer Weile fügte sie hinzu: »Habt ihr es versucht?« Und schließlich, als Steve nicht antwortete: »Du kannst schnell entscheiden und entschlossen handeln, dein Tagebuch zeigt es. Aber tu' es für etwas, das deiner wert ist: Beständigkeit. Verzettel' dich nicht in Rücksichtslosigkeiten.«

Regen begann zu fallen. Ich schloß die Seitenpersenninge des Deckshauses.

Steve saß bewegungslos, nur seine Backenmuskeln arbeiteten wie so oft. Langsam begann er, seine Tagebuchauszüge in den Aktenkoffer zu legen. Er nahm Notizblock und Kugelschreiber heraus. »Gebt mir eure Adresse auf Martinique. Ich kann nichts sagen – nun, ich bin aufgeregt und muß nachdenken.« Er schrieb unsere Adresse auf. Dann gab er uns wortlos die Hand und ging schnellen Schrittes zu seinem Sportwagen. Er beugte sich gegen den zunehmenden Regen.

»Und nun?« fragte Elga. »Was macht er nun?«

Ich wollte Steve nachlaufen, ihm auf die Schulter hauen: du wirst es richtig machen, Junge! Er war einsam – ich nicht. Ich brauchte keine Tagebuchauszüge für fremde Leute zu schreiben, Elga war da. Ich nahm sie in die Arme. »Gut, Elga, daß es dich gibt.«

Sie weinte. »Ach – es ist dieses dauernde – dauernde Abschiednehmen. Laß uns auslaufen – morgen.«

Um 08.00 Uhr am 15. Oktober warfen wir die Leinen los. Elga kuppelte die Maschine ein: langsam voraus. Eine ablandige Brise drückte KAIROS in den Strom. Ich verstaute Leinen und Fender.

Glänzend in der frühen Sonne lag vor uns die Wasserfläche. Wir glitten wie über einen Spiegel. Elga gab halbe Kraft voraus.

Eine Sloop kam von achtern unter Maschine auf. Es war die SOMEDAY. Mike hatte die automatische Steuerung in Betrieb. Mit Sue stand er auf dem Vorschiff. Sie winkten. Wir winkten zurück. Sue hielt die fidele Katze Jollie im Arm und hob deren Pfötchen zum Gruß.

»Farewell!« riefen sie. Dann drehten sie ab.

Elizabeth City mit der Linie seiner Hausgiebel, mit seinem Wasserbehälter auf Eisenstelzen verschwand hinter der Biegung des Flusses. Blick' nicht zurück. Voll voraus.

Die Maschine brummte. Die Ufer zogen vorbei. Sie waren sumpfig oder sandig, hoch mit braunen Lehmböschungen, flach in grünen Ebenen. Fahrwasserzeichen spiegelten sich im Wasser. Es strömte braun zwischen Wäldern, stand grün in Lagunen, spülte klar und salzig um Sandbänke. Während der Nächte ankerten wir auf geschützten Plätzen irgendwo in der Weite.

Dieses Land war unermeßlich, jenseits menschlicher Unruhe. Ein paar Motoryachten mit klatschender Bugwelle vermochten seine Unberührtheit ebensowenig zu stören wie die dröhnenden Schiebezüge. Das Maschinenfahrzeug war wie ein Bulle, der Lastkähne groß wie Häuser schob.

Am zweiten Tag unserer Fahrt liefen wir im Pungo Canal Mitte Fahrwasser auf Grund. Mit 6 Knoten Fahrt hob sich der Bug zu plötzlichem Stillstand. Er warf Elga und mich gegen das Vorderschott des Cockpits. Langsam neigte sich KAIROS nach Backbord.

Der Himmel war blau. Ein leichter Wind ließ weiße Wolken ziehen.

Der Kiel saß tief in Mudd und Sand. Volle Kraft voraus mit der Maschine nützte nichts. Herausschwenken des Kiels mit abwechselnd hart Steuerbord, hart Backbord gelegtem Ruder brachte nichts. Voll zurück kam nicht in Frage, um keinen Sand ins Wellenlager zu spülen. Blieb das Freiwinschen mit dem Anker.

Wir waren ein Schiffahrtshindernis. Elga ging zum UKW-Gerät. Sie rief die nächste Coast-Guard-Station. Keine Antwort.

»Ruf' ›all ships‹, Elga, gib unsere Position!« Mit dem Handlot lotete ich ums Schiff herum. Ich wollte die Richtung zum Ausbringen des Ankers feststellen. Mein Alptraum war die Annäherung eines Schiebezuges – wie ein Bulle.

Elgas »all ships« war ein Stich ins Wespennest. Gequake und Stimmen im Gerät, unterbrochen von Elgas Angaben.

Ich schoß die Lotleine auf. Nach 45 Grad Steuerbord lag der Grund tiefer als rundherum. Dort mußte der Anker hin.

Elga kam an Deck. »Kein Anker. Achteraus, drei Meilen entfernt, kommt eine Motoryacht. Die will versuchen, uns runterzuholen. Die Coast Guard schaltete sich schließlich auch noch ein.«

Wir legten vorn und achtern Fender und Schleppleinen klar. Die Motoryacht kam.

»Hier nach Steuerbord voraus – knapp sechs Fuß Wasser – wir haben sechs Fuß, sechs Zoll Tiefgang!« rief ich hinüber.

Der Skipper auf seinem Steuerstand über der Kajüte nickte. Mit dem Bug kam er auf unsere vordere Steuerbordseite zu. Seine Heckklampen waren Spielzeug, das sah ich. Der Skipper stoppte. Der Mann an Deck fing meine Leine. Er belegte sie auf dem starken Bugpoller. Der Skipper gab voll zurück. Die Leine schleuderte Wassertropfen, wurde dünn unter der Belastung. Ich verließ das Vorschiff. KAIROS zitterte, drehte der Leine nach, verhielt. Na? KAIROS rutschte, hob sich, machte stöhnend eine Verbeugung, richtete sich auf, ruckte, kam frei. Der Mann an Deck warf die Leine los. Ich holte sie ein. Elga stand am Ruder, brachte KAIROS mit der Maschine langsam voraus auf Kurs.

»Danke!« rief ich hinüber. Meine Erleichterung war riesengroß.

MY VIKING, Detroit, zehn Meter lang und stämmig, schäumte davon: full speed, Dieselwolke, Bugwelle und Hecksee. Der Skipper machte sich nicht die Mühe herüberzurufen. Er hob das Mikrofon. Seine Stimme tönte aus unseren UKW-Gerät: »Okay – alles klar – haben eine Rezession im Land – Regierung läßt nicht mehr baggern – werdet noch öfters sitzen – viel Spaß – übernehme Meldung an Coast Guard – gute Fahrt – Ende.«

Wir hörten seine Standort- und Bergungsmeldung, die Bestätigung der Coast Guard. Ich stellte das Gerät ab.

»Fabelhaft«, rief Elga, »that's USA!«

»Wofür diese wellenschmeißenden Stinker doch nützlich sind. Wir wollen nicht mehr über sie schimpfen, Elga.«

Zwischen 14 und 50 Seemeilen lagen unsere Tagesstrecken. Wir bestimmten sie nach der Schönheit der Ankerplätze. Segelsetzen lohnte nicht. Lange Teile unseres Weges waren durch Wälder vom Wind abgedeckt. Bei Begegnungen mit Schiebezügen brauchten wir die Maschine sowieso. KAIROS geriet beim Ausweichen oft mit dem Kiel in Mudd und Schlick. Eine unsichtbare Hand schien von unten nach unserem Schiff zu greifen.

Frühnebel zogen, wenn wir unsere Ankerplätze verließen. Zauberhaft standen die Ufer im Dunst. Sonnenschein kämpfte sich durch die wehenden Nebelschleier. Zu Mittag leuchteten die herbstlichen Farben der Wälder.

Am zehnten Tag unserer Fahrt gab der Seewetterbericht Sturmwarnung. Auf der Atlantikseite Floridas stand ein Tief. Die Warnung sagte nichts von einer tropischen Störung. Also kein letzter Hurrikan? Ein erster Herbststurm?

Wir brauchten Schutz. Am frühen Nachmittag liefen wir südlich des Fischerdorfes Swansboro in ein unbenutztes Hafenbecken des US-Marine-Corps ein. Es sah verlockend aus: 450 Meter lang, 250 Meter breit, rundum Waldufer. Beim Loten holte das Blei blauen Mudd so dünn wie Mehlsuppe hoch. Das war schlechter Ankergrund. Der nächste geschützte Ankerplatz lag weit entfernt. Wir mußten es hier versuchen.

Im weichen Mudd hielt unser Anker nicht. Wir wiederholten das Ankermanöver an anderer Stelle. Der Wind aus Nordost nahm zu. Unser Anker rutschte wiederum. Es geschah so langsam, daß wir es zunächst nicht merkten. Am späten Nachmittag mußten wir Anker auf gehen. Zum Teufel mit diesem Schlickloch! Wir ankerten erneut an dritter Stelle. Ich brachte einen zweiten CQR-Anker nach Backbord aus. Während der Nacht nahm der Wind aus Nordost weiterhin zu. Die Anker hielten.

Zu Mittag des folgenden Tages wehte es aus Nordnordost Stärke 8, in Böen mehr. KAIROS sackte langsam achteraus. CQR-Anker taugen nichts in Mudd. Ich nahm beide Anker hoch. Elga unterstützte das mit der Maschine. Als die Anker an Deck waren, hielt sie das Schiff im Wind. Drückten die Böen es herum, lief sie im Bogen ab und kam wieder auf. Die 115 PS der Maschine machten das mühelos.

Ich legte unseren 32-kg-Stockanker klar. Mit zehn Meter Kette schäkelte ich ihn vor den 20-kg-CQR-Anker. So verkattet, ließ ich beide Anker an Kettenvorläufer und Trosse über den Backbordbug fallen. Dann setzten wir den 27-kg-CQR-Anker nach Steuerbord voraus. 60 Meter Ankerkette rasselten, 20 Meter blieben in Reserve. Die Ankertrosse an Backbord fierte ich, bis auf beiden Grundgeschirren gleich starker Zug herrschte. Das Manöver auszuführen machte uns Spaß. Die Begleitumstände waren unerfreulich.

Der Wind nahm zu. Wir gingen Ankerwachen. Der Freiwächtler versuchte, Schlaf im voraus für die Nacht zu gewinnen.

Es waren zwei weitere Yachten eingelaufen. Sie hatten ebenfalls Schwierigkeiten, kamen schließlich zur Ruhe.

Der Wind nahm zu – und zu. Zur Dämmerung wehte es unter tiefer Bewölkung ohne Regen aus Nordnordost mit Stärke 10, in Böen 11. Im letzten Licht sahen wir, wie das Hafenwasser hochgerissen wurde. Prasselnd fiel es über das Schiff her. Das Heulen im Rigg war schrill.

Ohne Appetit aßen wir unser Abendbrot. Dies war ein Höllenloch mit schlechtem Grund und weichen Ufern, die uns saugend auf die Seite legen würden, hielten unsere Anker nicht. Elga ging zur Koje, ich auf Ankerwache. Die Maschine war startklar.

Kein Licht an Land, keine Ankerpeilung. Das Ufer achteraus war ein Schemen in der Nacht mit undeutlicher Gischtlinie. Sonst war in den wehenden, prasselnden Wasserschleiern nichts auszumachen.

Bö jetzt. Schrillen im zitternden Rigg. Nachlassen der Bö. War das Ufer nähergekommen? Bö. Schrillen. Nachlassen der Bö. Jetzt Regen. In Kaskaden gurgelte das Wasser von Scheiben und Persenningen. Hielten die Anker? Die Anker schienen zu halten. Schlief Elga? Elga schien zu schlafen. Nichts war sicher, nichts bestimmt.

10 Grad am Thermometer im Deckshaus. Nach vier Stunden klet-

terte ich steif – trotz des gefütterten Anoraks – in die Achterkajüte. Ich weckte Elga, legte mich schlafen. Ich wachte auf – 03.00 Uhr. Was denn? Stille.

Elga kam den Niedergang herab. »Der Wind ist runter auf – ich schätze 6. Ich törn' ein. Alles klar.«

Wir schliefen bis zum späten Morgen.

Eine Schicht mittelhoher Wolken hing grau am Himmel. Der Wind kam aus West in Stärke 2. Das Tief zog nördlich ab. Über die gelben Dünen klang vom Atlantik her das Grumpeln schwerer Brandung. Ihr Aufbrausen, Niederrollen ging uns nichts an.

Wir frühstückten und legten uns wieder schlafen.

Am Abend wurden die Wolken licht. Im Westen glühte ein roter Streif Sonnenlicht, spiegelte sich im zitternden Wasser.

Von der Yacht an Steuerbord löste sich das Beiboot. Der Skipper pullte herüber. Er lud uns zu einem Glas Wein ein. Eine halbe Stunde später ruderten wir zur Sloop TRANSIT. Dean und Claire waren etwas jünger als wir. Smart hatten sie sich frühzeitig zur Ruhe gesetzt. Sie erzählten von ihrer letzten Reise: von der Nordostküste der USA durchs Karibische Meer zum Panama-Kanal, im Großen Ozean nordwärts nach Baja California, zurück ins Karibische Meer nach New Orleans. Mit starker Maschine, teilweise im Schlepp der Frachtschiffe, fuhren sie den Mississippi hinauf und segelten im Herbst über die stürmischen Großen Seen ostwärts. Durch Kanäle ging es nach Süden. Jetzt wollten sie in Florida überwintern.

Als wir zurückruderten, sagte Elga: »Eine harte Reise. Würden wir das auch schaffen?«

»Morgen werde ich unsere drei Anker wie ein Jüngling aus'm Mudd stemmen, du wirst sehen.«

Und dabei ließen wir es bewenden.

Warm schien die Sonne. Kühl wehte der Nordwind. Oft trennten uns nur wenige hundert Meter Dünen oder Sumpfland vom Atlantik an Backbord. Die Bank geballter Haufenwolken überm Golfstrom war uns nun nahegerückt. Dunkel fiel ihr Schatten auf die bewegte See.

Am fünfzehnten Tag unserer Fahrt liefen wir in den Waccamaw River ein. Gold und braun gefärbte Waldufer nahmen uns auf. Am Abend ankerten wir im Bull Creek. Vor eineinhalb Jahren hatten wir wenige Meilen entfernt im Prince Creek geankert. Dort wie hier waren wir völlig von Wald umgeben. Damals lag das Erlebnis Nordamerika vor uns, jetzt lag es hinter uns. Es war eine Zeit unschätzbarer Erfahrungen gewesen. Schweigend saßen wir auf dem Achterdeck. Jeder hing seinen Gedanken nach.

Hin und wieder raschelte eine Brise im nahen Schilf. Treibende Äste schurrten an den Bordwänden vorbei. Seerosen deckten die Wasserflächen vor den Ufern. Auf niedergebrochenen Baumstämmen bewegten sich Schildkröten langsam wie durch die Ewigkeit. Fischadler schrien grell und klagend irgendwo.

Als es dämmerte, stieg leichter Nebel auf. Zikaden begannen ihr Abendkonzert. Es wurde dunkel. Nebelbänke leuchteten weiß im Mondlicht. Sie verwischten geisterhaft das Schattenbild des Waldes. Ein Uhu rief durch die Nacht – und wieder. Dieser Ankerplatz war wie ein Traum. Tief in uns wollten wir ihn für alle Zukunft bewahren.

Anker auf – weiter. Die Wälder traten zurück. Flach lagen Marschen und Sümpfe. Die Gezeitenströmungen nahmen zu. Der Tidenkalender kam auf den Kartentisch. Seine Zahlen und Daten fügten uns in den Rhythmus des Meeres ein. Was immer wir an Land gesehen, erlebt, erhofft hatten, Ebbe und Flut drängten es zurück. Wir waren dem Meer nahe: es kennt nur augenblickliches Geschehen.

Am achtzehnten Tag unserer Fahrt liefen wir in die städtische Marina von Charleston, South Carolina, ein. Leinen und Fender lagen klar. Gegen den letzten Ebbstrom brachte ich KAIROS längsseits an die Bunkerstation. Ein Schwarzer nahm Elga die Leinen ab und machte sie fest. Während ich Diesel bunkerte, meldete Elga uns im Büro. Wir erhielten einen Liegeplatz. Dorthin verholten wir.

Elga hatte den Tisch gedeckt. Die Petroleumlampen brannten. Besteck und Porzellan glänzten. Es war Elgas Stolz, diese schönen Dinge an Bord zu haben und bei Gelegenheit zu benutzen. Die Kajüte sah festlich aus.

Wir erwarteten unsere Freunde Jutta und Christian. Er war Biochemiker, Professor an der Universität in Charleston. Zusammen mit seiner Frau arbeitete er an der Erforschung des Hormons Relaxin. Es ging darum, menschliches Relaxin chemisch zu bestimmen und labormäßig herzustellen.

Sie kamen. Die Freude war groß. Wir hatten alle viel zu erzählen. Später fragte ich Christian nach seiner Arbeit.

Sein stilles Gesicht mit den eindringlichen Augen verschloß sich zunächst. Langsam antwortete er: »Wir sind immer noch am Anfang. Kommen wir zu einem Erfolg, dann können wir Frauen durch medikamentöse Verabreichung helfen, eine leichtere Schwangerschaft und Geburt zu haben – letztere weitgehend schmerzfrei.«

Meine Frage kam sofort: »Aber Schmerz hat einen Sinn – oder?«

Christian: »Wir wissen wenig über den Schmerz. Seine Erforschung hat erst begonnen.«

Jutta hatte dichtes, dunkles Haar, das sie aufgesteckt trug. Sie fragte mich: »Du meinst, ob ständiger Fortschritt in der Forschung wirkliche Hilfe für den Menschen bedeutet? Ob ständige Schmerzlinderung ihn nicht zum verhätschelten Objekt der pharmazeutischen Industrie macht?«

»Ja – und weiter, daß der Mensch dadurch immer weniger widerstandsfähig wird, körperlich und geistig – sein Schicksal nicht mehr annimmt. Er betäubt es mit Tabletten schon beim leichtesten Kopfschmerz.« Ich erzählte ihnen von meinen Gesichtsschmerzen.

Christian sah mich nachdenklich an. »Bist du in ärztlicher Behandlung?«

»Er will nicht«, antwortete Elga.

Ich ergänzte: »Bevor ich zum Spezialisten gehe, will ich es allein versuchen.«

Christians vom Grübeln und Denken müdes Gesicht wurde aufmerksam. »Was versuchen?« fragte er.

»Mein unbegreifliches, lebhaftes, sprunghaftes, wildes Innenleben zu entspannen.«

Er ging auf den Spott nicht ein. »Wenn man an die Unmengen Tabletten denkt, die heutzutage verschlungen werden, magst du recht haben. Das ist eine Manie. Den Wissenschaftler kannst du dafür nicht verantwortlich machen. – Und deine Neuralgie? Nervenschmerzen sind oft ohne objektiven Krankheitsbefund. Ihre Ursache ist schwer zu bestimmen. Sie sind nicht Folge oberflächlicher Erregungen deines – wie du es nennst – sprunghaften Innenlebens. Sie sind wenig durch bewußtes Verhalten zu beeinflussen. Ich hoffe, sie bleiben leicht. Das wünsche ich dir von Herzen, denn Schmerzen können jegliche menschliche Würde auslöschen.«

Ich blickte ihn an und saß für einen Augenblick wie erstarrt.

Er wechselte das Thema. Am nächsten Sonnabend wollte er den Bleikiel für seine Rennyacht gießen. Er hatte sie in jahrelanger Arbeit gebaut. »Willst du mir helfen?«

Ich sagte zu.

Jutta lud Elga für den Tag bei sich im Hause ein. Am Abend sollten wir Männer zum gemeinsamen Essen kommen.

»Ich möchte, daß dies kein Abschiedsessen wird«, sagte Jutta an jenem Abend. Sie reichte Schüsseln und Platten.

»Wir kommen wieder«, sagte ich schnell.

Jutta blieb unbeirrt. »Ich mache euch diesen Vorschlag allen Ernstes. Bleibt hier in Charleston, hier bei uns.«

Elga und ich legten unser Besteck vor Erstaunen nieder.

Jutta fuhr fort: »Martinique? Was findet ihr dort? Kultur? Wen habt ihr zu Freunden? Neger? Wie ist die politische Lage? Was ist mit den Hurrikanen? Und all diese Ungewißheiten erreicht ihr auf unsicherer See. Was treibt euch?« Sie blickte mich über den gedeckten Tisch im Kerzenlicht an. »Christian und ich sind zu der Überzeugung gekommen, daß du mit deiner Neuralgie nicht segeln solltest. Kinder, ihr habt genug gereist, gesehen und erlebt, bleibt und kommt zur Ruhe.«

Christian saß still über seinen Teller gebeugt und schwieg.

Im Nebenzimmer war das Ticken einer Wanduhr zu hören.

Jutta sagte eindringlich: »Ihr wohnt zunächst in einem unserer Miethäuser, die geringe Miete hilft euch. Die Immigrationsbehörde wird auf Christian und mich ein wenig hören. Euer Schiff legt ihr zum billigen Clubpreis in die Marina. Wenn ihr nicht segeln wollt, verkauft es.«

»Nein!«

Elga sagte versöhnlich: »Mir scheint, Jutta, du hast dir alles genau überlegt.«

Christian hob sein Glas. »Zum Wohl, ihr beiden! Auf eure Entscheidung!«

Wir tranken. Sie waren überzeugt, daß wir ihrem Vorschlag folgen würden. Ihre Gesichter zeigten ehrliche Freude.

Ich blickte zu Elga hinüber. Sie sah nachdenklich aus – aber nicht so, als ob sie schon morgen mit dem Landleben beginnen wollte. Landleben? Wenn überhaupt in USA, dann in Elizabeth City. Und Elizabeth City lag hinter uns. Ich brauchte Elga nicht um die Antwort zu fragen.

Jutta: »Wir wollen die Antwort nicht jetzt. Überlegt unseren Vorschlag, ihr habt Zeit.«

Die Antwort fiel mir schwer. »Vielleicht seht ihr mehr von unserer Zukunft als wir«, sagte ich langsam. »Sicherlich seht ihr sie anders. Elga und ich meinen, daß unser Kurs zu einem Ziel führt. Wir sind noch nicht angekommen. Ich kann's nicht erklären. Versteht uns, bitte, versucht es. Habt vielen Dank für euren Vorschlag. Wir segeln nach Martinique. Elga?«

Sie nickte.

Wir beendeten das Abschiedsessen. Wir sprachen vom Kurs, den wir segeln wollten; vom Wetter, das uns zu schaffen machen konnte; von der Arbeit, die Jutta und Christian zu leisten hatten; und von der Hoffnung, die alle menschlichen Versuche begleitet. Spät in der Nacht trennten wir uns.

Früh am nächsten Tag legten wir KAIROS vor Anker in den Fluß. Flut lief auf. Wir hörten den Seewetterbericht. Eine Kaltfront war im Anzug. Flach lagen die Schlickufer unter einem grauen Himmel. Ebbe setzte ein.

Am darauffolgenden Tag ruderten wir an Land und gingen zur Immigrationsbehörde.

Der Beamte nahm unsere Pässe. Er hatte uns vor eineinhalb Jahren einklariert. »Und ich soll Ihnen abnehmen, daß Sie in dieser ganzen Zeit – zweimal Verlängerung! – nirgendwo bei uns gearbeitet haben? Das haben wir nämlich nicht so gern.« Er knallte seinen Stempel in die Pässe. »Ich wünsche Ihnen eine gute Reise«, schloß er höflich.

Wir gingen zur Pier und ruderten zum Schiff hinüber.

Im Südwesten hing der Himmel schwarz voll Regen und Wind, wie Urzeit über Sumpf und Schlick. Hell davor lag KAIROS wie ein Versprechen. Für mich verschwanden die flachen Schlickufer ringsum, an denen die Strömung riß.

Wir kamen vor der Regenbö trocken an Bord. Doch mußten wir zwei Tage warten, bis die Kaltfront durchgezogen war.

Meer

Das zweite Kapitel ist dem seglerisch Interessierten empfohlen – dem erfahrenen Segler zur Erbauung an Land, wo es sich friedlich liest und Kritik unbegrenzt möglich ist – dem weniger erfahrenen Segler zur Erinnerung an Bord, wenn manches nicht an Wind und Flaute, sondern am eigenen Denken und Verhalten scheitert (zum Beispiel das Starten der Maschine).

Es ist für jene geschrieben, die auch auf See in anhaltender ehelicher Abhängigkeit verharren.

Es berichtet vom Auslaufen mit schlechtem Wetterbericht und entsprechend sachlichen und unsachlichen Bemerkungen, von zunehmendem Wind und grober See – von einem Sturz, fast fatal, und anschließendem Gelächter, fast hysterisch; von dunkler Nacht ohne Trost durch den nach Vorschrift angebrachten Radarreflektor; von durchgekenterter Yacht und einem guten Seemann – vom Bergen des Besans in einer ersten Sturmbö und einem Brecher, über den weder gesprochen noch nachgedacht werden soll (das wird dem Leser überlassen) – von Bolzen, die aus der Takelage purzeln, und dem Unwert einiger Knoten mehr Fahrt – vom Fluchen an Bord und recht verstandener christlicher Seefahrt – von einer nächtlichen Begegnung mit der schweizerischen Handels-

marine; vom Alten, der den Kurzschluß nicht findet und die Maschine nicht starten kann – von Reparaturen gehobener und niederer Art – vom Bergen des Klüvers in einer zweiten Sturmbö – von der Trägheit des menschlichen Gehirns, der Maschinenhaftigkeit des menschlichen Körpers, auch von unvorteilhafter Segelführung – von lästigem Gegenwind und einer aufrüttelnden Rede, die Besatzung und Schiff von technischen Zwängen befreit – von großem Segel und kleinem Etmal – von Nordostwind, der noch nicht der Passat sein kann – von tiefgründiger Erörterung eines Segelmanövers, die ein Leben lang nicht wiederholt wird – von der Meerestiefe – von unsicherer Ahnung und Sicherheitsleinen – von der dritten Sturmbö, die aus einem Sternenhimmel fällt – vom Beidrehen in einer vierten Sturmbö, die lange anhält und Freude am Schiff auslöst – von der Überwindung altbackenen Eigenlobs und vom Unwillen gegen eine neugebildete Terminologie – von nachlassendem Wind und Wetterleuchten – von Wasserhosen, die eine sehr männliche Verschwiegenheit ermöglichen – vom Passat endlich, der die letzten Reisetage durchwehen soll – von der Zufriedenheit – von einer schwachen Bö, die Schlüsse auf den Nervenzustand der Besatzung erlaubt – von des Seemanns Freude: Leuchtfeuer voraus – vom Einlaufen in den Hafen auf reinrassiger Segelyacht – vom Jungen, der die Maschine starten kann.

Der erste Tag – 12. November 1982. Gischt knallt übers Deck. »Halt fest, Elga!«

Charleston liegt achteraus, voraus der Atlantik. Unter Maschine folgen wir der Baggerrinne. Hohe Dünung wäscht über die langen Wellenbrecher zu beiden Seiten der Hafenausfahrt. Es weht leichter Südostwind. Ebbstrom läuft. Das Wasser bäumt sich in Stromkabbelungen. KAIROS fällt wie in Löcher, stößt durch die nachfolgenden Seen.

Elga kommt aus der Kajüte. »Na, ganz munter schon.«

»Ein kleiner Vorgeschmack.«

Die Meldungen des Seewetterberichts waren nicht ermunternd gewesen, doch brauchbar für unsere Absicht. Ein Tief über Virginia im Norden zog Ostnordost. Warm- und Kaltfront erstreckten sich weit nach Südsüdwest und Südwest. Davor die südwestlichen Winde wollten wir nutzen. Wir brauchten Wind. Wir wollten schnell durch den Golfstrom hindurchkommen, bevor der Wind nördlich drehte – Wind gegen Strom. Unter dem Einfluß der letzten Kaltfront hatten wir zwei Tage müßig gelegen. Der Winter stand vor der Tür.

Voraus hing die Bank geballter Haufenwolken silbergrau über dem warmen Wasser des Golfstroms. Die Sonne schien schwach durch hohen Dunst. Im Süden und Südwesten verdichteten sich Wolken und Dunst zu dunkler Ungewißheit.

Um 09.20 Uhr peilte die Ansteuerungstonne an Steuerbord querab. Eine Seemeile entfernt wartete ein Motorschiff schlingernd auf den Lotsen. Voraus in Südost unter der Bank geballter Haufenwolken lag die Kimm noch klar – lag 900 Seemeilen entfernt unser Ansteuerungspunkt auf 25° N, 65° W. Von dort sollte der Passat uns zu den karibischen Inseln bringen.

Der Stromseegang ließ nach. Der Wind drehte auf Süd Stärke 3. Elga übernahm das Ruder. Nach einem Blick auf die dunkle Unbestimmbarkeit im Süden ließ ich Großsegel und Baumfock festgemacht. Ich setzte Klüver 2 und Besan. Elga stellte die Maschine ab. In der Achterpiek schloß ich das Seeventil des Auspuffrohrs. Es sicherte in schwerer See die Maschine gegen Wassereintritt, sollte das hochgezogene, gekrümmte Rohr nicht ausreichen.

Am Ruder sagte Elga: »Zu wenig Segel. Naja, das Barometer fällt.«

Ich machte am Kartentisch die Eintragung im Logbuch. Dann kletterte ich ins Cockpit, schloß die Seitenpersenninge des Deckshauses. Sie schützten gegen Regen und Gischt.

Elga saß in der Ruderbank zurückgelehnt. Manchmal gab sie dem Schiff eine Ruderkorrektur. Kurs 115 Grad rechtweisend, voll und bei. Die Brise nahm zu und zunehmend gut steuerte KAIROS unter den beiden Segeln ohne Ruderberichtigung.

Ich setzte mich in die Ecke querab vom Rudersitz. 3 Knoten Fahrt, bald 4. Der Himmel war jetzt sonnenlos. Die Wolkenbank voraus stand dunkel. Die Unbestimmbarkeit hob sich finster überm Südhorizont. Lang zog die Dünung daher, kleine, weiße Brecher auf den Buckeln. KAIROS nahm sie weich. Den Windseegang verschluckte sie unterm Preß der Segel. Die Bugwelle rauschte. Es war herrlich, ein gutes Schiff zu segeln.

»Wollen wir den Wetterbericht hören?«

»Wir sind unterwegs«, sagte Elga, »wir sehen, was kommt.« Sie blickte nach Süden. »Es sieht unheimlich aus – weißt du, wie Urzeit vorm ersten Schöpfungstag: ›Es war finster auf der Tiefe und der Geist Gottes schwebte auf dem Wasser.‹« Ihr Gesicht blieb unbewegt. »Wir sind unterwegs«, wiederholte sie.

Wir schwiegen. Man kann Kommendes mit Spott abtun. Am ersten Tag einer Seefahrt neigten wir wenig dazu. Es ist Auffassungssache. Der Wind nahm zu.

»Ruderwachen wie immer«, sagte ich.
»Geh' runter, ich bin dran.«
»Weck' mich rechtzeitig.«
Das war ein frommer Wunsch. Ich konnte nicht einschlafen. Ich war aufgeregt. Sobald unser Schiff unter Segeln auf Kurs lag, begannen wir mit der Bordroutine. Das war Regel. Wir brauchten von Anfang an Schlaf und Essen, daraus Kraft. Ich lag und spürte das Schiff in der See, die Arbeit der Segel, das Einsetzen des Bugs in die Dünung. Windstärke 4 jetzt. War ich eingeschlafen? Windstärke 5 jetzt. Ich lag grübelnd in der Koje, bis Elga mich rief.
Ich stand schnell auf, schüttelte erste Zeichen von Seekrankheit ab. Sie kamen wieder. Los, rauf ins Cockpit!
Finster war der Himmel geworden. Dunst schwebte auf dem Wasser. Die Brecher stürzten aufdringlich. Sie leuchteten im grauen Meer wie von innen heraus. Die Bank geballter Haufenwolken hing über uns. Windstärke 6, böig. Ich übernahm das Ruder.
Elga reichte mir aus der Kajüte eine Schüssel mit Essen. Ich aß ohne Appetit und ohne zu achten, was es war. Immerhin behielt ich die Nahrung bei mir.
Elga sagte: »Mit Klüver und Besan – na, da kann erstmal was kommen. Gute Wache.«
Klüver und Besan maßen 55 Quadratmeter – die Hälfte unserer Segelfäche am Wind. Bei starkem Wind querein waren diese Segel eine vollkommene Besegelung. KAIROS lag sanft auf dem Ruder, brauchte kaum Ruderhilfe, lief jetzt 5 Knoten.
In die Ruderbank geklemmt, versuchte ich, Wind, See und Schiff als Einheit zu fühlen. Das verminderte die Seekrankheit.
Der Himmel zu Luv hellte sich auf – ohne Hoffnung darin. Über der Kimm standen die Umrisse schwerer Schauerwolken. Sie löschten den Horizont endgültig aus. Sie erreichten uns um 17.00 Uhr mit Südwestwind Stärke 7 bis 8. Der Seegang wurde grob. Er lief nicht hoch, aber unregelmäßig und schlagend. Gischt wehte über Deck. KAIROS warf rollend das Wasser ab. Mit dem drehenden Wind drehte das Schiff. Kurs 130 Grad rechtweisend, raumschots, Fahrt 6 Knoten. Ich fierte den Besan etwas. KAIROS lag gut. Wenn Brecher Bug oder Heck unterliefen, brauchte sie Ruderhilfe.
In grauen Wänden wehte der Regen heran. Hinter den Brechern

wogten grüne Wasserflächen. Sie hinterließen Schaumstreifen, weiß marmoriert, die vom Wind in die Wellentäler gelegt wurden. Sonst war das Meer dunkel. Etwas Grün tanzte in Grau und Schwarz und wurde verschluckt und sprang wieder auf.

Elga kam vorsichtig den Niedergang herauf. »Ich schreib' heute kein Tagebuch – du?«

»Nee.«

»Dann hau' dich hin bis zum Abendbrot.«

Um 19.00 Uhr aßen wir Brot mit Aufschnitt. Elga mochte nicht kochen. Meine erste Nachtwache begann.

Die Dämmerung fiel schnell. Die heranwehenden Schauer saugten das Licht auf. Die Nacht wurde dunkel, wie hellgraue Gespenster die Brecher darin. Ihre Gischt verdeckte unter wehenden Schleiern das Vorschiff. Es senkte sich. Es verschwand in den unwirklich erscheinenden Gischtwirbeln. Es hob sich. Wasser gurgelte über Deck, schmatzte in den Speigatts. Holte KAIROS stark über – es geschah immer häufiger – heulte bei der Gegenbewegung nach Luv der Wind im Rigg auf.

Die Stunden schlichen dahin. Ich freute mich über das gute Verhalten des Schiffes. Es war der beste Lehrmeister, nahm Angst und Unruhe. Ich gewöhnte mich ans Wetter.

Um Mitternacht weckte ich Elga. »Bring' Ölzeug mit. Der Wind drückt Wasser durch die Persenningritzen.« Das Wetter wurde ungemütlich.

In der Kajüte ging das Licht an. »Mann, so'n Seegang!« rief Elga. Durchs Luk sah ich, wie sie sich auf den Boden setzte, um ihre Sachen anzuziehen. Sie wartete ein Überholen des Schiffes ab, ging zur Pantry, goß sich aus der Thermosflasche heißen Kaffee in einen Becher. Damit kam sie zum Niedergang. Sie lehnte sich gegen die Stufen und trank langsam Schluck für Schluck. »Na, wie geht's da oben?«

»Unverändert. Südwest mehr als 7. Der Regen scheint aufgehört zu haben, aber Gischt überall.«

»Der Seegang hat zugenommen.«

»Ja. Das Schiff liegt gut.«

Sie kam heraufgeklettert, fiel fast ins Cockpit. Ich griff nach ihr und küßte sie. KAIROS krängte nach Lee. Wasser polterte übers Deck. Elga plumpste auf die Ruderbank. KAIROS rollte nach Luv, preßte uns gegeneinander. Der Wind heulte im Rigg auf.

»Sie braucht wenig Ruderhilfe – nur wenn sie von Brechern geschoben wird.«

»Klar«, sagte Elga, »ich übernehme.«

Am Kartentisch klemmte ich mich zur Eintragung ins Logbuch auf den Sitz. Ich schrieb in die vorgezeichneten Spalten:

Wind: SW 7–8 – Strom: NE 2 Knoten – Wetter: wolkig, 1015 mb, 20° C – Kurs: 130° rw. – Segel: Klüver 2, Besan.

Seit Mittag war das Barometer (unjustiert) um 4 Millibar gefallen. Ich schraubte die Flamme der Petroleumlampe klein, zog mich aus. Hemd und Hose waren feucht. Ich hing sie über das Schott der Hundekoje. In der Koje verkeilte ich mich zwischen Kissen. Dann lag ich wach. Mein Körper wurde durch die Schiffsbewegungen gegen die Kojenwand gedrückt – hin und her, schwächer, stärker. Darüber schlief ich ein.

Der zweite Tag. Ich wachte auf. Mein Körper rollte – hin und her, stärker, schwächer, noch stärker.

Elga rief: »Ist soweit – vier Uhr! Sei vorsichtig, grobe See.«

Sie saß jetzt vier Stunden da oben. Ich zwängte mich aus der Koje, los, mach' schon. Ich schraubte die Lampe am Kartentisch hoch, angelte mein Zeug vom Schott. Es war noch feucht. Ich setzte mich auf den Kojenrand. Die Koje lag zu Luv. Also stemmte ich die Füße fest auf den Boden, kroch in Hose und Hemd. Als ich mich über die Segelschuhe beugte, rollte KAIROS nach Lee. Ich wurde über meine Füße hinweggeschleudert. Die Lampe an der Pantry schien mich anzuspringen. Mein Bauch krachte gegen das Pantryschott. Der Lampenzylinder traf meinen Kopf am linken Auge. Das Glas zersplitterte. Das Schiff rollte zurück. Ich hielt mich an der Griffleiste des Schotts.

Warm rann es über mein Gesicht. Blut? Schweinerei – der neue Teppich! Anderes kam mir nicht ins Bewußtsein. Wir hatten den Teppich in Elizabeth City gekauft und zugeschnitten. Er war beste Qualität.

Über den Schlingerleisten des Herdes hing Elgas Geschirrtuch. Ich konnte es greifen, preßte es über das Auge. Die Scherben auf dem Teppich waren eine Gefahr. Ich begann sie aufzusammeln – kniend einhändig. Das Geschirrtuch wurde warm und feucht.

»Komm' raus!« In Erwartung meiner Wachablösung hatte Elga in die Kajüte geblickt. »Schlimm?« fragte sie, als ich ins Cockpit kam.

»Weiß nicht. Jedenfalls viel Blut. Gib mir das Ruder. Hol' Verbandzeug, Frau Doktor.«

Das Medizinschapp lag in der Achterkajüte im Waschraum. Elga öffnete die Achterluke und kletterte mühevoll hinab. KAIROS rollte und boxte. Elga kletterte mühsam herauf und schloß die Achterluke. Im Schein ihrer Stablampe untersuchte sie die Verletzung. »Dreh' dich weiter her. Halt' die Lampe hier.«

Ich schaltete die automatische Steuerung an. Wofür die Technik doch brauchbar war. Ich drehte mich Elga zu.

KAIROS donnerte durch die See, holte über, richtete sich auf. Immer wieder fiel sie weit nach Lee, wenn eine See durchzog.

Ich leuchtete mit der Lampe in mein Gesicht. Elga tupfte. »Sitz' still, du Held. Das ist blutstillende Watte.«

»Der Seegang wackelt, Kind, nicht ich. Auuh!«

Sie tupfte ungerührt weiter. »Glück gehabt. Schnittwunde unter der Augenbraue. Ich desinfizier' das. Durch den Stoß wird es 'ne Schwellung geben. Pflaster genügt.« Sie tupfte und pflasterte, von den Schiffsbewegungen unterbrochen. Dann brachte sie den Verbandskasten an seinen Platz zurück, schloß sorgfältig die Achterluke. Sie gab mir ein Stück Leinen. »Wenn's wieder blutet, press' hiermit, aber nicht zu stark. Gute Wache.«

»Elga, auf dem Teppich liegen noch Glassplitter. Komm' ans Ruder, ich sammel' sie auf.«

»Bleib' sitzen.« Sie lachte plötzlich. »Der Doktor bin ich!«

Ich lachte auch. »Ich bin Admiral Nelson! Das Auge blieb diesmal nicht vor Korsika.«

»Admiral Nelson! Wie 'n Schiffsjunge hüpfst du da unten rum.«

Wir lachten erleichtert, riefen uns Blödsinn zu. Wir lachten lauthals. Es klang fast hysterisch. Wir brüllten vor Lachen.

»Sieh mich an«, sagte Elga schließlich. »Nein, mit dem linken Auge. Schwierigkeiten?«

Ich blinzelte unter dem Pflaster hervor.

»Gesund und dienstfähig«, erklärte Elga. Sie stieg in die Kajüte.

Ich stellte die automatische Steuerung ab. Bei diesem Wetter war es besser, das Ruder in der Hand zu fühlen. Der Automat steuerte genau, aber stur. Was das Schiff dazu sagte, war ihm egal.

Nach einer Weile verlosch das Licht in der Kajüte. Der Schimmer der Kompaßlampe blieb. KAIROS schnitt ihren Kurs durch die See, schlug Wasser zur Seite, ließ es über die Decks gurgeln. Es war großartig, unser Schiff.

Mein Auge brannte. Das Pflaster behinderte die Sicht. Jede halbe Stunde stemmte ich mich aus der Ruderbank, hielt mich an den Haltetauen unterm Deckshausdach und blickte rundum. Erkennen konnte ich nichts da draußen. Durch die Dunkelheit wehten Gischt und Wasserstaub in grauen Schleiern. Wenn sie durch die Sektoren der zweifarbenen Positionslampe am Bug getrieben wurden, schufen sie undurchsichtige Vorhänge in Grün und Rot. Bei solchem Wetter benutzten wir unsere elektrischen Lampen. Die Petroleumlampen hätten abends angezündet, morgens gelöscht werden müssen.

Wenn es da draußen ein anderes Schiff gab – was zeigte das Radar dort von uns? Unser Radarreflektor hing zwischen den Achterstagen. In den Fachbüchern wurde sein Anbringungswinkel vorgeschrieben. Hier tanzte er wild in allen Winkeln über einer Wasserlinie, die es nicht mehr gab.

In Gedanken koppelte ich unsere abgelaufene Distanz. Siebzehn Stunden bei mindestens 6 Knoten Fahrt. Das mußte uns auf die östliche Seite des Golfstroms setzen. Trotzdem: Wind, steh' durch! Dann sind wir morgen frei vom Golfstrom, dann liegt dieses verdammte Seegebiet bald hinter uns.

Dieses Seegebiet liegt in den Roßbreiten. Deshalb wird es vielfach unterschätzt. Während der Sommermonate entwickeln sich selten Stürme. Doch Hurrikane können durchziehen. Im November/Dezember liegt die Sturmhäufigkeit bei vier Prozent, nimmt südwärts schnell ab. Das ist wenig im Vergleich zum nördlichen Atlantik. Aber Golfstrom und Antillenstrom können gefährlichen Seegang aufwerfen.

Mehr als eine Yacht hat sich hier um 360 Grad gedreht: quer oder in Längsrichtung oder spiralig durchgekentert. Mehr als eine Yacht verschwand: nicht unbedingt Opfer von Drogenschmugglern; nicht

Ziel überirdischer Kräfte, die eine Sensationsliteratur ins »Bermuda-Dreieck« zaubert.

Da kentert im Mai 1964 auf ihrem Kurs von St. Augustine nach Morehead City die Yawl DOUBLOON innerhalb von acht Stunden zweimal durch – Verlust der Takelage beim ersten Mal. Ein Sturmtief hat sich rasch vor Florida entwickelt. Es bringt Windstärke 10 und mehr. Der Skipper der DOUBLOON beherrscht die Situation. Er führt sein entmastetes Schiff mit großartiger Seemannschaft. Selbst verletzt, ermutigt er seine verletzte Besatzung zur erforderlichen Arbeit und damit zum Durchhalten. Als nach dem Sturm ein Motorschiff Hilfe anbietet – zwei haben passiert, ohne den Havaristen zu sichten: Abstand eine Seemeile! – kann der Skipper die Hilfe ablehnen. Die DOUBLOON segelt unter einem Notrigg. Sie macht kein Wasser. Die eingeschlagenen Bulleyes sind verschalkt, die Reste der Takelage sicher an Deck festgelascht. Kurs auf Charleston liegt an. Später nimmt ein Coast-Guard-Kutter die DOUBLOON in Schlepp. Diese Hilfe lehnt der Skipper nicht ab, weil er den Termin der Regatta einhalten will, zu deren Start er sein Schiff hat segeln wollen.

Mich hat das Verhalten des Skippers beeindruckt. Mit innerer Gelassenheit, mit Härte, Entschlossenheit und Ausdauer ermöglicht er, daß Besatzung und Schiff gerettet werden.

Wieder zwang ich mich aus der Ruderbank hoch. Wieder starrte ich in die undurchdringliche Finsternis. Sinnlos? Nichts ist sinnlos, was zur Erhaltung oder Wiederherstellung der Seetüchtigkeit führt. Mein Auge brannte. Mein feuchtes Zeug kratzte. Meine Müdigkeit wuchs. Ich ließ mich auf die Ruderbank fallen, gab eine Berichtigung am Ruder. KAIROS mit Heulen im Rigg boxte, schlug, schnitt, kletterte, fiel. Zwischen den Persenningen des Deckshauses und ihren Druckknopfleisten tröpfelte Wasser. Das ist alles nichts im Vergleich zu einer Yacht, die durchkentert – wenn man's überlebt.

Brecher! Er hob den Bug, drückte ihn nach Lee. Weiße Gischt schnellte hoch, verschwand stufenlos im Schwarz der Nacht. Schwer arbeitend, begann KAIROS anzuluven. Ich half ihr mit dem Ruder, langsam kamen wir auf, Kurs lag an.

Die Böen schienen nachzulassen. Aber der Seegang nahm zu.

Elgas Kopf erschien im Niedergang. »– kann nicht schlafen. Wieviel Uhr ist es?«

»Gleich sechs.«

»Ich zieh mich an. Hier unten geht's zu wie bei der Achterbahn.«

Die Stunden vor der Morgendämmerung teilten wir in zweistündige Wachzeiten.

»Was macht dein Auge?« fragte Elga.

»Vergiß es.«

Als sie mich abgelöst hatte, machte ich die Eintragung ins Logbuch. Ich versah die Petroleumlampe an der Pantry mit einem neuen Glaszylinder. Lahm kroch ich in meine Koje. Ich fiel in Schlaf und Traum.

»Bö!« Elgas Ruf riß mich hoch.

Über dem Lärm des segelnden Schiffes rollte Donner. Ich nahm mir nicht die Zeit, die nassen Klamotten überzuzerren. Sitzend rutschte ich in mein trockenes Ölzeug. Der Trittsicherheit auf Deck wegen zog ich die Segelschuhe an. Es dauerte Jahrhunderte, diese hedderigen Schnürbändsel. Donner in der Ferne. Donner in der Nähe.

Elga stand am Ruder. »Die Kaltfront«, sagte sie. Ihr Gesicht war übermüdet und blaß.

Die See im fahlen Morgenlicht sah drohend aus: weißgescheckt, graugefleckt, grüngepreßt, zersplittert und verweht. Schlechte Sicht. Donner aus Nordwest. Hingefetzte Wolken zogen.

»Nichts zu sehen. Aber von Nordwest oder Nord kommt's. Hab's erst vor Minuten gehört. Der Besan muß weg – schnell! Und sei vorsichtig.«

Ich holte den Besan über die Schotwinsch mittschiffs, damit der Baum nicht hin und her schlug, wenn das Segel fiel. Auf dem Achterdeck schlang ich einen Arm gegen Wind und Schiffsbewegung um den Besanmast, Mann, halt fest – sicherte das Ende des Besanfalls an der Fußleiste auf Deck. So konnte es nicht auswehen. Als ich das Fall löste, fiel ich fast nach Luv, obwohl ich kniete. Das Schiff richtete sich jäh auf. Der Wind aus Südwest Stärke 7 ließ plötzlich nach: Stärke 4, Stärke 3, wehte aus, Flaute.

Das Heulen verstummte. Das Schiff schlingerte klatschend, verlor

Fahrt. In der Stille ringsum klang das Tosen der Brecher unwirklich. Ich zerrte das Besansegel nieder.

Aus Nordwest kam die Bö. Ich hörte ihr Brausen. Um uns herum wischten Wirbel warmer und kalter Luft Dunst und Wasserstaub fort.

Ich löste die Dirk. Elga im Cockpit holte die Schot pall. Die Nock des Besanbaums lag fest auf Deck. Das machte das Festmachen des Segels bei schlechtem Wetter sicher: der Baum lag unbeweglich. Die Zeisinge hingen unter dem Baum an einer Leine. Es waren doppelte Enden, um sie mit einem Kreuzschlag ums Segel zu nehmen.

Die Bö fiel hart und kalt mit Seegang und Gischt über uns her. Das Meer bäumte sich auf und wurde weiß. Es begann, in einem neuen Rhythmus zu rollen. Wind gegen Strom. Kreuzseen sprangen auf. Der erste Schauer radierte die gerade eingetretene Sicht aus. Donner, noch einmal, verhallte polternd weithin in den Wolken.

Ich fühlte das alles, sah es teilweise, hörte es – die Finger ins Segeltuch gekrallt. Ich war zu spät gekommen. Das schwere Tuch flatterte auf, wehte hoch, schlug um sich.

KAIROS mit dem Klüver vorm Wind lief hohe Fahrt, begann heftig zu rollen.

Nach dem dritten Versuch, das Segel wie üblich von vorn her festzumachen, begann ich von achtern her. Zu spät? Vom Schothorn arbeitete ich mich in die tobende Masse des Segelbauches hinein – halt' fest – schlag's ein – halt' fest – Kreuzschlag. Für jeden der vier Zeisinge der gleiche Vorgang. Der Sturm riß mir die Öljacke hoch. Das behinderte mich erheblich. Ich machte den letzten Kreuzschlag vorn am Mast. »Elga! Fier' die Schot!«

An die Achterreling geklammert, brachte ich mir mit der freien Hand den Baum auf die Schulter und ließ ihn in die Baumstütze rutschen. »Hol' dicht!« Der Besan war fest und sicher. Ich schoß das Fall auf, belegte es auf seiner Klampe am Mast. Auf allen Vieren kroch ich ins Cockpit unter den Schutz des Deckshauses. Ich sah auf meine Armbanduhr. Sie war weg. »Wie – wie spät ist es?«

»Kurz vor acht.«

»Wie liegt sie?«

»Gut – ganz gut. Die Kreuzseen stören sie. Ich steuere jetzt etwa 150 am Kompaß, also rechtweisend eins-vier-null, damit der Klüver nicht überkommt. Wind ist Nordwest.«

Ich keuchte. »Frühstück – Hunger.«

»Willst du dich nicht einen Augenblick hinlegen?« Elga stand hinterm Ruderrad und hielt mit gespreizten Beinen Gleichgewicht gegen des Rollen des Schiffes.

Ich saß in der Steuerbordecke ans Vorderschott gequetscht. Als KAIROS überholte, rutschte ich auf den Cockpitboden, blieb dort sitzen. Langsam entspannten sich meine Muskeln. Gut hier unten, nichts sehen, nichts tun, nichts – hör' auf! Das macht jeder Segler ebenso, wenn's drauf ankommt – und noch mehr. »Frühstück – Hunger.«

Ich übernahm das Ruder. Elga kroch in die Kajüte.

Die Sicht war durch wehende Gischt behindert. Die Luft war kalt. Der Wind peitschte Regen aus tiefen Wolken, fetzte Gischt von den Brechern. Der Wind legte Schaumstreifen auf die See. Er preßte hier das Wasser in gerippelter Fläche nieder, dort hob er es zu rollender Gewalt. Der Wind – Sturm war das. Seine Stärke war nicht zu bestimmen, nur zu schätzen; auch die Wellenhöhe, die schnell zunahm. Wenn das so weitergeht – ruhig, Junge, ruhig – dann muß der Klüver runter und die Baumfock hoch. Vor Topp und Takel treiben? Nein. Solange wie möglich müssen wir bei diesem Kurs Fahrt im Schiff haben, Fahrt zum Steuern. Erregung und körperliche Erschöpfung ließen nach, auch dieses verdammte Selbstmitleid. Ich fühlte das Schiff, hielt das Ruder.

Elga reichte mir Brot, ein hartgekochtes Ei – noch auf dem Ankerplatz gekocht – und eine Muck Kaffee. Ich verteilte die Schätze rutschsicher auf der Ruderbank um mich herum.

»Die Natur hilft sich selbst«, sagte Elga, »dein Pflaster ist weg.«

»Meine Armbanduhr auch.«

Mit Gewalt hob sich an Steuerbord eine mitlaufende See, sprang zur Seite, Kreuzsee, und riß die Nähte der Seitenpersenning am Deckshaus ein. Wasser spülte ins Cockpit, Gischt flog. Ich riß die schlagende Persenning herunter.

Die Sturmbö ließ etwas nach. Eine verschwommene Kimm wurde sichtbar. Elga kam mit Segelnähzeug ins Cockpit. »Ob's wirklich abflauen wird?« Sie begann die aufgerissenen Nähte der Persenning nachzunähen.

»Leg' dich schlafen, Elga.«

»Was doch so ’n bißchen Brot und Kaffee ausmacht – ich fühl’ mich ganz gut. Ich will nachher nicht im zugigen Deckshaus sitzen, mit Gischt und Regen im Gesicht.« Sie nähte schnell durch die Löcher der Nähte, aus denen sie das zerrissene Garn entfernt hatte. Schließlich brachte sie die Persenning wieder an.

Hinter meinem Rücken spürte ich die anlaufende See wie ein Tier, gab sofort Gegenruder. Sie hob das Heck zum Himmel. Verzweifelt gab ich mehr Gegenruder. KAIROS holte nach Backbord über – immer mehr. Das Heck wurde in die gleiche Richtung geschoben. Das nahm alle Fahrt aus dem Schiff. Die See brach – wo? – Kaskaden von Wasser und Lärm. KAIROS ohne Fahrt neigte sich weiter und noch weiter. Elga klammerte sich ans Waschbord schräg über mir. Mit einem lächerlichen Ratschen, hörbar trotz des Lärms, riß die Backbord-Seitenpersenning. Wasser strömte über meine Schenkel. Es riß daran und war widerlich warm. Die ziehende See hob den Bug. Der Klüver füllte sich knallend mit Wind und hielt den Schlag aus, zog das Schiff vorwärts, zog es hoch. Ein weißgeädertes Ungeheuer von Wellenrücken rollte vor uns her und verschwand wie plattgewalzt in seiner grünblasigen Bahn. KAIROS torkelte, nahm Fahrt auf.

Ich brachte sie auf Kurs. »Lauf!« schrie ich. »Lauf!«

Das Wasser im Cockpit wusch hin und her, gurgelte durch die vier 100er-Abflußrohre. Die Brückendecks hielten es aus den Kajüten fern.

Elga rappelte sich auf. »Du – Mensch – lieber Himmel! Wir woll’n nicht darüber sprechen, was das war – nicht darüber nachdenken, was hätte geschehen können.«

»Nein«, sagte ich, »wir wollen nicht darüber sprechen, es ist vorbei.« Ich erinnerte von dem Vorgang nur tosendes Wasser und ein unvorstellbar schräges Deck. »Aber du kannst die Backbord-Persenning nachnähen, wenn du nachher hier trocken in deiner Laube sitzen willst.« Ich prüfte das Ruderrad. Ich hatte mich daran mit aller Kraft festgehalten. Es drehte ohne Fehler in seinem Lager.

Windstärke 7 aus Nordwest. Ich sah nach achtern. Grobe See, ja. Keine Monstersee. Jetzt begann ich zu zittern.

Am Nachmittag flaute der Wind ab. Er wehte unregelmäßig zwischen Stärke 6 und 7. Der Himmel lichtete sich. Zahlreiche Schauerwände hingen mit blauschwarzen Regenkragen aus getürmten Haufenwolken vor einem gelben Himmel. Manchmal kam die Sonne durch. Dann zeigte die See blaue Flächen mit weißen Brechern darin.

Elga reparierte die Backbord-Persenning.

Freiwache. Ich schlief, wachte auf. Der Klüver schlug, der Großmast zitterte. Der Klüver knallte, als der Wind ihn füllte. Auf Deck rollte etwas hin und her – dann nicht mehr. Ich wälzte mich herum und zog die Decke über die Ohren. Es war Elgas Wache.

»Komm' raus, schnell!«

Atlantik-verdammter, Ruhe-will-ich-haben-zum-Teufel. Aufstehen, Zeug anziehen, raus. Alles war anders. Der Himmel war grau. Es regnete. Die See war grau. Es wehte Stärke 8 aus Nordnordost. Elgas Gesicht war nicht fröhlich.

Elga erklärte: »Da ist etwas von oben gekommen, aufs Vorschiff gefallen. Außerdem liegt das Schiff schlecht. Wir müssen den Klüver schiften und östlicher steuern.«

Ich kroch aufs Deck und blickte ins Rigg. Ich suchte mit den Augen jedes Fall ab, jedes Pardun, jedes Want, prüfte die Mastbeschläge. Zu erkennen war nichts. Ich suchte das Deck ab. Regen stach in meinen Rücken. Wasser schwemmte um meine Knie. Da lag ein Stück Bolzen im Wassergang. Es hatte sich zwischen Relingsstütze und Bordwand verklemmt. An beiden Seiten war es abgeschoren. Es war Bronze – also von keinem stehenden Beschlag am Mast. Bronze – Stagreiter? Ich sah zum Klüver hinauf. An vier oder fünf Stellen faßten die Stagreiter nicht übers Stag. Da fehlten die Bolzen. Das Vorliek beutelte etwas und flappte.

Ich kroch ins Cockpit zurück und erzählte.

»Das ist beim Schlagen des Klüvers passiert – oder?« sagte Elga. »Zweimal hab' ich etwas fallen hören. Wieviel sind's?«

»Vier oder fünf. Dazwischen sitzen jeweils mehrere, die intakt sind.«

»Segelwechsel?«

Durch die Regenschleier der Bö wurde überm Horizont Sonnenschein sichtbar. »Der Wind hat gedreht und wird nachlassen. Die fehlenden Stagreiter sind noch keine Gefahr.«

»Also los! Klüver schiften, Kurswechsel.«

Ich holte den Klüver dicht. Elga ließ KAIROS nach Backbord aufkommen. Der Klüver kam back, schlug aber nicht. Dann fierte ich die Schot. Der Klüver nahm den Wind auf. Als er gut stand, belegte ich die Schot.

»Jetzt liegt sie wieder gut«, sagte Elga. »Wir steuern 125 am Kompaß.«

Die Nachmittagswachen vergingen. Der Wind ließ langsam nach. Hin und wieder wärmte die Sonne, wenn ihr Schein die Wolken durchbrach. Die Schiffsbewegungen mäßigten sich. In Strömungsgewässern verläuft der Seegang schnell. So wie bei uns sieht es auf jeder Yacht aus, die schlechtes Wetter hinter sich läßt. In den Ecken krumpelt nasses Ölzeug. Feuchte Klamotten pendeln zum Trocknen an Stropps und Haken. Die festgemachten Segel erzählen von Wind, der zum Sturm wurde. Der Rudergänger blickt etwas hohl aus den Augen. Und die Freiwache schläft unter Deck.

Zum Abendessen kochte Elga ein gewaltiges Mahl. Es schmeckte und sättigte. Ich nahm das Festessen auf der Ruderbank ein, genußvoll ans Waschbord gelehnt. Elga saß neben mir.

Während meiner ersten Nachtwache fiel der Wind auf Stärke 5. KAIROS konnte jetzt das Großsegel gebrauchen. Ich sah durch den Niedergang zu Elgas Koje. Im niedergeschraubten Licht der Petroleumlampe konnte ich nicht viel von ihr erkennen. Aber sie schlief. Ich wollte runter, ihr über den Kopf streichen. KAIROS luvte an und ich mußte ans Ruderrad.

Was waren sie wert, gegen Elgas Schlaf, die paar Knoten mehr, wenn das Großsegel gesetzt war?

Der dritte Tag. Logbucheintragung um 08.00 Uhr:

Wind: NEzE 3–4 – Strom: N 0,5 Knoten – Wetter: wolkig, 1023 mb, 16° C – Kurs: 116° rw. – Segel: Klüver 2, Besan.

Vor dem Frühstück hatten wir den Besan gesetzt. Nach dem Frühstück sah ich die untere Takelage auf mögliche Schäden durch: Wantenspanner, Preßhülsen, Spleiße, Beschläge am Mast, laufendes Gut, Winschen. Als ich den Spanner des Wasserstags prüfte, entdeckte ich es. Vom Bug auf beiden Seiten bis zu den Großwanten hing die Farbe der Bordwände in Fetzen. Teilweise waren große Flächen abgerissen. Der Zinkbelag schien unbeschädigt. Ich konnte das nicht genau feststellen. Verflucht, hätte ich in Elizabeth City –

Elga reckte sich aus dem Deckshaus und rief: »Was machst du da? Geh' mir nicht über Bord!«

Ich löste einen Fladen Farbe. Er war weich wie Wurstpelle. Ich trug ihn ins Cockpit. Dort legte ich ihn wie zum Begräbnis vor Elga nieder. »Hier! Herrgott im Himmel! Was ist das für ein verdammter Mist! Hätt' ich bloß –«

»Schönheitsfehler.« Elga sah den Farbfladen an – dann mich. »Dein Gefluche hilft gar nichts, macht uns nur nervös. Du weißt es. Also, laß es bleiben, bitte.«

Ich sagte wütend: »Schönheitsfehler – ho-ho! Und dann ganz christliche Seefahrt, du sollst den Namen des Herrn nicht mißbrauchen. Ja?

Hätt' ich bloß in Teufels Namen –«

Elga schwieg und sah übers Meer, wo dunkle Schauerwolken hingen.

KAIROS schlich mit zu wenig Segeln übers Meer, plantschte und klatschte, schlingerte, war ein jämmerliches Stück Eisen.

Und ich gottver – »Elga – gut. Also ab sofort keine deprimierenden Äußerungen mehr. Entschuldige.«

»Was willst du tun?«

Ich warf den Fladen über Bord. »Das Großsegel muß hoch. Wenn die Sonne bleibt, brauchen wir eine Sonnenhöhe. Und dann schieb' ich dich ab in die Koje.«

Ich kurbelte 38 Quadratmeter Großsegel in den Wind. Elga gab Ruderhilfe. KAIROS dankte mit zusätzlicher Fahrt. Ich holte den Sextanten und nahm eine Sonnenhöhe. Elga notierte. KAIROS zog sanft über die See. Ich übernahm das Ruder. Elga ging zur Koje.

Die Bordwände ohne Farbe machten mir Sorge. In Salzwasser und Sonne mußte die Verzinkung leiden. Der Korrosionsschutz wurde vermindert. Hier auf See – hast ja recht, Elga – war nichts zu ändern. Das war Hafenarbeit.

Eine Bö zog durch. Sie kam hart aus Nordost mit Regen. Sofort wurde die See ruppig. Die Bö wehte dahin. Frieden kehrte wieder.

Nicht bei mir. Die Bordwände! Ich wollte fluchen. Aber Elga hatte recht mit ihrer Bitte. Ich hatte recht, das Fluchen gleich einzustellen. Beide hatten wir recht, verdammt, wir waren ja so fabelhaft – und mein Überdruckventil? Ich neige nicht zu seelischen Verschließungen, weil ich so herzhaft fluchen kann – laut.

Es kam die nächste Bö und zog durch.

Ich fluchte über die Bö und fluchte über die abgerissene Farbe und fluchte, weil ich nicht fluchen sollte – still vor mich hin und weiter, ganz still, bis ich lachen mußte. Ohne eine gemeinsam anerkannte Form scheitern Partnerschaften und Ehen – auch Yachten. Also Schluß – fluch' nur ganz still. Mit dem Urschrei der neueren Psychologie wäre Elga nicht einverstanden. Auch mir lag er nicht.

Nachdem Elga mich abgelöst hatte, schlief ich gut und tief. Die Schiffsbewegungen waren harmonisch. Das Rauschen des Seegangs ebbte und flutete sanft im brodelnden Klang der Bugwelle an der Bordwand.

Das Mittagsbesteck setzte uns auf 30°50' N, 75°13' W. Wir änderten den Kurs auf 141 Grad rechtweisend. Das verminderte die Abdrift nach Ost durch den Antillenstrom. Unser Etmal betrug 275 Seemeilen in zwei Tagen. Wir hatten mehr erwartet. Doch in der Sturmbö, dann bei abflauenden Winden waren wir vierundzwanzig Stunden nur unter Klüver gelaufen. Wir waren durch den Golfstrom hindurch. Das zählte.

Der Nachmittag brachte oftmals Sonnenschein und nachlassende Regenböen. Das Barometer stieg. Voraus lag das Karibische Meer mit seinen Inseln. Das Leben war herrlich. Und müde waren wir auch.

Logbucheintragung um 20.00 Uhr:

Wind: EzN 4 – Strom: N 0,5 Knoten – Wetter: wolkig-klar, entfernte Schauer, 1024 mb, 21° C – Kurs: 141° rw. – Segel: Klüver 2, Groß, Besan.

Nichts schien uns größer als die Weite des Meeres nach diesem stürmischen Beginn. In die klaren Farben des Abends fiel eine klare Nacht.

Der vierte Tag. Mit Wind aus Ostsüdost Stärke 2 übergab ich Elga zu Mitternacht die Wache. Der Kurs lag jetzt um Süd. Genaues Steuern war im schwachen Wind nicht möglich. Elga trank ihren Kaffee im Niedergang. Dann nahm sie das Ruder. Ich legte mich schlafen.

Nach zwei Stunden weckte mich Segelschlagen. »Na, du da oben, du hast wohl keine Lust mehr?«

»Lichter an Steuerbord querab«, sagte Elga, »grün, weiß, rot. Peilung steht. Flaute. Wir machen keine Fahrt.«

Ich wälzte mich aus der Koje, stieg ins Cockpit. Die Nacht war dunkel – Neumond. KAIROS lag fahrtlos mit leeren Segeln. Die Lichter des Motorschiffs glühten. Wie weit ab? Nicht weiter als 3 Seemeilen. Die Seitenlichter waren deutlich auszumachen.

Unser UKW-Gerät befand sich in der Achterkajüte – dort, weil die Antenne am Besanmast angebracht war. Ich rief das Schiff. Es antwortete sofort. Es war ein Schweizer Schiff. Ich verstand den Namen nicht, aber den Heimathafen Basel. »Dann können wir ja deutsch sprechen.«

Der Wachhabende drüben sagte fröhlich: »Segelyacht aus Hamburg – na, sowas.«

Mir war nicht nach einem Plausch zumute. »Sehen Sie uns? Wir machen keine Fahrt – Flaute. Sie liegen auf Kollisionskurs.«

»Nein – kann Sie nicht ausmachen.«

»Sie müssen unser Steuerbordlicht genau voraus haben.«

Schweigen. Schließlich: »Nix – aber wenn 'S scho' mal doh sind – wir laufen achtern um Sie rum. Wie ist Ihr Kurs?«

»Wir machen keine Fahrt. Flaute. Wir treiben – keine Fahrt.«

Elga rief mir die berichtigte, rechtweisende Peilung des Schiffes zu. Ich sagte ins Mikrofon: »Wir peilen Sie zwo-sechs-null rechtweisend – two-six-zero true. Haben Sie das?«

»Wir lassen Sie an unserer Steuerbordseite.«

»Danke – Ende – stand-by 16.«

Ich ging ins Cockpit. Grün-weiß-rot im Dreieck verschob sich. Bald zeigte er grün unter den Mastlichtern. Wir atmeten auf.

Er rief noch einmal. »Jetzt sehe ich Sie.« Er nannte die Peilung. »Ich sehe auch Ihr Hecklicht. Alles klar – gute Fahrt – Ende.«

»Gute Fahrt – Ende.«

Wir sahen zu, wie er im Bogen unser Heck passierte. Wenn unsere Segel nicht schlugen, hörten wir seine Dieselmaschine stoßen und seine Bugwelle rauschen.

»Elga, Segeln ist Quatsch. Wollen wir unter Maschine weiter?«

»Meinetwegen.«

In der Achterpiek öffnete ich das Seeventil am Auspuffrohr.

Elga startete die Maschine – einmal – zweimal – dreimal nichts.

»Warte.« Mir kam eine böse Ahnung. Ich turnte in den Maschinenraum, nahm den Ölstab heraus. Wir hatten Wasser in der Maschine. Wir hatten auch Wasser im Aggregat. »Elga!« rief ich hinauf. »Ich fluch' nicht, ich lach' auch nicht. Ich mach' mich gleich daran.«

Mit der Ölpumpe holte ich mehr Wasser als Öl aus der Maschine in einen Kanister hinein. Ich versuchte, die Ursache dieser Pleite zu begreifen. Wir hatten dasselbe vor Jahren in der Biscaya erlebt. Da hatten wir vergessen, das Seeventil zu schließen – jetzt nicht.

Wasser und Öl raus, Diesel aus einem Kanister in die Maschine füllen, zum Spülen gleichsam, Diesel auspumpen, alles wiederholen – Öl einfüllen.

»Elga, los jetzt, starten!« Die Maschine drehte, sprang nicht an. Beim dritten Mal hustete sie freudig. Jetzt – irgendwo machte es »klischt«. Die Backbordlampe im Maschinenraum erlosch, der Anlasser stoppte. Kurzschluß. Ich ging zum Schaltkasten in der Kajüte. Keine Sicherung war herausgesprungen. »Kannst du noch, Elga?«

»Ja. Mach' weiter.«

Mit dem Voltmeter prüfte ich den Backbord-Stromkreis. Die Batterien hatten volle Spannung. Der Stromkreis war tot. Also lag es am Hauptschalter. Ausbauen? Um mich mit einem Erfolg aufzumuntern, entwässerte ich das Aggregat. Das war ein robuster Diesel-Einzylinder mit Handstart. Nach einer halben Stunde sprang er an und lief. So, jetzt zum Hauptschalter.

Das Schiff rollte. Die Bodenbretter um die Maschine waren glitschig von Öl und Wasser. Ich fühlte mich lahm und hundemüde.

»Mach' weiter, wenn du noch kannst!« rief Elga von oben. »Kein Wind.«

Ich öffnete den Deckel des Schaltkastens in der Kajüte. Dadurch wurden Hauptschalter und Sicherungsschalter von hinten zugänglich. Ich untersuchte die Reihe der Sicherungsschalter. In Ordnung, soweit ich sehen konnte – auch der Hauptschalter. Die Beleuchtung reichte nicht aus. Ich war müde – müde – und Elga auch. Ich sammelte mein Werkzeug zusammen und packte es ins Schapp. Morgen war auch noch ein Tag.

Im Deckshaus war morgen schon heute. Ostwärts überm Meer wölbte sich die Lichtkuppel des neuen Tages schwach in Grün und Gelb. Sonst war der Himmel dunkel und glasklar, ein paar Sterne hier und da.

»Wieviel Uhr, Elga?«

»Gleich fünf.«

»Drei Stunden bis zum Frühstück. Jeder hat also eineinhalb Stunden Schlaf. Einverstanden? Dann törn' ein.«

»Hast du was gefunden?«

»Nein.«

Sie gab mir einen Kuß. Ich stank nach Diesel und Öl. Sie legte sich schlafen. Unglücklich saß ich hinter dem Ruder. Kein Wind. Beim Rollen des Schiffes wurden die Segel hin und her gerissen – tot wie die Maschine. Ich konnte den Anlasser kurzschließen. Aber ich hatte keine

Batteriekabel. Alle möglichen Reserveteile hatte ich: wohl überlegt, listenweise aufgeschrieben – Jumperkabel nicht.

Als Elga mich ablöste – grau im Gesicht vor Müdigkeit – trug ich alles ins Logbuch ein, dazu Wind, Strom, Wetter, Segel. Das Leben ging weiter, die Bordroutine. Ich sackte in die Koje und schlief sofort ein.

Strahlend stieg die Sonne über die Kimm. Das Meer lag wie ein Diamant. Perlmuttfarbene Dünungsrücken mit blauen Schattenseiten zogen einher, Windriffelungen lila und türkis darauf. Wir aßen mit großem Appetit unser Frühstück.

Logbucheintragung um 08.00 Uhr:

Wind: SSW 3 – Strom: N 0,5 Knoten – Wetter: sonnig, 1019 mb 20° C – Kurs: 141° rw. – Segel: Klüver 2, Groß, Besan.

»Es ist deine Freiwache, Elga, du mußt entscheiden, ob ich weiter mit der Elektrik murksen soll.«

»Murkse«, entschied Elga.

Der Hauptschalter schien in Ordnung. Die Sicherungsschalter bekam ich nicht aus ihrer Halterung heraus, um die Kontakte zu prüfen. Ich kam nicht weiter.

»Alles klar hier«, sagte Elga von oben. »Sie liegt auf Kurs. Ich geh' zum Waschraum.«

»Okay, kannst den Schmutzwassertank dabei auspumpen. Ist heute dran.«

Ich setzte den Schraubenzieher zwischen Schalter und Halterung ein, drehte vorsichtig. Es knirschte häßlich. Wenn ich Bruch machte, wer sollte uns das auf den Inseln jemals reparieren? Ich suchte die stärksten Reservekabel heraus, die ich hatte. Wie erwartet, machte der Anlasser beim Kurzschließen »rrh-rrh«, dann schmorten die Kabel weg.

Elga rief: »Zeit fürs Sonneschießen!«

Ich packte das Werkzeug zusammen, schloß das Seeventil in der Achterpiek, holte den Sextanten aus der Kajüte, gab Elga die Stoppuhr, maß den Sonnenhöhenwinkel, packte den Sextanten an seinen

Platz, schrieb Höhenwinkel und Zeit ins Logbuch, stieg ins Cockpit.

»Du kannst jetzt fluchen, wenn's dir hilft«, sagte Elga. »Die Schmutzwasserpumpe ist verstopft – wohl wegen unserer Rollerei im Seegang.«

Ich war längst jenseits von Gut und Böse. »Mit der Elektrik bin ich am Ende meiner Weisheit. Aber mit so 'ner Dreckpumpe werd' ich schnell fertig. Da brauch' ich nix im Koppe, nur Fäuste und 'nen großen Schraubenschlüssel.« Ich holte mein Werkzeug, stieg in den Waschraum, öffnete den Pumpendeckel, ertrug den Gestank, reinigte die Ventile, verschloß den Deckel, wusch mir die Hände, pumpte den Tank leer. Es ging reibungslos – freilich nicht so schnell, wie es sich liest.

Elga rief: »Sonnen-Kulmination in zehn Minuten!« Sie saß gebeugt vorm Kompaß, die Hände auf dem Ruderrad. Sie versuchte, ihre Augen aufzuhalten.

Das Etmal betrug 62 Seemeilen – Ergebnis aus Flaute und Gegenströmung. Mit Südwestwind Stärke 2 bis 3 unter Klüver 2, Großsegel und Besan schlich KAIROS dahin. Die Sonne schien. Der Himmel spannte sich wolkenlos. Friedlich wogte die See, leuchtend und weit. Es war warm. Voraus im Südosten wehte der Passat – noch 700 Seemeilen entfernt.

Wir schliefen ungestört. Wache – Freiwache. Der leichte Wind hatte seine Vorteile. Der schadhafte Stromkreis bedrückte mich. Aber ich verbannte ihn vorerst aus meinen Gedanken.

Um 16.00 Uhr kam ich ins Cockpit zur Wachablösung. Im Norden stand eine Wolkenbank undeutlich grau und braun und gelb im Sonnenglast. Das Barometer war stetig. Naja, eine Wolkenbank.

Nach einer Dreiviertelstunde hatte sich die Wolke breit über den Horizont geschoben. Sie sah düster aus, die Unterkante windzerrissen.

»Elga, Bö, Segel bergen!«

»Hab' ich Zeit zum Anziehen?«

»Ja – etwas.« Ich starrte zur Wolke. Plötzlich schien sie auf uns loszurasen.

Elga kam ans Ruder, Hose ziehend, Bluse knöpfend. Ich barg den Besan. Er kam glatt runter. Ich zurrte ihn fest.

Die Wolkenränder überrannten die Sonne. Himmel und Meer wurden graublau. Der Klüver mit den beschädigten Stagreitern mußte weg. Als ich das Segel an Deck hatte, war die Bö da. Nordnordwest Stärke – ich wußte es nicht. Das Schiff neigte sich heftig unter dem Großsegel. Dann richtete es sich jäh auf: Loch im Wind, das kannten wir. Knallend halste das Großsegel. Ich hing im Tuch des Klüvers, versuchte Elga im Deckshaus zu erkennen. Sie hatte das Windloch zur Halse genutzt. Sie hob den Daumen: alles klar.

Die Bö nach dem Windloch kam aus Nordnordost – noch stärker. Ich riß den aufwehenden Klüver zur Rolle zusammen und machte ihn an der Seereling fest. Das dauerte.

Mit der Bö kamen Seegang und der Dunst fliegender Gischt. Ein Lehrgang in höheren Windstärken schien diese Reise zu sein. Ich kroch übers Deck. Die Luft schmeckte salzig bitter. Kein Regen. Mit schmerzenden Beinen und Armen rutschte ich ins Deckshaus. Es war 17.30 Uhr, wie Elga mir sagte. Vorläufig war nichts mehr zu tun.

Wir machten weiter, was die Böen unterbrochen hatten. Steuern: KAIROS lag nicht ausgewogen unter dem Großsegel allein. Wache: die Müdigkeit stand jetzt vor der Grenze zur Erschöpfung. Freiwache: der unruhige Schlaf gab wenig Entspannung, nur Kraft für die nächste Wache. Essen: Elga konnte nichts Warmes bereiten, der Seegang beutelte das Schiff; Wurst aus Dosen, Käse auf Trockenbrot schmeckten auch. Auf See hatten wir oft so leben müssen, ganz einfach. Und schlechtes Wetter geht vorbei.

Zur Abenddämmerung – lichtloses Meer mit Brecherzähnen unter einem Himmel voller Wolkenfetzen – ließ der Wind nach. Nordnordost 6 bis 7 jetzt. Mit fallender Dunkelheit drehte er auf Nordost. Von dort wehte er gleichmäßig mit Stärke 7. Unter dem Großsegel liefen wir 6 Knoten Fahrt. Die See blieb grob, Wind gegen Strom. Kein Regen.

So verging die Nacht.

Der fünfte Tag. Aus den Stunden winddurchwehter Dunkelheit wurden die Stunden winddurchwehten Lichts: ein neuer Tag. Majestätisch rollte die See, grell die grünen Bahnen hinter den Brechern. In den Wolken hing manchmal ein Sonnenstrahl.

Wir mußten uns zu Aufmerksamkeit und Vorsicht zwingen. In Überwindung von Müdigkeit und Anstrengung arbeiteten unsere Gehirne träge, unsere Körper maschinenhaft.

Elga reicht mir zum Frühstück eine Schüssel mit Löffel aus dem Niedergang. »Frag' nicht, wie ich das zusammengerührt hab'. Weiß nicht. Hier – bitte.«

Ich schlinge das Essen, es muß runter, das Schiff steuert sich schwer. Ich hole die Reste aus der Schüssel. »Danke, noch 'n Schlag. Oja, Haferflocken in gelöster Trockenmilch. Du, die Rührerei fürs Auflösen der Trockenmilch, das dauert – gib mir den nächsten Schlag einfach mit Wasser.«

Elga von der Pantry her: »Ja.« Nach einer Weile reicht sie mir die Schüssel. Ich kann sie nicht gleich nehmen, weil ich am Ruder Arbeit habe. Elga sagt: »Hätt' fast wieder mit Pulver angerührt. Wir fangen an, unkontrolliert zu handeln.«

Ich löffele automatisch. »Wir haben's früher besprochen: beidreh'n, wenn wir nicht mehr können.«

Elga: »Kannst du noch?«

Ich kratze in der Schüssel. »Doch, ich kann noch. Weiß nur nicht, wie lange. 's Beste ist, einer sagt's dem anderen. Selbst merkt man's nicht.«

Elga im Niedergang nimmt Schüssel und Löffel. Sie sieht mich an. Ihr Blick – ich möchte sie in die Arme nehmen, mich mit ihr in die Koje legen, schlafen, liebkosen, streicheln, sie erfreuen. Jetzt mußt du männlich eine Träne zerdrücken: Romeo, der seine Julia nicht haben kann. Wir sind auf See, du Schwachkopf, freiwillig in eigener Entscheidung – hör' auf.

Elga sagt: »Ich kann auch noch. Wir haben unsere Erfahrungen, denk' an den Indischen Ozean, ans Kap der Guten Hoffnung, an den Nortdatlantik. Und wir sind – wie lang' erst unterwegs?«

»Fünf Tage, sieh im Logbuch nach. Paß auf, fünf Dinge sind wichtig: das Schiff, die Segel, das Steuern, die Navigation und der andere. Nichts anderes zählt. Paß auf: beim kleinsten Fehler des anderen drehen wir bei und ruh'n uns aus – willst du beidrehen?«

Elga: »Der Wind vorgestern – oder wann? – war schlimmer. Nein, ich will nicht beidrehen. Der Passat weht im Süden, nicht hier.«

Durch die Wolken brach die Sonne. Wie Silber fiel der Schein auf die See. Gischt leuchtete. Die Sonne verschwand. Finster wurde die See. Die Sonne kam wieder, Lichtschein schwebte glitzernd auf dem Wasser, zeichnete eine klare Kimm gegen den Wolkenhimmel.

»Nimm das Ruder, Elga. Ich will eine Sonnenhöhe versuchen.«

Im Schiebeluk an der Achterkante des Deckshauses stand ich sicher. Der Sextant blieb trocken. Navigationsroutine folgte. Dann nahm ich das Ruder. Elga ging zur Koje.

Zur Kulmination zeigte sich die Sonne wiederum zwischen Wolken. Das Mittagsbesteck erbrachte ein Etmal von 96 Seemeilen. Der Antillenstrom stand gegenan und mußte ausgesegelt werden – Tag für Tag, gleichgültig welches Wetter.

Wache, Freiwache, Schiff beobachten, Segel überwachen, Kurs steuern, Navigation überprüfen, den anderen im Auge behalten. Wir machten keine Fehler. Wie immer waren die ersten Tage auf See die schwierigen.

Am Nachmittag orgelte sich der Wind hysterisch in die Höhe. Stärke 8, in Böen 9. Trostlos wehte das Grau der Gischtschleier. KAI-

ROS nur unterm Großsegel war ohne den Ausgleich anderer Segel schwer zu steuern. Vor Dunkelheit setzte ich die Baumfock, um das Schiff von der unglückseligen Hebelwirkung des Großsegels zu lösen.

Elga kochte einen Eintopf, der schmeckte. Um 21.00 Uhr wehte es aus Nordost mit Stärke 5. Um 22.00 Uhr setzte Flaute ein. Wrruch-wupp schlugen die Segel, Schotblöcke ratterten. Beim Wachwechsel brachte ich Bullenstander aus, um die Bäume zu halten. Zu Mitternacht zogen Schauer auf. Kein Wind.

Wrruch-wupp schlugen die Segel.

Der sechste Tag. In der Morgendämmerung fielen die letzten Schauer. Kurz vor Sonnenaufgang kam Wind durch – Südsüdost Stärke 3. Ich setzte den Besan. Blutrot traf das steigende Sonnenlicht die Wolkenbänke rundum. Es verströmte in ihren Konturen zu einem grauen Tag. Der Wind drängte KAIROS vom Kurs ab.

Sollten wir südwestlich steuern oder bei östlichen Kursen unsere Breitseite dem Antillenstrom bieten? Wir entschieden uns für letzteres. Es brachte geringen Fortschritt, jedoch Luv für den Passat.

Elga steuerte etwa 100 Grad rechtweisend, mal voll und bei, mal hoch am Wind. Ich schlief während meiner Freiwache wie tot.

Nach dem Frühstück setzte ich zu Baumfock, Großsegel und Besan den Klüver 2. Elga legte sich schlafen.

Mehr Fahrt? Kaum. Langsam drehte die Brise auf Südost, belebte sich. Ich hörte die Bugwelle aufrauschen. Das blieb ein falsches Versprechen. Der Wind fiel auf Stärke 3 zurück. Kurs 80 Grad rechtweisend. Jetzt lag Spanien 3000 Seemeilen voraus.

Ich grübelte. Wie konnte der defekte Stromkreis repariert werden?

Als Elga zur Ablösung kam – Navigation fiel aus, Sonne hinter Wolken – überwand ich mich zu einem neuen Versuch. Ich mußte es schaffen.

Ich schaffte es nicht. Als ich zum zehnten Mal den Schraubenzieher ansetzte und das Material knirschen hörte, fiel mir die Lösung ein. Na also!

Ich packte das Werkzeug an seinen Platz und stieg ins Cockpit.

Elga brachte den Blick vom Kompaß hoch. »Du hast es! Du siehst richtig glücklich aus.«

»Ja, ich hab's. Oft und gerne habe ich behauptet, KAIROS wie sonst nichts auf dieser Erde zu kennen. Ich kenne nicht mal ihren Backbord-Stromkreis mit seinen Schaltern. Aber sie ist ein Segelschiff. Sollen wir unsere Segelreise mit der Fragwürdigkeit technischer Einrichtungen belasten? Wir werden KAIROS segeln. Jetzt fangen wir erst richtig an! Elga, ich sag's ganz leise und in aller Form: zur Hölle mit der Elektrik, zum Teufel mit der Maschine. Die Maschine motten wir ein, da sind noch Wasserreste drin.« Es war eine lange Rede. Sie belebte mich.

»Gut«, sagte Elga und lächelte.

Ich kletterte in den Maschinenraum, nahm einen Kanister und füllte Petroleum in den Ölstutzen der Maschine, bis es überlief. Im Motorblock gluckerte es lustig. Ich überprüfte den Maschinenraum. Alles war seefest gezurrt und gesichert. Ich startete probeweise das Aggregat. Es lief. Mit einem Gefühl endgültiger Zufriedenheit schloß ich die wasserdichte Tür. Ich machte sie noch einmal auf und schlug sie mit Kraft zu – schlug sie der ganzen Entwicklung ins Gesicht, die unsere Segelboote mit komplizierten E-Anlagen und Instrumenten, mit Spielzeug für Schönwetter füllte – Jahrmarkt des Seglerstolzes und der Markenfabrikanten.

»Na, Mann«, sagte Elga im Cockpit. »Das hörte sich ja wie ein Donnerschlag an.«

»War's auch.« Scheinheilig fuhr ich fort: »Also – die automatische Steuerung, die hängt am Steuerbord-Stromkreis. Die kannst du benutzen.«

»Ich? Ausgerechnet die!« Elga lachte endlich. »Ich bin doch nicht hier draußen, um Schalter an und aus zu knipsen. Aber die Hauptmaschine willst du doch nicht bis ans Ende aller Tage eingemottet lassen?«

»Naja – auch hohe Ideale bedürfen mal der Berichtigung.«

»Gibt es auf Martinique einen Perkins-Vertreter mit Werkstatt?«

Wir versuchten, uns zu erinnern – ohne Ergebnis.

»Dann laufen wir St. Thomas in den Virgin Islands an«, sagte ich. »In Charlotte Amalie gibt's einen. Das weiß ich.«

Elga überlegte. »Einverstanden. Und in der Coral Bay auf St. John kannst du deine Bordwände grundieren und malen. Weißt du, Hurricane Hole, da ist es ruhig.«

»Dann sind wir Weihnachten auf Martinique – und top fit!«

»Hurra!« rief Elga.

»Jetzt werd' ich mich rasieren. Dann löse ich dich ab.« Ich wusch und rasierte mich voller Genuß in meinem geliebten Waschraum, fühlte mich anschließend wie neugeboren.

Logbucheintragung um 12.00 Uhr:

Wind: um SE 3 – Strom: NW 0,5 Knoten – Wetter: wolkig, 1020 mb, 23° C – Kurs: zwischen 80° und 50° rw. – Segel: Klüver 2, Baumfock, Groß, Besan.

Unser gekoppeltes Etmal lag bei 58 Seemeilen – in die falsche Richtung: Ostnordost.

Mit 4 Knoten Fahrt rollte KAIROS durch die Nachmittagsstunden, durch die Dämmerung, schlich durch die Nacht.

Ein paar Sterne hingen zwischen bewegungslosen Wolken.

Der siebte Tag. In der Stunde vor Mitternacht drehte der Wind auf Ost – ein Hauch mit Stärke 1. Irgendwo wetterleuchtete es. Die Wolken saugten den zuckenden Schein wie Watte auf. Wo es blitzte, war nicht festzustellen. Himmel und See schimmerten auf, schon erlosch das huschende Licht. Die Stille war groß. Nur vom Schlagen der Segel wurde sie gestört, wrruch-wupp. Dann zitterte das Schiff.

Ein schöner Tag zog herauf. Die fernen Schauerbänke lösten sich auf. Der Wind aus Ost nahm etwas zu, nahm etwas ab. Wir gingen auf südöstlichen Kurs – den richtigen Kurs.

Meine Gedanken wanderten zu unseren Freunden in Charleston und Elizabeth City. Ob nach den vielen Möglichkeiten, in Nordamerika zu bleiben, Martinique unser richtiges Ziel war? Richtig oder falsch – es würde sich zeigen. Ebenso wichtig wie das Ziel ist der Weg. Wir taten alles, um ihn sinnvoll zu gehen.

Nach dem Frühstück setzte ich den Klüver 1 – 63 Quadratmeter. Die Arbeit ging mir gut von den Händen, das Wetter war handig. Elga legte sich schlafen, nachdem ich die erste Sonnenhöhe genommen hatte. Das war eine Sicherheitsmaßnahme, falls zur Sonnenkulmination Wolken die dreifache Beobachtung zur Berechnung von geographischer Breite und Länge nicht zuließen.

Die See gleißte in Sonnenschein, dunkelte in Wolkenschatten. Fern, wo die Schauerwolken sich lösten, hoben sich andere, stiegen auf, bis ihre Oberformen amboßartig abflachten. Der Klüver 1 stand gut. Das leichte Tuch schlug weniger als die schweren Arbeitssegel. Neben den Bordwänden schimmerten die trägen Schaumspuren der Bugwelle. 4 Knoten Fahrt, wenn die Brise zunahm. 3 Knoten Fahrt, wenn die Brise abnahm.

Elga kam ins Cockpit. Die Navigationsroutine lief ab. Das Etmal betrug 78 Seemeilen. Südbreite hatten wir im Gegenwind verloren, aber Luv gewonnen. Der Passat im Südosten lag nicht mehr so ganz weit entfernt. Wir rechneten die Distanz nicht aus. Wir sahen auf der Seekarte, wie Elgas Positionskreuze an ihr nagten, Tag für Tag. Zahlen hatten ihre Bedeutung verloren, außer denen für die tägliche Schiffsroutine.

Der Nachmittag zog mit der Sonne dahin. Der Wind blieb verspielt – Ostzunord, Ost, Ostzusüd. Die Sonne versank in Schauervorhängen, die bald dunkel in der Dunkelheit verschwanden. Zur Nacht wechselte ich den Klüver 1 gegen den kleineren Klüver 2.

Der achte Tag. Wrruch-wupp. Wache, es wetterleuchtete. Freiwache, der Schlaf tat gut. Wache, die Segel schlugen. Wrruch-wupp.

Die Helligkeit des Tages löschte das Wetterleuchten. Der Himmel sah zum Fürchten aus. Bänke geballter Haufenwolken standen rundum. Sie glosten rosa-blau im ersten Licht, zogen nicht, erreichten uns nicht, brachten keinen Wind, lösten sich auf, bildeten sich neu.

Ich setzte den Klüver 1. Den Klüver 2 versah ich mit neuen Stagreitern. Es war eine langwierige Bändselarbeit.

Die Sonne hinter den Wolken blieb unbrauchbar für die Navigation. Gekoppeltes Etmal 53 Seemeilen. Wrruch-wupp.

Nach dem Mittagessen setzte völlige Flaute ein. Ich barg den Klüver 1 und die Baumfock, heißte den reparierten Klüver 2, verstaute die Nr. 1 im Vorschiff. Eine Schauerfront hing in Nordost. Sie kam – tatsächlich – sie kam langsam heran. Wir beobachteten sie aufmerksam. Sie brachte keine Bö, doch zunehmenden Nordostwind bis Stärke 4.

»Nordost!« schrie Elga.

»Richtig die Stärke!« schrie ich. »Na, noch eine Windstärke mehr – dann legen wir los.«

»Junge, verlang' nicht zuviel.«

»Aber dann legen wir doch richtig los!«

»Der Passat kann's noch nicht sein.«

Er war es nicht. Aber der Wind stand durch. Auch die Schauer blieben. Sie zogen friedlich aus Nordost daher. KAIROS lag auf Kurs und schäumte dahin. Ich brachte die Baumfock hoch. Jetzt waren alle Arbeitssegel gesetzt. Vollzeug, es war das reine Glück. Rot unter Schauerwolken sank die Sonne auf den Horizont. Violette Regenschleier wehten hier und da. In Wolkenlücken schimmerte der Himmel in Grün und Hellblau. Das Meer färbte sich blau wie Indigo mit schwarzen Schatten in ziehender Vielzahl. Rosa schäumten die Brecher.

Bei nachlassender Schauertätigkeit hielt der Wind an. Die Nacht kam klar. Sterne funkelten zum Greifen nah. Kurs lag an – 25° N, 65° W voraus. Wache, Freiwache – leichtes Steuern, tiefer Schlaf.

Der neunte Tag. Logbucheintragung um 08.00 Uhr:

Wind: NE 4 – Strom: NW 0,5 Knoten – Wetter: sonnig mit Schauerbänken in NE und SW, 1018 mb, 23° C – Kurs: 115° rw. – Segel: Klüver 2, Baumfock, Groß, Besan.

Das Wetter blieb handig. Wir lebten auf, kamen zu Kräften, fanden die Welt schön, waren zufrieden.

KAIROS lag im sanften Preß der Segel, rollte und versuchte, ihre Bugwelle einzuholen. Die See war mäßig bewegt. Die Decks blieben trocken. Die Wolken störten die Sonnenbeobachtungen nicht. Unser Etmal betrug 68 Seemeilen – enttäuschend. Wir hatten vergessen, daß dieses Wetter nicht einmal zwölf Stunden alt war.

Am Nachmittag rief ich Elga aus der Koje. »Schauerfront mit Böenkragen – Segelmanöver!«

Elga sah sich verschlafen die Wolke an. Ihr paßte das Segelmanöver so wenig wie mir. Es minderte unsere Fahrt. Es brachte Arbeit. Es kostete Schlaf. Aber der Rudergänger gab Anordnungen. Die letzte tiefgründige und erregte Erörterung eines Segelmanövers hatten wir vor dreißig Jahren geführt – ohne Ergebnis für den Wachhabenden oder Rechthabenden: das Gaffelsegel unseres Jollenkreuzers zerriß in Protest. Weiteres Aufmucken hatte es dann vereinzelt natürlich von mir gegeben. Aber das versank in der liebenden Gewöhnung an Ehe und Bordroutine.

Ich barg Baumfock und Besan, machte sie fest. Die Bö kam ohne Heulen. Ich kroch ins Deckshaus, schloß die Seitenpersenninge.

Elga sagte: »Hi-hi – deine Bö!« Sie lachte.

Es tat gut, sie lachen zu hören. Ich gab mich wichtig. »Auf einer großen Yacht mit kleiner Besatzung, mein Kind, ist Vorsicht geboten.«

»Und Schlaf vonnöten«, ergänzte Elga. »Komm', Admiral Nelson, nimm das Ruder und laß mich in meine Heia.«

Die Schauerbö zog ab. Der Wind blieb: Nordost Stärke 6. Es war doch ganz gut, die Segelfläche ein wenig gekürzt zu haben – hi-hi. Um den Klüver voll ziehen zu lassen, luvte ich um 20 Grad an. Hier, weitab von Land, war Fahrt wichtiger als der haargenaue Kurs.

Farbprächtig geschah der Sonnenuntergang. Nach dem Abendessen holte Elga Rumbuddel und Gläser aus der Pantry. Wir saßen im letzten Licht des Tages und genossen schluckweise jeder ein Glas Rum. Es war ein kleines Glas, klar, wir machten das immer so, wenn das Wetter gut war. Es schien uns das Höchstmaß aller Genüsse.

Die Nacht blieb fast wolkenlos. Wir segelten unter Sternen. Ihr Lauf sagte uns die Wachzeiten an.

Der zehnte Tag. Um 02.00 Uhr wachte ich auf. KAIROS arbeitete schwer und ruckhaft in kurzer See. Der Wind schien unverändert. »Na, alles klar da oben?« rief ich.

»Alles klar, Nordost 6, ein paar Wolken mehr – leichte Wolken. Der Seegang ist plötzlich unruhig geworden.«

Ich schlief wieder ein. Bei Wachwechsel und Logbucheintragung sah ich mir die Seekarte an. Zwischen 25° N und 29° N, 65° W und 68° W zeigten die Lotungslinien starke Unregelmäßigkeiten. Aus 5000 Meter Tiefe hoben sich Schroffen und Höhen bis zu 4000 und 3000 Meter Tiefe. Erstaunlich gering war oft der Durchmesser der Erhebungen: 5 Seemeilen, 10 Seemeilen. Dazwischen gab es Ebenen mit gewundenen Tälern, Löcher in plötzlichem Abfall.

Im Cockpit grenzte der Schimmer der Kompaßlampe die Formen des Deckshauses undeutlich gegen die Dunkelheit draußen ab. Der Mond war untergegangen. In Wolkenlücken leuchteten Sterne.

»Der Wind scheint nachzulassen«, sagte Elga müde. »Merkwürdig – dieser Seegang.«

»Sieh dir die Seekarte an. Ich kann mir nicht vorstellen, daß Bodenerhebungen so tief auf dem Meeresgrund den Seegang beeinflussen, auch wenn sie 2000 Meter Höhenunterschied haben. Da unten strömt kaltes Wasser nach Süden, vielleicht –«

»Wer weiß, was da unten vorgeht«, sagte Elga. Sie machte die Ruderbank frei, sammelte ihre Kleinigkeiten vom Lee des Sitzes: eine Tube Hautcreme, ein Kästchen für Keks, eine Plastikflasche für Saft, einen Pullover. Vorsichtig stieg sie in die Kajüte. Sie packte ihre Sachen weg, beugte sich über die Seekarte. »In Urzeiten soll hier irgendwo ein Planetoid niedergestürzt sein. Diese Unebenheiten setzen sich nach Ost fort.«

»Ja, weiter ostwärts gibt es zwei große Absenkungen im Meeresboden – 7000 Meter tief. In einer der vielen Atlantis-Hypothesen wird der Sturz eines Himmelskörpers hier für möglich gehalten. Die Erderschütterung mit Vulkanausbrüchen und Flutwelle ließ Atlantis versinken.«

Elga schraubte die Petroleumlampe am Kartentisch herab. »Gute Wache.«

Ich saß, steuerte, hörte die See, fühlte das Schiff. Ein Brecher knallte unters Heck. KAIROS holte über.

Wenig interessiert uns auf See, was in der Wassertiefe liegt. Wind und Seegang hier oben geben genug zu tun. Doch Tiefseeforschung gewinnt an Bedeutung. Aus dem Geheimnis da unten werden Erkenntnisse gehoben. Ablagerungen auf den Kontinentalsockeln, Ablagerungen auf dem Boden der Tiefsee lassen Schlüsse auf die Entwicklung unserer Erde zu, ebenso wie die unterseeischen Schründe, Berge und Täler. Bodenschätze auf dem Meeresboden werden durch neue, technische Entwicklungen gefunden und nutzbar gemacht.

Es mag sein, daß wir in der Tiefe auch menschliche Spuren finden. Versunkene Inseln, überspülte Küstensockel können menschliche Herkunft, menschliche Verbundenheit zu einem neuen Verständnis führen. Wir Menschen sind Inselbewohner weit auseinander liegender Kontinente, die vor Zeiten ohne Verbindung waren. Aber es gibt unerklärbare Ähnlichkeiten sprachlicher, kultureller, religiöser Art. Wenn es eine Gemeinsamkeit in der Vergangenheit gibt, liegt dann nicht in der Erforschung ihres Ursprungs die Chance für eine gemeinsame Zukunft – Forschungsschiffe statt Kriegsschiffe also?

Die Legende von Atlantis bleibt vorerst Ungewißheit. Wie alle Legenden hält sie jene Spur Wahrheit, die zur Einsicht führen kann – Forschungsschiffe statt Kriegsschiffe! Kommen wir nicht zur Einsicht, die Plato aus der atlantischen Kunde zog, wird unser atomverseuchtes Zeitalter einem späteren schlimmer erscheinen als Atlantis uns: eine in der Tiefe versunkene Drohung ohne Mitleid. Ich dachte an Elgas Worte zu Beginn der Reise.

KAIROS lief schäumende Fahrt auf ihrem Kurs.

Ostwärts dieses Kurses hob sich die Lichtkuppel des neuen Tages.

Der Wind ließ nach, drehte auf Nordnordost. Noch vor dem Mittagsbesteck baumte ich den Klüver mit dem Passatsegelbaum nach Backbord aus. Elga errechnete aus meinen Sonnenbeobachtungen ein Etmal von 130 Seemeilen. KAIROS hatte nun ihren Wind. Stand er durch, konnten wir morgen unseren Ansteuerungspunkt erreichen, Süd steuern und auf den Passat hoffen.

Wir liefen während des ganzen Tages gute Fahrt.

Während meiner ersten Nachtwache fühlte ich Unruhe. Im barometrischen Rhythmus dieser Breiten war das Barometer um 22.00 Uhr nicht zum Maximum gestiegen. Ich hatte mir die durchschnittlichen Schwankungen zwischen 04.00 und 10.00 Uhr, 16.00 und 22.00 Uhr aus dem Handbuch herausgesucht. Das Barometer war nur um den Bruchteil eines Millibars gestiegen. Das gefiel mir nicht. Und folglich gefiel mir der ausgebaumte Klüver auch nicht. Der Himmel war sternenklar, aber –

Eine halbe Stunde vor Wachwechsel weckte ich Elga. »Der Klüver muß weg – oder zumindest vom Baum runter.«

Sie kam, sah die klare Kimm und den Sternenhimmel. »Nach Möglichkeit vermeiden wir nächtliche Segelmanöver. Also paß auf, paß auf, wenn du da vorne rumturnst!«

Vor Jahren, als Sicherheit auf Yachten ein großes Thema war, hatte ich jung und gläubig eine Sicherheitsleine benutzt. Beim Segelmanöver in stürmischer Nacht auf der Nordsee wehte das Vorsegel auf, törnte um die Sicherheitsleine und ihren Karabinerhaken, brachte mich in eine schlimme Wuhling. Wegen der Sicherheitsleine ging ich fast über Bord. Hätte sie mir, dann an die Bordwand gehenkt, das Leben gerettet? Seitdem benutzten wir Sicherheitsleinen nur für den Rudergänger. Über Regattaschiffe, auf denen jedes Besatzungsmitglied eine bestimmte Decksarbeit hat, kann ich nicht urteilen.

Ich arbeitete mich Hand über Hand an der Seereling entlang zum Vorschiff, ließ den Klüver fallen, holte sein Schothorn ein und schäkelte es vom Passatsegelbaum ab – zwei Hände dafür, den Arm um den Baum gelegt. Elga holte den Achterholer über die Winsch durch, machte so den Baum im Dreieck Aufholer, Vorholer und Achterholer bewegungslos.

Ich hörte die Bö kommen.

Der elfte Tag. Ich hörte die Bö kommen. Es war ein Geräusch wie flatternde Plastikfolie, die zerreißt. Sie kam von Südwest. Von Südwest aus klarem Himmel. Ich kniete über der Segelmasse des Klüvers, einen Arm um die Seereling gelegt, und brachte mit beiden Händen das Tuch zusammen. Warm drückte sich das Flautenloch auf uns. Wir kannten das ja. Elga ließ das Großsegel halsen. Es schlug krachend nach Backbord. Dann war die Bö da.

Südwest Stärke weiß-nicht-was. Das Tuch wurde mir aus den Fingern gerissen. Ich zerrte das Vorliek am Stag ganz runter in den Bugkorb, bändselte das Kopfbrett mit dem Fall fest, zwei halbe Schläge, damit es unten blieb. Knieend, eine Hand an der Seereling, würgte ich mir das Tuch unter den Körper, hatte es schließlich unter Kontrolle. Dann rollte ich es mit beiden Händen ein, die linke Armbeuge um die Seereling gelegt. Meine Finger wurden lahm. Am Seerelingsstander hingen Zeisinge bereit. Ihre Doppelenden zerrte ich um die Segelrolle – Kreuzschlag – Segelrolle – Kreuzschlag – das Segel nahm kein Ende. Ich heulte in Wut und Schwäche.

Dann war das Segel fest. Keuchend saß ich am vorderen Backbord-Unterwant, den Arm darum verkrampft. Der Wind orgelte im Rigg. Der Seegang nahm zu. Wasser spülte um Beine und Gesäß. Das Ende des Falls hatte ich an der Fußleiste gesichert. Das Fall peitschte im Bogen am Mast entlang. Ich löste es aus dem vorläufigen Knoten und belegte es an seiner Klampe am Mast. Der Passatsegelbaum stach über mir schräg in die Nacht hinein. Ihn in seine Halterung vorm Mast zu bringen – sechs Meter lang, das Ding – war im Seegang nicht mehr möglich. Einen Arm um den Großmast geschlungen, löste ich den Aufholer und winkte Elga mit dem Ende zu. Sehen konnte ich sie nicht im Deckshaus. Sie verstand. Sie gab dem Achterholer Lose, so daß ich den Baum mit dem Aufholer hochziehen konnte. Er kam frei von der Gefahr, mit der Nock durch die See zu schleifen. Ich winkte: mach' fest, Elga. Ich zwang mich noch, die Stellung des Baums zu prüfen. Auch bei schwerem Überholen nach Lee blieb er weit über der See. Er stand wie der Ladebaum eines Frachtschiffes. Hand über Hand schleifte ich mich auf den Knien ins Deckshaus. Vom Kompaßlicht war es sanft erhellt.

»Die Bö kam aus Westsüdwest«, sagte Elga, »aus dem Sternenhimmel. Jetzt weht es Südwest – schwer zu sagen wie stark. 7 bis 8 schätze ich. Unter Groß allein segelt sie nicht gut. Höchstens 4 Knoten und unruhig auf dem Ruder.«

»Ich bin froh, daß der Baum und der ausgebaumte Klüver weg sind. Du hast es richtig gemütlich hier. Laß mich in Frieden eine Zigarette rauchen, dann hau' ich mich hin.«

Ich rauchte, trank Saft aus Elgas Plastikflasche. Dann zog ich mich aus, ruffelte mich mit dem nassen Zeug ab und rutschte in die Kajüte.

Logbucheintragung um 01.15 Uhr:

Wind: SW 7–8 (nach trockener Bö in Sturmstärke aus WSW) Strom: NWzW 0,5 Knoten – Wetter: klar, 1006 mb, 25° C – Kurs: 130° rw. – Segel: Groß.

Ich konnte nicht einschlafen. Mein Puls hämmerte. Schweißnaß klebte ich auf der Koje. Was, wenn nun deine Gesichtsschmerzen kommen? Entspann' dich, ganz locker. Ich schlief ein, lahm wie ich war.

Freiwache, Wache. Die Nachtstunden zogen. Südwest 7 bis 8. Seegang. Die Sonne ging auf. Der Himmel mit einigen ziehenden Wolken sah freundlich aus. Die See mit ihren rollenden Brechern sah wüst aus.

Während meiner Vormittagswache überlegte ich, wie wir KAIROS vom Großsegel befreien konnten. Ich wollte sie unter die ausgewogene Besegelung von Klüver und Besan bringen. Das Manöver war nicht auszuführen, zu groß die Gefahr, dabei Bruch zu machen oder über Bord zu gehen. Das unhandige Wetter engte Entscheidungen ein. Eine Teufelsspirale konnte das werden. Sie führte um so schneller zum Mittelpunkt der Ausweglosigkeit, je kleiner die Besatzung war. Es gab jetzt nur noch Manöver zum Erhalt der Sicherheit.

Die See glänzte im Sonnenschein. Die Gischt der Brecher wehte ihrem schlagenden Zusammenbruch voraus, hinterließ lang hingezogene Schaumstreifen. Über den Himmel flogen lockere Wolken. Die ausgefransten Ränder wurden vom Sonnenlicht spielerisch durchleuchtet. Von Südwesten zogen dunstige Schauerwände herauf.

Wir koppelten unsere Distanz. Etmal 105 Seemeilen, gegißter Ort 25°38' N, 65°30' W. Wir waren angekommen, wo wir den Passat finden wollten.

Unser Mittagessen aus Trockenbrot und Käse, Haferflocken mit angerührter Pulvermilch (Dank, Elga) wurde unterbrochen. Die Schauerwolken aus Südwest löschten die Sonne. Sie brachten Windstärke –? Es war Sturm. Fortgewischt war die sonnenüberglänzte See. Prasselnder Regen fegte heran – keine Sicht, überall Gischt. KAIROS legte sich schwer über.

Wir drehten bei. Elga luvte an. Ich holte das Großsegel dicht. Das holende Ende der dreifachen Talje mußte ich über die Zweigang-Winsch legen. Ohne Vorsegel ging KAIROS nicht durch den Wind. Sie donnerte durch eine See, verlor Fahrt, fiel ab. Das dichtgeholte Großsegel verhinderte, daß sie zu weit abfiel.

»Elga, Ruder zu Luv. Wir wollen sehen, wie sie liegt.«

Das Sperrventil der hydraulischen Ruderanlage hielt das Ruder in seiner Stellung nach Luv. KAIROS lag an den Wind geklemmt. Sie machte nur noch wenig Fahrt voraus. Dabei trieb sie über Backbord weg. Die Drift erzeugte aufwirbelnde Wasserstrudel.

»Nicht gut. Die Abdrift-Wirbel müssen nach Luv zeigen.« Dann brüllte ich: »Da! Halt' fest!«

Ein Brecher knallte übers Vorschiff – Volltreffer, den es beim Beidrehen nicht geben darf. KAIROS neigte sich schwer, grünes Wasser spülte über Deck und Kajüte, leckte stoßend an den Scheiben des

Deckshauses hoch. KAIROS richtete sich auf. Wie bei einem Felsen in der Brandung strömte das Wasser ab.

»Sie macht Fahrt. Wir müssen reffen.« Ich nahm die Reffkurbel.

»Ich kann nichts machen«, sagte Elga unglücklich.

»Doch, mach' Feierabend, sieh zu – Sportschau.«

Das Reffen mit dem Schneckenreffer ging leicht. Das Festhalten am Großmast war wie ein unfairer Ringkampf. Stück für Stück fierte ich das Segel. Drehung um Drehung kurbelte ich es um den Baum, bis die Kauschenreihe des ersten Bindereffs den Baum erreichte. Bindereff: es war für den Fall, daß der Schneckenreffer ausfiel. Ich belegte das Fall. Mit der Halstalje holte ich das Vorliek hart durch. Dann schoß ich beide Enden auf und sicherte sie gegen Wegschwemmen an ihren Klampen.

In Luv robbte ich ins Deckshaus. Der Wind preßte mich gegen die Kajüte. War der Wind vor Tagen da oben im Norden nicht zu bestimmen, nur zu schätzen gewesen – halt' dich fest, verlier' die Reffkurbel nicht – dies hier war kaum noch zu schätzen. Wir mußten es hinnehmen. Ich robbte. So war es vor Neuseeland gewesen, schlimmer noch vor Mauritius. Ich robbte – KAIROS lag besser jetzt – und ließ mich ins Deckshaus rutschen. Hatte ich vorhin über Segelsetzen nachgedacht?

»Das hat was gebracht«, sagte Elga. Sie ließ keinen Blick von den Wasserwirbeln in Luv.

Wir beobachteten zusammen die Driftwirbel, die KAIROS unter Kiel und Rumpf heraus nach Luv entließ – genau nach Luv.

Dann deckte eine Bö uns ein. Regen fegte, Gischt fetzte. Beides ersäufte das Sonnenlicht, das wässerig durchgekommen war. Windwärts hinter Wolkenschatten und Regenschleiern schob sich, gelb beleuchtet und grau verwischt, die nächste Bö durch fahles Sonnenlicht herauf.

In der Bö machte KAIROS wiederum leichte Fahrt voraus. Mit der Travellerschot der Großtalje holte ich Schot und Baum luvwärts. Die Winsch auf dem Achterdeck ächzte im zweiten Gang. Das Tauwerk stöhnte. Aber der Großbaum kam windwärts über die Mittschiffslinie – backgesetzt.

Wie ein kleines, dreieckiges Brett – das kahle Drittel Großmast kreisend darüber – stand das Segel gegen die Wolken. An die Kräfte, denen Tuch und Tauwerk, Mast und Baum, Wanten und Ruder ausgesetzt wurden, mochte ich nicht denken. KAIROS war stark, daran dachte ich. Jetzt trieb sie richtig.

Im Cockpit klemmte ich mich in die Bank an Lee. »Schlaf', Elga, schlaf' und ruh' dich aus.« Ich zog sie heran, nahm sie in die Arme.

Dann sagte Elga: »Den Passat fast erreicht – verrückt!« Sie ging zum Niedergang, hielt sich dabei fest. Es sah sehr mühselig aus.

Ich beobachtete das Verhalten des Schiffes. KAIROS schlingerte heftig. Sie luvte an. Ich fühlte, wie das gereffte Segel überm Deckshausdach vom Vorliek her zu zittern begann. KAIROS drehte ohne Fahrt nicht durch den Wind. Sie fiel ab, bis sie mit 60 bis 80 Grad am Wind lag. Sie legte sich nicht quer zur See. Der Winddruck im Großsegel ließ sie rechtzeitig anluven. Sie trieb. Sie war ein Langkieler.

Sie trieb mit 1,5 Knoten nach Nordost. Dort war Platz, um über den ganzen Ozean zu treiben. Sie trieb rollend, schlingernd, stampfend, heftig krängend oft, doch weich in den Bewegungen. Sie trieb ohne Voraus-Fahrt mit Wind und See, legte sich dabei einen Teppich sanft wirbelnden Wassers nach Luv. Die Brecher darin verloren ihre schlagende Kraft, fielen zusammen, bevor sie das Schiff erreichten. Dies war besser als Lenzen vor dem Sturm, wobei es so sehr auf die richtige Fahrt des Schiffes im Verhältnis zur Höhe der See und ihrer Brecher ankam.

So geht's, dachte ich und legte den Kopf gegen die Deckshausstütze, müde und hellwach zugleich, plötzlich ohne Angst, erfüllt von Befriedigung. KAIROS: geträumt, gedacht, geplant, gezeichnet, mit tüchtigen Handwerkern verwirklicht – hier war sie und bewährte sich. Nicht jeder hat das Glück solcher Verwirklichung, Elga dabei.

Und wie geht's weiter? Es war nicht anzunehmen, daß ein anhaltender Sturm zu dieser Jahreszeit und so weit im Süden sich entwickelte. Doch wenn: Öl in die See, um die Wirkung der Driftwirbel zu erhöhen. Ölsäcke mit Werg, Kanister mit Öl lagen in der Achterpiek immer bereit.

Das wär's dann. Ich warf einen Blick über den Horizont: kein Schiff in Sicht. Dann kletterte ich in die Kajüte.

Logbucheintragung um 14.00 Uhr:

Wind: SW 8–9 (Böen in Sturmstärke) – Strom: NWzW 0,5 Knoten –

Wetter: wolkig-sonnig, Schauerböen, 1007 mb, 25° C – Kurs: Drift 45° rw. ca. 1,5 Knoten, unter gerefftem Groß auf Bb.-Bug beigedreht, Schiff nimmt kein massives Wasser über.

Elga schlief tief. Ihr Körper wurde hart gegen die Holzverschalung der Bordwand gedrückt. Ihre Hundekoje lag in Lee. Ein Sonnenstrahl fiel durchs Kajütenfenster. Er sprang über Teppich und Sitzpolster zu den Bücherborden – auf und ab, unermüdlich, hier und da, je nach der Lage des Schiffes.

Ich setzte mich auf die Sofabank in Lee. Es war gemütlich in der Kajüte. Sie war aufgeräumt. Sie war trocken. Auf der Pantry standen Elgas Töpfe in den Schlingerleisten. Das Geschirrtuch – nicht das meiner Soforthilfe – baumelte in den Raum hinein. Die Messinglampen pendelten in ihren kardanischen Halterungen. Die Bücherreihen standen fest hinter den Halteleisten ihrer Borde. Auf dem Kartentisch lag die Seekarte mit den Positionskreuzen. Nichts klapperte, schlug oder rollte in den unaufhörlichen Schiffsbewegungen. Das Lärmen von Wind und See hatte hier unten seine Aufdringlichkeit verloren.

Dies war eine harte Reise geworden. Ich hatte Fehler gemacht. Warum zog ich mein Zeug nicht wie Elga an, auf dem Boden sitzend? Unvorsichtigkeit. Hatte ich die Stagreiter des Klüvers vor der Ausfahrt ausreichend geprüft? Solcher Bruch konnte das Segel kosten. Nachlässigkeit? Was hatte mich gehindert, die Bordwände in Elizabeth City gründlich durchzusehen, ob der Winterfrost in der Farbe gesessen hatte? Nachlässigkeit. Jetzt fraßen Salzwasser, Sonne und Luft den Zinkschutz weg. Wo lag der Fehler, daß Wasser in die Maschine eindringen konnte? Warum war er mir unbekannt? Er mußte schnellstens behoben werden. Warum hatte ich versäumt, beim Bau den Schaltplan vom Elektriker abzufordern? Warum hatte ich die Ausbaumöglichkeit der Sicherungsschalter nie geprüft? Nachlässigkeit. Es mußte damit gerechnet werden, daß ich sie auszuwechseln hatte.

Aus einem Fach am Kartentisch kramte ich die Schadensliste unserer Segelreise um die Erde hervor. Ich sah sie durch. Von neunzehn Vorfällen waren drei auf Unvorsichtigkeit oder Nachlässigkeit zurückzuführen. Bis jetzt auf dieser Reise beruhten von fünf Vorgängen vier auf Unachtsamkeit. Ich rechnete die zerrissenen Seitenpersenninge und die verschmutzte Pumpe im Waschraum nicht mit.

Die beiden wichtigsten Segelmanöver waren zu spät begonnen worden. Das war kein unmittelbarer Fehler, war in beiden Fällen erklärbar. Muskelkraft, Erfahrung und Zusammenarbeit hatten eine Havarie vermieden. Aber zu spät – in Zukunft konnte das heißen: der Wind stärker, die See höher. Zu zweit segelten wir eine 16-Meter-Ketsch. Wir wurden nicht jünger. Wo lag die Grenze unserer Fähigkeiten? Wann begann das Glück-haben-Müssen?

Die Beinah-Kenterung – nun gut, das war kein Fehler. Aber warum wollten wir nicht darüber sprechen?

Ein Schiff ist so gut wie seine Besatzung. Elga war trotz Gelenkschwierigkeiten beweglicher als manche Zwanzigjährige. Ich konnte bei Langlauf, Schwimmen, Radfahren mit vielen Dreißigjährigen gleichhalten. Hör' auf: Radfahren – auf See. Hör' auf mit der Lobhudelei. Und spuck's aus, Alter, spuck's aus: kann dein Gehirn noch schnell genug, genau und vorausschauend genug anhaltende Entschlußkraft entwickeln – darum geht's doch – hast du die noch? Hat Elga sie noch? Hat diese Fähigkeit nachgelassen?

Ich zog mich den Niedergang hoch und blickte übers Meer. Ich mußte diese Frage bald beantworten – bald hieß: nicht zu spät.

Die Sonne wanderte in den Nachmittag. Der Wind war stürmisch und ohne Abschwächung ein wenig herumgekommen. Die Bewölkung sah offen und freundlich aus. Im Süden standen einige Schauer. Der Seegang warf sich Sonnenspiegelungen über die Wellenrücken zu und schlug sie dann mit seinen Brechern tot. Schleier von Gischt und Wasserstaub wehten über die See.

Die See – die zu befahren Elga und ich nicht lassen konnten. Dabei war es nicht so, daß uns »Seefahrt im Blut« lag. Durch Kindheit und Umwelt an Alster und Elbe wurde uns ein Leben unter Segeln vorgezeichnet. Wir lernten mit Booten umzugehen wie andere Kinder mit Tretrollern. Fischer und alte Segler waren gute Lehrmeister. Wir wuchsen hinein in das, was fraglos und selbstverständlich den größten Teil unseres Lebens ausmachte. Segeln wurde für uns niemals ein Sport, niemals eine Freizeitbeschäftigung. Segeln gehörte zu unserem Alltag. Was ein Kielschwein war, wußten wir weit früher zu erklären als Soll und Haben (der Kaufmann) und das wohltemperierte Klavier (die Pianistin).

So war es, als wir heirateten. So war es, als wir kinderlos blieben. Da dachten wir an große Reisen: Kurse in freier Entscheidung zu steuern, Wege zu einem Lebenssinn zu finden. Was sollte uns halten? Die Errungenschaften eines Wirtschaftswunders? Der Kampf um Statussymbole? Die Sicherheit auf einem Platz in der Gesellschaft? Käfige das alles. Reisen erforderte eine gute Segelyacht. Auto, Eisenbahn, Flugzeug, Fahrgastschiff kamen uns nie in den Sinn – Hotels, ein Graus. Wir konnten das außerdem nicht bezahlen. Als uns die ersten Schiffsbaupläne durch den Kopf gingen, hatten wir 900 Mark auf dem Konto. Die erste Rate bei der Kiellegung unserer Stahlyacht bezahlten wir aus dem Verkauf unseres alt-morschen Jollenkreuzers, die zweite aus dem Verkauf von Elgas Bechstein-Flügel.

Mit der stählernen Sloop KAIROS segelten wir nach Dänemark, Schottland, Norwegen. Es kam die Frage, wieviel Zeit wir für eine Reise zu den Azoren brauchten, zu den karibischen Inseln? Und wieviel Zeit für eine Reise um die Erde? Die planten wir. Was kostete das? Wir ersparten uns Unabhängigkeit. Dafür arbeiteten wir. Derweil tanzte unsere Zivilisation ums Goldene Kalb. Erfolg mußte zu Besitz zum Vorzeigen führen. Ein guter Freund fragte, als wir ihm KAIROS zeigten: »Damit wollt ihr um die Erde? Seid ihr verrückt? Für was? Kriegt ihr bezahlt?«

Unsere Reisen führten uns von all dem fort, dem so oft Vergeblichen. Unsere Reisen sollten uns Besinnung geben. Glücklich merkten wir, daß sie das taten. Sie schenkten die Möglichkeit, neue Gedanken zu fassen (und niederzuschreiben). Sie waren unser Abenteuer, im Außergewöhnlichen das Gewöhnliche im guten Sinne zu begreifen. In die Häfen brachten wir, wenn das Wetter überwunden, der Landfall gemacht und die Einsamkeit beendet war, unsere Aufgeschlossenheit. Wir wollten das Land erleben, seine Menschen verstehen und Freunde gewinnen. Wir wollten uns ein Bild dieser Erde machen. Das, wie wir es sahen, brachte unsere Seefahrt zu einem Sinn – Regatten nicht, Rekorde nicht, Spektakel nicht. An Land gab es Enttäuschungen, klar. Das Meer heilte unsere Wunden, bis der nächste Landfall gemacht war.

Unsere Seefahrerei formte uns. Wir wollten nicht zurück – schon gar nicht zu den Erklärungen der Daheimgebliebenen. Nach dem Erscheinen unserer Bücher fiel das schmeichelhafte Wort vom »Philosoph an der Ruderpinne«. Ich denke zu sprunghaft und gefühlsbetont, um Philosoph zu sein. Wir wurden »Weltumsegler« genannt. Elga und ich waren um die Erde gesegelt. Was in Zeitschriften und Zeitungen daraus gemacht wurde, erschien uns oft wie schlechte Navigation. Dann wurden wir zu »Aussteigern« befördert. Wir konnten leider nicht akzeptieren, der Einstieg in ein freies Leben war längst erfolgt. Schließlich kam sanft das »alternative Leben« auf uns herabgeschwebt. Unglücklicherweise konnten wir dem hohen, alternativen Anspruch nicht genügen, unser Alltag auf See und auf Reisen war festgelegt. Mag sein, wenn heute alles erklärt und gekennzeichnet sein muß – von den Massenmedien auf Kosten eigenen Denkens – daß unser Segeln eine Art angewandte Lebensüberzeugung war. Wenn unsere Umwelt uns anders vorbestimmt hätte, wir hätten uns für andere Wege entscheiden müssen: vielleicht als Arzt, als Architekt, als Künstler. Elgas größtes Unglück war, keine Kinder zu haben – meines, die längste Zeit meines Lebens als Kaufmann leben zu müssen. Aber beides brachte wiederum Unabhängigkeit: mach's Beste draus.

Unsere vielen Lichtbilder-Vorträge machten uns Freude. Wir paßten das Thema »Reiseleben« der Zuhörerschaft an. Das waren nicht immer Segler. Wir wechselten oft die Bilder. So fielen wir nicht in Routine. Das reizte mich, der ich besser formulieren und sprechen konnte als Elga. Ich spürte zunehmende Befriedigung beim Beifall. Meine Eitelkeit wuchs. Da gaben wir die Vortragsreisen auf. Nicht der Mensch, seine wachsende Eitelkeit ist das Maß aller Dinge.

Viele Segelclubs gaben uns Ehrungen, die wir dankbar entgegennahmen. Um den Schlimbach-Preis hatten wir uns beworben. Ich wollte ein Urteil jener Fachleute, die Kapitän Schlimbach noch gekannt hatten. Die Clubs merkten sehr bald und richtig, daß wir wenig Flagge zeigten. Männerclubs, in denen ich mich versuchte, konnten mit mir nichts anfangen. Ich war viel zu gut verheiratet, um anhaltend Skat zu dreschen, Eisbein zu essen, Kegel zu schieben, Bier zu trinken, Zoten anzuhören.

Elga erfreute sich auf Kaffeekränzchen, konnte zum Thema Sonntagsbraten, zur Erörterung der Kindererziehung bedauerlicherweise nichts beitragen. Bei Zeitungs-Interviews gab sie freilich sachlichere

Antworten als ich – so auf die Frage »Ehe zur See«, die ich natürlich mit ethischen Grundsätzen angereichert hätte. Elga: »Ich kenne meinen Mann ja lange genug. Wir wissen also, wie wir« (auf Schwierigkeiten) »reagieren.« Auf die Frage zum Segeln über Ozeane: »Man segelt, um anzukommen. Man segelt aber auch, um eine herrliche Nacht im Passatwind zu verbringen, der Sternenhimmel ist nicht zu beschreiben.« Und: »Das Durchhalten ist das größte Problem, wenn es« (das Wetter) »mies und mieser wird. Da hilft nur Trotz: was ich mir in den Kopf setze, das wird geschafft.«

Unser Leben fand, nachdem wir mit viel Arbeit über zehn Jahre hin unsere Finanzen aufgearbeitet hatten, mit der Ketsch KAIROS seine Erfüllung. So wie hier, beigedreht fern aller Kennzeichnungen, in Gewässern ohne Markierungstonnen. So wie jetzt auf einem Meer mit Sonnenspiegelungen, die in Brechern gelöscht wurden, aber wiederkamen. So wie immer, wenn der Abschied hinter uns lag, voraus neue Inseln und Länder mit neuen Erfahrungen lockten.

KAIROS lag gut. Sie kämpfte nicht. Sie trieb. Sie gab uns Zeit, um zu schlafen und zu denken.

War dieses Leben: Sport? Wir wollten keinen Wettkampf, nicht die Ersten, die Schnellsten, die Tüchtigsten sein, wie es von Sportlern erwartet wird. Mit Redaktionen von Sport-Zeitschriften blieb mein Verhältnis deshalb brüchig. Aussagen, auf die es mir ankam, wurden gekürzt, weil sie leider nicht immer mit Sport zu tun hatten – »aus Platzgründen, haben Sie bitte Verständnis.« Ich hatte Verständnis, ein zähneknirschendes.

War dieses Leben: Freizeitbeschäftigung? Auf See hatte der Tag vierundzwanzig Stunden, eingeteilt in Wache und Freiwache, unterbrochen von Segelmanövern – unterbrochen aber auch von Höhepunkten, da der Rausch unseres Erlebens, die Eleganz unseres segelnden Schiffes, die im rechten Augenblick ausgeführten Manöver, die sorgfältige Navigation, die Überwindung von Schwierigkeiten – und viel mehr: die Weite des Meeres und die Tiefe des Himmels und die Schönheit ringsum, die Zeitlosigkeit des Geschehens uns in jubelnde Begeisterung versetzten. So war es auch an Land, wenn wir allein oder mit Freunden in die Weite zogen zu Landschaften, in denen der unberührte Hauch der Schöpfung und ihrer Sinngebung wehte. Wir brauchten unsere Reisen nicht nach Seemeilen oder Kilometern zusammenzuzählen: immer wieder fand unsere Begeisterung Freundschaft und Aufgeschlossenheit von Menschen.

Wir waren Realisten genug, um uns Begeisterung leisten zu können – hin und wieder. Wir bezahlten an Land mit Vorbereitung und Anpassung, auf See mit Mühe, Anstrengung und Angst eine harte Münze. Und unsere Liebe zur See, so unbestreitbar sie war, blieb spröde.

Wozu, warum – diese Gedanken, Erinnerungen? War es meine Überspanntheit durch Müdigkeit? Mein Alter? Jeder alternde Komödiant fühlt sich bemüßigt, seine Erlebnisse und Einsichten wohlfeil darzubieten.

Meine uralten Bartstoppeln jedenfalls kratzten am Kinn. Ich holte ein Blatt Papier vom Kartentisch, schrieb darauf: bin im Waschraum. Den Zettel klemmte ich vor Elgas Koje. Wachte sie auf, würde er ihr den Schreck ersparen, Kajüte und Cockpit leer zu finden. Es gehörte zu unseren Bordregeln, den einen wissen zu lassen, wo der andere war. KAIROS hatte fünf Räume, die nicht alle in Rufweite lagen.

Wir hatten oft von der Katastrophe gesprochen, um sie zu vermeiden: über Bord der andere – das Manöver des einen dann, das endgültig zu spät sein konnte.

Der zwölfte Tag. Bei klarem Himmel um Mitternacht flaute der Wind ab. Im ersten Tageslicht holte ich den Passatsegelbaum in seine Halterung am Mast. Wir setzten Segel, zum ausgerefften Groß Baumfock und Klüver.

Logbucheintragung um 07.00 Uhr:

Wind: SSW 5 – Strom: NWzW 0,5 Knoten – Wetter: klar, 1013 mb, 23° C – Kurs: 143° rw. – Segel: Klüver 2, Baumfock, Groß.

Das Frühstück – Trockenbrot, gekochte Eier, Wurst aus der Dose, Marmelade, heißer Kaffee – war ein Fest.

»Ich habe dich so gut gefüttert, damit du uns den Besan setzen kannst«, sagte Elga, als sie das Ruder übernahm. »Laß sie laufen!«

Hoch ging der Besan. Unter den vier Arbeitssegeln lief KAIROS

6 Knoten am Wind. Ich setzte mich auf die Achterreling und betrachtete das Bild. Vollzeug bei handiger Brise. Es war ungewohnt geworden. Gut getrimmt standen die Segel gegen den blauen Himmel, leuchteten in der Sonne. Der Bug stieg über die anrollende See, gischtete hindurch, fiel ins Wellental. Die Bugwelle sprang, warf Gischtmuster weit nach Lee. Tiefblau mit weißen Schaumflecken zog das Wasser vorbei, vereinigte sich wirbelnd hinter dem Heck. Achteraus löschte die See mit ihrer langgezogenen Dünung aus, was KAIROS gezeichnet hatte. Jeder Augenblick war anders.

Ich nahm Elga das Ruder ab.

»Hast du gut geschlafen?« fragte sie.

»Ja, nach einem nachdenklichen Nachmittag. Ich habe über – naja, die blauen Flecken an Schiff, Körper und Seele nachgedacht.«

»Hast du auch an diese gedacht?« Elga zeigte mir Beine, Bauch und Schultern. Sie sah mich nachdenklich an. »Ich kann mir denken, was dir durch den Kopf gegangen ist.«

»Ja – wir werden darüber sprechen. Jetzt segeln wir. Wir haben ja gerade erst angefangen. Es ist deine Freiwache: schlaf gut.«

»Kann nicht, hab' so viel geschlafen. Vielleicht lese ich ein bißchen.«

Wache, Freiwache. Das Mittagsbesteck setzte uns auf 25°06' N, 63°29' W. Etmal trotz Beidrehen: 110 Seemeilen. Wir waren zufrieden. Der Wind drehte mit Stärke 4 auf Südwestzusüd. Ich legte KAIROS an den Wind. Die Segel steuerten. 160 Grad rechtweisend lag an. Das war nicht der direkte Kurs auf Sombrero Island, unseren neuen Ansteuerungspunkt 420 Seemeilen entfernt. Es war der bestmögliche Kurs.

Am Nachmittag bildeten sich Schauerwände im Süden. Sie bauten sich zu Gewitterwolken auf. Bei uns ließ der Wind nach. Um 19.00 Uhr wehte es aus Süd mit Stärke 1. Wrruch-wupp, die Segel schlugen. Im sinkenden Tageslicht sahen wir Wetterleuchten in den Wolkenhaufen aufspringen – blauer Schein, immer deutlicher, immer weitreichender.

»Sieht nicht gut aus.« Elga beherrschte ihre Enttäuschung.

Weit dünte die See. Noch leuchtete sie in der Dämmerung. Über uns stand bleich ein zunehmender Mond.

»Segel bis aufs Groß runter. Ich reff's auch noch ein, weil's so'n irrsinnigen Spaß macht. Dann warten wir ab, was kommt.«

Bei Flaute war das Segelbergen nicht schwer.

Elga bereitete das späte Essen. Ich saß hinter dem nutzlosen Ruder.

Die Wolkenbank lag quer vor unserem Kurs. Letztes Tageslicht lag auf ihren Spitzen – rosa, gelbweiß, rotviolett. Die Farben grenzten wie gestochen gegen den stahlblauen, klaren Himmel ab. In den Unterseiten sanken Farben und Formen in einen Brei von blauem Schwarz. Das Wetterleuchten setzte seine Irrlichter in den Oberteil, der zur Nacht alle Farben verlor, im Dunkel verschwand, wo er zum lichtzuckenden Schemen wurde.

Wir aßen unser Abendbrot am Tisch in der Kajüte. Dann begann der Wechsel zwischen Ausguck halten und in der Koje liegen. Über den Wachhabenden im Deckshaus zogen Schübe warmer Luft, kalter Luft wie unsichtbare Hände böser Feen im Märchen.

Wir sprachen darüber beim Wachwechsel. Unsere Erklärungen machten es nicht weniger unheimlich.

Der dreizehnte Tag. Die Morgendämmerung schluckte das Wetterleuchten. Der Wind spielte: warmer Hauch, kühler Hauch. Strahlend hob sich das Licht der aufgehenden Sonne übers Meer, zauberte Farben in den Himmel voller Wolkenbänke, deren Spiegelungen auf trägem Wasser dünten. Die Wolkenbänke hingen schwer ohne Regen. Es wehte bald kein Wind mehr.

Nach dem Frühstück sah ich die Takelage durch, soweit das von Deck aus möglich war. Dann saßen wir im Cockpit oder lagen auf den Kojen. Elga nahm sich eine Näharbeit vor. Ich versuchte zu lesen. Meine Konzentration blieb mangelhaft.

Immer wieder sahen wir nach Ost. Kam dort Wind, der Passat? Die Wolkenbänke hingen bewegungslos. Es gab alle Schattierungen von Blau. Sie führten in ferne Schattierungen von Blau.

Ich machte die Sonnenbeobachtungen mit einer undeutlichen Kimm. Elga errechnete ein Etmal von 45 Seemeilen.

Ich war ausgeschlafen wie seit langem nicht. Am Nachmittag saß ich im Cockpit und las. Für Seite 214 brauchte ich eine gute halbe Stunde. Ich konnte sie erst nach mehrfachem Nachlesen umblättern. Meine Gedanken waren beim Passat, wo immer er sein mochte.

Ich sah auf und erstarrte. Im Nordosten rüsselten drei Wasserhosen – weiter nördlich noch eine: vier! – aus der trächtigen Unterseite einer Wolkenbank. Sie standen zu nah, um sie gleichgültig zu betrachten. »Elga, komm' mal raus.«

Sie kam nicht. Ich blickte in die Kajüte. Sie lag auf ihrer Koje und schlief.

Kein Wind, keine Maschine – also was? Nichts.

Ich peilte die Rüssel über den Kompaß. Sie bogen sich grau – zwei nach links, eine nach rechts, eine nur wenig – verdünnten sich in eleganter Form und setzten ihren Trichterfuß auf die See. Sehr deutliche Peilobjekte.

Tornados an Land, Wasserhosen auf See sind wie konzentrierte Tiefdruckgebilde. Sie entstehen in der Thermik schwüler Tage. Der beim üblichen Tiefdruckgebiet in einigen hundert Seemeilen stattfindende Luftdruckfall geschieht bei ihnen innerhalb weniger hundert Meter. Darum rüsseln sie hochsaugend.

Was tun? Bleib' ruhig. Nichts. Wir konnten KAIROS nicht einmal mit dem Dingi wegschleppen, wenn wir die Zugrichtung der Rüssel ermittelten. Wir hatten fürs Dingi keinen Außenbordmotor.

Ich erinnerte Bilder aus einem Museum in Kansas. Im Mittelwesten der USA sind Tornados zahlreich. Die Museumsbilder zeigten Zugbahnen totaler Zerstörung. Häuser waren nicht niedergeweht: im plötzlich fallenden Luftdruck waren sie nach allen Richtungen, auch gegen den rasenden Wind, auseinander gesprengt worden.

Erreicht eines dieser Ungeheuer uns, setzt der Luftdruckfall in seinem Trichter sehr schnell ein. Im Schiff besteht für Sekunden hoher Luftdruck. Der Druckausgleich nach draußen reißt alle Luken aus ihren Halterungen und Verschlüssen. Die Luken öffnen? Was mit den wirbelnden Tonnen von Wasser? Sie füllen KAIROS im Nu – blubb-blubb. KAIROS kentert im Windwirbel. Wir würden es gar nicht mehr hören, das Blubb-blubb.

Ich peilte über den Kompaß. Keine Verschiebung. Die Dinger zogen langsam. Ich nahm das Fernglas.

Nummer Eins zeigte oben drehende Wolkenwirbel. Zur dünnen Mitte hin verschwammen die Einzelheiten in Grau bis zum Fuß.

Bei Nummer Zwei waren Einzelheiten zu erkennen. Oben wirbelten Wolkenfetzen unter der Mutterwolke. Im dünnen Mittelteil verwischten sich alle Konturen in drehender Schnelligkeit. Am Fuß, der breit das Meer aufsaugte, sprühte außerhalb des Wirbels fontänenartig Seewasser hoch. Ich konnte die Aufrißfläche des Ringwulstes deutlich erkennen. Das gab einen Anhalt für die Entfernung. Wir überblickten vom Cockpit aus einen Radius von etwa 5 Seemeilen.

Nummer Drei war eine zarte Dame, sehr mager geraten. Nummer Vier war kräftig entwickelt, breite Schulter, fester Fuß, alles schwarz, brutale Männlichkeit.

Nummer Zwei stand uns am nächsten. Hau' ab! Ich peilte wieder. Zog sie Nordwest? Dann konnte sie ohne Zugriff passieren. In der großen Meeresstille hörte ich sie rauschen. Es klang wie ein riesiger Springbrunnen.

Eine halbe Stunde verging. Die zarte Nummer Drei löste sich auf. Eine Brustwarze blieb am Wolkenrand zurück. Sie verschwand zögernd. Die schwarze Nummer Vier folgte. Oberteil und Unterteil trennten sich, hingen drehend in einer kaum sichtbaren Luft-Wasser-Verdichtung zusammen. Der Unterteil schrumpfte. Das Meer stäubte wie Wasserdampf. Der Oberteil schraubte sich in die Wolke zurück, schlappes Zeichen versiegender Kraft. Auch Nummer Eins schien lebensmüde.

Ich peilte Nummer Zwei. Bei dem rollenden Schiff war das nur ungenau zu machen. Ich setzte mich hin und schaute ihr zu. Was sonst konnte ich tun? Sie zog tatsächlich achteraus ab – also nördlich oder nordwestlich.

»Nun bin ich doch eingeschlafen. Du machst keine großen Fortschritte, was?«

Elga hatte ich vollkommen vergessen. »Du! Mensch! Hier sind –« Ich fiel aus der undankbaren Rolle des hilflos-ängstlichen Beobachters in die des Beschützers mit helfendem Mut – ha-ha, wie so männliche Männer es an sich haben. Warum Elga beunruhigen? Mit großer Überzeugungskraft fuhr ich fort: »– einige sehr interessante Gedanken in meinem Buch, richtig aufrüttelnd – naja.«

»Dann kann ich noch etwas liegen bleiben? Warm hier unten, aber sehr gemütlich.«

Ich sah über die See in ihrer fragwürdigen Schönheit. Der Spuk war ätherisch geworden, spiralte gläsern ins Nichts – ohne uns. »Klar – bleib' liegen, mein Schatz, so lange du magst.«

Ich ging zum Kartentisch, wo das Logbuch lag. Ich machte keine Eintragung, nur drei Kreuze am Rand. Was man verschweigt, soll man nicht niederschreiben. Neptun mag mir verzeihen, die Unterschlagung geschah zu ego-mildtätigem Zweck.

Der Nachmittag verging ohne weitere Schreckensbilder. Kein Wind. Das Hygrometer zeigte fallende Luftfeuchtigkeit an.

Vor Sonnenuntergang lösten sich die Wolkenbänke. Sie hoben sich zu abgeflachten Formen, aus denen Regen fiel. Er zerstäubte, bevor er die See erreichte. Ostwärts in seinen Schleiern schimmerten Regenbogenfarben. Der Himmel klarte auf. Der Passat konnte kommen.

Der vierzehnte Tag. Mit Sonnenaufgang kam der Passat. Die See belebte sich. Kleine Wellen plätscherten an der Bordwand. Elga brauchte mich nicht zu wecken. Ich sprang aus der Koje, jumpte ins Cockpit. Im Nordosten unter leichter Bewölkung wich das Hellblau der Flaute dem Dunkelblau des Windes, der übers Wasser strich. Es gab keinen Zweifel. Ich riß Elga vom Ruderrad. Wir tanzten, sprangen, lachten, küßten. Vielleicht weinten wir auch, wir merkten es nicht. Passatwind – Stärke 2 – jetzt Stärke 3 – bald 4 – herrlich kühl.

KAIROS luvte im Nordnordostwind an. Elga griff nach dem Ruder.

»Laß, Elga. Sie liegt richtig fürs Segelmanöver.« Ich reffte das Großsegel aus, setzte den Klüver. Elga gab Ruderhilfe. Ich fierte die Schoten, belegte sie. Elga ging auf Südkurs, endlich. Ich turnte übers Deck, prüfte den Stand der Segel, legte mich auf den Bug und schaute der Bugwelle zu.

KAIROS segelte.

»Was ist denn los da?« fragte Elga. »Deine Bordwände wirst du nun bald malen können.«

Ich hatte die grauen Flächen gar nicht gesehen.

Die unterbrochene Bordroutine lief an. Frühstück, Wache, Freiwache. Wie stets, wenn nach Flaute Wind kam, wurde uns alles neu geschenkt, der Tag, das Schiff, die Segel, der Himmel, die See. Es war schön, auf einem guten Schiff einem guten Ziel entgegenzusegeln, gemeinsam in aller Einsamkeit. Noch 350 Seemeilen bis Sombrero Island mit dem Leuchtturm.

KAIROS segelte.

»Andere Leute«, sagte Elga glücklich, »müssen Urlaub machen, um sich zu erholen. Wir brauchen nur unseren Passat.«

Wir nahmen die Sonnenhöhe und errechneten den Schiffsort. 19 Seemeilen waren wir vertrieben. Kurs 185 Grad rechtweisend. Nordostpassat Stärke 4 bis 5. Ich baumte den Klüver nach Backbord aus. Leichte Schauer wehten durch den Nachmittag. Die Nacht wurde klar.

Der fünfzehnte Tag. Logbucheintragung um 08.00 Uhr:

Wind: ENE 5 – Strom: WNW 0,4 Knoten – Wetter: sonnig, einige Schauer, 1021 mb, 24° C – Kurs: 185° rw. – Segel: Klüver 2 (nach Bb. ausgebaumt), Groß.

Wir hatten alles, was wir wollten: uns, das Schiff, den Passat. Mit Backstagsbrise und Segeln voll Wind waren die Ruderwachen ein Genuß. Vom Kompaß löste sich der Blick, um übers Meer zu sehen, nicht um die Seegangsstufe zu prüfen – um in den Himmel zu schauen, nicht um die Ungewißheit einer Böenfront abzuschätzen. Windstärke 5 war der richtige Wind für KAIROS, um gute Distanzen zu laufen. Darunter war ihr zu wenig, darüber war uns zuviel. Wache – Freiwache – wir waren glücklich. Etmal 131 Seemeilen.

Am Nachmittag gab's Kaffee und Kuchen. Elgas Speisezettel zum Abendessen wies großartige Leckerbissen aus.

Für die Nacht nahm ich den Klüver vom Baum.

Klar zogen die Sterne dem Morgen entgegen, dem neuen Tag.

Der sechzehnte Tag. Das Märchen vom Passat als Paradies des Seemanns ist so alt wie die Segelschiffahrt. Der große Meister in der Kunst des Segelns und des Dichtens – Joseph Conrad – schreibt:

»Um den Mittelgürtel der Erde herrschen die Passate so unbeschränkt und unbestritten wie Monarchen uralter Königreiche. Sie sind den Handelsschiffen freundlich gesonnen; nirgends ist das Leben an Bord so angenehm wie zwischen den Wendekreisen. Aber auch nicht ganz vorbehaltlos. Selbst im eigensten Gebiet der Passate werden Schiffe von sonderbaren Störungen überfallen.«

Das ist wie für eine Yacht mit kleiner Besatzung geschrieben. Der Passat kann die Richtung bis zu neunzig Grad ändern: das bedeutet Segelmanöver. Er kann stürmische Schauerböen bringen: reffen. Er kann tagelang mit Stärke 7 wehen: halt' durch. Grobe See beutelt die Yacht: halt' fest. Und er kann schweigen. Während unserer ersten Atlantikfahrt lag die Sloop KAIROS für Tage im Passatgebiet bekalmt. Die winzigen Etmale bedrückten Elga und mich weniger als die unerwartete Tatsache, daß der Passat nicht wehte.

Hier wehte er, wehte den ganzen Tag bis in die Nacht hinein.

Um 01.00 Uhr weckte Elga mich. Wolken schoben sich mit dem Wind heran. Sie verdichteten sich zu einer Schauerwand, die Sterne pflückte und in ihren schwarzen Sack verschwinden ließ.

»Weiß nicht, was drinsteckt«, sagte Elga, als ich den Niedergang heraufkam. »Klüver runter. Vielleicht die Baumfock setzen. Besser jetzt als zu spät.«

Zu spät – auch Elga hatte sich ihre Gedanken gemacht.

»Tut mir leid, Schatz«, fügte sie hinzu.

»Hm-hm, deine Wache.« Ich nahm den Klüver weg. KAIROS verlor Fahrt. Als das Segel fest war, setzte ich mich in Lee aufs Vorschiff und wartete. Beide Arme hielt ich um die Seereling gelegt. Ein fast voller Mond ließ die See hier silbern, dort milchig schimmern. Sie verfinsterte sich zunehmend.

Ich dachte an einrollbare Vorsegel, die vom Cockpit aus bedient werden können – Rollfock und Rollklüver. Als diese Segel in Gebrauch kamen, gab es viel Bruch. Reparaturen an der Mechanik waren häufig. Wir waren bei unseren Stagreitern geblieben. Als die Rollsysteme verbessert wurden, scheiterte die Anschaffung am Preis.

Unter der Böenwolke wurde eine mondbeschienene Kimm durch

Regenschleier sichtbar: kein Dauerwind. »Baumfock!« schrie ich zum Deckshaus. Das Segel kam willig aus den Zeisingen, blähte sich auf. Durchsetzen – und noch'n Pull. KAIROS nahm wieder Fahrt auf.

Ich ging ins Deckshaus zurück. Der Mond sackte in die Wolke. Die See wurde lichtlos. Die Bö war da. Ostnordost Stärke 7 bis 8 mit Regen. Die Mondkimm in Luv glänzte durch die Regenvorhänge, hielt ihr Versprechen.

»Das ist bald vorbei«, sagte Elga. »Ich hatte Angst – nach allem –«

»Wir lassen die Baumfock stehen, bis Tag wird. Ich will jetzt weiterschlafen.«

Der Tag stieg mit Wolken auf. Die Sonne in den Wolkenlücken erlaubte ausreichende Beobachtungen für die Navigation. Etmal 125 Seemeilen. Noch etwa 100 Seemeilen bis Sombrero Island.

Wir ließen die Besegelung, wie sie stand. In langen Atemzügen kam der Wind beständig aus Ostnordost um Stärke 5, manchmal mehr, manchmal weniger, in Schauern bis Stärke 6. Lauf, KAIROS, lauf!

Sie lief.

Der siebzehnte Tag. Elga rief. Im Halbschlaf versuchte ich, Ungewöhnliches in Schiffsbewegung und Geräuschen festzustellen.

Sanft wie ein Engel sagte Elga: »Du brauchst nur zu kommen, wenn du magst. Komm' doch mal!«

Ich munterte mich mit lautem Gähnen auf und stieg aus der Koje.

Elga saß nicht auf der Ruderbank wie sonst auf einer Schönwetter-Wache. Sie stand hinter dem Ruderrad. »Blitz – alle fünf Sekunden. Voraus!«

»Sombrero Island!«

Da war er, der Blitz. Wir standen und sahen ihm zu. Oft wurde der Lichtträger vom Seegang verdeckt. Dann huschte ein gelber Kegelschein über den Horizont. Wir konnten uns nicht sattsehen daran.

»Wie ist die Peilung?« fragte ich.

»Er kam Steuerbord voraus in Sicht. Ich mußte abfallen, halte jetzt drauf zu.«

Gegen den nach West setzenden Nord-Äquatorialstrom hatte ich am Vortag einen großen Vorhaltewinkel in unseren Kompaßkurs eingerechnet. Westlich von Sombrero Island liegen die Riffe der Insel Anegada. Sie sind ein Korallengewirr, das auf der Seekarte mit zahlreichen Wrackzeichen markiert ist. Die Riffe lagen rund 40 Seemeilen von unserem Kurs entfernt. Weit ab? Wir navigierten ein Segelschiff ohne Maschine, vor Tagen aus einer lehrreichen Flaute entlassen.

Ich kroch zufrieden in meine Koje zurück.

Logbucheintragung um 08.00 Uhr:

Wind: ENE 4 – Strom: W 1 Knoten – Wetter: sonnig-wolkig, 1016 mb, 24° C – Kurs: 245° rw. – Segel: Baumfock, Groß. Leuchtturm Sombrero Island peilt 145° rw. in 4 sm.

Im ersten Tageslicht ihrer Wache hatte Elga eine Kreuzpeilung vom Leuchtturm gemacht, unseren Standort in die Seekarte eingetragen und den Kurs geändert. Bis zur Hafenbucht von Charlotte Amalie auf St. Thomas waren noch 98 Seemeilen zu segeln. Der neue Kurs führte südlich an der Kette der Virgin Islands entlang.

Ich löste Elga am Ruder ab. Sombrero Island an Backbord war ein Steinblock im Meer, eine Seemeile lang, eine halbe Seemeile breit, zwischen sieben und fünfzehn Meter hoch, trostlos. Durchs Glas waren einige Häuser unterhalb des Leuchtturms zu erkennen. Die Atlantikdünung brandete an den Uferfelsen hoch. Wie in Zeitlupe rannen die Gischtbäche ins Meer zurück.

Wache, Freiwache. An Steuerbord kamen die Umrisse der Insel Virgin Gorda in Sicht, später die dunstverhangenen Schemen der Inseln Tortola und St. John. Die den Hauptinseln vorgelagerten kleinen Felseninseln zeichneten sich als dunkle Buckel auf der See ab.

Der Wind drehte auf Ost und nahm ab. Wir vergrößerten die Segelfläche nicht. Vor Dunkelheit konnten wir Charlotte Amalie nicht erreichen. Nachts einzulaufen, verbot die Überfüllung der Yachtreede. In der Long Bay ankerten stets mehr als hundert Yachten dichtgedrängt. Es war möglich, daß wir zum Ankerplatz aufkreuzen mußten. Das wollten wir bei Tageslicht tun.

Zur Nacht nahm die Bewölkung zu. Schauer kamen angehuscht. Sie steigerten sich mit heftigen Böen und Regendunst zu unhandigem Wetter. Die Sicht wurde schlecht. KAIROS lief hohe Fart. Der Strom schob mit. Auf meiner Nachtwache konnte ich die Lichter von Charlotte Amalie erst sehr spät ausmachen. Das Feuer auf dem vorgelagerten Buck Island schien nicht zu brennen. Wir drehten unterm Großsegel bei. Langsam setzte uns der Strom westwärts. Was wir vertrieben, mußten wir bei Tageslicht aufkreuzen.

29. November 1982. Beim ersten Tagesschimmer setzte ich zum Großsegel den Klüver 2 und den Besan. Es wehte aus Ost mit Stärke 6, in langen Schauerböen bis Stärke 8. Wir brauchten Fahrt und ein manövrierfähiges Schiff.

Schlag um Schlag kreuzten wir auf, Elga am Ruder, ich an der Klüverschot. Das Leedeck war oft unter Wasser. Gischt fegte übers Schiff, Gischt trommelte gegen das Deckshaus.

Während der Schläge besprachen wir das Ankermanöver. Die schweren Arbeiten wie Segel und Anker waren mein, Ruder und Schoten Elgas Teil. Die Einfahrt zwischen den Vorgebirgen verlief von Süd nach Nord. Das bedeutete Raumwind für uns. Die Einfahrt war etwa eine halbe Seemeile breit. Sie verengte sich vor der Innenbucht. Das konnte Windabdeckung bedeuten. An der Ostseite lag ein Riff. Das bedeutete wenig Platz zum Ausweichen bei Schiffsverkehr. Die Bucht wurde von Fahrgastschiffen angelaufen.

Im Innenteil lag nach Steuerbord die Long Bay mit der Yachtreede. Nach Backbord breitete sich die Wasserfläche, die von Wasserflugzeugen benutzt wurde.

Klar zur Wende – rhe! KAIROS fegte durch die grobe See. Wasserkaskaden, Gischtwolken. Wir gewannen Luv – jetzt auf Backbordbug.

Elga am Ruder: »Ich will mit allen Segeln durch die Einfahrt. Wie immer der Wind da sein mag, was immer an Schiffsverkehr kommt oder nicht kommt, wir müssen manövrierfähig bleiben. Bei großen Schiffen dreh' ich ab und lauf' wieder raus, mach' einen neuen Anlauf. Sind wir durch die Einfahrt, segel' ich raumschots – wenn's der Wind will: kreuzend – zum Ankerplatz. Jetzt sag', wie du's beim Ankermanöver haben willst.«

Bö. Leedeck unter Wasser. Gischt. Ich betätigte für Elga die Scheibenwischer – über Hand, auf elektrische hatte ich mich beim Bau nicht eingelassen.

»Wir bestimmen den Ankerplatz nach Lage der Ankerlieger. Während du ihn anläufst, berge ich das Großsegel. Klüver und Besan bleiben für deinen Anlauf. Du gehst in den Wind. Laß sie auslaufen bis zum Ankerplatz. Ich berge den Klüver. Macht sie keine Fahrt mehr, fällt der Anker. Wir müssen auf ausreichend Platz hinterm Heck achten, um genügend Kette stecken zu können. Wassertiefe ist fünf Meter. Wenn's geht also fünfundzwanzig Meter Kette. Den Besan lassen wir stehen, hol' ihn dicht, bevor du in den Wind gehst.«

Bö. Der Regenschauer deckte die Einfahrt zu. Sie lag querab, unsichtbar hinter schüttenden, wehenden Regenmassen.

»Laß sie laufen«, sagte Elga. »Ich brauch' sowieso mehr Luv. Ich will mit Backstagswind in die Einfahrt, nicht raumschots an der Ostseite entlangschrammen. Noch ein Schlag nach Steuerbord jetzt.«

Raumschots genügt, dachte ich. Sie hatte das Ruder, sie hatte das Sagen. Ich hielt den Mund. Sie hätte es auch getan.

»Klar zur Wende!« rief Elga, als die Bö abzog.

Ich löste die Klüverschot von der Klampe. Elga wartete eine heranschäumende See ab.

»Rhe!« Elga drehte das Rad hart Steuerbord.

KAIROS kam auf. Hoch stieg der Bug über die nächste See. Segel schlugen, Schotblöcke knallten. KAIROS drehte, steckte den Bug tief ins Wellental. Gischt prasselte. KAIROS drehte weiter. Der Klüver erhielt den ersten Wind von Backbord ein, kam back und half der Drehung des Schiffes.

Elga gab Gegenruder. Ich warf die Schot los. Im Windpreß kam der Klüver über, streifte an Großmast und Wanten entlang zur anderen Seite. Als das Schothorn freikam, holte ich ihn mit der Steuerbordwinsch dicht. Die Schot ächzte.

KAIROS neigte sich, als alle Segel vollkamen. Sie nahm erhöhte Fahrt auf.

Die abziehende Bö gab den Blick in die Einfahrt frei. Die frühe Stunde brachte keinen Verkehr auf das stille Wasser. Auf den Hängen waren einige rote Dächer im Grün der Hügel zu sehen. Langsam schob sich die Kante des Ostfelsens vor den Blick.

»Klar zur Wende! – Rhe!«

Segel, Schoten, Blöcke, Gischt mischten die Geräuschkulisse.

»Jetzt geht's los!« schrie Elga. »Ich fall' ab, wenn wir durch'n Wind sind.«

Dem Ruder gemäß drehte KAIROS durch den Wind, dann weiter. Ich fierte die Schoten. Mit der nächsten Bö über die Steuerbord-Backstagen kam KAIROS auf Höchstgeschwindigkeit. Sie segelte, wie noch nie erlebt. Seegang? Sie warf ihn zur Seite. Windpreß? Sie machte Fahrt daraus. Bö? Sie lachte mit singendem Rigg. Strom? Sie segelte ihn aus. Bruch? Sie war stark. Sie segelte uns alle Reisemüdigkeit aus den Knochen.

»Etwas hart auf dem Ruder«, sagte Elga.

»Der Besan drückt. Auf See müßte er weg.«

»Wir brauchen Fahrt. Fahrt! Lieber Gott, gib uns Fahrt.«

Das östliche Vorgebirge schob sich vor die Kimm des Atlantiks. Der Wind ließ nach, griff noch einmal hinter uns her. Das westliche Vorgebirge schob sich vor die Kimm des Karibischen Meeres. Die See wurde ruhig, polterte einen letzten Gruß. Die Einfahrt nahm uns auf. Sie lag leer und ruhig, grau unter der abziehenden Böenwolke. Windrippel zeichneten huschende Spuren über das Wasser.

Ich ging aufs Vorschiff und klarierte den Anker. Ich hatte ihn gestern angeschlagen und in seine Halterung gezurrt. Seit gestern wehten die Nationale im Besantopp, Stars-and-Stripes als Gastflagge unter der Großsaling.

Im Deckshaus stand Elga angespannt am Ruder. Steuerbord kam das Westindian Dock mit vier oder fünf vertäuten Kreuzfahrtschiffen in Sicht, dann die Long Bay, die vollgestopfte Yachtreede.

Ich sah durchs Glas. »Paß auf: der blaue Schoner, versetzt hierher eine weiße Ketsch mit roter Sonnenpersenning. Wir schließen von achtern an. Wenn unser Bug zwischen den Hecks der beiden steht – du läßt KAIROS dahin auslaufen – fällt der Anker. Mit fünfundzwanzig Meter Kette liegen wir dann hoffentlich klar mit der weißen Sloop westlich dahinter. Einverstanden?« Ich hielt das Ruder für sie und gab ihr das Glas.

Sie blickte lange hindurch. »Es ist sehr eng. Aber ich seh' nichts Besseres. Ja – einverstanden.«

Fallbö von vorn. Die Segel schlugen plötzlich. Na?

Wind weg, Flaute. Mit der Fahrt, die Elga ihr gegeben hatte, plätscherte KAIROS dahin. Dann sprang eine Brise auf. Sie kam von Steuerbord querein, hielt an.

Unsere Fallwinschen standen auf Deck um den Großmast. Ich ging hin und löste das Fall. Elga klopfte wild gegen die Deckshausscheibe, zeigte auf das Fall: statt des blaugemusterten Großfalls hielt ich das grüngemusterte Klüverfall klar zum Fieren. Das war – für mich war's ein Schlag bis ins Gehirn. Beleg' das! Fast wäre das Manöver unmöglich geworden.

Ich löste nun das Großfall.

Elga steuerte auf den Ankerplatz zu, berücksichtigte den Bogen für Aufschießer und Auslauf. Ich ließ das Großsegel fallen, tuchte es schnell auf. KAIROS drehte in den Wind, den Ankerplatz zwei Schiffslängen voraus. Elga holte den Besan dicht. Ich ließ den Klüver fallen, zurrte ihn von Deck hoch an die Seereling, frei von der Ankerkette.

KAIROS schob sich an der Sloop vorbei, ließ sie zwei Meter an Steuerbord. Ein verschlafenes Gesicht schaute aus der Luke. Als unser Bug zwischen dem Heck des blauen Schoners an Backbord und dem Heck der weißen Ketsch an Steuerbord stand, ließ ich den Anker fallen. Sieben Meter Kette rasselten aus – stop. Der Anker auf dem Grund bremste unsere letzte Fahrt. Der Wind drückte das Schiff achteraus. Als die Kette pall kam, fierte ich weiter – stop. Der Anker griff, KAIROS drehte in die Kette hinein. Als fünfundzwanzig Meter gefiert waren, lagen wir etwa fünf Meter schräg vor der Sloop. Es war eng im Paradies geworden.

Ich ging aufs Achterdeck und barg den Besan.

»Mann!« sagte Elga.

»Gut, daß du's gemerkt hast.«

Ruhe rundum. Die grünen Hänge hinauf standen weiße Häuser mit roten Dächern. Darunter lag die Uferstraße mit Autoverkehr. Vor uns bis zur Marina beim Sheraton-Hotel stand der Mastenwald der Yachten. Wir waren angekommen. Es war nicht Martinique. Es war ein Hafen für die Motorreparatur.

Logbucheintragung um 08.20 Uhr:

Geankert vor Charlotte Amalie, St. Thomas Harbour, Yachtreede – 5 m Wassertiefe, 25 m Ankerkette – Schauerböen – direkter Weg 1240 sm – gesegelter Weg 1563 sm in 16 Tagen und 18 Stunden, davon beigedreht wegen Sturm oder Flaute 47 Stunden.

Der Perkins-Vertreter war ein Mann mittleren Alters in ärmellosem Hemd und Krumpelhose. Er hatte ein breites, gutmütiges Gesicht. Sein dunkles Haar klebte verschwitzt auf der Stirn. Bartstoppeln zierten seine blassen Wangen.

Ich erzählte ihm über unsere Maschine.

»Ihr seid jetzt die dritte Yacht, die mit Wasser in der Maschine eingelaufen ist.« Er lachte mit Raucherhusten. »Hartes Wetter da im Norden, was?« Er ging zu einem Bord und holte zwei Postkarten zwischen Ersatzteilen hervor. »Hier – meine Freunde Pit und Silvie schreiben von Bermuda. Da wollten sie gar nicht hin. Die wollten von Morehead City hierher. Bei Südweststurm ging der Besanmast zu Bruch. Und hier, mein alter Freund Earl, der wollte auch hierher. Wo ist er gelandet? Auch auf Bermuda! Übermüdet abgedreht bei Gegenwind und hoher See.« Er lachte, knallte die Postkarten wie Trümpfe auf den Ladentisch.

»Können Sie sich die Sache bei uns mal ansehen?« fragte Elga.

»Vielleicht nächste Woche. Zuviel zu tun. Was macht ihr Segler bloß mit euren Maschinen! Eine ist total hin. Gehört 'nem Engländer. Wasser drin, festgefressen, aus. Zehntausend muß er nu' für 'ne neue blechen. Bloß weil er das Seeventil nicht zugedreht hat. Hattet ihr euer Seeventil zugedreht?«

»Ja«, sagte ich. »Ich traue dem U-Rohr des Auspuffs nicht.«

»Auspuff?« Er lachte und hustete. »Ausp-huff-huff! Ich rede vom Seeventil, Mann! Fürs Kühlwasser!« Er zündete sich eine Zigarette an.

»Ich habe noch nie gehört, daß man das schließen muß«, sagte ich, »hab's nie in den Betriebsvorschriften gelesen, hab's nie getan.«

Ein Junge südamerikanischen Aussehens, wohl siebzehnjährig, kam von der Werkstatt in den Laden. »Bin fertig mit der Nockenwelle, Boß«, sagte er.

Der große Mann nickte. Zu uns: »Die große Perkins-Mama in England ahnt ja nicht, was für Dussels die Segler sind.« Er lachte und hustete. »Nicht persönlich gemeint das, klar! Auf See hat das Kühlwasserventil geschlossen zu sein, wenn die Maschine nicht läuft. Ich fürchte, eure Maschine ist hin.«

»Ich hab' die Maschine entwässert und bis zum Rand mit Petroleum vollgegossen.«

Er wieherte vor Lachen, verhedderte sich in seinen Husten.

»Das kann helfen, Boß«, sagte der junge Mann. An uns gewandt: »Wie lang' ist das her?«

»Zwei Wochen.«

»Boß, das wollen wir uns mal anseh'n«, sagte der junge Mann voller Interesse. »Der Engländer hat nix Petroleum reingetan. Ich hab' ja nu' ausgelernt und weiß schon was. Also, Boß, die Leute hier, die hab'n 'ne echte Chance.« Er sah den gutmütigen Mann mit großen Augen an und setzte hinzu: »Wenn Sie mich fragen.«

Der Boß nickte und inhalierte den Rauch seiner Zigarette ein. »Ach, Chico – na gut, nimm die große Gasrohrzange und fahr' raus. Stell' fest, ob die Maschine überhaupt noch dreht. Dann sehen wir weiter. Zufrieden?« fragte er uns.

»Ja, vielen Dank.«

»Fünfzig Dollar Anzahlung. Das ist reine Freundlichkeit von mir. Chico kann's ja kaum abwarten, Ihre Maschine zu zerlegen.«

Auf dem Weg zum Beiboot-Liegeplatz erzählte Chico uns seine Geschichte. Er kam aus Guayana, hatte als einziger von acht Geschwistern eine Schule besucht. Technische Vorgänge interessierten ihn brennend. Er bekam Arbeit in einer Autowerkstatt. Das Wunderland der Technik zog ihn magisch an. Er wanderte in die USA aus. Er landete in den Slums von Houston, Texas. Und auf dem bitteren Heimweg nach Guayana hatte der gutmütige Mann ihn hier an der Wasserfront aufgegriffen und in die Lehre genommen. »Mein Boß ist wunderbar«, schloß Chico seinen Bericht auf dem Marinasteg.

Als wir angelandet waren, hatten am Steg etwa zehn Beiboote gedümpelt. Jetzt, nach dem Gang zum Zoll, zur Immigrationsbehörde und zur Perkins-Werkstatt, waren aus zehn mehr als fünfzig geworden.

Chico sah unser Dingi und schauderte. Er legte die große Hebelzange auf den Steg und lief fort. Aus der Masse der Boote tauchte er am Steuer eines eleganten Flitzers auf. Er sah mein Erstaunen und sagte: »Bei wichtigen Arbeiten darf ich es benutzen. Das ist das Sonntagsboot vom Boß. Gut, was?«

Wir nahmen unsere Dingi-Plastikwanne in Schlepp. Chico brauste los. Unser Dingi hüpfte erschrocken hinterher.

An Bord im Maschinenraum sah Chico sich gründlich um. »Wunderbar«, sagte er.

»Wir können die Maschine nicht probestarten. Da ist irgendwo ein elektrischer Schaden.«

»Ich tu', was der Boß sagt. Ich stell' fest, ob die Maschine überhaupt noch dreht.« Er setzte die Hebelzange am Stutzen des Schwungrads an und begann zu wuchten. Ich half. Zu zweit wuchteten wir und brachten eine Vierteldrehung in großer Mühe zustande.

Chico strahlte. »Mann«, sagte er, »prima! Sie dreht und hat Kompression.« Er setzte sich keuchend und betrachtete nochmals den Maschinenraum. »Schön hier. Platz zum Arbeiten. Sauber.« Er sah das Seeventil fürs Kühlwasser. »Immer zudrehen auf See.« Er, der große Ingenieur, erklärte, wie beim Einsetzen des Schiffes in die See das Kühlwasser mit »ungeheuer'm Druck durchs offene Ventil in die Leitung preßt. Klar, daß es mit solch'm Druck durch die Radschaufeln der Kühlwasserpumpe gedrückt wird.« Er geriet in Begeisterung. »Na, und dann ist es durch den äußeren Kühlkreis bald hier im Auspuff, schlägt zurück durch die Ventile in die Zylinder – klar? – sickert in die

Ölwanne, schwappt hin und her, in den Auspuff zurück, hier rauf und dann – oh weh! – hier ins Aggregat.«

Der Auspuff des Aggregats führte in das Auspuffrohr der Hauptmaschine.

Chico schwieg und blickte versonnen über die stumme Maschine. »Hundertfünfzehn Pferdestärken – ach, ich kenn' die Maschinen auf den großen Motoryachten, wunderbar. Doppelmaschinen. Vielleicht kann ich mal als Maschinist auf 'ner großen Motoryacht anheuern.« Er wartete eine Antwort nicht ab. »Ich möcht' jetzt diese Maschine starten. Was is' mit der Elektrik?«

Ich erzählte ihm von meinen Versuchen.

Sein Gesicht unter dem schwarzen Wuschelhaar schien sich in Konzentration zusammenzuziehen. »Der Schaltkasten – wo?«

Wir hockten uns vor den Schaltkasten in der Kajüte. Chico öffnete ihn und prüfte Schalter und Kontakte. Er tat es zweimal. »Finde nichts«, sagte er und hockte sich zurück.

Im Schaltkasten machte es »pscht« – ganz leise. Wir sahen hin. Ein blau isoliertes Kabel mit Ringklemme hing zitternd zwei Zentimeter aus einem Kabelbündel herab, wo es vorher nicht zwei Zentimeter herabgehangen hatte.

Chico untersuchte den Draht. »Klar! Da ist der Kontaktring durchgeschmort. Der sitzt unter einer Mutter am Hauptschalter – Moment mal.« Er tastete am Hauptschalter von hinten und unten herum, schüttelte den Kopf, tastete noch einmal. »Mann, wo ist die Mutter?«

Chico suchte den Boden des Schaltkastens ab. Ich dehnte die Suche auf den Fußboden aus. Wir fanden nichts.

Chico wie ein Detektiv und in seinem holperigen Englisch: »War da überhaupt ein' drauf? Der verschmorte Ring sagt mir deutlich, daß er nich' fest aufgesessen hat. Der hat lang' geschmort, bis er jetzt mit dem Draht nach mein' Fummelei rausgesprungen is'. Mann! Die Mutter is' beim Bau der Anlage vergessen worden. Vor zwei Wochen im Seegang ist der Ring abgeglitten und jetzt rausgehopst. Sonst muß hier 'ne Mutter sein.«

Mutter vergessen: das schien mir unmöglich.

Chico, der Meisterdetektiv: »Vergessen worden! Der Ring hat jahrelang geschmort, immer 'n bißchen, bis er ganz durchgeschmort war.« Er zeigte mir den offenen Teil des Ringes.

»Also, eine neue Mutter«, schlug ich vor, »neuer Kontaktring.«
»Vier Millimeter«, sagte Chico.
Ich suchte ihm eine Mutter aus dem Reservekasten.
Er fummelte den Draht mit dem defekten Kontaktring auf den unsichtbaren Kontaktbolzen, die Mutter hinterher. »Schlüssel«, sagte er.
Ich gab ihm den passenden. »Der Ring ist beschädigt.«
Chico: »Der schmort nich' weiter, wenn er sitzt fest – so!«
Ich pumpte das Petroleum aus der Maschine, füllte neues Maschinenöl ein.
Chico zitterte vor Ungeduld. »Fertig? – Starten!«
Elga hatte unsere Tätigkeiten und Gespräche mit der übergroßen Geduld der ermüdeten, technisch wenig interessierten Bordfrau verfolgt. Jetzt nahm sie den Zündschlüssel und stieg ins Cockpit.
Chico und ich hockten uns beidseitig neben die Maschine.
»Los!« rief Chico.
Der Anlasser drehte. Die Maschine drehte. Elga hörte auf zu starten.
»Weiter!« schrie Chico voller Freude. »Dauerstart!«
Elga dauerstartete. Wruech-wruech-wruech-rubb – immer weiter. Der Mut verließ Elga schließlich.
»Weiter!« schrie Chico. »Bloß kein' Angst!« Er nahm den Luftfilter ab, preßte die Handfläche auf das Rohr. Wruech-wruech-brumm. »Weiter!« Wruech-wruech-brumm –
Arme Batterien, dachte ich, der Zögernde.
»Haben Sie Benzin?« schrie Chico, der Tüchtige. Aus dem Fläschchen träufelte er Benzin in das Luftansaugrohr. »Starten, da oben, Dauerstart!« Wruech-wruech-wruech-brumm-brumm – und so weiter.
»Ihr Aggregat okay?« Chico rieb sich die schmerzende Handfläche. Sie zeigte rot den Ring des Rohres. Die Kompression war wirklich vorzüglich. »Dann haben wir Strom bis in alle Ewigkeit. Mutter Maria, wir kriegen diese wunderbare Maschine in Gang! Starten, starten!«
Er bekam die Maschine in Gang. Ich hatte ans Entlüften gedacht, aber zehn Minuten später machte sie die ersten hustenden Umdrehungen, versiegte störrisch. »Starten!« Sie drehte zögernd. »Vollgas!«

Sie heulte auf. »Zwölfhundert Umdrehungen jetzt!« kreischte Chico. Die Maschine lief zwölfhundert Umdrehungen. Chico setzte sich glücklich zurück.

»Gut gemacht, Chico«, sagte ich.

Er nickte und lachte. »Ihre Petroleumfüllung. Sonst hätt' sie bestimmt festgesessen. Ich werd's dem Boß erzählen.« Er wischte sich die Hände in einem Lappen ab und stieg an Deck.

Elga bot ihm Kaffee und Keks an.

Er lehnte ab. Er lehnte auch ein Trinkgeld ab. Er betrachtete den Sonntagsflitzer seines Bosses, der längsseits lag. »Keine Zeit! Will los!« Er sprang mit seiner riesigen Hebelzange in das Motorboot, löste die Leinen und fuhr ab. Er brauste nicht zur Marina. Draußen auf der Bucht zog er schäumende Kreise mit dem Renner seines Bosses, full speed selbstverständlich. Dann verschwand er mit dem Boot hinter der Masse der ankernden Yachten.

»Der Junge!« sagte Elga bewundernd. »Und das Glück mit dem herausschnellenden Draht.«

»Ja. So ist es – das Glück des Tüchtigen.«

Paradies

Das dritte Kapitel ist Träumern und nachdenklichen Menschen empfohlen, die dem ehrgeizigen Treiben auf unserer Erde Ruhe und inneren Frieden vorziehen.
Es ist für jene geschrieben, die sich Träume erhalten können und damit echten Wirklichkeitssinn beweisen.

Es erzählt
vom paradiesischen Frieden mit ein wenig Arbeit – von Reiseplänen, die Schweigen auslösen; dann von Francis Drake: »Ich habe euch an die Quelle allen Reichtums geführt« – vom Segeln, wobei auch im Paradies ein Segel nicht wie Engelsflügel flattert – von einigen Inseln, dann von Francis Drake oder wie man eine Großmacht gründet – von Flaute in Sonnenschein und von Flaute unter Wolken – von einem alten Polizeioffizier, der um seine vielen Fehler weiß; von jugendlicher Dreistigkeit und großmütterlichem Zagen; von Diesel im Dingi und Neugier auf der Zunge – von Hotels, dahinter eine kleine Marina wie ein Alptraum – von einem Bungalow auf dem Hügel und KAIROS in der Bucht – von einer Einladung mit Hintergedanken und einem kostenlosen Weihnachtsgeschenk, das teuer zu stehen kommt – von einem Vorschlag geschäftlicher Art; von Champagner, Chansons und Chartergeschäft – von einem jungen Paar, das nun den Atlantik überquert hat und zu alternativen Schlußfolgerungen kommt – von leichter, dennoch schwer zu erklärender Menschenscheu; von Akademikern,

die Marktforschung im Paradies betreiben, und einigen unmaßgeblichen Gedanken darüber – vom Entschluß, der Überfüllung zu entgehen, und von einem Brief aus USA – von einer schnittigen Rennyacht mit zu kleiner Besatzung, von Regenbogenfarben in der Bugwelle – von den Inseln der Heiligen und einigen ihrer Bewohner – von einem Ehepaar mit krankheitsbewußtem Mann, von Wasserwürstchen und Freiheit, von einer erstaunlichen Hypothese über das Ende zivilisatorischer Herrlichkeit – von Säulenheiligen, Zauberlehrlingen und einer Ziegeninsel – vom Kreuzen unter der Küste auf gut getrimmter Yacht – von einer altmodischen Erkundung (für den Nautik-Sammler, der's im Herzen bewegen möge) und einem jungen Paar mit Charteridealen – von schöner Einsamkeit und häßlichem Erwachen – von einer Lagune mit Zollbewachung – von einem stattlichen Paar mit wohlgenährtem Selbstbewußtsein – von einem alten Bekannten, der in einem halbfertigen Haus sitzt und alles weiß – von der wirklichen Bedeutung des Paradieses im Allgemeinen und im Persönlichen.

Ich erwachte, lag nicht gegen das Längsschott der Koje gepreßt. Kein Seegang. Große Ruhe. Durch die Vorhänge der Kajütsfenster fiel Dämmerlicht. Die Achterkajüte mit ihrem hellen Holz, mit den breiten Kojen, die Schränke, die Bilder an den Wänden: es war so friedlich, daß es unwirklich erschien.

Regen begann aufs Deck zu klopfen. Erst fielen einzelne Tropfen, dann folgte rauschendes Trommeln. Bö – wie gut, ich konnte liegen bleiben. KAIROS ruckte sanft in die Ankerkette. Elga drehte sich schlafend in ihrer Koje auf die andere Seite und murmelte unverständlich. Ich schlief zufrieden ein.

Später irgendwann fiel ein schräger Sonnenstrahl in die Kajüte. Ich stand auf und setzte mich ins Deckshaus.

In Charlotte Amalie hatten wir Trinkwasser übernommen und zur Ergänzung der Grundbestände Konserven eingekauft. Das machte uns für Monate unabhängig – außer von frischen Lebensmitteln, die Elga als Luxuszugabe nach Bedarf und Appetit kaufte.

Außerhalb der Yachtreede hatten wir Segel gesetzt. Ostwärts 15 Seemeilen an den Inseln St. Thomas und St. John entlang waren wir aufgekreuzt. Wir hatten einen Blick in den Sir Francis Drake Channel geworfen. Der Meeresarm zwischen Tortola und den südlichen Außeninseln war ein Paradies für Charteryachten. Es gab geschütztes Wasser und Ankerbuchten nahe beieinander. Wir hatten segelnde Yachten jeder Größe und Takelungsart ausgemacht.

Dann hatten wir auf Nordwestkurs und mit Backstagsbrise die Innenbucht der Coral Bay auf St. John angesteuert. Das Ufer dort bildet vier Nebenbuchten, Hurricane Holes. Unser Anker fiel in der dritten, der nördlichen. Sie wurde vom Schwell in der Außenbucht nicht erreicht. Wir schwammen und tauchten, tauchten tief in die Ruhe, in den Frieden ein, die uns umgaben. Diese kleinen Buchten blieben weitgehend unbesucht. Es gab keine Versorgungsmöglichkeit.

Sonnenlicht fiel durch Wolkenlücken auf unsere Bucht. Sie lag still wie ein See. Die Mangroven am Ufer spiegelten sich ungebrochen im Wasser. Durch die grünen Spiegelungen hindurch waren braune und gelbe Schimmer des Korallengrundes zu erkennen. Fallböen huschten aus verschiedenen Richtungen heran, zeichneten flüchtige Muster auf die Wasserfläche.

In den Mangroven nahebei putzten sich Pelikane. Sie flogen auf, strichen zum Fang draußen über den Riffen ab. Ein weißer Reiher stelzte am Ufersaum. Stieß sein Schnabel nach Nahrung, schien er sein Spiegelbild aufspießen zu wollen. An der hinteren Schmalseite der Bucht rupfte ein wilder Esel am Ufergesträuch. Die Sonne stieg langsam höher. Mit ihrer Wärme wehte der Geruch von Erde und Blüten herüber. Ich saß und verlor mich ins Dasein.

In der Achterkajüte regte sich Elga.

»Komm' raus, Murmeltier! Es ist wundervoll.«

Sie kam und setzte sich neben mich. Schweigend genossen wir den Morgen.

»Hab' ich fest geschlafen«, sagte sie schließlich. »Du?«

»Auch.«

»Schwimmen?«

»Ja.«

»Noch zu früh für mich. Ich muß mein Frühstück haben.«

Ich sprang ins Wasser. Als ich auftauchte, waren weitere Pelikane aufgeflogen, der Reiher stand erstarrt, der Esel spitzte die Ohren. Ich schwamm drei schnelle Runden ums Schiff, kletterte an Deck und duschte mich aus einem Kanister mit Süßwasser.

In der Kajüte hatte Elga den Tisch gedeckt. Sie hatte Eier gekocht, Toast gemacht, Marmelade und Honig zur Auswahl hingestellt.

»Ich hab' deinen Arbeitszettel auf dem Kartentisch gesehen«, sagte sie, »du hast dir allerhand vorgenommen.«

»Zuerst die Bordwände. Salzrückstände abwaschen, dann Zinkchromatfarbe, dann spachteln und schleifen. Dann Grundfarbe und Weißlack. Das wird 'ne Woche dauern. Außerdem möchte ich die Bilgen von Achterpiek und Vorpiek prüfen.«

»Ich will mir eine Bluse nähen«, sagte Elga. »Das Schnittmuster hab' ich. Heute kann ich die Positionslampen entsalzen und einfetten. Wenn die Segel trocken sind, sehe ich die Nähte durch. Vielleicht muß da was nachgenäht werden.«

Während des Vormittags wurden die Fallböen heftiger. Elga konnte sich ihren Arbeiten kaum widmen. Sie nahm Vor- und Achterleine des Dingis von Deck aus wahr, um das Boot längsseits zu halten, wie ich es für die Arbeit an den Bordwänden brauchte.

Nach der Mittagsruhe setzten wir die Arbeit fort. Am Nachmittag schloß ich den Farbtopf, reinigte den Pinsel – besonders aber das Dingi und mich. Wir waren mit gelbem Zinkchromat futuristisch betröpfelt.

Elga schwamm schon ums Schiff. »He, Weihnachtsmann!« rief sie. »Bleib' festlich geschmückt, es ist Adventszeit.«

Ich sprang ins Wasser. Es erhob sich ein wildes Gequietsche. Der Reiher erstarrte. Der Esel spitzte die Ohren.

Am Abend saßen wir auf dem Achterdeck und tranken unseren Rum. Die Pelikane flogen zu ihren Schlafplätzen in den Mangroven. Über den Hügeln im Westen flammte das Abendrot hinter violetten Wolken auf. Klatschend sprang ein Fisch, brachte ziehende Kreise in die spiegelnde Wasserfläche. Baumfrösche begannen im Dickicht zu pfeifen. Zikaden stimmten ein. Schnell sank die Nacht.

Zwölf Tage vergingen in Gleichmaß. Das Wetter blieb unruhig mit Schauern. Sie unterbrachen meine Farbarbeiten. Oft mußte Elga Hilfestellung geben, wenn Fallböen am Boot zerrten.

Grün die Ufer, grün die Spiegelungen, darin die Farbschattierungen von Fels und Koralle. Die Pelikane flogen nicht mehr auf, wenn wir ins Wasser sprangen, Reiher und Esel setzten ihre Nahrungssuche fort. Eine Schule kleiner, schwarz-blauer Fische bezog Standort um die Ankerkette herum. Erst waren es vier, später zwölf und mehr. Wir versuchten, mit ihnen zu spielen. Sie schwammen nicht fort, wichen uns geschickt aus: schillernde Beweglichkeit in zierlicher Anmut.

Wir heilten die Wunden unseres Schiffes, sprachen über die Schwierigkeit beim letzten Törn. Nur eine unserer Reisen war härter gewesen, die über den Indischen Ozean. Jetzt war Martinique unser nächstes Ziel. Wir liebten die Insel. Möglich, daß es dort einen Platz für unser Bleiben gab. Die Fahrt ins Mittelmeer, wie vor Jahren geplant, gaben wir endgültig auf. Viele Segler hatten uns von Schmutz und Überfüllung erzählt.

»Statt dessen – du, warum nicht deinen alten Traum von Rio de Janeiro verwirklichen?« Ich sah Elga an. »Oder zur Yucatan-Halbinsel mit den Maya-Ruinen? Das interessiert mich.«

Elga schwieg zu meinen Vorschlägen. Warum?

Wir saßen im Gras auf dem Hügel nördlich unserer kleinen Bucht. Eine Palme gab Schatten. Unter uns lag die Meerenge, die nach Norden von der Insel Tortola begrenzt wird. In der Nachmittagssonne glühten die Inselhänge braun, grün, rot und blau durch den Dunst, der über dem Wasser lag. Die Ufer wurden von zarten Brandungsrändern gezeichnet. Weit im Osten hob sich die hellblaue Silhouette von Virgin Gorda. Die südlichen Inseln bildeten ein Gewirr von braunschwarzen und gelben Formen, die sich grenzenlos zwischen Himmel und Meer verloren.

»Warum heißt dieser Meeresarm nach Sir Francis Drake? Hat er hier spanische Siedlungen gebrandschatzt?« fragte Elga.

»Nein. Drake hielt sich in diesen Gewässern während seines letzten Unternehmens gegen die Spanier auf. Er verschwendete kostbare Zeit. Die Spanier waren vorbereitet, als er mit seiner Flotte vor Puerto Rico erschien. Sie wiesen seinen Angriff ab. Das war 1595. Drake starb am Fieber vor der mittelamerikanischen Küste. Er war ein Haudegen, ein unverwüstlicher Wirklichkeitsmensch, für Spanien ein Schrecken – El Dragón, der Drache. Für England wurde er zum Seehelden – Sir Francis Drake. Darum dieser Name für ein Gewässer in den British Virgin Islands.«

»Und Walter Raleigh?«

»Ein Zeitgenosse Drakes – nicht weniger tapfer. Das waren sie alle zu jener Zeit. Raleigh war ein Träumer, ein Dichter. Er sah Kolonien, wo es noch keine gab; träumte von einem Weltreich, dessen Grenzen noch im Nichts lagen. Raleigh starb angefeindet und verraten unterm Beil. Er wußte, daß seine Zeit vorbei war – für ihn, nicht für seine Vision.«

Wir trennten uns von dem Bild unter uns, kletterten zur Straße hinab. Sie führte zur Bucht, wo KAIROS sich im Wasser spiegelte.

Am Abend saßen wir nach dem Essen auf dem Achterschiff. Zur schönsten Stunde in den Tropen, wenn die Luft Kühlung bringt und die Erde duftet, zauberte der Himmel rote Farbtönungen in die grünen Uferspiegelungen. Elga las. Ich dachte an Drake.

Vielleicht haben Schiffe seiner Flotte hier vor Anker gelegen? Diese Schiffe mit den hohen Vor- und Achterkastellen für den Kampf von Bord zu Bord, die von den Engländern desto niedriger gebaut wurden, je weiter ihre Schiffskanonen reichten.

Wie das Leben Walter Raleighs wird auch Drakes Leben von seiner jungfräulichen Königin bestimmt. Sie, Elizabeth die Erste, führt einen zögernden Kampf gegen das übermächtige Spanien. Sie braucht diese Männer, Seemann und Soldat, Pirat und Händler in einem. Sie hebt sie zu Ehren oder läßt sie fallen, wenn es die politische Lage erfordert. Sie schickt sie zu Abenteuern aus oder hält sie am Thron zur persönlichen Verfügung.

Drake stammt aus ärmlicher, protestantischer Familie. Die Familie wird in den Wirren des katholischen Aufstandes von 1549 aus Devon vertrieben. Im Osten Englands findet Drakes Vater eine Versorgungsmöglichkeit. Er wird Prediger auf der königlichen Werft in Chatham am Medway, einem Nebenfluß der Themse. Damit ist der Lebensweg des zehnjährigen Francis vorgezeichnet: sein Haß auf die Papisten, sein fanatischer protestantischer Glaube, seine Verbindung zur Seefahrt.

Der junge Drake wird Gehilfe eines Lotsen. Er ist wißbegierig, fleißig, ehrgeizig. Er lernt die Seefahrt in Härte und hält durch. Als der alte Lotse stirbt, vermacht er Drake den Lotsenkutter. Drake ist noch nicht zwanzig Jahre alt.

Es hält ihn nicht in den Küstengewässern der Downs und der Themse. Er hört, daß John Hawkins in Plymouth Schiffe zur Fahrt nach Westafrika und den karibischen Inseln ausrüstet. Die Familie Hawkins – durch Seefahrt und Handel zu Reichtum gekommen – ist mit den Drakes verwandt. John Hawkins nimmt Drake auf einem seiner Schiffe in Dienst.

Die Handelsschiffahrt jener Zeit fährt bewaffnet. Sie muß eigene Handelsinteressen gegen die Seefahrer anderer Nationen durchsetzen. Portugal hat allen Handel, einschließlich den mit Sklaven an der westafrikanischen Küste, zum Monopol erklärt. Spanien beansprucht das gleiche Recht für seine karibischen und amerikanischen Besitzungen. Diese Ansprüche sind willkürlich gesetzt. Sie werden von den Seefahrern anderer Nationen willkürlich verletzt. So kommt es oft zu bewaffneten Auseinandersetzungen. Die Regierungen in Europa fördern oder untersagen, dulden oder verdammen solche Handlungen. Der Vorteil zählt.

Die erste Reise führt den jungen Drake zunächst an die westafrikanische Küste. Hawkins kauft Sklaven von schwarzen Häuptlingen. Die Sklaven werden zum Karibischen Meer gefrachtet. Die Käufer sind spanische Siedler. Sie begrüßen den Nachschub an Arbeitskraft, fragen nicht nach der Flagge des Händlers. Einige spanische Statthalter versuchen, den Handel der Fremden zu unterbinden. Dann werden Hawkins' Schiffskanonen ein überzeugendes Verkaufsargument.

Auf der zweiten Reise ernennt Hawkins Drake zum Kapitän der JUDITH. Es ist das kleinste Schiff der Flotte. Auf dem Rückweg aus dem Karibischen Meer werden Hawkins' Schiffe vom Sturm westwärts in die Campeche Bay verschlagen. Die Schiffe suchen Schutz im spanischen Hafen San Juan de Ulua in der Nähe des heutigen Veracruz. Noch bevor die erforderlichen Instandsetzungsarbeiten beendet sind, läuft eine spanische Flotte den Hafen an. Zwischen England und Spanien herrscht kein Kriegszustand. Trotzdem wird geschossen. Für Spanier sind fremde Händler Schmuggler oder Piraten.

Auf der Insel, die den Hafen abschließt, erobern die Spanier die von den Engländern in Stellung gebrachten Geschütze. Mit ihnen unterstützen sie ihre Schiffsartillerie. Hawkins' Flaggschiff wird zusammengeschossen. Mit Mühe rettet er sich auf ein anderes Schiff. Ein Teil der englischen Schiffe wird versenkt. Drake mit seiner JUDITH läuft aus. Im Bericht, den Hawkins in England schreibt, heißt es: »Wir entkamen also nur mit der MINION und der JUDITH, einer

Bark von 50 Tonnen. In selbiger Nacht verließ sie uns in unserem großen Elend.«

Drake ist kein Feigling. Ihm wird von Hawkins wegen seines Verhaltens öffentlich kein Vorwurf gemacht. Doch Drake hält es für gut, möglichen Fragen aus dem Wege zu gehen.

So ist über seine nächsten Reisen wenig bekannt. Er treibt Handel wie üblich in seiner Zeit: als Freibeuter. Dabei erkundet er die spanischen Küsten und Häfen im Karibischen Meer. Er nimmt Fühlung mit den Cimarrones auf. Dies sind den Spaniern entsprungene Negersklaven. Sie hausen in den Wäldern Mittelamerikas, sind erbitterte Feinde der Spanier.

Auch Drake ist es. Die Schande von San Juan de Ulua wird er nie vergessen. Er will Rache, »will dem spanischen König Philipp den Bart versengeln«, wie er gesagt haben soll.

Im Frühjahr 1572 ist Drake bereit, einen ersten Schlag zu führen. Er rüstet zwei Schiffe aus. Die PASCHA von 70 Tonnen (englische Vermessung, nicht metrische Tonnen) ist sein Flaggschiff. Die SWAN von 25 Tonnen befehligt sein Bruder John. Dreiundsiebzig Mann, alles Freiwillige, bemannen die Schiffe. Sie laufen im Mai von Plymouth aus. An Bord wird der Gottesdienst gehalten. Drake liebt es, in eigener Person zu predigen: Gottes Segen der Königin, Gottes Wohlwollen unserer Beute. Und wie ein Gotteszeichen wehen günstige Winde die Schiffe über den Atlantik ins Karibische Meer.

Spanien finanziert seine europäischen Kriege aus südamerikanischem Reichtum. Von Häfen in Peru und Chile bringen Schiffe Silber, Edelsteine und Gold nach Panama. Von dort tragen Maultierkarawanen die Schätze über die panamesische Landenge nach Nombre de Dios an der karibischen Küste. Das geschieht einmal oder zweimal im Jahr. Dann läuft die spanische Schatzflotte Nombre de Dios zur Verladung an. Im Konvoi und schwer bewaffnet bringen die Schiffe Silber- und Goldbarren, Juwelen kistenweise nach Spanien.

Östlich von Nombre de Dios ankert Drake mit seinen Schiffen in einer geschützten Bucht. Er läßt ein kleines Fort bauen. Die Schiffszimmerleute setzen drei Pinassen zusammen, die in Teilen mitgeführt worden sind. Lagerhäuser werden errichtet und getarnt. Verpflegung und Ausrüstung werden in ihnen gelagert.

Die Wachtposten sichten ein Schiff. Es handelt sich um ein englisches Schiff unter Captain Rance. Wasser und Verpflegung sind an Bord knapp geworden. Drake hilft dem Landsmann. Rance entschließt sich, an Drakes Überfall teilzunehmen.

Im Juli segelt Drake mit seinen beiden Schiffen westwärts bis zur Insel Pinos. Rance folgt. Im Lee der Insel liegen zwei spanische Schiffe, die Holz laden. Sie werden gekapert. Ein gefangener Neger berichtet über den Aufenthalt der Cimarrones. Aber Drake will den Überfall ohne die Hilfe der Cimarrones durchführen. Er läßt die drei Schiffe unter dem Kommando von Rance hinter der Insel Pinos vor Anker. Seine drei Pinassen und das Langboot von Rance bemannt er mit siebzig Mann. Er segelt an der Küste entlang. Auf einer kleinen Insel ein paar Meilen vor Nombre de Dios läßt er Waffen ausgeben. Er bespricht sich mit seinen Offizieren.

Ohne Nachschub 4500 Seemeilen von England entfernt, mit einem Haufen von siebzig Männern in vier offenen Booten setzt dieser Mann zum Angriff auf die Hauptschlagader einer Großmacht an. Sein kleines Land hat Spanien nicht einmal Krieg erklärt. Drake drückt das so aus: »Ich habe euch an die Quelle allen Reichtums, an den Ursprung allen Ruhms geführt. Wer jetzt kneift, kann keinem außer sich selbst einen Vorwurf machen. Also los!«

Der Überfall auf die Stadt beginnt um drei Uhr nachts. Im Schutz der Dunkelheit führt Drake seine Boote in die Hafenbucht. Ein spanisches Schiff vor Anker entdeckt die Pinassen. Es wird ein Boot zu Wasser gelassen. Drake drängt es ab. Die Spanier im Boot rudern an Land und warnen die Stadt.

Drakes Pinassen knirschen auf den Ufersand. Die herausspringenden Männer finden in einer unbemannten Artilleriestellung einen schlafenden Posten. Der Soldat entkommt. Auch er warnt die Einwohner. Sturmglocken beginnen zu läuten.

Drakes Männer demontieren die spanischen Kanonen. Zeit geht verloren. Drake läßt zwölf Männer bei den Booten am Strand. Seinen Bruder John schickt er mit der Hälfte der Streitmacht auf den Hügel über der Stadt. Gibt es dort Geschützstellungen? Zeit geht verloren. Die Sturmglocken dröhnen. Endlich kommt John zurück: keine Kanonen da oben.

John soll jetzt mit seinen Soldaten von der anderen Seite in die Stadt eindringen. Drake mit seiner Hälfte marschiert zum Marktplatz.

Dort stehen Soldaten und bewaffnete Bürger kampfbereit. Fackeln brennen. Die Spanier eröffnen das Feuer. In die dumpfen Schläge der Hakenbüchsen mischt sich das Geknatter der Musketen. Drake wird am Bein getroffen. Die Engländer erwidern das Feuer und stürmen vor. Die Spanier wehren sich hartnäckig. John, der mit seinen Männern im Rücken der Spanier erscheint, gibt den Ausschlag. Die Spanier weichen. Drake läßt den Marktplatz abriegeln.

Sein Bein blutet heftig. Er hält seine Männer vom Plündern zurück. Er humpelt zum Lagerhaus, in dem die Gold- und Silberbarren lagern sollen. Es ist verschlossen. »Fackeln her! Bringt endlich diese verdammten Papisten-Glocken zum Schweigen!«

Noch während die Engländer versuchen, das Tor des Lagerhauses aufzubrechen, kommt ein Melder von den Booten am Strand. Spanische Soldaten rücken dort vor. Drake schickt John mit der halben Truppe zur Verstärkung.

Das Tor des Lagerhauses widersteht noch, als eine heftige Gewitterbö niedergeht. Das Licht der Fackeln erlischt. Pulver und Lunten werden unbrauchbar. Drake sammelt seine Männer in der Dunkelheit vor dem Lagerhaus. Die Schießerei bei den Booten ersäuft in Regenströmen.

Drake hat Mühe, seine Männer zusammenzuhalten. Sie sind beutegierig und wollen plündern. Drake redet auf sie ein. Durch den Blutverlust geschwächt, bricht er zusammen. Er weigert sich, den Platz zu verlassen. Mit Gewalt schaffen die Männer ihn zu den Booten. Sie verehren Drake, gewiß – aber noch mehr sind sie besorgt, daß sein Tod ihre Heimkehr fraglich macht. Wer soll navigieren?

Nach einem kurzen Aufenthalt auf der kleinen Insel, wo die Verwundeten versorgt werden, gibt Drake Befehl zum Rückzug. Er segelt in die geschützte Bucht mit dem kleinen Fort. Rance verläßt Drake, »weil nun alles verraten und verloren ist.«

Nicht für Drake.

Wir saßen auf dem Achterdeck bei unserem Rum. Der Sonnenuntergang glühte. Die Abendstunde brachte kühle Ruhe und farbige Schönheit.

»Morgen also«, sagte ich. »Wollen wir durchlaufen bis Martinique?«

Der Wetterbericht hatte eine Kaltfront im Norden gemeldet, die nordöstlich abziehen sollte.

»Durchlaufen, ja«, antwortete Elga. »Wir haben Mitte Dezember. Ich will Weihnachtseinkäufe in Fort de France machen.«

»Es sind 340 Seemeilen von hier, zwei Tage und etwas, wenn der Wind mitspielt.«

In der Morgendämmerung des nächsten Tages setzten wir Segel. Es wehte aus Ostnordost Stärke 4. Wie graue Watteflocken am hellen Himmel zogen Passatwolken, färbten sich zum Sonnenaufgang rotgelb. Wolkenbänke hingen im Osten.

Vollzeug, Kurs 114 Grad rechtweisend, voll und bei: KAIROS setzte rauschend in die Dünung. Elga stellte die Maschine ab. Ich schloß das Auspuff-Seeventil in der Achterpiek, auch das Kühlwasser-Seeventil im Maschinenraum. Die Sombrero-Passage zwischen den Virgin Islands und der Insel Anguilla konnte grobe See bringen.

Elga schob die Sperrklinke über den Gashebel. »Bevor wir sie lösen, müssen wir nun zwei Ventile öffnen.«

»Um das gedanklich zu verarbeiten, will ich mich nochmal in die Koje hauen.« Ich tat's mit dem Gefühl, in den Urlaub zu segeln.

Als ich wieder ins Cockpit kam, lagen die Virgin Islands achteraus unter schweren Wolken. Grau, Blau, Gelb verwischten sich in Licht und Schatten. Scharf dunkelblau grenzte die See das Farbspiel nach unten ab. Die Wolken, die im Osten den Sonnenaufgang verdeckt hatten, waren höher gestiegen. Im Westen standen hohe Schleierwolken.

Der Wetterbericht meldete, daß die Kaltfront sich nach Südost ausdehnte – statt nach Nordost abzuziehen. Es wurde Windwarnung gegeben.

Ich löste Elga am Ruder ab. KAIROS lag gut. Die Segel steuerten ohne Ruderhilfe. 6 Knoten Fahrt.

Zu Mittag war der Himmel zugezogen, der Insel-Wolken-Traum achteraus verschwunden. Zum Abend nahm ich die Baumfock weg. Klüver 2, Großsegel und Besan genügten bei zunehmendem Wind.

Eine erste Regenbö mit Stärke 7 aus Ostnordost sauste im Rigg und prasselte auf Deck. Elga hatte am Ankerplatz vorgekocht. Sie wärmte das Essen, tat frische Zutaten hinein. Nach der Backschaft legte sie sich schlafen.

Farblos fiel die Dämmerung. Unter hohen Schichtwolken zogen Schauer heran. Der Seegang von Ost aus dem Atlantik wurde grob.

Um Mitternacht ging in der Kajüte das Licht an. Elgas Gesicht erschien im Niedergang. »Du kannst es wohl nicht lassen, mit höheren Windstärken herumzuspielen – ganz schön versnobt.« Sie trank Kaffee schlückchenweise aus ihrem Becher, zog sich an und übernahm das Ruder. Wie immer verstaute sie dabei ihre Plastikflasche mit Saft, ihren Kasten mit Keks, ihre Hautcreme und anderen Krimskrams sorgfältig im Lee der Ruderbank.

»Wenn du dein Umzugsgut nun sicher eingeräumt hast«, sagte ich, »möchte ich dir erklären. Steuerbord voraus kommt manchmal ein erstes Licht von Saba durch. Hier an Backbord, etwa 100 Grad am Kompaß – das muß der Lichtschein von St. Martin sein, Philipsburg. Ich prüf' das gleich auf der Karte. Da war vorher auch der Schein eines Kreuzfahrtschiffes in voller Lichterpracht – ist südwärts abgezogen. Gute Wache!«

Unten am Kartentisch machte ich die Logbucheintragung, prüfte die Peilung des Philipsburg-Lichtscheins, bestätigte ihn an Elga, legte mich auf die Koje und wurde von Elgas Ruf geweckt. Ich hatte vier Stunden geschlafen.

»Der Wind hat nachgelassen«, rief Elga. »Die Böen auch. Saba liegt schon achteraus. Querab an Steuerbord kannst du die Umrisse des Vulkans auf St. Eustatius im Lichtschein der Stadt dahinter erkennen. Und Steuerbord voraus kommt der Schein von Basseterre auf St. Christopher übern Berg. Es ist alles noch da wie in alten Tagen.«

Als sich meine Augen an die Dunkelheit gewöhnt hatten, übernahm ich die Wache. Elga stieg den Niedergang hinunter. Sie trug ihr Umzugsgut säuberlich im Arm.

Ich versuchte, den Abstand zu den beiden Inseln in Lee abzuschätzen. Sie schienen mir sehr nah. Vor Leeküsten fühlte ich mich stets unwohl. In der Nordsee vor Jahrzehnten waren wir mit der Sloop KAIROS nördlich Thyborön gestrandet. Vorher hatten wir auf Legerwall gelegen, stundenlang versucht, uns freizusegeln, umsonst. Der

Grund unserer Strandung war – persönlich: daß wir, von schlechtem Wetter zu sehr beeindruckt, den Hafen gewinnen wollten; durch nicht eingehaltene Bordroutine übermüdet waren, die Hafeneinfahrt verfehlten (wir waren jung und unerfahren) – allgemein: daß eine Strömung küstenwärts setzte, die im Handbuch nicht genannt wurde, dänische Fischer erzählten uns das. Die stählerne Sloop überstand mit ein paar Beulen, die ausgehämmert wurden. Das ging bei meiner unstählernen Seele nicht.

Aber nun ließen Wind und Böen nach, wie Elga es –

Eine Bö setzte ein. Mit reißendem Knall, dann mit schlagendem Knattern erhob sich Getöse vorn oben. Ich sprang zur Deckshausluke. Wie das Nachthemd eines Gespenstes außer Dienst flatterte der Klüver 2 nach Lee. Einzelheiten waren nicht zu erkennen.

Im Cockpit stand Elga schon am Ruder, ganz hilfreiche Eva. »Mach's langsam da vorn. Wenn's so schlimm ist, wie's sich anhört, ist das Segel sowieso hin.«

Ich barg das schlagende Fetzensegel. Beim Festzurren an der Seereling stellte ich fest, daß vier oder mehr Tuchbahnen aufgerissen, der Stoff zerfleddert worden war. Ich setzte die Baumfock.

Es war die letzte Bö. Während meiner Wache fiel der Wind auf Ostnordost 5. Sterne kamen durch die Wolken. Ich setzte mich in die Ecke der Ruderbank zurück. Ohne Klüver steuerten die Segel nicht zuverlässig. Die Baumfock war zu klein. Ich mußte Ruderberichtigungen geben. Aber KAIROS lag weich auf dem Ruder. Es war eine Freude, sie zu steuern. Nie habe ich verstehen können, daß andere Segler sich vor dem Rudergehen scheuten: stur, langweilig nannten sie es. Sie mußten schlecht getrimmte Schiffe haben. Oder fehlte es ihnen an der Übung, sich mit ihren Gedanken die Zeit zu erfüllen?

Mit Sonnenaufgang drehte der Wind auf Nordost, Stärke 4 bis 5. Der Himmel wurde wolkenlos. Wie eine Lichtkuppel umschloß er das Bild der Inseln. KAIROS glitt dahin.

Ich wollte den Klüver 1 setzen. Wir unterließen es. Warum den Traum, der uns umgab, mit Arbeit zerstören?

Steuerbord weit achteraus war der Kegel von Saba schwach in blauem Dunst zu erkennen. Davor lag St. Eustatius mit seinem gezackten Vulkankegel am Südufer. Die Schründe und Falten zeigten tiefe Schatten und lichtübergossene Grate im Dunst.

Steuerbord querab hoben sich die weitgestreckten grünen Hänge von St. Christopher. Über dem Gipfel von Mount Misery – Elendsberg – bildeten sich Wolken in aufsteigender Inselwärme. Im 17. Jahrhundert waren die Hoffnungen früher französischer und englischer Siedler auf jenen Hängen zunichte geworden.

Steuerbord voraus standen die Kratergipfel von Nevis wolkenverhüllt. Ihre gleichmäßigen Bergflanken fielen in sonnendurchschienenen Dunst. An der Nordwestküste der Insel hatten im 18. Jahrhundert die Fregatten Nelsons geankert, um Trinkwasser zu übernehmen. In English Harbour auf Antigua herrschte nach Trockenzeiten Wassermangel – wie heute noch.

Backbord voraus hing Dunst weiß im Licht. Dort lag Antigua. Die Insel war nicht sichtbar. Aber nach oben hin verdichtete sich der Dunst zu Wolkengebilden. Die frühen Seefahrer wußten solche Zeichen zu deuten.

»Laß mich mal ans Ruder«, sagte Elga. Sie legte ihr Nähzeug zur Seite. »Nach all der wüsten Fahrerei in den letzten Wochen weiß ich gar nicht mehr, wie es sich bei sanftem Wetter steuert.«

Ich legte mich auf die Sitzbank in Lee, und blickte in den blauen Himmel –

Nach der Niederlage in Nombre de Dios ist Drake nicht bereit, seinen Plan aufzugeben. In seiner geschützten Bucht läßt er sein zweites Schiff, die SWAN, versenken. Die frei werdenden Wachmannschaften sollen seine Streitmacht verstärken. Er überredet den Zimmermann der SWAN, gegen hohe Belohnung das Schiff heimlich anzubohren. Das geschieht. Am nächsten Morgen ist es zu spät, die SWAN zu retten. Sie sinkt, Ursache unbekannt. Drake hat Männer für die Kampftruppe frei. Es fällt ihm nicht schwer, die verunsicherten Seeleute seinem Befehl zu beugen.

Drake nimmt nun Verbindung mit den Cimarrones auf. Im September 1572 findet ein Treffen mit ihnen statt. Sie sind bereit, mit den

Engländern gemeinsame Sache zu machen. Gold lehnen sie ab. Sie kämpfen aus Haß. Erbeutete Waffen, Ausrüstung und Eisenteile zum Schmieden nehmen sie als Sold. Die spanische Atlantikflotte wird im Februar vor Nombre de Dios zu erwarten sein. Es wird beschlossen, nicht Nombre de Dios zu überfallen. Der Schlag soll auf der südlichen Seite der Landenge gegen die spanischen Maultierkarawanen geführt werden, wenn sie Panama verlassen.

Während der folgenden fünf Monate durchstreifen die Cimarrones die Landenge. Sie bereiten Pfade und Unterkünfte vor. Jede Bewegung spanischer Truppen wird beobachtet.

Drake muß seine Männer beschäftigen. Er verläßt seine schützende Bucht, um spanische Schiffe vor Cartagena zu kapern. Drake kann nur ein Interesse haben: seine fortgesetzte Anwesenheit geheimzuhalten. Aber die Gier nach Beute ist grenzenlos. Wie heulende Teufel entern seine Männer die feindlichen Decks.

Drake behandelt die Gefangenen menschlich und ehrenhaft. Er hält sie nur so lange, wie es für seine Pläne notwendig ist. Läßt er sie frei, beschenkt er sie reich. Das erstaunt die Spanier. Neben ihrem Haß nimmt ihre Bewunderung zu. Drakes fragwürdiger Ruf erhält den Glanz kriegerischen Ruhms, wie ihn die damalige Zeit verstand.

Im Januar 1573 melden die Cimarrones – die erste englische Kolonialtruppe, wenn man will – das Einlaufen der Transportflotte in Nombre de Dios. Die Transporte von Gold, Silber und Edelsteinen über die Landenge beginnen.

Die Versenkung der SWAN hat Drakes Schlagkraft nicht erhöht. Die Engländer leiden und sterben an tropischen Krankheiten. Drake bricht mit achtzehn Männern auf. Dreißig Cimarrones begleiten ihn. Sie führen die Engländer auf vorbereiteten Pfaden. Sie jagen Wild.

Drake klettert auf einen hohen Baum. Wie Nuñez de Balboa sechzig Jahre zuvor sieht er das Meer im Süden, die sagenhafte Südsee. Er betet ergriffen. Er schwört, dieses Meer mit einem englischen Schiff zu befahren: Gott zum Ruhme, seiner Königin zur Ehre, ihm selbst zum Nutzen und den Spaniern zum Schaden. Er wird seinen Schwur einlösen.

Mitte Februar lagern die Engländer in Sicht der Stadt Panama. Ein Cimarrón wird als Späher in die Stadt geschickt. Er berichtet, daß für den nächsten Abend drei Maultierkarawanen zu erwarten sind. Doch nur die erste trägt Beute: acht Maultiere mit Gold, eines mit Edelsteinen beladen. Die beiden anderen Maultierzüge transportieren Lebensmittel und nur wenig Silber.

Drake legt seinen Haufen am Saumpfad rechtzeitig in den Hinterhalt. Das hohe Gras verbirgt die Männer. Sie tragen weiße Hemden über dem Harnisch. In der Nacht sollen sie einander kenntlich sein.

Der erste Maultierzug nähert sich. Vor einem Reiter der spanischen Vorhut springt ein Engländer auf. Für was immer der Spanier den nächtlichen Hemdenmatz gehalten haben mag – Heiliger Geist, Gespenst oder Feind – er reißt das Pferd herum und warnt die Maultiertreiber. Nur die beiden weniger wertvollen Karawanen werden weitergeführt. Über diese fallen die Engländer her. Sie machen die eskortierenden Soldaten zu Gefangenen und erbeuten nicht mehr als zwei Traglasten mit Silberbarren.

Drake zieht sich zurück. Er durchbricht einen Sperrgürtel spanischer Soldaten und bewaffneter Mönche. Niedergeschlagen marschiert der Haufen zur Nordküste zurück. Der zweite Mißerfolg. Drake hat Schwierigkeiten, seine Männer bei Gehorsam zu halten.

Er gibt nicht auf. Der Ort eines erneuten Überfalls wird nahe Nombre de Dios festgelegt. Ein französisches Freibeuterschiff nimmt Verbindung mit Drake auf. Der Kapitän bietet seine Hilfe an. Drake ist einverstanden: Halbpart.

Drake mit fünfzehn Mann und dreißig Cimarrones, der französische Freibeuter mit zwanzig Mann segeln in offenen Booten zu einer Flußmündung. Von dort wird der Marsch zum Saumpfad angetreten. Die Bootsruderer sollen nach vier Tagen zurückkommen, um die Streitmacht mit der Beute abzuholen.

Nach einer Ruhenacht legt Drake seinen Hinterhalt. Die Cimarrones melden die Annäherung von drei Karawanen hintereinander. Drake hat gelernt. Er läßt abgeteilte Männer jeweils das Leittier und das letzte Tier einer Karawane ergreifen. Die Tiere dazwischen halten zwangsläufig an. Sie sind abgerichtet, sich dabei zur Entladung niederzulegen. Nach kurzer Schießerei überwältigen Drakes Männer die Bewacher. Der französische Freibeuterkapitän erhält einen Bauchschuß.

Dreißig Tonnen Silber, einige Traglasten Gold und Edelsteine sind erbeutet. In Eile werden die Tiere von ihrer Last befreit. Es ist unmöglich, den ganzen Schatz durch den Dschungel zu den Booten zu tragen. Die Hälfte läßt Drake vergraben. Die Cimarrones sorgen für zusätzliche Träger.

Drake beginnt den Rückweg. Außer einer kampffähigen Nachhut ist jeder Mann aufs schwerste beladen. Der französische Kapitän ist nicht transportfähig. Er bleibt mit zwei Freiwilligen zurück. Er hofft, zu Kräften zu kommen. Fällt er lebend in die Hände der Spanier, wird er als Pirat gehenkt.

Gebeugt unter der übermäßigen Last kommt ein Mann vom Weg ab. Er fällt den nachfolgenden Spaniern in die Hände, wird gefoltert, gibt den Platz des vergrabenen Schatzes und den Treffpunkt mit den Booten preis.

Als Drake mit den beladenen Männern zum Treffpunkt kommt, erwarten ihn spanische Boote. Er kann sie sich mit Musketenfeuer vom Leibe halten. Aber der Rückweg zum Schiff ist abgeschnitten. Drake läßt sofort ein Floß zusammenfügen. Er schwört, die Zurückbleibenden und ihre Lasten zu holen: koste es, was es wolle. Mit einigen freiwilligen Paddlern stößt Drake das Floß ab und verschwindet in fallender Dunkelheit.

Er umfährt die spanischen Boote. Mit dem Glück des Tüchtigen findet er Stunden später seine eigenen, die nicht zu landen gewagt haben. Wiederum gelingt es ihm, die spanischen Boote zu meiden. Die Nacht ist dunkel. Er findet die Zurückgebliebenen. Die Beute wird verladen und zur PASCHA gebracht.

Das Unternehmen kann als abgeschlossen gelten. Nicht für Drake. Er will den vergrabenen Teil des Schatzes holen. Seine Männer lassen ihn nicht gehen – ihn, der sie mit reicher Beute nach England bringen soll. Drake schickt einige zuverlässige Männer seiner zusammengeschrumpften Mannschaft mit den Cimarrones als Trägern.

Am Landeplatz finden sie einen der Begleiter des verwundeten französischen Freibeuters. Er berichtet, daß die Spanier ihn, seinen verwundeten Kapitän und den anderen Begleiter gefangen haben; daß es ihm gelungen sei, der Folter und dem Henker zu entkommen. Er berichtet weiter, daß die Spanier mit zweitausend Negersklaven den Schatz gesucht, gefunden und ausgegraben haben.

Die Beute ist verloren. Aber die Männer gehorchen Drakes Befehl.

Sie erreichen den Platz. Er ist in einer Meile Umkreis aufgewühlt worden. Sie werfen sich auf die regenfeuchte Dschungelerde und scharren mit den Händen: wo ist die Beute, wo? Sie finden noch dreizehn Barren Silber und ein wenig Gold. Werden so Großmächte geschaffen – ein paar erschöpfte, verzweifelte Männer goldgierig im Schlamm?

Drake gibt den französischen Teilnehmern den Anteil ihrer Beute. Dann setzt er Segel. Vor Cartagena hat sich die spanische Schatzflotte gesammelt. Drake läßt auf der PASCHA alle Flaggen setzen, am Großmast das Georgs-Banner. Über alle Toppen geflaggt, paradiert er vor der spanischen Flotte außerhalb Kanonenschußweite: ich, Francis Drake, gottesfürchtig im protestantischen Glauben, treu ergebener Diener meiner Königin, Gott möge sie schützen, tapferer und ausdauernder als alle meine Feinde, ich pfeife auf eure Macht und werde eurem gotteslästerlichen Papisten-König noch oft das Barthaar sengeln. So schafft man Großmächte. Drake läßt die Trommeln rühren und Trompeten schmettern.

Er gibt immer noch nicht auf. Als ihm vor der Mündung des Rio Magdalena eine spanische Fregatte vor den Bug läuft, sucht er das Gefecht. Er kapert das Schiff, entläßt die spanische Besatzung in den Booten. Mit einer Prisenbesatzung – für die er kaum die Mindestzahl aufbringen kann – läßt er das Schiff in seine Bucht segeln und umrüsten.

Er entlohnt die Cimarrones großzügig nach ihren Wünschen. Was er nicht mit auf den Heimweg nach England nehmen kann, läßt er verbrennen und zerstören –

– verbrennen und zerstören, es ist heute nicht anders. Ich starrte in den blauen Himmel, wo die Bilder langsam zerrannen.

Vor dem blauen Himmel kam am Nachmittag Steuerbord voraus die Insel Montserrat in Sicht. Sie stand wie eine Ahnung von Berg im dunstig verhangenen Licht der späten Sonne. Nach glühenden Dämmerungsfarben folgte eine klare Nacht. Fast versiegte der Wind.

Langsam zog KAIROS durch die Dünung des ruhigen Wassers. Sterne spiegelten sich darin. Im Kielwasser funkelte Meeresleuchten. Seine Spuren quirlten in die Spiegelungen der Sternbilder hinein. Hin und wieder schlug ein Segel oder ein Schotblock quietschte.

Sonst war es vollkommen still im Zauber der Tropennacht.

Das Wetter blieb unverändert. Strahlend ging die Sonne auf. Backbord voraus kam Guadeloupe in Sicht. Die Berge waren von Wolken verhangen, aber hier und dort drang ein Sonnenstrahl hindurch und ließ die grünen Hangebenen aufleuchten. Sie führten langgestreckt zum Meer hinab, wo sie in steilen Kliffs brandungsumwaschen abfielen. Der blaue Rauch von Feldfeuern stieg an verschiedenen Stellen auf. Senkrecht hob er sich im Windschatten, bis er im oberen Teil ausgeweht wurde. Feine Schleier legten sich über die Insellandschaft.

Elga hatte den Frühstückstisch gedeckt. Ich stellte die automatische Steuerung an. Im schwachen Wind steuerten die Segel nicht.

»Gibt's Adventsmusik im Radio?« fragte Elga.

Ich stellte das Gerät an. Laut klang die Predigt im Insel-Englisch der Schwarzen: »– liebt euer Insel mit alln Bäumen, leuchtendem Wasser un weißem Strand. ›Der Herr nahm den Menschen und setzte ihn in den Garten Eden, daß er ihn baute und bewahrte –‹«

Das war der Frühgottesdienst von Radio Antilles.

Ich stellte den Regler auf eine ertragbare Lautstärke. Wir frühstückten und hörten die Predigt zu unserem Einzug ins Karibische Meer. Anschließend sang die Gemeinde – hingebungsvoll wie Schwarze singen können. Sie sang immer noch, als ich ins Cockpit stieg und die Ufer der näherrückenden Insel betrachtete. »O paradise to my loving heart –«

Der schwache Wind erstarb im Lee von Guadeloupe. Wir starteten die Maschine. Elga steuerte dicht unter die Küste. Die Stunden des Tages erschienen uns wie die Seiten eines Bilderbuches, die wir umblätterten. Altbekannte Ankerbuchten lagen dort. Erinnerungen wurden wach. Nach langer Zeit kamen wir in die Heimat zurück.

Zum Nachmittag zogen Regenwolken über die Insel. Sie senkten sich mit grauen Schleiern auf die Hänge. Als wir den Leuchtturm von Vieux Fort am Südwestkap querab peilten, sah das Wetter nach Weltuntergang aus. Der Atlantik zeigte keinen Horizont, nur blauschwarze Wolken, Regendunst darunter. Die Îles des Saintes, 5 Seemeilen südwärts, waren nicht auszumachen.

Der Leuchtturm verschwand in Regenmassen. Hier bei uns fielen nur ein paar Regentropfen. Dort fegten Böen um die Südspitze der Insel, Brecher leuchteten. Hier wehte eine leichte Brise aus Ost. Die Nacht löschte aus, was wir sahen. Sie war wie ein dunkler Topf mit

Wolkendeckel, darin Windstille und Schweigen.

Wir setzten den Kurs gut frei von den Îles des Saintes und der Insel Dominica auf Martinique ab, liefen unter Maschine weiter. Um Mitternacht passierten wir den Lichtschein von Roseau auf Dominica, später das hohe Südkap der Insel. Wir liefen aus der Windabdeckung, auch hier kein Wind.

Mit der Morgendämmerung erreichten wir die Baie du Fort de France. Viele Yachten ankerten vor der Stadt. Kurz nach 08.00 Uhr fiel unser Anker.

Fort de France, im Büro der Immigrationsbehörde. »Voilà! Die weiße Ketsch mit dem roten Strich«, sagte unser alter Bekannter, Monsieur Dinard, und strich sich über den kahlen Schädel. Er war hellhäutiger Mulatte. Durch langjährigen Dienst kannte er alle wiederkehrenden Yachten. Er erinnerte nicht die Namen, aber Schiff und Besatzung. Vor zwei Jahren hatten wir Fort de France zuletzt angelaufen.

Er sah meinen Blick und fuhr fort: »Sie sind erstaunt, Monsieur? Alle Yachtleute sind das, wenn ich sie wiedererkenne. Irgendwas muß ein alter Polzist ja vorzuweisen haben – zum Ausgleich der vielen Fehler, die er macht.« Er stempelte Formulare und Pässe. »Wie lange wollen Sie bleiben?«

»Lange«, sagte Elga. »Wer weiß?«

Er blickte uns mit seinen hellen Augen an. Sein Vater war gewiß ein bretonischer Seemann gewesen. Er holte ein kleines Heft aus seinem Büro hinter dem Abfertigungsraum, reichte es uns mit den Pässen. Er sprach englisch. Erinnerte er, daß ich französisch wenig verstand? »In diesem Heft steht alles für solche Möglichkeit drin. Wir sind EWG. Trotzdem müssen Sie eine Aufenthaltsgenehmigung haben, wenn Sie länger bleiben; und Ihre Yacht muß nach einem halben Jahr verzollt werden. Wenden Sie sich nicht an meine Leute. Kommen Sie zu mir. Ich helf' Ihnen gern.« Er blinzelte uns zu.

Wir reichten ihm die Hand und wünschten ihm ein frohes Weihnachtsfest.

Fort de France, in der Stadt. Sie hatte nichts von ihrem lebhaften Charme verloren. Was für ein Leben! Der Autoverkehr war stark. Er wurde mit Elan bewältigt. Der Strom der Menschen war dicht. Er wurde mit kreolischem Lächeln begleitet. Die Schäbigkeit manchen Gebäudes, den Staub neben den Kantsteinen, das grün abgestandene Wasser in den Gossen vergaßen wir, weil die Kreolen alles mit ihrer Lebhaftigkeit überstrahlten. Das war nicht Frankreich, wie wir so oft gedacht hatten. Es war Martinique. Es war die Metropole Fort de France. Sie trug ein glitzerndes Kleid. Was es verbarg, kümmerte uns als Reisende nicht.

Die Metropole zeigte auch ihre Zähne. Elga ging im Gedränge vor mir. Aus einer Toreinfahrt kam ein junger Mann auf sie zu. »O-là-là, Madame, ich zeig' Ihnen jetzt die Stadt und auch alles, alles, was Sie seh'n wollen, schöhn, Madame, wunnerschöhn!« Er nahm Schritt mit Elga auf, wollte ihr den Arm um die Hüfte legen.

Ich schlug ihm von hinten auf die Schulter. Es war zu leicht, um angreifend, zu fest, um kameradschaftlich zu sein.

Sofort kam ein weiterer junger Mann hinzu. Beide starrten mich an. Ich blieb stehen, um sie nicht hinter mir zu haben. Beide begannen zu lachen. Beide steigerten sich in lachende Hysterie. Sie boxten sich gegenseitig auf die Brust, trollten sich lachend und boxend in die Toreinfahrt, die von ihrem Gelächter widerhallte, ha-ha-ha. Wie gut: die Metropole hatte nur Zähnchen gezeigt. Der Vorfall nahm uns etwas von unserer Unbefangenheit.

Im Kaufhaus herrschte weihnachtliches Gedrängel. Die Perfektion der US-Vorbilder wurde nicht erreicht, aber der Geist, der moderne Geist war derselbe. Junge Leute schritten sicher im Bewußtsein ihres Rechts auf Konsum. Mütter, ihre schokoladenfarbenen Kinder auf dem Arm, wühlten mit der freien Hand in der Überfülle der Regale. Drahtkorbwagen rollten zu den Kassen, von Männern bewacht, während die Frauen noch im Endspurt durch die Gänge wieselten. Geschrei erhob sich hinter einem Dieb, der in der Menge entkam. Der Vorfall nahm uns wiederum etwas Unbefangenheit.

Nur die alten Negermammies vom Lande waren unverändert. Mit Bedacht und genauem Preisvergleich suchten sie kleine Besonderheiten zum Fest aus. Sie waren solchen Reichtum, solche Überfülle nicht gewohnt. Sie wirkten beschämt, unsicher. Dem Pfarrer in der Dorfkirche würden sie noch vor Neujahr ihre sündige Verschwendungssucht beichten. »Im Namen des Vaters – dir sei vergeben, bete vier Rosenkränze und gib eine Kerze.« Es war so leicht, in Freude zu leben.

Auch meine sparsame Elga wurde von Verschwendungssucht gepackt. Reich beladen kehrten wir zum Dingi am Anlegesteg zurück.

Fort de France, auf dem Yachtsteg mit der Bunkerstation. Der Hafen war erwacht. Im Café »Cocotier« neben dem Steg drängten sich Yachtleute. Sechs Yachten hatten hinter Bugankern mit Heckleinen am Steg festgemacht. Sie bunkerten Treibstoff. Verpflegung wurde kartonweise an Bord geschleppt. Gequetschte Fender stöhnten, schon für vier Yachten war der Platz zu eng. Die Masse der Beiboote hüpfte schabend und stoßend im öligen Wasser. Neuankömmlinge hatten mit ihren Booten die anderen Dingis unter den Steg gedrückt. Ich hatte Mühe, unser Dingi zu finden, es unter der Plattform der Dieselzapfsäule herauszuziehen. Übergelaufener Treibstoff hatte es zentimeterhoch gefüllt.

Beim Hochnehmen des stinkenden Unheils kam ich den Jungmannen einer Charteryacht in die Quere. Sie standen in Reihe und warfen sich Verpflegungskartons zu. Sie waren ungehalten, als ich ihre hohe Wurfkunst störte. Ich zog das Dingi auf den Steg, es war sehr leicht. Dabei trat ich einer Chartergästin in feinster Seglermode auf die Füße. Wütend kippte ich das Boot hoch, leerte es über die Bretter ins Wasser. Egal.

Unser Schiffsname ist in Rot aufs Heck gemalt.

»KAIROS!« rief eine Stimme hinter mir. In rheinländischer Fröhlichkeit: »Du, Minnie, schau', der Weltumsegler KAIROS ischt hier.«

Ein emsiger Mann mit großem Schnurrbart trat neben mich und sagte: »Sind Sie KAIROS? Isch hab' da nämlich eine Frage.«

Meine Nächstenliebe war zum Teufel – leider – war im Diesel ertränkt worden. In meiner stink-heiteren Laune schrie ich den Schnurrbart wahrheitsgemäß an: »Ich bin nicht KAIROS!« Aus der Tiefe meiner schwarzen Seele quoll es böse – was meinen schlechten Ruf nicht schlechter machen konnte: »Die segelt gerade um die Welt, soll Schwierigkeiten im Orionnebel haben, kein Wunder ohne Radar und Kurzwellensender – und nu' mach' Platz, hilf deinen Kumpeln beim Kartonwerfen.« Ich riß das stinkende Dingi herum, traf aber nicht seine Beine in weißen Socken und Super-Segelschuhen, sondern die seiner Minnie in feinster Seglermode. Sie sprang entsetzt zur Seite. Das tat mir leid.

Beschämt, aber in äußerlicher Ruhe wischte ich mit einem Lappen von der Tanksäule unser Boot aus und ließ es zu Wasser. Ich nahm Elga Sack und Pack ab, hielt ihr das glitschige Boot einsteigbereit – verharrte in tiefen Gedanken.

Elga setzte sich vorsichtig und rockraffend aufs achtere Dollbord. »Worauf wartest du?«

Ich stieg seufzend auf den Steg zurück. Meine tiefgehenden Gedanken hatten mir einen Akt tätiger Reue mit Entschuldigung angeraten. Aber Schnurrbart und Minnie waren fortgegangen. Ich kletterte ins Dingi, stieß ab, wühlte uns durch die Masse der Beiboote und ruderte unsere Tankschute zum Mutterschiff. »Schweinerei«, sagte ich.

»Schweinerei«, bestätigte Elga und fügte in Hamburger understatement hinzu: »Es riecht so.«

Ich erwartete ihre Stellungnahme zum letzten Landerlebnis. Es kam keine. Es erging ihr wie mir. In den USA waren wir für fast zwei Jahre ohne aufdringliche Neugier geblieben. Man wußte nicht, wer wir waren; man nahm uns, wie wir waren: ohne KAIROS-Weltumsegler-Fragen-Aussteiger-Klischee.

An Bord verstauten wir unsere Einkäufe. Wir gingen Anker auf und liefen unter Maschine über die Bucht zur Anse Mitan. Westlich des Pointe du Bout fiel unser Anker – abseits der vielen Ankerlieger.

Zwei Minuten später schwammen wir. Sonnenlicht durch flächige Wolken ließ den Strand leuchten. Wind aus Ost hatte sich erhoben. Er warf kleine Wellen in unsere Gesichter.

Ein erster Spaziergang führte uns durch die Ortschaft. Es hatte sich einiges verändert. Das Bungalow-Hotel war mit neuen Häuschen vergrößert worden. Sie standen auf sumpfigem Gelände, wie es Mosquitos lieben: die armen Gäste. Einige Restaurants am Wasser hatten gedeckte Tische auf ihre neuen Terrassen gestellt. Große Schilder priesen »La Cuisine Créole«. Die Genüsse waren auf Schildern mit grobem Pinselstrich dargestellt. Es gab einen Schlachter in unfertigem Haus, einen kleinen Supermarkt, eine Autovermietung, eine Bankfiliale und drei Boutiquen. Anse Mitan war auf dem Weg zum Ferienparadies.

Die drei großen Hotels auf der Landzunge Pointe du Bout hatten neuen Sand für ihre Bädegäste am Strand anfahren lassen. Die Hotelanlagen waren großzügig angelegt. In den Gärten leuchteten tropische Blüten. Sie überstrahlten die Schäbigkeit mancher Einzelheit an Gebäuden und Anbauten. Vor den Flügeltüren der Eingänge standen buntgekleidete Urlauber und schauten abwartend zum Himmel. Über der Insel türmten sich Schauerwände.

Hinter den Hotels lag der Yachthafen. Er war nach der Landzunge Pointe du Bout genannt. Geschickt war die Marina in ein Hurricane Hole hineingebaut. Die Ufer waren als Pier viereckig begradigt worden, die Stege rechtwinklig darangesetzt. Achtzig bis hundert Yachten mochten da liegen. Alle Plätze waren belegt. An der Einfahrt im

Nordosten befand sich ein Anleger für die Fähre nach Fort de France. Zwei Fährboote hatten am Steg daneben festgemacht. Mit großer Lärmentfaltung arbeiteten schwarze Bootsleute auf ihnen. Rund um die Marina standen zweistöckige Mietshäuser in Gärten. Sie deckten den Wind ab, hielten das Geviert des Hafens heiß und stickig.

Wir setzten uns in ein Café hinter der Pier. Ich bestellte weltmännisch zwei Eisbecher.

»Sonst nichts?« fragte der schwarze Kellner beflissen.

»Danke, sonst nichts.« Ich sah zum Nebentisch. Drei Paare saßen dort vor Unmengen von Getränken und belegten Brötchen. Sie waren über eine Seekarte gebeugt. Den fröhlichen Stimmen nach mußte der Chartertörn vor den Riffen der Tobago Cays seinen Höhepunkt finden.

Elga sagte: »Gut geplant, diese Marina. Aber hier zu liegen – ein Alptraum.«

Die Yachten lagen Fender an Fender, manchmal auch Bordwand an Bordwand ohne Fender. Viele Festmachtonnen fehlten. Dann hatten die Skipper Buganker ausgebracht. Die Entfernung zum gegenüberliegenden Steg war zu kurz, um den Anker mit ausreichend langer Kette zuverlässig zum Halten zu bringen. Auf unserer Seite lagen bewohnte Fahrtenyachten. Hier und dort wurde auf ihnen gearbeitet. Elektrische Handwerksmaschinen lärmten. Dort und hier wurden Besuche mit wichtigen Erzählungen angereichert. Einige Kinder spielten auf der Pier. Einige Hunde schnupperten herum und hoben gelegentlich das Bein.

Die Anschlußsäulen für Wasser und Elektrizität zeigten Bruch. Drähte hingen wie Gedärm, Hähne stachen ohne Drehräder heraus. In Reih und Glied standen die Mülltonnen. Ihr Inhalt quoll über. Im Gebüsch der Gartenhecken raschelte es. Und über allem brütete die Hitze.

»Ja«, sagte ich, »ein Alptraum.«

Ein anderer Erkundungsgang führte uns zum Hügelufer im Westen. Es schützte den Ankerplatz vor südwestlicher Dünung aus dem Karibischen Meer. In einer Fülle von Sträuchern unter Palmen standen einige Bungalows. Die meisten wurden zum Wochenende von Kreolen-Familien bewohnt.

»Welch' herrliche Lage!« Elga war begeistert. »Du schaust über die Anse Mitan mit den Yachten. Du schaust über die ganze hintere Baie du Fort de France. Und jeden Abend hast du drüben die Lichterketten der Stadt.«

Wir kletterten höher, blieben schließlich atemlos vor einer dichten Hecke stehen. Ich bog die Zweige auseinander. Dort lag ein Bungalow. Das Gras am Hang war ungemäht, die Beete von verwilderten Pflanzen überwuchert.

Elga drängelte mich zur Seite. »Laß mich mal – duh, von der Terrasse kannst du nach drei Seiten sehen. Da siehst du morgens die Sonne über der Insel aufgehen und abends im Meer versinken. Fort de France liegt direkt vor dir.«

Ich ging an der Hecke entlang. Beim Aufstieg hatten wir den Weg verlassen, hatten uns durch Büsche und Gestrüpp gezwängt. Hier kam der Weg im Bogen heran und endete vor einem verschlossenen Tor. Der Weg war befahrbar, zeigte aber keine Reifenspuren. Ich stieg auf den Querbalken und schaute über das Tor.

Der Bungalow hatte Raum für zwei Menschen. Im Garten gab es Arbeit über Jahre hin. Das Anwesen lag schattig unter Bäumen. Der Wind kühlte und vertrieb die Mosquitos. Der Platz lag in Frieden über Bucht, Landschaft und Meer.

Ich setzte mich auf den rechten Torpfeiler.

»Hilf mir rauf.« Elga setzte sich auf den linken Torpfeiler.

Wir saßen und schauten in den Garten, der uns nicht gehörte; auf das Haus, das wir nicht besaßen; in einen Frieden, der uns fremd war. Von den Felsen unter uns tönte das Rauschen der Brandung herauf.

»Wir können –« Elga verstummte und blickte über den verwilderten Garten.

»Wir können hier leben«, sagte ich. »Wir können hier arbeiten. Wir können fortsetzen, was wir ein Leben lang erfahren haben – umgekehrt: die Gastfreundschaft und Hilfe weitergeben, die uns überall begegnet sind. In der Anse Mitan ankern sie, die Segler, die jung und voller Pläne sind. Wir rudern zu den Yachten und sprechen mit den Seglern. Hoffentlich stellen sie nicht zu viele Fragen – naja. Wir laden sie ein. Sie können deine Waschmaschine benutzen. Sie können hier Bücher tauschen. Wir können sie im Auto zu Inselfahrten mitnehmen.«

Wir blickten über die Bucht mit den Yachten vor Anker. KAIROS lag dort. Mein Blick saugte sich an den Linien des Schiffes fest. Elga auf ihrem Pfeiler saß sehr still.

Dann lachte sie. »Wir sitzen hier vor einem fremden Haus. Ist es überhaupt zu verkaufen? Wenn ja: wie wollen wir das bezahlen?«

»Wir müssen uns bei einem Grundstücksmakler erkundigen.«

»Ja. Und dann für KAIROS Verkaufsschilder an die Reling hängen. Kannst du dir das vorstellen?«

Ich half Elga vom Pfeiler herab und nahm sie bei der Hand. Wir liefen den Weg hinunter, den wir nicht heraufgekommen waren.

Wir trafen Karl am 24. Dezember vormittags vorm Anlegesteg.

»Vier Tage seid ihr schon da, ohne euch zu melden.« Er grinste und gab uns die Hand. »Ich seh' alles, was in der Bucht vorgeht.«

»Von der Terrasse deines Hauses. Bist du mit dem Bau fertig?« fragte Elga.

Karl kannten wir von unserem Besuch vor zwei Jahren. Er hatte uns damals die Fundamente seines Hauses oben am Hang gezeigt. Er war Architekt. Mit seiner Frau Angela wollte er ein neues Leben auf Martinique beginnen. Appartements am Haus konnte er vermieten, mit seiner Yacht Chartergäste zu den Inseln segeln. Er war Ende dreißig und steckte voller Ideen.

Er sagte: »Kommt morgen mal rauf. Ich zeig's euch. Morgen nachmittag.« Er strich sich über das unrasierte Kinn, griff in die Lockenpracht seines Haares und grinste mit männlichem Charme. »Ich hab' allerlei zu erzählen, was euch interessieren könnte. Wie lange wollt ihr bleiben?«

»Eine Weile.«

Er nickte, hob grüßend die Hand und ging. Er trug eine verblichene Turnhose und sehr teure Schuhe aus weichem Leder, deren Hacken abgetreten waren. Sein Schritt war selbstbewußt. Er bog um die Hibiskusbüsche, deren rote Blüten den Uferweg abgrenzten.

Wir ruderten an Bord. KAIROS rollte leicht in der Dünung, die vom Karibischen Meer hereinstand. Wir schwammen. Ich las Elga die Weihnachtsgeschichte vor. Festtage begingen wir in Muße. Wir versuchten, gedanklich und in Gesprächen ihre Bedeutung zu verstehen. Aus der Bindung unserer Kirche hatten wir uns gelöst. Ihre dogmatische Begrenzung bedrückte uns, für die Botschaft blieben wir offen. Ohne Tage der Besinnung wird der Mensch taub und leer, du sollst den Feiertag heiligen – wir sahen darin keinen Befehl, sondern eine sinnvolle Aufforderung.

Die Schauertätigkeit nahm zu. Der Regen füllte unsere Trinkwasserkanister, die wir unter die Ablaufschläuche des Deckshausdaches stellten.

Zum Sonnenuntergang machten wir einen Spaziergang am Strand. Zurück an Bord deckte Elga den Tisch festlich.

»Ich hab' ein Weihnachtsgeschenk für dich«, sagte ich nach der Suppe.

»Du hast nie Geld bei dir, um was zu kaufen.«

»Es ist ganz persönlich, brauchte nicht gekauft zu werden, ist nicht geklaut. Es wird dir Freude machen.«

Elga setzte Schüsseln auf den Tisch und legte Fleisch auf die Teller ihres besten Gedecks. Sie hielt inne und sah mich an. »Persönlich? Nicht gekauft? Wird mir Freude machen?«

Durch irgendeine Bewegung oder einen Blick mußte ich mich verraten haben.

Elga sagte: »Du willst mit dem Rauchen aufhören.«

»Ja. Den kalten Rauch mag ich ebensowenig wie du, von den Brandlöchern ganz zu schweigen. Mein Geschenk ist nicht selbstlos. Denn wenn ich dir meine Absicht nicht schenke, wird nichts draus.«

»Ich bin sprachlos, vielen Dank. Aber die Entzugserscheinungen werden furchtbar. Du willst bis März dein Manuskript fertigstellen. Du bist in Zeitdruck. Ich nehm' dein Geschenk an, klar, aber erst nach Beendigung der Schreibarbeit.«

»Galgenfrist.« Ich lachte fröhlich.

Am Nachmittag des Weihnachtstages zeigte Karl uns sein Haus. Es war so weit fertiggestellt, daß Angela und er darin wohnen konnten. Beeindruckend war, was Karl seit unserem letzten Besuch in harter Arbeit geschafft hatte. Jetzt war eine Arbeitspause eingetreten.

Wir saßen im Wohnraum. Die Einrichtung des übergroßen Zimmers war nicht abgeschlossen. Durch das tiefgezogene Fenster ging der Blick bis hinüber nach Fort de France.

Karl erklärte: »Ich bau' hier das schönste Haus auf Martinique. In den Appartements lassen wir Feriengäste wohnen. Solche, die tagsüber unten am Strand sein wollen, aber auch solche, die eine Charterfahrt bei uns gebucht haben. Unsere nächste Charter läuft in zehn Tagen an. Wir segeln zwei Ehepaare nach Grenada und Venezuela.« Er zeigte uns Prospekte mit bunten Bildern von Haus, Yacht und Appartements.

Elga fragte: »Warum hast du deine Appartements nach hinten gebaut? Mit der Wand von Busch und Gestrüpp vor den Fenstern sind sie sehr dunkel – finde ich jedenfalls.«

Angela lachte. Sie trug das Haar in Dauerwellen letzter französischer Mode. »Ich hab' das Karl auch gesagt. Aber er hat mich überzeugt, daß die Gäste ja am Strand sein wollen oder Inseltouren machen –«

Karl unterbrach grinsend: »Im schönsten Haus auf Martinique will ich den Blick über Bucht und Land für mich selbst haben – is' doch klar.« Er strich sich über das unrasierte Kinn und blickte uns forschend an. »Wie sind eure Pläne?«

»Wir haben da oben auf dem Hügel im Westen ein Grundstück gesehen«, sagte Elga, »das –«

Karl unterbrach: »Bob Chelton, Canadier. Er hat's vor zwei Jahren gekauft. Hat jetzt die Nase voll. Das Grundstück mit Bungalow soll 700000 Francs kosten – geschenkt ist das in dieser Lage.«

Elga und ich sahen uns an.

»Der Verkauf geht über einen Makler in Fort de France«, sagte Karl, »weiß den Namen nicht.« Er griff sich in die Haare und grinste sein überzeugendes Lächeln. »Ich habe 'nen besseren Vorschlag für euch. Ich werd' das Geschäft hier ankurbeln – Angela, hol' uns mal 'ne Flasche Champagner, hab' welche in'n Kühlschrank gestellt.«

Angela sagte: »Ich hab' Kuchen gebacken und den Kaffee fertig.«

Karl: »Erst den Champagner, Kind – komm', komm' – also, das Geschäft ankurbeln. Ich und Angela werden viel mit dem Schiff und Chartergästen unterwegs sein. Ich such' Leute, wie ihr es seid – bekannt, ordentlich, fleißig –«

»Karl«, sagte ich, »das ist –«

Er winkte ab. »Laß mich mal aussprechen. Ihr könnt auf Haus und Hof achten, wenn ich und Angela unterwegs sind. Ihr könnt ein Appartement billig zur Miete kriegen, mein'twegen umsonst. Dafür haltet ihr alles in Ordnung, helft den Urlaubern bei Fragen, Ankunft oder Abfahrt. Und wenn das Geschäft gut eingefahren ist, könnt ihr von mir aus auch Segelgäste für die KAIROS haben. Gut, nicht? Das hat Zukunft.«

Angela kam mit dem Champagner und Gläsern. Karl öffnete die Flasche und schenkte ein.

»Bitte, ich möcht' lieber Kaffee«, sagte Elga. Sie ging mit Angela in die Küche.

Ich blickte aus dem offenen Fenster über die Bucht. Auf der anderen Seite hoben sich die Häuserblocks und Häuserreihen von Fort de France in die grünen Berge hinauf. Vor dem dunklen Block des Forts Saint Louis schob sich ein graues Motorschiff in den Hafen. Yachtsegel zogen über das Blau der Bucht. Westwärts, wo der Himmel im Licht der Nachmittagssonne gelb wurde, gleißte das Karibische Meer.

»Prost«, sagte Karl. »Champagner – das Feinste.«

Elga und Angela kamen mit Kaffeegeschirr und Kuchenplatte aus der Küche zurück.

»Prost, Karl«, sagte ich. Der Champagner war herb, die Kohlensäure, naja – ich fragte: »Was macht ihr während der Hurrikanzeit?«

»Wieso? Geschäft ist Geschäft. Das geht weiter. Meine Yacht liegt unten in der Marina. Die Marina ist sicher. Das Haus ist Qualitätsarbeit von mir. Und wenn wir auf Charterfahrt sind – du, da gibt es doch Hurrikanlöcher auf jeder Insel. Nix wie rein, würd' ich sagen.«

»Prost, Karl«, sagte ich und trank den Champagner aus.

Er schenkte mir nach, obwohl ich abwehrte. »Das soll man nicht kleinlich sehen. September vorm Jahr, da hatten sie hier Hurrikanwarnung gegeben. Na, ich runter zur Marina und das Schiff zusätzlich angebunden. Dann abgewartet – abgewartet. Was kam? Nichts! Ein paar Wolken.«

Elga und Angela sprachen über die einzurichtende Küche. Es sollten alle nur denkbaren Geräte eingebaut werden.

Karl fragte mich: »Was sagst du zu meinem Vorschlag?«

Ich schluckte den Champagner hinunter, herauf kam die Kohlensäure. »Den Vorschlag – prrh – den müssen wir uns überlegen, Karl – prrh – entschuldige.«

Als die Sonne unterging, wollten wir uns verabschieden. Aber Angela hatte das Abendessen vorbereitet. Sie hatte ein weiteres Ehepaar eingeladen. Da kamen sie schon. Sie waren etwas rundlich von Figur und sehr fröhlich im Wesen. Berti und Inge machten Charterfahrten mit ihrer Stahlketsch RAMONA.

Das Abendessen war »vom Feinsten« bereitet, wie Karl verkündete. Er ließ Champagner in Strömen fließen und die Lautsprecher seiner Stereo-Anlage voll ertönen: Chansons d'amour. Angela servierte ein hervorragendes Essen. Die Gespräche drehten sich um Champagner, Chansons und das Chartergeschäft.

»Wie ist das mit der Arbeitsgenehmigung?« fragte ich.

Berti: »Wir segeln mit Freunden. Alles andere wird daheim vom Agenten geregelt.«

»Wie ist das aber mit der Steuer?«

Karl lachte herzlich. »Na, na, wer wird schon danach fragen.«

Berti sprach ausführlich über die psychologische Behandlung der Freunde an Bord zwecks Gewährleistung eines gelungenen Urlaubs. Er faßte es so zusammen: »Die Mahlzeiten müssen gut sein. Das macht Inge mit Schwung. Die Getränke müssen erste Klasse sein, die Musik schmissig. Dann läuft alles. Hin und wieder ist eine Bö willkommen, damit das Schiff schaukelt und auch Seefahrt stattfindet.«

Spät in der Nacht ruderten wir über das dunkle Wasser zur KAIROS. Im Norden funkelten die Lichterketten von Fort de France. Der Leuchtturm auf Pointe du Nègre sandte seinen kreisenden Blitz alle fünf Sekunden über Bucht und Meer.

Ich schob die Schreibmaschine über den Kartentisch zurück und ging nach oben.

Elga kam mit dem Dingi längsseits. Sie reichte mir ihre Einkäufe und kletterte über die Leiter an Deck. »Sieh mal, wer da gekommen ist.«

Die KEEP GOING lag fünfzehn Meter hinter uns vor Anker.

Ich sprang ins Dingi und ruderte hinüber. »KEEP GOING! Helen, Patrick, hier ist George, erinnert ihr? Elizabeth City.«

Helen kam aus der Kajüte. Sie trug die dunklen Haare jetzt kurz. Sie war sehr schlank geworden. »Hey, George«, sagte sie.

»Wie geht's euch? Wo kommt ihr her? Gute Reise gehabt?«

»Ganz gut geht's uns. Von Barbados sind wir Anfang Dezember nach St. Lucia gesegelt. Weihnachten waren wir in der Marigot Bay. Herrlich! Heut' sind wir hierher gesegelt.«

Patricks schiefer Kopf mit dünnem Haupthaar und würdigem Kräuselbart erschien in der Luke. »Hey, George.«

»Wie war der Nordatlantik? Viel schlechtes Wetter?«

Patrick zeigte auf den verbogenen Bugkorb, dann auf die Baumstütze. Das Nirostarohr der Stütze war grob gerichtet, der Holzbalken erneuert worden. »Das war der Nordatlantik. Die Baumstütze konnte ich in Irland reparieren, den Bugkorb nicht. Ein neuer wäre zu teuer gewesen.«

Helen fragte nach den Einkaufsmöglichkeiten. Ich erklärte sie ihr.

»Kommt heut' abend an Bord«, sagte Patrick. »Helen macht was zu essen. Dann können wir euch alles erzählen.«

Am Abend zeigten Helen und Patrick uns ihre KEEP GOING. Sie war kuttergetakelt. Makellos waren die Holzdecks kalfatert. Alle Holzteile standen gut unter Lack. Der Kunststoff an Oberdeck war poliert. Die untergehende Sonne überhauchte alle Pracht mit sanftem Licht. Helen und Patrick freuten sich, als wir uns über den guten Zustand des Schiffes äußerten.

Die KEEP GOING war für eine Yacht mit Langkiel sehr breit. Am Wind mußte sie sich feststampfen, vorm Wind konnte ihr Bauch sich in der See festsaugen. Ich fragte Patrick vorsichtig danach.

»Wart' ab«, sagte er. »Wir erzählen euch nach dem Essen.« Er führte uns in die mit Liebe eingerichtete Kajüte.

Nach dem Essen legte Patrick die Seekarte des Nordatlantik auf den

Tisch. »Wir kamen zu Beginn gut voran«, erzählte er. »Wir hatten südwestliche Winde und der Golfstrom half mit. Das entsprach den Angaben der Pilot Chart genau. Für die ersten 600 Seemeilen brauchten wir fünf Tage –«

»Ist doch gut für unser Schiff von 36 Fuß«, fiel Helen ein.

»Hast du die Navigation gemacht, wie du wolltest?« fragte Elga.

Helen schluckte. »Anfangs hat Pat mich nicht rangelassen. Dabei rechne ich so gut wie er. Später hatte er dauernd Segel zu nähen. Da mußte ich rechnen. Es wurde Zwang.«

Patrick legte den Finger auf die Seekarte. »Hier, auf den südlichen Neufundlandbänken liefen wir in Nebel. Es wurde sehr kalt. Gestirnsbeobachtungen waren nicht möglich. Und da kam der erste Sturm – aus Südwest, dann West. Der Nebel blieb.«

»Ich wollt' Pat beim Segelbergen helfen. Er hat mich natürlich nicht gelassen. Es wäre doch viel schneller gegangen«, sagte Helen.

Patrick: »Einer mußte am Ruder bleiben. Das Großsegel kam gut runter, der Klüver riß ein. Unter der Fock liefen wir weiter. Wir begannen, das Segel zu nähen. Hier unten in der Kajüte. Die Windfahne steuerte.«

Helen: »Ich hab' gelesen, daß man die Wellen bei solchem Sturm aussegeln müßte. Ich versuchte es, weil die Brecher so schlimm waren. Aber die auszusteuern, oder so – die waren viel schneller, als ich reagieren konnte.«

Patrick schnaufte durch seinen Kräuselbart, schüttelte den Kopf. »Ich meine, der Winkel zwischen anlaufender See und dem Rumpf könnte wichtig sein. Wir hatten jedenfalls noch keine Erfahrung. Für die Nacht holte ich die Fock runter, weil es so wehte. Jetzt trieben wir und die KEEP GOING legte sich quer zur See.«

»Quer!« sagte Helen schrill in unsere abwartende Stille hinein. Sie horchte nach draußen.

Eine Bö zog über die Bucht. Ein Fall schlug an den Holzmast der KEEP GOING.

»Was würdet ihr machen, wenn euer Schiff quertreibt?« fragte Helen.

»Was wehte es?«

Die Windstärke mußten Helen und Patrick ausdiskutieren. Sie einigten sich auf Windstärke 10.

Ich sagte: »Was wir dann machen? Unter gerefftem Groß beidrehen, etwas Rum trinken und viel beten. Ich kenne die KEEP GOING nicht. Es gibt Berichte von Yachten, die quertreibend sehr gut liegen – auch nachdem sie von der Besatzung verlassen wurden. Eure Segel waren geborgen, bei der Windstärke war keines mehr hochzubekommen.«

Patrick erzählte: »Ich habe in der Nacht zwei Trossen vom Heck ausgebracht. Danach lag die KEEP GOING so, daß der Seegang mit etwa zwanzig Grad zur Kiellinie von achtern herankam. Aber nun war das Heck gefährdet. Und immer wieder zwischendurch kam sie dwars. Der Mast steht ziemlich mittschiffs.«

»Wir konnten nicht schlafen«, sagte Helen. »Wir überlegten hin und her, was zu machen wäre.«

Patrick nahm einen Löffel vom Tisch und begann, damit zu spielen. »Am nächsten Morgen bei Hellwerden war ich gerade ins Cockpit geklettert, als ich die See kommen sah. Sie schlug von querein – fast von querein richtig zu. Sie brach einen Meter entfernt –«

Helen: »Es heißt aber, die Driftwirbel würden die See runterhalten.«

Patrick: »Ach, Helen, sie brach nicht in den Wirbeln – mehr seitwärts, ich weiß es nicht so genau. Jedenfalls drückte sie das Heck herum, schob KEEP GOING vor sich her und kippte sie dabei auf die Seite. Ich krallte mich an das Strecktau, das wir durchs Cockpit gespannt hatten – unter mir brodelte das Wasser! Jedes kleine Bläschen sah ich da. Ich hörte etwas splittern. Dann rollte die KEEP GOING mit solcher Wucht zurück, daß ich beinah weggeschleudert wurde. Die Baumstütze war zersplittert, die Nirostastütze verbogen. Ich mußte den Großbaum einfangen und festzurren.« Er schwieg. Sein Bart zitterte.

»Entschuldigt«, sagte Helen nach einer Weile. »Ich bin unaufmerksam. Wollt ihr einen Kaffee? Ich mach' uns einen.« Sie ging zur Pantry und sagte von dort: »Ich lag, als das geschah, in der Koje. Ich lag plötzlich seitwärts und meinte, jetzt ist es aus.«

»Was war falsch?« fragte Patrick.

Ich dachte, wie KAIROS von der achterlichen See mit zu wenig Fahrt zur Seite gedrückt worden war. »Die Leinen«, sagte ich, »die Leinen waren falsch. Früher hab' ich die bei schwerer, achterlicher See für ein Wundermittel gehalten. Wir haben das Wundermittel nie ausprobieren müssen. Wenn wir beidrehten, konnten wir das immer unter gerefftem Großsegel tun. Wenn es mal anders kommen soll, werden wir versuchen, mit der Fahrt, die das nackte Rigg gibt: zu steuern.« KAIROS hatte ein Vorsegel getragen und war trotzdem – ich sagte: »Aber das ist Theorie, ganz verfluchte Klugschnackerei.« Was brachte es, besprochene Möglichkeiten als gelöste Tatsachen hinzustellen?

Patrick starrte mich an. »Klugschnackerei?«

Helen rief von der Pantry: »Siehst du, Pat! Ganz zu Anfang, da hab' ich doch steuern wollen. Das hätte ich weiter machen sollen.«

Ich sagte in Patricks starren Blick hinein. »Erwarte bloß keine Weisheiten übers Schwerwettersegeln von uns. Das kannst du alles in schlauen Büchern lesen. Was du wirklich für die See brauchst, das lernst du nur auf See von deinem Schiff. Solche Erfahrungen sind hin und wieder mit einem Risiko verbunden – das weißt du.«

Helen brachte den dampfenden Kaffee, stellte die Becher vor uns hin. »Die schlauen Bücher, oder so, haben wir alle gelesen.«

»Und alle gründlich durchgesprochen«, ergänzte Patrick. »Wissen – also wissen tun wir das alles.«

»Darf ich hier rauchen?« fragte ich die drei Nichtraucher und setzte für Elga hinzu: »Galgenfrist.«

Alle nickten. Patrick starrte mich wieder an.

Ich versuchte, mir die Umstände an Bord der KEEP GOING vorzustellen. Konnte ich das? Kaum. Und das war der Grund, warum ich solche Fragerei nicht mochte. Ich konnte mir die KEEP GOING im Sturm nur ebenso schemenhaft vorstellen, wie andere sich meine Schmerzattacken »vorstellen« konnten. Ich sagte zögernd: »Du hattest Leinen achteraus. Dadurch lag dein Schiff zeitweise etwa zwanzig Grad zur See. Das erschien dir besser als dwars. Da hatte die KEEP GOING dir gesagt, was sie brauchte: den richtigen Winkel zur See. Weiter. Ihr Heck schien dir gefährdet. Die Leinen, die gegen das Dwarstreiben zeitweilig halfen, waren in bezug auf das Heck überhaupt keine Hilfe. Da hatte die KEEP GOING dir wieder gesagt, was sie brauchte: keep going, Fahrt, Fahrt – und zwar im richtigen Winkel zur See, um deren Schlag gegen das Heck zu mildern, ihm vielleicht zu entgehen.«

»Ja, ja!« rief Helen. »Moitessier bei Kap Hoorn.«

»Und andere vor ihm und woanders«, antwortete ich. »Es ist gut, wenn du ihn gelesen hast, ihn verstanden hast. Aber du warst nicht auf der JOSHUA vor Kap Hoorn, du warst auf der KEEP GOING im Nordatlantik. Hört doch auf, immer nur zu tun, was andere euch vormachen. Selbst müßt ihr für euer Schiff entscheiden.«

»Ganz zu Anfang, da hab' ich doch gesteuert«, wiederholte Helen verbissen.

Patrick: »Du mußt zugeben, daß es ein gewisses Basiswissen gibt, das immer richtig ist.«

Elga merkte, daß ich ungeduldig wurde. Sie fragte: »Wie ging es weiter?«

»Nach zwei Tagen wurde das Wetter handig«, erzählte Helen. »Patrick mußte das Segel nähen, soviel Kraft hab' ich nicht in den Fingern. Aber ich stellte die Windfahne ein und machte die ganze Navigation, sogar die Höhenwinkel mit dem Sextant. Wir kamen jetzt gut voran. Auf 50°N, 32°W, oder so, kam Sturm aus Süd, dann Südwest und West.«

»Hier«, Patrick zeigte auf die Karte.

Helen fuhr fort: »Wir liefen unter Großsegel, nachdem ich die Fock geborgen hatte. Pat reffte es dann. Der Sturm wurde am stärksten, als er auf Westnordwest gedreht hatte. Da geschah es, daß die KEEP GOING aus dem Ruder lief und sich nach Steuerbord mit dem Segel in die See legte. Das Segel riß sofort in den Nähten. Das Schiff richtete sich auf. Der Bugkorb war verbogen, ein Steckschott vom Niedergang wurde herausgedrückt, das Wasser lief in die Kajüte, ich hing in meiner Sicherheitsleine und Pat kam naß und blutend durch den Niedergang hoch. Er sah sofort, daß die Windfahne zerbrochen war.«

»Hattet ihr das Windruder steuern lassen?« fragte Elga.

»Ja, und es steuerte fabelhaft, das war doch mal was.« Helen sprach sehr schnell. »Wir bargen das Segel und ließen uns treiben –«

Wie denn nun? Dwars doch wohl. Ich hielt den Mund.

»– und machten uns gleich ans Segelnähen. Und als der Sturm vorbei war, konnten wir Segel setzen. Bis auf den Klüver, denn der war auf dem Vorschiff losgerissen worden und kaputt. Pat mußte ihn wieder nähen. Das Groß hielt auch nicht und mußte nochmal während der Reise geflickt werden.«

»Wieviel Tage habt ihr gebraucht bis Irland?« fragte ich.

Helen antwortete: »Siebenundvierzig. Nachher wurde es langweilig. Da war kein Wind. Und die Rückfahrt im Passat war auch langweilig. Pat meint ja, wir könnten für ein Jahr in den Großen Ozean segeln, unser Geld würde noch reichen. Aber, wißt ihr, Nordatlantik bezwungen, hin und zurück, das ist doch schon was. Das genügt mir.«

Patrick: »Jetzt haben wir was gelernt und du willst aufgeben.«

Helen: »Jetzt ist es immer dasselbe. Segel rauf, Segel runter. Zuviel Wind, zuwenig Wind.« Sie winkte mit den Händen ab. »Nein, nein. Mit Nordatlantik hin und zurück unterm Kiel läßt sich KEEP GOING gut verkaufen. Ich möcht' nach North Carolina zurück. Laureen, das ist eine Freundin von mir, die will mit ihrem Freund Hal aufs Land, hat sie mir geschrieben. Bauernhof, oder so. Sie suchen Partner.«

Helen wandte sich an Patrick. »Sieh mal, dann sind wir eine Gruppe. Da können wir alles besprechen – vorher. Dann gibt es keine Fehler. Das Bauernhaus könntest du ordentlich ausbauen. Hal könnte die Möbel zimmern. Wir Frauen würden uns um den Gemüsegarten kümmern. Außerdem, wißt ihr – Pat weiß es schon – ich würde jetzt gern Kinder haben.«

Das ist doch mal was, dachte ich und betrachtete Helen. Sie war ein zarter Strich in zu enger Hose und knappem Hemd. Ich stand auf. »Kinder, es war nett bei euch. Helen, vielen Dank!«

Alle standen auf.

Patrick sagte: »Wir wollen jetzt in die Grenadines. Alle sagen uns, die sind so schön. Dann segeln wir langsam nach Hause. Und ihr?«

»Vielleicht bleiben wir auf Martinique«, antwortete Elga.

Helen war erstaunt. »Ihr? Nein! Ihr seid Weltumsegler. Was wollt ihr an Land? Ihr segelt weiter.«

In einer Anwandlung von hellem Zorn, dunklem Mitleid und irgendeiner Art von Liebe nahm ich den zarten Strich in zu enger Hose und knappem Hemd in die Arme. »Helen, ich wünsche dir und Patrick alles Gute! Immer drei Fuß Wasser unterm Kiel, solange ihr segelt. Immer genug Sonne oder Regen, solange ihr im Gemüsegarten grabt. Und eine lange Reihe lieber Kinderlein, solange es dem Herrgott gefällt.«

Sie wurde rot bis hinter die Ohren und lachte. Es war das erste Mal, daß ich sie lachen sah.

Ich nahm von Patrick Abschied. »Farewell, mach's gut!«

»Danke, du auch. Manchmal denk' ich, wir müßten ein größeres Schiff haben. So eins wie ihr, um darauf glücklich zu sein.«

»Nein, Patrick.« Ich tippte ihm etwas grob auf die Brust.

»Du meinst, wir könnten –«

»Tut etwas ohne: hätte-würde-könnte. Tut etwas aus vollem Herzen, ohne es vorher kaputt zu diskutieren.« Ich schüttelte ihm kräftig die Hand.

Wir stiegen in unser Dingi und ruderten zur KAIROS. Die Nacht war sternenklar. Vom Ufer zog Blumenduft herüber.

Zu Beginn des Jahres 1983 nahm die Zahl der ankernden Yachten ständig zu. Vor den Hotels lagen sie in Abständen, die das Schwoien der Schiffe behinderten, kam der Wind leicht aus West, wie es schon mal geschehen konnte. Wir ankerten abseits. Wir hielten uns auch abseits. Da war meine Arbeit am Manuskript. Ich hatte aber auch zwei Schmerzattacken gehabt. Sie begannen, mich etwas menschenscheu zu machen. Was, wenn sie unerwartet bei Besuch einsetzten? Wie das plötzliche Zurückziehen in die Koje erklären? Kann man Schmerzen erklären, die einen lebhaften Menschen innerhalb von Minuten völlig ausfallen lassen? Menschen, die uns aus unseren Büchern kannten, bedachten kaum, daß wir inzwischen fast zwanzig Jahre älter geworden waren.

Die Sloop WINDWARD konnte für ihr Ankermanöver ausreichend Platz neben KAIROS finden. Die Besatzung war ein junges Paar. Am nächsten Tag kamen beide mit dem Schlauchboot längsseits.

Er sagte: »Wir sind Friedrich und Susanne. Wir wollen für ein paar Tage an Land bleiben. Das hat geschäftliche Gründe. Können Sie auf die WINDWARD achtgeben? Sie sollen damit keine Verpflichtung eingehen. Wir haben die Sloop gechartert. Sie ist versichert. Trotzdem fühlen wir uns besser, wenn – na, eben!«

»Und das Schlauchboot?« fragte Elga. »Hier wird geklaut.«

»Das schließen wir am Ufer beim Surfboard-Verleih an. Der Mann dort ist einverstanden.«

Wir sagten zu.

Susanne strahlte uns an. Sie war jung, blond und selbstbewußt. »Die Kajüte ist abgeschlossen. Das Surfbrett an Deck ist gesichert. Es ist ja nur für ein, zwei Tage. Vielen Dank.«

Friedrich – ebenso jung, blond und selbstbewußt – brachte den Außenborder auf Touren, legte ab und winkte lachend.

Das Wetter blieb ruhig. Die Bucht wurde um einige Ankerlieger reicher. Als Susanne und Friedrich am übernächsten Tag zurückkamen, luden wir sie am Abend zu einer Flasche Wein ein.

Als roter Ball versank die Sonne im Meer. Die Yachten vor Anker rollten leicht in der ständigen Dünung. Im letzten Licht erhielten die grünen Hänge ringsum einen lila Farbhauch und spiegelnd strahlte das Wasser der Bucht. Einige Windsurfer zogen unter bunten Segeln lautlos darüber hin. Beiboote knatterten mit lachenden Menschen zum Anlegesteg.

Wir saßen im Deckshaus.

»Von der Karibik sind wir so begeistert«, sagte Susanne, »daß wir am liebsten hierbleiben möchten. Aber in einer Woche ist unser Urlaub zu Ende.«

»Sie sagten, Sie sind geschäftlich hier.« Ich schenkte Wein ein.

»Das ist richtig«, erklärte Friedrich. Er zwirbelte vergnügt seinen Schnauzbart. »Wir verbinden das eine mit dem anderen. Ich habe ein Chartergeschäft in Lübeck für Urlaubssegler nach Skandinavien. Das Geschäft geht recht gut. Nachdem Susanne und ich letztes Jahr zwischen den Inseln hier segelten, beschäftigt uns zunehmend der Gedanke, das Geschäft auf die Inseln auszudehnen, vielleicht später einmal nach hier zu verlegen.«

»Friedrich will das natürlich genau prüfen und nichts übereilen«, sagte Susanne. »Ich helfe ihm ein wenig im Geschäft, wenn es meine Zeit zuläßt. Ich studiere Volkswirtschaft.«

»Gestern waren wir mit einem Grundstücksmakler unterwegs«, fuhr Friedrich fort. »Das war sehr interessant – besonders an der einsamen Ostküste. Ich habe nicht gewußt, daß es dort in Luv geschützte Buchten gibt.«

Ständiger Passat wehte über jene Buchten, tagelang, wochenlang, monatelang. In der Salzluft tropfte Rost von allen Eisenteilen an Schiff und Haus. Den eingeborenen Kreolen mit ihren Holzbooten und Fischerhütten machte das nichts aus. Was der Rost für Schiff und Haus war für ein empfindliches Gemüt der unablässige Wind. Wir kannten Menschen, denen er alle innere Ruhe genommen hatte. Sie waren fortgezogen.

»Da wäre man aus dem ganzen Konkurrenzrummel dieser Westküste raus«, sagte Susanne.

Dort drüben mußten ihre Charterkunden vor dem Wind durch die Riffe in die geschützte Bucht segeln. Die Riffe waren zahlreich und kaum betonnt. Elga und ich hatten uns oft mit dem Gedanken getragen, dorthin zu segeln. Bisher war uns das Wetter nicht zuverlässig genug erschienen. Möglich, daß es für diese Mausefallen nie zuverlässig genug war. Aber das galt nur für uns.

Susanne erzählte: »Hier oben auf dem Hügel gibt es ein Grundstück. Es sind fünftausend Quadratmeter mit Bungalow. Da hätte man was draus machen können. Aber es ist vor ein paar Tagen an einen Mann aus New York verkauft worden, soweit ich den Makler verstanden habe.«

Elga lachte. »Das haben wir uns auch angesehen. Verkauft also schon.«

»Suchen Sie ein Grundstück?« fragte Friedrich erstaunt.

»Wir suchen eine Gelegenheit. Wir können so etwas nur mit dem Verkauf unseres Schiffes finanzieren.«

»Nicht unbedingt«, sagte Friedrich aufmunternd, »machen Sie Charter.«

Susanne erklärte uns: »Sie mit Ihrem Namen! Da genügt eine Anzeige in der Zeitung und Sie haben Chartergäste für Monate.«

Rund um die Erde hatten Elga und ich mit Seglern gesprochen – über freie Kurse. Nun sprachen wir mit Seglern, die ihre Kurse verkaufen wollten. Die Zeit stand nicht still.

Susanne fuhr fort: »Mit Ihrer schönen KAIROS und einem Haus an Land als Sicherheiten läßt manche Bank wegen der Finanzierung mit sich reden. Auch in diesen schlechten Zeiten. Haben Sie sich das noch nicht überlegt?«

Wir hatten das noch nicht überlegt. Statt ein Ehepaar mit festgefügtem Reichtum zu werden – dann aber am Ort dieser Möglichkeit, in

Hamburg – hatten wir unsere Unabhängigkeit vorgezogen. Charter konnte in einem Notfall der Ausweg sein. Aber wir waren nicht die Typen wie Karl und Berti mit ihren tüchtigen Frauen. Karl und Berti spielten ohne Bedenken ihre Karten aus, die sie für Trümpfe hielten, brüllten vor Lachen, wenn sie verloren. Wir nicht. Und Friedrich und Susanne?

Ich fragte Susanne nach ihrem Studium. Die zukünftige Frau Managerin hatte ehrgeizige Pläne, über die sie lebhaft plauderte.

Ich fragte Friedrich. Er hatte Jura studiert. Er wollte sein Interesse am Segeln beruflich nutzen, hatte darum seine Stellung in der Industrie aufgegeben. Er wußte viel über Yachten, die sich für Charter eigneten oder nicht eigneten.

Was drängte diese jungen Menschen ins Chartergeschäft? War es der unbewußte Zwang einer Mode? Segeln war »in«. Mit Segeln Geld zu verdienen, war »unheimlich stark«. Volkswirtin und Jurist prüften Grundstücke an geschützten Buchten, hatten genaue Vorstellungen der geeigneten Yachten. Den Markt im Paradies als reale Basis des Geschäfts – prüften sie den auch?

Mit Segeln läßt sich Geld verdienen. Der Markt für das Chartergeschäft auf den karibischen Inseln war durch einige US-Gesellschaften längst abgedeckt. Sie beschäftigten Manager zur gewinnbringenden Vermietung unzähliger Yachten. Da arbeiteten Angestellte, die für Schiffsunterhaltung, Reparaturen und Lebensmitteleinkauf zuständig waren. Ferner gab es einige örtliche Unternehmen mit ähnlicher Arbeitsweise. In die Marktlücken krochen charternde Abenteurer aus aller Herren Länder. Sie blieben gefährdet, beim ersten Erfolg von den Großen mit allen Tricks ausgebootet zu werden. Die Behörden halfen dabei. Denn die Gesellschaften zahlten Steuern. Die Abenteurer setzten sich oft über amtliche Bestimmungen hinweg. Und ganz unten gab es die Ausnahmen. Da waren einige Segler, die am Rande mit ihren Gästen dahinsegelten, bis das Schiff streikte. Da gab es einige Ehepaare, die sich mit der täglichen Arbeit abquälten – denn Charter als Skipper und Köchin ist harte Arbeit: Restaurant auf Segelyacht – und Geld verdienten, bis Ehe oder Partnerschaft brüchig wurden.

Wir erzählten darüber. Für Susanne und Friedrich blieben wir Außenstehende. Unsere Worte beeindruckten sie nicht. Sie sagten höflich »ja, ja« und dachten sich ihren Teil.

Morgen wollten sie nordwärts nach English Harbour auf Antigua segeln, dem größten Charterzentrum der Inseln unter und über dem Winde. Wir wünschten ihnen viel, viel Glück und blieben nachdenklich an Bord zurück. Das Paradies als Markt? Also gut. Der Erfolg des Marktes macht das Paradies bald hinfällig: Marinas, Menschenströme, Abfall, Lärm, zur Schau getragener Reichtum, der die Einwohner neidisch und unzufrieden macht. Gut? Das Paradies ist überall, nur wir Menschen machen es zu einem verlorenen. Das hatten wir vor achtzehn Jahren in der Südsee gelernt.

Nach dem Frühstück sagte ich: »Wir segeln ab.«

»Ja!« rief Elga. »In eine Bucht, die weniger überfüllt ist.«

»Îles des Saintes«, schlug ich vor. »Wir ankern hinter dem Felsen vom Pain du Sucre, wo der Strand im Schatten der Palmen liegt. Hast du Lust?«

»Klar«, sagte Elga. »Wir brauchen einige Frischverpflegung. Ich fahr' heute mit der Fähre nach Fort de France. Ich werde ausklarieren. Bevor ich an Bord komme, geh' ich zu Angela hinauf und teile mit, daß wir absegeln. Und Karls Vorschlag? Wir müssen zumindest irgend etwas sagen.«

»Wir kommen in einigen Wochen wieder. Er hat sowieso gemerkt, daß wir nicht wollen. Und die Postadresse bei Ship-Shop lassen wir erstmal bestehen.«

Ship-Shop war ein Yachtausrüster, der für Yachten Post sammelte und aufbewahrte.

Ich ruderte Elga zum Steg. Beim Segelmacher lag unser Klüver 2 fertig repariert. Anschließend packte ich leere Wasserkanister ins Dingi und füllte sie bei der Bunkerstation unterhalb der Hotels. Am frühen Nachmittag holte ich Elga mit ihren Einkäufen vom Steg ab.

»Heiß in der Stadt«, erzählte sie. »Auf dem Markt wird alles teurer. Bei Ship-Shop lag ein ganzer Stapel Post. Weißt du, wer geschrieben hat? Steve aus Norfolk. Und Karl war nicht im Haus. Ich hab' mit

Angela gesprochen. Sie zeigte Verständnis für unsere – also, es war eine Absage.«

Am Nachmittag setzten wir uns aufs Achterdeck und lasen unsere Post. Steve schrieb in seiner amerikanischen Handschrift mit verschnörkelten Großbuchstaben:

Ich habe den Gedanken aufgegeben, mir eine Stahlyacht bauen zu lassen. Es gibt kaum Werften an diesen Küsten, die entsprechende Erfahrungen haben. Man ist gewohnt, Kunststoff-Serien nach einem Prototyp zu bauen, der durchkonstruiert und erprobt ist. Ich habe mich jetzt für eine 40-Fuß-Sloop solcher Serie entschieden.

In der Firma ist die Organisationsprüfung durchgeführt. In Teds Bereich wurden Einschränkungen empfohlen. Sein Sortiment kommt nicht. Er wird das schlucken müssen. Norman zeigt nach dem Ergebnis größere Bereitschaft zur Zusammenarbeit. Ted übrigens auch.

Nun – ich bin nicht der große Sieger, wie Ihr jetzt denken (und kritisieren) werdet. Auch in Vertrieb und Verkauf sind Konzentrationen erforderlich.

Ich habe mir über Elgas Worte viele Gedanken gemacht. Die Ruhe im Atlantik-Bungalow gibt dazu Gelegenheit. Stellt Euch vor, bei einem PR-Empfang hatte Norman Sheila mitgebracht. Es blieb mir nichts anderes übrig – nach Lage der Dinge in der Firma – als gute Miene zum bösen Spiel zu machen. Runzel' nicht die Stirn, Elga! Die gute Miene war beidseitig und ich habe Sheila sogar nach Haus gefahren. Ich kehrte in meinen Bungalow zurück, miteinander gesprochen haben wir nicht.

Während dieser Fahrt fielen mir Deine Worte ein, Elga, und ich habe am nächsten Tag meinen Anwalt gebeten, zunächst nicht auf einen Termin vor Gericht zu drängen. Sheila wird's erfahren. Vielleicht hilft sie ein wenig von ihrer Seite (ich weiß noch nicht, ob ich das überhaupt will).

Wie geht es Euch? Dumme Frage, Euch geht es immer gut! Wie war der Törn? Schreibt mal, das ist für mich interessant, der ich die gleiche Route ja auch segeln werde. So long! Ich bleibe im Yankee-Land Euer Südstaatler mit deutschem Seelenappendix (Ihr erinnert: die deutsche Großmutter).

Steve

31. Januar 1983. Wir gingen um 16.00 Uhr Anker auf.

Blau war der Himmel. Einige Passatwolken zogen. Eine östliche Brise mit Stärke 5 schob KAIROS unter Klüver 2, Großsegel und Besan aus der Baie du Fort de France hinaus.

Bis zu den Îles des Saintes waren 90 Seemeilen zu segeln: im Lee von Martinique nordwärts, dann 25 Seemeilen über die Atlantik-Passage ins Lee von Dominica, von der Nordspitze Dominicas etwa 20 Seemeilen zu der kleinen Inselgruppe vor der Südküste von Guadeloupe. Zwischen den Inseln konnte der Passatwind frisch wehen. Die Strecken im Lee von Martinique und Dominica – 20 und 25 Seemeilen jeweils – brachten alle Arten von Wind: Fallbö bis Flaute.

Der Wind drehte etwas südlich, als wir die Bucht achteraus hatten. Er stand durch. Wir segelten in etwa 4 Seemeilen Abstand zur Küste. Wir vermieden ihre volle Windabdeckung, konnten uns aber an den Einzelheiten der bergigen Küste erfreuen. Das war uns wichtiger als der Wind.

Westwärts zog die Sonne. Steuerbord voraus hinter Morne des Bœufs kamen die Hänge des Mont Pelée in Sicht. Der Kratergipfel war wolkenverhüllt. Wie Leiber schwarzer Riesenechsen mit grünem Moos lagen die Lavaflüsse vergangener Zeit. Oft steil fielen sie in die tosende Brandung. Nach Westen dehnte sich blauschimmernd, durchbrochen von gleißender Sonnenspiegelung, das Meer. Es war ein weitfließender Gegensatz zu der geballten Masse des nahen Landes. Langsam, wie die Sonne sank, wurden alle Farben und Formen von zunehmendem Rosarot überhaucht.

Achteraus kam eine Yacht auf. Sie war sloopgetakelt, segelte unter Großsegel und riesiger Genua. Über die Bucht von St. Pierre huschten einige Fallböen. Die Yacht neigte sich schwer. Das Unterliek des Vorsegels schien durchs Wasser zu schleifen. Keine Schot wurde gefiert. Durch Anluven brachte der Steuermann die Sloop aus dem Windpreß. Sie richtete sich auf, kam schnell näher und passierte uns etwa zwei Schiffslängen zu Luv. Zwei Mann waren an Bord, junge Leute, die zu unserem Schlachtschiff herüberblickten.

Voraus wurde die See dunkel. Ich sah durchs Glas. Der Horizont zeigte springende Wellen und hüpfende Brecher. Sie wurden von einer zitternden Schicht warmer Luft zauberisch über die See hochgespiegelt.

»Wind da vorn – stimmt's?« fragte Elga am Ruder.

»Ja – und kräftig. Ich nehme den Besan weg. Einverstanden? Der bringt bei Backstagsbrise nur Unruhe aufs Ruder.«

Ich barg den Besan, übernahm das Ruder. Elga wärmte ihr vorbereitetes Essen, das wir schnell aßen.

Die Sonne stand überm Horizont. Die Wolken am Gipfel des Mont Pelée färbten sich blutrot. Zinkgrün leuchteten die Uferhänge über den schwarzen Klippen, an denen die Brandung schäumte.

Die elegante Sloop lag voraus. Sie lief jetzt in den dunklen Streifen hüpfenden Wassers. Der Bogen ihrer Segel neigte sich, neigte sich mehr. Er wurde breiter, weil sie anluvte. Als sie abfiel, sprang aus dem Segelbogen flatternd das übergroße Vorsegel. Bruch? Nein, das Vorsegel wurde dichtgeholt. Das Schiff neigte sich, immer mehr, noch mehr, luvte an.

Die Sonne sank hinter den Horizont. Die Wolken über dem Mont Pelée dunkelten ins Lila. Blaugrün färbten sich die Uferhänge. Vor den schwarzen Klippen des Ufersaums zuckte die Brandung wie weißes Feuer, das schnell erlosch.

Die Sloop voraus lag mit schlagenden Segeln im Wind. Der Seegang warf ihren Bug bis zum Kiel aus dem Wasser, hob dann das Heck in gleicher Weise. Eine Gestalt turnte aufs Vorschiff. Die Sloop fiel ab.

Das Vorsegel flatterte mit vertörnten Schoten.

KAIROS lief aus der Windabdeckung in die dunkle Windsee. Der erste Windstoß kam von vorn. Ich fiel ab, holte die Schoten dicht.

»Komme gleich!« rief Elga aus der Kajüte, wo sie Pütt und Pann verstaute.

Jetzt kam ein Windstoß aus West. Unsere Segel schlugen back. Voraus rollte ein erster Brecher aus Ost. Seine Gischt wurde vom Westwind nach hinten weggeweht. Der Wind sprang auf Nordost. Die Segel kamen krachend zurück. KAIROS neigte sich im Winddruck, nahm Fahrt auf. Gischtend setzte der Bug in die See ein. Der Wind drehte mit Stärke 6 östlich. Ich fierte die Schoten.

»Puh«, sagte Elga, als sie ins Cockpit stieg. »Gerade noch alles weggepackt und den Kurs abgesetzt.« Sie sah voraus. »Die Sloop – haben die Jungs Schwierigkeiten?«

»Weiß nicht. Jedenfalls sind sie mit zuviel Tuch aus der Windabdekkung gelaufen.«

Überm Westhorizont stand letztes Tageslicht. Gelbe Strahlen schimmerten in rotbraunem Dunst. Die See darunter lag wie ein violettes Brett – ein geriffeltes Waschbrett aus Seegang und Brechern. Die gelben Strahlen fächerten vom Horizont ins Stahlblau des Himmels hinauf. Über uns von Osten her stand schon das Tiefblau der Nacht. Die Wolken über Martinique versanken in graue Formlosigkeit. Der Wind nahm zu, drehte unruhig auf Ostsüdost.

»Kurs 337 Grad rechtweisend«, sagte Elga. »Das sind drei-zwo-fünf am Kompaß.«

Auf der Sloop, jetzt Backbord voraus, hatte sich das auswehende Segel verkleinert. Sie schlingerte heftig. Wir passierten sie etwa zwei Schiffslängen zu Luv. Der eine Besatzungsmann arbeitete auf dem Vorschiff. Er riß das große Vorsegel aus der Profilschiene des Vorstags. Die freiwerdende Segelmasse tanzte um ihn herum. Der andere Besatzungsmann stand hinten am Ruder und hielt Kurs.

KAIROS rollte und holte über, warf mit Gischt, sie schnitt durch die See oder überrollte sie. Sie war keine Regattayacht, das alte Schlachtschiff, aber sie war gut.

»Die werden wohl klarkommen?« fragte Elga besorgt.

»Die kommen klar, das ist keine Havarie.« Ich blickte hinüber. Die Erscheinung verschwand im Dunkel achteraus. Mit der Begeisterung des kleinen Mannes für seine Yacht sagte ich voller Überzeugung: »Regattayachten lassen sich nicht mit zwei Mann regattamäßig segeln.«

»Na, gut. Ich törn' ein.« Elga kletterte in die Kajüte hinab. Gleich darauf erschien ihr Gesicht im Niedergang. Auf die Treppe gelehnt, trank sie mit Genuß ihr Gläschen Rum – »wie soll ich sonst einschlafen?« – und verschwand. Zu meinem Erstaunen erschien sie alsogleich wieder. Sie hielt diesmal nicht ihren Rum in der Hand, sondern ihr Bettzeug unterm Arm.

»Frau! Willst du auf Deck unter Gischtwolken schlafen?«

»Ich will in meiner Koje achtern schlafen. Die liegt in Lee und ist gemütlicher als diese olle Seekoje.« Sie stieg in die Achterkajüte und schloß die Luke.

Im letzten Licht sah ich nach Luv. Der Himmel war klar, keine Schauerböen. Die Dünung unter der Windsee lief aus Südost, der Wind würde noch weiter herumkommen. Gut. Ich stellte mich hinter das Ruderrad, fühlte den Wind, die See, das Schiff. Es war herrlich. Der Wind kam herum und nahm zu: Stärke 7 aus Südost. Ich gab den Schoten einen Schrick.

Drei Stunden später lag das Südkap Dominicas als dunkle Bergmasse Steuerbord querab. Einige Böen pfiffen ums Kap herum. Voraus kamen die in Dunst verwischten Lichter der Hauptstadt Roseau in Sicht. Der Wind verwehte zu schwer nutzbaren Gelegenheiten. Ich weckte Elga. Sie war bei leichten Winden besser am Ruder als ich, weil feinfühliger. Sie übernahm die Wache.

Während meiner zweiten Nachtwache schlich KAIROS unter den Nachtschatten der Inselberge dahin. Elgas Morgenwache verlangte unter einem Hauch aus Nord einige Kreuzschläge.

Als ich nach Sonnenaufgang ins Cockpit kam, lief KAIROS mit frischem Ostwind raumschots gute Fahrt. Die Îles des Saintes lagen voraus. Sie waren braune, zerklüftete Steinhäufchen vor der grünen, nach oben blau verschwimmenden Dunstsilhouette der Insel Guadeloupe. Einige kleine weiße Häuser wirkten wie Spielzeug auf den Felsen. Dominica achteraus erschien wie ein hingestrecktes, buckliges Urtier, alt und müde geworden im ruhelosen Zug von Licht und Schatten, Wind und Sturm.

»Ich brauche den Besan«, sagte Elga, »sie liegt nicht ausgeglichen.«

Ich setzte den Besan, holte die Lose aus dem Vorliek, während Elga für einen Augenblick anluvte.

Auf dem Vorschiff knieend, pützte ich mir Wasser über den Körper. Erfrischend wehte der Wind über meine nasse Haut. Das flache Sonnenlicht schuf Regenbogenfarben in den Gischtwolken, die vom Bug leewärts davonsprühten.

Ich setzte mich in den Bugkorb. Sonne, Wind, See, Regenbogenschimmer. Inseln, Formen, Farben, kleine Menschenhäuser auf den Hügeln. Ringsum Vollkommenheit. Erhalte uns Menschen Deine Schönheit, dachte ich. Laß sie uns erkennen und achten, dachte ich, damit wir das Paradies bewahren.

Ich nahm die Pütz, die ich an die Seereling gebunden hatte, und ging vorsichtig auf der Luvseite zum Deckshaus. KAIROS schob Lage und preschte durch die See. Ich löste Elga am Ruder ab. »Hunger!« rief ich.

Bevor sie in die Kajüte ging, sagte sie: »Mann, wir segeln.« Es klang wie: wir atmen.

Heiß brennt die Sonne auf unseren Ankerplatz nieder. In den Palmen knistert eine leichte Brise.

Sie stehen am Strand einer flachen Landzunge, die nordwärts in einem hohen Felskegel endet. Seiner Form nach wird er Pain de Sucre genannt, Zuckerhut. Im Süden steigt das Land zu den Hügeln der Insel Terre d'en Haut auf. Unter den steil aus dem Wasser ragenden Basaltsäulen des Pain de Sucre rudert Elga im Dingi. Vor den Felsen wirken sie und das Boot winzig. Elga beugt sich übers Dollbord, um Fische im Wasser, Gewächse am Unterwasserfelsen zu betrachten.

Nach Westen schützt unseren Ankerplatz die Insel Terre d'en Bas. Sie ist ein etwa dreihundert Meter hoher, buschbewachsener Hügelbogen, der nordwärts abfällt. Dort ist der Inselring der Îles des Saintes weit geöffnet. In 5 Seemeilen Entfernung liegen die blauen Berge Guadeloupes.

Am Vormittag des vergangenen Tages waren wir eingelaufen. Während ich die Segel barg, steuerte Elga KAIROS unter Maschine durch die breite Nordeinfahrt. Vor dem Dorf Bourg fiel unser Anker. Die Reede lag leer.

Wir ruderten an Land, machten das Dingi an einem Steg fest. Nördlich des Stegs stand ein hoher Felsen, dessen Kante scharf ins Wasser fiel. Der Besitzer des Hauses auf dem Felsen hatte diese Kante mit Beton weiter in die Höhe geführt. Ein Schiffsbug mit aufgemalten

Klüsen und Ankern war entstanden, darauf Reling und Flaggstock. Hinter der Vorschiffs-Terrasse hob sich das Haus wie eine Schiffsbrücke. Der Einfall war lustig, wenn auch das Bauwerk nicht zur Eigenart und Schönheit des Platzes beitrug.

Wir gingen in die Stille des Dorfes. Über der Polizeistation wehte die Trikolore. Der schwarze Polizist in französischer Uniform betrachtete verschlafen unsere Pässe. Er saß bequem hinter seinem leeren Schreibtisch.

Elga nahm mir die Erklärung ab, die meine französischen Sprachkenntnisse nicht zuließen. »Wir wissen, daß wir auf Guadeloupe einklarieren müssen. Wir kommen von Martinique, also von einem französischen Département in ein anderes. Sie werden sicher großzügig sein.«

Er lächelte gütig. »Gewiß, Madame. Ich freu' mich, daß Sie bei mir hereingeschaut haben.« Er reichte uns die Pässe und lehnte sich noch bequemer in seinen Stuhl zurück. Als ich mich im Eingang umdrehte, waren ihm die Augen zugefallen. Er war Mitte zwanzig, hatte die ganze Karriere vor sich, die den Polizeidienst auf den Îles des Saintes so anziehend machte.

Seit unserem Besuch vor zwei Jahren war die Hauptstraße asphaltiert worden, auch ein Teil des Uferweges. Die Hütten waren klein und ärmlich geblieben. Eine Pier für die Fähre aus Guadeloupe befand sich in Bau. Hinter dem Dorf irgendwo mußte es einen neuen Flugplatz geben. Ein Flugtaxi kurvte verwegen herab und schwebte ins Tal, als wollte es augenblicklich zerschellen.

Die Einwohner ernährten sich von Fischfang. Die Trockenheit der niedrigen Inseln machte Landwirtschaft unmöglich. Es gab keine Berge, die Wolken fingen und Niederschlag brachten.

Wir wanderten vom Dorf über eine Felsensenke windwärts. Zu beiden Seiten standen trockene Hügelkuppen. Der Passatwind faßte nach uns und riß an unserer Kleidung. An der Luvseite donnerte Brandung über Riffe und Uferfelsen, schäumte den Strand herauf. Die Luft war salzgeschwängert. Im Sand wuchs karges Gras. Der Wind rüttelte an den mageren Halmen. Wir setzten uns auf einen Stein und blickten über den Atlantik. Tiefblau lag er da, hob sich grün zu Brandungswellen, schmückte sich weiß und rollte bis vor unsere Füße.

Wind und Brandung machten uns unruhig. Die Haut wurde klebrig vom salzigen Niederschlag. Wir gingen in die Stille des Dorfes zurück. Dort setzten wir uns auf eine Steinbank in den Schatten eines Flamboyants. Er hatte aller Trockenheit wie durch ein Wunder widerstanden.

Wir saßen, suchten nichts, erwarteten nichts, dachten nichts. Wir saßen einfach in der Stille des Dorfes. Eine hellhäutige Negerin ging vorbei. Sie trug einen Eimer auf dem Kopf, über dessen Rand Fischschwänze ragten. Wir grüßten. Sie grüßte zurück, ohne den Kopf zu bewegen, der Eimer durfte nicht fallen. Die Last auf dem Kopf ließ sie sehr aufrecht gehen. Trotz ihrer Leibesfülle in einem geflicktem Kleid schritt sie würdevoll. Ihre Hellhäutigkeit teilte sie mit vielen Einwohnern. Sie waren Nachkommen von Bretonen, die vor Zeiten die Inselgruppe besiedelt und sich von anderen Inseln schwarze Frauen geholt hatten.

Ein kleines Mädchen lief vorbei. Es erschrak vor uns und umlief uns in großem Bogen. Vor der Eckmauer hielt es an und blickte neugierig zu uns her. Es war mit dunklem Trägerrock und weißer Bluse gekleidet. Im Wollhaar trug es eine übergroße gelbe Schleife. Als Elga ihm zulächelte, verschwand es um die Mauerecke.

Eine Frau kam mit einer Tragetasche. Elga fragte nach dem Lebensmittelgeschäft. Die Frau beschrieb den Weg. Sie war klein von Wuchs. Hungerfalten im Gesicht ließen sie älter erscheinen, als sie sein mochte. Die beiden Frauen kamen ins Gespräch. Die Negerin setzte sich neben Elga auf die Ecke der Bank. Die Tragetasche hielt sie auf dem Schoß. Sie zupfte das abgetragene Kleid immer wieder über ihre Knie. Mit runzeligen Fingern strich sie sich über das ergrauende Krusselhaar. Sie war es nicht gewohnt, mit Fremden zu sprechen. Aber sie wollte die Gelegenheit nutzen, den Alltag mit Neuem zu erfüllen.

Das kleine Mädchen kam hinter der Eckmauer hervor. Es trug eine polierte Lambi-Muschel. Kinder verkauften diese schillernden Gebilde an Fremde, die mit der Fähre kamen. In großer Schüchternheit trat das Mädchen Schritt um Schritt auf uns zu.

Die Frau sprach es an. Das Mädchen schüttelte den Kopf.

»Es ist ihre Tochter. Sie will uns die Muschel nicht verkaufen«, erklärte Elga. »Mehr hab' ich von ihrem Patois nicht verstanden.«

In großer Selbstüberwindung ihrer Scheu machte die Tochter die letzten Schritte, erreichte ihre Mutter, knickste leicht, sprach schnell, flüsterte fast und gab die Muschel hin. Die Mutter umarmte das Kind, wobei sich Tragetasche und Muschel als hinderlich erwiesen. Aus den Armen der Mutter blickte das Kind uns mit großen Augen an. Es lief eilig fort, als die Arme es freigaben.

Elga fragte. Die Frau antwortete, das Gespräch war ihr nicht mehr wichtig. Sie verabschiedete sich und ging um die Eckmauer ihrer Tochter nach. Die Tragetasche zerrte an ihrem Arm. Die große Muschel hielt sie im anderen an den Körper gepreßt.

»Ich hab's kaum verstanden«, sagte Elga. »Das kleine Mädchen hatte Unterricht bei einem Priester – irgend so etwas. Hier kam es zu seiner Mutter, der es die Muschel überreichte – statt sie zu verkaufen.«

»Verkaufen? Das schüchterne Kücken?«

»Ich kann nur sagen, was ich verstanden habe. Das Kind sagte zur Mutter – also, dem Sinn nach: ›Wir haben heute von Pater‹ – den Namen hab' ich nicht verstanden – ›gelernt, daß wir Vater und Mutter ehren sollen, daß wir euch gleich etwas schenken sollen – hier! Und daß wir artig sein sollen.‹ Das konnte es vor Befangenheit nur noch flüstern.«

Ich blickte die Dorfstraße entlang. Sie lag verlassen, uralter Inselstaub auf dem neuen Asphalt. Über den Dächern der getünchten Häuser flimmerte die Hitze. Sie lastete ebenso schwer und zäh auf dem Dorf wie die Armut.

Wir erhoben uns und gingen den Weg, den die Frau Elga beschrieben hatte – einmal links, einmal rechts.

Die Dorfkirche war ein altersschwaches Gebäude. Ihre Tür stand offen. Ich stieg die ausgetretenen Stufen empor, trat aber nicht ein. Im Halbdunkel glühte am Altar das Ewige Licht.

Das kleine Mädchen: auf dieser Insel wird es in Armut leben, in Mühe arbeiten. Was noch? Es wird beten. Vielleicht wird es bewahren können, was andere Menschen vergessen haben.

Der Geistliche kam zum Ausgang und trat heraus. Unsere Blicke begegneten sich. Er war ein kleiner, weißer Mann mit eindringlichen Augen in einem feingeschnittenen Gesicht. Der Name dieser Inseln sprang mir ins Bewußtsein – so oft gedankenlos gelesen und gesprochen.

Der Geistliche grüßte und schritt an mir vorbei zur Straße. Die

Soutane umflatterte seine schmächtige Gestalt lächerlich.

Elga hatte den Laden gefunden und sich eine Übersicht des Angebots verschafft. Wir waren zum Steg gegangen und an Bord gerudert. Wir hatten KAIROS in diese kleine Bucht gebracht.

Heiß brennt die Sonne. Kühl knistert die Brise in den Palmen. Elga beendet ihren Ausflug am Felsen des Pain de Sucre. Sie kommt mit dem Dingi längsseits. »Na?« fragt sie, als sie an Deck steigt.

»Ich habe an den Polizisten, das Kind und den Geistlichen gedacht.«

Über uns kurvt ein Flugtaxi und setzt verwegen zur Landung an. Es bringt Besucher. Noch sind es wenige.

Die Sloop FARAWAY, Plymouth, Blue Ensign, ging neben uns vor Anker. Ich ruderte hinüber. Edward und Elizabeth waren von den Grenadines heraufgesegelt. Sie fragten nach den Einklarierungsformalitäten. Ich erzählte ihnen von dem Polizisten im Dorf.

»Es ist wohl besser, wenn wir ihn aufsuchen«, sagte Edward. »Bourg ist kein port of entry.« Er war etwa vierzig, hatte volles dunkles Haar, trug einen Bart von der Oberlippe wohlgeschnitten beidseitig zum Kinn hinab. Er blickte freundlich und belustigt vom Deck auf mich im Dingi herab.

»Kann man da einkaufen?« fragte Elizabeth.

»Es gibt einen Laden dort. Elga, meine Frau, hat sich das Angebot angesehen. Ihr könnt mit dem Schlauchboot nach Bourg fahren.«

Ihr Schlauchboot an der Schleppleine hatte einen starken Außenbordmotor.

»Wird das beste sein«, sagte Edward. »Bourg liegt gleich hinter diesem komischen Zuckerhut herum – oder?«

»Bevor ihr abfahrt, kommt bei uns längsseits. Elga weiß, was es im Laden gibt.«

So taten sie. Elga fuhr mit ihnen, weil sie ebenfalls irgendwas brauchte.

Am Abend saßen wir unter den Palmen. Von einer französischen Familie, die in einer Hütte unter den Palmen wohnte, erbaten wir einen Brettertisch und eine roh gezimmerte Bank, die abseits am Strand standen. Liz und Elga bereiteten Salate. Ed und ich machten ein Feuer, auf dem wir grillen wollten.

»Ihr Männer«, sagte Liz, »nun laßt euren Scheiterhaufen mal runterbrennen, wir brauchen nur die Glut.« Sie hatte ein breites Gesicht mit aufmerksamen Augen. Sie trug eine Schirmkappe, unter der sie das dunkelblonde Haar zusammengesteckt hielt. Nahm sie die Kappe ab, ließ sie das Haar schwungvoll niederfallen. Es war ein Effekt, den sie zu lieben schien. Sie war schlank, etwas größer als ihr Ed, dem sie half, sicher durch die Schwierigkeiten des Lebens und des Segelns zu manövrieren.

Ed schien das zu schätzen. Jedenfalls litt sein Selbstbewußtsein nicht darunter.

»Ist doch gut«, er stieß mich mit dem Ellenbogen in die Seite, »das große Feuer. Während es runterbrennt, haben wir Zeit, ein Glas Wein zu trinken – besser: zwei Gläser Wein.«

Wir setzten uns ins Gras, wo es verdorrt im Ufersand verlief. Die Sonne sank auf die Hügel von Terre d'en Bas. Gegenlicht und Dunst ließen die Hügelformen wie eine graugrüne Fläche erscheinen, in der wachsende Dämmerungsschatten sich ausbreiteten. Darüber im zartblauen Himmel zogen leichte Wolken. Sie spiegelten sich im Wasser der Bucht. Vor uns am Ufersaum schlurfte hin und wieder eine Welle auf den Sand. Aus irgendeiner Weite, auf irgendeine Weise hatte sie sich in die kleine Bucht verirrt. Die Beiboote lagen hochgezogen auf dem Strand. Das massige Schlauchboot der FARAWAY wirkte wie eine große Echse, daneben die Plastikwanne der KAIROS wie ein kleiner Witz.

Wir tranken französischen Wein und wurden guter Dinge. Liz und Ed erzählten. Sie hatten einen Eisengroßhandel in Plymouth. Das Segeln im Englischen Kanal war ihnen zu eng geworden. Nach weiten Reisen mit dem Auto durch Nordamerika –

»Da haben diese Cowboys aus unseren guten, englischen Namen Ed und Liz gemacht«, erklärte Edward. »Wir fanden das unfair – nun ja, bis wir uns dran gewöhnt hatten.«

– nach einer weiteren Reise auf einem kleinen Handelsfrachter über die sommerliche Hudson Bay hatten sie das Großhandelsgeschäft verpachtet und waren an Bord ihrer Sloop gezogen.

»Verpachtet«, sagte Ed. Er lehnte sich gegen einen Palmenstamm, die Barfüße weit von sich gestreckt. »Verpachtet. Hat Liz sich deutlich ausgedrückt? Das bedeutet eine ständige Einnahme. Wir sind zwar sparsam, aber von der Substanz wollen wir nicht zehren. Außerdem weiß man nie, was gesundheitlich auf einen zukommt. Ich bin jetzt Anfang vierzig, da kann schon mal was –«

Liz rollte aus dem Hocksitz über ihre angezogenen Füße vorwärts und griff sich die Weinflasche, aus der sie einschenkte. »Ach, Ed, mein Ed«, sagte sie forsch, »du mit deinen Wehwehchen.« Zu Elga: »Er meint, daß ab vierzig die Gesundheit ständig nachläßt.« Sie stieß die leere Flasche in den Sand.

»Nun ja«, sagte Ed-mein-Ed belustigt, »an Bord ist das Leben ja verhältnismäßig gesund. Deshalb segeln wir. Ich finde es aber immer sehr komisch, wenn Männer nicht zugeben wollen, daß sie Beschwerden haben. Meint ihr, unsere Forscher – zum Beispiel Dr. Livingstone in Afrika oder Henry Hudson auf der Suche nach der Nordwest-Passage – haben keine Wehwehchen gehabt? Oder gar der große James Cook?«

Liz winkte ab. Sie erzählte von den Plänen der beiden. Sie wollten nordwärts an der US-Ostküste entlang, bis »es meinem Ed mit der Seesegelei zuviel wird«.

Er unterbrach: »Das geschieht manchmal. Dann ist mir dieses ständige Stampfen, Rollen und Schlingern zuviel. Mein Rücken schmerzt, meine Kniegelenke ziehen. Liz kennt sowas nicht.«

»Nein«, sagte Liz, »Segel setzen, los, gute Etmale! Wenn FARAWAY 130 und 150 macht, fühl' ich mich am wohlsten.«

»Und daß unsere FARAWAY so gut unter Farbe ist, haben wir auch meiner Liz zu verdanken. Wie alt bist du?« fragte er mich.

»Ich werd' sechzig.«

»Und?«

»Und jetzt ist das Feuer runter auf heiße Glut«, sagte ich. »Los, bring' den Bratrost und die Würstchen.«

Die Würstchen am Band hatte das Geschäft in Bourg als einziges Grillmaterial im Angebot gehabt. Ed-mein-Ed und ich hatten Schwierigkeiten, den Bratrost in richtiger Höhe über der Glut zu haltern. Es gelang erst, nachdem wir einige große Steine gefunden und mit viel Gestöhn zur Feuerstelle geschleppt hatten.

»Tut dir der Rücken auch so weh?« fragte Ed.

»Ja«, sagte ich, »ganz unerträglich. Gib die Würstchen, Ed.«

Er spielte mit den Würstchen ähnlich wie mit einem Jo-jo, bevor er das Band durchschnitt. »In deinem Alter mußt du ja auch was mit dem Rücken haben. Also ich – ich hab' eine Menge Beschwerden.«

Die Würstchen auf dem Rost brieten zischend.

Das Geräusch brachte Liz auf die Kampfstätte. »Kein Fett, nur Wasser in den Dingern. Hol' die Dose mit der Margarine, Ed.«

Mit einem letzten Lichtstrahl auf die Palmenkronen über uns sank die Sonne hinter Terre d'en Bas. Ein leichter Wind seufzte um den Pain de Sucre und verwehte. Mosquitos begannen zu summen.

Elga breitete eine Decke über den Holztisch, stellte Schüsseln und Teller bereit, legte Bestecke auf. Liz bestrich die Würstchen mit Fett und briet in Geduld braune Ergebnisse. Ed und ich holten von den Schiffen lange Hosen und Blusen, die wir über Bikinis und Badehosen zogen, um Schutz vor den Mosquitos zu haben.

Im Schein eines Windlichts von Bord der FARAWAY setzten wir uns zum Mahl. Ed-mein-Ed führte einen aussichtslosen Klatsch-und-Wedel-Krieg gegen die Mosquitos. Wir anderen versuchten, die Plage durch Nichtachtung zu bestehen.

»Wenn es dunkel ist«, sagte Elga, »hören sie auf.«

»Ausrotten, die Biester!« rief Ed. »Die können Fieber übertragen.«

Wir lachten ihn aus.

Ed hatte die große Gabe, seine Eigenarten nicht sehr ernst zu nehmen. Er lachte mit. »Ich meine es nur gut mit meinen Warnungen. Zum Beispiel ist das Denguefieber auf diesen Inseln keineswegs besiegt. Lizzy, gib mir bitte noch ein Würstchen, nun ja, gib mir zwei. Bleiben dann noch genug für euch? Gut. Das Denguefieber wird von der Gelbfiebermücke übertragen. Und vor ein paar Tagen hieß es in den Nachrichten, daß im Norden von Guadeloupe dieses Fieber in Einzelfällen aufgetreten ist. Das sind keine 40 Seemeilen von hier.«

Elga wollte wissen, wie Denguefieber sich äußert.

Ed war gut unterrichtet. »Hohes Fieber durch einen Virus, Gelenkschmerzen, Muskelschmerzen – oft so heftig, daß der Kranke sich nicht mehr bewegen kann.«

»Woher weißt du das alles?« fragte ich.

Ed war in zurückhaltender Weise entsetzt. »Ja, guter Mann, liest du denn nicht, was alles euch in fremden Landen erwarten kann?«

»Mehr oder weniger schon. Aber deine Kenntnisse sind profund.«

Liz erklärte: »Ed hat ein dickes Buch. Das hat er antiquarisch erstanden. Es ist ein medizinisches Handbuch für die Handelsmarine aus dem Jahre 1899 – der praktizierenden Schiffsführung anempfohlen.«

»Dann kann euch ja nicht viel geschehen.« Ich stellte mir vor, wie Ed-mein-Ed links das Medizinbuch, rechts das Skalpell in der Hand seiner Lizzy das Blinddärmchen entfernt, angespornt durch ihre forschen Ermunterungen.

Ed hatte die weitere große Gabe, seinen Mitmenschen freundlich ins Herz zu blicken und ihre Eigenarten nicht ernster als seine eigenen zu nehmen. Er sah mein vom Windlicht beleuchtetes Gesicht und sagte belustigt: »Die Operationsbeschreibungen? Großartig! Aber sie sind leider nicht als Tischgespräch geeignet.« Er öffnete eine Flasche. »Wir haben meine Liz bei der Preisgabe unserer Segelpläne unterbrochen. Ich schenke jetzt Wein ein und dann erfahrt ihr die Einzelheiten unserer bahnbrechenden Absichten.«

Liz hob die Schirmkappe und schüttelte sich das Haar frei. »Wo habt ihr mich denn unterbrochen?«

»Deinem Ed wird die Seesegelei zuviel«, sagte Ed freundlich.

»Ja, wenn das eintreten sollte, laufen wir durch den Intra Coastal Waterway weiter nach Norden. Wir wollen im Herbst in den Großen Seen sein. Wir wollen da irgendwo überwintern.«

»Kalt«, sagte Elga.

»Ja. Wir sind vorbereitet. Zwei Öfen an Bord. Notfalls kommt FARAWAY an Land ins Winterlager und wir in eine Mietwohnung. Wir lieben den Winter im Norden, die Tropen aber nicht allzusehr. Nächstes Frühjahr wollen wir FARAWAY verladen lassen – haben uns schon nach den Möglichkeiten wegen der Schiffsabmessungen erkundigt: es geht – also, verladen lassen nach Seattle oder Vancouver an der Pazifikküste. Dann segeln wir nordwärts nach Alaska, so weit wir im Sommer kommen.«

»Seht mal«, sagte Ed, »das ist eine Reise ohne Ehrgeiz im Rahmen unserer Möglichkeiten. Was haben wir davon, wenn wir wie die Irren übers Karibische Meer preschen, im Panama Canal beim Schleusen heftig schwitzen, ein paar Leinen zerfetzen und Bruch machen – das gibt ja nie einer zu, dem's geschehen ist – dann weiter durch die Flauten und Gewitter an der US-Westküste segeln? Es kommt immer noch hart genug. Segeln ist schön, über Land reisen besser. Wir wollen unser Wissen erweitern – unseren Horizont, wie man sagt. Das geht paradoxerweise nur an Land, wo der Horizont meist verdeckt ist.«

Wir erzählten von unseren Landreisen mit dem Campingwagen in Nordamerika.

Es war dunkel geworden. Rundum sangen die Baumfrösche. Durch die Palmwedel über uns leuchteten Sterne. Schwarz stand der Kegel des Pain de Sucre gegen den nachthellen Himmel. Immer wieder schlurfte eine Welle aus dem Nirgendwo auf das hingebuchtete Band des Strandes. FARAWAY und KAIROS lagen schemenhaft in der Dunkelheit. Unsere Gespräche verebbten. Jeder hing seinen Gedanken nach.

Kurz bevor die Kerze im Windlicht niedergebrannt war, packten wir unsere Sachen ein und löschten die letzte Glut des Feuers.

Mit Zuruf und Gegenruf ruderten wir zu unseren Schiffen. Das Schlurren der Schiebeluken klang durch die Nacht. Es wurde still. Nur das eintönige Singen der Baumfrösche hielt an.

Wir verbrachten viele Tage zusammen auf dem Ankerplatz der kleinen Bucht. Wir badeten und machten Erkundungsgänge auf die Hügel. Sie blieben kurz. Hitze und Sonnenschein waren stark. Ed und ich entdeckten unser gemeinsames Interesse an Geschichte und Entdeckungsfahrten alter Zeiten. Wir unterhielten uns stundenlang. Und immer wieder zu viert saßen wir am Abend vor dem Brettertisch, sahen die Nacht kommen, wenn unser Feuer gloste und die Wasserwürstchen zischten. Liz und Elga war es nicht gelungen, die Ladenbesitzerin in Bourg zu einem angepaßten Angebot zu überreden.

»Sie kann das doch beim Handelsvertreter aus Guadeloupe bestellen«, sagte Liz und nahm ihre Kappe ab.

»Warum?« fragte Ed und lächelte. »Bietet sie Steaks und Edelgemüse an, kommen die Yachten in Scharen. Sie bietet Steaks und Edelgemüse nicht an, weil Yachten in Scharen nicht kommen. In dieser kreisenden Ursächlichkeit genießen wir unsere Freiheit und die Wasserwürstchen. Ich möchte es nicht anders haben. Wißt ihr, daß wir sehr gut dran sind? Wir können die Erde noch in menschenwürdigen Maßen erleben. Beim Segeln – ich schränke ein: solange es nicht meinem Geist und meinen Gelenken schadet – erleben wir die Ursprünglichkeit des Meeres. Beim Reisen über Land begegnen wir dem Bild der Erde, das den Menschen einmal geprägt hat. Für viele ist die Erde eine Piste geworden, auf der man heute in London Geldgeschäfte erledigt, morgen in New York Immobiliengeschäfte tätigt und anderntags in Tokio Warengeschäfte abwickelt. Nun ja, ich habe nichts dagegen, kann es ja auch nicht ändern. Aber so schnell, wie unser technisches Übergewicht größer wird – daß ich nicht lache, unser sogenannter Fortschritt – so schnell wird unsere Zivilisation altern. Wenn ich den Begriff Zeit als menschliches Verhältnis zu einer Daseinserwartung definiere, dann rasen wir mit gutem Schwung dem Ende zu. Wir altern schnell. Im Alter kommen bei Menschen und Menschengemeinschaften die Wehwehchen, sind eines Tages nicht mehr zu reparieren: neue Krankheiten, vielleicht Epidemien, Gleichgültigkeit, Nicht-ändern-können-und-wollen, Kult mit Hinfälligem und Zwielichtigem, dabei Raffinement und Ekel zugleich, Ausweglosigkeit. Oder?«

Als ich schwieg, fügte er hinzu: »Es gibt unzählige Beispiele. Willkürlich nenne ich nur vier: die Ära des großen Babylon mit der biblischen Sprachverwirrung zum Schluß, die Ära des großen Römischen Reiches mit Brot und Spielen für die Volksmassen zum Schluß, die Ära unseres großen British Empire mit dem Elend der heimatlosen farbigen Engländer zum Schluß, die Ära der Technik und des unversorgten Atommülls mit –«

»Na«, entfuhr es mir, »das ist nicht logisch.«

»Doch«, sagte er und lachte, »für mich schon.«

»Also gut«, willigte ich ein, »womit das Atomzeitalter?«

»Mit Tourismus, Sex und Vulgärsprache zum Schluß. Alles im Ausmaß. In Endzeiten verfallen Form und Sitte. Das ist eine Binsenweisheit, die man gerne nur auf die Vergangenheit anwendet. Vorm drohenden Untergang will man sich ablenken, will man genießen, will man protzen – und wenn es mit Kraftausdrücken ist.« Er sah mich belustigt an und sagte freundlich: »Das bedeutet ja nicht, daß unser Leben keinen Sinn gehabt hat. Man erkennt ihn nur nicht mehr. Ich wiederhole: wir sind wirklich gut dran – hier – far away – noch.«

Er holte eine kleine Silberdose aus der Brusttasche seines Buschhemds und ließ sie aufschnappen. Behutsam entnahm er ihr eine Tablette, die er geübt schluckte, wie täglich um diese Zeit.

Ed und Liz segelten nach vielen Tagen ab. Wir blickten ihnen nach und winkten. Die FARAWAY lief über das ruhige Wasser der Außenbucht, knallte schäumend in die See, die der Passat jenseits der Einfahrt aufwarf, und verschwand hinter dem Kap von Terre d'en Bas.

Martinique. Wir saßen auf den Stufen, die eine Freitreppe gewesen waren. Sie führten auf eine überdachte Terrasse. Das Haus hinter der Terrasse hatte eine verriegelte Eingangstür. Beidseitig waren die Läden der französischen Fenster geschlossen und vernagelt. Vor uns der Garten lag verwildert. Eine große Bougainvillea warf Kaskaden roter Blüten über vertrocknetes Gras. Zur anderen Seite vor einem rostigen Drahtgitter war die Hibiskushecke bis zwischen die Palmenstämme hochgewachsen. Ein hölzernes Gartentor hing schief in den Angeln.

Westwärts konnten wir den äußeren Teil der Anse d'Arlet sehen, dahinter das Karibische Meer im Licht der Nachmittagssonne. Der Horizont lag unscharf unter einem silbrigen Dunstschleier.

Das alte Haus, der verwilderte Garten, die gespaltene Treppe, das Wehen des Windes in den Palmkronen – wer hatte hier gelebt, sich gefreut, vielleicht gelitten? In der Verwahrlosung hatte ein Hauch Großzügigkeit überlebt. Konnten wir den erneuern?

Als wir gestern an der Anse d'Arlet vorbeigesegelt waren, hatten wir das verlassene Haus auf der Höhe zum ersten Mal bewußt gesehen.

»Wir hatten anderes im Sinn«, sagte Elga, »jetzt sehen wir es uns an.« Sie hatte das Ruder gelegt und die Maschine gestartet. Ich hatte die Segel geborgen und den Anker klariert. Eine halbe Stunde später lagen wir in der Anse d'Arlet vor Anker. Zur Vormittagsstunde hatten wir uns auf den Weg gemacht. Zunächst der Straße, dann einem alten Weg hügelauf waren wir gefolgt.

Wir hatten keinen Menschen getroffen. Dreimal waren wir um die Mauern des Hauses gegangen – mit scharfsinnigen Feststellungen wie alte Architekten und überzeugenden Absichten wie alte Zauberer: »Schiefe Balken« – »werden natürlich gerichtet« – »zersplitterte Fenster« – »werden selbstverständlich erneuert« – »Wurzeln am Fundament« – »werden rausgeholt, wird neu zementiert«. Schließlich hatten wir uns auf die Reste der schattigen Treppe gesetzt – »wird neu gemauert«. Jeder dachte sich seinen Teil. Wir wollten bei einem Heim an Land sinnvolle Aufgaben und entsprechende Arbeit haben. An einem bezugsfertigen Prachtbau war uns nichts gelegen.

Im Gebüsch raschelte es. Dann raschelte es heftig.

Das brachte mich in die Wirklichkeit. »Nehmen wir an, liebe Frau, dies wird uns verkauft, dann müssen wir sehr bald Rattengift legen. Bevor wir kaufen und Rattengift legen, müssen wir einen Plan mit Kosten für Reparaturen und Arbeiten aufstellen. Bevor wir kaufen und Rattengift legen und einen Kosten- und Arbeitsplan aufstellen, müssen wir das Geld haben, um –«

»Rattengift zu finanzieren«, schloß Elga.

Ich fuhr fort: »Das führt uns zum – zum Verkauf – ja, Verkauf, also –«

»– zum Verkauf des Schiffes«, sagte Elga unfroh.

Ich schwieg. Sie schwieg. Wir waren so weit wie vor Wochen, als wir wie Säulenheilige auf den Torpfosten des leeren Bungalows über der Anse Mitan gesessen hatten. Hier saßen wir wie Zauberlehrlinge auf der zerbrochenen Freitreppe des leeren Hauses über der Anse d'Arlet.

Elga sagte: »Wir sind einfach mit unserer inneren Entwicklung noch nicht so weit. Aber in zwei Monaten beginnt die Hurrikanzeit. Und wir wissen nicht, wohin wir wollen. Was uns fehlt, ist ein Plan, ein Ziel und der Weg dahin. So war es noch nie mit mir, mit dir, mit uns. Und manchmal bekomme ich deswegen Angst.«

»Während der Hurrikanzeit segeln wir nach Venezuela«, antwortete ich. »Vorher wollen wir hier Möglichkeiten zum Bleiben prüfen.

Diese Prüfung ist noch nicht abgeschlossen. Es muß ja nicht Martinique sein.«

Elga schwieg.

Ich stand auf und sagte: »Als letzte Möglichkeit haben wir ja immer unser Grundstück auf der Ziegeninsel. Wenn wir hier nichts finden, dann segeln wir dorthin. Das ist ein Ziel und der Weg dahin, wenn du so willst.«

Elga nickte.

Unsere Ziegeninsel, wie wir sie nannten, stand mit schwarzen Lavaklippen und grünen Berghängen im östlichen Atlantik – 3000 Seemeilen entfernt. Vor Jahren hatten wir mit KAIROS dort im Hafen gelegen. Zwei Tatsachen waren zusammengekommen: die Insel gefiel uns in ihrer herben Schönheit und meine Lebensversicherung wurde ausgezahlt. Wir hatten uns ein kleines Grundstück gekauft. Elga war von dem Platz als »stille Zuflucht für alle Fälle« begeistert, ich mit der Geldanlage als »stille Reserve« zufrieden gewesen. Dann hatten wir kaum noch daran gedacht.

»Komm«', sagte ich und zog sie von der Treppe in meine Arme.

Wir liefen den Weg hinunter. Auf der Straße begegneten wir einem Schwarzen. Er trieb mit »Hoh!« und »Hott!« drei Rinder vor sich her.

»Frag' ihn, Elga.«

Dem Viehtreiber zufolge war das Haus zu verkaufen, es hatte zu einer Zuckerrohrplantage gehört, war abgetrennt von anderen Leuten bewohnt worden, die Leute waren nach Paris gezogen. Den Hausmakler wußte der Schwarze nicht. Er grinste fröhlich. Seine Kühe hatten inzwischen schmackhafte Buschsprößlinge abseits der Straße gefunden. Er trieb sie zusammen und weiter ging's mit »Hoh!« und »Hott!« dem nahen Dorf Arlet zu.

Zum späten Nachmittag wurde es kühl unter den Bäumen der Straße. Langsam gingen wir zurück. Auf den Wiesen graste Vieh. Die Pfähle der eingrenzenden Zäune hatten ausgeschlagen und bildeten sprießende Hecken. Es war ein paradiesischer Anblick, die Natur hilft dem Menschen, wenn er sich sinnvoll verhält.

Wir brachten unser Beiboot zu Wasser und stiegen ein. Ich ruderte los mit dem Heck nach vorn. Da lag KAIROS wie ein Versprechen. Und wir stocherten halbherzig in verwilderten Grundstücken herum. Der rechte Augenblick, er war offensichtlich noch nicht da: für KAI-

ROS nicht, für Elga und mich nicht. Ich sagte das Elga und schloß: »Warum also machen wir uns Gedanken?«

Sie lachte. »Warum – warum ruderst du mit dem Heck nach vorn? Ich bin doch kein Wellenbrecher.«

»Ich will KAIROS beim Rudern ansehen.«

»Ich auch.«

Mit zischenden Riemen ruderte ich eine Wende.

»Nicht so wild!« schrie Elga in Fontänen spritzenden Wassers. »Schwimmen will ich später.«

Wir schwammen. Ich jagte Elga ums Schiff herum, was uns außer Atem brachte. Wir vergaßen Bungalows und Landhäuser in verwilderten Gärten, vergaßen unsere Ziegeninsel im fernen Atlantik. Die Sonne sank. Die Palmenstämme am Ufer leuchteten im roten Licht. Die Wolken über uns zeigten feine rosa Ränder. Die Klarheit des Himmels strahlte.

Am nächsten Tag setzten wir unsere Fahrt fort. Unser Ziel war St. Anne, ein kleines Fischerdorf an der Südküste von Martinique. Es liegt nahe des Cul-de-Sac Marin. Diese Bucht führt mit vielen Untiefen 3 Seemeilen ins Land hinein. Sie hat zwei Nebenbuchten, die wir erkunden wollten.

Beim Runden der Südwestspitze Martiniques faßte der Passat nach uns. Wir trugen Vollzeug bei Ostsüdost Stärke 5. Am Roche du Diamond vorbei liefen wir hoch am Wind in die Passage zwischen Martinique und St. Lucia ein. Eine lange Atlantikdünung zog unter der Windsee. Leuchtende Passatwolken wehten am blauen Himmel. Fern in Südsüdost hing ein blau verwischter Regenschauer überm Horizont. Schwach waren südwärts die Berghänge von St. Lucia auszumachen, etwa 20 Seemeilen entfernt.

»Klar zur Wende – rhe!« Elga ließ das Ruderrad wirbeln. Herum nach Backbord schwang der Bug im Lärm trommelnder Gischt, knallender Blöcke und schlagender Segel. KAIROS neigte sich zum neuen Kreuzschlag. Elga führte das Schiff vorsichtig an den Wind, das Vorliek des Besans begann leicht zu zittern. Elga ließ das Ruder. Die Segel steuerten. KAIROS luvte langsam an. Ich gab einen Schrick in die Besanschot. Das Schiff antwortete sofort: Segel plus Kiel im Gleichgewicht bedeutet Kursbeständigkeit. Es war herrlich. Die Freude am Trimm des Schiffes hatte uns viel Arbeit gekostet. Der Trimm war ständig zu überwachen, Gewicht von Trinkwasserkanistern und Konservenlast änderte sich oft. Es war erstaunlich, auf welch geringe Veränderungen von Gewicht dieses Zwanzig-Tonnen-Schiff ansprach.

Wir saßen auf der Luvbank des Cockpits und betrachteten die Südküste der Insel. Grüne Bergrücken senkten sich zu den Ufern hin. Hier und dort gab es weiße Häuseransammlungen von Dörfern. An einigen Ufereinschnitten standen Hotelkästen oder Reihen von Bungalows. Je näher wir der Küste kamen, desto deutlicher wurden die Uferfelsen mit der Brandung darunter.

Wieder kam die lärmende Wende, danach das Sitzen und Betrachten der Küste, diesmal jener von St. Anne mit dem Kirchturm, die uns mit jedem Kreuzschlag näher kam.

Am frühen Nachmittag liefen wir unter Maschine in die Windabdeckung unter dem Dorf. Ich holte das Handlot und begann, vom Vorschiff aus zu loten. »Vier Meter – vier – drei – zwosiebzig, Steuerbord, holdes Kind, Steuerbord – drei.«

Wir ankerten in gutem Abstand vor einem langgeschwungenen Sandstrand auf 3,60 Meter Wassertiefe. Wir schwammen zum Strand und liefen über den weißen Sand, bis wir keuchten. Dann saßen wir auf dem Achterdeck, erfreuten uns an Landformen und Himmelsfarben zum Sonnenuntergang.

Ich holte die Seekarte. Wir besprachen, was wir mit dem Dingi im Cul-de-Sac erkunden wollten: Ankermöglichkeiten in den Nebenbuchten, Wassertiefen und Seezeichen im Vergleich zu der Spezialkarte – auf die Karten war meist kein Verlaß – Hurrikanschutz, Versorgung im Dorf Marin.

Golden stieg die Sonne über die Hügel im Osten. Flach warf sie das Licht über Land und Wasser. Das brachte Farben und Schatten in harten Gegensatz und zu vielfach getönter Abwechslung. Noch zog ein kühler Hauch über die Ufer. Er roch nach Erde und Blüten. Mit der steigenden Sonne wurden die Gegensätze und Farben verdrängt, bis alles in Hitze flimmerte.

Ich ruderte dicht am Ufer entlang, wo Strand und Wassersaum im Schatten lagen. Unter meinen Knien lag das Lot mit der aufgeschossenen Leine. Wir trugen unser Badezeug, hatten Hüte und Hemden gegen Sonnenbrand mitgenommen, auch Trinkwasser und ein paar Keks. Bis zur Einfahrt ruderte ich eine halbe Seemeile. Durch Palmen und Büsche kamen die Bungalows des Club Méditerranée in Sicht. Einige frühe Strandläufer winkten uns lachend zu.

Um den Bootssteg des Clubs herum ruderte ich nach Nordost. Vor uns öffnete sich der Cul-de-Sac Marin. Das Licht schimmerte in zuckenden Reflexen auf dem Wasser. Es wehte kein Wind. Das Rudern war leicht.

Elga betrachtete die Seekarte. »Die Einfahrtstonnen, sowohl draußen vor den Sänden als auch hier drinnen, liegen gemäß Seekarte. Aber die Baken als Deckspeilung für die Einfahrt fehlen.« Mit dem Bleistift machte sie Vermerke auf der Karte. »Wir halten auf die Mittelgrundtonnen zu – auf die südliche. Bis dahin ist es für KAIROS tief genug.«

Nach Südost öffnete sich die erste Nebenbucht. Ich ließ das Beiboot treiben. Die Bucht sah anders aus, als die Seekarte vermuten ließ. Der Ruderweg zum Dorf Marin – auf der Karte ein paar Zentimeter – war eine lange Strecke gegen den vorherrschenden Wind. Nach Nordwest lag sie offen. Die Hügel am gegenüberliegenden Ufer boten wenig Schutz. Auf der Seekarte schienen sie genügend Abdeckung gegen Hurrikanwinde zu geben, in Wirklichkeit nicht.

Ich ruderte weiter nach Nordost. Elga konnte mich wegen ihrer schlechten Rückenwirbel nicht ablösen. Sie schaffte nur kurze Strecken. Nach einer halben Stunde erreichten wir die Südtonne am Mittelgrund. Sie war verrostet und von Guano verdreckt. Ich kniete mich in den Bug des Dingis, während Elga von ihrem Achtersitz aus langsam weiterruderte. Ich warf das Lot. Aus Tiefen um zehn Meter hob sich der Grund steil zu weniger als einem Meter unter undurchsichtigem Wasser.

Mit einem Blick auf die Karte sagte Elga: »Die müssen wir also gut frei an Steuerbord halten, wenn wir nach Marin wollen.«

Auch bei der zweiten Tonne im Norden stimmten Karte und Wirklichkeit überein. Die Reede vor Marin konnten wir uns später ansehen. Die andere Nebenbucht lag südlich von uns.

Ich ruderte zur ersten Tonne zurück. Sie war der Ausgangspunkt für die Kurse in die Nebenbucht. Tonnen gab es da nicht. »Rudere in Richtung Palme dort – etwa Ost, Elga.«

Elga nahm die Riemen und brachte das Dingi in die angegebene Richtung. Ich lotete – dreizehn Meter – fünf – drei – zwei. Elga hielt mit dem Rudern inne und sah auf die Karte.

»Und weiter südöstlich?« fragte ich.

»Keine Angaben.«

Wir versuchten es dort. Der Grund hob sich steil, hielt knapp drei Meter. Aber nach etwa hundert Metern stießen wir wieder auf flaches Wasser, das getrübt keinen Schluß auf die Wassertiefe zuließ. Die Ursache der Trübung mochte der Regenfall während der letzten Tage sein.

Elga notierte Richtung und Distanz bis hier. Wir paddelten in verschiedene Richtungen, bis wir einen südlichen Weg in die Nebenbucht hinein fanden. Er war zwischen drei und dreieinhalb Meter tief.

»Hast du Peilungen an Land?« fragte ich. Mir troff Schweiß vom Körper und Salzwasser von der Lotleine über Arme und Beine.

Elga hielt mir die Karte hin. Sie hatte vom Ausgangspunkt die endgültigen Richtungen, Entfernungen und Landpeilungen mit ihren Merkmalen grob eingezeichnet.

»Das genügt. Wenn wir mit KAIROS dennoch Grundberührung haben sollten – macht nichts. Der Grund ist Schlamm und Mudd.« Das Lotblei hatte Bodenproben heraufgebracht.

Elga zog die Karte zurück. »Der innere Teil der Nebenbucht führt nach Ost. Er ist gegen alle Winde geschützt – etwa vierhundert Meter lang, knapp dreihundert breit. Tiefenangaben zeigt die Karte nicht.«

Wir ruderten weiter, schwenkten nach Ost. Ich lotete drei Meter, bis der Grund buchteinwärts auf fünf Meter abfiel. Diese kleine Bucht war sicher – soweit es bei einem Hurrikan, der trifft, Sicherheit gab.

Elga richtete sich von der Seekarte auf. »Da liegt eine Yacht.«

Es war eine weiße Ketsch aus Kunststoff, etwas kleiner als KAIROS.

Das Dingi mit einem großen Außenbordmotor lag längsseits. Ein Mann stand darin und polierte die Bordwand. Er richtete sich auf, als wir näherkamen. Am Heck des Schiffes flappte die deutsche Flagge.

»Guten Morgen«, sagte ich.

Er legte Lappen und Dose ins Boot. »Guten Morgen – na, da haben Sie ja eine lange Ruderfahrt gemacht. Morgensport?«

Er war mittelgroß, muskulös, Ende dreißig. Er trug Badehose und Hemd, das er lose über die Schultern geworfen hatte. Sein Haar war hellbraun und dicht.

»Wir kommen nicht vom Club«, antwortete ich, »wir liegen mit unserem Schiff draußen vor der Bucht. Wir sind hereingerudert, um Wassertiefen zu prüfen und es uns hier mal anzusehen.«

Eine junge Frau kam an Deck. Sie trug Shorts und Bluse, hatte langes, helles Haar. Sie lächelte. Das Lächeln bestimmte ihr ganzes Gesicht, so freundlich war es. »Besuch ist hier selten, manchmal ein Windsurfer vom Club. Wir sind Hartwig und Renate und unsere Ketsch heißt BETEIGEUZE. Wir liegen seit drei Tagen hier, morgen wollen wir nach Fort de France, dann weiter nach Antigua.«

Ich stellte uns vor und fügte hinzu: »Wir wollen für ein paar Tage hier vor Anker liegen. Es ist besser, mit einem kleinen Boot auszuprobieren, ob man genug Wassertiefe hat, als mit einem großen.«

»Haben Sie kein Echolot auf der KAIROS?« fragte Hartwig.

»Nein.«

Er sagte ungläubig lachend: »KAIROS und kein Echolot – find' ich herrlich! Sie machen es sich schwer.«

War es schwer? Wir hatten einen Vormittag in der Natur verbracht.

Ich blickte über die kleine Bucht. Mangroven standen am Ufer. Zu den Hängen hinauf wuchs Buschwerk. Es schimmerte bleich und trocken im Licht der hohen Sonne. Die Schlagschatten einiger Palmen stießen wie ins Bodenlose. Hitze ließ die Luft zittern. Manchmal wehte ein Lufthauch und brachte Kühlung. Am Himmel, weiß-blau zur Mittagsstunde, kreisten mit scharfen Schwingen zwei schwarze Fregattvögel.

»Kommen Sie an Bord«, forderte Renate uns auf.

Wir kletterten an Bord.

»Ich bring' Sie nachher mit meinem Beiboot per Außenborder zur KAIROS«, sagte Hartwig. »Ich kann Sie auch hereinlotsen, wenn Sie wollen. Wir sind oft hier. Wir haben einen Freund, der uns die Einfahrtskurse gezeigt hat.«

»Immer, wenn wir nach Charterfahrten Ruhe haben wollen, ankern wir hier für ein paar Tage.« Renate brachte Kissen ins Cockpit.

Wir setzten uns. Die Sonnenpersenning gab Schatten.

»Charterfahrten – hm, stell' ich mir anstrengend vor«, sagte ich. »Man muß unentwegt auf andere Leute eingehen.«

»Noch macht es uns Spaß«, antwortete Renate. »Obwohl ich manchmal denke, daß die viele Arbeit –«

Hartwig fiel ein: »Es ist viel Arbeit, zugegeben. Aber es gibt auch Befriedigung. Zum Chartern sind wir zufällig gekommen, als wir nach unserer Atlantiküberquerung einen Freund zum Segeln zwischen den Inseln einluden. Er hat ein Reisebüro in Deutschland. Die Segelei hat ihm so gut gefallen, daß er uns vorschlug, zahlende Gäste zu schicken. So kamen wir zu einem Anfang. Wir nehmen nie mehr als drei Gäste. Jetzt haben wir schon eine Stammkundschaft, der wir wechselnde Törnvorschläge unterbreiten.«

»Es nimmt gar kein Ende«, sagte Renate. »Wenn ich daran denk', wieviel Angst ich vor dem Kochen für andere Leute hatte – aber jetzt nicht mehr. Es ist natürlich viel Mühe und –«

»Und sie kocht gut«, sagte Hartwig schnell.

Renate brachte uns gekühlten Saft. »Oder wollen Sie etwas anderes?«

Hartwig erzählte: »Während der Hurrikanzeit bleiben wir nicht zwischen den Inseln. Da haben wir dann Zeit für Reisen nach eigenem Wunsch. Letztes Jahr waren wir an der US-Ostküste, Maine. Aber es war dort sehr nebelig und uns zu kalt. Dieses Jahr, also im Mai, werden wir nach Venezuela ausweichen.«

Wir erzählten von Venezuela, saßen bald über Hartwigs Seekarten und gaben Hinweise.

Renate schenkte nach, holte Gebäck und weiteren Saft. Mit lächelnder Freundlichkeit behandelte sie uns wie neue Chartergäste. Sie sagte schließlich: »Wissen Sie was? Ich hab' frisch angerichteten Salat im Kühler, reichlich. Sie bleiben zum Essen bei uns – bitte. Dann kann Hartwig Sie hinterher zur KAIROS bringen.«

»Vielen Dank, aber wir wollen uns noch die Reede vor Marin ansehen.«

»Da gibt's nichts zu sehen«, sagte Hartwig. »Zeigen Sie mal die Karte.«

Wir hatten sie aus dem nassen Dingi mit an Bord genommen.

»Oh«, entfuhr es Hartwig, »Kurse und Peilungen eingetragen! Ja – von hier fahren Sie weiter bis vors Dorf – nach der zweiten Tonne am Mittelgrund hart Steuerbord. Vorm Dorf ist ein Steg. Es liegen dort immer Fischerboote. Das Wasser ist flach. Halten Sie sich südlich oder östlich zum Ankern.«

Wir blieben zum Essen. Renate und Hartwig berichteten von ihren Fahrten. Es schien ihnen Freude zu machen, immer wieder mit den Stammkunden zu fahren. Wenn Renate auf die Mühe des Kochens und der Bewirtung zu sprechen kam, wußte Hartwig stets eine Ablenkung. Durch Renates große Freundlichkeit, durch ihre lächelnde Aufmerksamkeit schimmerte Müdigkeit, so schien mir, und mehr: die Erwartung neuer Lebensaufgaben, die sie an Bord nicht fand.

Hartwig brachte uns in seinem Beiboot zur KAIROS, unsere Plastikwanne im Schlepp.

»Kann ich mitfahren?« fragte er an Bord. »Ich helfe beim Ankerwinschen und setze mich dann in eine Ecke. Oder wollen Sie Kursangaben von mir?«

»Klar, Sie fahren mit«, sagte ich. »Aber ohne Kursangaben, bitte. Wir wollen sehen, ob wir den Weg richtig finden – jetzt, da wir die Sache allein vorbereitet haben.«

Hartwig band die Beiboote an die Heckreling.

Elga setzte sich an den Kartentisch und zeichnete mit Hilfe der Kursdreiecke die Landpeilungen mit Gradangaben in die Seekarte. Als wir Männer die Ankerkette kurzstag gehievt hatten, stand sie am Ruder und gab für den Rest des Ankermanövers Maschinenhilfe. Sie brachte KAIROS an den Ansteuerungstonnen vorbei. Wir erreichten die erste Mittelgrundtonne.

»Ost auf die hohe Palme zu«, sagte ich angespannt.

Hartwig saß achtern auf der Cockpitbank und schaute übers Wasser – höflich, als ginge ihn das alles nichts an.

»Wir dürfen nicht zu weit.« Elga sprach mehr zu sich selbst als zu mir. Sie sah auf die Seekarte und prüfte die Eintragung. »Südost jetzt – das ist eins-fünf-null am Kompaß – komm', KAIROS, komm'!«

Das Schiff drehte langsam mit der geringen Fahrt.

Wie erwartet waren Untiefen an der Wasserfärbung kaum zu erkennen. Bäche und Flußläufe führten Erde und Schlamm in die Bucht. Nach hundert Metern – das waren etwa sechs Schiffslängen – steuerte Elga Süd. KAIROS lief mit gedrosselter Maschine einen Knoten Fahrt. Es wehte kein Wind, es gab keine Abdrift. Jetzt kamen wir zur Biegung, wo beide Ufer der Nebenbucht ostwärts führten. Ich ging zum Loten aufs Vorschiff. Erster Wurf: fünf Meter. Dann: drei Meter. Ich winkte Elga in die Mitte dessen, was unser Fahrwasser sein mußte. Vier Meter brachte die Lotung.

Elga hielt noch einen Augenblick Süd und schwenkte dann nach Ost auf den Ankerplatz zu. Sie drehte hinter der BETEIGEUZE in den Wind. Versetzt hinter dem Heck des anderen Schiffes ließ ich den Anker fallen. Elga gab langsam zurück. Hartwig sprang auf, um die Leinen der Beiboote am Heck hochzunehmen, damit sie nicht in die Schraube gerieten. Die Kette rasselte, nach zwanzig Metern setzte ich sie fest. Unser Heck lag etwa eine Schiffslänge von den Mangroven am Ufer ab. Ich lotete am Heck: drei Meter.

»Es geht tatsächlich ohne Echolot.« Hartwig sprang in sein Beiboot.

Golden fiel die Sonne hinter die Hügel im Westen. Wiederkehrte, was die heißen Tagesstunden gelöscht hatten: auf den Hügeln standen Farben und Schatten in hartem Gegensatz und in vielfach getönter Abwechslung. Ein Windhauch brachte den Geruch von Erde und Blüten. Still und spiegelnd lag das Wasser um die beiden ankernden Yachten. Es wurde kühl. Das Sonnenlicht auf den Hügelkuppen schwand. Es wurde dämmerig.

Elga und ich saßen auf dem Achterschiff bei unserem Rum.

»Renate, Hartwig!« rief ich hinüber. »Habt ihr Lust, dann kommt zu einem Glas Wein.« Ich stellte zwei weitere Decksstühle auf.

Sie kamen. Wir sprachen übers Segeln. Wir sprachen über die karibischen Inseln und ihre Schönheit. Da waren die Farben am Morgen, die Hitze am Mittag, die Farben zum Abend. Zu jeder Stunde und an jedem Ort gab es einen Höhepunkt.

»Das«, sagte Hartwig, »das ist der große Reiz. Es gibt so viele Plätze, die zu einer ganz bestimmten Stunde des Tages am schönsten sind.«

»Und wir versuchen«, ergänzte Renate, »sie unseren Kunden zu zeigen. Die Leute aus dem kalten Norden – du meine Güte, was die oft staunen! Da ist alle Mühe –«

»Prost!« sagte Hartwig und trank sein Glas aus. »Wir wollen morgen früh los. Solltet ihr nach Antigua kommen, fragt nach uns. Von dort gehen unsere Törns los.« Sie stiegen in ihr Beiboot und ruderten zur BETEIGEUZE hinüber.

Am nächsten Morgen lagen wir allein auf dem spiegelnden Wasser.

Wir verloren das Gefühl für die Zeit – wie immer, wenn wir glücklich und zufrieden waren. Die Tage stiegen und fielen mit dem Zug der Sonne. Sie wehten mit den Wolken, wenn die Sonne nicht schien. Ich arbeitete am Manuskript. Elga besorgte den Haushalt, machte ihre geliebten Näharbeiten, las. Wir schwammen viel. Das Wasser war trübe. Aber das störte uns nur anfangs. Es gab hier keine menschlichen Einrichtungen, die sich von Schmutz entleerten.

Zweimal in der Woche ruderte ich Elga zum Dorf Marin. Ich begleitete sie zum Laden, um die Einkäufe zu tragen. Manchmal lag eine Yacht auf der Reede. Wir grüßten, suchten aber keine Verbindung.

Ich fragte, warum diese Abgeschiedenheit uns so sehr gefiel. War es meine Absicht, die Schreibarbeit zu beenden, diese tägliche Anspannung zu Ausdruck und Form? Es war eine müßige Frage. Sicher war, daß unser Alleinsein Elga und mich tief verband. Darüber sprachen wir oft.

Anfang April schloß ich das Manuskript für »Verdammt, glücklich zu sein« ab. Ich rauchte meine letzten Zigaretten aus dem Päckchen. Dem Drang der unterdrückten Sucht konnte ich mit ein paar zusammengekratzten Tabakkrümeln und meiner Pfeife abhelfen. Dann war ich auf meinen Willen angewiesen.

Wir beschlossen, in ein paar Tagen nach St. Lucia zu segeln. Ich freute mich auf die letzten Tage in der kleinen Bucht, freute mich aufs Nichtstun, auf die völlige Entspannung ohne Gedanken und Notizen fürs Manuskript.

Ich hatte tief geschlafen. Der Druck hinter dem linken Auge weckte mich. Es war dunkel. Die Leuchtzeiger meiner Uhr zeigten fünf.

Meine Nase begann zu schleimen. Dann verglühte mein Wachsein im Schmerz hinter dem Auge ins linke Gesicht hinab. Wie ein Zahnbohrer, geräuschlos aber und ohne Spritze, drang er in den Oberkiefer ein.

Schmerzen aus tiefem Schlaf, das war doch nicht möglich. Ich kletterte ins Cockpit, konnte die Zerreiß-reiß-probe nicht bestehen, nicht still sitzen oder hocken.

Elga wurde wach. Sie kam ins Cockpit. »Nun doch wieder! Ich hol' eine Tablette.«

Ich wollte weder eine Tablette, noch wollte ich Elgas Gegenwart. Dieses Schleimen und Keuchen war widerlich. Als Elga meinen Kopf stützen wollte, schrie ich sie an: »Nicht! Laß mich! Nicht zusehen!«

Als die Attacke abklang, hockte ich schweißnaß an der Cockpitwand, fühlte mich uralt und wie ausgekocht. Keine Stunde war vergangen. Über die Hügel im Osten stieg das erste Morgenlicht. Ich fror. Nachdem ich mich gewaschen hatte, legte ich mich hin. Entspannt dachte ich, daß dies der Grund für die Lust an der Einsamkeit sein mußte: jedes Tier verkriecht sich irgendwo, wenn es Schmerzen hat.

Elga lag regungslos auf ihrer Koje.

Zur gewohnten Stunde standen wir auf. Elga sah mich fragend an.

»Entschuldige«, sagte ich, »es war schlimm.«

»Ich hab' mich sehr erschrocken. Wir müssen nach Fort de France zum Arzt.«

»Zum Arzt? Denk', was Roger und Bill in Elizabeth City, was Christian in Charleston gesagt haben. Nein, nein, wir machen weiter. Ich fühl' mich jetzt ausgezeichnet. Ich schwimme, dann Frühstück. Hinterher rudern wir zum Dorf.«

Ich schwamm. Wir frühstückten. Wir ruderten nach Marin. Ich trug die Packtüten. Es ging sehr gut. Der Tag zog dahin. Beim Abendessen kam die nächste Attacke. Sie verebbte. Ich ging in die Hauptkajüte, wo wir das Abendessen abschlossen. »Siehst du«, sagte ich froh.

Während der nächsten Woche hatte ich bis zu vier Attacken innerhalb vierundzwanzig Stunden zu allen Tages- und Nachtzeiten. Wir hielten unseren Tagesablauf ein, so gut es ging. Was für ein Glück, daß ich mit der Schreibarbeit fertig war. Bei sehr starken Schmerzen nahm ich Elgas Tabletten. Sie halfen. Manchmal halfen sie nicht. Schließlich endete der Spuk wie ein böser Traum.

Nach drei schmerzfreien Tagen liefen wir aus.

Der Passat wehte schwach aus Ost. Der Himmel war wolkenlos. In Frieden glitt KAIROS über eine flache Dünung. Die Sicht war gut. Achteraus fiel Martinique in dunstiges Hellblau. Voraus gewann St. Lucia Gestalt und Farben. Am Nachmittag umrundeten wir Pigeon Island im Nordwesten von St. Lucia.

Wir liefen in die weitgeschwungene Rodney Bay ein. Unser Anker fiel im südöstlichen Ende der Bucht. Am Strand lagen die Gästehäuser eines Hotels. Wir ruderten an Land. Durch die Hotelanlagen gingen wir zur Blue Lagoon.

Ein unternehmender US-Amerikaner hatte vor Jahren die Lagune für ein Yachtzentrum nutzen wollen. Er ließ die Barre vor der Einfahrt wegbaggern, die Lagune auf drei Meter Wassertiefe bringen, die Ufer viereckig begradigen. Das Geld ging ihm aus. Das Projekt war liegengeblieben. Zwei Molen in die Rodney Bay hinaus verhinderten eine Neubildung der Barre.

Am Nordwestufer hatte der St. Lucia Yachtclub einen Steg mit wenigen Yachten. Im westlichen Becken lagen die Stege einer US-Charter-Gesellschaft mit vielen Yachten. Hin und wieder lief eine Fahrtenyacht ein, die der Überfülle in der Marigot Bay entgehen wollte.

Neben dem Büro der Charterfirma und ihren Schuppen lag die

Hütte des Zollpostens. Der Zollbeamte Charly war ein freundlicher Schwarzer, wenn man ihn mit einer kleinen Aufmerksamkeit bedachte. So wußte es der Küstenklatsch. Er ließ sich nicht mit Geld bestechen – nie! – er freute sich über Leckerbissen des gehobenen Konservenangebots.

Wir traten in sein Häuschen. Elga legte unauffällig ein Päckchen auf seinen Schreibtisch. Charly grinste breit. Er erzählte umständlich, daß er in englischer Kolonialzeit bereits beim Zoll seiner schönen Insel Dienst getan habe. Ich reichte ihm die Formulare, die wir ausgefüllt hatten. Nach dem üblichen Stempelgeknalle verwies Charly uns an den nächsten Schreibtisch.

Eine schwarze Schönheit in Polizeiuniform saß dort. Sie schaute gelangweilt in unsere Pässe. Auf Elgas Frage teilte sie mit, daß wir sechs Wochen im Staate von St. Lucia Aufenthalt nehmen dürften. Eine Verlängerung auf drei Monate – höchstens – wäre über das Immigrationsbüro in der Hauptstadt Port Castries gegen eine Gebühr möglich – vielleicht. Das Paradies wurde nicht nur voller, es wurde auch immer mehr verwaltet. Geht denn das?

Charly erklärte von seinem Schreibtisch herüber: »Hier imma ssu ville Yachties, nich imma gute Yachties.« Auf meinen Blick über die Lagune, wo außer der KAIROS ein alter Schoner vor Anker lag, ergänzte er mit einer Handbewegung wie über die ganze Insel hin: »Drogen.«

Wir gingen am Hotel vorbei zur Einfahrt mit den aufgeschütteten Steinmolen. Rund um die Lagune lagen Grasflächen. Einige Bungalows, teilweise noch in Bau, standen dort. Buschgruppen wuchsen auf den grünen Flächen, die sich zu den Hügeln im Osten hinaufzogen. Es gab nur wenige Palmen. Die Landschaft wirkte parkähnlich wie ein Südengland in den Tropen. Einige steile Bergkegel vulkanischen Ursprungs im Süden fügten dem englischen Bild fremdländischen Reiz hinzu.

»Nach unserer Mangrovenbucht«, sagte Elga, »ein völlig neuer Anblick. Herrlich. Morgen verholen wir in die Lagune. Wir können im Hotel fragen, ob wir dort vom Strand aus schwimmen dürfen. Es gibt einen kleinen Supermarkt da nach Süden hin – eine Viertelstunde zu Fuß. Ich hab' die Polizeimieze gefragt.«

Der Grund für leere Ankerplätze war immer derselbe: lagen Geschäfte oder Vergnügungsmöglichkeiten nicht gleich hinterm Strand – am besten mit einer Pier fürs Beiboot – dann waren sie uninteressant.

Wir saßen auf den Steinen der Mole und sahen der Sonne zu, wie sie hinter einigen Wolken am Westhorizont verschwand.

»He, KAIROS!« rief draußen eine Männerstimme.

Ich lag auf meiner Koje in der Achterkajüte, erschöpft und dankbar, daß die Schmerzattacke vorbei war. Elga deckte in der Hauptkajüte den Tisch fürs Mittagsbrot. Wir waren während der Morgenstunden in der Blue Lagoon vor Anker gegangen.

»He, KAIROS!« Es folgte Klopfen an Deck.

Ich hörte, wie Elga ins Cockpit stieg.

Die Männerstimme auf deutsch: »Ich bin Oskar Raurich, dies ist meine Frau Marion. Wir wollen doch mal sehen, wie's hier so geht auf der KAIROS.«

Ich riß mich hoch, zog meine Hose an und kletterte ins Cockpit. Oskar stand in seinem Beiboot. Er trug eine Mini-Badehose. Marion saß auf der Achterducht. Sie trug einen Mini-Bikini.

Oskar war massig, die Muskelpakete an Armen, Brust und Bauch waren in Fettpolstern gefangen. Das verschwitzte Haar hing in dunklen Strähnen bis in seinen Nacken. Ein Stoppelbart zierte sein volles Gesicht. Er hielt das Boot mit beiden Händen von unserer Bordwand ab. Seine Fingernägel waren säuberlich abgekaut.

Marion war in weiblicher Ausführung ihm ähnlich: groß, üppig, rund und kräftig. Sie lächelte zu uns herauf, Augensterne braun-gelb und rein, Lippen voll und geschwungen, prächtig alles eingerahmt in langen, kastanienfarbigen Locken. Ihre Fingernägel waren säuberlich rot lackiert.

Oskars Blicke flogen über Deck und Aufbauten. »Wir haben schon gehört, daß ihr zwischen den Inseln segelt. Schön, daß ihr mal reinschaut. Ja, ja – St. Lucia ist fest in deutscher Hand. Im Hotel: viele Deutsche. In den Bungalows hinterm Berg: viele Deutsche. Wir haben ein Haus da oben mit Wohnungen zu vermieten. Noch nicht ganz fertig – das heißt, die Mietwohnungen schon. Und das ist –« er zeigte auf den Schoner vor Anker »– das ist die OSMARA. Haben gerade dran gearbeitet. Bald fertig für Charterfahrten.« Er zuckte mit dem Kopf. Es blieb unklar, was das bedeutete.

Marion sah auf die Taucheruhr an ihrem Handgelenk. »Ihr wollt sicher jetzt zu Mittag essen. Eßt nicht zuviel. Kommt heut' abend rauf. Ich hau' was in die Pfanne. Wir haben einen Gast. Netter Kerl, Journalist oder sowas aus USA. Der hat nach euch gefragt, weil er meint, deutsche Segler kennen deutsche Segler und wissen, wo sie sind. Etwas naiv, find' ich. Aber ein lieber Kerl – sehr höflich. Ihr habt ihn irgendwo getroffen. Hab' vergessen wo.«

Oskar sagte: »Er hat von KAIROS und Elga und George erzählt – George? Damit sind wir nicht klargekommen.«

Ich erklärte ihnen die anglo-amerikanische Vereinfachung meines Namens. »Wie heißt der Mann?« fragte ich.

Marion strahlte mich an. »Daran rätsel', bis du heut' abend bei uns bist. Überraschung muß sein.«

»Ich hol' euch mit dem Beiboot«, sagte Oskar. »Hab' sowieso noch am Schiff zu tun. Ja, ja, ja – so machen wir das, ihr nehmt euer Dingi in Schlepp bei mir und heut' abend bring' ich euch mit dem Auto runter an den Steg. Das is 'n Klacks.«

»Vielen Dank.« Elga sah mich an und zögerte.

»Ja, wir kommen«, sagte ich. Schmerzattacken sollten nicht weiterhin mein Verhalten bestimmen – zum Teufel – und außerdem war ich neugierig, ob der Mann oben im Haus Mark Glannon war, kennengelernt in Elizabeth City.

Der Journalist war Mark Glannon. Er saß in einem Korbstuhl auf dem Balkon, dem noch die Fliesen fehlten. Auf dem Tisch neben ihm stand ein geeistes Getränk. Er trug Khaki.

»Hey«, sagte er. »Hab' ich's euch nicht gesagt damals, daß wir uns treffen werden? Hab' mich bei Marion und Ossi eingenistet, um zu schreiben. Bin bald fertig mit dem letzten Teil meiner Serie.« Lässige Handbewegung. »Großer Erfolg, das. Na, ich freu' mich, daß wir uns wiedersehen.«

»Wie geht es Mason?« fragte ich in unbestimmter Hoffnung.

»Nichts gehört von ihm«, sagte Mark. »Na, der alte Knabe hatte ziemlich abgewirtschaftet. Diese Wochenzeitung seiner Tochter war von vornherein ein totgeborenes Kind, wenn ihr mich fragt.«

Oskar sagte zu Mark in englisch: »Ich zeig' den beiden jetzt das Haus. Du hast hier deinen Gin Tonic? Gut. Wir kommen dann wieder und los geht's mit dem Erzählen.«

Wir begrüßten Marion in der Küche. Der Boden war ohne Fliesen, in den Wänden gähnten Lücken für Einbauschränke und Küchenmaschinen.

»Das wird bald fertig«, sagte Marion. »Ossi kann nicht alles selbst machen. Die Beschaffung ist schwer. Vieles muß eingeführt werden. Das ist teuer mit dem Zoll, das haut' in die Piepen.«

»Ach was«, sagte Oskar, »man muß nur den richtigen Zollbeamten kennen.«

Er zeigte uns das Haus. Es war großzügig geplant und solide gebaut, zeigte in vielen Dingen einen Hang zum Protz. Schließlich standen wir im Garten, der eine Wildnis wuchernden Grases und aufgehäuften Bauschutts war. Vor den Gäste-Appartements war er zur Seite geräumt worden.

Oskar sagte: »Die haben den vollen Blick auf die Lagune, die Insel, das Meer. Ich bin Bauunternehmer gewesen, versteh' was davon, hab' gut Geld gemacht, bis –« er zuckte mit dem Kopf »– bis die Rezession kam. Ja, ja, ja – hab' aber noch 'n Haufen Moos rausgeholt. Ossi gibt nich' auf – nee!«

Er führte uns über die Terrasse in eines der Appartements. Es war hell und freundlich eingerichtet. Er fuhr fort: »Das is' alles first class. Für die Appartement-Gäste richte ich später einen zweistündigen Autodienst zum Strand ein. Die Chartergäste – na, die OSMARA hab' ich euch gezeigt.« Er fragte mich: »Wie findest du das Schiff?«

»Ich verstehe nichts vom Chartergeschäft«, sagte ich. »Mit acht Kojen kannst du ja eine Menge Leute mitnehmen.«

»Ich meine vom Seemännischen her. Wie findest du das Schiff?«

Die OSMARA war ein alter, hölzerner Schoner, 18 Meter lang, in den USA gebaut. Oskar und Marion hatten sie hier gekauft und mit Hilfe eines Schwarzen aufgearbeitet.

Was sollte ich zu einem alten Holzschiff sagen? »Ich nehme an, du hast sie dir beim Kauf gründlich angesehen.«

»Klar, Mann, hab' ich. Alles first class.«

Wir gingen auf den Balkon. Marion hatte weitere Korbstühle um den runden Tisch gestellt. Sie trug ein rotes, elegantes Kleid. Für einen Abend unter Seglern erschien es einen Stich zu rot, einen Hauch zu elegant, eine Spur zu tief ausgeschnitten. Marion strahlte Mark an.

Er saß ihr gegenüber. Sein glattes Gesicht mit den blauen Bartschatten war magerer geworden, was seine aufgeworfene Nase auffälliger machte. Aber das störte ihn nicht.

Oskar brachte Getränke. »Komm' gleich wieder, will mir den Arbeitsdreck runterduschen. Setzt euch doch, Kinder.«

Mark sagte: »Ich habe Marion erzählt, wie gut ich durch die Inseln gekommen bin – von den Erfahrungen und ihrer Auswertung her gesehen. Es war hochinteressant.« Er besann sich und fragte höflich: »Wie geht es euch?«

»Wir versuchen, dem Paradies die guten Seiten abzugewinnen.«

»Paradies –« er dehnte das Wort. »Soweit ich erinnere, George, schreibst du Reiseberichte.«

»Ja.«

»Übers Paradies?« Wieder diese spöttische Dehnung des Wortes.

»In meiner Heimat werden die karibischen Inseln so gesehen – tropisches Klima, Palmenstrände, romantische Landschaften, eine abenteuerliche Geschichte.«

»Und in die Kerbe haust du hinein für eine gute Auflage.« Lässige Handbewegung. »Kann ich verstehen, das. Obwohl die Inseln alles andere sind als ein Paradies – so wie ich es sehe – und die Menschen alles andere als Adam und Eva.« Er lachte.

»Und wie siehst du es, Mark?« fragte Marion. Sie beugte sich zu ihm vor.

»Ich gebe zu, daß in unserem Land ebenfalls die Illusion der karibischen Inseln als Paradies besteht.«

»Virgin Islands mit den Autoschildern: US-Paradise –«

Mark unterbrach mich: »Eine Übertreibung, das. Die Virgins werden von Touristen überschwemmt. Die Bulldozer folgen, um neue Hotelbauplätze einzuebnen. Auf Puerto Rico dasselbe. Puerto Rico ist US-Territory. Es hat mehr als zwanzig Prozent Arbeitslose. Auf Puerto Rico empfängt über die Hälfte der Bevölkerung staatliche Unterstützung in Form von Lebensmittelkarten – ihr wißt: food stamps zum kostenlosen Bezug von Grundnahrungsmitteln.«

Oskar kam. Er war rasiert, umgezogen und bester Stimmung. »Ich brauch' was zu trinken und zu rauchen. Schöner Abend, was? Schöner Balkon, schöne Aussicht, was?«

Marion versorgte ihn mit Getränken und Zigaretten. Er hielt mir das Päckchen hin. Ich zuckte zurück. Es geschah nicht wegen seiner abgekauten Fingernägel, die er geschickt verbarg. Er lachte erstaunt. Er begann zu rauchen, während unbefriedigte Gier mir die Hände zittern ließ.

Ich preßte die Hände um die Armstützen des Korbstuhles und erklärte ihm unnötig: »Mark erzählt uns gerade von den Inseln und seinem Bericht darüber.«

Oskar nickte. Mark sprach weiter.

Das Licht des späten Nachmittags färbte die Wiesengründe um die Blue Lagoon, die Hügel im Osten gelb und braun. In der Lagune schimmerte das Wasser wie Perlmutt. KAIROS und OSMARA lagen wie Spielzeug darauf. Fern das Meer zeigte scharf die Grenze, wo der Passat ums Nordkap der Insel wehte, den hellen Spiegel der See verdunkelte. Passatwolken zogen. Über den Balkon strich ein leichter Windzug.

Marion erhob sich. »Ich brat' das Fleisch jetzt. Wir essen im Zimmer, die Mosquitos kommen bald. Ossi, kümmer' du dich ums Bier. Ihr trinkt doch Bier? Mark – du?«

»Danke, ja.«

Marion lächelte ihm zu, streifte an ihm vorbei, als sie um den Tisch herumging. Sie blieb einen Augenblick dicht neben ihm stehen und sagte zu uns anderen: »Nach dem Essen wird Mark von seiner Reise erzählen.«

Es ging gegen Morgen. Ich saß auf dem Achterdeck. Noch war die Nacht dunkel. Die Sterne schienen zum Greifen nah. Im Sumpfgras jenseits der Lagune schrie ein Nachtvogel.

Marks Worte und Bilder gingen mir durch den Kopf wie Fetzen eines Traums, wie wehende Seiten einer zerfledderten Illustrierten.

Mark hatte nach dem Essen im Zimmer, wo der Bodenbelag fehlte und der Zement brüchig getrocknet war, die Karte der karibischen Inseln auf den Tisch gebreitet.

»Das Gebiet, über das ich berichte – dein Paradies, lieber George – erstreckt sich von Florida mit Hunderten von Inseln bis hin nach Südamerika. Tropisches Klima, weißer Strand unter Palmen, romantische Landschaft dschungeltragender Berge, eine abenteuerliche Geschichte von Francis Drake bis hin zur US-Jagd auf deutsche U-Boote im zweiten Weltkrieg – ein Tummelplatz das für Reisende aus aller Welt. Der warme Sonnenschein läßt sie aufleben, verjüngt erscheinen sie sich selbst. Da sind die Segler, die im Passatwind die Inselkette nach Norden und nach Süden absegeln und in den Buchten ankern. Da sind die Touristen, die hier Sonne tanken. Segler wie Touristen sitzen abends in den Restaurants, wo sie gut essen und viel trinken, bedient von Schwarzen, und unermüdlich tanzen zur Musik von Schwarzen. Sie sitzen auf der Hotelterrasse oder im Cockpit und blicken verzückt in den Sternenhimmel, wenn die Palmen in der leichten Brise rascheln.«

Er stand auf und zeigte mit lässiger Handbewegung über die Inselkette auf seiner Karte.

»Das alles ist eine Halbwahrheit – mehr noch: eine Lüge jener Leute, die an solch schönen Bildern des Paradieses interessiert sind, weil sie daran Geld verdienen, am Paradies und an den Bildern. Unter Sonnenschein und Sternenhimmel, hinter weißem Strand und grünen Dschungelbergen hockt das Elend. Sie alle, die werten Reisenden mit ihren ersparten Urlaubsgroschen, glauben den bunten Prospekten und verschließen die Augen vor der Wirklichkeit, die sie nicht sehen wollen: Arbeitslosigkeit, Armut, Unsicherheit, Kriminalität, Prostitution, Gewalt. In dieser Wirklichkeit lebt die vor Jahrhunderten als billige Arbeitskraft importierte schwarze Menschheit, von kolonialer Ausbeutung hilflos zurückgelassen. Was haben die Schwarzen von ihren weißen Stränden und raschelnden Palmen? Für eine gute Landwirtschaft ist die Erdkrume ihrer Inseln größtenteils durch Raubbau der weißen Siedler ausgelaugt, nach rücksichtslosem Holzschlag von Regen und Orkanen weggewaschen. Die abenteuerliche Geschichte dieser Inseln war und ist Machtpolitik wie überall auf der Erde. Wie oft habe ich gehört, daß der Rassismus nun den umgekehrten Weg geht, daß die Schwarzen uns, die Weißen, nicht dulden wollen. Für mich, der hinter die Kulissen schaut, ist das nichts Erstaunliches.«

Er ließ sich in seinen Sessel zurückfallen, schaute uns einen Augenblick abwartend an – spöttisch? Aus einem Aktendeckel nahm er einige Fotografien in Großformat, hielt sie wie Trumpfkarten in der Hand.

»Ich kann nur einige Inseln erwähnen. Mein Bericht umfaßt sie alle. Doch das führt hier zu weit.«

Er warf das erste Bild auf den Tisch. Es zeigte eine Gruppe Schwarzer, an eine rissige Mauer geduckt, die Pistolen schußbereit erhoben, die Gesichter in wilder Entschlossenheit verzerrt.

»Jamaica – das sind die Leibwächter des Mannes, der die letzte sozialistische Regierung ablöste, der den Segen des freien Unternehmertums predigt. Die Insel ist schwer verschuldet. Die Wahlen fanden unter dem Schutz der gesamten Polizeimacht statt. Als ich dort war, wurden über dreißig Menschen in einer Woche bei solchen Feuergefechten wie hier auf dem Bild getötet. Nach dem Wahlsieg des Mannes, der einer freien Wirtschaft den Weg öffnen will, wurde mir von einem hohen Zollbeamten vertraulich gesagt, daß die wirtschaftlichen Schwierigkeiten nur durch den geleugneten, doch stillschweigend geduldeten Handel mit Marihuana und anderen Drogen überwunden werden können – wenn überhaupt. Derweil leben die Touristen im Norden der Insel, sorgfältig abgegrenzt und beschützt, in einem weißstrandigen, palmenüberwedelten, herrlich romantischen Ferienghetto.«

Er warf das nächste Bild hin. Es zeigte eine lange Reihe wartender Schwarzer, Koffer verbeult und Bündel geschnürt zu ihren Füßen. Ihre Gesichter zeigten jene dumpfe Gleichgültigkeit, die durch jahreslanges Dahinsiechen von Körper und Seele erzeugt wird.

»Haïti – da geht gar kein Urlauber mehr hin, weil es sich bereits herumgesprochen hat, daß die Haïtianer zu Tausenden dem Elend ihrer Insel entfliehen. Erhalten die hungernden Schwarzen kein

Visum für die USA oder Canada – hier auf dem Bild warten sie, um ein US-Visum zu beantragen – dann versuchen sie die Flucht ohne Visum. Sie vertrauen sich morschen Booten an. Geldgierige Skipper bringen sie nach Florida – oder auch nicht. Ist das Wetter schlecht, wird die Menschenfracht, die mühsam ersparte Vorauskasse geleistet hat, woanders abgeladen, auf Cuba oder einer Bahama-Insel. Die Betroffenen wissen oft nicht, wo sie angelandet worden sind. Zu Millionen fließen Hilfsgelder an die Inselregierung. Kein Mensch weiß, wieviel davon in die Taschen jener Familie rutscht, die seit 1957 die Insel diktatorisch regiert. Es ist eine reiche, schwarze Familie.«

Er warf das nächste Bild hin. Es zeigte eine dicke Negerfrau auf dem Markt vor einem Häufchen Tomaten und einem Häufchen Wurzeln. Ihre traurigen Kuhaugen starrten zu einem Weißen empor, von dem nur die haarigen Beine mit schneeweißen Socken und teuren Sportschuhen zu sehen waren.

»Antigua – English Harbour war der Stolz der britischen Flotte. Eine Gesellschaft restaurierte den Hafen, regte zum Hotelbau an, wirbt um Besuch, zeigt Bilder des wunderschönen Palmenstrandes. Antigua ist eine Insel, die nach jedem regenarmen Jahr kein Trinkwasser hat. Es muß mit Tankschiffen von wasserreichen Inseln herangebracht werden. Den Urlauber unter der Dusche in seinem feinen Hotel nach der Schnorcheltour am Riff, die wieder ein paar Fischen unnötig das Leben gekostet hat, den Urlauber interessiert das nicht. Was denkt er sich beim Anblick dieser Frau auf dem Markt, dick vor der achten Geburt, die ihre Erzeugnisse anbietet? Das geht nicht korbweise in tropischer Fülle wie auf den Bildern der Reisebüros, nein: nur in kleinen Haufen getürmter Einzelstücke. Die Kolonie wird demnächst von England in die Selbständigkeit entlassen. Was bedeutet das? Die Hilfsgelder werden nicht mehr von England kommen, sondern von der UNO. Die Armut wird bleiben.«

Er warf das nächste Bild hin. Es zeigte eine Barrikade brennender Autoreifen mit johlenden Schwarzen, im Hintergrund eine Reihe weißer Polizisten mit Helmen und Schlagstöcken. Die Schlangenbewegungen der hüpfenden Neger, die bullige Sturheit der wartenden Polizisten standen schwarz-weiß in grellem Gegensatz.

»Guadeloupe – eine wohlhabende Insel, weil die französische Regierung Millionen in ihr überseeisches Département hineinpumpt.

Die Regierung vergißt dabei, daß selbst Nachkommen schwarzer Sklaven Ehrgefühl entwickelt haben und hingeblätterte Geldscheine verachten. Die Schwarzen demonstrieren, haben erste Bomben gelegt. Sie wollen Unabhängigkeit. Das Argument der französischen Hilfe zieht nicht mehr. Warum? Die schwarzen Rebellenführer wissen, was ihnen die Unabhängigkeit bringt: einen Ministersessel und ein Auto. Ihre Gefolgsleute wissen nicht, was sie erwartet – vielleicht eine neue vergebliche Hoffnung. Die Situation ist so, daß jeder Wechsel besser erscheint als das Bestehende.«

Er warf das nächste Bild hin. Es zeigte verrostete Straßenbaumaschinen auf einem verdreckten Weg. Vor den Maschinen stand ein Weißer mit US-Kappe. Sein keep-smiling überdeckte die Müdigkeit in seinem Gesicht nicht.

»Dominica – US-Firmen haben Kontrakte für den Straßenbau mit der Inselregierung abgeschlossen. Die Finanzierung läuft zum Teil über Washington. Den weißen US-Managern ist es fast unmöglich, die schwarzen Beamten zu sinnvoller Mitarbeit zu bringen. Hier, der Ingenieur auf dem Bild, erzählte mir, daß er die statischen Berechnungen für Brücken und Stützpfeiler einer Straße in den Bergen viermal – viermal! – ändern mußte, weil der zuständige schwarze Minister den Verlauf der Trasse geändert haben wollte. Derweil rosteten die Maschinen, die Baugesellschaft entließ schwarze Hilfsarbeiter, weil alle Arbeiten sich verzögerten. Das wurde mit ›Ami, go home‹ quittiert. Nicht der Minister sagte das. Es wurde von irgendwem an die Bauhütte gepinselt. Die USA werden sich hüten, außer über Privatfirmen in den Straßenbau fremder Staaten einzugreifen, solange das irgend möglich ist. Ich frage: ist es das noch? Es geht um große Summen von Geld.«

Er warf das nächste Bild hin. Es zeigte eine Mauer mit Plakaten, die in französischer Sprache zur Befreiung von kolonialer Bevormundung aufriefen. Zwei jugendliche Schwarze standen mit erhobener Faust davor.

»Martinique – eine schöne Insel mit fröhlicher Bevölkerung und großen Betonklötzen französischer Hotelketten. Die Wirtschaft ist entweder in den Händen alter, weißer Franzosenfamilien oder wird vom französischen Staat angekurbelt, wenn den alten Familien das Geld ausgeht. Es gibt kaum ein Unternehmen auf der Insel, das kreolischer Initiative entsprungen ist. Frankreich dominiert. Unter fröhlicher Oberfläche brodelt der Haß wirtschaftlichen und rassischen Ursprungs. Die alten Kolonialfamilien hassen die Emporkömmlinge der Mulatten. Die Mulatten hassen die Kolonialfamilien und verachten die Kreolen, die Nigger also. Die Nigger hassen alle und besonders die Neu-Franzosen in der Verwaltung, die ihren Geldsegen mit Vorschriften verbinden. Die Neu-Franzosen wiederum hassen die kolonialen Alt-Franzosen, weil diese immer noch feudale Lebensgewohnheiten haben und allen Neuerungen abhold sind. Das Bild hier hat mein Fotograf nach dem Gespräch mit den Jugendlichen gemacht. Ich fragte sie, wie sie ihre Meinung über die Verwaltung der Insel ausdrücken wollten, also sichtbar für alle. Da hoben sie die Faust. Ich hab' sie nur unter die Plakate ihrer Partei gestellt. Kleine Regieanweisung, das – ich geb's zu. Aber seht sie euch an, wie fröhlich diese fröhlichen Schwarzen die Faust heben: vive la belle Martinique!«

Er warf das letzte Bild hin. Es zeigte eine Reihe sandbeladener Lastwagen, davor schwarze Soldaten mit sowjetischen Maschinenpistolen. Die Tragik des Bildes lag in dem kindlichen Grimm, mit dem die Soldaten ihre Waffen hielten: vergib ihnen, denn sie wissen nicht, was sie tun.

»Grenada – als der schwarze Playboy-Premierminister 1979 in den USA weilte, besetzte ein junger, schwarzer Rechtsanwalt mit ein paar bewaffneten Männern die Polizeikaserne in der Hauptstadt und ließ sich zum Führer einer sozialistischen Revolutionsregierung ausrufen. Das Volk jubelte ihm zu. Das Volk war der Korruption überdrüssig, der Korruption des Mannes, den die USA gestützt hatten. Die US-Regierung verweigerte dem Sozialisten jegliche Unterstützung – alles, was sie dem Playboy gewährt hatte – und nur zu gern kamen die Sowjets mit Cuba im Fahrwasser zu Hilfe. Auf der schönsten Insel dieses Meeres, auf dieser Gewürzinsel mit blühenden Sträuchern, vor Berghängen einmaliger Schönheit – ich sage das in deinem Sinne, George, ganz in deinem Verständnis, das – da bauen nun die Cubaner mit sowjetischer Finanzierung einen Riesenflugplatz. Der Tourismus soll gefördert werden, wie es heißt, der Tourismus, für den es auf der ganzen schönen Insel weder ausreichend Hotels, noch Straßen, noch Restaurants, noch sonstige Unterhaltungseinrichtungen gibt. Und damit kommen wir zur abenteuerlichen Geschichte dieser Inseln. Ich meine nicht die vergangene heldenverklärte. Ich meine die jetzige brutale. Zwischen dem kommunistischen Cuba im Norden und dem sozialistischen Grenada im Süden liegen übervölkerte Inseln. Ihre Bevölkerung lebt in Armut, in politischer Unruhe. Sie lebt in verwirrter Erwartung.«

Er wischte die Bilder zurück in seinen Aktendeckel, erhob sich und zeigte auf die Karte.

»Cuba – Prüfstein der US-Toleranz, als Castro ins andere Lager schwenkte; Prüfstein der US-Härte, als Kennedy sowjetische Raketenstellungen verhinderte; Prüfstein aber auch der US-Unfähigkeit, als Washington cubanische Nationalisten in die Katastrophe der Schweinebucht hineinfahren ließ. Das darf sich nicht wiederholen, das. Sie wird besser durchgeführt werden, die nächste Invasion, wo immer das erforderlich sein wird. Denn hier von Venezuela nordwärts nach Texas liegen die Kurse der US-Öltanker. Die karibischen Inseln sind der Flankenschutz nach Osten.« Lässige Handbewegung.

Er hatte sich zurückgesetzt, mich mit seinen kleinen, harten Augen angesehen. Er hatte sich eine Zigarette angezündet.

»Diese Inseln sind das Vorfeld der US-Sicherheit. Wer's anders sieht, geht an den Tatsachen vorbei. Geb's Gott, daß hier weiter fröhlich gereist und erbaulich darüber geschrieben wird. Versteh' mich recht, George, dies ist nicht persönlich, nur ein wenig kritisch gemeint. Du fragtest mich einmal ebenfalls ein wenig kritisch, warum ich diese Inseln überhaupt besuchen wollte, da ich doch alles über sie wüßte. Das habe ich nie behauptet. Erst jetzt weiß ich über die Inseln Bescheid – Paradies hin, Paradies her.«

Ich hatte Oskar um eine Zigarette gebeten, die Bitte sofort zurückgenommen. Oskar hatte gar nicht geantwortet. Er war nach einigem Cognac-Genuß in seinem Sessel eingeschlafen.

Marion hatte Mark lächelnd angeschaut, mit einer langsamen Handbewegung den Ausschnitt ihres Kleides etwas hochgezogen.

Ich hatte gefragt: »Meinst du, daß nur die realistische Einstellung deiner Art zählt? Es gibt –«

»Du fragst, was zählt? Wirtschaft, Politik, Härte zählen, vor allem Härte.«

Er wollte kämpfen, wollte Gegenargumente zum Zerreißen. Warum hatte ich in Elizabeth City nicht meinen Mund gehalten?

Oskar war geweckt worden und hatte uns zum Dingi am Steg gefahren. Während die Scheinwerfer des Geländewagens Kegel tropischer Landschaft aus dem Dunkel rissen, hatte er gesagt: »Der redet 'ne Menge, der Junge. Er ist fleißig. Den ganzen Tag klappert seine Schreibmaschine.«

»Wie habt ihr ihn kennengelernt?« hatte Elga gefragt.

»Na, vor zwei Wochen hab' ich ihn zufällig auf'm Flugplatz getroffen. Er suchte ein ruhiges Hotel. Na, denk' ich, vielleicht klappt's mit dem als ersten zahlenden Gast. Er war einverstanden und ist geblieben. Ist ja auch alles first class bei mir da oben.« Er zuckte mit dem Kopf. »In einer Woche fliegt er nach Washington.«

Im Scheinwerferlicht hatte unser Dingi gelegen. »Vielen Dank« und »Bis bald«. Wir waren zur KAIROS in die Dunkelheit gerudert.

Ich saß noch immer auf dem Achterdeck – Wörter und Bilder wie Fetzen im Gehirn. Paradies her, Paradies hin.

Gibt es hier nirgends eine einzige Zigarette, verdammt?

Im Sumpfgras jenseits der Lagune verstummte der schreiende Nachtvogel. Im Osten hob sich der Lichtschimmer eines neuen Tages.

Menschen

Das vierte Kapitel ist inkonsequenten Lesern empfohlen, die ganze Seiten überschlagen können, wenn Unerfreuliches beschrieben wird. Es ist für jene geschrieben, die um das Fragwürdige wissen, ohne darin nur das Fragliche zu sehen.

Es erzählt
von der beginnenden Hurrikanzeit, von Unlust am Segelsetzen und einer überfüllten Ankerbucht – von der Frage: »Soll ich meines Bruders Hüter sein?«, wenn einer jungen Frau Gewalt angetan werden soll – von dem Gespräch eines jungen mit einem alten Menschen – von Schwaben, die es selbstverständlich zu etwas gebracht haben, und ihrem wohlgemeinten Ratschlag – von Freunden, die scheiden, und Menschen, die bleiben; von einem folgenschweren Alleinentschluß und den Grenzen der Widerstandskraft – von einer fröhlichen Kreolin in der Marinaverwaltung und dem Alptraum, der Wirklichkeit wird – von Werftaufenthalt, einem unerklärlichen Sturz und improvisierter Gesangskunst – von der Voraussetzung, in eine bankrotte Marina hineinzukommen – von catch-as-catch-can; von einem zweiten Sturz, wodurch sich die Notwendigkeit ergibt, aus einem schwarzen Loch herauszukommen – von einem Arztbesuch und allerlei Rassenvorurteilen – vom Leben in der Marina und von verlassenen Yachten – von einem schmierigen Gangsterboß und seiner glänzenden Hilfsbe-

reitschaft – von einem schwarzen Clown – von einer Allerweltsdame mit Katze und allerlei Typen – von einer tapferen Müllsammlerin, einem alten Schiff und entsprechendem Entschluß, sehr laut auf der Pier ausgesprochen – von der Befreiung aus unklarem Wunschdenken, von klaren Hurrikanvorbereitungen und einem Handzettel, der manches unklar läßt – von unkorrektem Zollverschluß – von einer vergeblichen Razzia – von nächtlichem Totschlag und der Fragwürdigkeit menschlichen Verstehens – von einem Mädchen mit Kind und einem Mann mit Freundin, vom normalen Leben und dem Urteil frohgestimmter Urlauber – von der menschlichen Komödie und dem Zufall, vom Tod des Sir Francis Drake und vom Traum des Sir Walter Raleigh – von der großmächtigen Eroberung einer kleinen Insel – von der fröhlichen Ehrlichkeit eines Doktors – von neuem Leben in der Marina und Hilfskräften auf der Werft – von einem weißen Dieb und einer temperamentvollen Schwarzen – vom Ende einer zweiten und einer dritten Ehe – von einem genialen Materialisten und seiner kleinen Freundin – von einer anderen Darstellung derselben Sache – vom Besuch einer tüchtigen, kleinen Person, die vordergründig klären will, was hintergründig gar nicht mehr zu klären ist – von einem Geschäftsvorschlag und der eingebildeten Macht des Geldes – vom geräuschlosen Verschwinden eines Schoners – und schließlich von Menschlich-Allzumenschlichem.

Marion und Oskar besuchten uns an Bord. Sie berichteten, daß ihr Reisebüro erste Gäste schickte. Es waren Urlauber, die eine Woche mit Oskar auf der OSMARA segeln und zwei Wochen im Appartement wohnen wollten.

»Für Mitte Mai haben wir weitere Gäste«, erzählte Oskar stolz, »jetzt geht's los.«

Wir saßen im Deckshaus. Es herrschte Schauerwetter.

»Mitte Mai – die Hurrikanzeit beginnt«, sagte ich.

Oskar hatte seine Hände unter die Oberschenkel geschoben. Sein Kopf zuckte hoch. »Pah, wir hören jeden Tag den Wetterbericht. Außerdem, Mann, im Mai und Juni passiert nichts.«

Seit Hurrikan »Alan« im August 1980 – vor zweieinhalb Jahren – auf Barbados, St. Vincent, St. Lucia, Martinique (fünfzig Yachten zerstört), Dominica, Haïti und Jamaica schwere Schäden verursacht hatte, waren wenig Hurrikane über die Inseln gezogen. Ihre Zerstörungskraft geriet in Vergessenheit. Es blieb uns trotzdem unverständlich, wie oft Charterskipper das Risiko für ihre Gäste unbeachtet ließen.

Marion schenkte uns vom Cognac ein, den sie mitgebracht hatte. Sie war sehr großzügig mit solchen Gaben – auch sich selbst gegenüber hinsichtlich des Verbrauchs. »Mark ist abgereist«, sagte sie. Ihre braun-gelben Augen strahlten mich an. »Ein netter Mann.« Sie trug über dem Mini-Bikini eine Bluse, nur die unteren Knöpfe geschlossen. »Kommt ihr nochmal zu uns zum Essen rauf, bevor ihr absegelt?«

Wir ließen die Antwort offen. Wir wurden zurückhaltend mit Besuchszusagen, weil wir meine Schmerzattacken fürchteten. Marion und Oskar stiegen ins Beiboot, ohne ihre Einladung zu wiederholen.

Nach zwei schmerzfreien Tagen und Nächten liefen wir aus. KAIROS mußte auf die Werft in Fort de France. Der Bewuchs am Unterwasserschiff hatte zugenommen, obwohl ich ihn tauchend mit Bürste und Holzkratzer soweit wie möglich entfernt hatte. Ein neuer Anstrich mit Giftfarbe war erforderlich.

16. März 1983. In der Rodney Bay setzten wir Segel. Es wehte aus Ost mit Stärke 4. Nachdem ich das Großsegel gesetzt hatte, hockte ich mich auf den Kajütrand. Leichte Brise, Passatwolken, ideales Segelwetter. Über mir füllte sich das Segel im Wind. Elga fiel ab und ging auf Kurs. KAIROS neigte sich leicht.

Der große Klüver, dachte ich, der ist richtig für diesen Wind. Aber ich konnte mich nicht entschließen, ihn aus der Segelkammer zu holen. Wenn er geborgen werden muß, dachte ich, und diese verdammten Schmerzen kommen? Ich fühlte mich unsicher.

Ich setzte den Klüver 2, den kleinen; dann den Besan. Von der Achterreling sah ich übers Schiff. Es war wie immer ein herrliches Bild. KAIROS nahm Fahrt auf, Wind und Sonne in den Segeln, erste Schaumspuren auf der blauen See. Aber das Bild löste nichts aus in mir. Oder? Angst? Das ist doch lächerlich, Mann, unsinnig ist das.

Der Wind nahm ein wenig zu. St. Lucia versank achteraus, voraus gewann aus Schemenhaftigkeit Martinique Gestalt und Farbe. Am frühen Nachmittag lag die Anse d'Arlet an Steuerbord querab. Oben auf dem Hügel stand das Haus in seiner verlassenen Ruhe. Ich sah lange hinauf.

Am Abend kreuzten wir in die Baie du Fort de France und in die Anse Mitan. Ich barg die Segel. Unter Maschine suchten wir einen Ankerplatz. Wir fanden zunächst keinen. Die Bucht war überfüllt wie nie zuvor. In solchen Fällen ankerten wir hinten anschließend. Aber auch das war nicht möglich. Es gab so viele Ankerlieger, daß die Ruderstrecke zum Anlegesteg zu lang wurde, wenn wir ganz hinten lagen. Wir fuhren durch das Rudel der Yachten. Unser Gruß wurde von den Seglern gleichgültig beantwortet. Fürchteten sie in der Enge, von einem neuen Nachbarn belästigt zu werden?

Schließlich fiel unser Anker. Ich steckte Kette, Elga gab voll zurück mit der Maschine. Der Anker hielt. Wir hatten fünf Nachbarn im Abstand von sieben bis vier Metern rundum. Dazwischen versuchten Windsurfer, Slalom zu laufen. Dingis mit knatternden Außenbordmotoren flitzten vorbei. Von Backbord tönte Musik. Von Steuerbord kam der Lärm eines laufenden Aggregats. Das alles war lebhaft und bunt, doch auch sehr ungewohnt.

Ich stand auf dem Vorschiff. Ein Schlauchboot mit vier Leuten darin schoß um unseren Bug herum, streifte fast die Ankerkette. Von der anderen Seite kam ein Windsurfer. Es wehte frisch.

»Paßt auf!« schrie ich zum Schlauchboot hinunter.

Der Windsurfer riß sein Brett herum, um dem Schlauchboot zu entkommen. Mit voller Fahrt rammte er unseren Bug. Er stürzte kopfüber ins Wasser, entging der Schraube des Außenborders um einen halben Meter. Prustend kam er hoch. Er blickte mich wütend an, schrie auf französisch: »Eure verdammten Beiboote!« Dann versuchte er, sein Segel aufzurichten. Der Mast schrammte an unserer Bordwand auf und nieder. Jetzt wurde ich wütend.

Es war lächerlich. Der Urheber unseres Zorns war mit seinen Begleitern vorbei. An Land suchten sie sich im Restaurant bald ein vielseitiges Menü aus. Und wir hier? Die jämmerliche Enge machte uns nervös.

Endlich gelang es dem Windsurfer, seinen Start zu vollziehen. Ich beugte mich über die Reling. Der Stoß des Surfbretts hatte in der Wasserlinie die Farbe aufgerissen.

Elga kam mit den abendlichen Rumgläsern. »Ist es schlimm?«

»Es geht.«

Wir setzten uns auf die Kajüte und schauten schweigend in die sinkenden Tagesfarben.

Am nächsten Nachmittag. Wir saßen im Cockpit. Elga las. Ich arbeitete an Zeichnungsentwürfen fürs Buch. Auf dem Schoner Backbord voraus erhob sich Geschrei. Eine junge Frau kam den achteren Niedergang herauf. Sie rief: »Help, help – Hilfe!« Ein Mann in Badehose folgte. Er griff nach ihr. Sie riß sich los, stürzte zur Achterreling. Sie trug ein knielanges, weißes Kleidchen. Der Mann ging auf sie zu. Sie schrie. Aus den Luken der Nachbarschiffe hoben sich die Köpfe Neugieriger. Der Mann zögerte.

Uns erschien das Geschehen wie ein schlechter Film mit dem Titel: Die Wahrheit über das Seglerleben – Mister Lookaround packt aus.

Elga sagte erschrocken: »Du mußt helfen.«

Helfen, dachte ich, 'ne Zigarette, verdammt, wär' mir lieber. Was geht's mich an? Soll ich meines Bruders Hüter sein – oder meiner Schwester dort im kurzen Kleidchen? Dennoch ging ich nach achtern, um zu helfen. Wem denn, wie denn? Ich sprang ins Dingi hinterm Heck. Ein Beiboot mit Außenborder schnarrte vorbei. Ein älteres Ehepaar saß darin.

»Ist das ernst?« fragte der Mann mich auf englisch und zeigte zum Schoner.

»Ich weiß nicht.«

Die Frau sagte: »Oh, es sieht so aus. Fahr' hin, Charles!«

Charles steuerte hinter das Heck des Schoners.

Dort stand die junge Frau mit einem Bein über der Reling, bereit ins Wasser zu springen. Charles erreichte mit seinem Boot das Heck. Der Mann zog sich in die Kajüte zurück. Charles sprach mit der jungen Frau. Sie antwortete, zeigte mit der Hand auf die Kajüte.

Charles rief: »Machen Sie keinen Unsinn, Mann!«

Die junge Frau stieg vorsichtig den Niedergang hinab. Pause.

Charles' Außenborder tuckerte im Leerlauf. In einem der Restaurants an Land setzte die steelband in voller Lautstärke ein. Der Einsatz wurde von begeistertem Händeklatschen begleitet. »Ahh!« und Ohh!« klang es durch die Musik.

Die junge Frau in ihrem weißen Kleidchen erschien mit einem Seesack. Sie schleifte ihn über Deck. In wütender Verzweiflung wuchtete sie ihn über Bord und stieg ins Beiboot. Charles fuhr ab. Die junge Frau beugte sich über den großen Seesack. Sie weinte. Ihr Körper zuckte. Das weiße Kleidchen war zerknittert und an der Schulter aufgerissen. Charles' Frau beugte sich mitleidig über sie. Boot und Insassen wurden aufgeschluckt von der Masse der ankernden Yachten.

Ich saß im Dingi und fühlte mich schal. Die neugierigen Köpfe in den Luken der Nachbarschiffe verschwanden. Die Sonne schien wunderbar warm. Der Passatwind wehte angenehm kühl.

Wir schrieben Mitte April 1983. Der Passat ließ in Regelmäßigkeit und Stärke nach. Es gab zunehmend schwüle Tage. Die Hügel um die Anse Mitan wurden braun und grau. Der tropische Wechsel zum Sommer geschah nicht schnell und aufblühend wie in gemäßigten Breiten. Mit langsam steigendem Sonnenlicht, kaum spürbar, kam er heran. Statt leuchtender Farben gab es staubige Trockenheit, statt lockendem Dämmerlicht schwarze Schlagschatten. Irgendwann mußte der Sommer aufspringen: Hurrikangefahr.

Wir gingen zur Werft in Fort de France, erhielten einen Termin für Anfang Mai.

Ich saß am Tisch im Cockpit über dem dritten Versuch einer Federzeichnung. Die erste hatte mein schweißnasser Handballen verdorben. Bei der zweiten war ein Schweißtropfen aufs Blatt gefallen. Diese nun – reicher Segen der Tropen – hatte wieder ein Schweißtropfen unbrauchbar gemacht.

An Backbord erschien das rote Segel eines Windsurfers. Geschickt kam der junge Mann längsseits. Er hielt sich an der Reling fest, ließ das flatternde Segel langsam ins Wasser gleiten – ein Könner. Er war etwas mehr als zwanzig Jahre alt, hatte einen dichten, braunen Haarschopf und lustige, graue Augen.

»Hallo«, sagte er. »Also – ich bin bei meinen Eltern an Bord und die fragen, ob Sie heute abend zu uns kommen mögen?« Er zeigte zu einer Ketsch, halb verdeckt durch unseren nächsten Nachbarn, und fügte hinzu: »Ich bin Lutz, Mutter heißt Marianne und Vater trägt den seltenen Namen Franz. Mutter – also, ich denk' schon, daß die uns was Gutes zu essen macht.« Er lachte. Er hatte ein offenes und fröhliches Gesicht.

Ich wollte absagen – wegen Schleim, Rotz und Krümmen möglicher Schmerzattacken. Aber Lutz' Lachen machte das unmöglich.

»Ja«, sagte ich, »danke. Wann sollen wir kommen?«

»So vorm Sonnenuntergang.« Er stieß ab, nahm mit sicherem Griff den Peitschenmast mit Segel hoch. »Schade«, rief er, »wenig Wind!«

Am Abend saßen wir an Bord der ORION mit Franz, Marianne und Lutz zusammen. Sie erzählten von ihrer Fahrt über den Atlantik; von ihrem Plan, die Ostküste Nordamerikas zu besuchen und von dort mit dem Auto ins Land zu fahren.

Elga berichtete von den Campingplätzen in Canada und ihrer unberührten Schönheit, die man nicht mit Dollar, sondern mit Einsamkeit bezahlte.

Ich unterhielt mich mit Lutz. Er hatte seine Dienstzeit bei der Bundeswehr hinter sich. Die Segelreise der Eltern hatte sich zeitlich in seine Pläne gefügt. »Ich weiß nicht, ob meine Eltern weiterhin auf dem Schiff leben wollen«, sagte er. »Sie wissen es selbst wohl noch nicht. Ich steige aus. Im nächsten Jahr beginnt mein Studium.« Er wollte Ingenieur werden, Schwerpunkt Elektronik, weiter Regelungstechnik. »Da arbeiten Techniker, Biologen, Psychologen, Soziologen zusammen – hochinteressant, es geht um die Kommunikation von Lebewesen.« Er erklärte mir seine Vorstellungen und fragte schließlich, wohl weil er meinen Gesichtsausdruck sah: »Sie halten davon nichts – oder?«

Ich mußte lachen. »Sagen wir mal, ich verstehe davon nichts. So, wie Sie es darlegen, begreife ich zwar die Absicht, aber ich bezweifle –«

»Das sehen Sie zu sehr aus Ihrem Leben als Segler heraus, wirklich. Ich weiß das, weil ich Ihr Buch gelesen hab'. Ich find' es echt stark. Aber es ist nur aus dem Leben in der Natur geschöpft – manchmal eingefügt die geschichtliche Vergangenheit mit ihren Fehlern. Ich werd' einmal arbeiten, um Fehler zu vermeiden.«

»Sind sie vermeidbar?«

»Mehr und mehr: ja. Es muß ständig versucht werden.«

»Das meine ich auch. Aber stehen wir Menschen nicht an einer Grenze von unübersehbaren Entwicklungen? Wir haben sie eingeleitet, sind aber nicht in der Lage, die Folgen zu übersehen, geschweige denn zu beherrschen.«

Er sah mich fragend an.

»Nehmen wir die Kernphysik. Sie hat neben ihren Erkenntnissen unübersehbare Folgen gebracht: unbeeinflußbare Strahlung.«

»Das sehe ich anders.*) Sie hat uns eine unerschöpfliche Energiequelle gebracht. Daß es ein Risiko gibt – sehen Sie: dafür wird geforscht, daran wird gearbeitet, damit es sich mindert. Gefahren für die Menschen hat es immer gegeben. Mit wachsendem Wissen konnten die Gefahren ausgeschaltet werden.«

Ich fragte: »Wie wollen Sie Strahlung ausschalten? Die durch die Bombe ausgelöste soll vernichten. Das ist eine brutale Klarheit. Die durch Atomkraftwerk erzeugte soll entsorgt werden. Ein hoffnungsvolles Wort doch wohl für eine unklare Brutalität. Haben Sie manchmal Angst, eine undefinierbare Angst, so ganz allgemein?«

Er sah mich verblüfft an. Dann lachte er. »Angst? Sie haben vor jedem Auslaufen Angst. Ich find' es unheimlich gut, daß Sie es zugeben. Sie sind älter, da wird man wohl klüger.«

»Nicht unbedingt klüger – nur anders.«

Lutz blickte zu seinen Eltern hinüber. Franz hatte eine Karte der USA geholt, auf der Elga ihm und seiner Frau Fahrtrouten zeigte. Sie saßen über die Karte gebeugt.

Lutz löste seinen Blick von den Eltern. Sein offenes Gesicht zeigte Nachdenklichkeit. Dann fragte er unvermittelt: »Ist alt werden eigentlich schwer?« Er fügte schnell hinzu: »Klar, ich kann mir darunter nichts vorstellen.«

»Es ist schwer«, sagte ich. »Der Verstand weiß ja um die verbleibende Zeit, die zu nutzen ist und unaufhaltsam ausläuft. Das wird seelisch verdrängt – manchmal. Da wollen die Alten alles wissen und können. Andere freuen sich über jeden neuen Tag – das ist eine Kunst, die viel Gutes schaffen kann. Und schließlich läßt die Verstandeskraft nach. Auch die innere Beweglichkeit. Der alternde Mensch schließt geistig immer mehr Dinge aus. Er versteht sie nicht, kann sie nicht mehr verstehen, will es auch gar nicht – wie ich Ihre Kybernetik vorhin.«

---

*) Dieses Gespräch fand vor dem Unglück im AKW Tschernobyl statt.

»Aber es gibt viele Menschen in hohem Alter, die voller Energie und Verständnis sind.«

»Ja, viele. Aber nicht die meisten.«

Lutz dachte nach. »Und Krankheit? Viele alte Menschen leiden. Ich hab' noch nie mit jemand darüber gesprochen. Entschuldigen Sie, aber jetzt bin ich auf diesem Trip.«

Ich sah ihn an. Er wollte eine Antwort. Ich sagte: »Wir leben alle eingespannt in die Polarität entgegengesetzter Möglichkeiten – weiß, schwarz – gut, böse – Gesundheit, Krankheit – Leben, Tod. In dieser Spannung ist das eine die Voraussetzung für das andere – und umgekehrt. Diese Spannung hält den Menschen in unvorstellbar vielen Abwandlungen: Schicksal, das seinen Lebensweg beeinflußt. Ich meine jetzt oft, daß Menschen leiden, damit andere begreifen, wie groß ihr Glück ist.«

»Und diejenigen, die nicht leiden?«

»Sollen ihre Zeit nutzen, Sinnvolles zu tun.«

»Sind Sie kirchlich?«

»Nein – christlich, so daß der Glaube meiner Eltern sinnvoll bleibt.«

Er schwieg lange. »Was Sie über Krankheit und Leiden gesagt haben, klingt sehr unerbittlich, sehr überpersönlich. Ich meine, die christliche Lehre soll Hilfe und irgendwie Trost geben?«

»Lutz – wenn du wirklich erfahren willst, was diese Worte bedeuten, studiere nicht Technik, sondern Philosophie oder Medizin. Bring' einen Sinn in die Unerbittlichkeit, ein wenig Hilfe. Und tu' es aus eigener Kraft, sonst überzeugt es nicht.«

Marianne erhob sich und sagte: »Ich decke in der Kajüte fürs Abendessen. In zehn Minuten ist es soweit. Lutz, schenk' unseren Gästen bitte Wein nach.«

Lutz fragte mich: »Können Sie das denn – also, ich meine das mit dem Sinn und der Hilfe?«

»Nein. Es bleibt ein lebenslanger Versuch.«

Dann tat er, was seine Mutter gesagt hatte.

Am Steg der Bunkerstation unterhalb der Hotels lagen ständig Yachten dicht gedrängt. Sie bunkerten oder nahmen Trinkwasser über. Ich holte deshalb Wasser mit dem Dingi und unseren Kanistern von dort.

Mit zehn gefüllten Wasserkanistern ruderte ich zur KAIROS. Es war nicht üblich, daß Beiboote den Außenborder drosselten, um anderen Booten den Wellenschlag zu ersparen. Aber das Schlauchboot, das jetzt von achtern angebraust kam, ging mit der Fahrt herunter.

Ein Hüne saß darin und grinste. Er war mit vollwüchsigem Bart, langem Haupthaar und Badehose bekleidet. »Mensch«, sagte er auf schwäbisch, »Mensch, wenn man dich so sieht, dein Bootle geht gleisch unner.« Er warf eine Schleppleine herüber. »Ich bring' dich zur KAIROS.«

»Nee«, sagte ich auf hamburgisch, »du kann-st mich nicht umst-immen. Denn wenn du dies Gefährt in Schlepp nimm-st, sp-ielt es U-Boot. Untergeh'n kann's nicht, es ist doppelwandig.« Ich warf ihm die Leine zurück. »Aber wenn du mir helfen will-st, dann nimm mich mit den näch-sten zehn Kanistern zur Zapfstelle hin und zurück.«

Der Hüne hieß Sigi, so sagte er mir, und ich sollte die MÖWE auf UKW-Kanal 16 rufen. »Komme sofort!« rief er und brauste ab. Die MÖWE in der Masse der Yachten blieb mir unsichtbar.

Sigi fuhr mich. Bart und Haupthaar flatterten im Fahrtwind. Als er mir den letzten Kanister an Deck reichte, fragte er: »Warum hascht kei' Außenborder?«

»Weil sie St-inker sind«, sagte ich. »Vielen Dank! Komm' heute abend zum Glas Wein. Und bring' deine Besatzung mit.«

»Ja, gern. Dann zeigt ihr Uschi und mir die KAIROS. Interessiert uns.«

Über Mittag kamen der Druck hinter dem linken Auge und die Zerreiß-reiß-probe. Danach ging es mir schlapp und mäßig gut.

Sie kamen nach dem Abendessen. Uschi – Frau, Freundin oder Lebensgefährtin – war schlank, hatte lange, dunkle Haare und sprach ganz allerliebst, wenn sie in ihre Heimatsprache fiel. Sie sahen sich unser Schiff vom Standpunkt der Charterleute an. Sie gehörten zu jenen, die am Rande des Marktes segelten und zurechtkamen. Ich fragte sie danach.

Sigi antwortete: »Zurechtkommen? Klar! Wir segeln jetzt drei Jahre hier mit Charter. Wir wollen nach Fort Lauderdale, Florida. Dort wird die MÖWE verkauft und eine neue Ketsch gekauft. Zum Kaufpreis müssen wir vom Verkaufserlös der MÖWE die Hälfte nehmen. Die andere Hälfte ist verdient.«

»Und wollt ihr wieder Charterfahrten machen?«

»Nicht mehr zwischen diesen Inseln.«

Uschi ergänzte: »Drei Jahre Tropen, die haben uns etwas abschlaffen lassen.«

»Ja«, sagte Elga, »jetzt zum Sommer hin mit Hitze und Schwüle merke ich das auch.«

»Wir gehen zurück ins Mittelmeer.« Sigi war voller Unternehmungsgeist. »Unsere Kunden aus Deutschland wollen auch im Mittelmeer mit uns segeln. Weischt, das Klima ist da besser. Ausrüstung ist in Südfrankreich leichter zu bekommen als hier. Und schließlich sind wir dichter beim Zuhause.«

»Und das neue Schiff wollt ihr von Florida ins Mittelmeer segeln?«

Uschi nickte. »Wir haben in Florida Zeit, ein paar Probeschläge zu machen. Dann geht's im Juni, Juli rüber.«

Ich fragte: »Der Verkauf der MÖWE – geht das so schnell?«

»Kein Problem«, sagte Sigi und reckte seinen breiten Brustkasten. »Die MÖWE ist ein US-Serienschiff. Der Händler ist schon angeschrieben. Wir kaufen ein Schiff gleicher Klasse. Das ist fast wie bei Autos, der Händler nimmt die MÖWE in Zahlung. Kein Problem.«

Ich sagte langsam: »Wir überlegen manchmal, wie sich unsere KAIROS verkaufen ließe.«

»Kein Problem«, wiederholte Sigi.

Uschi sah mich wissend an und ergänzte: »Wirklich! Die KAIROS ist gut gehalten, ein Atlantikschiff, von erfahrenen Seglern gebaut. Da kriegt ihr bestimmt – na, Sigi?«

»Mindestens hunderttausend«, sagte er. »Verkauft bald, der Dollar steht günstig zur Mark.«

Kein Problem, Händler anschreiben, hunderttausend, möglichst bald, Dollar günstig. Mir ging das alles viel zu langsam durch den Kopf. Ich war Kaufmann gewesen, zielstrebig und oft hart, aber nicht in Yachten. Ich sagte: »Na, denn mal Prost.«

»Nu' denn, Proscht«, sagten Uschi und Sigi.

Ich dachte an KAIROS, als ich völlig blödsinnig fragte: »Und die gute, alte, erprobte MÖWE? Hängt ihr nicht an ihr?«

Sigi lachte. »Die? Weg mit ihr! Mit dem neuen Schiff, mit dem gibt das Chartern doch wieder Sinn.« Er rieb Daumen und Zeigefinger seiner rechten Hand gegeneinander.

»Im Mittelmeer«, sagte Uschi froh.

Sigi: »Keine Reparaturen.«

Wir tranken noch viele Gläser Wein zusammen. Sie fielen in ihre schwäbische Mundart, erzählten vom Muschterländle. Und ganz zum Schluß vergaß ich das sp-itze Hamburgisch und sprach in ihrer Mundart fast so gut wie sie.

Beim Abschied sagte Sigi auf Hochdeutsch: »Segeln ist für uns Geschäft. Für euch nicht. Wenn es sein muß, verkauft euer Schiff schnell, ganz schnell und ohne Gefühl. Ich sag's nur, weil ich einen Freund hab', der beim Verkauf seines geliebten Kahns so lang' hin und her g'macht hat, bis er betrogen war.«

Unsere Freunde und Bekannten segelten ab. Ihre Yachten fuhren die Abschiedsrunde um KAIROS.

Lutz stand auf dem Vorschiff beim Ankerspill. Er rief übermütig: »Ich schreib' mal über mein Studium, Alter! Aber nicht als Philosoph!« Marianne am Ruderstand brachte die Maschine auf Touren. Franz setzte das Großsegel. In Motorgebrumm und Segelschlagen ging Lutz' Stimme unter.

Die MÖWE zog ihren Kreis. Uschi winkte. Sigi, mit vollwüchsigem Bart, flatterndem Haupthaar und Badehose bekleidet, reckte den Oberkörper hoch und rief: »Na los, verkauft, denkt an den Dollarkurs – und alles, alles Gute!« Er fierte die Segel vorm Wind. Schnell wurde die MÖWE klein auf der Kimm: weit, weit nach Norden hin, wo der Atlantik lag.

Die BETEIGEUZE kam von Antigua auf ihrem Weg nach Venezuela. Wir saßen mit Renate und Hartwig zusammen und sprachen über die Schönheit der Inseln.

»Ich bin froh, daß wir nun erstmal Ruhe haben«, sagte Renate.

Hartwig unterbrach: »Ich hab' Reparaturen während dieser Saison gehabt wie noch nie. Wir müssen nächstes Jahr, wenn wir gut einnehmen, ein neues Schiff haben. Bei diesem werden die Unkosten zu hoch.«

Renate sagte erschrocken: »Du meine Güte, ein neues Schiff! Was wird mit unserer Ehe? Können wir nicht an Land bleiben?«

Hartwig: »Ich an Land? Was soll ich denn da?«

Renate: »Da hängst du jedenfalls nicht tagelang kopfüber im Maschinenraum über dem Getriebe.«

Elga sagte begütigend: »Seht euch den Dschungel und die Berge in Südamerika an. Da kommt ihr auf andere Gedanken.«

»Hoffentlich.« Renate sah nicht so aus, als ob Dschungel und Berge ihr Freude machen würden.

Als die BETEIGEUZE ein paar Tage später die Abschiedsrunde fuhr, lachten beide. Das Schiff, die Segel im Wind wurden klein auf der Kimm: weit, weit nach Süden hin, wo die Küsten mit Dschungel und Bergen lagen.

Ich hockte auf der Vorderkajüte und sann den Yachten nach. Florida, Atlantik, Karibisches Meer, Venezuela. Täglich liefen Schiffe aus. Panama, Großer Ozean, Südsee, Marquesas, Fidschi.

Die Yachten liefen aus. Die Bucht wurde nicht leer. In der drangvollen Enge blieben Segler, die wir nicht kannten. Es mußten die Gleichgültigen, Planlosen, die Charterer für den letzten Groschen, die Ziellosen sein. Dreck lag auf den Decks ihrer Schiffe. Rott fraß in den Segeln. Ihre Gesichter waren leer. Wo kamen diese Menschen her – aus bedrohten Großstädten, aus den vergasten Schatten zu hoher Wolkenkratzer? Was wollten sie hier – jetzt, zu Beginn der Hurrikanzeit, da Fahrtensegler neue Kurse absetzten?

Nachts lag ich oft schlaflos – schlapp nach den Zerreiß-reiß-proben der Schmerzattacken – und dachte darüber nach. Tagsüber tat ich meine Arbeit an Bord. Sie ermüdete mich nicht. Meine Widerstandskraft gegen die Schmerzen ermüdete. Ich konnte absehen, daß sie zu Ende ging. Wann – wo – Elga allein mit dem Schiff?

Wir saßen auf dem Achterdeck mit unserem Rum. Längst hatte ich versucht, ob die Schmerzattacken bei Verzicht auf Alkohol nachließen: nein.

»Übermorgen ist Werfttermin«, sagte Elga. »Wollen wir absagen?«

»Der Bodenbewuchs muß runter.«

»Brigitte und Willi freuen sich, wenn wir nach Venezuela kommen. Hast du ihren Brief gelesen?«

»Nein.«

Elga sagte: »Wie lebhaft warst du, als wir Besuch an Bord hatten. Das ist noch keine Woche her.«

»Eine Woche ist eine lange Zeit.«

»Es wird dir bald besser gehen, Schatz. Die Attacken sind immer in Schüben mit langen Pausen gekommen. Wir segeln nach Venezuela. Die freuen sich dort auf uns.«

Die Sonne ging in Farbenpracht unter.

Ich mußte es ihr jetzt sagen. »Elga – versteh' bitte, ich weiß nicht, wie lange ich noch durchhalten kann. Wenn ich ans Segeln denke, läuft's mir kalt den Rücken runter. Übermorgen – du, ich weiß nicht, ob ich das Schiff in die Kammer für den Portalkran manövrieren kann. Laß dabei plötzlich die Schmerzen kommen – diese Unfähigkeit. Ich weiß nur eins: nicht aufgeben. Aber –«

»Du mußt jedenfalls zum Arzt.«

»Nach der Werft, ja. Laß uns einen Platz in der Marina bestellen. Ich möchte weitermachen. Nur: vielleicht kann ich's nicht. Ich muß ja auch die Zeichnungen fürs Buch machen. Das geht hier in der Marina, aber nicht schweißtriefend vor Anker in Venezuela. Das kann ich nur in der Marina, die Elektrizitätsanschluß für einen Ventilator hat.« Vor einer Woche hätte ich eine solche Erklärung für unmöglich gehalten.

Elga saß erstarrt.

Es geschah zum ersten Mal, daß wir eine Entscheidung nicht gemeinsam und nicht freiwillig trafen.

Elga sagte tonlos: »Also, in die Marina.«

Ich konnte meine Hände nicht stillhalten – ohne Zigarette. »Elga, bitte, gib mir noch einen Rum.«

Sie brachte ihn. Wir saßen eine Weile schweigend und wie betäubt. Dann ging Elga zur Koje.

Die Musik auf dem Nachbarschiff hörte auf. Die steelband an Land hörte auf. Das Knattern der Außenborder hörte auf. Ein Aggregat nicht weit entfernt hörte auf. Ich saß und ließ die Sterne ziehen. Ruhe. Eine einzige Zigarette jetzt. Aber sie machte das Geschenk an Elga kaputt, machte die lange Zeit meiner Mühe sinnlos, die ich durchgehalten hatte.

Ich wußte das. Es half nicht. Gift, dachte ich, immer ein falscher Freund. Tabak. Alkohol. Rausch. Ekel. Mehr Tabak. Mehr Alkohol. Mehr Rausch. Gewöhnung, kein Ekel, aber eben Gewöhnung. Was also? Tabletten? Drogen. Noch mehr Rausch. Noch mehr Ekel? Also viel Rausch. Ganz viel Rausch. Rüber auf die andere Seite. Geschafft. Und dann? Ich schüttete den Rum über Bord – wütend.

Ich brachte das Dingi an Deck, sicherte es für die Nacht und schloß die Luken gegen unliebsame Besucher, die es in zunehmender Zahl gab.

Als ich mich in der Achterkajüte auf meine Koje legte, hörte ich Elga weinen. Ich fühlte mich unfähig, sie zu trösten. Das Weinen hörte auf. Wir lagen stumm und schlaflos, bis gegen Morgen die Zerreiß-reiß-probe kam.

Wir gingen am nächsten Vormittag in die Marina zum Büro. Es lag an der Südwestecke unter Bäumen. Der Empfangsraum hatte eine Barriere. Dahinter stand ein Schreibtisch mit Stuhl. Auf der Barriere lag der Original-Stetson des Managers. Der Mann gehörte einer alten weißen Martinique-Familie an, die viel Geld mit weitverzweigten Inselgeschäften machen sollte.

Wir riefen. Keine Antwort. Wir warteten. Nach einer halben Stunde kam die Bürohilfe. Sie war Kreolin. Ihr Parfümduft durchwehte belebend den Raum. Sie war jung und trug einen Versuch auf dem Kopf, das schwarze Krusselhaar in gefällige Wellen zu zwingen. Ihr make-up war dick aufgetragen. Ich mochte gar nicht hinblicken. Es konnte jeden Augenblick abbröckeln.

Elga erklärte ihr unsere Absicht, während der Hurrikanzeit einen Platz für unsere Yacht zu mieten. Sie verstand das Wort »Hurrikanzeit« nicht. Dennoch lächelte sie fröhlich und ein bißchen sinnlich, wie junge Kreolinnen lächeln können. Sie legte Handtasche und Schirm ab, streifte den Rock zum Hinsetzen glatt, räumte einige Blätter auf dem Schreibtisch von links nach rechts, glättete den Rock nochmals und setzte sich mit erwartungsvollem Lächeln.

Elga sagte: »Einen Platz von Mitte Mai bis Mitte November.«

Das verstand sie. Sie überlegte. Dann sagte sie fröhlich: »Wir sind pleite.«

Ich betrachtete den Original-Stetson des Mannes aus reicher Familie. Die Pleite konnte nur steuerliche Gründe haben.

Elga: »Können wir keinen Platz bekommen?«

Das schöne Kind fragte mit Augenaufschlag: »Warum nicht?«

Elga: »Ja, ab 15. Mai.«

»Wir sind voll belegt.«

»Läuft niemand bis dahin aus?«

»Doch, vielleicht.«

Ich, ungeduldig: »Da hängt ein Liegeplan.« Ich zeigte zur Wand.

Das schöne Kind ordnete graziös die Dauerwellen, erhob sich und trat zur Tafel mit den Liegeplätzen. Über die Hälfte schien unbelegt.

»Da möchten wir liegen.« Ich zeigte auf einen Eckplatz ohne Namenseintragung.

»Aber da liegt das Hausboot von François.«

»Und hier?«

»Da liegt – weiß nicht. Aber er liegt da.«

Schließlich erfuhren wir, daß an der Ostpier der Skipper einer italienischen Yacht in sein Heimatland segeln wollte – »vielleicht«.

»Fragen Sie ihn doch mal, wann«, schlug Elga vor.

»Heut' nachmittag hab' ich frei, Madame.«

Ich raffte meinen in den letzten Wochen zerfetzten Charme zusammen und sagte väterlich: »Ich heiße George –«, hier nicht wie in den USA Dschordsch sondern Schorsche, die Sch-Laute weich und das E stumm –, »und dies ist meine Frau Elga. Wir rufen morgen von der Werft an, ja? Dann haben Sie mit dem Italiano gesprochen, ja? Und dann sagen Sie uns, daß wir den Platz bekommen können, ja?« In meinem Französisch klang das nicht so, wie es sich liest, aber Schorsche-mit-weichem-Sch-und-stummem-E hatte Erfolg.

Das schöne Kind lachte herzlich, kein make-up bröckelte. »Ouihh – Schorsche.« Und fügte sittsam hinzu: »Monsieur, ich heiße Louise.«

Als wir das Büro verließen, sagte Elga: »Na, das muß dir doch Auftrieb für die nächsten sechs Monate gegeben haben.«

Unser Auftrieb verebbte in der stickigen Luft der Marina, die von Appartementhäusern eingeschlossen lag; zerrann im Anblick der Mülltonnen, deren Geruch zum Himmel stieg; versiegte vor unserem möglichen Liegeplatz, dessen Hafenwasser ölig schillerte. Auf der italienischen Yacht war niemand anwesend.

Ein Alptraum. Ihn zu träumen – war das besser, als auf See mit Schmerzen und Schlappheit auszufallen? Und: konnten wir auf dieser Insel leben? Bisher waren wir nur Besucher gewesen.

Anker auf, Fender raus, Leinen klar, Kurs über die Bucht zur Werft in Fort de France. Sobald der Anker an Deck war, verließen mich Unruhe und Unsicherheit. Sanft manövrierte ich KAIROS in die Kammer des Portalkrans. Elga lachte erleichtert auf. So gut ihre Seemannschaft war, für Hafen- und Anlegemanöver unter Maschine fehlte ihr das Augenmaß.

Der Portalkran setzte KAIROS auf ihren Platz. Ein Schwarzer reinigte das Unterwasserschiff mit einer Druckwasserspritze. Ich schloß Elektrizitätskabel und Wasserschlauch an. Die Anschlüsse waren schadhaft. Unsere Nachbarn beobachteten mißtrauisch meine Versuche. Die Werft war voll belegt. Sie fürchteten, daß ich mich an ihren Anschlüssen vergriff.

Der Werftplatz war ein asphaltiertes Geviert zwischen hohen Häusern und Schuppen. Die Sonne knallte hinein. Es gab kaum einen Luftzug. Ich ging auf die Bordleiter zu. Der Boden unter mir schwankte. Die Leiter schien umzufallen. In unmöglicher Perspektive drehte sie sich auf mich zu. Ich erschrak, faßte nach einer Sprosse, griff daneben und fand mich auf den Knien vor der Leiter wieder. Sie stand. Oben beugte Elga sich über die Reling. Ich zerrte mich an der Leiter hoch und kam verdutzt drei Meter über dem Asphalt an Deck.

Elga war schneeweiß im Gesicht. »Was ist?«

Ich sah über die aufgebockten Schiffe. Die beobachtenden Nachbarn waren verschwunden oder befaßten sich mit ihren Arbeiten. Ich sah alles in klarem Bewußtsein und scharf und deutlich. »Weiß nicht.«

»Du bist getorkelt.«

»Scheint so.«

»Leg' dich auf die Koje.«

»Nein. Mach' mir einen starken Kaffee.« Schon wieder Gift.

Elga brachte den Kaffee. Ich saß in der Ecke des Cockpits und trank ihn langsam und entspannt. Dann nahm ich Spachtel und Schleifpapier, sammelte meinen Sonnenhut vor der Leiter auf und machte mich an die Arbeit. Was war das gewesen?

Die Tage auf der Werft wurden schlimm. Die Werft bot keinerlei Unterstützung. Arbeitsgerüste und Bretter gab es nur beschränkt. Wir hatten deshalb welche gegen einen Preisaufschlag gemietet. Jeden Morgen gab es Streit. Diejenigen, die Gerüst und Bretter während der Nacht weggeholt hatten, wollten sie nicht herausgeben. Catch-as-catch-can. Der weiße Verwalter grinste dazu. Schließlich schloß ich das Gerüst abends an die Leiter an, die Leiter an die Seereling. Die Bretter legte ich auf Deck.

Die sanitären Anlagen waren hoffnungslos schmutzig. Abends kamen die Mosquitos. In der durch das Abwaschen der Yachten entstandenen Feuchtigkeit fanden sie überall Brutplätze.

Die schwarzen Arbeiter waren freundlich. Neben dem Kranführer – einem fast lilafarbenen Mann von großer Geschicklichkeit – gab es drei oder vier Hilfsleute. Sie waren immer fröhlich, auch hilfsbereit, wenn man ihnen ohne Dünkel begegnete.

Hieronymus war ein kleiner Kerl mit viel zu langen Armen und einem platten Gesicht. Er hatte seine Lebensaufgabe darin gefunden, die Pallhölzer unter die vom Portalkran hingestellten Yachten zu setzen und festzukeilen. Der lilaschwarze Gorilla von Kranführer scheuchte ihn lachend, hetzte ihn mit schlechten Witzen. Hieronymus schwitzte. Hieronymus blieb stets guter Laune.

Nach einem gehetzten Vormittag ging er an uns vorbei. Ich saß auf meinem Gerüst und malte Weißlack. Er sang leise im Takt seiner Schritte:

»I love my Jollie heartily,
hm-dada –
she bring' much luck and joy to me,
hm-dada –«

Er sang aus dem Stegreif, wie viele Schwarze tun. Es klang glücklich und trostreich, so daß ich einfiel im Takt meiner Pinselstriche:

»She is so nice, she is allright,
make' all de darkness real' bright,
hm–dadum und schrumm –«

Er fuhr so schnell herum, zeigte ein solches Urwaldgesicht, daß ich dachte, er würde aufs Gerüst springen und mich schlagen. Aber er begann zu lächeln.

»Wieso singst du englisch?« fragte ich vorsichtig.

Er antwortete mißtrauisch: »Bin von Dominica.«

»Kannst du die französischen Leute hier verstehen?«

»Die Weißen nicht. Wir schwarzen Leute sprech'n Patois – alle Inseln Patois.«

»Und du willst nicht nach Dominica zurück?«

Daß ich nichts von ihm wollte, schien ihn zugänglicher zu machen. Er sagte: »No, da gibs kein Arbeit. Hier is Arbeit, hier is Musik, hier sin richtge Kumpels.«

»Und Jollie.«Das war ungeschickt.

Er lachte zwar, doch ging er weiter. Nach ein paar Schritten hörte ich ihn singen – wild diesmal, Reggae, ohne Humor und Freude.

Unsere täglichen Unterhaltungen blieben kurz. Ich fragte, er antwortete. Jollie war tabu.

Wenn ich das Rauchen vermißte, wenn ich Angst vor der nächsten Zerreiß-reiß-probe fühlte, sang ich leise vor mich hin, was mir gerade einfiel, nur fröhlich sollte es sein. Ich sang wie er, der kleine Kerl mit den viel zu langen Armen und dem platten Gesicht. Das machte die Gier nicht geringer, die Angst nicht weniger bedrückend. Aber es führte durch meine Probleme hindurch. Ich hatte eine Lektion zu lernen, die Hieronymus unwissend gab.

KAIROS lag mit neuen Farbanstrichen in der Anse Mitan vor Anker. Mit dem Liegeplatz in der Marina kamen wir nicht weiter. Auf dem Platz der italienischen Yacht lag ein anderes Schiff. Louise zuckte mit den Schultern. Über Lücken in den Reihen der Yachten konnte sie uns keine Auskunft geben. Wir wollten nicht in einer solchen Lücke festmachen, um dann vom zurückkehrenden Platzinhaber ausgewiesen zu werden.

Der Manager schien der Meinung zu sein, daß sein Stetson auf der Barriere ausreichte, die Pleite für jedermann verständlich zu machen.

»Klar, die sind pleite«, sagte Karl, den wir am Strand trafen. »Mein Freund Bernard liegt in der Marina. Der segelt morgen ab und bleibt in Guadeloupe.«

In der Marina fanden wir Bernard. »Kommen Sie gleich, nachdem ich ausgelaufen bin«, sagte er, »dann haben Sie den Platz.«

Bernards kleine Yacht war halb so breit wie KAIROS.

»Ça va«, sagte er. »Haben Sie eine starke Maschine? Na also! Einfach reinfahren. So machen wir das hier.«

Ich wollte mit dem Heck in die Lücke, da ich vom Bug unsere Laufplanke zur Pier nicht ausbringen konnte. »Elga – du nimmst vom Vorschiff eine Leine auf den Heckpoller der blauen Sloop da drüben am gegenüberliegenden Steg. Du fierst entsprechend, wenn ich achteraus in die Lücke manövriere. Der Wind ist nicht stark hier drin, aber er kommt von querein. Ein Grundgeschirr gibt es nicht. Wir nehmen keinen Anker. Wer weiß, was da unter Wasser an Bruch liegt. Wie wir die Bugleinen festmachen, klären wir, wenn wir drin sind. Nimm sie erstmal zu den Nachbarschiffen. Wir liegen hier sowieso wie eine eingelegte Ölsardine.«

In der Marina. Elga auf dem Vorschiff fierte die Leine. Das Heck, mit Fendern abgesichert, lag jetzt zwischen den Vorschiffen der beiden Nachbarn. Kein Mensch ließ sich auf den Schiffen sehen. Ich gab mit der Maschine zurück. Die Lücke war sehr eng – zu eng? Die Fender begannen zu quietschen.

Ich ging nach achtern. Die Nachbarschiffe hatten Lose in den Achterleinen. Sie konnten nachgeben. Ich dachte an Bernard: einfach reinfahren.

Unser Vorschiff lag noch außerhalb der Lücke. Es begann, mit dem Querwind langsam nach Backbord zu drehen. Drehte es weiter, mußten wir das Manöver rechtzeitig wiederholen, um nicht vor die anderen Yachten gedrückt zu werden. Auf der Pier sammelten sich Neugierige.

Ich lief zum Steuerstand, stieß den Gashebel auf voll zurück. Elga fierte ihre Leine. KAIROS drückte die Lücke auf und schob sich hinein. Die Fender schrien. Vom Heck warf ich unsere bereitgelegten Leinen über die Poller auf der Pier. »Beleg' vorn, Elga.«

Ich ging auf die Yacht an Steuerbord. Sie hieß LEEWAY und schien unbewohnt. Ich gab ihrer Achterleine an unserer Seite zehn Zentimeter Lose und belegte sie.

»Non, non!« rief der Skipper der nächsten Yacht.

Ich tat so, als ob ich die Leine wieder einholte. Da war ausreichend Platz, viel mehr als zu unserer Seite hin. Ich ging zur Yacht an Backbord. Sie hieß BEAUTÉ, war ebenfalls unbewohnt. An Deck gab ich ihrer Achterleine an unserer Seite zehn Zentimeter Lose.

»Non! C'est une effronterie – eine Unverschämtheit!« rief der Skipper der nächsten Yacht. Er sprang auf.

Ich verhielt mich wie auf der LEEWAY. Auch hier war zwischen jenen Bordwänden mehr Platz als auf unserer Seite. Catch-as-catch-can. Wenn es so auf Werften und in Marinas üblich geworden war, dann konnte ich es auch. Ich fühlte mich nicht wohl dabei. Wir schienen unerwünscht zu sein. Brummelnd setzten die beiden Skipper sich auf ihre Cockpitbänke. Sie hatten meinen Trick nicht bemerkt.

Elga brachte von unserem Vorschiff Leinen zu den Nachbarn aus. Ich ging zum Steg gegenüber, löste unsere Manövrierleine vom Poller der blauen Sloop. Dabei prüfte ich die Pfähle des Stegs gründlich.

»Geht das so?« fragte Elga, als ich aufs Vorschiff kam und ihr half, die Leinen aufzuschießen.

»Ja. Wir liegen etwas weit mit dem Heck von der Pier ab. Das kann ich regulieren. Ich nehme später eine Leine mit Kettenvorläufer zu den Pfählen des Stegs da drüben. Sie sind aus Eisen. Den Kettenvorläufer, als große Schlaufe um den Pfahl geschäkelt, laß ich mit einer Leine als Aufholer zum Hafengrund runter. Das ist sicher. Das stört keine andere Yacht.«

»Ich gehe jetzt zum Büro. Kannst du mir auf die Pier helfen?«

Vom Heck wollte ich auf die Pier springen, um Elga zu helfen. Die Pier sprang mir entgegen, drehte sich in unmöglicher Perspektive hoch. Ich erhielt einen Schlag gegen die Stirn. Er machte meinen Kopf zu einer riesengroßen Glocke. Sie tönte und tönte und hörte nicht auf.

Ich sah Elgas Füße neben mir, dann ihr herabgebeugtes Gesicht über mir. Es war angstverzerrt. Ich rappelte mich auf die Knie. Die

Neugierigen waren fort, die Skipper verschwunden. Flimmernd lag die Pier in der Mittagshitze.

Wir kletterten an Bord. Ich hatte Kopfschmerzen. Elga wollte, daß ich mich hinlegte.

»Diese Art von Schmerzen sind lächerlich. Mach' mir einen starken Kaffee«, sagte ich benommen.

»Das ist Wahnsinn«, erwiderte Elga. »Möglich, daß du eine Gehirnerschütterung hast.«

»Mach' mir einen starken Kaffee«, wiederholte ich eigensinnig. »Dann essen wir unser Mittagsbrot. Du gehst anschließend ins Büro, wenn du willst. Ich bring' die Laufplanke aus und schließe Wasser und Elektrizität an. Bitte, Elga, es muß weitergehen. Wenn ich aufgebe, ist Schluß.«

Sie ging zögernd. Ich saß und entspannte mich. Der zweite Fall innerhalb zwei Wochen. Was war das? Nicht unterkriegen lassen.

Nach dem Essen taten wir, wie ich vorgeschlagen hatte. Am späten Nachmittag sank die Sonne hinter die Appartementhäuser. Die Hitze in der Marina ließ nach. Wir setzten uns aufs Vorschiff und aßen Eis, das Elga aus dem nahen Supermarkt geholt hatte.

»Wir werden uns einleben, bestimmt«, sagte sie. »Zumindest ist dies ein seemännisch verantwortbarer Platz während der Hurrikanzeit. Laß es uns positiv sehen. Freust du dich, daß wir wenigstens das geschafft haben?«

Ich fühlte den Druck hinter dem linken Auge. Er schoß als Schmerz ins Gesicht. Ich lief in die Achterkajüte, wo die Zerreiß-reiß-probe begann. Die Schmerzen wurden unerträglicher denn je. Elga kam, als ich mit dem Kopf gegen die Seitenwand der Koje schlug. Mit dem neuen Schmerz wollte ich den anderen übertönen. Verzweifelt nahm ich ihre Tabletten. Die Schmerzen blieben. Sie zerfrästen meine Widerstandskraft. Als sie in der Nacht nachließen, kam kein Schlaf. Nicht unterkriegen lassen? Alles war in Frage gestellt, alles –

(Die Gedanken, die folgten, werde ich nicht niederschreiben. Für den Menschen, der solchen Zustand nicht kennt, bleiben sie unverständlich; für den Menschen, der ihn kennt, sind sie keine Hilfe.)

Hatte ich geschlafen? Die Sonne schien durch die Kajütsfenster. Ich brachte mich hoch, schlapp, hockte mich auf den Kojenrand, noch schlapper. Sofort kamen die Gedanken und die Hoffnungslosigkeit der

Nacht wieder. Wie komme ich heraus aus meiner Depression –

– aus mir hinaus? Ich kann mich doch nicht vergessen? Das Ich vergessen, dieses schwarze Loch von Anti-Leben, das Trost, Logik, Willen aufsaugt und verschlingt. Außerhalb geht alles weiter wie vorher und nachher. Die Sonne wird jeden Tag aufgehen. Alles geschieht, wie es war-ist-und-sein-wird. Die Sonne wird im Raum der Zeit über zehn Milliarden Jahre jeden Tag untergehen, aufgehen.

Ich legte mich auf die Koje zurück, lag lange, versuchte zehn Milliarden zu begreifen – den Raum, in dem Leben vor mir und nach mir geborgen ist: also hindurchgehen durch meine Schwierigkeit, sie bleibt zurück. Es war denkende Versenkung, aufsteigendes Denken. Zehn Milliarden sind eine ungeheuere Bejahung, alles geht weiter, es gibt einen Weg aus dem Loch.

Elga lag ausgestreckt auf dem Rücken, wie sie trostlos eingeschlafen war.

Ich kratzte Mut zusammen. Da ist immer etwas für einen neuen Tag. »Elga. Komm', steh' auf. Die Sonne scheint. Ich geh' zum Schwimmen.«

Sie setzte sich auf und begann zu weinen.

»Hör' bitte auf zu heulen. Willst du mit zum Schwimmen am Hotelstrand?«

»Wir – wir machen weiter – wie immer. Geh' und komm' schnell wieder.«

Der Strand unter den Hotels lag zu dieser frühen Stunde menschenleer. Ich machte meine Freiübungen und schwamm. In der Marina war ebenfalls noch kein Mensch zu sehen. Sonnenschein lag über Booten und Stegen. War sie wirklich so schlimm, diese Marina? Andere Menschen lebten hier auch. Was für Menschen?

Nach dem Frühstück riggten wir die Sonnenpersenning auf. Sie brachte das Achterdeck unter Schatten, wo wir Tisch und Stühle aufstellten. Ich reparierte die Steckdose auf der Pier, die beschädigt war.

Menschen von anderen Yachten gingen vorbei. Sie grüßten nicht. Später hörten wir, das wäre unter Franzosen nicht üblich, solange keine Bekanntschaft bestünde. Kinder kamen und begannen zu spielen. Hunde schnupperten herum, hoben das Bein an den Mülltonnen. Diese waren wie immer überfüllt. Der Abfall stank in die steigende

Sonnenhitze hinein. Ich legte Leinen und Ketten bereit, um KAIROS jahreszeitgemäß festzumachen.

Drüben an der Hafenausfahrt fuhr die Fähre nach Fort de France ab.

Zum Mittagessen saßen wir auf dem Achterdeck. Es erschien die erste Ratte. Sie huschte unsere Gangway bis zur Mitte hinauf und machte Männchen. Ich verscheuchte sie. Sie lief in ein Loch im Rasen hinter der Pier. Dort blühten Hibiskussträucher in roter Pracht, unter denen sie oder eine andere bald wieder hervorlugte.

Wir legten uns zur Mittagsruhe in die kühle Achterkajüte. Zum Nachmittagskaffee kam ich nicht hoch. Ich blieb für drei Tage mit geringer Übelkeit in einem dämmerigen Halbschlaf liegen. Ich mußte der besorgten Elga versprechen, zum Arzt zu gehen.

Mein Dämmerzustand war nicht unangenehm. Ich bewahrte mein Denken vor dem schwarzen Loch, so gut es ging, versuchte meinen Halbschlaf mit freundlichen Bildern zu erfüllen. Es gelang und gelang oft nicht. Manchmal flimmerte da ein kleiner Kerl mit viel zu langen Armen und einem platten Gesicht herum.

I love my Elga heartily,
she bring' much luck and joy to me.
She is so nice, she is allright,
make' all de darkness real' bright.

Es war nicht so klar, wie niedergeschrieben. Aber als ich am vierten Morgen aufstand, erschien es mir so. Und als ich's dann Elga erzählte, konnte ich beschwören, Hieronymus so und nicht anders gesehen und gehört zu haben.

Wo ist die Grenze zwischen Traum und Wirklichkeit, zwischen Krankheit und Gesundheit – letztlich zwischen Leben und Tod? Im Ich, diesem stärksten aller Käfige. Vorher und nachher geht alles weiter. Jetzt frei zu sein, kostet Überwindung.

Ich ging zum Arzt. Elga kam mit zum Übersetzen. Im Wartezimmer saß die leidende, schwarze Menschheit und starrte uns an. Wir warteten drei Stunden.

Doktor Dorail war Neger, hatte in Bordeaux studiert. Er untersuchte mich, nachdem Elga übersetzt hatte, was zu sagen war. Er schickte mich nach Fort de France zur Röntgenuntersuchung meines Schädels und zum Augenarzt.

Als wir wieder vor ihm saßen, sagte er: »Sie sind organisch gesund.«

»Warum falle ich hin?«

»Sie haben ein Sportlerherz. Halten Sie sich mit Ihrem Bewegungstraining in Gang. Wenn Sie monatelang sitzen und schreiben, vernachlässigen Sie Ihre Herztätigkeit. Geben Sie Ihrem Herzen die gewohnte Arbeit.«

»Und die Schmerzen?«

»Wir werden sehen.« Er verschrieb mir Tabletten. Er sah meinen Blick und lächelte. »Gift in verschriebener Dosis hilft. Dafür ist es da.«

»Der!« sagte ein Bekannter, den wir auf der Straße trafen. »Der schwarze Quacksalber! Der besucht seine Patienten mit Hühnerkrallen und Pferdeäppeln zum Gesundbeten. Geh' zum weißen Arzt.«

Die Tabletten hatte ich für Wochen einzunehmen. Sie schienen stark, die Nebenerscheinungen waren unangenehm.

Unsere Freunde schrieben besorgte und entsetzte Briefe über unseren Leichtsinn und unsere Dummheit, einen schwarzen Arzt aufzusuchen. »Fliegt nach Hamburg – geht zum Spezialisten – es gibt Operationen gegen Nervenschmerzen – ich habe von Professor X gehört – hängt da nicht rum, tut etwas!«

Ich fragte meinen schwarzen Doktor nach den Nebenerscheinungen, nach einem Spezialisten, nach der Ursache der Schmerzen, nach einer Operationsmöglichkeit.

Doktor Dorail lächelte sanft. Die Vielzahl der Fragen wunderte ihn vielleicht, ließ ihn aber unberührt. »Haben Sie Geduld, bitte. Die Nebenerscheinungen werden nachlassen. Ich schicke Sie zum Spezialisten, wenn erforderlich. Zur Ursache kann ich mich noch nicht äußern. Die Schmerzen sind nicht so, daß mir eine Operation notwendig erscheint. Dazu müssen Sie wissen, daß solche Operationen Geruchs-, Geschmacks- und andere Einbußen bringen können. Sie sind keine Dauerhilfe, da durchtrennte Nerven sich regenerieren.«

Doktor Dorail saß hinter seinem Schreibtisch mit einer Fußbank unter seinen kurzen Beinen. Sein dunkles Gesicht war rund und glatt. Sein Alter konnte ich nicht schätzen. Er sagte: »Sie sind ein großer, starker Mann mit sensitiven Nerven. Sie stecken in einer Krise. Sie werden sie überwinden, weil Sie nicht zur Introversion neigen.« Er lächelte sanft. »Meine Tabletten helfen dabei ein wenig. Kommen Sie wieder, wenn Sie die Tabletten gemäß Verschreibung eingenommen haben.« Er stand auf.

Wir gaben ihm die Hand.

Im Wartezimmer saß die leidende, schwarze Menschheit. Alle sahen uns an: die Weißen, denen es in ihrem Reichtum nur gut gehen konnte. Das Vorurteil war schlimm. Ich dachte an den dummen Witz des Bekannten auf der Straße. Das war schlimmer. Die Sorgen unserer Freunde, so gut gemeint, waren am schlimmsten. Da lebten sie in weiter Ferne und gaben Spenden für die Not in aller Welt, auch für die auf den karibischen Inseln – Spenden, die oft nur zum Bruchteil die Notleidenden erreichten.

Wenn ein Freund ihres erlauchten Kreises aber einen schwarzen Doktor aufsuchte, so war das leichtsinnig und dumm. Ich fragte mich – da im Wartezimmer vor den Augen der geduldig wartenden Neger – wo die Befreiung von Dummheit und Vorurteilen beginnt: mit der Hilfe übers Spendenkonto? Oder beim Gang zum schwarzen Doktor, der mehr Hilfe gibt, als er erhält?

Unser Liegeplatz befand sich an der westlichen Pier des Hafenbekkens, der sogenannten Hauptpier. Hinter ihrer drei Meter breiten Betonfläche schloß sich ein Grasstreifen mit Hibiskushecke an. Jenseits der Hecke lag ein Fußweg, der ebenfalls betoniert war. Er führte an kleinen Gärten entlang. Dahinter standen zwei- oder dreistöckige Appartementhäuser. Ihre Reihe setzte sich auf der Südseite des Hafens fort. Über den Balkonen spannten sich bunte Jalousien.

Gegenüber im Osten schlossen Hotelgebäude mit Palmengärten das Hafenbecken ab.

Das auf unserer Seite gelegene Café am Fußweg war geschlossen. Rund um die Anse Mitan waren Kellner und Hotelangestellte in Streik getreten. Neben dem Café führte ein Arkadenweg zwischen den Häusern hindurch zu Boutiquen, Geschäften, dem Supermarkt und der Bankfiliale. Sein Ausgang öffnete sich zur Straße jenseits der Appartementhäuser.

Seemännisch war das Hafengeviert mit der schmalen Einfahrt im Nordosten ein guter Platz für die Hurrikanzeit. Neben Erdbeben und Vulkanausbruch ist ein tropischer Orkan eine Naturgewalt, in der menschlicher Witz endet. Aber KAIROS – sollte es geschehen – hatte eine Chance, wenn auch eine nicht übersehbare.

Die beiden unbewohnten Yachten auf jeder Seite schützten uns ein wenig vor Unruhe. Die stählerne Ketsch BEAUTÉ – wie Louise uns erzählte – gehörte einem Lebensmittelhändler aus Lyon.

Enttäuscht vom Traum seines Lebens, zwischen den karibischen Inseln zu segeln, hatte er die Yacht in die Marina gefahren und festgemacht. Das Schiff lag zum Verkauf. Es rostete seit Monaten vor sich hin. Die Leinen waren für seine Größe zu schwach. Die Rollfock war angeschlagen. Der Schäkel zur Grundkette am Bug hatte Kinderformat. Leinen, Rollfock, Schäkel konnten keinem Hurrikan standhalten.

An unserer Steuerbordseite lag die 12-Meter-Ketsch LEEWAY. Das Kunststoffschiff gehörte einem Schweizer. Er sollte im August wiederkommen. Die Yacht lag zwischen starken Leinen, doch hatte der Eigner Großsegel, Besan und Sonnenpersenning nicht abgeschlagen.

»Wenn was kommt«, sagte Elga, »werden uns Persenning und Segel ums Rigg fliegen.«

»Wenn ich KAIROS mit Leinen und Ketten gesichert habe, werde ich mich um die beiden kümmern. Schon wegen unserer Sicherheit. Ich möchte das aber nicht ohne Zeugen tun. Irgendwer muß beauftragt sein, nach den verlassenen Schiffen zu sehen.«

Die mögliche Gefährdung anderer Schiffe und Menschen hatten die Eigner sich nicht einmal vorgestellt.

Wir versuchten, den Ablauf unserer Tage neu zu gestalten. Wir hatten unsere Arbeiten – wie immer. Der Ventilator machte die Hitze in der Kajüte erträglich. Morgens vorm Frühstück ging ich zum Schwimmen an den Hotelstrand. Vor dem Mittagessen schwammen wir dort gemeinsam, ebenso am späten Nachmittag. Ich nahm mein Lauftraining wieder auf. Wenn die Sonne hinter den Häusern versank, setzten wir uns aufs Vorschiff. Die Hitze verebbte. Die Marina lag vor uns in sanftem Abendlicht. Der Lärm des Tages ließ nach.

Wir lebten abgeschieden. Unsere Freunde waren fortgesegelt. Für die Menschen an Land blieben wir Teilnehmer am Yachttourismus. Die Segler in der Marina waren Menschen, deren Lebensart uns fremd war. Es war nicht zu umgehen, daß wir Vergleiche zu früherem Erleben anstellten – leider. Wo einst fünf Yachten geankert hatten mit Menschen, die sich als Gleichgesinnte kannten, lagen nun fünfzig mit Menschen, die sich nicht kannten. Viele wurden im Gedrängel gleichgültig oder unfreundlich – so wie ich. Das größte Leid unserer Erde –

Überbevölkerung mit all ihren Fragwürdigkeiten – fand auf den karibischen Ankerplätzen und in den Yachthäfen der Inseln sein Spiegelbild.

Für Elga und mich ging das Leben unter Segeln – das ist ja kein Vier-Wochen-Urlaub gewesen, den man auf einer Charteryacht schön oder nicht schön finden kann – zu Ende. Zunächst mußten wir diese Marina überleben.

Mit einem Drehventil ging ich über unsere Laufplanke auf die Pier. Gedankenverloren stieß ich mit René zusammen.

Er hatte mit einem Schwarzen ein Briefchen gegen eine Handvoll Geldscheine getauscht. Der Schwarze steckte das Briefchen in die Brusttasche seines Hemdes, René das Geld in seine strammsitzende Badehose. Der Vorgang hatte sich schnell und so fließend in den Bewegungen vollzogen, daß er mir unwirklich erschienen war.

René war fett, von mittelgroßem Wuchs. Schweißig glänzten Bauch und Brustkasten. Das Haar trug er in mädchenhaften Locken bis auf die Schultern. Er sah mich an, wobei ich die Farbe seiner flinken Fettpolster-Augen nicht erkennen konnte. »Was hast de denn da?« Er zeigte auf das Ventil.

Ich erklärte, daß die Drehscheibe korrodiert war und nicht mehr faßte, daß ich zur Werkstatt damit wollte.

»Komm' mit«, sagte er und ging los. Daß ich möglicherweise nicht folgen wollte, schien er nicht zu überlegen. In der Rangordnung der Marinabewohner seiner Art stand er ganz oben.

Ich ging mit. Für seine Fettleibigkeit war sein Gang fest und geschmeidig. Sein Schiff lag am Steg gegenüber. Es war ein kleiner, schwarzer Schoner mit weißen Masten. Auf Deck herrschte ein unvorstellbares Durcheinander von Leinen, Schoten, Kanistern, Lumpen, Kurbeln, Werkzeug. René stieg in die Kajüte und bedeutete mir zu folgen. Überquellende Sardinenbüchsen als Aschenbecher, nicht abgewaschenes Blechgeschirr, Kleidungsstücke, ein Mädchenhöschen,

Drahtkabel, Segelsäcke, zerrissene Segelschuhe lagen herum. Am Schott hing ein gesprungener Spiegel.

René kramte und brachte eine Konservendose hervor. Er sagte unlustig: »Hier, such' was de willst.«

Ich fingerte durch den Doseninhalt und fand ein Rad. Es war nicht korrodiert – erstaunlich auf diesem Schiff – und paßte.

»Gut«, sagte er. »Wenn de was brauchst, komm' zu mir.«

Ich stand und überlegte, was nun zu tun wäre. Ich begann in Kreisen zu verkehren, deren Verhaltensweisen mir nicht vertraut waren.

»Wir sind quitt«, sagte René mit einer wegwischenden Handbewegung. Seine Schlitzaugen schienen mich anzusehen. Er strahlte fette Brutalität aus. Er schlug nicht selbst zu, aber er ließ zuschlagen. Die Hitze in der Kajüte trieb mir den Schweiß aus den Poren. Es roch nach kaltem Tabakrauch. Der Geruch weckte keine Rauchlust in mir, nur Übelkeit. René nickte mir zu. Ich nickte zurück und kletterte in die schöne, saubere Mittagshitze, die über der Marina lastete.

Während der kommenden Monate begegneten René und ich uns täglich. Grußlos wie ein Fremder ging er vorbei. Wir waren quitt.

Ich ölte die Teakholzleiste der Achterreling.

Der Schwarze blieb stehen und schaute mir zu. Er war groß von Wuchs, trug enge, lila Hosen, die unterhalb der Knie endeten. Die Beine mit enormen Muskeln kamen O-förmig aus den Hosen hervor. Seine Füße steckten in riesengroßen, weiß-roten Segelschuhen. Das T-shirt war grün, umspannte einen gewaltigen Brustkasten. Auf seinem Kopf saß eine Pudelmütze, wie sie viel von jugendlichen Schwarzen getragen wurde. »Hey, Cap'n«, sagte er in Inselenglisch und grinste. Er rollte mit den großen Augen und rieb sich die dicke Nase. Er war ein Clown. »Hey, Cap'n, hasdu Arbeit für mich?«

»Hab' leider keine Arbeit für dich.«

»Ich bin d'beste Bootsmann, Cap'n.« Er schaute gierig auf Pinsel und Farbdose, die ich in den Händen hielt. »Disse Farbe kann ich auch aufmaln. Was du machst, is doch Arbeit. Gib mir Arbeit, Cap'n.«

»Es geht nicht. Ich kann dir nichts bezahlen, weil wir von einem Budget leben. Das ist eine bestimmte Summe monatlich.«

»Großes Schiff. Du hast viel Geld, Cap'n. Erzähl mir nichts.«

Elga kam an Deck.

»Hey, Ma'm«, sagte er freundlich. »Hasdu 'nen job für mich? Bin d' beste Koch, Ma'm.«

Elga lachte. »Ich koche selbst.«

»W'rum selbst, Ma'm, wenn du d' beste Koch kriegn kannst?« Er wiegte den Brustkasten.

»Wenn du gut kochen kannst, frag' mal bei den Restaurants.«

»Is Streik. Kollegn wolln mehr Geld.«

»Wo wohnst du?« fragte ich.

»Och«, sagte er mit großer Armbewegung. »So mal hier auf d' Boote, wenn keiner da is. So mal am Strand in d' Sonnenhäuschen.«

»Da laß dich nicht erwischen«, sagte ich. »Die Polizei schickt dich sofort zurück nach Dominica.«

»Cap'n, Mann«, erklärte er forsch und sah uns treuherzig an. »Das mach ich nich allein. Wir wissen bloody very good, was los is.« Mit wiegendem Schritt, wie ihn nur seine O-Beine hervorbringen konnten, ging er davon.

Am Abend war er wieder da. Jetzt trug er eine helle Hose. Auf dem Kopf saß eine weiße Kapitänsmütze im Karnevalstil. Bevor er seine Fragen auf uns abschießen konnte, kam eine Gruppe nordamerikanischer Reisender vorbei. Er wandte sich an sie, Dollar witternd. »Hey, Sie suchn d' Restaurant mit d' besten Essen? Ich zeigs Ihnen.«

Die Reisenden gingen weiter. Bevor sie den Arkadenweg erreichten, hatte Cap'n Dom – so nannten wir ihn – Erfolg. Die Gruppe war vor ihm stehengeblieben. Er redete, die Reisenden lachten.

Cap'n Dom arbeitete sich unermüdlich nach oben. Er machte den Fremdenführer. Er machte auf Charteryachten den Alleinunterhalter mit Gitarrenspiel und Tanz. Er spülte, schrubbte, malte auf Yachten. Ich sah es mir an. Er malte sauber und genau.

Die Höhe seiner Laufbahn erreichte er mit der Anstellung bei der Bunkerstation unterhalb der Hotels. Jetzt trug er auch tagsüber seine weiße Kapitänsmütze und sang glücklich vor sich hin. Sein Wiegeschritt war wiegender geworden. Sein Clownsgesicht strahlte.

»Hey, Cap'n«, grüßte ich ihn.

Stolz und schweigend schritt er vorbei. Für ihn waren wir Lügner und Geizhälse: so'n Schiff und kein Geld. Wir wußten nicht, ob wir lachen oder weinen sollten.

Sie mochte Ende dreißig sein. Sie ging wie ein Mädchen mit zwanzig, versuchte es jedenfalls. Sie hatte ein verlebtes Gesicht. Sie schminkte es zu verjüngender Maske. Sie trug alte Kleider. Sie hatte sie nach letzter Mode geändert. Ihr Körper war verbraucht. Aber sie zeigte ihn wie eine Schönheitskönigin. Sie ging nie allein. Eine Katze an der Leine folgte ihr geschmeidig.

Als Elga die Katze mit Halsband und Leine zum ersten Mal sah, lief sie auf die Pier und begann, das gelb-weiß getigerte Fell des Tieres zu streicheln. »Lieb ist Ihre Katze, Madame.«

Madame und Katze würdigten Elga keines Blicks. Madame blieb stehen, weil René und ein Haufen seiner Kumpel kamen und sie ansprachen. Es ging – soweit ich verstand – um eine Fete, die Madame am Abend an Bord ihrer Yacht geben wollte.

René trug sein Wellenhaar mit einem Band im Nacken zusammengebunden. Fett glänzte sein Bauch über der Badehose. Kumpel Eins war ein magerer Mann in ausgefransten Hosen und offenem Hemd, unter dem ein geripptes Wrack von bleichem Brustkasten zu sehen war. Kumpel Zwei war ein junger Schwarzer mit Messingknöpfen in den Ohrläppchen. Er war bunt mit hautenger Hose und bedrucktem T-shirt bekleidet. Er ging mit Tanzschritten über die Pier. Alles lachte.

Kumpel Drei war ein finsterer Weißer in Hemd und Hose, der sich ständig an seinen aus grünen Kokosblättern geflochtenen Hut faßte. Da waren noch andere, auch einige Mädchen. Sie plapperten, sie kicherten, sie hingen sich bei den Männern ein, mal bei diesem, mal bei jenem, mal miteinander.

Die Gruppe löste sich zu Grüppchen auf. Sie zogen ab.

Die Fete begann am schräg gegenüberliegenden Steg nach Sonnenuntergang, endete am nächsten Morgen bei Sonnenaufgang – Reggae, Beat, Rock'n Roll, Lachen, Brüllen, Pfeifen, Heulen. Während des folgenden Tages lag die Marina still und leblos.

Wir saßen zu Mittag auf dem Achterdeck im Schatten der Sonnenpersenning. Eine alte Frau ging von Mülltonne zu Mülltonne. Sie durchsuchte geübt die Abfälle. Manchmal griff sie zu, steckte Brauchbares in ihren Beutel. Sie trug ein altes Kleid, das ordentlich geflickt und gewaschen war. Ihr weißes Haar wirkte nicht unfrisiert. Sie ging schwerfällig. In der Hand hielt sie neben dem Sammelbeutel eine Armkrücke, die sie selten brauchte.

Aus der Mülltonne schräg hinter unserem Heck holte die Alte zwei kleine Kartons heraus. Sie schaute sich die Kartons an, vertiefte sich kopfschüttelnd in die Aufschrift. Als sie weitergehen wollte, sah sie unser Heck mit Namen und Heimathafen. Sie blieb stehen, holte einen der Kartons aus dem Beutel hervor. »Bonjour, Madame, Monsieur, excusez-moi«, sagte sie zögernd, »parlez-vous français?«

Elga bejahte. Die alte Frau bat um die Übersetzung der deutschen Kartonaufschrift. Elga ging auf die Pier. Nach ihrer Übersetzung schloß sich eine lange Unterhaltung an. Später erzählte Elga mir den Verlauf des Gesprächs.

Elga, nachdem sie den Karton zurückgegeben hatte: »Sie nehmen diese Trockensuppen aus dem Müll. Die können verdorben sein. Die hat sicher eine Charteryacht weggeworfen.«

Die Alte: »Madame, ich nehme nur Lebensmittel, deren Verpakkung unbeschädigt und widerstandsfähig ist. Wieviel, glauben Sie wohl, wird an guten Sachen weggeworfen, es herrscht Verschwendung, es ist eine Sünde!«

Elga: »Aber Lebensmittel zu kaufen ist doch hygienischer.«

Die Alte: »Mein Mann bekommt eine kleine Rente. Die reicht nur fürs Elementare. Er leidet an Star, ist fast erblindet. Er wird nun achtzig und arbeiten kann er nicht mehr. Und ich mit meiner Hüftoperation? Mein Kind, damit ist das Leben nicht mehr so leicht. Wir verhungern nicht, nein, nein. Die Kinder sind groß, haben ihre Berufe in Frankreich. Wir müssen nur für uns selbst sorgen, haben keine Verpflichtung. Daß die Leute einen schief ansehen – ich meine wegen der Mülltonnen – daran gewöhnt man sich. Und außerdem, was sind das für Menschen hier in der Marina? Gesindel. Pack. Haben Sie vergangene Nacht schlafen können? Wir nicht. Mein Mann war verzweifelt. Es ist doch wahr, Madame, mein liebes Kind, diese Leute sind Abschaum. Und dieses Weib, die mit der Katze – nicht zu beschreiben. Sie liegt mit dem Schiff uns gegenüber. Mit jedem treibt sie's, egal ob weiß, ob braun, ob schwarz. Der Mann ist ihr weggelaufen, hier lebt sie nun. Und wenn ich mit meinem Beutel an ihr vorbeigeh' – oh, dieser hämische Blick! Als ob das Durchsuchen von Mülltonnen, das man mit reinem Gewissen tut, eine Schande wär'. Mein Mann und ich sind alt und krank, aber wir können jedem in die Augen sehen. Das heißt bei meinem Mann natürlich: in übertragenem Sinn. Es ist uns besser gegangen – ach ja.«

Elga nach einer Pause: »Sie leben ständig auf Ihrem Boot?«

Die Alte: »Wir haben ein kleines Appartement im Dorf zur Miete. Aber mein Mann und ich haben immer auf Yachten gelebt. Mein Mann ist lieber an Bord als im Zimmer. Ich sag' ja nichts, er ist so schlecht dran mit seinen Augen. An Bord fühlt er sich wohl. Wir waren die ersten französischen Segler, die zum Entsetzen der Zurückbleibenden unsere Kinder mitnahmen, sie an Bord großzogen. Wir standen oft in der Zeitung, mein liebes Kind, Madame. Besonders als mein Mann Balata benutzte, um kunstvolle Figuren daraus zu formen.«

Elga: »Balata?«

Die Alte: »Das ist der eingetrocknete Milchsaft eines im Orinoco-Gebiet und in Guayana wachsenden Baums. Balata ist dem Kautschuk ähnlich. Nun, mein Mann kam auf die Idee, daraus Figuren zu kneten und zu formen, solange die Masse weich ist. Nach der Bearbeitung trocknet Balata gummiartig und bewahrt die gegebene Form. Wir wurden richtig berühmt. Wir lebten in Guayana damals, in Cayenne, ja, in der Strafkolonie mit dem berüchtigten Namen. Aber, mein liebes Kind, Madame, erschrecken Sie nicht, bitte. Die Strafanstalt war längst geschlossen zu unserer Zeit. Die Gebäude waren Mietblocks, zum Teil Kaserne für die Légion étrangère.«

Elga: »Und vom Verkauf der Figuren konnten Sie leben?«

Die Alte: »Es fing nur so als Nebenbeschäftigung an. Unsere Kinder gingen zur Schule und wir mußten mit dem Segeln pausieren. Aber zum Schluß haben wir einen richtigen Export nach Frankreich gehabt. Die Zeitungen nannten meinen Mann Roi de Balata, König von Balata, und mich, naja, es ist nicht wichtig – mich La Reine de Balata, die Königin. Oh ja, das ist lange, lange her. Es war sehr schön. Manchmal sitzen wir, mein Mann und ich, und sprechen über jene Zeiten. Und manchmal, mein liebes Kind, Madame, manchmal formt mein Mann noch eine Figur. Nur mit Knetgummi natürlich und – und mit seinen schlechten Augen, fast blind. Aber Sie wissen wohl, wie zart und geschickt die Hände erblindeter Menschen sein können. Er sitzt ganz still dann, nur seine Finger arbeiten, fühlen, formen. Seine Augen – ach, mein Kind – seine blicklosen Augen suchen dann wie im Nichts, während seine Finger eine kleine hübsche Figur bilden. Ein Reh, eine Katze oder auch ein junges Mädchen, ganz zart und allerliebst. Manchmal weine ich dabei, ganz leise. Es ist nur gut, daß er's nicht sehen kann. Er hat mich sehr geliebt. Verstehen Sie es richtig, bitte, wir sind uns auch jetzt noch gut – aber Liebe, nein, Liebe kann man das nur in übertragenem Sinn nennen.«

Elga: »Ich verstehe, wie Sie es meinen.«

Die Alte: »Oh ja, mein Kind, ich glaube Ihnen. Wir müssen in dieser Marina leben. Wohin denn sonst? Und mein Mann, der's rundum nicht sieht, ist glücklich in seiner Kajüte oder im Cockpit.« Die Alte hob die Krücke. »Nur bei diesem Gesindel hier, da muß für Ordnung gesorgt werden. Ich hab' einen Brief abgesetzt, ja, ich werd' ihn absenden. An den Polizeipräfekt in Fort de France. Dies hier ist ein Sündenbabel, ein Drogennest und ein Dreckloch!«

Elga nickte.

Die Alte: »Vielen Dank für Ihre Hilfe, mein liebes Kind. Entschuldigen Sie bitte die Störung und – oh ja, meine Schwatzhaftigkeit.«

Sie blieb die einzige, die uns während der kommenden Monate freundlich grüßte. Elga und sie führten noch manche Unterhaltung, wenn die Übersetzung deutscher oder englischer Leckerbissen aus dem Müll abgeschlossen war.

Zwei Wochen später – die Zerreiß-reiß-proben waren weniger geworden – gingen wir zum schräg gegenüberliegenden Steg. Da lag die

ROI DE BALATA, eine Sloop von 8 Meter Länge. Man sah ihr das Alter an, auch das Alter ihrer Eigner. Sie war im Grund gut unter Farbe gehalten worden. Doch gab es viele Stellen mit Schäden und krickelig verwischter Farbe. Geflickt waren die Seitenpersenninge wie auch die morsche Sonnenpersenning mit groben Bootsmannsnähten. Grau hingen die mürben Segelüberzüge, hier oder dort schief zusammengezurrt. Wie spanisches Moos an alten Bäumen im Guayana-Dschungel zerfaserten Leinen ohne Taklinge. So klein das Schiff war, für seine alten und kranken Eigner war es zu groß geworden.

»Komm'«, sagte Elga nach langer Zeit.

Wir gingen an einer verwahrlosten Yacht vorbei, auf deren Heck sich die Katze mit braun-weißem Tigerfell putzte.

Auf der Hauptpier sagte ich: »Elga, wir werden KAIROS verkaufen. Hältst du das für richtig?«

Sie hatte ihre Hand in meine Armbeuge gelegt. Die Hand krampfte sich zusammen.

Ich sagte heftig und laut: »An einen Seemann! Einen Segler, der sie gut und richtig segelt, fachmännisch instand hält. Weg mit dem Schiff! Weg an den richtigen Mann oder, meinetwegen, an ein verständiges Paar!« Ich schrie es fast.

Die Menschen auf der Pier wandten sich zu uns um.

Wir schafften es, unser Wunschdenken mit klaren Begründungen zum Verkauf der KAIROS auszuschalten. Es gab andere Aufgaben, als ein Schiff in überfüllte Buchten und Häfen zu steuern. Ein Leben auf Martinique oder einer anderen karibischen Insel war nicht so, wie wir es für unser Alter beabsichtigten. Von den USA über die karibischen Inseln bis nach Venezuela waren die Aufenthaltszeiten für Besucher kürzer, die Zollbestimmungen für Yachten schärfer geworden. Grenzbeamte konnten fünf oder zehn Seglern in die Augen sehen und eine Entscheidung nach ihrer Beurteilung treffen. Bei Hunderten von Seglern war das nicht möglich, da wurde Dienst nach Vorschrift gemacht, da wurden sogar neue Vorschriften erlassen. Zwischen sechs Wochen und sechs Monaten lag die Zeit der Aufenthaltsgenehmigungen. Was waren sechs Monate für unsere Art des Reisens?

Wir überlegten, in den Cul-de-Sac Marin zu verholen. Wir ließen die Überlegung fallen. Da gab es keinen Doktor Dorail, nur beschränkte Versorgung, keinen Strand zum Schwimmen.

Mit dem Dingi brachte ich vom Bug der KAIROS zwei 25-mm-Leinen zu den Eisenpfählen des gegenüberliegenden Stegs aus. Mit Ketten, die ich als Ösen schäkelte, legte ich sie an den Pfählen fest. Die Ketten rutschten grundwärts. Mit einer Fangleine war das Aufholen zum Ende der Hurrikanzeit möglich.

Die Passatsegelbäume nahm ich aus ihren Halterungen und zurrte sie an Deck. Alle Fallen wurden abgenommen, die Segel abgeschlagen. Wenn Hurrikanwinde Wälder flachlegen, Häuser abdecken, Autos wegwehen, dann konnte kein aufgetuchtes Segel widerstehen. Zusatzleinen lagen an Deck bereit. Bei Annäherung eines Hurrikans konnten sie vorher ausgebracht werden.

Auf der BEAUTÉ nahm ich die Rollfock herunter. Ein Segler, der nach den Batterien sehen sollte, half mir dabei. Er war damit einverstanden, daß ich die BEAUTÉ mit Zusatzleinen versah, sollte Gefahr heraufziehen. Ähnlich geschah es auf der LEEWAY.

Wir bekamen den Handzettel einer Chartergesellschaft zu sehen, den diese während der Hurrikanzeit an ihre Kunden ausgab. Die Hinweise sagten richtig, daß die meisten Hurrikane vorbeiziehen. Sie wiesen richtig auf die Hurricane Holes hin. Sie gaben richtige Ratschläge für alle möglichen Maßnahmen. Die Charterkunden konnten beruhigt ihren Urlaub genießen. Andere segelten ja auch zu dieser Zeit.

Was nicht in dem Handzettel stand: die Unmöglichkeit von Gegenmaßnahmen an Bord bei Windstärken zwischen 65 und 150 Knoten in einem Hurrikan, der trifft. Auf den allein kam es an. Er lauerte in der Wahrscheinlichkeit, daß die meisten vorbeizogen.

Was nicht in dem Handzettel stand: die Tatsache, daß ab erster Warnung Hunderte von Yachten in die Schutzlöcher fuhren, wo seemännisch Platz nur für wenige sein mochte. Die erfahrenen Einheimischen würden immer die ersten auf den sichersten Plätzen sein, nicht die unerfahrenen Chartersegler.

Was nicht in dem Handzettel stand: die Unzuverlässigkeit in den Auskünften der Einheimischen, die ein vorsorglicher Fremder erfragte. Instinktiv, nicht bösartig, betrachteten die Einheimischen ihr Wissen als Vorteil, den sie in einer Sache auf Leben und Tod voll nutzen wollten.

Wir mußten den Verbleib unseres Schiffes über sechs Monate hinaus im französischen Zollgebiet regeln. Mit der Fähre fuhren wir nach Fort de France. Monsieur Dinard – »aha, die weiße Ketsch mit dem roten Strich« – war nicht in seinem Büro. Wir wurden zum Zollamt geschickt. Dort erhielten wir die widersprüchlichsten Auskünfte.

Auf dem Weg zum nächsten Büro fragte Elga: »Wie wird das genannt? Die Franzosen im Mittelmeer – die legen ausländische Yachten unter –«

»Zollverschluß. Dann dürfen keine Personen an Bord wohnen.«

»So, so«, sagte Elga und suchte in ihrem Taschenlexikon nach dem französischen Wort.

Im nächsten Büro erklärte sie forsch, daß wir unsere Yacht zum Zollverschluß, »en entrepôt«, anmelden wollten.

»Zimmer neun«, sagte der Beamte.

In Zimmer neun waren wir bereits gewesen. Dort saßen zwei Kreolinnen. Sie hatten nicht erfaßt, was wir wollten. Oder wir hatten uns nicht klar ausgedrückt. Nun war die Wiedersehensfreude groß.

Elga sagte das Zauberwort. Sie bekam ein Formular zum Ausfüllen und schrieb auf die punktierten Linien alles, was gefordert wurde. »Begründung?« fragte sie mich. Sie war so gut in Schwung, daß sie nicht wartete, weiterschrieb und das Formular zurückreichte.

Die Damen saßen in schicken Kleidern nebeneinander an zusammengerückten Schreibtischen, kreolisch von Parfümduft umwölkt. Die erste las, nickte. Die zweite las, nickte und stempelte. Sie reichte uns den Durchschlag. »Bitte, die Schiffspapiere. Die bleiben hier gegen Quittung.«

Die Schiffspapiere! Ich wollte – aber es war bereits zu spät.

Elga erhielt die Quittung.

Auf der Straße erklärte sie: »Als Begründung habe ich geschrieben: Herausgabe eines Buches in Deutschland. Und das ist nicht gelogen, wenn du jetzt die Zeichnungen dafür fertigstellst. Wir dürfen nicht an Bord wohnen. Wenn eine Kontrolle kommt, bist du krank geworden. Das ist ebenfalls nicht gelogen.«

Daß es nur durch Halbwahrheiten möglich war, an Bord zu bleiben und KAIROS nicht zu verzollen, bedrückte mich. Und Elga, nach aller Forschheit, bedrückte es zunehmend auch. Aus einem Leben mit der Natur waren wir in ein Leben mit der Bürokratie gerutscht.

Unruhe herrschte in der Marina. René und seine Kumpel gingen ungewöhnlich oft vorbei. Ihre Freundinnen blieben verschwunden. Madame trug ihre Katze auf dem Arm und schritt mit Köfferchen zur Fähre. Yachten liefen aus. Andere Leute schlossen ihre Schiffe ab und verschwanden.

Als ich mich am nächsten Morgen im Waschraum rasierte, hörte ich Autolärm. Schritte trappten auf der Pier. Stimmen ertönten. Dann wurde ans Heck geklopft. Eine Männerstimme rief. Mit Seifenschaum im Gesicht stieg ich an Deck. Elga kam aus der Hauptkajüte. Von dort wehte Kaffeeduft durchs Schiff.

Die Pier war bunt von Uniformen: gelb die Gendarmerie, hellblau der Zoll, dunkelblau die Stadtpolizei. Hinter jedem Heck stand ein Gendarm mit Maschinenpistole. Zollbeamte in Zweiergruppen gingen auf die Yachten und ließen sich von verschlafenen Leuten die Papiere zeigen. Zwei Zollbeamte warteten an unserem Heck. Ich wischte mir den Rasierschaum weg und brachte unsere Laufplanke aus. Wegen der Ratten hielten wir sie meist an Deck gezogen.

Die Beamten warteten meine Aufforderung, an Bord zu kommen, kaum ab. Der Gendarm auf der Pier blickte gelangweilt.

»Was ist los?« fragte Elga.

»Madame«, sagte der eine Zöllner und grinste mit seinen dicken Negerlippen, »das sehen Sie doch: Razzia! Bitte, Ihre Papiere.«

Elga setzte die beiden ins Cockpit. Ich band die Laufplanke endgültig fest. Dabei schaute ich über die Yachten. Wo Zöllner die Schiffe verließen, winkten sie den Untersuchungstrupps von jeweils drei Gendarmen. Diese stürzten sich auf die Yachten und verschwanden in den Kajüten. Es war ein sich überschlagender Einsatz. Zwei Zöllner kamen zur BEAUTÉ, während die Gendarmen ins Schiff davor einstiegen, das die Zöllner verlassen hatten.

»Die BEAUTÉ ist unbewohnt«, sagte ich.

Sie schrieben sich Namen, auch weitere Merkmale des Schiffes auf. Ich fummelte an meiner Laufplanke. Hinter mir brachte Elga unsere Papiere vom Kartentisch herauf. Sie reichte den Zöllnern unsere Pässe.

Die beiden Zöllner auf der Pier gingen zur LEEWAY auf unserer anderen Seite.

»Die LEEWAY ist unbewohnt«, sagte ich.

Der eine schrieb in sein Notizbuch.

Dann sah ich auf der Pier Monsieur Dinard, den alten Polizisten, Mulatte mit hellen Augen im braunen Gesicht. Er war heute in Uniform: Képi mit Litze, Uniformjacke mit Sternen und Ordensband, gebügelte Hose, blanke Schuhe.

Der Gendarm trat einen Schritt zurück.

»Bonjour, Monsieur«, sagte ich, dann in englisch: »Das ist ja heute wie Krieg hier.«

Er blieb stehen, schob das Képi in den Nacken, was seinen kahlen Schädel halb entblößte. »Es ist heiß hier«, sagte er lustlos. Er sprach gerne englisch, um in Übung zu bleiben. Sein Blick streifte über das Schiff. Dann sah er mich mit seinen hellen Augen an. »Sie sehen abgespannt aus«, stellte er fest.

Ich erzählte ihm vom Besuch bei Doktor Dorail.

Er kam an Bord. Er begrüßte Elga auf englisch. Die beiden Zöllner durchblätterten unsere Pässe. Das Formular für den Zollverschluß hielt Elga in der Hand.

Dinard sah es sofort. »En entrepôt liegen Sie jetzt? Dann wollen Sie ohne Schiff abreisen?«

»Es kommt ein Buch von mir in Deutschland heraus.« Ich sagte das nicht sehr überzeugend.

Er nickte leicht. Er war an Büchern nicht interessiert. »Sie wollen das Schiff hier liegen lassen – naja. Nichts dagegen zu sagen. Wann kommen Sie wieder?«

Ich sah Elga an. Wir schwiegen.

Er nahm Elga das Formular aus der Hand und überflog es. »Bis November haben Sie Zeit.« Er gab das Formular zurück.

Die Zöllner reichten Elga unsere Pässe. Unwillkürlich hielt sie ihnen die Quittung über unsere abgegebenen Schiffspapiere hin. Die Zöllner prüften den Zettel.

Dinard rückte das Képi zurecht. Er sprach sehr schnell französisch zu den Zöllnern. Sie erhoben sich. Monsieur Dinard wünschte uns alles Gute. Warum nicht gute Reise? Hinter den Zöllnern balancierte er über die Laufplanke. Dort stand der Durchsuchungstrupp bereit. Dinard hob die Hände in einer verneinenden Geste und ging mit den Beamten weiter – ein alter Polizist, wie er von sich selbst gesagt hatte, der viele Fehler macht. Ein Festgenommener wurde zwischen zwei

Gendarmen vorbeigeführt. Monsieur Dinard schaute nicht einmal hin.

Während sich die Razzia weiterwälzte, stand ich an der Heckreling und sah ihm nach. Wir waren nicht solche, die er suchte. Mit unserem ergatterten Zollformular, dessen Voraussetzungen wir nicht erfüllten, waren wir kleine Fische. Daß er die großen heute nicht fangen konnte, wußte er offensichtlich. Die Unruhe am Vortag wurde mir klar. Diese Razzia war verraten worden. Wieso? Vielleicht wußte er das auch.

Er ging langsam und vornübergebeugt. Ein wenig müde blieb er hinter den beflissenen Beamten zurück. Er war im Alter, da er bald pensioniert werden würde. Dann hatten die Segler keinen Freund mehr auf Martinique, der ihnen in die Augen blickte.

Ich wachte auf. Irgendwo stöhnte jemand. Dann erfolgte ein Schlag wie – ich konnte ihn nicht bestimmen. Mit Doktor Dorails Tablettendosis war ich nicht der Schnellsten einer um drei Uhr in der Nacht. Ich legte mich auf die andere Seite.

Wimmern, dieser Schlag wieder, Stöhnen.

Ich zog meine Hose an und stieg ins Cockpit. Die Lampen auf der Pier brannten nur teilweise. Es hatte am Abend geregnet. Pfützen spiegelten. Der Beton glänzte wellig. Das Café jenseits von Hecke und Fußweg war immer noch geschlossen. Dort warf eine Neonreklame, deren Leuchtröhre reparaturbedürftig war, flackerndes Licht.

Wimmern, Schlag, Aufstöhnen.

Es kam aus dem Arkadenweg. Seine Beleuchtung hatte vor Wochen die letzte Glühbirne eingebüßt. Ich ging aufs Achterdeck. Im Schatten des Arkadenwegs war nichts zu erkennen. Als ich mich abwenden wollte, wankte eine Gestalt aus dem Dunkel in den Schein des flakkernden Neonlichts. Ein kleiner Schwarzer sprang sie von hinten an. Beide fielen zu Boden. Der Kleine kam schnell hoch und hielt den Liegenden nieder. Ein großer, weißer Mann folgte. Er schlug mit einem Knüppel auf den Liegenden ein. Es war ein gezielter Schlag von Holz auf Knochen und Fleisch, auf den Kopf also – jetzt wußte ich es.

Aufstöhnen, Wimmern folgte. Der Liegende schien sich zur Seite zu wälzen. Der Kleine rollte ihn zurück. Der Große schlug zu. Der Kleine rollte den Liegenden zurück. Der Große schlug zu. Aufstöhnen, Wimmern.

Die schlagen den tot! Ich lief zur Achterreling. Die Laufplanke war eingeholt wie immer. Das Heck lag über einen Meter von der Pier ab. Bis ich – wenn ich –

Schlag, Aufstöhnen, Wimmern. Ich kniete an der Heckreling. Die Laufplanke war an der Backbordreling festgezurrt. Ich wollte hin. Es wurde nur ein Kriechen. Ich wollte rufen. Mir wurde übel. Ich bekam keinen Laut aus der Kehle. Nicht töten – du sollst nicht töten. Ich lag neben der Laufplanke, versuchte die Zurrings zu lösen und zitterte vor Hilflosigkeit, Wut und Scham.

Stille jetzt. Ich hob den Kopf. Der kleine Schwarze und der große Weiße standen hinter der Hecke auf dem Fußweg. Sie sahen über die Pier, blickten nach beiden Seiten über die Yachten. Ich wagte nicht, meinen Kopf zu senken – rühr' dich nicht, jede Bewegung fällt auf. Der Große warf seinen Knüppel ins Hafenwasser. Der Kleine unterdrückte ein Kichern. Sie fühlten sich völlig sicher. Sie gingen in die Arkade zurück. Aus dem Dunkel kamen undeutliche Geräusche. Dann wurde es ruhig. Das Eisendeck unter mir fühlte sich kalt an.

Ich erhob mich, stützte mich auf die Heckreling. In den Gärten hinter Hecke und Fußweg glühten einige Blüten im Flackern der Neonreklame. Die weißgetünchten Mauern der Appartementhäuser schimmerten matt. Hinter den Mauern schlief man zur Nacht, ging am Tage seiner Arbeit nach, hörte am Abend Nachrichten im Radio, sah im Fernsehen den neuesten Kriminalfilm. Jenseits der Mauern lebten Menschen, die das Diesseits der Mauern nicht kannten, nicht verstehen konnten.

Also was? Ich mußte dort an einer Haustür klingeln und den Vorgang erzählen mit der Bitte um ein Telefonat an die Polizei. Keiner würde mir glauben, keiner würde mir glauben wollen.

Die nächste Telefonzelle also. Der diensthabende Polizist drüben in Fort de France würde meinen Anruf notieren, wenn er nachts um dreieinhalb Uhr mein französisches Gestotter nicht für das eines Betrunkenen hielt.

Pfützen auf der Pier, glänzende Nässe. Am Pfahl der letzten Lampe vorm Marinabüro stand eine Leiter. Der Elektriker hatte sie vergessen. Vor Tagen hatten Angestellte der Chambre de Commerce, der Handelskammer, die Leitung der bankrotten Marina übernommen, die keiner kaufen wollte. Einige Handwerker waren geholt worden. Die Handelskammer-Kreolen in ihren feschen Khakihemden und gebügelten Hosen bemühten sich um einen Anfang zur Besserung. Sie hatten gleich Rattengift ausgelegt. Die Müllabfuhr kam zweimal in der Woche. Welch Fortschritt.

Ich atmete tief durch, um mich zu beruhigen. Für den Rest der Nacht blieb ich schlaflos.

Am nächsten Morgen ging ich mit Elga in den Arkadenweg. Es gab keine Spur. Der rissige Beton war schmutzig wie immer. Zigarettenkippen lagen herum. Ein Windzug wehte Staub in die Ecken. Dort lagen zerrissene Blätter alter Zeitungen – ein paar Tage alt, die Nachrichten längst vergessen.

Zwei Tage später patrouillierten Doppelstreifen der Gendarmerie durch die Marina. Sie gehörten bald zum gewohnten Tagesablauf. Die Polizisten waren nette Jungs aus Frankreich: über Kindergesichtern das Képi, überm trainierten Körper das Khakihemd, an den strammen Beinen Khakishorts und Kniestrümpfe, die Schuhe blankgewichst. Sie sahen wie Primaner aus. Dieser Eindruck wurde durch die schweren Pistolen an ihrer Seite verstärkt. Sie kamen morgens um sieben, mittags um eins, abends um acht mit der jeweiligen Fähre aus Fort de France und fuhren mit der nächsten ab.

La Reine de Balata grüßte die Polizisten lächelnd wie alte Bekannte. Sie war sehr stolz und froh.

Karl und Angela waren mit ihrer Yacht auf Charterfahrt. Sie hatten uns gebeten, die Post auszugeben, die für Segler an ihre Adresse geschickt wurde. Ein entsprechender Hinweis hing an ihrer Haustür.

Ich hörte, wie Elga Fragende an Bord bat, und ging aufs Achterschiff. Wir setzten uns um den Tisch. Für Gerd und Lotte waren zwei

Briefe im Stapel. Gerd nahm sie an sich. Lotte hielt ihren fünfjährigen Sohn zwischen den Knien. Dieser versuchte, sich für einen Erkundungsgang über Deck freizumachen.

»Wir liegen draußen in der Anse Mitan«, sagte Gerd. »Ich will das Schiff verkaufen. Ich will ein größeres haben.« Er sprach langsam mit Pausen zwischen den Sätzen, in denen er sich an der linken Ecke seines gestutzten Vollbarts zupfte. Er mochte Mitte zwanzig sein.

Elga sagte: »Wir wollen auch verkaufen.«

Gerd sah übers Schiff. »Wie lange braucht man für die Instandhaltung eures Schiffes? Ich meine die Arbeitszeit zusammengerechnet in einem Jahr.«

»Hab' das nie ausgerechnet«, antwortete ich.

Gerd sagte zu seiner Frau: »Warte hier auf mich. Ich gehe zum Büro. Ich bringe dort meinen Zettel am Schwarzen Brett an.« Er sprang auf die Pier, ging hinter unserem Heck hin und her und betrachtete KAIROS. Dann wandte er sich Richtung Büro. Die Enden seiner ausgefransten Hose schleiften über den Beton.

Lotte saß unverändert und hielt das Kind. Elga bot ihr ein Glas Saft an. Lotte bejahte. Sie trug ein langes, weites Kleid aus leichtem, lila-braun gestreiften Stoff. Ihr Gesicht war kindlich ausdruckslos – traurig? Das glattgebürstete Haar fiel weit über die Schultern hinab.

»Wollt ihr in der Anse Mitan liegen bleiben?« fragte ich.

»Weiß nicht«, sagte sie düster. Das Kind wollte immer noch erkunden. Sie hielt es fest, gab ihm von dem Saft zu trinken. Plötzlich kam sie mit der Offenheit, die Reisende einander oft entgegenbringen, aus sich heraus. »Ich möchte kein neues Schiff haben, ich will mit Rainer nach Haus, er soll nächstes Jahr zur Schule, ich kann das Rumgammeln nicht mehr ab. Für das Kind ist es noch schlimmer als für mich, Rainer ist immer allein. Wenn er mit anderen Kindern spielen kann, dann sind es solche, deren Sprache er nicht spricht. Lernt er ein paar Wörter, segeln wir weiter. Ich geh' mit dem Kind weg, nächste Woche, ich habe den Flug schon gebucht, meine Tante hat mir Geld geschickt. Gerd bleibt hier, er will das Schiff verkaufen und ein neues haben. Er nimmt keine Rücksicht, er hat mir das Kind gemacht, jetzt sagt er, es ist – meine Schuld. Schuld – ein Kind.«

»Wenn dein Mann –«

Lotte unterbrach Elga: »Wir sind nicht verheiratet. Seit Gerd das

Haus von seiner Oma geerbt hat, geht ihm ein größeres Schiff durch den Kopf. Seit wir uns darüber streiten, geht er mit anderen Mädchen. Ich kann ihm noch nicht mal sagen, du sollst nicht mit anderen – also, ehebrechen, ich kann auch nicht nach Hause, Vati ist sehr fromm und autoritär.« Das Kind zerrte an ihrem Kleid. »Ja, Rainer, du willst zum Strand, komm', Rainer, wir gehen ja schon, mein Kind.«

Sie dankte, ging über die Laufplanke, wobei sie den Jungen vor sich herführte. Die Pier lag in rückstrahlendem Sonnenschein. Für Sekunden hob sich der Schatten ihres jungen Körpers durch den leichten, lila-braun gestreiften Stoff ihres Kleides ab. Das nannte Gerd: ihre Schuld.

Lotte zog das Kind jetzt hinter sich her und verschwand im treibenden Leben auf der Pier.

Etwa zwei Tage später sah ich Gerd hinter unserem Heck. Er ging hin und her, blickte über KAIROS und in ihre Takelage. Eine junge, prallbrüstige Negerin stand neben ihm. Gerd legte ihr den Arm über die Schulter. Sie lachte, nahm seine tiefhängende Hand in ihre beiden Hände. Es war Abwehr und Besitznahme zugleich.

»Es ist keine Post für dich da«, sagte ich.

»Erwarte auch keine«, antwortete er. »Dein Schiff macht zuviel Arbeit.« Mit der freien Hand begann er, seinen Bart zu zupfen. »Ich habe das mal ausgerechnet.« Zupf-zupf. »Schönes Schiff, ganz sicher.« Zupf-zupf. »Aber ich finde ein besseres. Es kann ruhig was kosten. Ich habe Haus und Hof als Rückhalt.« Zupf-zupf. »Mach's gut.«

»Ja«, sagte ich, »mach's gut.« Ich nickte zu der Schwarzen hin.

Er starrte mich an. Dann schlenderte er mit seiner Freundin die Pier entlang.

Das normale Leben war in die Marina zurückgekehrt: Madame mit der Tigerkatze am Halsband, René mit Freunden und hüfteschwenkenden Freundinnen, die Händler und die Abhängigen, die Homos und die Lesbies, die weißen Skipper und die schwarzen Bootsleute. Wer eine genaugehende Uhr hatte und es für erforderlich hielt, konnte den Doppelstreifen aus dem Wege gehen. Kassettenrekorder plärrten. Knoblauchdunst und Marihuanadampf zogen. Die Kinder spielten auf der Pier. Die Hunde hoben das Bein an den geleerten Mülltonnen.

Zum Wochenende kamen die Menschen von jenseits der Appartementhäuser. Auf ihren Yachten segelten sie einen schönen Wochenendtörn. Am Sonntag kehrten sie abends in ihre Marina zurück.

Wenn Urlauber aus den Hotels vorbeischlenderten, klangen oft heitere Gesprächsfetzen in englisch, französisch, spanisch oder deutsch: »Oh, darling, chérie, querida, Liebling – ist das nicht zauberhaft hier, die Palmen, die Blüten, der kleine Hafen, die weißen Yachten alle so ordentlich nebeneinander, diese Segler, fast wie Adam und Eva, ihre Kinder spielen wirklich herzig – just great, merveilleux, fabulos, großartig.«

Anse Mitan, gleich hinter dem Pointe du Bout – was mit Punkt am Ende übersetzt werden kann – war auf dem Weg zum internationalen Badeort. In den Prospekten wurde es jetzt das St. Tropez des Karibischen Meeres genannt.

Einigen Segelzeitschriften entnahmen wir die Adressen von Yachtmaklern. Wir schrieben Makler in Florida, auf den Virgin Islands und auf Antigua an. Elga suchte Fotografien zusammen. Ich zeichnete Segelriß und Einrichtungsplan. Wir ließen in Fort de France Vervielfältigungen und Abzüge machen, die wir den Briefen beilegten.

Jeder Abend brachte die ersehnte Kühlung. Wir saßen auf dem Vorschiff. Dort waren wir der Pier und ihrer Unruhe abgewandt. Im Frieden des Abends beruhigten sich die Bilder, die wir gesehen hatten: die traurigen, gemeinen, hoffnungslosen, komisch-lustigen. Sie reihten sich wie zu Auftritten einer Comédie Humaine. In aller Verschiedenheit der Schauspieler lag ihre unlösbare Verbundenheit. Wir waren keine zufälligen Teilnehmer, erlebten nur folgerichtig die »Yachtszene«, in der Menschen sich einerseits mit hochgewehten Hoffnungen durch die Brüllenden Vierziger quälten, sich andererseits mit niedergespülten Hoffnungen in Häfen verkrochen – dazwischen die vielen und vielseitigen Kurse der braven Fahrtensegler, die zu den unzähligen Ankerbuchten segelten.

Im Zufall der Vielfalt liegt Gesetzmäßigkeit. Ist Zufall Geschehen, das Menschen, Schicksale, Materie und Geist, Körper und Seele irgendwie zusammentreibt, auseinanderreißt? Oder ist Zufall Geschehen, dessen Folgerichtigkeit wir nicht überblicken? Unsere Sinne, unser Gehirn reichen nicht aus, das Schauspiel des Lebens im Ursprung seiner Ursprünge, in den Folgen seiner Folgen zu verstehen. Was führt uns – oder führt uns nicht? Wo endet unser freier Wille?

War es Zufall, daß 1595 Francis Drake und Walter Raleigh auf verschiedenen Kursen und mit anderen Absichten von England aussegelten? Drake – der Wirklichkeitsmensch, Pirat, Admiral – findet auf seiner Reise den Tod. Raleigh – der Träumer, Höfling, Kolonisator und Dichter – sucht ein neues Leben. Beide bringen England eine Entwicklung, die sie nicht erkannt haben.

Der Überfall auf die Landenge von Panama mit der zusammengerafften Beute hat Francis Drake in England berühmt gemacht. Sein Tatendrang treibt ihn weiter. Im Jahr seiner Rückkehr, 1573, geht er nach Irland. Er kämpft in jenem Krieg, der über die Jahrhunderte schwelt und bis in unsere Tage immer wieder blutig aufbricht.

England und Spanien versuchen, ihren Krieg, der ohne Kriegserklärung ziellos dahintreibt, in ausgeglichene Beziehungen zu bringen. Aber bewaffnete Handelsfahrten und Freibeuterei halten an. 1575 kehrt Drake nach England zurück. Sein persönlicher Krieg mit Spanien, dem König Philipp den Bart zu sengeln, ist nach wie vor die Antriebskraft des nun Vierunddreißigjährigen.

Von Geographen, Handelsherren, Politikern werden Pläne aufgestellt, um die Seemacht Englands zu festigen. Drake erhält ein neues Kommando. Er läuft 1577 mit der Weisung aus, durch die Magellan-Straße in den Großen Ozean zu segeln. Dort soll er den Küstenverlauf der vermuteten Terra Australis erkunden. Ferner sind die spanischen Besitzungen an der südamerikanischen Westküste zu beobachten. Schließlich soll er durch die Magellan-Straße den Rückweg antreten.

Entgegen allen Weisungen wird Drakes Reise eine Brandschatzung der spanischen Häfen in Chile und Peru – »reich an Gold und besonderen Waren«. Er kapert ein spanisches Schiff mit unvorstellbar reicher Beute. Er kehrt nicht durch die Magellan-Straße zurück. Dort können die Spanier ihn abfangen, dort wehen unberechenbare Stürme. Er segelt westwärts. Sein Beutezug führt um die Erde. Mit fünf Schiffen ist er ausgelaufen, mit einem kehrt er 1580 nach England zurück.

Als reicher Mann, der die Makel niederer Herkunft und Armut überwunden hat, wird er von der Königin zum Ritter geschlagen. Sir

Francis Drake wird Bürgermeister von Plymouth. Er erhält ein Familienwappen, wird ins Parlament gewählt. Seine erste Frau, die Tochter eines Seemanns, stirbt. Nach der Trauerzeit wirbt Drake um die Hand eines adligen Fräuleins aus hochgestellter Familie, das er heiratet.

1585 wird Drake als Admiral zu einem neuen Unternehmen ins Karibische Meer geschickt. Drake, der Heißsporn, sieht nicht die strategische Bedeutung seiner Fahrten im spanischen Festungsdreieck Santo Domingo, Cartagena, Panama. Er erobert nicht, er plündert. Als Fieber und Ruhr seine Seeleute und Soldaten dahinraffen, muß er umkehren. Er nimmt Raleighs verhungernde Siedler in Virginia an Bord und segelt 1586 heimwärts.

Der spanische König Philipp läßt eine Flotte bauen. Die Armada soll unwiderstehlich sein. Im englischen Kronrat unterstützt Walter Raleigh den Vorschlag, dem Angriff der Armada zuvorzukommen. Zu eigenem Ruhm sieht er sich als Oberbefehlshaber eines Geschwaders, das die Armada vor ihrem Auslaufen vernichtet. Aber Elizabeth läßt ihren Vertrauten und Liebhaber nicht ziehen. Drake erhält den Oberbefehl. Wie ein Blitz stößt er in den Hafen von Cádiz. Die fertigen und unfertigen Schiffe der Armada werden zusammengeschossen, die spanische Küste gebrandschatzt, wo immer Drake Beute wittert. Der Angriff der Armada wird um ein Jahr verzögert.

1588 segelt sie in den Englischen Kanal. Die Schiffsartillerie der Engländer mit eisernen Kanonen ist der spanischen mit Bronzekanonen überlegen. Die Spanier werden abgedrängt. Es gelingt ihnen nicht, ihre in Holland wartenden Landetruppen an Bord zu nehmen. Die Spanier versuchen, die schottische Küste zu erreichen. Dort können sie Truppen bei den Anhängern der Stuarts anwerben. Ein Sturm in der Nordsee verhindert die Landung und besiegelt das Schicksal der Armada. Den englischen Schiffen ist zu dieser Zeit die Munition ausgegangen.

Am englischen Hof beginnt in den folgenden Jahren eine neue Liebe der Königin. Ihr Günstling ist der junge, ehrgeizige Robert Devereux, Earl of Essex. Er gewinnt das Herz der alternden Frau.

Sir Walter Raleigh verliert seinen Posten am Hof, seine staatlichen Einkünfte. Er wird nach Irland auf seine Ländereien abgeschoben. Die Katastrophe kommt, als er eine der Hofdamen der Königin heiratet. Sie heißt Elizabeth wie die Königin. Raleigh nennt sie Bess.

Die Königin hat die Seitensprünge ihrer Liebhaber niemals ernsthaft erwogen, geschweige denn getadelt. Aber in hysterischer Eifersucht tobt sie, die ehelose, kinderlose Frau, wenn einer ihrer Liebhaber mit einer anderen Frau den Bund der Ehe eingeht, mag er längst ihrer Gunst verlustig sein. Dann trübt sich das Spieglein an der Wand, in dem sie sich jungfräulich umworben erblickt. Da sieht sie plötzlich die Wirklichkeit: das Schreckensbild einer alten, verlassenen Frau mit starren Gesichtszügen.

Rasend vor Zorn gibt sie Befehl, Raleigh und Ehefrau Bess in den Tower zu werfen. Im fernen Virginia geht die erste Kolonie verloren, weil Raleigh nicht zu helfen vermag.

In Dartmouth liegt ein gekapertes portugiesisches Schiff. Der Reichtum an Bord weckt die gierigen Vorstellungen der Seeleute im Hafen. Sie wollen das Schiff erstürmen. Es kommt zu Ausschreitungen.

Raleigh scheint Freunden und Neidern der einzige Mann von Rang, der die Seeleute zur Ordnung führen kann. Er wird nach Dartmouth gebracht. Es gelingt ihm, Ruhe herzustellen. Raleigh nutzt seinen Erfolg. Er fordert Haftbefreiung für seine Frau und sich. Sie wird gewährt. Auf seinem Landhaus in der Nähe Londons kann er ein zurückgezogenes Leben führen.

Drei Jahre lebt er auf dem Lande, seine drei glücklichsten Jahre. Verheiratet mit einer lebensfrohen und klugen Frau, beschäftigt mit der Verwaltung seines Landbesitzes, im Kreise von Freunden kann er sich ganz seinen Neigungen und Begabungen widmen. Die Geburt seines Sohnes fällt in diese Jahre.

Aus Raleighs Gedichten spricht die große Liebe zu seiner Bess. Doch schwingt in ihnen auch die Neigung zur Königin. Sie bleibt für ihn das Symbol möglichen Ruhms. Er denkt an ferne Küsten. Er will kolonisieren, will Ehre, Reichtum und Ruhm gewinnen. Die Träume seiner empfindsamen, großherzigen, mutigen und prahlerischen Seele verdichten sich zum Plan. Aus dem Plan hebt sich das Ziel: Trinidad – dahinter das Festland, Guayana, in Reichtum und Weite. Es soll eine englische Kolonie werden mit dem sagenhaften El Dorado als Untertan und tributpflichtigem Vasall.

1595, im Alter von dreiundvierzig Jahren, läuft Raleigh im Februar mit fünf Schiffen aus.

1595 im August verläßt auch Drake Plymouth. Er kommandiert eine für jene Zeit gewaltige Flotte: sechs Kriegsschiffe, einundzwanzig bewaffnete Handelsschiffe. Neben den Besatzungen sind über eintausend Soldaten für Landeunternehmen eingeschifft worden.

Das Ziel des Unternehmens ist die Eroberung und Zerstörung von Puerto Rico, Cartagena und Panama. Wieder geistert die strategische Möglichkeit durch die Pläne, mit diesen Festungen das Karibische Meer dem spanischen Einfluß zu entreißen. Drake sieht sie nicht. Viele einflußreiche Männer halten ihn für ungeeignet. Er muß sich das Oberkommando mit Hawkins teilen.

Drake und Hawkins streiten. Kein Kriegsrat vergeht ohne Wortwechsel. Drake wird nervös, aufbrausend, wilder denn je. Er ist für seine Zeit ein alter Mann von über fünfzig Jahren.

Drake setzt durch, daß entgegen Hawkins' Absicht Las Palmas auf den Kanarischen Inseln überfallen und geplündert werden soll. Der Angriff auf Las Palmas wird abgeschlagen. Durch gefangene Engländer erfahren die Spanier die Absichten Drakes und Hawkins'. Bevor die englischen Schiffe Puerto Rico erreichen, sind die Spanier dort durch Schnellsegler gewarnt. Sie treffen Vorbereitungen zur Abwehr.

Auf Guadeloupe und auf den Virgin Islands – in jener Meerenge, die heute seinen Namen trägt – versäumt Drake weitere Zeit. Er zögert, er streitet mit Hawkins, der krank wird.

Als die Flotte endlich vor Puerto Rico erscheint, stirbt Hawkins. Das gibt Drake draufgängerisches Ungestüm zurück. Aber die Spanier sind vorbereitet. Drakes Großangriff wird abgewiesen. Sein nächtlicher Versuch, mit Pinassen in den Hafen einzudringen, endet im Nahkampf mit beidseitigen hohen Verlusten. Drake muß sich zurückziehen. Die Spanier versperren die letzte Lücke in der Hafeneinfahrt mit einem weiteren versenkten Schiff. Drake segelt ab.

Unter den Schiffsbesatzungen bricht Fieber aus und fordert zunehmend Opfer.

Neun Tage bleibt Drake mit der Plünderung eines unbedeutenden Küstenortes an der südamerikanischen Nordküste beschäftigt. Er nimmt Rache. Auf einer früheren Reise ist er von Spaniern dort übers Ohr gehauen worden.

Dann segelt er an Cartagena vorbei, das zu seinen Angriffszielen gehört. Der Hafen ist stark befestigt, die Stadt ebenfalls vorgewarnt.

Wie der Blitz fährt Drake in den Hafen von Nombre de Dios, das er niederbrennen läßt. Rache für eine frühere Niederlage, als er verwundet abziehen mußte? Aber es kostet Zeit, ein Städtchen anzuzünden.

Von Nombre de Dios aus setzt Drake den Kommandeur der Landetruppen mit siebenhundert Mann Richtung Panama in Marsch. Drake kennt das Gelände. Er kann bei den Cimarrones zuverlässige Helfer anwerben. Aber er bleibt zurück, will mit den Schiffen auf dem Chagresfluß folgen, um die Beute einzuladen. Er wird bei den Kampftruppen fehlen.

Die alarmierten Spanier legen mit zusammengerafften Kompanien einen Hinterhalt. Die Engländer marschieren hinein, werden in die Flucht geschlagen. Drake nimmt die erschöpften Überlebenden an Bord. Er faßt nicht nach wie in jungen Jahren. Auf der Suche nach leichterer Beute segelt er nordwärts ab.

Das Fieber unter seinen Seeleuten und Soldaten wird zur Epidemie. Im Januar 1596 wird Drake angesteckt. Im Todeskampf liegt er fiebernd, stöhnend, röchelnd auf seiner Koje. In äußerster Anstrengung bringt er sich hoch – nicht unterkriegen lassen. Keuchend befiehlt er, daß ihm der Brustharnisch angelegt, das Schwert gegeben werde. »Ohrrhh-gütiger-Gott, ich will als Soldat sterben.«

Seine Offiziere lieben und verehren diesen Mann. Nie werden sie über seine Flüche, über sein Gerotze und Gestammel berichten. Erschüttert werden sie die Nachricht seines Todes nach England bringen.

Trauer gesellt sich zu Fieber und Tod in der Flotte. Drakes Leichnam wird mit allen seemännischen Ehren den Fluten übergeben. Er liegt vor der Landenge von Panama, die seine erste Niederlage und seinen ersten Sieg sah und nun der Wächter seiner letzten Ruhe bleiben wird.

Ich dachte an die Frage eines Engländers, dessen Namen ich vergessen habe: »Where ends the folly of heroism and where begins the heroism of folly?« Diese Frage war nicht auf Drake bezogen – über ihn hinaus und für jede Zeit: wo endet die Torheit des Heldentums und wo beginnt das Heldentum der Torheit?

In den Oktober 1983 fiel der US-Angriff auf die Insel Grenada.

Grenada gehört zum British Commonwealth, hat einen von der englischen Krone eingesetzten Gouverneur. Großbritannien und die USA hatten auf Grenada einen schwarzen Playboy als Premierminister unterstützt. Politisch paßte er den beiden Mächten. Menschlich war er ein Nichtsnutz, korrupt und eitel, der seine hunderttausend Insulaner betrog.

Als der Playboy in den USA weilte, wurde er von Maurice Bishop für abgesetzt erklärt. Bishop war gemäßigter Sozialist. Die Bevölkerung jubelte ihm zu. Sie erhoffte sich ein Ende aller Korruption. Dem Sozialisten verweigerten die USA jegliche Unterstützung. Moskau und Cuba sprangen ein. Der Bau eines Flugplatzes von strategischer Bedeutung wurde begonnen.

Maurice Bishop war den Sowjets mit ihren Geldern, den Cubanern mit ihrer praktischen Hilfe nicht linientreu genug. Sie ließen linksradikale Miliz-Offiziere putschen. Maurice Bishop wurde abgesetzt und unter Hausarrest gestellt. Dem englischen Gouverneur drohte ebenfalls Hausarrest.

Die Entwicklung spitzte sich zu. Aufgeschreckte Insulaner befreiten ihren Premierminister aus dem Hausarrest. Sie zogen mit ihm in die Hauptstadt St. George. Es gab eine Zusammenrottung vor dem Regierungsgebäude. Die Menschen forderten lautstark die Wiedereinsetzung von Bishop. Als die Volksmasse vordrang, schossen die Wachposten. Bishop wurde schwer verletzt, andere verwundet oder getötet. Die Menge stob davon. In den Straßen kam sie nicht zur Ruhe. Die Putschisten riefen den Ausnahmezustand aus.

Die Regierungen der Inseln Barbados und Dominica forderten den Rücktritt der Putschisten, die Rückkehr des Premierministers ins Amt. Maurice Bishop war inzwischen seinen Verletzungen erlegen.

Die Meldungen jagten, widersprachen, überschlugen sich.

Am Morgen des 25. Oktober 1983 erschraken wir beim Hören der Frühnachrichten. Gemäß dem Hilferuf verschiedener karibischer Inselregierungen hatte sich Washington zum Eingreifen entschlossen. Die Putschisten auf Grenada sollten ausgehoben werden.

Am Anfang stand die Unterstützung menschlicher Nichtsnutzigkeit. Solange menschlicher Wert nicht in die Politik einbezogen wird, bleibt sie sinnlos.

Am Ende, nach einer fast vorausberechenbaren Entwicklung, folgte die Intervention einer Großmacht mit Kriegsschiffen, Kampfbombern und Landetruppen. Diplomatische Fehler können nicht durch Soldaten bereinigt werden.

In den Nachrichten, die wir hörten, klaffte nun der Riß auf, den unser verfluchtes Blockdenken schafft: das Feindbild. Wo ist das Ebenbild Gottes geblieben? Paradies im Stundenglas: der Sand rinnt durch eine Eieruhr mit Riß.

Die Überraschung des US-Angriffs war offensichtlich mißglückt. Auf Grenada wurde gekämpft. Zunächst schien die Landung – wie jene der cubanischen Rechten in der Schweinebucht auf Cuba 1961 – in die Katastrophe zu führen. Mark Glannon hatte gesagt: »So etwas wird sich nicht wiederholen. Sie wird besser durchgeführt werden, die nächste Invasion.« Wurde sie das? Die zweifelhaften Überfälle Drakes waren im Vergleich tapfer und schwungvoll-genial. Auch verschoß er nur Vollkugeln aus Stein oder Eisen aus Zwölfpfündern.

Hier kamen zum Einsatz: ein Flugzeugträger mit Begleitschiffen; etwa eintausendzweihundert Marineinfanteristen; eine Kampfgruppe Ranger (infanteristische Spezialtruppe), Stärke nicht genannt; eine Sondereinheit, zwanzig Mann stark, für Kommandounternehmen; einige Panzerwagen und gepanzerte Fahrzeuge. In den US-Nachrichten wurden stets die »karibischen Truppen« erwähnt. Das konnten höchstens ein paar von den Nachbarinseln zusammengeholte Polizisten sein.

Dagegen standen etwa siebenhundert Cubaner (nach cubanischen Nachrichten Bauarbeiter) mit einigen hundert Mann grenadischer Miliz, die genaue Zahl wurde nicht genannt. Die Miliz verfügte über ein paar Panzerspähwagen. Es gab keine Artillerie und Flugabwehr.

Erst nach fünf Tagen konnten die US-Streitkräfte die Kampfhandlungen abschließen.

In den Morgenstunden des ersten Tages landet die Kommandoeinheit. Sie soll den englischen Gouverneur mit Familie aus seiner Residenz holen. Als Repräsentant der englischen Krone kann er die rechtliche Grundlage des Angriffs vertreten. Die Soldaten des Kommandos werden nach ihrer Landung entdeckt. Sie erreichen die Residenz des Gouverneurs, können ihn und seine Familie jedoch nicht herausbringen. Grenadische Panzerspähwagen schieben sich zwischen die Kommandoeinheit und die landenden Hauptstreitkräfte. Fast alle Soldaten des US-Kommandos werden verwundet. Es dauert zwölf Stunden, bis sie und die Gouverneursfamilie freigekämpft werden können. Dabei werden zwei US-Hubschrauber durch grenadische Infanteriewaffen abgeschossen.

Militärische Ziele auf der Insel werden am zweiten Tag weiterhin bombardiert. Die Cubaner leisten den US-Landetruppen heftigen Widerstand. Erst am Abend gelingt es, die etwa vierhundert nordamerikanischen Studenten der US-Universität auf Grenada zu befreien. Hier ist die Vorsicht und Langsamkeit der US-Soldaten verständlich. Sie fürchten, daß die Studenten als Geiseln benutzt werden könnten. Das ist nicht der Fall.

US-Verstärkungen werden am dritten Tag gelandet. Bombardement und Kämpfe halten an. Diese konzentrieren sich um die Baustelle des Großflugplatzes im Südwesten der Insel. Das alte Fort und das Gefängnisgebäude in St. George werden von den US-Truppen eingenommen.

US-Fallschirmjäger kommen am vierten Tag zum Einsatz. Der cubanische Widerstand zerbröckelt, wird aber aus Schützennestern hartnäckig weitergeführt. In den Bergen werden cubanische Waffenlager gefunden.

Der letzte Widerstand wird am fünften Tag niedergekämpft. Die überlebenden Cubaner ergeben sich. Die grenadische Miliz hat teilweise vorher die Uniformen ausgezogen.

Einundzwanzig Zivilisten starben bei Bombenabwürfen.

Achtzehn US-Soldaten kamen ums Leben, davon vier beim Zusammenstoß zweier Hubschrauber. Einhundertsechzehn US-Soldaten wurden verwundet, davon vierzehn durch irrtümlichen Beschuß eigener Tiefflieger.

Die Verluste auf cubanisch-grenadischer Seite konnte ich nicht ermitteln.

Der US-Oberbefehlshaber schloß das Unternehmen mit den Worten: »Wir haben sie weggeblasen.«

Unter meine Notizzettel schrieb ich: die Allmacht bewahre uns – von welcher Großmacht auch immer – weggeblasen zu werden.

Ich dachte an den einzigen Schwur, den ich in meinem Leben mit Überzeugung getan hatte. Das war, als ich nach drei Verwundungen aus dem Krieg nach Hause humpelte – alle jugendliche Abenteuerlust zerstampft (und die feine Ersatzbefriedigung per Segelyacht war noch nicht möglich): nie wieder eine Schußwaffe gegen Menschen zu gebrauchen, es sei denn zur Verteidigung des Lebens im letzten persönlichen Umkreis – nie wieder, wo immer, unter einer Regierung zu leben, die rücksichtslos und/oder dumm handelt.

Was heißt hier dumm? Zur Freiheit kann man gehen, nicht marschieren. Für die Freiheit kann man leben, nicht töten. Wir haben mehr als fünftausend Jahre Menschheitsgeschichte, die uns das erzählt.

Doktor Dorails Tabletten gingen zu Ende. Ihre Nebenwirkungen mit Übelkeit und Schwäche schwanden ebenso wie die Schmerzattacken.

Glücklich saßen wir vor dem kleinen Doktor. Er freute sich wie wir. Sein rundes Schwarzgesicht strahlte. Seine kleinen Füße auf der Fußbank unterm Schreibtisch vollführten einen Freudentanz. Er war vielleicht aus uralten Zeiten in seinem afrikanischen Blut bewahrt.

»Was war es denn nun?« fragte ich.

Er sah mich an und zuckte mit den Schultern. »Es gibt verschiedene Ursachen für Nervenschmerzen. Ich würde Sie noch heute zum Neurologen schicken, wenn Sie nicht Ihren Willen zum Gesundsein hätten.« Er lächelte sanft und etwas schwermütig. »Die Aufzählung ärztlicher Vermutungen hilft Ihnen nicht. Ich muß sagen, daß ich mir über die Ursache Ihrer Schmerzen nicht klar bin. Verzeihen Sie mir. Die Schmerzen können wiederkommen. Sie müssen mich dann aufsuchen.«

Das bewegte mich im Augenblick wenig. Schmerzen – so fürchterlich sie sein mögen – vergißt man schnell.

»Wir reisen in sechs Wochen ab«, sagte Elga.

Doktor Dorail schrieb auf seinen Rezeptblock. »Das ist eine Kombination von B-Vitaminen. Nehmen Sie die Kapseln jedes Vierteljahr für vier Wochen einmal täglich eine. Helfen sie nicht, müssen Sie zum Arzt gehen.«

(Wir vergaßen diese Tabletten, gesund wie wir waren. Erst Jahre später auf der Ziegeninsel, als Schmerzen wiederkamen, erinnerten wir uns. Wir kauften sie. Sie halfen. Kleiner, schwarzer Doktor: vielen Dank!)

Beglückt schrieb Elga am Abend in ihr Tagebuch: »E.-J. hat sein altes Ego eingeholt.« Daß sie in Sorge sechs Kilogramm Gewicht verloren hatte, schrieb sie nicht. Ich erfuhr es viel später und ganz nebenbei.

Der November kam mit schwülen Tagen, mit Schauern und Gewittern. Die Luftfeuchtigkeit war drückend. Die Hurrikanzeit ging ihrem Ende zu.

Berti und Inge kamen mit zwei Söhnen aus Europa zurück. Mit Schwung setzten sie die RAMONA instand. Das Rostklopfen der jungen Männer dröhnte über die Marina. Es tönte von ihrem Stahlschiff auch unter Wasser zu unserem Stahlschiff. Als ich sie fragte, wozu es Werften gäbe, zuckten sie mit den Schultern.

Eines Morgens lief die RAMONA überstürzt aus. Sie mußte auf die Werft. Unter der Wasserlinie gab es Rostlöcher, Wasser lief in die Bilge. Hatten die jungen Männer zu kräftig geklopft?

Elga, meist abgewogen im Urteil, begleitete das Auslaufen mit der Feststellung: »Es ist ein Verbrechen, daß mit einem solchen Schiff Charter gefahren wird.«

Auf der LEEWAY an unserer Steuerbordseite erschien ein lustiger Mann mittleren Alters. Er hatte ein rundes, freundliches Gesicht. Er sprach schnell und viel. Giovanni brachte drei junge Männer mit. Sie waren Schüler einer schweizerischen Segelschule, an der Giovanni beteiligt war. Es erhob sich ein Großreinemachen, das von Giovanni, nicht von seinen drei jungen Männern bestritten wurde. Er war ein gutmütiger Mensch. Die drei anderen nutzten ihn schamlos aus. Er wußte das. Aber er verzieh allen Menschen ebenso schnell, wie er zu ihnen sprach.

»Ihr habt es gut. Ihr müßt wissen, daß ihr es gut habt.« Das sagte er immer, immer wieder zu uns.

Wir wußten es. Aber was wußte Giovanni über die Marina?

Als er von unserer Verkaufsabsicht hörte, bot er seine Hilfe an. Er nahm Unterlagen und Angebot an sich. Er veröffentlichte sie später am Schwarzen Brett der Segelschule. Wir erhielten eine Nachfrage. Aber Kauf- und Verkaufsabsicht versickerten in den langen Postwegen.

Unsere Briefe an die Yachtmakler waren bis auf zwei ohne Antwort geblieben. Die beiden Antwortschreiben kamen von der Insel Tortola in den British Virgin Islands. Beide Makler äußerten Interesse und den Wunsch, KAIROS zu sehen. Damit war unser nächstes Ziel festgelegt. Ziel? Unsere Gedanken begannen langsam, das Ziel in einem Leben auf dem Land zu suchen, Garten, Blumen, Gemüse, Bäume, die Blätter im Wind – statt Wind im Rigg. Wir wußten, daß diese Umstellung schwer sein würde, schwerer als alle anderen bisher.

Wir befreiten KAIROS von den Leinen, die sie gegen einen Hurrikan, der trifft, sichern sollten. Von der Werft in Fort de France erhielten wir einen Termin. Zum ersten Mal heuerten wir Hilfskräfte für die Arbeit am Unterwasserschiff an. Bruno, ein europäischer Franzose, und Domenique, ein vietnamesischer Franzose, erbaten Vorschuß. Sie lebten auf einer schmutzigen Sloop unter der stinkenden Pier neben der Werft.

Wir gaben ihnen den Vorschuß am Abend des ersten Tages, nachdem sie das Unterwasserschiff gereinigt hatten. Am nächsten Morgen erschienen sie spät. Sie sahen aus, als ob sie während der Nacht Schwerstarbeit geleistet hätten. Bei uns arbeiteten sie – gestärkt durch Elgas Frühstück – fleißig weiter.

Hieronymus wurde nach wie vor vom Kranführer mit der schwarzlila Hautfarbe gehetzt. Als er die Pallhölzer unter KAIROS verkeilte, führten wir ein erstes Gespräch. Unsere täglichen Unterhaltungen blieben kurz, geschahen nun in vertrauter Freundschaft.

Nach sieben Tagen kam KAIROS zu Wasser. Bruno und Domenique erhielten ihre Entlohnung. Wir liefen unter Maschine zur Anse Mitan hinüber. Nach langer Suche zwischen den ankernden Yachten fanden wir einen Platz.

»Ich hab' versucht zu zählen«, sagte Elga, »achtzig Yachten, wenn nicht mehr. Laß uns zu Weihnachten in die Blue Lagoon nach St. Lucia segeln.«

Am nächsten Morgen gingen wir ins Dorf. Aus einem Geschäft kam ein junger Mann auf uns zu. Es war Bruno.

Zwei Sekunden später stürzte eine zierliche Kreolin aus dem Ladenausgang hinter ihm her. Ihr Gesicht war zornig. »Ne pas voler!« schrie sie – nicht stehlen.

Bruno begann zu laufen. Dabei mußte er uns ausweichen. Er prallte mit der Schulter gegen einen Baum, blieb verblüfft stehen. Er erkannte uns nicht, eingeklemmt zwischen mir und dem Baum.

»Ne pas voler!« Die Verkäuferin war heran. Mit ihren kleinen Fäusten hämmerte sie auf Brunos Brust. »Nicht stehlen, du Schuft, du sollst nicht stehlen, du hast das Fläschchen in der Hand, gib's raus, gib's raus!« Sie war in ihrer Wut wie ein ausbrechender Vulkan.

Bruno hob den Arm gegen die trommelnden Schläge des Mädchens. Dieses packte seine Hand und würgte ihm ein Parfümfläschchen aus den geschlossenen Fingern. Sie stöhnte und fauchte vor Anstrengung. Mit dem Fläschchen ging sie eiligen Schritts zum Laden zurück. Ihre hohen Absätze klickten wie kleine Hämmer auf dem gepflasterten Weg. Siegesfroh schwenkte sie ihren zierlichen Popo.

Brunos Augen blickten groß und glänzend. Er nickte uns zu und ging ruhig davon.

»Die Kleine – hast du das gesehen, wie eine Katze«, sagte Elga voll Bewunderung. »Gegen diesen großen Mann.«

Dieser große Mann, der Weiße Mann – ein Dieb.

Es wehte ein leichter Wind aus Ost während der Überfahrt nach St. Lucia. Wir ankerten in der Blue Lagoon. Außer der OSMARA lag eine Ketsch vor Anker. Charly, der Zollbeamte, nahm verschämt lächelnd Elgas Päckchen mit drei Dosen des gehobenen Konservenangebotes entgegen. Die Polizeimieze stempelte vier Wochen Aufenthaltserlaubnis in unsere Pässe.

Wir ließen die Ruhe des Ankerplatzes, die Weite der Landschaft auf uns wirken.

Am nächsten Morgen löste sich ein Beiboot von der OSMARA.

»He, Marion!« rief ich. »Wie geht's, alles klar?«

Sie fuhr heran, reichte mir die Leine des Bootes. Darin lagen zwei vollgestopfte Segelsäcke. Sie trug ihren Mini-Bikini, der ihre üppige Figur üppiger erscheinen ließ. Fahrig waren ihre Bewegungen. Ihr Gesicht schien verquollen. Die braungelben Augensterne blickten ziellos. Die Lippen, voll und geschwungen, hielt sie zusammengepreßt. »Laß mich an Bord«, sagte sie, »hier ist alles anders geworden. Ich muß es euch erzählen, bevor Oskar es tut. Ich fliege ab. Schluß.«

Wir setzten uns ins Cockpit. Elga bot ihr etwas zu trinken an.

Sie wollte ein Glas Saft. Sie begann zu weinen. Dann schüttelte sie den Kopf und faßte sich. »Ich hab' hier keinen Menschen gehabt, mit dem ich sprechen konnte. Der Zoll will die OSMARA an die Kette legen, wenn Ossi die Zollschuld nicht bezahlt. Wir haben das Schiff vor vier Jahren gekauft. Von einem Deutschen, der es ständig rein und raus gesegelt hat. Wir dachten, der Zoll wäre längst entrichtet. Ossi hat mit dem Zollchef gesprochen. Ohne Erfolg – naja, sie haben ihm zwei Wochen Zahlungsfrist eingeräumt. Die Chartereinnahmen waren nicht so, wie Ossi gerechnet hat. Zwei Fahrten fielen wegen Terminschwierigkeiten aus. Bei Lieferanten hat er Schulden. Die mahnen jetzt an. Ich hab' mir Geld sichergestellt, damit ich weg kann. Darüber haben wir Streit gekriegt. Naja, und der Alkohol. Ossi hat mich verprügelt. Ich hab' mich einschließen müssen. Wie ein Irrer war er. Ich will, ich muß weg. Der sitzt mir eines Tages an der Kehle. Er hat die Versicherungssumme für die OSMARA erhöht, mit letztem Geld bezahlt. Ich hab' Angst. Mensch, ich weiß nicht, was der mit dem Schiff will. Der setzt es glatt auf die Klippen.«

Wir schwiegen. Dies kam wie ein Hammerschlag.

Marion griff nach dem Glas Saft, ließ es stehen, fuhr sich mit der Hand übers Haar, dem die Dauerwelle fehlte. »Aber das Haus gehört mir. Es ist auf meinen Namen eingetragen. Ossi hat in Bochum mit einem Baugeschäft pleite gemacht, damals. Es gab einen Vergleich. Er konnte ihn nicht erfüllen, hat Geld abgeschoben. Er mußte weg. Und ich Idiotin bin mitgegangen. Jetzt steckt auch mein Geld da oben in der halbfertigen Baustelle. Nein – ich hau' ab. Ich geh' zu meinem Jungen nach Kassel. Der geht dort zur Schule. Er konnte ja nie herkommen. Ossi war eifersüchtig – eifersüchtig auf einen Jungen! Ralf ist aus meiner vorigen Ehe. Ich bin Ossis dritte Ehe. Also was?«

»Und was wird mit dem Haus?« fragte ich.

»Als vor Monaten das Geld knapp wurde, hat Ossi in deutschen Zeitungen inseriert, Teilhaber gesucht. Er hat an ein paar Interessenten geschrieben. Davon ist einer jetzt hier – mit Freundin. Ach, ein fabelhafter Mann, sehr nett. Er weiß, daß mir das Haus gehört, daß ich meine Ansprüche geltend mache.«

Elga nach einer Pause: »Dann kannst du aber doch nicht weg.«

»Das Haus gehört mir. Frank – das ist der Interessent mit seiner Freundin Gisela – er weiß, daß hier vor der Behörde und beim Notar nichts ohne meine Zustimmung läuft.«

»Ich würde bleiben«, sagte Elga.

Marion fuhr auf. »Hat dich dein Mann schon mal verprügelt? Willst du dann bleiben? Was, wenn ich zurückschlag'?« Sie war jetzt wütend. Sie ging.

Im Dingi riß sie ein Kleid aus einem der Segelsäcke und zog es sich über. »Meine Sachen hier! Dem Schwein laß ich nicht den letzten Fetzen im Schiff!« Sie startete den Außenbordmotor und fuhr ab. Dann drehte sie einen Bogen, schor an KAIROS vorbei und rief: »Entschuldigt! Macht's gut, ihr beiden, ich vergeß' euch nicht!« Sie griff sich mit der Hand über die Augen und brachte das Boot auf den Kurs zum Landesteg.

Wir führten das Leben, wie wir es liebten. Wir gingen an den Strand zum Schwimmen, lasen, hörten Musik. Wir besuchten das Ehepaar auf der Ketsch. Beide waren ruhige Menschen; es tat gut, mit ihnen zu sprechen. Wir vergaßen die vergangene Unrast, menschliche Abart und Not, die der durchziehende Reisende kaum wahrnehmen kann. Leider segelten sie ab. Sie wollten nach Norden.

Der nächste Besuch an Bord waren Frank Haller und seine Freundin Gisela. Sie kamen mit Oskars Beiboot längsseits. Er war ein großer, mittelblonder Mann. Sie war klein von Wuchs, sehr zurückhaltend, doch aufmerksam. Sie wohnten in einem der Appartements oben im Haus. Sie wußten, daß wir KAIROS verkaufen wollten. Der Küstenklatsch von Martinique bis St. Lucia brauchte nur einen Sprung von 25 Seemeilen.

Frank ließ seinen Blick vom Achterschiff, wo wir saßen, über Deck und Vorschiff schweifen. »Wir kennen die Karibik«, erzählte er. »Wir haben öfters mit Charterbooten in den Virgins gesegelt. Es war immer eine große Swan.« Er legte Wert darauf, daß wir die Erwähnung dieses Yachttyps zur Kenntnis nahmen, Swan war »in«. Er fuhr fort: »Ich habe Hotels in Goslar und in Bad Harzburg, ein Ausflugslokal in der Nähe von Altenau. Nach der Sommersaison haben wir Zeit – Gisela hilft mir in der Verwaltung – haben wir also Zeit zum Reisen. So sind wir zur Segelei in der Karibik gekommen. Wir haben Oskars Anzeige gelesen. Er sucht einen Teilhaber. Das schien mir – also Gisela und mir sehr interessant. Das Haus da oben als Zentrum für Urlauber, die OSMARA hier unten für Fahrten zu anderen Inseln.« Er begann, mit einem goldenen Anhänger an feiner Kette zu spielen, den er unterm geöffneten Hemd trug. »Nicht wahr, Häschen?« Er drückte Klein-Gisela an seine Schulter und lachte. Das Lachen war offen und herzlich. Es zeigte seine Reihen gleichmäßiger Zähne.

Er sagte: »Ich habe Geld zu investieren. Das will ich nicht in Deutschland. Oskar braucht Geld. Was er hier begonnen hat, reizt mich. Ich kenne – also Gisela und ich kennen durch unsere Geschäftsbeziehungen so viele Leute, daß wir im Nu Wohn- und Chartergäste herschicken können. Während des Winters werden wir dann hier sein. Es ist ein neues Betätigungsfeld. Ich habe eine stille Liebe zum Wassersport im warmen Klima.«

»Auf einer großen Swan«, fügte ich hinzu.

Er lachte, seine Zähne blitzten. »Zeigt uns doch mal die KAIROS.«

»Ich werde Kaffeewasser aufsetzen«, sagte Elga. »Mögt ihr eine Tasse Kaffee?«

»Danke, ja«, sagte Klein-Gisela höflich. Sie blieb auf dem Achterdeck zurück, derweil ich Frank das Schiff zeigte.

Er erzählte mir über den Bootsmarkt, secondhand, in Deutschland. »Hab' da eine Nordia an der Hand, Baupreis eine halbe Million. Die krieg' ich zum halben Preis, stell' dir das vor.« Zur KAIROS sagte er wenig. Die Takelage sah er nicht an. Er erzählte von den Yachten, die er kaufen konnte: zum halben Preis.

Der Nachmittag verging mit Gesprächen über dieses und jenes.

Zum Abend sagten sie »Auf Wiedersehen.« Frank hatte Schwierigkeiten, den Außenbordmotor anzuwerfen. Winkend fuhren sie über das stille Wasser der Lagune zum Landesteg.

»Der will KAIROS kaufen«, sagte Elga.

»Möglich«, antwortete ich, »zum halben Preis, stell' dir das vor.«

In der passiven Rolle, die uns das gütige Schicksal zuwies, empfingen wir als nächsten Besucher Oskar.

Er trug seine farbbekleckerte Badehose und einen Sonnenhut mit Reißverschlußtasche. Seine Muskelpakete an Armen, Brust und Bauch spannten sich unter den Fettpolstern, als er sich an Bord schwang. »Ja, ja, ja – da seid ihr also wieder! Hab' die OSMARA gut in Schuß – first class jetzt. Gestern waren Frank und Gisela bei euch, was?« Er zuckte mit dem Kopf hoch und setzte sich auf die Cockpitbank. »Uuh, bei uns tut sich einiges.« Er steckte die Hände zwischen die Knie und wiegte seinen massigen Oberkörper. Die Haarsträhnen, die unter dem Sonnenhut hervor in den Nacken hingen, waren länger geworden. Der Stoppelbart zeigte wie immer die Länge von zwei bis drei Tagen.

»Möchtest du etwas trinken?« fragte Elga. »Kaffee? Saft?«

»Nee, nee.« Er besann sich. »Das heißt, weil du so freundlich fragst – hast du einen winzig kleinen Cognac für Ossi? Winzig, es ist ja noch verhältnismäßig früh.«

Es war kurz vor zwölf.

»Oh«, sagte Elga, »Cognac habe ich nicht. Whisky?«

»Na klar, mach' keine Umstände. Ja, ja – dann hat euch Frank wohl schon erzählt, was anliegt? Also, meine Anzeige, die war ein voller Erfolg. Ich brauch' einen Teilhaber bei dem Geschäft, wie's jetzt losgeht. Frank werd' ich nehmen, der ist richtig – first class. Der steigt ein, fifty-fifty.«

Elga brachte ein Glas mit Whisky.

»Danke, Elga, danke. Man muß wissen, was man will. Ich selber werd' das Haus jetzt fertig bauen. Die Handwerker taugen nichts auf der Insel. Und nun, stellt euch das bloß vor, soll die OSMARA plötzlich verzollt werden, die Schlafmützen vom Zoll wachen auf. Na, ich hab' mit dem Chef gesprochen. Der gibt mir natürlich ausreichende Frist. Ein alter Freund von mir, der olle Nigger. Die OSMARA ist jetzt so gut in Schuß, daß ich die Versicherungssumme erhöht habe.« Er zuckte mit dem Kopf hoch, kippte den Whisky in die Kehle. »Ja, ja, ja – mit Frank habe ich soweit schon alles besprochen. Ganz gut, so ein zweiter Mann.« Er holte Päckchen und Feuerzeug aus der Tasche seines Sonnenhutes, zündete sich eine Zigarette an. Er schob mir das Päckchen über den Tisch zu, zog die Finger mit den abgekauten Nägeln schnell zurück.

»Danke, nein.« So war das keine Versuchung mehr.

»Ja, ja, ja – es ist jammerschade, daß Marion nicht mitspielt. Habt ihr's gehört?« Er sah uns an und blies den inhalierten Rauch langsam aus. Die Hand mit der Zigarette zwischen den oberen Fingergliedern legte er als Faust auf den Oberschenkel.

Wir schwiegen.

»Na – wie solltet ihr's gehört haben? Frank und Gisela als Partner halten natürlich dicht. Also, Marion – es ist besser, ich erzähl's euch selbst – spielt verrückt. Die Alte hat 'nen Rappel. War ja immer schon schwierig, das Mädchen. Mußte sie oft zur Räson bringen. Wenn die 'nen Auge auf jemand geworfen hatte, ich denk', da hat sie's nicht so genau genommen mit – wie heißt das? – mit Tisch und Bett. Ich könnt' euch Sachen erzählen. Die ließ sich ganz munter anmachen. Ihr Verhalten war nicht immer ehrlich –«, er lachte und zuckte mit dem Kopf, »– hahaha, und ehelich! Jetzt, wo's hier mit dem Geschäft losgeht, haut sie ab, die Kuh. Soll sie. Zu ihrem Sohn, diesem Tunichtgut, diesem Lümmel. Ach, Elga, hast du noch 'n Whisky für deinen Ossi, bitte?«

Elga brachte das Glas gefüllt und stellte es vor ihn auf den Tisch.

Er saß und sah es bewegungslos an. Dann trank er es auf einen Zug aus und stand auf. »Wir sehen uns noch. Kommt doch mal rauf und – ach, ehe ich's vergesse – ihr wollt doch verkaufen? Vielleicht können wir euch in unser Geschäft aufnehmen. OSMARA für Wochencharter, KAIROS für Tagescharter. Ihr habt doch 'nen guten Namen für solche Sache. Überlegt das mal.« Er sprang ins Beiboot und fuhr ab.

Wir überlegten nichts. Einige Tage später am Vormittag kam Klein-Gisela angefahren. Es wehte ein scharfer Passat über die Lagune. Klein-Gisela war in der Handhabung eines Bootes nicht geübt. Aber mit Entschlossenheit brachte sie es längsseits. Ihr oft ausdrucksloses Gesicht war in Konzentration angespannt. Aufmerksam drosselte sie den Außenborder. Das Boot kam richtig zum Halt. »Hahpuh!« rief sie erleichtert. »Nimm schnell die Leine.«

Ich beschloß, die Bezeichnung Klein vor ihrem Namen fortzulassen. Sie war eine tüchtige kleine Person. Ich half ihr an Bord. »Ganz allein? Wo ist dein großer Beschützer?«

Sie prüfte den Verschluß ihrer Handtasche, strich sich das dunkelrote Haar aus der Stirn. Die Frisur hatte etwas gelitten. Der Hosenanzug im Safarilook war bei der windigen Überfahrt genäßt worden. Aber das bekümmerte sie nicht. »Frank ist oben im Haus. Die Männer verhandeln. Oskar kommt vom Hundertsten ins Tausendste.« Sie blickte mich forschend an. Ihre Augen wurden wieder zurückhaltend.

Wir setzten uns ins Deckshaus.

»Ich kann bei den Männern oben im Haus nichts nützen«, sagte Gisela. »Oskar redet. Ihr kennt ihn ja. Frank ist vernarrt in seine eigene Idee von Haus, Yacht und blauem Meer. Ich muß ihn ständig bremsen.« Sie holte einen Zettel aus ihrer Handtasche und legte ihn vor sich auf den Tisch. Mit ihren kleinen Händen, die einige Ringe trugen, strich sie den Zettel glatt und überflog ihn.

Sie sagte: »Ich bin gekommen, weil ihr in den Verhandlungen da oben eine Rolle spielt. Es ist nur fair, daß ihr das erfahrt. Frank ist von der KAIROS begeistert. Oskar hat ihm den Floh ins Ohr gesetzt, daß ihr mit eurem Schiff gut in unseren Plan paßt. Frank meint, daß die KAIROS seetüchtiger ist als die OSMARA. Das bestreitet Oskar. Und über so etwas wird stundenlang geredet. Ich kann dazu nichts sagen. Ich verstehe von Yachten nichts.«

Der Passat wimmerte in der Takelage. Im Osten über den Hügeln hoben sich Regenschauer.

Gisela blickte auf ihren Zettel. »Erstens, der Zolltermin für Oskar läuft nächste Woche ab. Zweitens, Frank hat Oskar die Summe à conto vorgeschossen, die Überweisung läuft. Es sind –« Sie zögerte und sagte dann zurückhaltend: »Frank wird euch die Summe nennen, wenn er es für richtig hält. Drittens, wollt ihr wirklich verkaufen? Wir haben euch nicht gefragt und ihr habt es uns gegenüber bisher nicht erwähnt. Wir haben das nur durch Oskar erfahren und, oh – wie nennt man das? – durch Küstenklatsch.«

»Es kommt darauf an, wie –« begann ich.

Gisela hob die Hand. »Ihr braucht jetzt nicht Stellung zu nehmen. Frank wird euch sicherlich einen Vorschlag unterbreiten. Dann seid ihr vorbereitet.«

»Verkaufen wollen wir«, sagte Elga.

»Gut. Ihr werdet von uns hören. Oskar weiß nichts von diesem Besuch. Wir meinen, daß er kein guter Partner sein wird. Ich persönlich – nun, das ist gleichgültig. Dieser Streit mit Marion ist unglaublich. Sie ist jetzt abgereist. Über ihre Besitzansprüche haben wir gesprochen. Sie hat Frank gewisse Vollmachten gegeben. Wir waren mit ihr bei ihrem Rechtsanwalt in Port Castries. Auch davon weiß Oskar nichts – nehme ich jedenfalls an. Er redet in schlimmen Ausdrücken von Marion. Du sollst kein falsch Zeugnis reden wider deinen Nächsten – aber Oskar? Oha! Ich glaube, er lügt. Bitte, wenn ihr interessiert seid, verhandelt nur mit uns.« Sie stand auf und schob den Notizzettel in ihre Handtasche.

Eine Bö pfiff über die Lagune. Es begann zu regnen.

Gisela sagte: »Frank bittet euch, mir die KAIROS zu zeigen. Letztes Mal war ich ja nicht sehr interessiert.«

Wir zeigten ihr das Schiff. Als die Bö abgezogen war, stieg sie in Oskars Beiboot. Sie lehnte es ab, daß ich ihr den Außenbordmotor startete. Sie mühte sich und schaffte es.

»Gisela«, rief ich durch den Lärm des Motors, »du bist großartig, vielen Dank!«

Ein paar Tage später kamen Gisela und Frank an Bord.

Er spielte mit seinem Goldamulett auf der Brust. »Laßt uns in die Kajüte gehen. Wasser trägt. Es geht keinen etwas an, was wir besprechen.« Er zeigte zur OSMARA, die weit ab lag.

Wir setzten uns um den Tisch in der Hauptkajüte. Beide trugen Sportkleidung, sehr modern, aber etwas unbequem für die Tropen.

»Also«, sagte Frank, »Oskar baut bis Ende März das Haus fertig. Das Material dafür liegt oben, das hab' ich geprüft. Ich kaufe das fertige Haus. Der Wert, wie Gisela und ich meinen, liegt bei umgerechnet dreihunderttausend Mark. Das muß überprüft werden. Die festgesetzte Summe wird auf ein Sonderkonto bei einem Anwalt in Deutschland eingezahlt, abzüglich des von mir vorgeschossenen Zolls für die OSMARA. Marion ist damit einverstanden. Mit ihr wird ein entsprechender Vertrag gemacht. Sie muß sich hinsichtlich ihrer Ansprüche mit Oskar auseinandersetzen, auch wie die Lieferanten- und Handwerkerschulden bezahlt werden. Damit haben wir – Gisela und ich – nichts zu tun. Jetzt paßt auf! Das Haus wird hier auf euren Namen eingetragen mit einem Nutzungsrecht für mich – für Gisela und mich. Das Nutzungsrecht müssen wir aushandeln. Ich denke an einen Teil des Hauses, der baulich abgeteilt werden kann, so daß wir uns nicht über die Füße fallen, wenn Gisela und ich hier sind. Die Einnahmen aus den Appartements sind euer. Ich – wir vermieten von Deutschland aus die Appartements zu einem vereinbarten Preis in D-Mark, Zahlung auf euer Konto in Deutschland, abzüglich zehn Prozent Vermittlungsgebühr für mich. Im Gegenwert überschreibt ihr mir die KAIROS mit allem Zubehör und Inventar. Ich schicke Chartergäste für das Schiff, die Einnahmen sind meine. Denn die KAIROS seid ihr dann los.«

»Und Oskar?« fragte ich.

Franks Gesicht spannte sich. »Unzuverlässig. Wird ausgebootet!«

»Und Marion?«

»Hat das Geld auf dem Sonderkonto zur Verfügung, wenn das Haus im Austausch gegen die KAIROS auf euch überschrieben ist.«

»Und KAIROS?«

»Liegt hier in der Lagune zu meiner Verfügung.«

»Ohne Aufsicht ist das Schiff in einem halben Jahr verrottet.«

»Ich stelle einen Bootsmann ein.«

»Einen dieser bankrotten Charterskipper? Nicht zuverlässig.«

»Natürlich nicht.« Er spannte die Mundwinkel wie bei einer körperlichen Anstrengung. Seine schönen Zähne glänzten, aber er lachte nicht. »Ich nehme einen Deutschen unter Vertrag, der was von Yachten versteht. Der hat mir bei Einstellung eine saftige Kaution zu hinterlegen. So macht man das!«

»KAIROS ist kein Charterschiff. Sie hat zu wenig Kojen.«

»Mann!« rief Frank fast wild. »KAIROS mit dem Nimbus der Weltumsegler! Die Achterkajüte wird umgebaut. Oder ich ziehe die Sache als Exklusiv-Charter für einzelne Ehepaare mit hohen Ansprüchen auf. So wird das gemacht. Ich kann dir jetzt sofort Leute aufzählen, die dafür in Frage kommen, meine zehn Finger reichen nicht aus.

Kinder –« Er entspannte sich, sah Elga und mich fast bittend an, fuhr fort: »Dieser Vorschlag ist wohlüberlegt. Ihr gebt euer Schiff gegen ein Haus mit laufenden Einnahmen –«

Ich unterbrach: »– das erst fertig gebaut werden muß. Oskar wird pfuschen. Oder er kommt einfach nicht.«

»Oskar?« Frank bleckte die Zähne ohne Lachen. »Den habe ich in der Hand. Völlig! Ich habe ihm Geld vorgeschossen – dreißigtausend für seinen Zoll. Er ist pleite. Er wird für meinen Lohn arbeiten müssen. Den stauch' ich zurecht. Ich will hier Fuß fassen. Das ist mir einiges Geld wert. Das ist mir einige Mühe wert. Und das ist mir eine lange Amortisationszeit wert. Hier kann ich – können wir, Gisela und ich, endlich an tropischen Gestaden leben, die KAIROS segeln, Gäste haben –«

»Frank«, sagte Gisela, »du gerätst ins Schwärmen, Schatz. Ich habe den beiden gesagt, daß sie sich unseren Vorschlag in Ruhe überlegen können.« Sie öffnete die nicht fortzudenkende Handtasche, legte ein Papier auf den Tisch, das sie mit den beringten Fingern glättete. »Ich gebe euch unseren Vorschlag schriftlich. Ändert ihn, wenn ihr wollt. Dann können wir weitersehen und einen entsprechenden Vertrag schließen.«

Ich fragte Gisela: »Hast du studiert? Ich meine –«

Sie schlug die Augen nieder und sagte schnell: »Betriebswirtschaft. Aber nur auf der Fachschule.«

Sie verabschiedeten sich. In Oskars Beiboot fuhren sie über die blaue Lagune zum Landesteg.

Als wir ihnen nachblickten, sagte ich: »Ausbooten? Das wird Oskar nicht hinnehmen. Ich habe vergessen zu fragen, wem die OSMARA gehört.«

»Laß uns morgen darüber sprechen«, sagte Elga. »Mir raucht der Kopf.«

Elga und ich nahmen den Vorschlag Stück für Stück auseinander. Da waren positive Punkte, da waren negative. Im Ergebnis handelten wir uns mit der Weggabe der KAIROS mehr Unsicherheiten, Unzuverlässigkeiten und Abhängigkeiten ein, als das Ziel und die damit verbundene Arbeit wert waren. Ziel und Arbeit, gut, die wollten wir, das andere nicht.

Schließlich blieben die ungeklärten Fragen in Sachen Aufenthaltsgenehmigung, Arbeitserlaubnis und Steuern. Das Ganze war Franks Traum, ein schlechter, weil geniale Materialisten nicht träumen können. Es war ein Kartenhaus.

Vier Tage vor Weihnachten brach das Kartenhaus zusammen.

Nicht mit Oskars, mit einem Beiboot der Charterfirma am Westufer kam Frank angebraust. »Wo ist Oskar? Auf der OSMARA ist er nicht. Habt ihr ihn gesehen? Oben im Haus sitzt der Chef der Zollbehörde. Oskar hat dem Zoll einen Scheck gegeben. Der Scheck ist geplatzt. Er sollte mit dem Geld, das ich vorgeschossen habe, abgedeckt werden. Wo ist Oskar? Außerdem kommen Chartergäste, mit denen er morgen fahren soll.«

Frank kam nicht an Bord. Er fuhr sofort zurück.

Am Nachmittag sahen wir Oskar auf der OSMARA. Der Schoner lag vor zwei Ankern. Oskar war mit dem Ankergeschirr beschäftigt.

Ich ruderte hinüber. »Frank sucht dich.«

Oskar hob mit bulliger Kraft den Stockanker an Deck. »Ja, ja, ja – den schweren Anker hatte ich während der Hurrikanzeit draußen. Ist jetzt überflüssig. Der CQR-Anker genügt. Muß ja morgen auch mit Chartergästen auslaufen. Die hat Frank kommen lassen. Hat er euch erzählt? Jetzt geht das Geschäft los.«

»Frank sucht dich. Hast du ihn gesprochen?«

»Ja, ja – diese alberne Sache mit dem Scheck. Hab's schon mit dem Zoll geklärt. Kenne doch die Leute alle.« Er zuckte mit dem Kopf hoch. »Morgen früh lauf' ich mit zwei Ehepaaren aus.«

»Du hast also mit Frank gesprochen?«

»Zum Teufel, hör' auf damit! Ja!«

Ich ruderte zur KAIROS zurück. Nichts geschah während des Nachmittags und des Abends. Am nächsten Morgen lag die OSMARA nicht mehr auf ihrem Ankerplatz.

Kurz nach unserem Frühstück kam Frank längsseits. Er blieb in dem Beiboot der Chartergesellschaft stehen. »Die OSMARA ist weg! Habt ihr irgendwas gehört? Ich meine, Anker und Maschine machen Lärm.«

»Nein«, antwortete ich, »nichts gehört. Oskar ist doch mit Chartergästen weg.«

»Nein!« Frank zeigte zum Ufer. »Da! Da steht Oskar, da stehen die Chartergäste. Die OSMARA ist gestohlen worden. Ich habe schon Polizei und Zoll angerufen. Die schicken Beamte her. Bitte, komm' mit an Land. Du sprichst besser Englisch als ich.« Er schaute Elga an.

»Nein«, sagte sie, »ich bleibe hier.«

Ich sprang ins Dingi. Frank preschte los. Gisela und zwei Ehepaare standen auf dem Landesteg. Alle redeten durcheinander. Frank begann, die Chartergäste zu beruhigen. Ich setzte mich auf einen Poller.

Oskar – er stand abseits. Er kaute hemmungslos auf den Fingernägeln seiner rechten Hand. Er sah übermüdet aus.

Südlich von Port Castries, dachte ich, fällt der Meeresboden in nur einer Seemeile Abstand von der Küste steil auf 172 Faden ab – 310 Meter, das genügt. Ich dachte das nur so und wußte nicht warum.

Oskar sah meinen Blick. Er ließ die Hand sofort sinken und kam eilig auf mich zu. Sein Kopf zuckte hoch. »Geklaut! Einfach geklaut! Meine OSMARA! Ihr müßt doch was gehört haben! So ein Schiff bringt man nicht ohne Geräusch aus der Lagune.« Er hob die Hand zum Mund, ließ sie wieder sinken, es sah wie eine Bewegung der Verzweiflung aus.

»Den Stockanker hast du gestern mit der Kette aufgewinscht. Der CQR-Anker blieb mit der Ankerleine im Grund. Ankerleinen machen keinen Lärm.«

Er starrte mich ausdruckslos an. »Die Schweine!« stöhnte er dann. »Diese raffinierten Schweine.«

»Und dann segelt man mit wenig Tuch leise raus. Raumschots bis zur Ausfahrt, vor dem Wind durch sie hindurch. Wie war der Wind heute nacht?«

Er hob die Hand zum Mund, ließ sie sinken, es sah wie eine Bewegung im Zorn aus. »Wie soll ich das wissen? Du mußt es wissen. Du – du hast hier unten an Bord gepennt. Ich doch nicht.« Er ließ mich allein.

Als die Beamten kamen – zwei Schwarze in heiterer Ruhe – ging

Oskar zu ihnen und erzählte seine Geschichte, die nichts erklärte. »Hier sind die Leute, mit denen ich segeln wollte!« Er zeigte auf die Chartergäste. »Während der Nacht hab' ich oben im Haus geschlafen – wie alle anderen auch, was sonst!«

Die Beamten schrieben in ihre Notizbücher. Dann fragten sie Frank. Ich übersetzte. Dann fragten sie mich. Oskar und Frank baten sie in ihre Wagen. Das Protokoll sollte im Polizeibüro aufgenommen werden. Gisela fuhr die enttäuschten Chartergäste zum halbfertigen Haus auf dem Hügel. Ich rief KAIROS, damit Elga mich an Bord holen konnte.

Zum Heiligen Abend luden wir Gisela und Frank an Bord. Elga hatte festlich gedeckt.Es gab ein Essen mit Suppe, Hauptgang und Nachtisch. Gespräche, Kerzenschein und Essen heiterten unsere Gäste ein wenig auf.

Elga fragte nach dem Geld, das Frank vorgeschossen hatte.

»Ich habe mir von Oskar noch auf dem Polizeibüro einen Schuldschein unterschreiben lassen. Gisela kennt sich mit der Aufsetzung so einer Erklärung aus. Der Zoll wird seine Ansprüche auf die Versicherungssumme geltend machen, soweit ich verstanden habe. Oskar ist bei einer deutschen Gesellschaft versichert. Ich gebe den Schuldschein meinem Rechtsanwalt. Aber das Geld drückt mich nicht, so bitter der Verlust ist. Was mich bedrückt, ist das Verhalten dieses Mannes. Wie kann einer, dem das Wasser bis zum Hals steht, das Geld eines zukünftigen Geschäftspartners nehmen, um damit andere Löcher zu stopfen!«

Ich hielt meinen Mund. Andere Löcher?

Frank fuhr fort: »Er sollte doch froh sein, daß da einer kommt, der ehrlichen Willens ist.«

Ich hielt meinen Mund nicht: »Du wolltest Oskar ausbooten. Gehört ihm die OSMARA?«

Frank schwieg.

Gisela antwortete: »Oskar hat jedenfalls die Versicherung und ihre Erhöhung auf seinen Namen abgeschlossen.«

»Wird das einen Rechtsstreit geben, wenn das Schiff seiner Frau gehört?«

Gisela zuckte mit den Schultern. Oskar wußte das sicherlich besser als wir.

Frank sagte traurig: »Ach, Kinder, ein Haus auf einer Sonneninsel, eine Yacht zum Segeln, ein bißchen Geld damit verdienen – wie schön wär' das.«

»Zwei Yachten zum Segeln«, sagte ich, »du hast von Anfang an die OSMARA nicht einbezogen. Für Oskar war sie –«

»Sie war ein Seelenverkäufer«, sagte Frank. »Egal. Ich habe nun erstmal genug von Häusern und Yachten in den Tropen und besonders von dieser Insel.«

»Wir sind ins Hotel gezogen«, erklärte Gisela.

Frank nickte. »Und reisen nach den Feiertagen ab. Die Menschen auf diesen Inseln sind – also, nach unserem Erleben und nach allem, was ihr von dieser Marina da erzählt habt, sind sie –«

»Nein«, sagte Elga, »verallgemeinern kannst du das nicht. Es gibt unendlich viele Abstufungen – gute und schlechte, wie überall.«

Ich hob das Glas. »Zum Wohl, ihr alle, frohe Weihnacht!«

Wir tranken.

Ich dachte an die Yachten mit unseren Freunden, dachte an die Marina mit ihren Bewohnern: Menschen, in unendlich vielen Abstufungen zum Guten und zum Schlechten auf ihrem Weg, bleiben suchend und irrend –

Frank setzte das Glas ab und lachte auf. Er hatte seine Enttäuschung überwunden, fand auf seinen Weg zurück, sagte: »Na, und die KAIROS. Segelt sie zu euren Maklern auf den Virgin Islands. Laßt euch ordentlich im Preis drücken. Schreibt mir's. Dann komme ich und kauf' sie euch billig ab.«

– Menschen!

Regenbogen

Das fünfte Kapitel ist den Wißbegierigen empfohlen, die keine Ruhe geben, bis sie alles verstanden haben. Es ist für jene geschrieben, die statt »Ende gut, alles gut« sagen: »Ende gut, Anfang besser«.

Es erzählt
vom Jahresbeginn und dem dabei üblichen Rück- und Vorausblick – von Leuten, die einen Kopfsprung verhindern, und einem Freitag mit dem Datum des Dreizehnten – von peinlichen Schwierigkeiten bei einer Fallbö – von einem Dorf, das endlich dem Tourismus geöffnet wird, und vom Brief eines Freundes – von den Vorteilen einer segelnden Familie und vom fröhlichen Mannschaftssegeln – vom Wunder der Technik, wenn sie funktioniert – vom Regenbogen und von sehr persönlichen Gedanken, nur erwähnt, weil sie einen Lebenskreis schließen – von der Kontaktaufnahme mit Yachtmaklern – von diesen in Person und ihrer unterschiedlichen Geschäftsauffassung – von einer Luxusmarina mit lebhaftem Charterbetrieb – von störender Musik und einem Schlägertyp, der sein Motorrad nicht losläßt – von einem Alten mit und einem Alten ohne Heimat – von einem Mann, der eine Ketsch nicht erkennt, und seiner Frau, die das Porzellan erspäht – von einem Ehepaar, bei dem der eine Kenntnisse, doch der andere

Geld hat – vom Besuch eines Freundes mit moderner Hochseeyacht, was zu einem abschließenden Vergleich führt – von letzter Reise und letzter Ehrlichkeit – von einer Segelfahrt, die keinen Sinn mehr gibt – vom Zauberwort: Vorauskasse; von einem hageren Mann, der weiß, was er will, und einem dicken Mann, der weiß, was er möchte – von tropischen Wetterstörungen und einem Kriegskameraden mit Leibwächter – von Hurrikanen, aber auch von der außerordentlichen Schwierigkeit, eine Hazienda einzutauschen – von einem Hurrikan, der weit entfernt vorbeizieht und dort zuschlägt – von Kaufinteressenten, die an Bord träumen sollen, und von der Frage, ob Geld stinkt – von einem außerjahreszeitlichen Hurrikan mit Rammkurs – vom Orinoco; weiter von Sir Walter Raleigh, seiner letzten und seiner allerletzten Reise – von Freunden, Freude und einem nicht wichtigen Ratschlag – von den wichtigen Folgen dieses Ratschlags – von einem hilfreichen Plan, der das plötzliche Ende bringt.

Früh am Neujahrstag 1984 liefen wir durch die schmale Ausfahrt der Blue Lagoon. Wrruch, stieß der Bug in die Dünung – und wieder. Elga brachte KAIROS in den Wind. Ich setzte die Segel: Vollzeug.

Mit Stärke 4 wehte es aus Ostsüdost. Über uns war der Himmel frisch und blau in früher Morgenstunde. Im Westen lag lila Dunst auf der Kimm. Von Osten zogen Passatwolken in Reihen heran. Das erste Sonnenlicht leuchtete gelbrot unter ihren noch nachtdunklen Oberseiten. Martinique stand als dunkler Block voraus im Meer. Der Mont Pelée hatte Wolken eingefangen, die sich nordwestwärts verdichteten.

Elga saß am Ruder. Mit dem Wind über die Backstagen von Steuerbord bedurfte das Schiff Ruderberichtigungen. »Wir ankern heute abend in der Anse Mitan – ja?« fragte sie.

Ich nickte.

»Morgen fahre ich mit der Fähre nach Fort de France und hole unsere Post. Dann 340 Seemeilen nach Tortola zum letzten Hafen.«

Letzter Hafen: das Wort ließ uns schweigen. Es stand im Deckshaus, kein Passat konnte es wegwehen.

»Was machen wir«, fragte Elga schließlich, »wenn wir das Schiff verkauft haben?«

»Wie von Anfang an geplant«, sagte ich forsch, »von dem Geld kaufen wir Haus und Garten. Oder wir lassen ein Haus bauen – aber nicht in den Tropen. Das wissen wir jetzt.«

»Wo?«

Ich dachte an unsere Ziegeninsel im fernen Ostatlantik.

Die Sonne war höher gestiegen. Blau lag das Meer. KAIROS zog den Kurs nach Nord und zeichnete das Muster der verlaufenden Bugwelle in die See. Die Reihen der Passatwolken waren heraufgezogen, wehten über uns dahin. Ihre Schatten spielten auf den Brechern, die heransprangen, mit Wind und Wolken weiterrauschten. Hier und dort waren die feinen Bögen weißer Segel zu sehen – Yachten im Traumbild des Karibischen Meeres. Vor Schauerwolken im Nordwesten stand ein halber Regenbogen.

»Vor Jahren an der Elbe«, sagte ich, »wir gingen spazieren, im Abendlicht der ferne Betonklotz des Atomkraftwerkes bei Stade, weiter elbabwärts die Baustelle des Atomkraftwerkes bei Brokdorf – erinnerst du? – da sagtest du auf meine Frage, wo wir einmal landen würden: wir segeln einen stillen Fluß hinauf oder steuern eine Insel an.«

Elga nickte.

»Den Fluß sind wir hinaufgefahren. Es war der Pasquotank River nach Elizabeth City. Die Insel haben wir angesteuert. Es war Martinique. Weder dort noch hier wollten wir bleiben.«

In Elgas Gesicht stand plötzlich Angst. »Wenn du wieder Schmerzen bekommst, ich – ich schaff' das nicht ein zweites Mal, dieses sinnlose Krümmen und Stöhnen, Schleimen und Rotzen, ich bin hilflos.«

Einen Augenblick saß ich starr. Dann zog ich sie vom Rudersitz in meine Arme. »Elga, ich liebe dich wie vor vierunddreißig Jahren. Vergiß das nie. Wenn wir jetzt den Mut verlieren, weil kommt, was kommen muß, verlieren wir vierunddreißig Jahre Liebe, Verstehen, Erleben: vierunddreißig Jahre Gemeinsamkeit. Laß uns erstmal das Schiff verkaufen. Denk' an unsere Ziegeninsel. Es ist vorbei mit unserer Seefahrerei. Die Zeit und ihre Entwicklung haben das Paradies eingeholt. Woanders liegt ein neues. Wir leben. Jetzt fangen wir erst richtig an. Wir –«

KAIROS luvte an. Wrruch, setzte sie in die See – noch einmal. Sie legte sich an den Wind, begann nach Nordost zu segeln, Kurs Ziegeninsel, 3000 Seemeilen entfernt.

Ich löste mich aus unserer Umarmung und brachte das Schiff auf den Kurs zum Verkauf. Am späten Nachmittag kreuzten wir in die Anse Mitan. Wir suchten mit Erfolg, der auf sich warten ließ, einen Platz zum Ankern. Die Bucht war überfüllter denn je.

Vorm Frühstück tat ich meinen üblichen Kopfsprung ins Wasser nicht. Auf dem Segelkahn vier Meter an Backbord voraus saß ein nackter Mann auf der Pütz und erledigte seine Notdurft. Eva folgte im gleichen Kostüm und löste ihn ab. Der Inhalt der Pütz wurde über Bord gekippt, die Pütz umständlich gereinigt. Dabei fiel Evas Blick auf mich. Es geschah ohne Regung, ohne Scham, glücklich auf dem Trip ihrer Freiheit – Scheiß-Freiheit.

Beim Frühstück sagte ich: »Wir laufen heute nachmittag aus. Dann sind wir morgen vormittag auf den Îles des Saintes.«

»Ich will nach Fort de France wegen Post und Einkaufen«, sagte Elga. »Was ist los?«

Ich erzählte es ihr und fuhr fort: »Ich komm' mit, kann dir tragen helfen. Wir klarieren gar nicht erst ein.«

Als wir mit Sack und Pack am späten Mittag zurückkamen, war der Deck-Puper-Kahn nicht mehr auf seinem Ankerplatz. Das Manöver schien nicht reibungslos verlaufen zu sein. An unserer Backbordseite entdeckte ich eine lange Schramme. Ich machte mich fluchend daran – ganz still gemäß dem Abkommen mit Elga, bis ich über mich lachen mußte – das Unglück mit Spachtel und Farbe auszubessern.

Am frühen Nachmittag kam die Ketsch VENUS in die Masse der Ankerlieger gefahren. Marita und Ernst winkten. Sie hatten den Atlantik vom Mittelmeer nach Brasilien überquert. Vor Wochen waren wir uns auf St. Lucia begegnet. Wir winkten zurück und zeigten auf den freien Platz Backbord voraus. Dort ankerten sie. Wir ruderten hinüber.

»Ihr – absegeln?« sagte Ernst. »Das kommt nicht in Frage. Heute abend macht Marita uns das brasilianische Nationalgericht. Ihr seid herzlich eingeladen. Dann können wir besprechen, wie es weitergeht.

Wir wollen auch nach Norden. Laßt uns zusammen segeln.«

Marita hatte ihren Bordkater Zinsa im Arm. Er miaute heftig, was Marita uns übersetzte: »Er will, daß ihr heute abend kommt.«

Wir blieben. Den Abend verbrachten wir in Fröhlichkeit. Sie erzählten von Brasilien.

»Aber hier«, sagte Ernst, »hier ist es ja fürchterlich überlaufen.«

»Und wir müssen ins Mittelmeer zurück.« Marita seufzte. »Das ist im westlichen Teil auch nicht mehr, was es mal war. Ich denke, wir hören bald mit dem Segeln auf. Mensch, all' meine Angst auf See im Tausch gegen Dreck im Hafen.«

Unterm Kajütstisch miaute Zinsa lautstark.

Ich sah Ernst an. Er schwieg. Der letzte Hafen würde ihm nicht leichter fallen als uns – vielleicht Marita auch nicht.

Als ich den nächsten Freitag als Abfahrtstermin zur gemeinsamen Fahrt nach Norden vorschlug, sagte Ernst: »Freitags läuft kein Segler aus.«

Marita ergänzte: »Außerdem ist es der Dreizehnte.«

»Also Sonnabend.«

Am Freitag, dem Dreizehnten, versagte die Kupplung der VENUS. Ernst war beim Anker-auf-Manöver, um zur Bunkerstation zu fahren. Die VENUS wurde mit dem Heck auf den Achterlieger gedrückt. Der Heckkorb verbog.

»Fahrt ab!« rief Ernst. »Wir kommen euch nach. Das muß in Fort de France repariert werden.«

Am Nachmittag gingen wir Anker auf. Es war Zeit, KAIROS den Yachtmaklern vorzuführen. Dafür mochte Freitag, der Dreizehnte, das richtige Datum zum Auslaufen sein.

Im Lee Dominicas kam die Fallbö. Ich hatte Elga um 04.00 Uhr abgelöst. Der Mond war untergegangen, die Nacht dunkel. Plötzlich neigte sich das Schiff. Windheulen, Regentrommeln. Das Schiff sprang vor, Leedeck unter Wasser. Ich luvte an. Das Großsegel begann, im Vorliek zu flattern. Ich fiel ab. Das Leedeck kippte wieder unter Wasser. Wir fuhren Vollzeug.

»Elga!«

Sie kam. »Großsegel bergen?« fragte sie ruhig.

»Nein – ja –« Regen peitschte gegen die Deckshausscheiben. »Ich muß anluven. Da ist die Küste. Ist die Küste sauber?«

»Wir stehen weit ab. Du selbst hast den Kurs abgesetzt.«

»Ich kann nichts sehen. Gib mir 'ne Zigarette – nein. Soll ich reffen?« Das war Panik. Die Schmerzattacken waren fort, das Schlottern war geblieben. Warum? Wieso? Was war los mit mir?

»Du bist der Rudergänger«, sagte Elga. »Also was?«

»Bleib' hier, bitte.« Bisher hatte ich Panik immer zur Seite schieben können wie 'nen Aufwischlappen voll von Dreck.

KAIROS segelte wie immer. Aber ich konnte keine Ruhe finden. Das Schiff war ein Stück Eisen, das umkippen konnte. Ich war ein Stück Fleisch, das es nicht verhindern konnte. Früher hatte ich über Leute, die so reagierten, gelacht. Voller Verachtung gelacht.

Elga stand bewegungslos an der Steuerbord-Vorderkante des Cockpits, gewiß ihres Beurteilungsvermögens, sicher des Schiffes. »Soll ich dich ablösen?« fragte sie.

»Nein. Ich mach' weiter. Ich muß.«

»Gut. Es wird ja gleich vorbei sein.« Sie meinte die Bö.

»Hoffentlich.« Ich meinte meinen Zustand.

Die Verbindung einer Ehe ist einfacher und stärker als die verworrene oder klare Meinung eines Ichs. Nicht vor Elga, vor mir fühlte ich Scham.

Nach einer Weile sagte ich: »Elga, danke – geh' schlafen.« Im Schein der Kompaßlampe sah ich ihr Gesicht. Es war ohne Vorwurf.

»Weißt du«, ihre Stimme war im Heulen der Bö kaum hörbar, »mal bist du oben, mal ich. Hauptsache ist, wir schaffen es.« Sie kroch in die Kajüte hinunter, wo bald das Licht erlosch.

Die Bö ließ nach, der Regen auch. Die dunkle Masse der Insel wurde sichtbar. Sie lag weit ab an Steuerbord. Klar: ich hatte den Kurs in gutem Abstand von der Küste abgesetzt. Außerdem fiel diese Küste tiefer ins Meer als die aller anderen karibischen Inseln.

Solche Augenblicke, dachte ich, zeigen, wo du stehst, weit ab der vielen Tüchtigkeiten, die du gehabt hast, weit ab aber auch der

Illusion. Gib nicht auf, dachte ich, bis du Gärtner geworden bist auf dieser verdammten Ziegeninsel.

Der Morgen brachte nördlich Dominicas stürmischen Passat. Ich nahm das Großsegel herunter – ohne Aufregung. Sicher fühlte ich mich dabei. Aber das konnte täuschen.

Unter Klüver 2 und Besan lag KAIROS gut, als ich pudelnaß ins Deckshaus kam. Unsere üblichen Bemerkungen über unser gutes Schiff blieben aus.

Îles des Saintes. Die kleine Bucht beim Pain de Sucre war überfüllt. Wir ankerten vor dem Dorf Bourg. Dort war es kaum besser. Zwei große nordamerikanische Motoryachten lagen vor Anker. Ihre Aggregate brummten. Zwanzig Segelyachten ankerten bis zum Fähranleger hin. Ihre Dingis knatterten hin und her. Zweimal am Vormittag und am Nachmittag kam die Fähre von Guadeloupe. Ihre Dieselmaschinen röhrten, qualmten beim Anlegemanöver. Der Verkehr der Flugtaxis hatte zugenommen. Es knatterte und röhrte auch in der Luft.

Wir ruderten an Land. Am Fähranleger drängelten die Kinder den Touristen polierte Lambi-Muscheln auf. Eine Bude war errichtet worden. Souvenirs gab es dort zu kaufen. Aus einem Lautsprecher trällerten lustige Chansons.

Über der Polizeistation wehte die Trikolore. Im Büro saßen zwei Beamte an ihren Schreibtischen hinter einer neuen Barriere. Wir gaben einem von ihnen unsere Pässe.

Er blickte sie nicht an. Er fragte, woher wir kämen. Dann sagte er: »Sie haben Guadeloupe anzulaufen und dort einzuklarieren. Bourg ist kein port of entry. Sie können bis morgen früh bleiben. Ohne ordnungsgemäße Einklarierung ist ein längerer Aufenthalt nicht gestattet.« Er gab die Pässe zurück. »Bitte.«

Wir setzten uns auf die Steinbank, die im Schatten des Flamboyants an der Dorfstraße stand. Von der Souvenirbude tönten die Chansons herüber. Über den getünchten Häusern flimmerte die Hitze. Reisende kamen die Straße entlang. Grell stieß die Farbe ihrer Kleidung in die

Ärmlichkeit des Dorfes hinein. Klick, klick, machten die Fotoapparate.

Eine hellhäutige Negerin kam gegangen. Ein Urlauber bat sie, für ein Foto als Vordergrund zu posieren. Sie tat es. Klick. Die Negerin hielt die Hand auf. »Zwei Francs, Monsieur.« Der Reisende stutzte. Dann fummelte er das Geld aus der Tasche. Die Negerin dankte und ging ihres Wegs.

Ich wartete – wartete auf das kleine Mädchen, das hier leben, arbeiten und beten, vielleicht bewahren würde, was andere Menschen vergessen haben.

Schließlich gingen wir weiter zum Lebensmittelladen, einmal links, einmal rechts. Elga kaufte ein paar Kleinigkeiten. Ich setzte mich auf die Stufen der altersschwachen Dorfkirche. Eine Gruppe junger Leute aus Europa stand gegenüber. Andere lagerten auf dem Fußweg. Sie tranken Pepsi-Cola und rauchten Marihuana. Die Stehenden unterhielten sich und lachten viel. Die Lagernden saßen im Kreis. Sie hörten einem Gitarrespieler zu. Er klimperte unverdrossen gegen die Chansons der Souvenirbude an. Gegen die grell gekleideten Touristen boten die jungen Leute in ihrer formlosen Kleidung, in ihrem hemmungslosen Glück auf der Straße ein romantisches Bild.

Elga kam zurück. »Sieh mal, was es jetzt hier gibt.« Sie brachte zwei Becher mit Eis und kleinen Plastiklöffeln.

Wir aßen das Eis auf den Stufen der Kirche. Der Geistliche ging an uns vorbei zu den jungen Leuten hinüber, mit denen er sich unterhielt. Schwarz stand seine schmächtige Gestalt vor dem bunten Völkchen. Er lachte mit ihnen. Es schien, als drückte eine unerfüllbare Hoffnung seine schmalen Schultern nieder, die beim Lachen bebten.

Wir gingen zum Landesteg und stiegen in unser Beiboot. Zwischen den Ankerliegern gab es zwei deutsche Yachten. Von einer wurden wir angerufen. »KAIROS, halloh, wir wissen jetzt, warum ihr hier zwischen den Inseln segelt! Paradies für jeden Segler! Wo wollt ihr hin?«

»Nach Norden«, rief ich.

»Über den Atlantik nach Hause?«

»Nein, zu den Virgins.«

»Herrlich, viel Spaß!« Sie winkten.

»Danke, euch auch.« Wir winkten.

»Warum sagen wir nichts von unseren Verkaufsabsichten?« fragte Elga. »Das wäre doch eine gute Mundpropaganda.«

»So – übers Wasser rufen? Dann kommt die Frage: warum? Und was sollen wir darauf antworten? Alt und segelmüde? Das wird sich keiner vorstellen können. Weltumsegler werden nicht müde. Das ist nicht einmal verkehrt. Andere segeln ein paar Jahre später wieder um die Erde, damit sie bekannt bleiben und ihre Bücher, Filme, Vorträge gut verkaufen können.«

»Ich seh' das nicht so eng«, antwortete Elga.

Wir gingen längsseits und kletterten aufs Schiff. Wir setzten uns ins Cockpit. Unter den Briefen, die Elga in Fort de France abgeholt hatte, war einer von Steve aus Norfolk. Er schrieb:

Vielen Dank für Euren Brief vom 26. Juli 83. Ich konnte ihn nicht früher beantworten. Es hat tiefgreifende Veränderungen hier gegeben. Mein Schwiegervater ist im Alter von 68 Jahren gestorben. Es war ein erster Schlaganfall, der ihn ins Krankenhaus brachte. Ein zweiter folgte. Ich glaube, daß Norman ohne Leiden abgerufen wurde. So haben die Ärzte uns versichert.

Ihr wißt, daß ich von Norman keine gute Meinung hatte. Aber der Tod eines Menschen ändert manches an solcher Einstellung. Norman hat nach seinen Überzeugungen gelebt, sie in seinem Geschäft, in seiner Familie verwirklicht und intakt gehalten. Das ist viel, wie ich es jetzt sehe, für ein Menschenleben.

Norman hielt einundfünfzig Prozent des Gesellschaftskapitals. Durch sein Testament kommen diese nun zu dreißig an Ted, der dadurch gleichstark mit seiner Mutter als stiller Teilhaberin wird, und mit einundzwanzig an Sheila. Ich war nicht darauf gefaßt, daß Sheila bald nach der Testamentsverlesung zu mir kam. Sie bot als stille Teilhaberin, die sie nun ist, geschäftliche Kooperation an. Elga: ich bin sehr dankbar für das, was Du mir damals gesagt hast. Es hilft bei dem, was zu tun ist. Normans Tod hat uns alle verändert.

Inzwischen ist meine Yacht vom Stapel gelaufen, getauft auf den Namen GOOD DECISION. Ich habe erst ein paar Probeschläge segeln können, denn, wie Ihr Euch vorstellen könnt, gab und gibt es eine Unmenge im Geschäft zu tun.

Aber ich hoffe, im März/April die GOOD DECISION ins Karibische Meer zu segeln, wo ich sie für weitere Urlaubsfahrten liegen lassen möchte, möglicherweise in Grenada. Wir werden uns sehen. Schreibt mir Eure neue Adresse.

Auf Eurem Törn von Charleston nach Charlotte Amalie habt Ihr so ziemlich alles gehabt, was in dem Seegebiet drin ist, außer einem Hurrikan, gottlob!

Den wünscht Euch auch in Zukunft nicht
Euer Steve

Wir verließen am nächsten Tag die Reede vor Bourg. In der Außenbucht jenseits des Pain de Sucre setzten wir Segel. KAIROS schnaubte mit rollender Bugwelle voran.

Im Lee Guadeloupes stand der Wind böig durch. Einige Schauer fielen. In der Anse Deshayes im Nordwesten der Insel fanden wir keinen Ankerplatz im inneren Teil der Bucht. Yacht lag dort neben Yacht. Wir ließen unseren Anker weit draußen fallen. Die Wassertiefe betrug 20 Meter. Ich steckte 60 Meter Kette. KAIROS rollte heftig.

Für sechs Tage blieben wir auf diesem Ankerplatz eingeweht. Stark gerefft lief die Ketsch CASTANET, New York, ein und ankerte neben uns. Der Eigner rief herüber, ob wir mit ihm und seiner Frau einen Whisky trinken wollten. Wir ruderten hinüber.

Außer Warren und seiner Frau Lyn war ein junger Mann aus Kopenhagen an Bord. Das Gespräch führte zum Hochseesegeln in gesetztem Alter. Wir erzählten von unseren Schwierigkeiten.

Warren rieb sich die fleischige Nase mit den vielen roten Äderchen und lachte. »Ho-ho, wir umgehen diese Schwierigkeiten. Seht mal, Lyn ist nun fünfundsechzig Jahre alt. Es ist das ehrbare Alter einer Frau, über das man sprechen darf. Ich bin im rüstigen Alter von achtundsechzig. Wir haben fünf Kinder. Sie lieben hartes Segeln wie wir. Und wenn keins der Kinder zur Verfügung steht, dann finden wir immer einen jungen Mann – hier, wie Jens.« Warren nahm einen langen Zug aus seinem Whiskyglas.

Lyn war eine runde, gemütvolle Frau, die gewohnt schien, eine vielköpfige Crew zu verpflegen. Sie sagte: »Jens haben wir in Kopenhagen kennengelernt. Er ist mit dem Studium fertig und wollte über den Atlantik.«

Jens war strohblond, groß und stark, geduldig und sehr schweigsam.

»Naja«, Warren hielt Jens das leere Glas hin, »Junge, gib deinem Skipper 'nen Whisky. Wir sind schnell über den Atlantik gekommen – neunzehn Tage von Tenerife. Jens liebt Segelmanöver, die meinen alten Knochen zuviel werden.«

Lyn sagte: »Wir finden, daß wir jungen Leuten eine Chance geben müssen. Tut ihr das auch? Habt ihr Kinder?«

Elga und Lyn sprachen über Kinder-haben und Kinder-nicht-haben. Warren erzählte mir vom Mannschaftssegeln.

Ich dachte dabei an KAIROS, Windstärke 7, zunehmend, und grobe See, Elga am Ruder. »All hands! Groß reffen!« Drei junge Männer und drei holde Mägdelein schwärmen über Deck, picken Sicherheitsleinen ein, reffen das Großsegel. Elga am Ruder: »Klar zur Wende!« Knäblein und Mägdelein stürzen auf ihre Manöverposten. »Rhe!« Segel knallen, Winschen scheppern, Schoten werden eingeholt, sofort klar zum Fieren aufgeschossen. »Los! Holt dicht!« Die Knäblein spannen die Muskeln. Die Winschen knarren. »Und noch'n Pull!« Die Schot ächzt und bricht –

»– das ist dann doch alles kinderleicht«, sagte Warren.

»Ja!« rief ich und hielt gemäß Bordroutine auf diesem Schiff mein leeres Whiskyglas Jens hin. »Schot gebrochen, der Wind heult, das junge Schiffsvolk birgt den Klüver, scheert eine neue Schot ein, setzt das Segel, holt dicht. Und das Segel steht. Die Schoten liegen schon wieder aufgeschossen klar zum Laufen – und das nächste Reff, das bald fällig wird, ist kein Problem.«

»That's the right spirit!« Warren lachte donnernd. »Mann, der richtige Geist ist das! Dschördschen – no, Dschordsch, old chap, du bist der richtige Schulschiffskipper.«

Wir lachten. Lyn holte Knabbergebäck. Jens schenkte Whisky ein. Eine Fallbö huschte über die Anse Deshayes.

Ich sah mich während des smarten Mannschaftssegelns auf der Koje liegen – den geräuschlosen Zahnbohrer ohne Spritze im Kiefer. Ich nehme stärkste Tabletten. Mit einigen Gleichgewichtsstörungen, aber schmerzfrei, komme ich ins Cockpit. Die Steuerbordwache wird gerade abgelöst. Der Wachführer ruft: »Skipper, na, auch mal an Deck? Sie läuft, die KAIROS, 'n herrliches Schiff haben wir!« Und dann fällt er über meine Füße, die ich nicht schnell einziehen kann. »Paß auf, Opa«, sagt er, nicht bös' gemeint im Rausch des Segelns und der Fahrt. Die drei holden Mägdelein stehen schon in der Pantry und bereiten das Mittagsmahl. »Heut gibt's: Snuten un' Poten, das is' ein scheun's Gericht.«

»George – so still?« fragte Warren.

Ich erzählte ihm meine Vorstellung vom Mannschaftssegeln. Den geräuschlosen Zahnbohrer ließ ich weg, klar. Wir lachten herzlich. Besonders »Snuten un' Poten« fand Warren großartig. Alle Nordamerikaner haben tiefes Verständnis für Nationalgerichte und bayerische Lederhosen.

»Hoffentlich treffen wir uns wieder«, sagte Warren, »wenn ihr eure Boy- und Girl-Scouts an Bord habt. Ich wette zwei Flaschen Whisky, daß die CASTANET die KAIROS trotzdem in jedem Rennen schlägt. Hältst du die Wette, George?«

Am nächsten Morgen war die CASTANET ausgelaufen.

Wir ankerten für eine Nacht im Lee von Montserrat. KAIROS rollte heftig, denn hier gab es keine Ankerbucht. Doch tat es unendlich gut, Ruhe rundum, sauberes Wasser unterm Kiel und ein erhabenes Inselpanorama vor Augen zu haben.

Einen Tag mit frischem Wind und 30 Seemeilen später gingen wir im Lee von Nevis vor Anker. Wir liebten diesen einsamen Platz mit dem langen Palmenstrand, der sich von Charlestown bis zur Meerenge zwischen Nevis und St. Christopher hinzieht.

Eine 16-Meter-Charteryacht lag nahebei vor Anker. In fröhlicher Runde saßen die Gäste im Cockpit. Der Skipper ging zum Vorschiff. Er stellte die elektrische Ankerwinsch an. Eine elektrische Pumpe spritzte vom Bugbeschlag her die einkommende Kette ab. Der Skipper ging zum Besanmast, betätigte den Schalthebel zum Segelsetzen. Sluisch-knack, das im Mast eingerollte Segel kam, mit elektrischer Winsch am Schothorn zur Baumnock gezogen, zum Vorschein. Es rastete ein und stand, flatterte im Wind.

Es wehte mit Windstärke 5, zwischendurch in Böen mehr.

»Elga!« rief ich in die Kajüte. »Sieh dir das bitte an.«

Gemeinsam verfolgten wir den Weitergang.

Lässig an der Schar seiner Gäste vorbei ging der Skipper zum Bug, kontrollierte die Arbeit von Ankerwinsch und Wasserspritze. Die Kette stand bald auf und nieder. Der CQR-Anker kam aus dem Wasser, pendelte, drehte sich um die Achse, wurde von der Halterung am Bug aufgenommen. Die Winsch stoppte. Die Spritzanlage schaltete der Skipper ab.

Die Yacht trieb langsam achteraus. Das Besansegel hielt ihren Bug im Wind. Der Skipper ging zum Großmast. Er schaltete die elektrische Winsch an. Sluisch-knack, das Großsegel entrollte sich aus dem Mast, rastete ein und stand. Jetzt fiel die Yacht ab. Mit einem Sprung war der Skipper im Cockpit, drehte das Ruderrad, schaltete am Instrumentenbrett. Die Rollfock wurde ausgerollt, blähte sich, flatterte. Der Skipper hatte der Luvschot Lose gegeben, legte die Leeschot um die selbstholende Winsch. Knopfdruck, die Schot wurde dichtgeholt. Längst hatten sich Großsegel und Besan im Wind gefüllt, so nun die große Rollfock. Die Yacht neigte sich, die Gäste lachten. Der Skipper legte nach einem Blick auf die Instrumente das Schiff auf Kurs. Es geschah durch die automatische Steuerung, er tat keinen Griff zum Ruderrad mehr. Das Schiff nahm schnell Fahrt auf und jagte davon, als eine Bö es faßte.

»Schade, daß Warren das nicht sieht«, sagte ich. »Er ist völlig altmodisch. Was für eine barbarische Anmaßung, unschuldige Familienmitglieder oder gar fremde, junge Männer in harter Arbeit zu mißbrauchen. Elga, wir rüsten um, das ganze Schiff. Dann bekommst du auch endlich einen Mikrogrill in die Pantry.«

Elga lachte mit einem Seufzer. »Ach, Schatz, wir passen in diese – man nennt es heute ja wohl Yachtszene – wir passen da nicht mehr hinein.«

»Na hör' mal! So eine Marina mit Ratten, Drogenhandel, Totschlag und Razzia: der Bordcomputer wird uns nie empfehlen, in eine solche Marina zu gehen. Er wird uns die richtigen Häfen auf Knopfdruck auswerfen, das Ziel ferner Küsten sanftgrün flimmern lassen. Sluischknack – da sind wir!«

Am nächsten Morgen früh gingen wir Anker auf und setzten Segel. Der Kurs führte raumschots an der Leeküste von St. Christopher entlang nach Nordwest. Die Schaummuster der Bugwelle zogen etwa mit 5 Knoten vorbei. Wir konnten unsere Fahrt mit den Markierungen an der Reling und einer Stoppuhr messen: die Relingslogge. Wir taten es seit zwanzig Jahren nicht mehr. Wir fühlten, hörten, sahen unsere Fahrt.

Die kleine Insel St. Eustatius deckte den Wind nicht ab, noch ließ sie den Seegang ruhiger werden. Wir lösten uns am Ruder ab.

Der gleichmäßige Vulkankegel Sabas lag Steuerbord voraus. Die kahlen Felsschroffen, steil und grau und ohne jeglichen Bewuchs, färbten sich im Licht des Sonnenuntergangs rot. Unwirklich blieb das Inselbild in der Dämmerung achteraus. Wache, Freiwache. Unsere Bordroutine lief wie ein Leben lang, wenn unser Schiff durch Tag und Nacht zog.

In der zweiten Nachthälfte fielen Schauer. Das Mondlicht erlosch. Die Regenfälle verdeckten einige Lichter auf den Virgin Islands voraus. Wache, Freiwache. Die Lichter schienen nah. Der Strom mußte stärker setzen, als das Handbuch ihn angab. Vor Tortola lagen kleine Inseln, unbewohnt und dunkel.

Verdammt, ich fühlte – nur langgeübte Vorsicht? Elga kam zur Wachablösung.

Ich sagte: »Wir drehen bei. In den Schauern wird die Sicht immer schlechter.«

»Die Nacht ist hell. Wir werden die kleinen Inseln sehen.«

»Vielleicht. Laß uns beidrehen. Wenn die Schauer stärker werden, ist keine Sicht.«

Elga sah mich an. »Gut. Sei vorsichtig, wenn du den Klüver birgst.«

Nachdem wir KAIROS unter Großsegel an den Wind geklemmt hatten, sagte ich im Deckshaus: »Du kannst jetzt sogar weiterschlafen.« Das Schiff trieb. Elga ging zur Koje. Ich setzte mich auf die Ruderbank. Hin und wieder tat ich einen Blick rundum. Zwischendurch nickte ich ein. Draußen jaulten die Böen. In mir schufen Erinnerungen flimmernde Bilder unserer Segelreisen.

Um 06.00 Uhr segelten wir weiter. Voraus lagen die Virgin Islands. Niedrige Schauerwolken zogen über sie hin. Schwere Regenvorhänge verwischten die Umrisse der Inselberge. Als Sonnenschein durch die Wolken im Osten drängte, leuchtete ein Regenbogen im Insel-Wolkenbild.

»Elga.«

Sie bereitete das Frühstück in der Kajüte, hob den Kopf aus der Luke.

Gemeinsam betrachteten wir das Bild.

Vor Jahrzehnten an der Südwestküste Englands hatte der Atlantik zum ersten Mal vor uns gelegen. Schauerwetter zog heran. Wir standen auf dem Hochufer. Fernes Sonnenleuchten ließ einen Regenbogen entstehen – ebenso prächtig wie hier. »Wenn es kommt, daß ich Wolken über die Erde führe, so soll man meinen Bogen in den Wolken sehen. Alsdann will ich gedenken an meinen Bund zwischen mir und euch und allen lebenden Seelen.« Darüber hatten wir gesprochen, damals 1964. Wir fürchteten uns vor dem Atlantik. Ich hatte in mein Tagebuch geschrieben: der Mensch kann das Land bewohnen und beackern, wird ernten, das Meer kann er nur heimatlos befahren –

Ich sagte es Elga.

Sie ging zu ihrem kochenden Wasser für den Kaffee zurück. »Klar«, rief sie herauf, »wir haben es nur immer wieder vergessen, das mit dem Land. Und ein Regenbogen genügte, um uns Mut zu geben.«

Eine Stunde später segelten wir mit frischem Wind durch die Round Rock Passage in den Sir Francis Drake Channel ein.

Das Beidrehen in den frühen Morgenstunden war richtig gewesen. Bei Dunkelheit und Regen durch die ein paar hundert Meter breite Passage zu segeln, war nicht ratsam. Gebannt schauten wir auf die Atlantiksee, die sich in der Gegenströmung und an den Uferfelsen brach. Dann liefen wir in ruhiges Wasser.

In der Road Bay auf Tortola fiel unser Anker südlich der Doppelpier für die Fährboote. Der Wind stand südlicher als Ost und warf eine kabbelige See auf. In verschiedenen Marinas am Ufer entlang lagen Hunderte von Yachten. Auf den Hügeln rundum standen Hütten, Bungalows und Appartementhäuser. Sie verdichteten sich im Westen der Bucht zur Stadt – besser: zum Dorf Road Town, dem Verwaltungszentrum der British Virgin Islands.

Wir ruderten an Land. Beim Zoll gab es die üblichen Formalitäten. Die Absicht des Schiffsverkaufs interessierte nicht. Die Virgin Islands sind zollfreies Gebiet. Bei der Immigration gestand uns eine schwarze Beamtin vier Wochen Aufenthalt zu.

»Wir möchten länger bleiben«, sagte ich, »unser Schiff verkaufen.«

Sie stempelte unsere Pässe. »Mehr als vier Wochen bekommen selbst weiße Engländer nicht in der Kronkolonie«, sagte sie etwas anzüglich.

Wir gingen durch die Hauptstraße. Die hölzernen Häuser zeigten staubiges Alter. Neben der gewundenen Straße verlor das Verwaltungsdorf jegliche Geschlossenheit.

Wir fanden das Büro des ersten Yachtmaklers, der uns geschrieben hatte. Er war nicht da. Eine freundliche Engländerin empfing uns. Wir nannten ihr unseren Liegeplatz. Sie versicherte, daß Boß Lionel morgen vormittag mit dem Boot zu uns kommen würde.

Von einer Telefonzelle riefen wir den anderen Yachtmakler an, der sich interessiert gezeigt hatte. Sein Büro lag in der Marina Nanny Cay drei Seemeilen westlich von Road Town. Er hieß Ted, war sehr heiter und teilte mit, daß er morgen nachmittag kommen wollte.

Wir ruderten an Bord zurück. Am Abend ließ der Wind nach. Öl und Abfall aus den Ecken der Bucht schwemmten heran. Der auslaufende Seegang schwappte den Dreck an den Bordwänden hoch, wo er deftig kleben blieb.

Yachtmakler Lionel kam mit Boot per Außenborder am nächsten Vormittag. Er war ein schlanker Mann mittleren Alters mit schütterem Haar. Er reichte mir eine prall gefüllte Aktentasche und kletterte an Bord.

Elga bot ihm eine Tasse Kaffee an. Wir saßen im Cockpit. Lionel erzählte vom Geschäft, wieviel Yachten er im Monat verkaufte, von seiner Marktbedeutung, seiner kaufkräftigen Kundschaft in USA, seinen Beziehungen und so weiter – schließlich holte er eine Kamera aus seiner Aktentasche.

Auf seinem Rundgang durchs Schiff prüfte er von den Bilgen bis zum stehenden und laufenden Gut alles sehr genau. Er trug seine Feststellungen in ein doppelseitiges Formular ein. Dann machte er Fotos von allen Räumen.

»Warum«, fragte er, als wir wieder im Cockpit saßen, »warum haben Sie keine elektronische Ausrüstung, keinen Kühlschrank, keine zweite Toilette? Schade, die Kundschaft erwartet das. Ich schlage vor, den Angebotspreis auf 130000 Dollar festzusetzen. Ob wir das durchsetzen, wird sich zeigen. Zehn Prozent vom Verkaufspreis für mich. Einverstanden?«

Elga und ich sagten: »Ja.«

»Hier gebe ich Ihnen das zweifache Vertragsformular. Füllen Sie es aus und bringen Sie es in mein Büro. Wollen Sie mir den Verkauf exklusiv übertragen?«

Elga und ich sagten: »Nein.«

»Sie versagen sich damit den Vorteil meines großen Interesses.«

»Das wollen wir abwarten«, gab ich zur Antwort, »zunächst haben wir die Absicht, das Schiff über mehrere Makler anzubieten.«

»Damit Sie für mich erreichbar sind«, sagte Lionel, »legen Sie Ihr Schiff auf den Ankerplatz zwischen den Marinas dort. Da ankern viele Yachten.«

Wir hatten den Platz gesehen. Fahrtenyachten – in den Marinas für Charterer nicht gern gesehen – lagen zwischen Bug- und Heckanker in drangvoller Enge.

»Zu eng«, sagte ich. »Wir werden sehen.«

Lionel verabschiedete sich mürrisch und brauste mit seinem Boot ab.

Am Nachmittag holte ich Yachtmakler Ted vom verfallenen Steg der Appartementhäuser am Südwestufer ab. Er war von unserem kleinen Plastikboot nicht sehr angetan. Aber er lachte, als ich ihm von unserem ungebrauchten Schlauchboot erzählte. Er war ein Mann zierlichen Wuchses, wohl fünfzig Jahre, hatte eine schlechte Wirbelsäule, was ihn vornübergebeugt gehen und sitzen ließ. Bart und Haar waren dunkel und etwas zottelig. Die Sonnenbrille verbarg jeden Gesichtsausdruck. Auch er trug eine wohlgefüllte Aktentasche.

An Bord bot Elga ihm – nun schon perfekte Empfangsdame für Yachtmakler – eine Tasse Kaffee an. Er setzte sich in eine Cockpitecke. Im Gegensatz zu seinem Konkurrenten betrieb er keine Eigenwerbung. Er war Pilot bei der US-Air-Force gewesen. Er erzählte aus seinem Soldatenleben, was er oft mit kräftigem Lachen begleitete. Er schloß: »– wenn du aus der Sonne raus den Gegner von hinten kriegst, dann – genau, George, genau!«

Ich führte sein siegreiches Manöver mit den Händen vor. Ted war begeistert. Meine linke Hand war kollernd – oder wie die Flieger das nennen mögen – abgestürzt.

Schließlich war er bereit, sich das Schiff anzusehen. »Schade«, sagte er, nachdem er Kajüten und Maschinenraum fotografiert hatte, »daß euer Schiff nicht aus Kunststoff ist. Für Kunststoffyachten ist der Markt hier besser als für Stahlkästen. Ich denke, daß wir 100000 Dollar für das Schiff erzielen. Zehn Prozent für mich. Werde ich den Verkauf exklusiv erhalten?«

Elga und ich sagten: »Nein.«

Ted antwortete mit einem kräftigen Lachen: »Konkurrenz belebt das Geschäft. Seid ihr einverstanden, wenn ich euch morgen mit dem Auto abhole? Mein Büro liegt in der Nanny Cay Marina. Da können wir den Vertrag unterschreiben. Ich kann euch die Marina zeigen. Da sind viele Liegeplätze frei. Über die Kosten müßt ihr euch mit dem Manager auseinandersetzen. Er kommt euch entgegen, wenn ich ihm sage, daß ich das Schiff verkaufen will.«

Vor Jahren hatte ein Bekannter uns von Astrid und Klaus auf Tortola erzählt. Astrid sollte in einem Reisebüro arbeiten. Auf dem Platz hinter dem Fähranleger gab es eins. Dort fragten wir nach Astrid. Die Frau sagte: »Das bin ich.«

Zu Mittag lernten wir ihren Mann Klaus kennen. Astrid und Klaus waren lebhaft und interessiert. Astrid erklärte sich bereit, uns bei der

Verlängerung der Aufenthaltsgenehmigung zu helfen. Klaus bot uns seine Mooring im hinteren Teil der Marina Nanny Cay an, die er nicht brauchte. Er lebte mit Astrid auf seiner Motoryacht, die an einem der Stege lag.

Wir brachten Lionel den unterschriebenen Vertrag ins Büro. Dann warteten wir am verabredeten Platz auf Ted. Er fuhr uns nach Nanny Cay, wo wir in seinem Büro den Vertrag unterschrieben. Ted lebte mit seiner Frau Sue ebenfalls auf seiner Motoryacht. Er zeigte uns die Marina.

Nanny Cay war vor Jahren ein Korallenriff gewesen. Die Lagune zwischen Riff und Hauptinsel, etwa zweihundert Meter lang und neunzig Meter breit, war aufgesprengt und mit Saugbaggern auf ausreichende Wassertiefe gebracht worden. Das Saugmaterial wurde auf dem Riff planiert.

Dort lagen neben einer Reihe von Bungalows mit Gärten die Gebäude für Büros, für Werkstätten und Lagerräume, für ein Café und ein teures Feinkostgeschäft. Hinter den Bürogebäuden befand sich ein großer Platz für abgestellte Yachten. Es gab einen Portalkran mit kleiner Werft. An der nach Südsüdwest geöffneten Marina-Einfahrt – betonnt durch zwei Riffe hindurch – stand ein Restaurant auf hohen Holzstelzen ins klare Wasser hinein.

Die Liegepreise waren hoch. Drei US-Chartergesellschaften hatten die hinteren Schwimmstege zu Sonderpreisen übernommen. Die Schwimmstege zur Einfahrt hin lagen ungenutzt. Fahrtensegler liefen diese Marina nicht an. Sie war zu teuer.

Klaus' Mooring im hinteren Teil lag zwischen ausrangierten Schwimmstegen, reparaturbedürftigen Charteryachten. Von Mangroven umstanden, war der Platz eng und stickig.

Der Manager war bereit, uns mit der Liegegebühr bei längerem Aufenthalt entgegenzukommen. Wir saßen in seinem klimatisierten Büro am runden Verhandlungstisch. Draußen vorm Fenster wiegten sich Zweige einer Bougainvillea im Passat. Dahinter war ein Teil der Marina mit dem Betrieb des Chartergeschäftes zu sehen: schwarze Bootsleute, weiße Abteilungsleiter, schwarze Putzfrauen, weiße und schwarze Mechaniker, ein- und auslaufende Yachten mit Urlaubern.

Elga verhandelte. Ich rechnete das Ergebnis in unser Budget hinein. Wir erzielten Einigung. Der Preis war tragbar, weil wir auf

Landanschluß von Wasser und Elektrizität verzichteten. Die Marina hatte eine Entsalzungsanlage für Meerwasser. Das daraus gewonnene Trinkwasser schmeckte schlecht. Wir hatten eine halbe Tonne gutes Trinkwasser aus Martinique an Bord. Wir konnten Regenwasser auffangen.

Wir verholten am nächsten Tag an den zweiten Schwimmsteg hinter der Einfahrt. Dort lagen wir frei. Ich reinigte die verölten Bordwände. Aus unseren Beständen holte ich ein Brett, sägte es zurecht und malte mit weißer Farbe beidseitig und säuberlich auf den dunklen Holzgrund:

FOR SALE

– zu verkaufen. Ich hängte das Schild an den Fockbaum. Es pendelte sanft im Wind, konnte vom Steg wie auch von den vorbeifahrenden Yachten gesehen werden.

Elga betrachtete mein Kunstwerk. »Es muß sein«, sagte sie, »aber mir ist doch ganz sonderbar dabei.«

Es begann das Warten auf einen Käufer.

Im Vergleich zur Marina Pointe du Bout war Nanny Cay wie eine Luxuswohnung: sauber, geräumig, luftig, mit schöner Umgebung. An dem Restaurant auf Stelzen vorbei konnten wir zum Schwimmen gehen. Es lag dort ein schmaler Strand. Über tote Korallen wateten wir ins Wasser, das schnell sieben Meter Tiefe erreichte. Davor befand sich ein Riff, auf dem sich der Seegang brach. In der Lagune blieb das Wasser ruhig. Es war kristallklar. Jeder Morgen begann mit Schwimmen. Die Arbeiten am Schiff folgten. Solange es in unserem Besitz blieb, sollte es seinen guten Pflegestand behalten. Für mögliche Probefahrten mit Interessenten hielt ich das Unterwasserschiff tauchend von allem Bewuchs frei.

Elga hatte in Road Town alle Einkaufsmöglichkeiten erkundet. Die Insel war erschreckend arm. Alles mußte importiert werden. Außer bei einigen Grundnahrungsmitteln für die schwarzen Einwohner lagen die Preise für die weißen Besucher hoch. Es war gut, daß unsere

Segelrevier zwischen St. John und Tortola, Virgin Islands

25

Strand an der Leeküste von St. John, Virgin Islands

Schönes Passatwetter zwischen den Virgin Islands

26

28

29

30

27 Ankerplatz in den Virgin Islands

28 Coral Bay, St. John, Virgin Islands – im Hintergrund die Hurricane Holes, wo wir unsere Atlantik-Schäden ausbesserten und ein paar Jahre später den Hurrikan „Lilly“ erwarteten

29 Abendstimmung in den Virgin Islands

30 Cruz Bay, St. John, Virgin Islands

31

31 Anse à la Barque auf Guadeloupe – einsam weil ohne Versorgung

32 Bequia – Admiralty Bay

33 Im Lee des Riffs von Union Islands

32

33

34

35

35 English Harbour 1965 und 1985

36

37

38

39

36 Das Paradies wird erschlossen – Hotel und Marina in Charlotte Amalie

37 Negerhütte – es gibt kaum noch Schwarze, die abseits der Zivilisation wohnen wollen

38 Martinique – Vegetation im Inselinneren

39 Auf der Insel Bequia

40

41

40, 41 Das Schiff war eine Idee, der wir Gestalt gaben. Das Haus war ein verlassenes Gehäuse, das wir erneuerten. Mit Mühe und Arbeit machten wir Schiff und Haus zu Dingen, die uns unseren Lebenszielen näherbrachten. Für unsere Spanne Zeit sind sie Meilensteine zu Harmonie und Sinngebung geworden.

Reisen uns ein anspruchsloses Leben gelehrt hatten. Wir gaben Geld aus für das, was wir brauchten; nicht für das, was wir wünschten.

Die Tage, die Wochen vergingen. Charteryachten liefen aus, liefen ein. Die Segler winkten. Unser Verkaufsschild am Fockbaum erregte oft Freude, daß wir ein so schönes Schiff zu verkaufen hatten, oder Widerspruch, daß wir ein so schönes Schiff nicht verkaufen sollten.

Am Westufer gegenüber der Marina stand ein Haus. Einige Schwarze wohnten darin. Ihr Anführer war ein bulliger Mulatte. Von morgens bis abends tönte Musik in voller Lautstärke herüber. Schwarze haben ein anderes Verhältnis zum Fortissimo als wir. Doch als wir der zwanzigsten Wiederholung eines brüllend-humorlosen Reggaes müde waren, rief ich hinüber. Der Mulatte drohte mir mit der Faust.

Er warf eines Tages zu lauter Musik mit Steinen nach den Pelikanen, die vor dem Haus fischten. Ich sprang auf und sah mit dem Glas hinüber. Er traf die Pelikane nicht. Sie flogen weg. Er sah mich und drohte mit der Faust.

Als ich zum Schwimmen ging, kam er mit seinem Motorrad angefahren. Er fuhr auf mich zu. Ich sprang zur Seite. Er brachte das Rad heulend zum Stillstand. Der Platz war gut gewählt: hinter Büschen, die jede Einsicht von der Zufahrtsstraße und der Marina abdeckten.

Er stand breitbeinig über dem Motorrad, versperrte mir den Weg. Er ließ die Maschine aufheulen und sagte zwischendurch: »Was willst du?« Vollgas. »He!« Vollgas. »Du Jammergreis.« Vollgas. »He?«

Er hatte gefärbtes Krusselhaar von rötlicher Tönung und gelbe Augen, die mich herausfordernd anstarrten. Er trug halblange, zerfranste Hosen, darüber eine ärmellose Lederjacke, die eine behaarte Affenbrust freiließ. »Das da drüben ist mein Haus.« Vollgas. »Mein Besitz.« Vollgas. »Da laß ich mich nicht anpöbeln.« Vollgas. »Wenn du mit'm Kieker gucken willst –« Vollgas »– dann guck' woanders hin.« Vollgas. »Opa.« Vollgas.

Ich wußte nicht, was ich tun sollte. Nur mühsam konnte ich meine Hände stillhalten. Weglaufen?

»He!« Vollgas. »Wenn ich dich nochmal mit'm Kieker seh' –« Vollgas »– dann!«

Wir starrten uns an.

In den vergangenen Monaten hatte ich zuviel an Selbstbewußtsein verloren. Früher hätte ich – hätte, würde, könnte: des Möchtegerns Konjunktiv. Er stand breitbeinig über seiner schweren Maschine. Sie konnte ihn umwerfen, wenn ich sie mit einem Tritt umstieß. Und dann?

»Soll ich dir mal rüde kommen?« Vollgas. »Will dich nicht gleich zusammenschlagen, aber –« Vollgas.

Ich trat auf ihn zu, so dicht ich konnte. Er mußte merken, daß sein Motorrad ihn behinderte. Das Motorrad neigte sich auch tatsächlich, weil er sich mit dem Fuß neu abstützen wollte. »Ich hab' nicht gepöbelt, sondern gerufen, die Musik leiser zu stellen. Ich hab' mit dem Glas nicht nach dir gesehen, sondern nach den Pelikanen. Du kannst mich jetzt zusammenschlagen.« Ich legte ihm die Hand auf die Schulter, wobei ich etwas schob.

Er schlug meinen Arm nicht weg. Er zog das Motorrad mit beiden Händen meinem leichten Schulterdrücken nach. Dabei mußte er die Füße neu setzen. Er begriff. Er ließ die Maschine aufheulen und fuhr ab.

Ich setzte mich in den Schatten eines Busches. Die Aufregung ließ mich zittern. Wozu diese brutalen, primitiven Abenteuer, die kein Ende zu nehmen schienen?

Nachdem ich geschwommen hatte, ging ich an Bord. Ich legte das Fernglas weg und erzählte Elga den Grund. Später traf ich den Manager auf dem Steg. Er zuckte mit den Schultern, nachdem ich die laute Musik, nicht einmal mein Erlebnis erwähnte. »Das sind doch Tiere«, sagte er.

Die Musik blieb laut. Sie schallte über den Hafen. Niemand nahm Anstoß daran. Man vermeidet die Begegnung mit den lichtlosen Seiten des Lebens: den dunklen Keller, den nächtlichen Park, den unberechenbaren Schläger.

Wir saßen an einem Spätnachmittag im Marina-Café und aßen Eis. Ein großes Strohdach gab Schatten. Das Café war ständig besucht: Chartersegler, Charterskipper, schwarze Bootsleute, Büroangestellte,

Urlauber. Zur offenen Seite blickte man über die Marina, über Yachten und Stege auf sonnenglitzerndem Wasser. Ein paar Palmen schufen die tropische Kulisse.

Astrid kam vorbei. »Hallo!« Sie setzte sich auf den freien Stuhl unseres Tisches. Sie kam aus Road Town, war erhitzt und unruhig. Sie sah gut aus, war eine engagierte Geschäftsfrau, elegant gekleidet, die Frisur des dunklen Haares nun etwas verwirrt.

»Möchtest du ein Eis?« fragte Elga.

»Danke, nein, hab' keine Zeit und nichts wie Ärger im Büro. Da ist ein Fahrgastschiff im Hafen. Ich komm' mit den Bussen für die morgige Landtour nicht klar. Einer ist ausgefallen. Jetzt will ich hier ein paar Charterskipper mobilisieren. Dann kann ich die Passagiere zu Bootsfahrten einteilen. Ach, ihr habt es gut, unsereins ist immer in Hetze. Heut' abend ist Empfang auf dem Fahrgastschiff, Gouverneur und hohe Beamte und so. Weiß noch nicht mal, was ich anzieh' – nicht dasselbe wie letztes Mal. Und das andere muß ich noch ändern.«

Elga sagte: »Zeig' mir das Kleid. Wenn da was zu ändern ist, mache ich es dir. Dann hast du Zeit für die Charterskipper.«

»Ja, willst du das? Das ist lieb.«

Elga und Astrid gingen. Ich blieb zurück.

Alwyn kam. Er war ein dürrer Mann meines Alters. Er trug Tuchhosen, die unterhalb der Knie abgeschnitten waren. Sein teures Hemd war am Kragen durchgestoßen. Das graue Haar wuchs wirr, wie lange nicht geschnittenes Haar wächst. Der Bart wucherte ebenso, die langen Enden in patriarchalischem Weiß. Alwyn lebte auf seiner DREAM OF ALWYN. Der Traum war eine 16-Meter-Stahlketsch, jetzt abgestellt auf dem Platz hinter den Büros, einem Müllhaufen des Segelwohlstandes. Nur wenige Yachten dort waren ihren Namen wert.

Alwyn fragte: »Ist hier frei? Überall sonst besetzt.«

Ich nickte. Alwyn setzte sich. Er lebte mit seiner Frau auf der abgestellten DREAM OF ALWYN. Seit Monaten hatte kein Mensch seine Frau gesehen. Der Marinaklatsch wußte, daß sie Alkoholikerin war. Sie war es hier geworden, nachdem das Schiff ein Jahr am Steg zum Verkauf gelegen, dann ein weiteres Jahr auf dem Platz gestanden hatte. Die Platzmiete war niedriger als die Stegmiete.

Wir waren oft an dem Schiff vorbeigegangen. Eine Leiter mit teilweise zerbrochenen Sprossen führte an Deck. Unter dem Schiff war es feucht von dem, was aus den Abflüssen tröpfelte. Der Kiel war verrostet. Von den Bordwänden blätterte Farbe. Yachtmakler Teds Schild »for sale« klebte am Heck.

Alwyn sah mich furchtsam und neugierig an, fragte schließlich: »Sie sind von der neuen Ketsch am vorletzten Steg?«

»Ja.«

Der Kellner ging vorbei. Alwyn bat, ihm einen Orangensaft zu bringen.

Er fragte nach einer Pause: »Sie wollen auch verkaufen?«

»Ja.«

»Das dauert.«

»Hoffentlich nicht.«

»Das dauert. Haben Sie Geld?«

Ich schwieg.

»Ich frag' ja nicht aus Neugier. Wollen Sie meinen Ratschlag?« Als ich nicht antwortete, sagte er: »Wenn Sie Geld haben, stellen Sie das Schiff auf den Platz – für den Makler. Und dann hauen Sie ab. Hauen Sie ab! Ist Ihre Frau gesund?«

»Ja.«

»Wenn meine Frau gesund wäre, würde ich gleich nach Hause fliegen. Ich möcht' zu Hause sein.«

»Wo sind Sie zu Hause?«

»Toronto, Canada.« Er senkte den Kopf und blickte starr vor sich hin. Alwyn träumte nicht mehr den Traum seines Schiffes. Armer Alwyn. Dream of Toronto.

Er fragte schließlich: »Wo sind Sie zu Hause?«

»Nirgends. Wir leben an Bord.«

Nach einer langen Pause fragte er: »Warum wollen Sie Ihr Schiff verkaufen, wenn Sie gesund an Bord leben und Geld haben?«

»Wir werden alt.«

»Und haben kein Zuhause?«

»Wir werden es uns suchen.«

Alwyn blickte mich mit seinen matten Augen an. Er schien verwirrt. Er erhob sich, sagte: »Sie wollen es suchen? Suchen! My God, I wish you all the luck I don't have anymore.« – wünsche Ihnen all das Glück, das ich nicht mehr habe.

Ich sah ihm nach. Seine hagere Gestalt mit ungeschnittenem Haar und Bart verschwand langsamen Schritts kopfschüttelnd um die Ecke des Bürogebäudes.

Warum flogen wir, Elga und ich, nicht nach Hause, nach Hamburg also? Darüber dachte ich lange nach.

Ich winkte dem Kellner, bestellte einen Whisky on the rocks. Das hatte ich noch nie getan. Der Kellner brachte das Getränk. Herrlich klöterte das Eis darin. Ich trank den Whisky langsam, Schluck nach kühlem Schluck. Auf das Glück, das keiner hat. Auf das Glück, das man sich suchen muß. Und darauf, daß wir das noch konnten. Armer Alwyn.

Beim Bezahlen fragte ich den Kellner nach dem Orangensaft für Alwyn. Der Kellner fuhr mit der flachen Hand vor seinem Gesicht hin und her. Er lachte, wie Westindier bei solchen Geschehnissen lachen. »No, der hat 'ne Macke un' kein Geld.«

Ich ging zu Elga. Sie saß auf dem Achterdeck der Motoryacht von Klaus und nähte an einem Abendkleid.

Das Sonnenlicht lag rötlich über der Marina. Die Hügel im Westen sanken in blaue Schatten. Im Osten hingen schwere Schauer über Virgin Gorda. Das Stück eines verschwommenen Regenbogens schimmerte darin.

Anfang März kam Yachtmakler Ted mit den ersten Interessenten, einem Ehepaar aus Georgia, USA. Sie waren etwas jünger als wir.

Die Frau trug ein Nachmittagskleid und Schuhe mit spitzen Hakken, war rund und klein und von großer Lebhaftigkeit. Er trug Bürstenschnitt auf dem Kopf, ein grellkariertes Hemd überm Bauch und rote Hosen über den strammen Schenkeln.

Sie: »Hey! Ich heiße Joan. Wir möchten ein Segelschiff kaufen. Ich kann mit diesen Schuhen nicht an Bord? Ich zieh' sie aus – Moment – und dies ist Chuck, mein Mann. Er hat schon gesegelt. Nicht viel. Deshalb brauchen wir ein sicheres Schiff. Ted sagt, Ihr Schiff ist sicher, so mit Schotten und allem.«

Sie kamen an Bord. Yachtmakler Ted verzog sich in eine Cockpitecke, Chuck machte es sich auf der Ruderbank bequem und drehte am Ruder. Joan stieg auf Strümpfen in die Achterkajüte.

Chuck sagte: »Ja, so ein Kutter mit zwei Vorsegeln –«

»Dies ist eine Ketsch.« Ich sah Ted an.

Teds Gesicht sagte: halt's Maul – laß ihn.

Aus der Achterkajüte kam Joans aufgeregte Stimme: »Oh Chuck, ist das süß hier. Richtig anheimelnd.«

»Ketsch?« rief Chuck empört auf dem Rudersitz. »Mann, eine Ketsch hat zwei Maste. Ein Kutter hat zwei Vorsegel und einen Mast.« Er zeigte zum Großmast auf dem Kajütsdeck.

»Und hier steht der zweite«, sagte ich vorsichtig und wies zum Achterdeck mit dem Besanmast.

Chuck drehte sich schwerfällig um. Sein Bürstenschnitt schien sich zu sträuben. »Mann, den hab' ich nicht gesehen. Dieses Schiff hat ja ein Mittelcockpit.«

Er war über die ganze Länge des Stegs auf eine Yacht zugegangen, die er kaufen wollte.

Joan kam aus der Achterkajüte geklettert. »Chuck, das ist so schön da unten.«

»Also eine Ketsch«, sagte Chuck und erhob sich von der Ruderbank. »Eine Ketsch ist für mich schwer zu segeln. Das dauert zu lange mit dem ganzen Segelkram. Wo ist der Maschinenraum?«

Ich ging mit ihm hinunter, öffnete die Vorreiber der Tür, machte Licht. Er blieb in der Kajüte hocken und steckte den Kopf mit Bürstenschnitt und Hamsterbacken durch die Öffnung. Ich zwängte mich an ihm vorbei und zeigte ihm Hauptmaschine, Aggregat, Heizung, Steuermaschine, hydraulische Leitungen, elektrische Leitungen, Fettpresse für die Welle, den Hebel zum Feststellen der Welle. Ich erklärte: »Das Schiff hat ein hydraulisches Getriebe. Es wird nur beim Laufen der Maschine geschmiert. Deshalb stellen wir beim Segeln die Welle fest – mit diesem Hebel – so.« Ich zeigte es ihm.

Er sagte muffelig, weil er in gebückter Haltung nicht ausreichend Luft bekam: »Und ich soll jedesmal, wenn wir segeln, das Ding da runterstellen? Mann! Na, gut.« Er zog den Kopf zurück.

Ich folgte ihm in die Hauptkajüte. Dort standen Elga und Joan.

Joan rief: »Oh Chuck! Es ist alles sooh sauber. Guck' mal, dies hübsche Geschirr von Elga. Ganz reizend.« Sie drehte den Teller um.

»Sogar mit Manufakturzeichen. Ist das ein gutes Zeichen in Germany?«

»Nicht besonders«, sagte Elga. »Aber das Geschirr möchte ich gern behalten. Alles andere bleibt am Schiff – natürlich.«

»Och«, sagte Joan.

»Wo ist der Kühlschrank?« fragte Chuck. »Haben Sie einen Tiefkühler?«

Hatten wir nicht, wollten wir nicht, erklärten es auch nicht. Schweigen.

»Den kann man einbauen – da, neben der Pantry«, ließ Ted sich aus dem Cockpit vernehmen. In der Akustik der Kajüte klang es wie Gottvaters eigene Stimme von oben.

Wir schwiegen weiterhin – jetzt ergriffen. Doch war nichts mehr zu retten.

»Ein wirklich schönes Schiff haben Sie«, sagte Joan.

»Ja, ich bin sehr beeindruckt«, muffelte Chuck, obwohl er es nicht sein konnte. »Sie hören von uns über Ted.«

Sie stiegen etwas unbeholfen den Niedergang hoch. Ich folgte Chuck. Rrruuschsch-brr-whumm, dachte ich mir eine schwere See, die KAIROS überholen ließ – jetzt!

Der Küstenklatsch vom Besuch unserer ersten Interessenten erreichte Yachtmakler Lionel. Er wollte der Konkurrenz nicht nachstehen. Telefonisch über das Marinabüro ließ er bestellen, daß er mit Interessenten kommen wollte.

Er nicht, aber seine Sekretärin erschien. Ihr folgte ein junges Paar. Ralph und Elane kamen aus Maine, USA. Sie waren im Urlaub. Sie trugen Sportzeug und Segelschuhe. Elane hatte ein hartes, schmales Gesicht unter einer dunklen Lockenfrisur. Ralph war drahtig, hatte das Haar schwungvoll zurückgekämmt und mit einem Stirnband gebändigt. Sie stiegen an Bord. Die Sekretärin setzte sich still in eine Cockpitecke.

»Ist Stahl nicht sehr anfällig im Vergleich zu Kunststoff?« fragte Elane.

Ich erklärte, wie stark Stahl ist und wie man ihn pflegt – erklärte den Farbaufbau des Schiffes.

Ralph ging aufs Deck und um den Großmast herum.

»Das ist alles sehr gut in Schuß«, sagte er, als ich zu ihm kam. Er blickte die Takelage hoch und rüttelte an den Wanten. Der Mast schüttelte sich. »Soll das so sein?«

Meine Hoffnung sank. Ich sagte vorsichtig: »Wir fahren die Unterwanten gut durchgesetzt, die Oberwanten weniger, damit der Mast nicht gestaucht wird.«

»Ich mach' das anders«, sagte Ralph. »Haben Sie eine Hydraulik für die Achterstagen?« Er ging zum Achterschiff.

Ich setzte mich neben die Sekretärin und schaute mit ihr ins Nirgendwo. Elga und Elane unterhielten sich in der Hauptkajüte. Ralph rüttelte an den Wanten des Besanmastes.

»Also gut«, hörte ich Elga unten sagen, »wenn es Ihnen gefällt, gebe ich das Porzellan mit, sollten Sie das Schiff kaufen.«

»Ja«, antwortete Elane, »wenn es nur nicht aus Stahl wäre. Ralph muß ständig Rost klopfen.«

Ich ging hinunter, schob den Auslegteppich zur Seite, hob eines der Bodenbretter hoch und zeigte in die Bilge.

Ralph war heruntergekommen. »Wirklich gut.«

»Was ist das Graue?« fragte Elane.

»Kautschukfarbe«, sagte ich. »Sie ist der letzte Teil des Farbaufbaus.«

»Da ist Rost«, sagte Elane unerbittlich.

Ich kniete nieder, nahm einen braunen Staubfussel weg.

»Und wie oft muß man das streichen?« fragte Elane.

»Das Schiff ist jetzt neun Jahre alt. Bisher war nichts in der Bilge zu tun. Und so wird es wohl bleiben. Vorne im Kettenkasten –« Ich war schon wieder zu redselig.

»Salzwasser von der Kette«, sagte Elane. »Der Kasten rostet. Den müssen Sie bestimmt oft anstreichen. Oder?«

Wir erklärten, wir zeigten ihnen alles, was sie sehen wollten. Nach einer Stunde sagte Ralph: »Ich bin sehr beeindruckt.« Und Elane: »Ich auch. Vielen Dank.« Sie sprangen auf den Steg und gingen zu ihrem

Leihwagen. Die Sekretärin folgte.

Sie kam nach einer Viertelstunde zurück. »Ich hab' die beiden zu ihrem Wagen gebracht. Ich fürchte, das wird nichts.«

»Er, der Ralph, war doch ganz angetan«, sagte Elga.

»Das stimmt«, antwortete die Sekretärin und lächelte schwach. »Aber sie ist es, die das Geld in die Ehe gebracht hat.«

Und das war's dann.

Durch die betonnte Einfahrt zwischen den Riffen lief eine Sloop ein. Es war ein wolkenarmer Nachmittag mit frischem Passat. Ausrollend im Schwell kam das Schiff ins ruhige Wasser der Marina. Die Segel waren ordentlich festgemacht. Die Fender lagen auf dem Deck bereit, Leinen vorn und achtern aufgeschossen.

Die Sloop lief am Kopfende des äußeren Stegs vorbei. Am Ruder stand ein Mann, der aufmerksam in die Marina blickte. Der Name der Yacht stand nach nordamerikanischer Art am Bug: GOOD DECISION.

»Steve!« Ich sprang auf und winkte. »Steve! Komm' hierher!« Ich zeigte auf die leeren Plätze des Stegs. In die Kajüte rief ich: »Elga, Steve kommt mit der GOOD DECISION!«

Auf dem Steg lief ich zur nächsten Box, die durch schmale Seitenstege im rechten Winkel gebildet wurde. »Hier! Willst du hierher?«

Er nickte. »Hey, Elga!« rief er und hob die Hand.

Er ließ die GOOD DECISION auslaufen, nahm sie langsam mit einem Stoß der Maschine an die Leeseite des Stegs, wo wir standen. Er warf Elga die Achterleine zu. Über das dem Steg zugewandte Deck ging er zum Bug. Dabei stieß er mit dem Fuß die Fender auf Position. Das Vorschiff schwang langsam vom Steg weg. Na? Er warf mir die Vorleine zu.

Ich begann zu ziehen. »Achte auf die Fender am Heck!« rief ich Elga zu.

Steve lachte. »No, George, beleg' das Ende.« Er ging ins Cockpit – zum Maschinenmanöver. Aber er stellte die Maschine ab.

Im Bug begann eine Pumpe zu summen. Der Bugstrahler warf nach Backbord wirbelndes Wasser aus. Der Bug drehte sich langsam nach Steuerbord. Sanft drückten die Fender sich gegen den Steg. Steve holte die Leine ein, stellte den Bugstrahler ab. Elga und ich machten Achter- und Vorspring fest, die Steve uns herübergab.

Er warf einen kurzen Blick über die festgemachten Segel und das Deck und sprang auf den Steg. »Elga! Wie geht's? Das ist eine Freude!« Er umarmte sie.

Ich stand und betrachtete die GOOD DECISION – weißer Kunststoff, blau abgesetzt; Teakholzdeck; Zweigang-Winschen mit Einlegrasten, so daß man das freie Ende nicht zu holen brauchte.

»George!« Steve schüttelte mir die Hand. Er hatte sich verändert, war braungebrannt, was die Gesichtsfalten weniger scharf erscheinen ließ. Sein kurzes Haar um die Kopfglatze stand in aufgewehten, lustigen Schöpfen. Er lachte, was den grübelnden Ausdruck seines Gesichts milder machte. Er kam von See und war rasiert. »Alter Junge! Fein, daß wir uns wiedersehen!« Sein teures Sportzeug war unverändert geblieben. Es zeigte keine Spur einer längeren Seefahrt.

»Wo kommst du her?« fragte ich.

»Grand Turk, Bahamas, direkter Weg 360 Seemeilen. Aber ich mußte kreuzen, um Luv gegen Wind und Strom östlich der Silver Bank gutzumachen. Wind kam Ostsüdost, drehte erst am zweiten Tag auf Nordost. Dann war's – nun, ein glatter Rutsch.«

»Wie lange?«

»Drei Tage und neun Stunden für etwa 500 gesegelte Seemeilen.«

»Also – gut! Über 6 Knoten Durchschnitt – einhand!«

Steve freute sich. »Nun, das war der letzte Teil der Reise. Ich bin nach eurem Bericht nicht über See gesegelt, sondern durch die Bahamas. Ich erzähle euch nachher alles. Erstmal das Amtliche. Wo ist das Marinabüro? Wo sind Zoll und Immigration? Ich werde zwei Tage hierbleiben.«

Elga antwortete: »Die Behörden sind in der Stadt. Ich zeig' dir das Marinabüro. Morgen kannst du sicherlich mit unseren Freunden Astrid und Klaus in die Stadt fahren. Wir gehen bei ihnen vorbei und fragen.«

»Gut«, sagte Steve. »George, komm' an Bord. Ich geb' dir die Sonnenpersenning fürs Cockpit. Spann' das Ding auf, während Elga und ich zu euren Leuten gehen. Nimm dir eine Flasche Bier aus dem Eisschrank.« Er gab mir die Persenning.

Elga ging mit ihm den Steg entlang. Er, der sprunghafte, wilde Steve, legte ihr den Arm sanft auf die Schultern.

Ich riggte die Persenning übers Cockpit. Dann stieg ich in die Kajüte, um die Flasche Bier zu holen. Ich bekam die Tür des Kühlschranks nicht auf, versuchte es verschiedene Male.

Die Kajüte war mit Edelholz sauber verschalt. Die Pantry stand achtern über Eck an Steuerbord, darüber ein Backofen (oder ähnliches), darunter der breite Kühlschrank. Gegenüber der Pantry befand sich der Kartentisch mit Instrumenten, Satellitennavigationsgerät, Seefunkempfänger, UKW-Gerät. Da gab es Schalttafeln und Sicherungsreihen. Rote Lämpchen glühten, Digitalanzeigen flimmerten. Vieles konnte ich mir nicht erklären. Ich sah mir alles genau an und wurde nachdenklich.

Ich versuchte nochmals, den Kühlschrank zu öffnen. Idiot!

Im Cockpit lag der Steuerstand mit Kompaß und Schalttafel für die automatische Steuerung an Backbord. Über dem Niedergang im Schutz der Spritzpersenning waren alle elektronischen Meßgeräte montiert, die eine moderne Hochseeyacht haben kann. An Steuerbord, ebenfalls im Schutz der Spritzpersenning, befanden sich die Kontrollinstrumente für die Maschine, eine Schalttafel, das Echolot und der Bildschirm des Radars.

Ich stieg aufs Deck. Die Radarantenne war vorn am Mast über der Untersaling angebracht. Starkes Rigg, festes Segeltuch, starke Fallen und Schoten: ein gutes Schiff. Langsam ging ich ins Cockpit zurück und setzte mich.

Weiß vor dem blaugrünen Hintergrund der Inselberge lag KAIROS in der Box nebenan. So leuchtend hatte ich sie zuerst als eine Idee gesehen, dann als Zeichnung auf einem Stück Papier. Zwölf Jahre lag das zurück. KAIROS wurde Wirklichkeit, einfach, zuverlässig, stark, leicht zu segeln, um unsere Pläne zu erfüllen. Jetzt waren die Voraussetzungen für unsere Art des Lebens und Segelns nicht mehr gegeben, unsere Zeit war vorbei.

Elga und Steve kamen.

Steve sagte: »Ich lade euch zum Abendessen ein –«

Ich fuhr aus meinen Gedanken hoch. »Mann, das ist teuer!«

»– hier an Bord der GOOD DECISION. Es gibt für jeden zwei kleine Steaks, Gemüse und – nun, Kartoffeln oder Reis, wie ihr wollt. Dazu habe ich Wein aus California.«

Er führte uns in die Kajüte. »Seht hier«, er zeigte uns das, was ich für einen Backofen (oder ähnliches) gehalten hatte. Es war ein Mikrowellen-Gerät zum minutenschnellen Garen und Kochen von Mahlzeiten. Steve öffnete den Kühlschrank mit einer Sperre, die ich nicht entdeckt hatte. »Und hier sind die Menüs zur Auswahl.«

Ein Großteil des Tiefkühlfachs war mit Stanniolpackungen verschiedener Fertiggerichte gefüllt. »Die hat ein Geschäftsfreund mir zusammengestellt und fachgemäß verpackt. Nach einer Minute im Mikro-Ofen ist das Essen heiß. In Charlotte Amalie erhalte ich eine neue Sendung. Ich habe auf dem Törn einiges verbraucht.«

»Du brauchst viel Strom?« fragte ich. »Schwierigkeiten?«

»Ich habe einen leistungsfähigen Generator für Wechsel- und Gleichstrom.«

Am Abend erzählte Steve von seinem Törn. Es war Seefahrt ohne Sextant. Das Instrument peilte Satelliten und berechnete den Schiffsort. Es war Seefahrt ohne Rudergänger. Die automatische Steuerung machte die Arbeit. Es war Seefahrt ohne Kochen bei einer Auswahl zwischen fünf Menüs. Es war Seefahrt ohne Warten aufs Tageslicht oder klare Sicht beim Landfall. Das Radar zeigte den Weg.

Ich dachte an unsere Mühe mit Sextant und Stoppuhr, wenn der Horizont bei hoher See nur für Sekunden sichtbar war; an unsere Ruderwachen durch Tag und Nacht; an Elgas Kochen bei stürmischem Wind, wenn Pütt und Pann in ihren Halterungen tanzten, an unser Beidrehen bei Nacht oder Nebel, um gute Sicht abzuwarten, die uns den Kurs in die Einfahrt zeigen sollte. Das waren nun Erinnerungen – schön und gut. Hier an Bord wurde anders gesegelt.

Die GOOD DECISION: effektiv, elegant, hochtechnisiert, schnell. Sie gehörte zu einer neuen Generation von Hochseeyachten. Und eine neue Generation von Seglern segelte diese Schiffe. Darüber sprachen wir lange.

Von Sheila, von Normans Tod, vom Geschäft sagte Steve kein Wort.

Steve und ich hatten geschwommen. Wir saßen im Schatten der Mangroven am Strand der kleinen Badelagune.

»Ich habe Elga, als wir in der Stadt waren, von Sheila und meiner Ehe erzählt«, sagte Steve. »Zum Ende der Woche wird Sheila nach Charlotte Amalie kommen. Wir wollen die Inseln nach Süden absegeln. Es ist – nun, es ist ein Versuch.«

Ich sagte nichts, spielte mit dem Sand, der fein durch meine zusammengepreßte Faust rann, bis sie leer war.

»Und ihr wollt eure KAIROS verkaufen. Damals in Elizabeth City hätte ich sie euch sofort abgekauft. Die fehlende Elektronik hätte ich nachträglich eingebaut.«

»Es war nicht der richtige Augenblick damals. Wir waren noch nicht soweit. Wohin willst du mit Sheila segeln?«

»Ich will die GOOD DECISION während der Hurrikanzeit in der Lagune von Grenada lassen. Grenada liegt südlich der meisten Hurrikan-Zugbahnen. Ich hoffe, daß uns der Törn – nun, daß er Sheila und mir eine Chance gibt. Wenn ja, werden wir nächstes Jahr nach Panama segeln. Dann – Mann, ich möchte in die Südsee. Ich segele das Schiff nach Tahiti, Sheila kommt per Flugzeug nach. Mit meinem Schwager Ted wird sich das im Geschäft arrangieren lassen, hoffe ich. Schön, wenn ich solche Reisen mit Sheila machen kann, vielleicht um die Erde – wer weiß? – in Etappen.«

Segelreise um die Erde in Etappen, dachte ich, das Erlebnis des Ganzen unterbrochen, denn zu Hause geht das Geschäft weiter, fürs Schiff müssen Ersatzteile besorgt werden, die Nerven brauchen auch mal eine kleine Ruhepause im Ski-Urlaub, neue Crewmitglieder sollen zur Unterstützung angeworben werden. Es ist ein Flugzeug-Yacht-Pendeln mit Terminen. Es ist Jet-Skipperei. Und das wird immer mehr gemacht – auf Kosten des Gesamterlebnisses.

Ich sagte: »Die Voraussetzungen für deine Art zu segeln sind überall gegeben: Marinas, Werften, Ausrüstungsgeschäfte, Bootsleute, die das Schiff bewachen und instand halten, alles – alles auf Kosten unberührter Ufer.«

Steve ging darauf nicht ein. Er war jung und voller Pläne. Er fragte: »Was wollt ihr machen, wenn das Schiff verkauft ist? Elga sprach von Haus und Garten. Ich habe ihr gesagt – nun, kommt nach Virginia.«

»Ich will das Buch über diese letzte Reise schreiben.«

Steve sagte in seiner heftigen Art: »Reise? Ihr segelt doch kaum. KAIROS in der Marina – gibt es Leser, die sich dafür interessieren?« Er stützte die Ellenbogen auf seine Knie und das Kinn auf die flach gefalteten Hände.

»Du sagtest in Elizabeth City, Steve, daß jedes Paradies, was immer man sich davon erhofft, irgendwann im Überdruß verlorengeht, ausrinnt wie in einem Stundenglas. Erinnerst du dich?«

Er hob den Kopf, ließ die Arme zwischen die Knie fallen. »Nein, ich erinnere mich nicht. Du willst schreiben, wie euch das Paradies verloren geht? Wenn man nicht mehr segelt – nun, dann bleibt – was? Eine letzte Ehrlichkeit? Meinst du das so?«

»Ja, so etwa.« Ich zögerte. »Und du kannst mir dabei helfen.«

»Ich?« Er sah mich an.

»Indem du mir die Auszüge aus deinem Tagebuch gibst mit der Erlaubnis, sie zu verwenden.«

»Bist du verrückt?«

»Steve, du hast eine völlig andere Auffassung von den Dingen. Die GOOD DECISION ist völlig anders als KAIROS. Dein Weg, Lebenserwartungen durchzusetzen und zu erfüllen, ist ein anderer. Ich sehe da eine Entwicklung, um die es mir geht.«

»Und ich soll dir mein – also hör' mal!« Er lachte auf. »Laß dich nicht gelüsten nach allem, was dein Nächster hat. Und du – du willst mein Tagebuch, ausgerechnet meins!«

»Ja. Die Auszüge, die du uns zum Lesen gegeben hast.«

»Nein!«

Vorm Riff draußen knallten die Segel einer Yacht in der Wende. Das helle Singen der Winschen unter den losgeworfenen Schoten klang herüber, dann das Schnarren beim Dichtholen. Mit Gischt vorm Bug lag das Schiff am Wind, neigte sich unter den windgefüllten Segeln, stampfte und nahm Fahrt auf für den neuen Kurs.

»Komm«', sagte ich schließlich. »Elga wartet mit dem Mittagsbrot.«

Am Abend aßen wir an Bord der GOOD DECISION die Fertigmenüs einer weiteren Variante, die Steve im Kühlschrank hatte. Nach dem Essen kam er mit einem großen Briefumschlag ins Cockpit.

Er gab ihn mir und sagte: »Öffne ihn morgen.« Er machte eine Pause und fragte heftig: »Ihr kennt den Panama Canal? Wie ist das mit den Schleusen – nun, was brauche ich an Leinen? Nächstes Jahr.«

Wir erzählten es ihm. Später sprachen wir über den Großen Ozean – jenseits der Panama-Schleusen, Tausende von Seemeilen westwärts zu fernen Küsten.

Am nächsten Morgen sagten wir »Farewell«. Steve lief mit seiner GOOD DECISION aus. Vor der Einfahrt setzte er Segel. Er brachte das Schiff vor den Wind. Wir sahen ihn winken und winkten zurück. Die GOOD DECISION wurde klein überm Horizont und verschwand hinter dem Vorgebirge.

Ich ging zum Kartentisch und öffnete Steves Umschlag. Darin waren die Tagebuchauszüge. Über die Zeilen der ersten Seite hatte er gekritzelt:

George: Ich habe Dich gestern nach der Ehrlichkeit gefragt, die letztlich bleibt. Hier ist sie. Ändere die Namen, nenne nicht die Firma.

Elga: Überlege Dir meinen Vorschlag mit Virginia. Die Farmer dort können keine so großen Kohlköpfe ziehen, wie es Dir gelingen wird.

Laßt von Euch hören – Steve

Interessenten kamen keine. Beide Yachtmakler zuckten mit den Schultern. Sie sagten, wir sollten abwarten. »Take it easy!« Ruhig bleiben.

Die Hurrikanzeit näherte sich. Wir schrieben Mitte April. Astrid und Klaus meinten – alle anderen auch – die Marina böte gegen jeden Hurrikan ausreichend Schutz.

Sie lag nach Süden offen. Die Pfähle der Schwimmstege hatten eine Höhe von etwa 1,50 Meter. Die Flutwelle von nur zwei Metern Höhe eines fernen Hurrikans konnte die Schwimmstege zum Treiben bringen. Die Sicherheit unseres Schiffes war wichtiger als der Verkauf. Wir klarierten aus.

Am 27. April 1984 um die Mittagszeit warfen wir die Leinen los. Es herrschte Flaute. Der Himmel war bedeckt. Zwischen Wolken und Meer lag schwüle Hitze bewegungslos eingepreßt. Als wir die vorgelagerten Inseln südwärts durch die Round Rock Passage hinter uns ließen, fühlte ich den ersten Druck hinter dem linken Auge. Bleib' ruhig jetzt.

»Elga – ich hoffe, es kommt keine Attacke. Du kannst das Ruder kurz übernehmen. Ich will das Großsegel setzen. Möglich, daß ich das nicht schaffe, wenn wir es später brauchen sollten.«

Sie kam aus der Kajüte, blaß plötzlich vor Angst und Sorge. »Umkehren – sofort!«

Ich schüttelte den Kopf und setzte das Großsegel. Was immer kommen mochte: Elga konnte unterm Großsegel beidrehen.

»Bordroutine wie immer«, sagte ich. »Leg' dich hin, in zwei Stunden bist du dran.«

Sie kletterte zögernd den Niedergang hinab.

Achteraus lagen die Virgin Islands als blauschwarze Zackenlinie im Grau zwischen Himmel und Meer. Sie waren mit Navigations- und Manöveranforderungen jetzt keine Lösung. Hier draußen konnten wir abwarten, wenn erforderlich – Tabletten nehmen. Ich schüttelte mich. Bleib' ruhig.

Ich blickte voraus, berichtigte den Kurs. Ich dachte für einen Augenblick an die automatische Steuerung. Aber besser war es, das Schiff zu spüren so wie gewohnt. Beim Steuern konnte ich ruhig und locker sitzen – steuern – steuern – der Druck hinter dem Auge ließ nach.

Kein Wind. Überm Deckshaus hörte ich das Großsegel im Fahrtwind flappen. Wache. Freiwache. Die Nacht kam wie feuchte Watte. Wir aßen Elgas vorbereitetes Essen. In der Dunkelheit flackerte Wetterleuchten von Süd über West bis Nord. Die Bugwelle rauschte, zeigte phosphoreszierende Schaumflächen auf dem schwarzen Wasser. Der Motor brummte.

Als die Sonne aufging, standen wir querab Philipsburg auf St. Martin. Elga weckte mich. Die Wolken waren abgezogen. Der Himmel war klar. Es wehte kein Wind. In der Bucht vor Philipsburg stand der Yachten Mastenwald wie ein Dschungel.

Im Süden hob sich aus dem Dunst überm Meer traumhaft der Bergkegel Sabas. Dahinter waren die sanften Umrisse von St. Eustatius zu erkennen. Und kaum erkennbar, ein Dreieck aus Luft und Ahnung: St. Christopher mit dem Mount Misery.

»Dies«, sagte ich, »ist der schönste Teil des Karibischen Meeres. Inseln rundum. Statt uns ins Gewühl vor Philipsburg zu begeben, schlag' ich vor, weiter nach Süden zu laufen. Vor Nevis haben wir den ganzen Strand für uns.«

Elga fuhr sich mit der Hand über die Augen. »Ja – wenn du nur nicht diese – ach, es könnte so herrlich sein. Ich hab' kaum geschlafen heut' nacht.«

Nach dem Frühstück legte sich Elga in die Koje. Sie schlief bis Mittag. Ich steuerte das Schiff den Traumgebilden aus Dunst und Ahnung entgegen. Am Abend ankerten wir vor dem meilenlangen Strand an der Westküste von Nevis. Leise rauschte die Brandung. Schweigend im Licht des Sonnenuntergangs standen die Berge. Wir schwammen.

Das Wetter blieb windschwach während der nächsten Tage. Großartig wie immer lagen die Inseln in der glitzernden See. Am Morgen des vierten Tages ankerten wir in der Anse Mitan. Überfüllt wie immer lag die Bucht unter der Masse der ankernden Yachten.

Wir fuhren mit der Fähre nach Fort de France. Ich ging zur Immigrationsbehörde. Monsieur Dinard, der alte Polizist, war nicht mehr da. Der junge Beamte zuckte auf meine Frage mit den Schultern, als wäre sie eine Beleidigung ihm gegenüber. Ich ging zum Zoll einen Schreibtisch weiter. Der Beamte stempelte und sagte: »Nach sechs Monaten wird Ihre Yacht zollpflichtig hier.«

Ich setzte mich ins Café »Cocotier« am Steg und wartete auf Elga.

Als sie mit ihren Einkaufstüten kam, sagte sie: »Es ist im Vergleich zu Tortola wunderbares Einkaufen. Aber alles ist um mindestens zehn Prozent teurer geworden.«

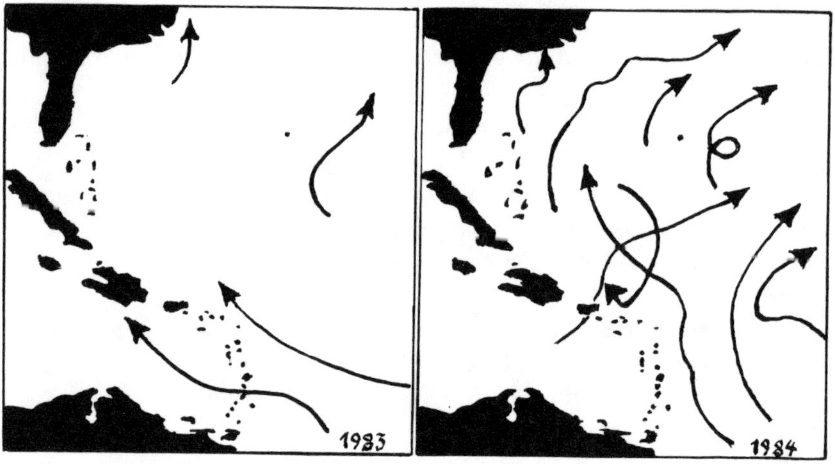

Auf dem Strandweg trafen wir Monsieur Villeneuve. Er war Ende vierzig, trug gelocktes schwarzes Haar und einen ebensolchen Bart. Gingen die Männer neuerdings zur Dauerwelle? Wir kannten ihn von unserem letzten Aufenthalt. Da waren Haar und Bart glatt gewesen. Ich merkte mir eine solche Behandlung für unser Leben auf der Ziegeninsel vor.

Monsieur Villeneuve wohnte mit seiner Frau jetzt in der Marina auf dem Schoner eines Freundes, der PASSEROSE, wie er uns erzählte. In seinen Bungalow war eingebrochen worden. Die Einbrecher hatten wie die Vandalen gehaust. Die Reparaturen erforderten Zeit.

Er betrieb ein kleines Chartergeschäft mit drei Yachten, die in der Marina lagen. Wir fragten ihn nach Verkaufsmöglichkeiten für unser Schiff.

Er hob die Schultern. »Ich übernehme hin und wieder Bootsverkäufe, das stimmt. Für Fremde ist der Verkauf nicht einfach. Unsere Stahlyachten in Frankreich werden sehr billig gebaut. Aber gut, wenn Sie wollen – wir werden sehen. In den Cul-de-Sac Marin wollen Sie? Nein, nein! Da liegen Sie völlig abseits, da kommt kein Interessent.«

Wir gingen in das drückend heiße Geviert der Marina. Es hatte sich einiges verändert. René und seine Gefährten waren nicht zu sehen. Wo waren ihre hüftschwenkenden Freundinnen, wo die Homos, die

Lesbies, die Händler und Abhängigen? Madame mit der Katze an der Leine strich nicht mehr über die Pier. Aber die alte Reine de Balata strahlte, als wir ihr begegneten: »Ja, ja, Madame, Monsieur, es ist viel besser hier geworden. Das zwielichtige Gesindel ist verschwunden. Und noch immer schickt Monsieur le Préfet de la Police seine netten Beamten.«

Wir gingen ins Marinabüro. »Wir haben die Leitung der Marina vor drei Monaten übernommen«, sagte eine dicke, selbstbewußte Kreolin. »Ja, Sie können für sechs Monate bei uns liegen. Der Platz neben der PASSEROSE wird übermorgen frei. Oh, ganz bestimmt. Vorauskasse, bitte!«

Vorauskasse: das war der Grund für die Veränderungen. So einfach war das. Wir wollten den Versuch machen und bezahlten für einen Monat.

Drei Tage später preßten wir KAIROS mit voller Maschinenkraft in die Lücke neben der PASSEROSE. Auf unserer anderen Seite lag eine Aluminiumyacht. Ihr Skipper war spindeldürr und ein schweigsamer Mensch. Sein Geschäft ging schlecht. Wir stellten während der kommenden Wochen fest, daß er sich über sein schlechtes Geschäft mit vielen Freundinnen hinwegtröstete. Sie kamen und gingen. Was blieb, waren seine Maschinenabgase, wenn er die Batterien auflud, und seine Marihuanadämpfe, wenn er rauchte. Das Schiff lag zu Luv.

Monsieur Villeneuve schickte uns schon bald einen Interessenten. Guillaume fuhr ein Glasbodenboot mit Gästen zu den Riffen hinaus. Er hatte Werbeschilder in den Hotels hängen. Die Saison war gut gewesen, Guillaume suchte eine Yacht, auf der er wohnen und Fahrten zu den Inseln machen konnte.

Er war hager, mittleren Alters. Sein Freund, der neben ihm bei uns im Cockpit saß, war dick und jüngeren Alters. Er lächelte zu allem, was Guillaume sagte. Er trug die gleiche knappe Badehose wie Guillaume in korrespondierender Farbe, was seinen Bauch gewaltig erscheinen ließ. Beide rochen nach Knoblauch.

Guillaume sagte kaltherzig: »Sie müssen verkaufen. Es geht Ihnen nicht gut.« Sein dicker Freund lächelte warmherzig.

Elga übersetzte.

Ich antwortete: »Ja, wir wollen verkaufen. Es geht uns prächtig.«

Guillaume sah sich das Schiff an. Er war Fachmann. Sein dicker

Freund lächelte mich an. Schließlich saßen wir alle zwischen den Winschen auf dem Kajütsdeck. Es gelang mir, in Luv einen Platz außerhalb des Knoblauchdunstes zu bekommen. Das nützte nichts. Die Marihuanadämpfe unseres Nachbarn mit Freundin kamen gezogen.

Guillaume sagte: »Ihr Schiff ist für sein Alter ganz gut gehalten. Aber Yachten baut man heute anders, besser. Ihr Schiff ist altmodisch. Ich biete Ihnen dreihunderttausend Francs.« Der Freund nickte lächelnd.

Elga schüttelte den Kopf. Guillaume sah mich abwartend an. Ich schüttelte den Kopf. Der Dicke lächelte mich an.

Eine Viertelstunde später gingen beide.

Die Tage tropften dahin, die Wochen, die Monate. Ich machte mich an die Arbeit für ein neues Buch – dieses. Die Arbeit half, die Eingeschlossenheit in der Marina mit Gedanken und Bildern zu überwinden.

Der Zug tropischer Wetterstörungen nahm zu. Ich brachte zusätzliche Ketten und Leinen aus, obwohl unser Platz diesmal eine starke Grundkette hatte. Ich mochte in das Dreckwasser nicht tauchen, um ihren Unterwasserteil zu prüfen.

Wir hörten die Wetterberichte regelmäßig. Sie unterschieden: tropische Welle, daraus konnte sich eine tropische Störung mit zunehmendem Wind entwickeln, daraus ein tropischer Sturm mit Winden ab 45 Knoten, daraus ein Hurrikan mit Winden von mehr als 65 Knoten. Der Sturm erhielt einen Namen. Der Name galt weiter, wenn aus dem Sturm ein Hurrikan wurde.

Im Juni und Juli des Sommers 1984 bildeten sich fünf tropische Wetterstörungen, die Winde bis zu 45 Knoten (Windstärke 9) brachten. Einige kreuzten die karibische Inselkette, andere bildeten sich über dem Golf von Mexico, vor der Ostküste Floridas, über den Bahamas – wie meist zum Beginn der Orkanzeit.

Im August entwickelten sich zwei tropische Stürme mit Winden von 45 bis 60 Knoten (Windstärke 9 bis 11), Durchmesser der Sturmfelder 60 und 100 Seemeilen. Sie kurvten östlich ab.

Mit Bewegungstraining hielt ich meinen Kreislauf und Stoffwechsel in Gang. Doch nach langer Pause kamen meine Schmerzen wieder. Elga verzweifelte. Ich versuchte, sie zu trösten; die Zerreiß-reiß-proben erschienen mir weniger heftig. Was ging da in mir vor? Schmerzen lassen sich nicht messen wie Winde in tropischen Störungen. Wir mußten zu leben lernen, wie es mir beschieden war. Überdruß, Verzweiflung durften nicht zählen. Humor war nötig. Er heiterte Elga auf, was mir dann wiederum zu Hilfe kam.

Ich lackierte im Wechsel mit der Schreibarbeit Achter- und Hauptkajüte, brachte den Waschraum unter neue Farbe. Wir freuten uns daran.

Mit dem Verkauf des Schiffes kamen wir nicht weiter. Monsieur Villeneuve hatte keine Interessenten mehr.

Eines Tages sprach ein Mann auf der Pier mich an: »Ich habe gehört, Ihr Schiff ist zu verkaufen.« Er sprach französisch mit Akzent. Als er merkte, daß ich ihn schlecht verstand, wechselte er zu englisch. »Ich suche eine Yacht. Schön muß sie sein, Geld spielt keine Rolle.«

Ich bat ihn an Bord. Bevor er über die Laufplanke ging, sah er zu einem Mann hinüber, der hinter der hüfthohen Hecke zwischen Pier und Fußweg stand. Er war groß und breit, kam heran und blieb vor der Laufplanke stehen. Er trug ein Jackett, ein Jackett hier in der heißen Marina.

Der andere stand inzwischen auf dem Achterdeck. Er stellte sich vor. Es war ein Name, den ich nicht verstand.

»Will Ihr Freund nicht an Bord kommen?« fragte ich.

»Nein. Er wird warten.« Auch seine englische Aussprache hatte einen Akzent. Er war nicht groß. Seine Kleidung war teuer. Er trug einen schmalen Oberlippenbart und hatte ein braunes Gesicht, etwas aufgedunsen. Aß er zu gut und zu viel? Er erzählte mir, daß er aus dem Libanon käme, auf Martinique seinen Urlaub verbringe. »Ihr Schiff ist ein serr schönes Schiff. Zeigen Sie es mir.«

Ich zeigte es ihm.

Als wir im Maschinenraum hockten, sah er die Narbe an meinem Oberschenkel. Meine kurze Hose verdeckte sie nicht.

»Was ist das?« fragte er.

»Vom Krieg«, sagte ich.

Er krempelte seine teure, weiße Hose rücksichtslos hoch. Eine Narbe ähnlicher Art kam zum Vorschein. »Kamerad«, sagte er, »ich bin auch verwundet worden. Ich habe gegen die Juden gekämpft. Haben Sie gegen die Engländer gekämpft?«

»Nein.«

»Aber gegen die Nordamerikaner, die Judenfreunde?«

»Nein.«

»Gegen wen haben Sie denn gekämpft?«

»In Rußland«, gab ich zur Antwort.

Er überlegte einen Augenblick. »Auch gut«, sagte er dann. Eine halbe Stunde lang erzählte er mir, wie er verwundet worden war: Krieg um des Krieges willen in einem Land voller Kriegsparteien. Es wäre so weitergegangen, wenn Elga nicht auf der Pier gerufen hätte.

Wir stiegen ins Cockpit. Elga stand vor dem Mann neben der Laufplanke. Sie betrachtete ihn erstaunt und etwas ängstlich. Der Mann sah mißtrauisch auf ihre Einkaufstüten hinab.

»Das ist meine Frau«, erklärte ich dem libanesischen Krieger.

Er sprach mit dem Mann, der zur Seite trat.

Elga kam an Bord. Sie bot Getränke an. Sie lud den Mann vor der Laufplanke ein. Erst nach dem Kopfnicken des anderen kam er aufs Achterschiff, setzte sich – Gesicht zur Pier – auf einen der Stühle.

Mein Kamerad sagte: »Ihr Schiff gefällt mir. Ich kaufe es. Es hat schöne, hohe Maste. Ich will es meiner ältesten Tochter schenken. Sie ist meine Lieblingstochter und lebt verheiratet in Rio de Janeiro. Das Schiff ist repräsentativ – so für Gäste und kleine Feten. Also, in den nächsten Tagen werde ich einen Mechaniker schicken, der sich die Einzelheiten ansieht. Davon verstehe ich nichts. Dann mache ich Ihnen einen guten Preis, Kamerad. Wie, meinen Sie, kann das Schiff nach Rio de Janeiro gebracht werden?«

Elga hatte sich nach ihrem Schreck gefaßt. »Ganz einfach«, sagte sie, »segeln Sie an den Inseln entlang südwärts, dann einen Schlag nach Receife, Brasilien. Und dann noch einen nach Rio.«

»Segeln?« fragte mein Freund. »Schlag nach Receife? Das Schiff hat eine starke Maschine. Wieviel Stundenkilometer macht es bei voller Geschwindigkeit?«

»Marschfahrt 5,5 Knoten«, sagte ich. »Unter Segeln läuft es, wie der Wind will.«

»Ach, ich dachte, die Maschine könnte mindestens 25 bringen«.

»Sie brauchen eine Motoryacht«, erklärte Elga.

»Schade«, sagte er, »dieses Schiff ist doch viel schöner als eine Motoryacht. Kann ein Fachmann die Maschine nicht ein bißchen frisieren? Geld spielt wirklich keine Rolle.«

Ich sprach von Segel- und Motoryachten, über Gleitboote und Verdrängungsboote.

Er hörte nicht zu. »Schade«, wiederholte er, »ich trete vom Kauf zurück – hier, unter Zeugen.« Er wies auf seinen Begleiter.

Der erhob sich. Dabei sah ich unter seinem Jackett den Lederriemen des Schulterhalfters.

Mein Kamerad und sein Leibwächter verließen uns friedlich.

Im September gab es drei tropische Stürme mit Winden von 40 bis 60 Knoten (Windstärke 8 bis 11) und zwei Hurrikane mit Winden zwischen 70 und 125 Knoten (mehr als Windstärke 12), Durchmesser der Sturmfelder 150 und 200 Seemeilen.

Im Oktober wehte ein Hurrikan mit Winden bis zu 80 Knoten (mehr als Windstärke 12), Durchmesser 200 Seemeilen.

Diese tropischen Stürme und Hurrikane waren nicht zahlreich, die Hurrikane nicht stark im Vergleich zu früheren Jahren, da Windstärken bis zur Zerstörung der Windmesser beobachtet wurden. Zum Glück kreuzten in diesem Jahr Hurrikanbahnen die karibischen Inseln nicht. Im Vorjahr war es bis auf eine ebenso gewesen. Die Segler fühlten sich sicher.

Ein Franzose war aus Paraguay gekommen, ein junger Mann, sehr herzlich und offen. Auch er machte Urlaub auf Martinique.

Wir saßen auf dem Achterschiff. Elga übersetzte seine Erzählung.

»Ich habe dreitausend Hektar Land in Paraguay. Mein Besitz liegt im Gran Chaco. Kennen Sie den Gran Chaco? Natürlich nicht. Weideland und Wälder, Viehzucht und Holzwirtschaft, ein gesundes Klima. Das Wichtigste ist, es gibt keine Steuern. Unsere Bevölkerung besteht größtenteils aus Mestizen. Wir Weißen halten den Grundbesitz. Es ist ein herrliches Leben. Wirklich.« Er sah schwärmerisch über die Kajütsaufbauten.

Ich bat Elga, ihn zu fragen: »Paraguay ist doch ein Binnenland Hunderte von Kilometern hinter der Küste? Sie sagten anfangs, Sie wollen unser Schiff kaufen, wenn es Ihnen zusagt – für Paraguay?«

Er war Mitte dreißig, hineingewöhnt in sein herrliches Leben, das jeden Wunsch erfüllte. Er trug einen Khakianzug, der für den Besuch in jeder Hotelbar geschneidert war. Er lächelte verzeihend zu meiner dummen Frage.

Elga übersetzte: »Ja, Paraguay ist ein Binnenland. Aber ich brauche mal etwas Abwechslung. Ich will ein Segelschiff haben. Ich lege es an den Rio de la Plata. Das sind zehn Stunden Flug mit meiner Privatmaschine. Natürlich müssen Sie sich an unsere Entfernungen gewöhnen, mein Herr. Aber das ist ja das Schöne. Die Entfernungen geben Freiheit. Wir können reiten, fliegen. Wenn man an die Küste kommt, können wir segeln. Südlich von Rio de Janeiro gibt es ein herrliches Segelgebiet, von Inseln geschützt. Es liegt nur acht Flugstunden entfernt.

Ich versuchte, das alles zu erfassen. Es gelang mir nicht.

Elga übersetzte: »Diese dreitausend Hektar Land sind mir zuviel. Verstehen Sie, mein Herr? Dreitausend Hektar sind dreißig Quadratkilometer. Ich bin bereit, Ihnen ein Drittel davon im Tausch gegen dieses Schiff zu geben, also rund eintausend Hektar oder zehn Quadratkilometer. Bestes Weideland.«

»Hazienda!« rief ich. »Wer baut uns die Gebäude? Wer kauft das Vieh?«

Er war so gewöhnt an sein Wunderland, daß er auf Haus und Vieh nicht einging. Das waren sicherlich Kleinigkeiten in Paraguay. Er sagte: »Eine Hazienda. Sie verstehen jetzt.«

Wir hatten so etwas in den Llanos Venezuelas gesehen. Da gab es riesige Ländereien, die der Besitzer per Inspektionsflug überwachte. Ich stellte mir das vor: mit meinem Verwalter im Flugzeug, unter uns das Land, jemand reitet da durch die Grenzenlosigkeit, ich gehe in kühnem Sturzflug hinab, Elga auf unserem besten Rappen galoppiert über die Weiden, das edle Tier scheint ihr durchgegangen zu sein. Was tun?

»Meine Frau kann nicht reiten«, sagte ich.

Wir sprachen noch lange über das herrliche Leben in Paraguay.

Auf unsere abschließende Frage, warum er als reicher Mann unser Schiff nicht kaufte und einfach bar bezahlte, sagte der junge Mann sehr herzlich: »Das ist es ja, Bargeld ist überall knapp in diesen schlechten Zeiten. Auch in Paraguay.«

Als er gegangen war, fragte Elga nach langem Schweigen: »Was ist es nur, das die Menschen zum Segeln treibt wie Mäuse zum Speck?«

Ja – was war es nur?

Dies bestimmt nicht: am 6. November, als die Segler die Hurrikanzeit für beendet hielten, entwickelte sich der Hurrikan »Klaus«; am 20. Dezember folgte der Hurrikan »Lilly«.

St. John – 7. Nov. 1984 – Nach Pressefoto

Ende Oktober 1984 verließen wir die Marina und ankerten in der Anse Mitan. Es war zu früh. Die Hurrikanzeit kann erst ab Mitte November als abgeklungen gelten. Aber wir wollten auf die Werft und rechtzeitig zu den Virgin Islands segeln. Yachtmakler Lionel hatte geschrieben, daß er einen Interessenten für unser Schiff hätte.

Das Wetter war ungewöhnlich. Bei schwüler Hitze fiel tagelang Regen.

Am 6. November meldete der Wetterbericht den tropischen Sturm »Klaus« 100 Seemeilen südlich von Puerto Rico. Er hatte sich schnell und unerwartet aus einer tropischen Störung entwickelt. Im Sturmfeld wehte es mit 35 bis 40 Knoten (Windstärke 8). Wir waren nicht unmittelbar gefährdet. Das Sturmzentrum lag über 300 Seemeilen entfernt.

Bei uns über der Anse Mitan schlief der schwache Passat ein. Im Westen bildete sich eine Gewitterwand, die ostwärts auf uns zu zog. Der Wind drehte auf West. In der nach West offenen Bucht war plötzlich die Hölle los. Die ankernden Yachten schwoiten herum. In der Überfülle hatte kaum eine ausreichenden Drehkreis.

KAIROS schwang klar von ihren seitlichen Nachbarn. Sie lag bald schräg versetzt einen Meter vor dem Klüverbaum der GOD'S SPEED, die vorher achteraus gelegen hatte. Die Gewitterbö pfiff heran. Blitze, Donnergrollen, Regen. Über die Bucht im Lärm der Bö klangen Rufe, Flüche, aufheulende Motoren, Knirschen von zusammenstoßenden Bootsrümpfen.

Ich rief die GOD'S SPEED. Zögernd kam der Skipper an Deck. »Stecken Sie Kette, Mann!« schrie ich. »Das kann Ärger geben! Hinter Ihnen ist Platz!«

Der Skipper stemmte sich gegen den Wind. Dann verschwand er im Niedergang. Nichts geschah.

Wir mußten das Unsinnigste tun, was wir jemals getan hatten. Auf Legerwall bei starkem Wind holte ich drei Meter Kette ein. Elga warf die Maschine an und unterstützte mich an der Ankerwinsch. Nur so war das Risiko mit GOD'S SPEED zu mindern.

»Laß die Maschine laufen«, sagte ich, als ich durchnäßt ins Cockpit kam, »möglich, daß wir sie noch brauchen.«

Die Bö aus West ließ nach. Flaute. Senkrecht fiel der Regen. Sichtweite zwanzig Meter. Auf dem Bug der GOD'S SPEED – Teufel, was für ein Name! – standen Skipper und Frau ins Ölzeug geduckt, starrten zu uns herüber.

Der Regen ließ nach. Wir stellten die Maschine ab. Die feuchte Luft lag wie ein Hitzekissen auf der Bucht. Geschrei, Gefluche, Motorlärm nahmen ab. Es wurde dunkel unter bewölktem Himmel. Wir gingen Ankerwachen.

Um Mitternacht setzte leichte, zum Morgen hohe Dünung aus Nordwest ein.

Der Wetterbericht am 7. November meldete »Klaus« als Hurrikan mit Winden zwischen 55 und 90 Knoten (Windstärke 10 bis 12 und mehr). Er zog über Puerto Rico nach Nordost in den Atlantik hinein.

In die Anse Mitan lief jetzt eine Dünung von zwei bis drei Metern Höhe. Der Strand und zum Teil der Fußweg zwei Meter darüber wurden weggerissen. In der Brandung rutschte ein gedriftetes Hausboot aufgeschlagen hin und her. Alle Yachten gingen Anker auf. Kein Skipper wollte warten. Wie auf einer Regatta von wildgewordenen Motorbooten liefen sie um Pointe du Bout herum. Dort gab es eine Bucht, die sonst dem Passat ausgesetzt war, jetzt aber Schutz vor der Dünung bot.

Es herrschte Flaute. Der Himmel klarte auf. Zu Mittag wehte es wieder aus West. Wir gingen nun ebenfalls Anker auf und liefen um Pointe du Bout herum. In der kleinen Bucht hinter der Landzunge lagen die Vertriebenen wie Sardinen in der Büchse. Wir konnten es nicht begreifen. Bald mußte der Wind auf Ost herumkommen, dann –

Wir liefen an der Bucht vorbei, loteten uns in den hinteren Teil der Baie du Fort de France, ankerten auf drei Meter Wassertiefe, Grund weicher Schlick, nördlich des Dorfes Trois Îlets. Wir schwammen und lasen, hörten Wetterberichte, aber auch Musik. Zwei weitere Yachten ankerten in einiger Entfernung.

Dieser schwache Hurrikan zog weit entfernt. Er brachte den Yachten in der Anse Mitan unliebsame Zwischenfälle mit teilweise erheblichen Beschädigungen. Dort im Norden, wo er gezogen war, sah es anders aus. Ich notierte mir die Meldungen.

Auf den Virgin Islands strandeten dreißig Yachten; jugendliche Diebesbanden plünderten einen Großteil der hilflosen Schiffe aus; ein Fahrgastschiff, das ohne Genehmigung in Charlotte Amalie einlief, beschädigte abdriftend zwei Yachten schwer. Im kleinen Hafen von Saba wurden achtzehn Fischerboote zertrümmert. Auf St. Martin vor Philipsburg trieben vierzig Yachten auf Steine und Grund. In der Road Bay auf Anguilla sanken eine Yacht und vier Küstenfrachter. Vor St. Barthélémy wurden acht Yachten auf Steine und Uferböschungen geworfen. Auf St. Christopher und Nevis hielt kein Anker der dort liegenden Yachten, die Zahl der Strandungen wurde nicht gemeldet, weil die Inseln bisher außerhalb des Segelbooms geblieben waren. Auf der Insel St. Vincent, 400 Seemeilen vom Hurrikanzentrum entfernt, wurde ein Küstenfrachter an der Pier von der Dünung versenkt, ein anderer strandete.

Zu diesen Angaben muß gesagt werden, daß der Großteil von Yachten und Küstenfahrzeugen unbeschädigt oder mit geringen Schäden davonkam. Für den Seemann ist das kein Grund, unvorsichtig zu werden. Ohne zwingenden Grund hat kein Fahrtensegler oder Chartersegler zwischen Mai und November etwas zwischen den karibischen Inseln zu suchen. Aber was rede ich – wenn selbst angesehene Segelzeitschriften von der Schönheit des Segelns während des karibischen Sommers berichten?

Auf unserem Ankerplatz drehte der Wind von West auf Nordwest. Dann setzte sich heftig der Passatwind durch. Wir liefen unter Maschine nach Fort de France, um unseren Werfttermin einzuhalten. Auch stand mir der Sinn danach, mit Hieronymus neue Gesänge anzustimmen und vorsichtig-tiefgründige Gespräche zu führen.

Wir segelten auf unserem vertrauten, einsamen Inselkurs nach Tortola. Nanny Cay lag unverändert: Luxushotel für Chartersegler. »Klaus« hatte mit Sturm aus West nicht in die nach Süd offene Einfahrt gegriffen. Keine Flutwelle hatte sich entwickelt. Jedermann war von der Sicherheit des Hafens begeistert. Die Marinaleitung baute eine Werbeserie damit auf. Geschäft ist Geschäft.

Yachtmakler Lionel kam mit seinem Interessenten. Dieser war ein Mann von der Insel St. Croix, Nordamerikaner, der nach Europa segeln wollte. Wir meinten schon – aber wir meinten verkehrt.

Yachtmakler Ted brachte im Laufe der Wochen sieben Kauflustige. Er sagte uns: »Ihr redet den Leuten zuviel vor. Laßt sie allein mit dem Schiff und ihren Träumen.«

Das taten wir. Wir ließen sie allein und gingen spazieren. Aber bis auf einen ließ keiner wieder von sich hören, auch die erfahrenen Segler nicht. Für Nordamerikaner blieb eine Stahlyacht ein Schiff mit unnötiger Arbeit.

Dieser eine kam ohne Ted wieder. Er mochte Ende zwanzig sein. Pockennarben ließen sein Gesicht starr erscheinen. Er war drahtig, trug teure Kleidung. Sie wirkte nicht passend. »Ich hab' euer Schiff schon auf Martinique gesehen. Gefällt mir, geht mir nich' aus'm Kopp. Also folgendes: um handelseinig zu werden, brauchen wir den Makler nicht. Die Gebühr laßt ihr mir vom Preis. Sagt ja. Nächste Woche bin ich dann mit den Piepen hier.«

»Nein«, sagte ich. »Wenn wir hier ohne Schiff aus dem Hafen gehen, wollen wir den Leuten in die Augen sehen können beim Abschied.«

»Ted bleibt drin«, bestätigte Elga.

Er ging unbewegten Gesichts.

Ich suchte Ted in seinem Büro auf. Er saß hinter seinem Schreibtisch, die Füße auf dessen Kante gelegt, ganz Sinnbild des erfolgreichen Yachtmaklers. Ich erzählte ihm die Geschichte von – »Wie heißt er eigentlich?«

Name, Adresse, Vertragserstellung, rechtliche Abwicklung waren Sache des Maklers.

Ted nahm die Pfeife aus dem Mund. »Sie nennen ihn Guy. Sie sagen, er soll nicht ganz unbeteiligt an gewissen Geschäften sein – Bahamas oder sonstwo.« Er sah meinen Blick und fügte lächelnd hinzu: »Das kann uns egal sein. Für meine Unterlagen brauche ich einen Namen, eine Adresse und das Bargeld. Das gebe ich euch unter Abzug meiner zehn Prozent gegen Quittung. Fürs Finanzamt reicht das völlig. Und euch kann's doch gleich sein, an wen ihr verkauft. Guy ist wild auf euer Schiff, das weiß ich. Der kommt wieder zu mir. Wart's ab.«

Ich ging langsam durch die Marina. Skipper, Bootsleute, Mechaniker, Reinmachefrauen, Urlauber quirlten um mich herum. Schiffe liefen aus, liefen ein. Die Sonne schien. Wolken zogen. In den Bungalow-Gärten knisterten die Palmen im leichten Wind. Herrlich war es, dieses Leben.

Da lag KAIROS am Steg. Konnte es uns gleich sein, an wen wir sie verkauften? Geld stinkt nicht. Oder doch – wenn es von der zitterigen Hand des Süchtigen in die schweißige des »Nicht-ganz-Unbeteiligten« wechselt?

Sie nannten ihn Guy – er kam nicht wieder.

Am 20. Dezember meldet der Wetterbericht den außerjahreszeitlichen Hurrikan »Lilly« auf 31° N, 52° W mit 100 Seemeilen Durchmesser und 65 Knoten Wind (Windstärke 12) Südsüdost ziehend, Zug-Geschwindigkeit 5 Knoten. »Lilly« tobt etwa 700 Seemeilen nördlich von uns.

»Der kurvt vorher westlich und nordwestlich ab«, sage ich zu Elga, die sich mit mir über den Kartentisch beugt.

Am 21. Dezember steht »Lilly« auf 29,5° N, 52° W, Wind 75 Knoten, Durchmesser nicht gemeldet.

Am 22. Dezember, 06.00 Uhr, ist »Lilly« auf 26,7° N, 53,7° W vorgerückt, Kurs Südwest auf uns zu, Zug-Geschwindigkeit 5 bis 10 Knoten.

Gleiches Datum, 12.00 Uhr. »Lilly« befindet sich auf 25,5° N, 55° W, Wind 75 Knoten unverändert, Südwest auf uns zu ziehend, Durchmesser 120 Seemeilen, Zug-Geschwindigkeit 13 Knoten.

Am Kartentisch sage ich zu Elga: »Die Entfernung beträgt jetzt nicht ganz 500 Seemeilen. Wenn die Dame so weiterzieht, wird's ein Volltreffer.«

Der Abend ist windstill. Die Tageshitze weicht nicht, steht.

23. Dezember. Ich gehe vorm Frühstück zum Schwimmen an unseren Badestrand. Es hat keinen Zweck, sich verrückt zu machen. Nach den ersten Schwimmzügen lege ich mich auf den Rücken. Der Himmel ist von feinen hohen Wolkenschleiern überzogen, die im Nordosten zusammenlaufen. Kein Wind, nicht ein Hauch zieht durch die Stille. Stille!

Sie läßt mich aus dem Wasser stürzen und zum Schiff laufen.

Elga sagt ruhig: »Eben im Radio: Hurrikanwarnung für die Virgin Islands und Puerto Rico. Hurrikanwachen und Hilfskräfte sind zu den Sammelstellen gerufen worden. ›Lilly‹ stand um 06.00 Uhr auf 22° N, 59° W mit Südwestkurs und 10 Knoten Zug-Geschwindigkeit auf uns zu, Wind mehr als 75 Knoten. Das Zentrum liegt 300 Seemeilen entfernt.«

»Mach' Frühstück! Ich schlag' die Segel ab!« In der nassen Badehose beginne ich, die Segel herunterzunehmen.

Gleiches Datum, 09.00 Uhr. »Lilly« zieht auf 21° N, 61° W, Wind unverändert, die Zug-Geschwindigkeit auf uns zu hat sich beschleunigt. »Lilly« steht etwa 250 Seemeilen entfernt.

Ich habe trockenes Zeug angezogen. Wir haben gefrühstückt. Der Manager kommt mit seinem schwarzen Assistenten. Ich bin dabei, aus der Achterpiek unsere vier 50-Meter-Leinen, den Stockanker, den zweiten CQR-Anker herauszuholen.

Der Manager blickt auf seinen Liegeplan und sagt: »Wir lassen die Marina nicht räumen, wie es andere Yachthäfen in der Karibik verlangen. Ich kann Sie weiter nach hinten legen. Vielleicht an die Bunkerstation. Mein Assistent sagt Ihnen in einer Viertelstunde Bescheid. Halten Sie sich bereit.«

»Danke. Aber die Marina ist nicht sicher«, antworte ich.

Der Manager zuckt mit den Schultern. »Sie müssen wissen, was Sie tun.« Er geht mit dem Assistenten weiter.

Unten in der Kajüte ist der Empfänger für weitere Wetterberichte angestellt. Es klingt herauf: »Stille Nacht, heilige Nacht –« auf englisch: »All is calm –«

Elga sitzt im Cockpit. Sie ist ruhig, ihr Gesicht blaß.

Ich setze mich zu ihr. »Wie die Winde kommen, wissen wir nicht. Aber wie sie kommen können, wissen wir. Und wenn der Wasserspiegel um nur einen Meter steigt, schwemmt möglicher Seegang – und was für Seegang – alle Schwimmstege über die Pfähle. Das ist Chaos. Wir brauchen eine geschlossene Bucht. Ich schlage vor: St. John, Coral Bay, Hurricane Hole –«

Elga schüttelte den Kopf. »Hier bleiben, bitte. Im Hurricane Hole können wir keinerlei Hilfe erwarten.« Sie zeigt auf ihr Gesicht, entsprechend meiner möglichen Schmerzen.

Ich denke, wenn schon, denn schon – und, verdammt, denn schon auf einem Schiff, für das wir alles getan haben, und wenn ich mit Schmerzen und wenn ich mit Wimmern, Schleimen, Rotzen die Anker, Ketten und Leinen ausbringe. Ich sage: »Stell' dir diese Marina vor – bei Orkan aus Süd.«

Elga überlegt. Sie steht auf. Sie holt den Zündschlüssel. Ich springe auf den Steg, nehme die Leinen los. Elga geht mit der Maschine langsam zurück. Ich halte das Schiff vom Steg ab. Das ist keine Schwierigkeit. Es weht kein Wind unter der aufsteigenden, verschleierten, heißen Sonne. KAIROS kommt frei. Elga dreht das Schiff zur Ausfahrt.

»Los, Elga, gib's ihr! Voll, voll!«

Mit 8 Knoten läuft das Schiff die 7 Seemeilen nach St. John hinüber. Ich klariere Anker und Leinen.

Die Hurricane Holes in der Coral Bay sind bereits voll mit Yachten belegt. Sie liegen mit Bugankern in die Bucht, Achterleinen in die Mangrovenufer hinein. Wir finden einen Platz in der vorletzten. Elga manövriert KAIROS. Ich lasse an Steuerbord die beiden CQR-Anker fallen. Sie sind mit fünf Meter Kette verkattet. Elga nimmt KAIROS mit der Maschine achteraus, hält sie auf Position. Mit dem Dingi bringe ich zwei Heckleinen zu den Mangroven, suche starke Stämme, belege daran die Leinen so, daß sie nicht scheuern können. Dann wuchte ich den Stockanker ins Dingi, nehme ihn mit 25 Meter Kettenvorlauf schräg vorn nach Backbord weit in die Bucht hinein. Elga steckt 40 Meter Trosse. An Bord holen wir Ankergeschirr und Achterleinen mit den Winschen auf gleichmäßigen Zug. Um alle Leinen lege ich sorgfältig dicke Schamfilings, die Elga zurechtschneidet. Wir zurren das Dingi auf seine Halterung.

Aus der Kajüte quakt der Wetterbericht. Wir hören gebannt zu. Zieht »Lilly« so weiter, wird der Tanz in sechs Stunden beginnen.

Die Arbeit mit Ankern, Ketten und Leinen hat uns ruhig gemacht.

An Backbord liegt in zehn Meter Entfernung eine Ketsch mit gut ausgebrachtem Geschirr und starken Leinen. Der Skipper sitzt im Cockpit, hält ein Glas in der Hand. »Hier sollen Freunde von uns längsseits«, sagt er mit schwerer Zunge. Längsseits? Torheit!

Dahinter liegt eine große Motoryacht. Die Winkel ihrer Ankerleinen fallen steil ins Wasser. Die Anker liegen nicht weit genug in der Bucht. Die Heckleinen sind Spielzeug. Die Motoryacht wird als erste auf die Drift gehen. Nur wenn sie gleich strandet, wird sie andere Schiffe nicht gefährden. Was hinter der Motoryacht liegt, verdecken ihre hohen Aufbauten.

Unser Nachbar an Steuerbord liegt acht Meter ab. Es ist ein 20-Meter-Schoner mit Rahen am Vormast. Er liegt mit soliden Ankerketten und dicken Leinen. Die Segel sind angeschlagen geblieben. Chartergäste unterhalten sich im Cockpit. Kinder spielen. Ein Vater liest seinem Töchterchen aus einem dicken Buch vor. Der Skipper hockt einsam auf der Ankerwinsch. Er kann mit den Familienvätern die Segel nicht abschlagen und die Rahen senkrecht brassen – besser: abnehmen.

Hinter dem Schoner weiter ins Hurricane Hole hinein liegen Yachten dicht nebeneinander. Zu dicht? Wo sollen sie hin? Wir sind zu viele.

Nun beginnen zwischen uns und der Reihe Schiffe am gegenüberliegenden Ufer einlaufende Yachten zu ankern. Sie kommen zu spät. Es werden immer mehr. Da alle zwei oder mehr Anker ausbringen und Raum zum Schwoien brauchen, sind sich alle im Wege. Die

Geräusche von Ketten und Ankern klingen wie das Fäustetrommeln an die Stahltüren eines Gefängnisses in erdbebengefährdeter Stadt.

Die erwartete Sloop kommt bei unserem Nachbarn längsseits. An Bord sind fünf junge Männer. Fender werden ausgebracht, Leinen belegt. Dann setzen sich alle mit Flaschen und Gläsern ins Cockpit der Ketsch und beginnen mit dem Wirkungstrinken.

»Lilly« scheint von Südwest- auf Westsüdwestkurs zu gehen.

Gleiches Datum, 16.00 Uhr. »Lilly« hat im letzten Augenblick eine Schwenkung nach Nordwest gemacht. Sie steht jetzt auf 22° N, 62,5° W, Wind 75 Knoten, Durchmesser unverändert, Zugrichtung auf West zurück mit 20 Knoten Geschwindigkeit.

Elga weint. Ich beruhige sie, so gut ich kann, schlucke und schnaufe.

In der Bucht beginnt von allen Yachten auf einmal das Manöver Anker auf. Eine Ketsch gerät mit schleifendem Anker unter unsere Kette. Der Skipper fährt voraus, zurück, dann voll voraus und voll zurück. KAIROS liegt wie ein Fels.

Als Elga zum Bug geht, ruft er wütend: »Verflucht, geht doch Anker auf! Alle tun's doch!«

Im Radio tönt Händels »Hallelujah«.

Endlich kommt der fremde Anker frei.

Unsere Nachbarn laufen alkoholisiert aus. Die Motoryacht mit ihren steil fallenden Ankertrossen bleibt liegen.

Hurrikan »Lilly« schwenkt wiederum auf Südwestkurs. Im Laufe des Abends schwächt sich das Orkangebilde zum tropischen Sturm ab. Über Haïti im Westen verweht er in Regenfluten.

Um 21.00 Uhr setzt bei uns der Passat mit Regen und einer Bö von Stärke 10 ein. Auf der Motoryacht geht die Decksbeleuchtung an. Ihre beiden Anker driften. Sie treibt seitwärts aufs Ufer zu. Es gelingt zwei Ehepaaren, die Achterleinen zu kappen. Mit voll voraus wird das Schiff über die Anker gefahren. Es kommt frei. Später sehen wir das Ankerlicht draußen in der Bucht.

24. Dezember 1984. Wir liegen allein im Hurricane Hole. Wir sind wie vor zwei Jahren im Paradies. Wird sich der Kreis unserer Reisen nun schließen? Wir begehen dankbar das Weihnachtsfest.

Die Tage, die Wochen, die Monate zogen über Nanny Cay dahin. Unsere venezolanischen Freunde schrieben, wir sollten kommen – Schiff verkauft oder nicht verkauft. Nach einigem Zögern kündigten wir unsere Ankunft für Ende Mai an. Ein Käufer fürs Schiff war vor der neuen Hurrikanzeit kaum noch zu erwarten.

Ich war ohne Schmerzen geblieben. Wir wollten fort aus diesem Seegebiet mit seinen Hurrikanen, mit seinen schönen Inseln, auf denen das Leben zum Gedrängel wurde. Vielleicht konnten wir das Mündungsgebiet des Orinoco erreichen – jenes Stromes, der immer wieder unsere Gedanken beschäftigte, nachdem wir an seinen Ufern gestanden hatten. Noch einmal eine Reise ins Unberührte machen – eine letzte, kleine Reise nur.

Ich saß oft und dachte an die fernen Dschungelküsten, nahm mir das Buch »Südamerikanische Reise« von Alexander von Humboldt aus dem Bord, las darin, träumte vom Orinoco. »So weit das Auge reicht, dehnt sich eine ungeheure Wasserfläche – der Horizont ist von einem Waldgürtel begrenzt – Luftspiegelungen –« Humboldt auf seiner Reise erforschte und vermaß den Orinoco. Ein anderer vor ihm, Walter Raleigh, scheiterte an der grausamen Größe des Flusses. Oder war Raleighs Traum vom Goldenen Mann, den er hinter den Ufern wähnte, der Grund seines Scheiterns? Vergebens hatten schon die spanischen Konquistadoren nach El Dorado gesucht. Walter Raleigh verfiel ihm in einer letzten Hoffnung, Ruhm, Reichtum und eine Kolonie zu gewinnen – in einer allerletzten Hoffnung, das eigene Leben zu retten. Wo beginnen die Träume unseres Schicksals und wo endet das Schicksal unsere Träume?

In der ersten Februarwoche 1595 läuft Raleigh mit fünf Schiffen von Plymouth aus. Es drängt ihn fort von der schwelenden Ungunst der Königin, den Intrigen seiner Widersacher, dem Neid der Höflinge. Die Weite des Meeres gibt ihm Ruhe.

Drei seiner Schiffe gehen während der Überfahrt verloren. Dann sieht er die Berge Trinidads über die Kimm steigen. Er steht auf dem Bug seines Schiffes, träumt von einer reichen Kolonie, die er gründen will.

Auf Trinidad residiert Antonio de Berrio als spanischer Gouverneur. Durch seine Frau María hat er das Erbe ihres Onkels Gonzalo de Quesada angetreten, jenes Quesadas der vor fünfzig Jahren El Dorado in Columbien und Venezuela gesucht und nicht gefunden hat. Quesadas Testament – es ist in pompösem Spanisch aufgesetzt – ist ein Irrtum, eine Fabel. Berrio hat von Trinidad aus Expeditionen aufs Festland geführt. El Dorado – wo? Das Suchen hat nichts gebracht als fiebernde Soldaten und erschossene Indios.

Raleigh greift San José an – das spätere Port of Spain englischer Siedler – erobert es und nimmt Berrio gefangen.

Berrio schildert das Festland als grüne Hölle. Raleigh bleibt unbeeindruckt. In Ruderbooten mit Indioführern bricht er zum Orinoco-Delta auf. Weiter hinauf den Fluß fährt er mühevoll. Tag für Tag, Woche um Woche rudern die Männer, starren in glühender Hitze auf Dschungelwände, auf von Sturm und Blitzschlag gerissene und verbrannte Lichtungen, auf flimmernde Sandbänke. Raleigh treibt seine Männer voran.

Er verhandelt mit den Indiohäuptlingen. Er geht geschickter vor als Berrio. Die Indios vertrauen ihm. Raleigh hofft, daß sie ihre Ländereien seiner Königin überantworten. Er wird Gouverneur dieses geheimnisvollen Landes sein.

Raleigh stößt bis zum Zusammenfluß von Orinoco und Caroní vor. Gold findet er nicht, auch keine Edelsteine. (Es gibt sie dort.) Er läßt Bodenproben für die Geologen in London nehmen. Sucht er genau und gründlich? Seine Phantasie schweift zu dem sagenhaften See, an dem El Dorado in einer goldenen Stadt leben soll; überfliegt Gebiete, wo Amazonen ihr Reich gegen männliche Überheblichkeit verteidigen; versinkt in Dschungeltiefen, wo Geschöpfe ohne Kopf, das Gesicht auf der Brust, ein rätselhaftes Dasein fristen sollen. »Fahren wir weiter, wie weit es auch sei!« ruft er seinen Männern zu.

Regen fällt in Schauern unvorstellbarer Heftigkeit. Der Strom schwillt an. Hochwasser folgt. Die Strömung wird zum Wildwasser, bricht Ufer los, reißt Felswände ein und rast dem Meer zu. Durchnäßt, erschöpft, fiebernd kämpfen die Männer ums nackte Leben. Mehr tot als lebendig erreichen sie die beiden Schiffe in der Orinoco-Mündung. Raleigh muß heimwärts segeln. Seine Mannschaft ist kraftlos. Ihre Verluste sind hoch.

In England wird Raleigh kein jubelnder Empfang bereitet. Nicht wie Drake kehrt er mit reicher Beute zurück. »Wo ist das Gold?« fragt die Königin. »Wo bleiben die Dividenden?« fragen die Geldgeber.

Raleigh schreibt einen Reisebericht »Die Entdeckung des großen, wohlhabenden und schönen Reichs Guayana«. Es ist die Schilderung einer Märchenreise, erlebt in Raleighs Aufgeschlossenheit fürs Wunderbare. Die Gier nach Gold verliert sich darin. Raleigh will mit Baumwolle, Seide, Balsamharz, Gewürzen Handel treiben. Die Enttäuschung seiner Freunde, der Hohn seiner Neider, die Intrigen seiner Feinde sind grenzenlos. Beim Volk freilich hat das Buch Erfolg. Es wird übersetzt und findet in ganz Europa Verbreitung.

Die Königin ist dreiundsechzig Jahre alt. Drake, Hawkins, Frobisher, Grenville, ihre tüchtigen Piraten und gehorsamen Admiräle, sind gefallen, gestorben, ertränkt vor fremden Küsten, dem Fieber erlegen oder vom Hunger dahingerafft. Sie macht Raleigh in zurückhaltender Gnade wieder zum Kommandant der Leibwache. Sie braucht ihn. Ihrem Liebhaber Essex traut sie nicht.

Raleigh, viel älter als Essex, nimmt unter dessen Befehl 1596 an dem Überfall auf Cádiz teil. Dort sammelt sich eine spanische Flotte zur Fahrt gegen England. Mit seinem Geschwader stößt Raleigh wie Drake in den Hafen, wird am Bein verwundet und entscheidet den Erfolg des Überfalls.

Wieder unter dem Oberbefehl des königlichen Liebhabers Essex segelt Raleigh zu den Azoren. Essex ist unzuverlässig. Er verspätet sich. Raleigh greift an und hat Erfolg.

Essex, jung, strahlend, unbesonnen, übernimmt die Niederwerfung eines irischen Aufstands. Er verhandelt mit dem Rebellenführer. Dabei streckt er Fühler nach Schottland aus. Dort wartet der Stuart-König James auf den Tod Elizabeths. Als Sohn Maria Stuarts erhebt er Anspruch auf den englischen Thron. Essex sieht die Möglichkeit, von James hohe Ämter und reiche Einnahmen am zukünftigen Hof eines vereinigten Königreichs von England, Schottland und Irland zu erhalten. Was schon bedeutet ihm die alte, dürre Königin? Er zieht mit seinen Truppen nach England. James hält sich bereit. Aber der Aufstand wird niedergeschlagen. Essex stirbt unter dem Beil des Henkers. Raleigh ist nun der letzte Vertraute der alten Königin.

Sie stirbt 1603. Mit schwarzem Federbusch auf dem Helm schreitet Raleigh neben dem Sarg seiner Königin. Ein Zeitalter geht zu Ende, dessen letzter Überlebender er ist.

James Stuart von Schottland besteigt als James der Erste den englischen Thron. Er gehört der protestantischen Linie der Stuarts an. Das verhindert den Bürgerkrieg. Das Volk, viele Adlige lieben den Schotten nicht. James ist klein von Wuchs. Ein unförmiger Körper sitzt auf dünnen Beinen. Seine großen Augen blicken ängstlich und mißtrauisch über dicke Tränensäcke hinweg. James besitzt hohen Intellekt, liebt die Gesellschaft schöner junger Männer. Er gibt sich mit ihnen philosophischen Gesprächen wie plumpen Vertraulichkeiten hin. Er schreibt staatsrechtliche Abhandlungen, auf die er sich viel einbildet.

Raleigh ist für James der Liebhaber jener Frau, die seine Mutter Maria Stuart hat hinrichten lassen. Raleigh wird seines Postens als Kommandant der Leibwache enthoben.

Machtintrigen gunstsuchender Höflinge, Mordverschwörungen stuartfeindlicher Adliger haben den Thronwechsel begleitet. Gerichtsverfahren, Verurteilungen, Hinrichtungen folgen. Die Angeklagten versuchen, ihren Kopf zu retten, indem sie Raleigh beschuldigen. Unter fadenscheinigen Begründungen wird er festgenommen. Seine Privilegien werden gelöscht, seine Besitztümer eingezogen. Er wird in den Tower geworfen – ein zweites Mal nun – und des Hochverrats angeklagt.

Zwei Männer völlig unterschiedlicher Art: Raleigh verachtet den König, der König haßt Raleigh. Die Schuld des Angeklagten steht dem Willen des Königs gemäß von vornherein fest. Sie muß nicht bewiesen, nur begründet werden. Raleigh wird zum Tode verurteilt.

Am Tage, da Raleigh hingerichtet werden soll, verschiebt der König die Urteilsvollstreckung. Die Bevölkerung murrt wegen der zahlreichen Hinrichtungen. James Verstand ist stärker als sein Haß.

Raleigh im Tower bricht zusammen. Er macht einen Selbstmordversuch, der mißlingt. »Seht!« rufen seine Neider. »Dieses Pathos, diese Schauspielerei, diese Effekthascherei mit dem vorgetäuschten Selbstmordversuch!«

Raleigh fängt sich, kommt zu mühselig gewonnener Ruhe. Seine Frau Bess und sein Sohn Wat erhalten die Erlaubnis, im Tower zu wohnen. Das richtet Raleigh auf, gibt ihm neue Stärke. Die Zeit schleicht dahin. Bess schenkt im Gefängnis einem zweiten Sohn das Leben.

Thronfolger Henry, James' ältester Sohn aus der Ehe mit einer dänischen Prinzessin, besucht oft den Tierzwinger im Tower. Dort freundet er sich mit Wat an. Es ergeben sich Gespräche mit Raleigh. Dieser baut den Jungen Schiffsmodelle, spricht mit ihnen über Reiseerlebnisse, über Krieg und Frieden, Handel und Seefahrt. Das bringt ihn auf den Gedanken, eine Weltgeschichte zu schreiben. Er widmet sie dem Thronfolger Henry.

Historiker bezeichnen diese Niederschrift als ungenau, unvollständig und unsachlich. Das ist sie. Die Historiker vergessen, daß ein zum Tod Verurteilter ohne Zugang zu Bibliotheken und ihren Quellen schreibt. Raleigh bringt in die Historie seine Erfahrungen, seine Träume und seine Hoffnungen ein, die er einem angehenden König übermitteln will. Raleigh schreibt, um sich in der Verlorenheit seines Schicksals Mut und Zuversicht zu geben. Er schreibt mit Pathos – nicht mit dem des Politikers, der er nicht ist, sondern mit dem des betroffenen Menschen, der er ist. Kritik üben meist solche, die nicht ausüben und bestehen müssen, was sie kritisieren.

Dreizehn Jahre bleibt Raleigh Gefangener im Tower. Was ihn rettet, ist die Liebe seiner Frau Bess und die Beschäftigung mit seinen Niederschriften. Schmerzen quälen ihn. Seine linke Körperhälfte wird lahm, besonders Arm und Hand.

Henry, der Thronfolger, stirbt. Mit ihm geht die Hoffnung auf einen Fürsprecher beim König dahin.

Die spanienfreundliche Partei in England verliert an Einfluß. Die Gnadengesuche für Raleigh nehmen zu. Der König von Dänemark und der französische Hof bieten Raleigh ehrenvolle Ämter. Unzählige Male hat Bess an den König geschrieben - nie eine Antwort.

James ist der Verurteilte im Tower lästig. Ihn jetzt noch hinrichten lassen? James denkt, überlegt. James braucht Geld. Wenn er Raleigh nach Guayana schickt? Was ist mit diesem El Dorado? Bringt Raleigh kein Gold, dann wird die Hinrichtung möglich. Bringt er Gold, dann ist den königlichen Finanzen geholfen und Raleigh – man wird sehen. Im März 1616 befiehlt James die Haftentlassung Raleighs.

Der spanische Botschafter läuft Sturm gegen die Freilassung Raleighs. Er bittet den König um Aufklärung: Raleigh nach Guayana? Spanien beansprucht Guayana als Kolonie.

Was in James' verkrampfter Seele vorgeht, weiß kein Mensch. Öffentlich weist er den Botschafter ab. Anschließend empfängt er ihn in Privataudienz.

Raleigh ist jetzt vierundsechzig Jahre alt. Freunde schlagen ihm die Finanzierung der Reise nach Guayana vor. Wie ein junger Mann ergreift er die Gelegenheit. Er kümmert sich kaum um den Widerspruch, daß ihm als Befehlshaber einer englischen Flotte keine Begnadigung zugestanden wird. Er nimmt seinen Sohn Wat als Hauptmann der Landetruppen an Bord. Sein alter Freund Keymis – Begleiter bei der ersten Reise und von Raleigh noch einmal zur Erkundung nach Guayana geschickt – wird sein Stellvertreter. Weisungsgemäß schreibt Raleigh die Flottenliste mit Ausrüstungseinzelheiten und Mannschaftsstärken. Er sendet sie dem König.

Im Juni 1617 läuft die Flotte aus. Widriges Wetter zwingt Raleigh, erst Irland, dann die Kanarischen Inseln anzulaufen. Als er nach vielen Wochen Trinidad erreicht, fühlt er sich krank und schwach. Vor der Orinoco-Mündung bitten seine Offiziere ihn, er möge bei den Schiffen zurückbleiben. Wie Drake auf seiner letzten Reise läßt er die Soldaten allein ziehen – wie Drake könnte nur er die Eingeborenen zur Hilfe bewegen.

Unter dem Befehl von Keymis wird die Landetruppe zusammengestellt. Wat Raleigh befehligt eine Kompanie. Nach gutem Vorankommen auf dem Orinoco stößt Keymis mit seinen Booten auf eine neue spanische Festung. Die Engländer werden beschossen. Der Fluß ist gesperrt. Keymis läßt ein Lager am Fluß errichten.

In den Morgenstunden greifen die Spanier das Lager an. In der allgemeinen Verwirrung leistet Wat Raleigh mit einer Handvoll Soldaten Widerstand. Er drängt die Spanier zurück. Der spanische Befehlshaber fällt. Wat erreicht mit den Soldaten das Festungstor. Dort wird er tödlich verwundet. »Vorwärts, vorwärts!« ruft er noch. Rasend vor Wut stoßen seine Soldaten durch das Tor, machen jeglichen Widerstand nieder, erobern die Befestigung. Es ist kein Sieg.

Keymis rückt mit der Streitmacht nach. Die spanischen Truppen sammeln sich auf einer Orinoco-Insel. Von dort können sie jeden Vorstoß der Engländer vereiteln.

Keymis entdeckt im Haus des gefallenen spanischen Kommandanten Papiere in Raleighs Schrift. Es ist die Flottenliste mit Ausrüstung und Mannschaftsstärken, die Raleigh dem König geschickt hat.

Keymis verzweifelt angesichts dieses Verrats. Seine Männer verlieren Mut und Disziplin. Nach Tagen des Zauderns schickt er einen

Bericht über Wats Tod und die aussichtslose Lage per Kanu an Raleigh.

Raleigh ist in wenigen Wochen zum Greis geworden. Indios erzählen Gerüchte über Kampf und Tod am Orinoco. Dann kommt Keymis' Bericht. Schließlich folgt Keymis selbst mit den heruntergekommenen Soldaten. Raleigh wirft ihm Versagen vor.

Keymis, am Ende seiner Kraft, geht in seine Kajüte, wo er sich das Leben nimmt.

Raleigh will mit Booten und neuen Mannschaften den Orinoco hinauf. Es ist zu spät. Offiziere und Soldaten verweigern den Gehorsam. Zwei Kapitäne verlassen mit ihren Schiffen die Flotte.

Mit fünf verbleibenden Schiffen segelt Raleigh nach Neufundland. Das kalte Klima heilt das Fieber seiner Mannschaften, Raleighs Verzweiflung und Trauer heilt es nicht. Er will, er muß nach Guayana zurück, wenn die Schiffe überholt sind. Da desertieren zwei weitere Kapitäne. Sie tun es ohne ihre Schiffe. Doch ihr Verschwinden schwächt die Flotte endgültig.

Raleigh kann nach Dänemark oder Frankreich segeln. Dort erwarten ihn Aufgaben in Ehren. Er wird Bess und seinem jüngsten Sohn die Flucht aus England ermöglichen können.

Aber Raleigh erkennt, daß ihn »die Zeit überholt hat«. Er steht mit seinen Erfahrungen und Hoffnungen jenseits eines Thronwechsels, jenseits einer Zeitwende. Ruhm, Erfolg, Reichtum werden nun in anderer Art gesucht, als er es versteht. Unter den düsteren Bergen Neufundlands kommt er zur Einsicht, daß er, betrogen, verlassen und einsam, auch jenseits der Angst zu stehen hat: Ruhm, Erfolg, Reichtum zu verlieren – all diese Eitelkeiten – was ist dabei? Er ahnt, daß die Stärke seines Geistes die letzte Freiheit gewinnen kann. Was zählt sein Kummer, sein gequälter Körper dabei?

Raleigh segelt nach England. Bei der Zwischenlandung in Irland bleiben die letzten Schiffe der Flotte zurück. Die Besatzungen fürchten die Folgen der fehlgeschlagenen Reise. Mit seinem Flaggschiff DESTINY allein läuft Raleigh im Juni 1618 in Plymouth ein. Bess wartet dort auf ihn.

Ein Verwandter bringt Raleigh den Haftbefehl des Königs und begleitet ihn nach London. Raleigh schreibt in einem Landgasthaus die Rechtfertigung seiner Handlungen, sendet sie an den König. Noch immer kann er nicht begreifen, daß es dem König nicht um Gerechtigkeit geht.

Dem König geht es um die Beziehungen zu Spanien, das den Tod des letzten Piraten einer schamlosen Königin fordert. Und im politischen Spiel kann der König seinen persönlichen Haß gegen diesen Mann befriedigen. Er beantwortet Raleighs Rechtfertigung nicht.

Für Raleigh wird die Versuchung einer Flucht nach Frankreich noch einmal übermächtig. Mit Bess, seiner Bess, und dem zweiten Sohn kann er dort Ruhe und Frieden finden. Der unehrliche Verwandte bietet Hilfe an. Den Fluchtweg vermeldet er dem König. Als Raleighs Boot im Nebel auf der Themse fährt, kommt ein anderes mit Bewaffneten längsseits. Der Verwandte zeigt auf Raleigh. Jetzt sieht Raleigh seinen letzten Weg ganz klar. Ruhig sagt er zum Verräter: »Dieses Verhalten wird Euch nicht zum Vorteil gereichen.«

(Der Verwandte wurde wahnsinnig an seinem Schuldgefühl. Er starb zwei Jahre nach Raleighs Hinrichtung.)

Raleighs Hinrichtung erfolgt nach dem alten Todesurteil. Raleigh ist nie begnadigt worden. Das erleichtert dem König manches.

Raleigh und Bess sehen sich ein letztes Mal. Der Abschied geht über beider Kräfte.

Am 29. Oktober 1618 steigt Raleigh aufs Schafott. Er ist gefaßt und gelassen. Er spricht zum versammelten Volk mit großem Ernst von seinen vergangenen Zielen und Hoffnungen. Er vergibt seinen Feinden. Er bittet den Henker, die Schneide des Beils zu sehen. Er prüft sie mit dem Daumen, sagt lächelnd: »Das ist eine scharfe Medizin, ein Arzt gegen alle Krankheiten.« Den Henker verwirrt diese Gelassenheit. Raleigh legt Mantel und Wams ab, verweigert eine Augenbinde, kniet nieder, entblößt seinen Nacken und legt den Kopf auf den Block.

Der verwirrte Henker zittert, hebt das Beil nicht. In der Menschenmenge machen sich Zeichen von Unruhe und Hysterie bemerkbar. Raleigh endet das. Er sagt scharf und laut: »Was fürchtest du? Schlag' zu, Mann, schlag' zu!«

Bess kämpft zu dieser Stunde und später um jede Seite der Niederschriften ihres Mannes, die von der königlichen Polizei beschlagnahmt werden. Wenig bleibt ihr von dem, was in Freude und Überschwang, träumend und hoffend, in Leid und Verzweiflung geschrieben wurde. Ihre Liebe ist geblieben. Das ist weit mehr.

Am 18. April 1985 warfen wir in Nanny Cay die Leinen los. Die Sonne strahlte. Der Wind wehte aus Ostsüdost mit Stärke 4. Gemäß Wetterbericht sollte er auf Nordost drehen. Mit Klüver 2 und Besan als Stützsegel liefen wir während des Tages unter Maschine südsüdöstlichen Kurs. Am frühen Vormittag des nächsten Tages standen wir vor St. Martin. Philipsburg sollte unser erster Ankerplatz auf dem Kurs nach Venezuela sein. Wir wollten den angesagten Nordostwind erwarten.

Ich sah durchs Glas. In der Groot Bai dümpelten die Yachten im Schwell. Der südöstliche Wind stand in die nach Südost offene Bucht hinein.

»Elga, laß uns auf die Reede von St. Barthélémy gehen. Bei Südostwind liegen wir dort ruhiger.«

»Gut, ja. Dann können wir endlich Heiner und Katinka auf der SÜNNSCHIEN besuchen.«

Wir hatten sie zuletzt mit Tochter Anna in Elizabeth City gesehen. Unser Briefwechsel war träge geblieben. Aber wir wußten, daß sie auf St. Barthélémy lebten.

Elga änderte den Kurs auf die 15 Seemeilen entfernte Insel.

Ich machte meinen Kontrollgang in den Maschinenraum. Als ich die Rohre und Verbindungsschläuche der Kühlwasserleitungen prüfte, wurde mein Arm hauchdünn von warmem Wasser bespritzt. Erst nach einigem Suchen fand ich den Ursprung. Das Auspuffrohr hatte in der unteren Biegung ein winziges Loch. Das war Korrosion. Der hauchdünne Wasserstrahl bedeutete den Einbau eines neuen Auspuffrohrs. Den vorsorglichen Wechsel hatte ich immer wieder aufgeschoben.

Ich stieg ins Cockpit. »Heiner ist Bootsbauer. Er kann uns raten, was wir mit einem lecken Auspuff machen.« Ich fluchte still und unhörbar vor mich hin.

»Schlimm?« fragte Elga.

»Noch nicht.«

Am Mittag ankerten wir vorm Hafen auf der Reede von St. Barthélémy. Wir ruderten durch die Ankerlieger, fanden endlich die SÜNNSCHIEN. Sie war unbewohnt.

Der Beamte, der uns einklarierte, kannte Schiff und Eigner. »Die wohnen aufm Hügel«, sagte er. »Die Nachbarn haben Telefon.« Er kannte auch die Nachbarn und rief dort an, hinterließ eine Nachricht. Dann berechnete er das Hafengeld.

»Wir liegen auf Reede, nicht im Hafen«, sagte Elga.

»Ich hab's gesehen«, sagte der Beamte. »Im Hafen ist die Liegegebühr doppelt so hoch.«

Wir waren sprachlos: Liegegeld fürs Ankern vorm Hafen. Wir bezahlten und ruderten an Bord. Ein Skipper vor Anker bestätigte uns die Gebührenerhebung – Tarifordnung im Paradies.

Am Nachmittag kamen sie angerudert: Heiner, stämmig wie immer, Katinka, unverändert zierlich, aber nicht schlank, sie erwartete ein Baby; Anna, nunmehr fünf Jahre alt; und der zwischenzeitliche Familienzuwachs, Philip, zwei Jahre.

Wir riefen. Sie riefen. Sie fragten, wir fragten. Große Freude.

»Kommt doch erstmal an Bord!« schrie ich.

Der Nachmittag verging mit unzähligen Gesprächsthemen.

»Nein, wir bleiben vorerst hier«, sagte Heiner, nachdem ich ihn nach ihren Plänen gefragt hatte. »Ich hab' viel zu tun.«

»Und die Insel ist schön«, ergänzte Katinka. »Ich schlag' vor, ihr kommt mit uns an Land. Wir zeigen euch die Insel. Das ist in den Abendfarben am besten.«

Heiner sah sich den Auspuff an. »Du kannst Epoxy-Spachtel draufsetzen. Das hilft für die nächste Zeit. Die Korrosion im Rohr wird dadurch nicht gestoppt. Segelt nach Philipsburg rüber. Möglich, daß es dort einen Rohrwinkel dieses Durchmessers gibt. Versuch's. Ich helf' dir, das Ding einzubauen. Schweißapparat hab' ich.« Er war hilfsbereit und aufgeschlossen wie immer.

Wir machten die Inselrundfahrt. St. Barthélémy leuchtete in den Farben der untergehenden Sonne, gerahmt von türkisfarbenen Buchten, oft brandungsgesäumt. Die Insel ist klein und niedrig. Trinkwasser ist in trockenen Zeiten knapp.

Am Abend buk Katinka meine geliebten Schrotpfannkuchen. Während ich schweigend mampfte, erzählten Heiner und Katinka von ihrem Inselleben. Sie waren zufrieden. Aber die Inseln der Bahamas, denen nach wie vor ihre ganze Liebe galt, waren immer noch das Ziel für kommende Jahre.

Ich dichtete den Auspuff mit Epoxy-Spachtel.

Bei ruhigem Wetter liefen wir unter Maschine nach St. Martin hinüber. Als wir zwischen den Yachten einen Ankerplatz suchten, sahen wir die DWARSWIND – Hans und Annegret mit Töchterchen Mary, zuletzt gesehen in Elizabeth City. Alle alten Freunde schienen sich in dieser Gegend zu versammeln. Die DWARSWIND lag unbewohnt. Wir ankerten hinter ihr.

Wir ruderten an Land und klarierten ein. Hier geschah es noch ohne Gebühr. In verschiedenen Eisengeschäften, auch im Laden einer neuen Marina, versuchten wir einen passenden Rohrwinkel zu kaufen. Wir hatten keinen Erfolg. Zu Mittag ruderten wir an Bord zurück.

Auf der DWARSWIND arbeitete Hans. »Hallo, da seid ihr also!« rief er. »Hab' euer Patrizierschiff schon bewundert.«

Ich ruderte längsseits. »Wir dachten euch längst durch die Magellan-Straße gesegelt und im Großen Ozean. Wie geht's Annegret und Mary?«

Er hockte sich aufs Deck, schüttelte unsere Hände. Seine hellen Augen strahlten. »Gut geht's uns. Ich hab' viel Arbeit. Wir wollten nicht mehr an Bord wohnen – klar. Ich hab' einen Bungalow gemietet.« Er zeigte auf den Hügel im Westen.

»Habt ihr Lust, heute abend an Bord zu kommen?« fragte Elga. »Dann können wir erzählen.«

»Wir kommen – klar. Ich bin dabei, die DWARSWIND aufzuarbeiten. Wir wollen sie verkaufen. Sie ist uns zu klein geworden, jetzt, da Mary groß wird. Und Annegret, naja, Annegret –«

Der Seegang eines schnell vorbeifahrenden Bootes vom Passagierschiff draußen auf der Reede ließ unser Dingi hüpfen. Wir stießen ab.

»Diese Höllenhunde!« rief Hans. »Das geht den ganzen Tag. Die Geschäfte in den Straßen sind gerammelt voll von Passagieren. Schnapshändler oder Goldschmied hätte man werden sollen.«

Ich fragte: »Lebst du nicht lieber am Rande der Wohlstandsgesellschaft? So sagtest du mal.«

Er lachte. »Ja, solange sie mir Möbel in Auftrag gibt.«

Am Abend saßen wir im Cockpit bei uns an Bord. Das Deckshaus hatte uns vor der Nässe eines durchziehenden Regenschauers geschützt.

»Dies Deckshaus ist gut«, stellte Hans fest. »Wir sind ja nur das Hocken im Freien gewöhnt.«

Die Sonne ging hinter Wolken über dem westlichen Kap der Bucht unter. Der Himmel glühte. Als schwarzer Block lag das alte holländische Fort auf dem dunklen Hügel.

Mary war in den Tiefen der Hauptkajüte verschwunden. Annegret und Hans erzählten, wie es ihnen ergangen war: nicht immer gut.

Annegret saß mit gekreuzten Beinen auf der Cockpitbank. Sie trug ein langes Wallekleid, das sie um die Knie gerafft hielt. Ihre Hand spielte mit dem Haar. Sie trug es als Seitenzopf geflochten. »Was soll's?« schloß sie ihre Erzählung. »Ich will nicht mehr darüber sprechen. So eine Unterleibsoperation – also, der Arzt sagt, es ist nun alles in Ordnung. Wir haben gehört, ihr wollt die KAIROS verkaufen? Das war ein schwerer Entschluß für euch.«

Wir erzählten von unseren Verkaufsversuchen und unserer Absicht, jetzt zum Orinoco zu kommen, wenn meine Zerreiß-reiß-proben es zuließen.

Annegret sah mich prüfend an.

Hans verlangte ein Bier. Er sagte: »Zum Orinoco – da verkauft ihr das Schiff doch überhaupt nicht. Schon hier auf den Inseln ist es schwer, ein Schiff zu verkaufen. Ihr müßt nach USA, Fort Lauderdale.«

»Wie denn?« fragte Annegret ihn. »Er – mit den Schmerzen. Hier zwischen den Inseln mag das ja noch gehen –« Sie verstummte.

Wir schwiegen.

Annegret schließlich: »Euch muß geholfen werden. Das ist ganz klar. Damals in Italien – ohne diesen Arzt hätte ich es nie geschafft. Jeder Mensch braucht einmal Hilfe.« Ihr Blick ging zu Hans.

Hans sah über unser Schiff. Er überlegte, kratzte sich dabei den Bart. »Ihr könnt die KAIROS nicht nach USA segeln? Naja, es geht zuerst einmal 300 Seemeilen über See, die Bahamas sind auch nicht immer Zuckerschlecken – klar.« Dann sagte er in plötzlichem Entschluß: »Ich bringe das Schiff nach Fort Lauderdale.«

Elga und ich – waren wir zusammengezuckt? Jetzt saßen wir völlig still in Überraschung. Mir kamen Erinnerungen – ungenaue. Was war in Elizabeth City gewesen? Und hatten die beiden nicht Visa-Schwierigkeiten in USA gehabt?

Ich sagte: »Mann, das ist ein Vorschlag. Danke. Aber möglicherweise werde ich dir dabei mehr Belastung als Hilfe sein. Meine Schmerzen kommen und gehen, ohne daß es vorauszusagen ist. Und die Tabletten machen mich schlapp.«

Annegret lächelte schwach, zog an ihrem Zopf, den sie sich um die Hand gelegt hatte. »Ihr bleibt hier. Wir bringen die KAIROS nach Lauderdale. Ihr könnt in unserem Bungalow wohnen, wenn ihr wollt. Oder auf der DWARSWIND.«

»Habt ihr Visa für die USA?« fragte ich Hans.

Er ging darauf nicht ein. Seine geschwungenen Lippen, die so wenig ins kantige Gesicht paßten, zitterten plötzlich. Er sagte zu Annegret: »Du bleibst mit dem Kind hier.«

Annegret warf sich den Zopf heftig über die Schulter. »Du kannst mich und Mary nicht bestimmen. Mir wird die Fahrt nach Lauderdale sehr gut tun. Mal raus und wieder Meeresluft nach all der Angst im Krankenhaus. Du denkst immer nur – ach, entschuldigt, es ist unwichtig. Was soll's?«

Unten in der Kajüte begann Mary zu schreien. Annegret erhob sich sofort.

Ich sagte: »Bleib' hier. Versucht euch zu einigen. Ich geh' zu Mary.«

Oben aus dem Cockpit klangen die Stimmen herab. Sie beruhigten sich. Elga stellte Fragen. Hans gab Antworten. Ich saß mit Mary auf der Steuerbord-Hundekoje. Nach anfänglicher Nörgelei bat sie mich, ihr eine Geschichte zu erzählen. Den Vorschlag der KAIROS-Überführung wollte ich mir überlegen – aber vor den großen Augen des Kindes vergaß ich meine Überraschung und Verwirrung und erzählte.

Als sie uns verlassen hatten, erzählte Elga mir den Plan, den das Gespräch im Cockpit erbracht hatte. Sie sagte abschließend: »Sie wollen uns helfen – wirklich helfen. Ich find' das fabelhaft.«

Der Plan war beschlossen. Es gab keine Reise zum Orinoco mehr. Hans wollte mit einem Freund das Schiff nach Fort Lauderdale segeln. Dort sollte es einem Yachtmakler übergeben werden, der im Verkauf von Stahlyachten Erfahrungen hatte. Lag das Schiff in Fort Lauderdale, sollten Elga und ich dorthin fliegen. Wir schrieben unsere Bank an, um Geld für die Kosten der Überführung zu überweisen.

»Gut«, sagte Hans. Er war von einem Flug nach Fort de France zurück, wo er sich ein US-Visum geholt hatte. »Ich will jetzt mit euch alle Einzelheiten an Bord durchsprechen. Ich habe noch einige Arbeiten in meiner Werkstatt zu machen. Dann will ich mit Derrick – das ist mein Freund, der mitkommt – einen Probeschlag segeln.«

»Ich komm' mit«, sagte Annegret.

»Ich auch!« schrie Mary.

Hans wollte widersprechen, besann sich und sagte: »Meinetwegen.«

Ich machte den Vorschlag, die Einzelheiten beim Probesegeln zu besprechen – »Das ist nicht so theoretisch.«

»Nee«, sagte Hans, »ich überführ' die KAIROS. Derrick hilft mir dabei. Ich und er müssen dann auch ohne Hilfe klarkommen. Beim Probeschlag lernen wir am meisten, wenn wir ohne eure Begleitung sind. Schon Annegret und Mary –«

Mary begann zu weinen.

Annegret sagte ungeduldig: »Laß dem Kind und mir doch den Spaß.«

Mir kam das alles wie ein Traum vor. Gleich mußte ich erwachen: keine streitenden Helfer, kein Probeschlag, keine Überführung. Elga bewahrte stoische Ruhe.

Zwei Tage später zogen wir auf die DWARSWIND um. Wir nahmen nur das Nötigste mit. In Fort Lauderdale blieb Zeit genug, unsere Habseligkeiten in Kisten zu verpacken.

Drei Tage später sahen wir – und das Gefühl des Unwirklichen, des Traumhaften hatte mich immer noch nicht verlassen – wie auf KAIROS die Segel gesetzt wurden. Derrick war ein junger Mann voller Energie. Er riß die Segel hoch. Wir starrten wortlos hinüber. Hans am Ruder fiel ab, Derrick hatte mit Schwung die Fallen durchgesetzt. KAIROS neigte sich unterm Preß der Segel. Wir sahen ihr nach, bis sie hoch am Wind – gischtend im Seegang da draußen – klein und unkenntlich wie jede andere Yacht über die Kimm zog und windwärts im Sonnenglast verschwand.

Wir verbrachten einen einsamen Tag auf der Sloop DWARSWIND.

Am Nachmittag lief KAIROS ein. Ich sah durchs Glas – ein herrliches Bild. Sie ging hinter der DWARSWIND vor Anker. Während Derrick die Segel auftuchte, kamen Hans und Annegret mit Mary angerudert. Sie strahlten vor Freude.

»Wir haben euch was zu erzählen!« rief Hans schon von weitem.

Er ruderte sein schweres Beiboot, das sie im Schlepp der KAIROS mitgenommen hatten. Mit gewaltigem Schwung handhabte er die Riemen, kam längsseits. Ich nahm ihm Mary ab, hob sie an Deck.

Annegret folgte lachend. »Das war ein schöner Törn«, sagte sie aufgeregt.

Als alle im Cockpit saßen, erklärte Hans forsch: »Wir finden die KAIROS so gut, daß wir sie kaufen wollen. Sie segelt – segelt wie ein Gedicht.«

»Mit der KAIROS können wir nach Südamerika, zur Magellan-Straße, in den Großen Ozean, bevor Mary in die Schule kommt. Alle Träume werden wahr!« rief Annegret, sonst so oft elitär in sich selbst versunken.

»Mary liebt bereits die Steuerbord-Hundekoje«, erklärte Hans.

»Ja – Hundekoje!« rief Mary.

»Das ist meine«, sagte ich verwirrt, »– war meine.«
»Wir können nicht so viel bezahlen, wie die Makler auf Tortola genannt haben«, sagte Annegret.
Hans, die hellen Augen im kantigen Gesicht jetzt auf mich gerichtet, nannte den Preis, den sie zahlen konnten. Er lag weit unter dem, was wir in Nanny Cay erwartet hatten.
»Wir müssen uns das – das überlegen«, stotterte ich in das Schweigen unserer Überraschung hinein.
»Klar.« Hans nickte. »Kommt morgen rüber, dann klären wir das!«
Mir ging das alles zu schnell. Ich dachte: er tut, als ob KAIROS bereits sein ist. Ich sagte: »Ja, morgen.« Ich dachte: jeder Verkauf, wenn die Wartezeit um ist, geht schnell.
»Du kannst nicht mehr Blauwassersegeln«, sagte Annegret leise, »ich kann mir vorstellen, wie bitter das für dich ist, aber –«
»Was soll's«, sagte ich schneller als sie.
Annegret nickte und sah über die Bucht nach Süden, wo die Insel Saba ihren Berg blau-steinern über die Kimm reckte. Hinter dem Horizont lag Südamerika mit dem Orinoco, mit der Magellan-Straße. Beides war unerreichbar für Elga und mich. Es sollte unerreichbar auch für Annegret und Hans sein. Das erste wußten wir, das letzte nicht.
Sie ruderten froh und lachend zur KAIROS hinüber.
Elga und ich blieben auf der DWARSWIND. Der Abend kam. Die Nacht sank.
»Wir wissen, daß KAIROS in gute Hände kommt«, sagte ich. »Beide können gut segeln. So wollten wir es doch haben.«
Wir saßen und schwiegen. Dann legten wir uns in die fremden, etwas muffigen Kojen.
In der Nacht erwachte ich mit dem Druck hinter dem linken Auge. Ich griff um mich. Alles war fremd. Stolpernd stieg ich ins Cockpit, um Elga nicht mit meinem Stöhnen und Schleimen zu wecken. Die Zerreiß-reiß-probe kam.
Elga war wach geworden. Als ich schweißnaß am Schott hockte, setzte sie sich neben mich.
»Elga – wir verkaufen zu dem Preis. Wir müssen. Morgen stoppen wir die Überweisung an Hans für die Überführung. Wir schreiben nach Venezuela, daß wir nicht kommen. Hans und Annegret sollen uns

verbindlich erklären, wie sie die Bezahlung durchführen wollen. Wir müssen einen Vertrag vorbereiten. Einiges macht mich nachdenklich. Aber können wir Menschen nach ihrer Vergangenheit messen? Sie sind jung. Dies ist unsere Chance ebenso wie die ihre. Und nach dem Verkauf: ab zur Ziegeninsel. Einverstanden?«

Elgas Hand suchte meine. Wir saßen stumm auf dem fremden Schiff, über uns ein klarer Himmel mit Sternen.

Am nächsten Tag erklärten Hans und Annegret uns, wie sie den Kauf bezahlen wollten. Die erste Hälfte der Kaufsumme hatten sie zur Verfügung. Sie sollte bei Räumung des Schiffes bezahlt werden. Die zweite konnten sie in sieben Monaten überweisen. Sie war gedeckt durch die DWARSWIND, die zum Verkauf stand, und durch den Auftragsbestand, den Hans als Handwerker hatte. Für ein Jahr war er voll ausgelastet. Außerdem erwartete er laufende Einnahmen aus seinen Außenständen. Hans bot an, uns die DWARSWIND als Sicherheit zu überschreiben. Wir lehnten ab. Wir hatten auch auf einen Eigentumsvorbehalt im Vertrag verzichtet. Was sollten wir bei Nicht-Erfüllung des Vertrages mit zwei Schiffen – fern auf der Ziegeninsel, festgenagelt durch Schmerzattacken? Hans und Annegret waren guten Willens, waren unsere Freunde. Wir vertrauten ihnen.

An Bord der KAIROS unterschrieben wir alle vier den Vertrag, den ich nach deutschem Recht, Gerichtsstand Hamburg, aufgesetzt hatte. Wir tranken zusammen eine Flasche Sekt. Mit Hans besprach ich die Reparatur des Auspuffs. Über einen von mir stillgelegten Schmutzwassertank wußte er Bescheid.

Während ich an Bord Fächer und Schränke leerte, gelang es Elga, vier Blechkisten aufzutreiben und zu kaufen. Hans holte sie mit seinem Auto. Wir stauten unser Besitztum hinein. Fast alle Bücher mußten zurückbleiben. Viele von Elgas geliebten Vasen, Gläsern und Schalen fanden keinen Platz. Hans und Annegret wollten nichts übernehmen.

Wir hatten nie viel persönliche Dinge besessen. Trotzdem kostete es uns Mühe, zur Einsicht des Verzichts zu kommen. Tagelang sprachen wir kaum. Elga weinte einige stille Tränen. Ich fühlte mich krank und elend. Sieben Jahre war KAIROS unser Zuhause gewesen, nicht nur ein tüchtiges Segelschiff.

Besitz macht träge. Schmeiß weg, den Plunder, weg: wohin wir gehen, brauchen wir nur uns.

Hans brachte die Kisten ins Lager eines Transportagenten zur Verschiffung.

Schließlich packten wir unsere beiden Koffer. Annegret lud uns zum Abendessen an Bord der DWARSWIND ein. Wir sagten ab. Den Abend verbrachten wir an Bord der KAIROS. Zum ersten Mal sprachen wir ausführlich über unsere Ziegeninsel und wie wir dort leben wollten.

Früh am 6. Juni 1985 brachte Hans uns zum Flugplatz.

Wir hatten KAIROS und DWARSWIND wegen der beginnenden Hurrikanzeit in die Lagune von St. Martin vor Anker gelegt. Als das Flugzeug abhob, stieg es schräg kurvend zu seinem Kurs auf. Wir konnten KAIROS nicht sehen. Das war gut so. Der rechte Augenblick, kaïros, liegt immer voraus. Unsere Erfahrungen – nicht Segel-, vielmehr Lebenserfahrungen – nahmen wir mit und den festen Willen, ein neues Leben zu beginnen – frei.

Der Anfang

Epilog

Fast überall auf den dreitausend Quadratmetern ehemaliger Wildnis haben wir Ordnung und Wachstum geschaffen. Blumen blühen. Wir ernten Orangen, Avocados, Granatäpfel von Bäumen, die fast vertrocknet waren. Neue Bäume, Zitronen und Mandarinen, haben wir gesetzt. Elga hat im Gemüsegarten Radieschen, Kohl, Rosenkohl, Zwiebeln, Tomaten, Petersilie. Wir lernen täglich und werden manches verbessern.

Das Haus wurde gemalt. Sein Erkerturm erhielt ein Ziegeldach. Zementplatten für Gartenwege werden gegossen und ausgelegt. Wie auf KAIROS sind wir den ganzen Tag in der Natur – und besser: unsere Arbeit hilft der Natur, hilft uns, ihr Wachstum zu verstehen.

Abends sitzen wir auf der Terrasse. Wir sind müde und abgearbeitet, zufrieden. Wie oft während unserer Reisen – beim ersten Landfall vor Barbados, auf der Insel Moorea in der Südsee, auf Neuseeland vor den Wasserfontänen des Geysirs, in Afrika beim Anblick der Tiere auf der Savanne, in Südamerika auf den Bergen der Anden, in Nordamerika unter den Felssäulen des Rotsandsteins: wir müssen uns in den Arm kneifen, um zu begreifen, daß dies Wirklichkeit geworden ist – gefunden, erarbeitet, erworben.

Ein Schatten aus der Vergangenheit ist geblieben. Wir sitzen oft über dem Brief unserer Schiffskäufer und dem unseres Freundes mit der Adresse des Rechtsanwalts.

Warum schreiben Hans und Annegret nicht, wie es ihnen geht? Warum nur Andeutungen von Sorgen und Krankenhaus? Man kann unter Freunden alles besprechen und eine Regelung finden – mit gutem Willen von beiden Seiten.

Elga fragt: »Wollen wir nun die Sache dem Rechtsanwalt übergeben?«

Ich antworte: »Der Anwalt wird schreiben. Sie werden nicht antworten. Sie haben ja nicht einmal auf unsere Fragen geantwortet. Der Anwalt wird ihnen wieder schreiben. Jeder Brief bringt Unruhe, schafft wachsende Feindschaft – bei uns, bei ihnen. Für was? Für einen Schuldtitel vielleicht, der nichts wert ist – nicht mehr als der bestehende Vertrag. Für uns wird dabei eine Vergangenheit lebendig, die längst abgeschlossen ist. Siehst du das anders?«

»Nein.«

»Ich schlage vor, wir lassen den Rechtsanwalt. Ich schreibe, daß wir auf ihre Vorschläge nicht eingehen können, daß wir auf Erfüllung des Vertrages bestehen müssen.«

Ich schrieb diesen Brief. Wir erhielten keine Antwort.

Freunde, mit denen wir darüber sprachen, sagten: »Ihr könnt das Schiff nicht einfach sausen lassen.« Oder: »Laßt sie damit nicht durchkommen.«

Leicht gesagt. Was ist Freundschaft?

Wir erhielten das Angebot von Seglern, das Schiff »abzuholen« und zu einem von uns zu bestimmenden Platz zu segeln.

Freundlich vorgeschlagen. Wozu besteht ein Vertrag?

Schließlich kam ein Brief von Hans. Er teilte mit, daß sie das Schiff verkaufen wollten: billig. Der Erlös sollte uns überwiesen werden, abzüglich des Betrages der bezahlten ersten Hälfte. Einige Vergütungen sollten uns als Entschädigung gutgebracht werden. Es schien, daß sie das Schiff gar nicht als ihr Eigentum betrachteten, ihre Verpflichtung nicht erkannten. Wieder schrieben sie nichts über ihr persönliches Ergehen.

Wir antworteten, daß wir auf Erfüllung des Vertrages bestehen müßten.

Für unser Haus wurde die zweite Hälfte der Kaufsumme fällig. Wir hatten den Zahlungstermin in Übereinstimmung mit dem vertraglich vereinbarten Eingang der zweiten Hälfte Schiffsgeld festgelegt. Jetzt mußten wir unsere Ersparnisse angreifen.

Auf den Bergen lag für einige Tage Schnee. Lilien breiteten sich über die unteren Waldhänge der Berge und setzten Knospen an. Im Garten begannen die Weihnachtssterne, ihre roten Blätter zu treiben. Die Sonne leuchtete auf Geranien und Margeriten, auf Bougainvillea und Hibiskus.

In Sachen Schiffsverkauf geschah nichts. Elga und ich mußten zu einem Entschluß kommen. Was immer da drüben gedacht oder gelitten wurde, es griff mit unsichtbaren Fingern über den Atlantik und nahm uns die innere Ruhe.

Wir sitzen im Erker des Hauses. Der Blick durch die Fenster reicht von den Bergen im Osten bis zum Meer im Westen, dessen Brandung um die Riffe eines fernen Lavarückens schäumt. Mit schweren Flügelschlägen fliegen weiße Reiher zu ihren Nistplätzen.

Ich lege Elga einen Zettel hin und sage: »Ich habe mal überschlagen, was es kostet, wenn wir nach St. Martin fliegen, um das Schiff zu übernehmen. Hinflug, mögliche Reparaturen, Werftaufenthalt, fehlende Ausrüstung, schließlich die Marinakosten in Fort Lauderdale, wohin ich mit den Schmerzattacken kaum segeln könnte, irgendwann der Rückflug. Das liegt zwischen sechstausend und achttausend Dollar.«

Elga antwortet: »Die haben wir nicht über.«

Ich sage: »Nein – und die Zeit auch nicht. Kommen wir hierher zurück, müssen wir von vorne anfangen: vertrocknende Pflanzen wässern, Unkraut roden, Ungeziefer bekämpfen, Wege und Terrassen freischneiden, verwucherte Ernten kompostieren – was noch? Sollen wir unseren guten Anfang hier – jetzt nach Monaten täglicher Arbeit – sollen wir ihn mit der Fragwürdigkeit da drüben gefährden?«

Elga sagt: »Dann bleibt uns nur der Rechtsanwalt.«

Ich antworte: »Annegret ist schwer krank. Wir müssen es jedenfalls annehmen. Hans kann der Verpflichtung nicht nachkommen. Durch unseren Rechtsanwalt – wir haben das alles schon besprochen: Aufregung, Feindschaft. Das führt zu nichts.«

»Was dann?«

»Wir schreiben den beiden, daß wir bereit sind, ihnen die Verzugszinsen zu erlassen. Ferner, daß wir ihnen die Bezahlung so überlassen, wie sie es einrichten können – freilich ohne sie aus dem Vertrag zu entlassen. Vielleicht schaffen sie mal, mehr als nur ein Tagesauskommen zu verdienen.«

Elga schweigt.

Ich schreie in Zorn: »Die müssen doch ihrer Verpflichtung nachkommen! Die haben doch ein Gewissen, wollen einmal ihrer Tochter in die Augen sehen können! – Siehst du, so geht's schon los. Entschuldige. Ich hoffe, daß die beiden ein Einsehen haben, wenn wir ihnen Zeit lassen.«

Elga sagt: »Es fällt mir schwer –«

Ich sage ruhig: »Mir auch. Aber wozu haben wir unsere Reisen gemacht, haben Freundschaft erlebt, Hilfe gefunden? Um jetzt bis zu unserem Ende einen Rechtsstreit zu führen, der nichts bringt als den beiden da drüben vielleicht weitere Sorgen? Als Kaufmann habe ich abschreiben gelernt. Da ist ja auch noch das erste Grundstück als stille Reserve. Und mit dem Bungalow am Hang können wir Mieteinnahmen erzielen, wenn wir ihn herrichten.«

Elga schweigt.

Ich sage: »Überlege bitte: hier ist das Haus, der Garten, unsere Arbeit, unsere Aufgabe. Alles hat sich zu einem Sinn gefügt. Ohne Hans und Annegret wären wir gar nicht hier, wäre das Haus zwangsversteigert. Ich will ihnen gewiß keine Erinnerungstafel in die Mauer setzen – aber, Elga, wir müssen verzeihen und vergessen können. Was sonst – in unserem Glück? Laß uns in diesem Sinn Weihnachten feiern. Es ist das erste im eigenen Haus. Es sollen noch viele in Frieden folgen.«

Elga antwortet zögernd: »Ja.« Dann mit Überzeugung: »Das wollen wir.«

Am Weihnachtsabend saßen wir auf der Terrasse. Aus der offenen Tür des Wohnzimmers – fast hätte ich Hauptkajüte gesagt – klang Bachs Weihnachtsoratorium. Über uns stand ein Sternenhimmel so klar, daß wir uns unbeschwert und frei fühlten.

Im Sommer 1986 kam ein Scheck von unseren Käufern. Sie hatten das Schiff zu einem niedrigen Preis verkauft. Mit dem Scheck deckten sie einen weiteren Teil ihrer Schuld ab. So sahen wir es. Sie sahen die Sache für erledigt an, das Schiff wäre verkauft, keine weitere Zahlung würde erfolgen. Das schrieben sie.

Wir schrieben zurück, daß der Vertrag zu erfüllen wäre.

Bekannte und Freunde sagten: »Also – ihr müßt nun endlich etwas tun –«

Elga und ich antworteten: »Wir wollen hier in Ruhe und Zufriedenheit leben. Wißt ihr überhaupt, was Zufriedenheit ist? Was immer ihr in euren Angelegenheiten wollt und tut und könnt – bitte: macht's auf eure Art, macht's besser.«

Im Herbst 1986 kam ein Brief, der uns weit mehr als diese geistlosen Geldangelegenheiten bewegte. Er war einen langen Weg gereist: von Norfolk in Virginia, USA, zur Marina Pointe du Bout auf Martinique, weiter zur Marina Nanny Cay auf Tortola, dann in die Schweiz an die Adresse unserer Freunde, schließlich auf die Ziegeninsel zu uns. Der Umschlag war voller Stempel und postalischer Hinweise. Wir konnten den Absender kaum entziffern.

Der Brief kam von Sheila, Steves Frau. Sein Inhalt war eine Drucksache – eine letzte Nachricht, doch ohne Trauerrand.

Steve war auf der Fahrt zwischen den Marquesas-Inseln und Tahiti im Großen Ozean mit seiner Yacht GOOD DECISION verschollen –

Suchaktion ohne Erfolg, ohne jegliche Spur abgebrochen – nach einigen ehrenden Worten standen darunter die Namen der Frau, der Schwiegermutter, des Schwagers. Es waren die Namen, die zu ändern Steve mich gebeten hatte, als er mir seine Tagebuchauszüge als »letzte Ehrlichkeit« überließ.

Steve – Mann, deine Verzweiflung, deine Mühe, dein Versuch, deine Hoffnung – du hast es gewagt –

Elga sagt schließlich: »In den Tuamotus also, den Korallenriffen zwischen Marquesas und Tahiti mit ihren Strömungen und Sturmböen. Ich fasse es nicht. Und kein Wort von Sheila.«

Ich antworte: »Die Nachricht ist nach alten, vorliegenden Adressen verschickt worden. Was soll Sheila schreiben? Was heißt verschollen? Es ist nichts und es ist alles, über das kein Mensch etwas sagen kann.«

Elga fragt später: »Erinnerst du dich – die Tuamotus?«

Ich antworte: »Ja. Und ich werde noch oft an sie denken.«

Dreihundert Meter unter uns und zwei Kilometer entfernt liegt der Atlantik, leuchtend in den Abendfarben des Himmels. Hinter uns stehen die Inselberge im letzten Licht. Die Wolken über ihnen lösen sich und wehen übers Meer. Die Ruhe ringsum ist so groß, daß wir meinen, die Wolken am Himmel ziehen zu hören.

Die Kurse sind gesegelt, die Wege gegangen. Jedes Menschenleben tauscht seine Zeit erst in Erfahrung, dann in Erinnerung ein, die Spanne wird nicht von uns bestimmt. Aus unserem Reisen und Erkunden ist Bleiben und Bewahren geworden: ein erstes Verstehen des Ganzen.

Elga und ich sind froh über unser Alter. In unserer Zufriedenheit wird alles einfach und ohne Mühe sein. Lebt wohl.

Bei ausländischen Namen habe ich mich nach der Schreibweise der betreffenden Länder gerichtet, bei geographischen und historischen Namen und Begriffen nach der Schreibweise der jüngstdatierten Quelle. E.-J. K.

Die Deutsche Bibliothek – CIP-Einheitsaufnahme

Koch, Ernst-Jürgen:
Paradies im Stundenglas: Kairos-Trilogie, Drittes Buch, unsere letzte Reise mit der Kairos / Ernst-Jürgen Koch. – Bielefeld: Delius Klasing, 1997
(Segeln & Abenteuer)
ISBN 3-7688-0988-9

ISBN 3-7688-0988-9

Zeichnungen: Ernst-Jürgen Koch
Fotos: Elga Koch
Umschlaggestaltung: Buchholz / Hinsch / Hensinger, Hamburg
(unter Verwendung eines Dias des Bildverlages BAVARIA / Spectrum):
Palmenstrand an der Marigot Bay St. Lucia
Druck und Bindung: Clausen & Bosse, Leck
Printed in Germany 1997